醒睡笑

全訳注

安楽庵策伝
宮尾與男　訳注

講談社学術文庫

まえがき

『醒睡笑《せいすいしょう》』は浄土宗の説教僧であり誓願寺《せいがんじ》法主の安楽庵策伝《あんらくあんさくでん》が編纂《へんさん》した作品である。そして一千余話という厖大《ぼうだい》な話数を収める近世笑話集を代表する作品でもある。作品には中世説話にみる笑話に近世初期の笑話を加え、さらに策伝自らが創作したと思われる笑話を収めている。のちの近世笑話集や小咄《こばなし》集に影響を与えたことでも知られる。

すでに鈴木棠三《とうぞう》による角川文庫、岩波文庫に千三十九話を収める写本（静嘉堂文庫本）作品の紹介があり、また関山和夫による桜楓社、大乗仏典30（中央公論社）、宮尾與男による台湾大学国書資料集2（自棒文庫）に三百十一話を収める版本（大本版）作品の紹介があるが、いまだ全訳はみられない。作品の活字化から一世紀を過ぎたいま、ふたたび活字化を試み、ここにはじめて版本（慶安元年版。一六四八）作品の全訳注と鑑賞を記す本を出すことになった。かつて筆者は市古貞次《いちこていじ》編集の「日本の文学」古典編46（ほるぷ出版）に『江戸笑話集』を執筆する機会を得て、慶安元年版のうちの二百四十四話を収め、現代語訳と語注をした。本書ではそこで省いた六十七話を加えるとともに全話の新たな現代語訳と語注、さらに鑑賞を収める。鑑賞には章題の概説、各話の補注、補説、『寒川入道筆記《さむかわにゅうどうひつき》』『戯言養気集《ぎげんようきしゅう》』『きのふはけふの物語』にみる同話、類話などをあげ、いままで指摘されなかったことや笑話本研究からの一考を詳述することにした。本書の底本には慶安元年版を用いた。現存の写本のすべてが近世中期以降に書写され、その元になった板倉重宗への謹呈本とその控え本も、いまだ不明のままである。慶安元年版は写本からの抄本となるが、もっとも謹呈本の時期に近い作品となる。

さて、近世笑話は話されてきた笑いであり、しかも短い話であるところが魅力である。話の筋に肉付けをするようになって徐々に話は長くなり、少ない登場人物も多くなって複雑な内容展開が好まれる時代になっていった。話し手は自由に内容を膨らませた類話をつくり、ふたたび短い話が好まれるようになると、小咄《こばなし》、落咄《おとしばなし》と呼ばれる笑話が主流を占めることになる。幕末までの間に一千冊以上もの笑話集がつくられてきた。近世初期作品のなかで、厖大な話数をもつ『醒睡笑』は、中世から近世にかけて話されてきた笑話を収めており、登場人物も中世のにおいをもつ「鯇《うつけ》」「無智之僧」「うそつき」「頓作」などの特徴ある人物がみられ、さらに新たな「不文字」「推はちがふた」「かすり」「しうく」の主題に添う人物も加えられている。話されてきた笑話だけに、読まれる笑話にするためにまとめあげた笑話は、新しい時代の笑話を確立させることとなった。編者、作者ともいわれる安楽庵策伝の笑話に対する姿勢や好みが、作品のなかに色濃く出されているのも特徴である。

策伝は話す笑話を読む笑話にする目的をもってまとめたが、なかには話す笑話も残されており、口語表現も多くみられる。元禄期には京都の落語家、露《つゆ》の五郎兵衛が『醒睡笑』に落語の原作を多く求めているところから、読む笑話は十分に話す笑話の構成と本文をもっていたことが明らかになる。さらに現行落語の原作に『醒睡笑』の笑話があげられている。笑話本の一分野を形成する基礎をつくった『醒睡笑』は、その後も多くの笑話集をつくる契機をつくったとともに、多くの人々に愛されてきたのである。

平成二十五年十月二日　　　宮尾　與男

凡例

一、本書は、近世初期の笑話集『醒睡笑』を、読者に手軽に親しんでもらえるように、簡便なテキストの提供を目的とし、慶安元年版に所収される三百十一話のすべての現代語訳と語注、鑑賞をした。

一、『醒睡笑』は、上・中・下の八巻三冊からなる。上巻に巻一・二、三。中巻に巻四・五・六。下巻に巻七・八が収められる。

一、本書は、各巻の目録・本文章題・本文・現代語訳・語注・鑑賞からなる。

一、本書の底本は、夕霧軒文庫所蔵（宮尾しげを旧蔵）の慶安元年版本を用いた。

一、本書の本文は、底本を忠実に翻刻した。各話の冒頭にある▲を省略し、通し番号（1～311）をつけた。本文末には写本と底本とを比較するのに、写本の通し番号（1～1039）をつけた。写本は東京大学総合図書館南葵文庫本を用いた。

一、本文には句点「。」があるが、「。」は読むときの区切りを表したものであるので、そのままを残すことにした。文末の「。」は句点とみていいが、この「。」のないものが多いため、それらは語注に『底本の文末に「。」なし』と記した。

一、漢字の字体は、おおむね通行の字体を用いた。ただし策伝の文字表記を考えるために、底本の字体のままにしたものもある。

一、清音、濁音、反復記号（ゝ、ゞ、〳〵、〴〵）は原則として底本のままとしたが、その読みを（ ）に傍記した。また仮名遣い、振り仮名のうち、歴史的仮名遣いと異なるものは、正しい歴史的仮名遣いを（　）に傍記した。その他の気になる表記は語注に記した。

一、各巻の章題については、それぞれの章の冒頭の笑話の語注と鑑賞などに記した。

一、現代語訳は、本文に忠実であるように心がけたが、説明のことばを補うなどして意訳したものもある。本文の会話となる箇所には「　」をつけて読みやすくした。

一、語注は、本文理解の助けになるものにかぎり施した。また伝存の写本の南葵文庫本、静嘉堂文庫本、内閣文庫本と版本の大本版にみられる本文異同は、必要なもののみを記した。写本の小文字表現の評語を省略したものは、すべて語注の最後に記した。

一、鑑賞は、笑話の読解を助ける事項を記したが、それらは簡略に述べたものや詳述に述べたもの、語注の補いを記したものなどがある。

一、解説は巻末に記した。そのあとに参考文献の出典一覧・著書・論文ほかをあげた。

一、本書を執筆するにあたり、森銑三《せんぞう》、宮尾しげを、鈴木棠三、小高敏郎《おだかとしお》、関山和夫ら先学の著書から教示を得た。本書ではすべて敬称略としたことをご容赦いただきたい。なお『醒睡笑　戦国の笑話』（東洋文庫31）と『醒睡笑』（岩波文庫30－247－1・2）からの引用は、東洋文庫本、岩波文庫本と記した。その他の引用書名は語注や鑑賞などに明記した。

一、本書は、前著の『江戸笑話集』（日本の文学・古典編46）の改訂版ではなく、鑑賞を加えた新版の全訳注である。

目次

目 次

醒睡笑

全訳注

醒睡笑之《せいすいせうの》序《し(じ)よ》

ころはいつ元和《げんわ(な)》九癸亥《みつ(づ)のとのい(ゐ)》の年《とし》。天下泰平人民《たいへいにんみん》豊楽《は(ほ)うらく》の折《をり》から。某《それがし》小僧《ぞう》の時より。耳《みゝ(み)》にふれておもしろくお《(を)》かしかりつる事を。反故《は(ほ)うご》の端《はし》にとめを《(お)》きたり。是年七十にて柴《しば》の扉《とほ(ぼ)そ》の明暮《あけくれ》。心をやすむるひま〱《(ひま)》。こしかたしるせし筆《ふて(で)》の跡《あと》をみれば。を《(お)》のづから睡《ねふり》をさましてわらふ。さるまゝ《(ま)》にや是を醒睡笑と名付《なづけ》。かたはらいたき草紙《さうし》を。八巻《くは(わ)ん》となして残すのみ

〈現代語訳〉　時代はいつかというと元和九年癸亥の年である。世の中は泰平の世で人民も生活が豊かなときに、わたしが小僧の時分より耳にふれては、おもしろく笑いたくなった笑話を、反故《ほご》の端に書きとめておいた。今年、七十の年齢になって、隠居した安楽庵の柴の扉の開け閉めをし、心静かに安らかに暮らしている合間に、いままで記してきた笑話をみると、自然と眠気を醒まして笑うものがある。そのように書き留めたものを『醒睡笑』と名付け、はなはだ恥ずかしい冊子を八巻にまとめて残すことにした。

〈語注〉

醒睡笑之序　序題。「醒睡笑」は序文の「睡をさましてわらふ」からの命名。　**元和九癸亥の年**　序文を書いた年。一六二三年。　**天下泰平人民豊楽**　「天下泰平」は謡曲の「天下泰平。国土安穏。今日の御祈禱なり」（『翁《おきな》』）を踏まえたか。関山和夫は浄土僧が勤行時に誦《しょう》することの多い『無《む》量《りょう》寿経《じゅきょう》』下巻にみる偈文《げもん》によったとする（『醒睡笑』）。　**某小僧の時より耳にふれて**　「某」は序文に署名がないので不明だが、編者の安楽庵策伝とみていい。「小僧の時」は修行の小僧のとき。策伝は七歳ごろに美濃浄音寺で出家し、十一歳ごろに上洛して禅林寺で十四年の修行をした。「耳にふれて」は笑話を耳にして。策伝の笑話好きに端を発する。　**反故の端にとめをきたり**　「反故」は書きとめた紙。策伝の編集癖から、一枚一枚の紙に書いたものを紙縒《こよ》りで束ねた冊子であったか。　**是年七十にて**　「是年」は本年。「このとし」と読む。南葵文庫本、内閣文庫本は「せねん」の振り仮名がある。策伝は天文二十三年（一五五四）に生まれる。写本には「七十にて」の後に「誓願寺乾《いぬい》のすみに隠居し安楽庵といふ」があり、「柴の扉の明暮」へとつづける。底本では削除される。「誓願寺」と「安楽庵」が残っていれば、すぐに策伝のことであるのがわかる。「安楽庵」は策伝の隠居したところ。正称は竹林院。「乾」は北西の方角。戌亥。　**柴の扉の明暮**　「柴の扉」は肘金《ひじがね》（折釘のように曲げた金物）がついた開き戸である。この扉の開け閉めを朝晩する生活をしているという。　**こしかたしるせし**　「こしかた」は来し方。過ぎ去ったこと。「しるせし」は中世以降、「しるす」に連体形「し」がついた「しるしし」が「しるせし」となったもの。　**筆の跡**　紙に書き記した跡。　**睡をさまして**　「睡」の振り仮名「ねふり」は読むときは「ねむり」。　**八巻となして残すのみ**　底本は八巻三冊。底本の文末に「。」なし。

【鑑賞】　序文の意味　序文は「はしがき」である。作品を書いた動機や書名の由来などを記す。同時代の笑話集『戯言養気集』や『きのふはけふの物語』には序文がない。それは笑話本に編者名は不要であったからである。『醒睡笑』だけに序文がある理由は、策伝が笑話の主題による章立てをし、笑話だけの厖大な話数を収める作品集を残すのを明らかにする目的があったからとみられる。写本にある序文の「誓願寺乾のすみに隠居し安楽庵といふ」が底本で削除されたのは、当時の慣例または笑話に編者、作者名は不要にしたがったものとみられる。

醒睡笑《せいすいせう》巻之一　目録

醒睡笑巻之一

名津希親方

1　いろはをもしらぬ。こざかしき俗《ぞく》。ある東堂《とうだう》の座下《ざか》にまい《(ゐ)》り。我〳〵《(我)》年《とし》もなかばふけ。若名《わかな》にてあらんもいかゞ《(が)》に候。何《なに》とぞ。左《さ》衛《ゑ》門《もん》か右《う》衛《ゑ》門《もん》と。名をつきたきよし望《のぞみ》しかは《(ば)》。東堂大かたそちのつきたひ《(い)》と。おもひよりたるを。いふ《(う)》てきかせよとあれば。さらば。日本《につほ(ぽ)ん》左《さ》衛《ゑ》門《もん》と。つきたきよし申けり。東堂あざわらつて。さやうの大なる名は。めづらし過《すぎ》て。愚僧《ぐそう》まで。人のほうへんせんずるは。いかにとあれば。くだんのお《(を)》とこ。いやあまり大なる名とは存《そ(ぞ)んじ》候はす《(ず)》。とう左衛門とつきたるさへ御座候は　(156)

〈現代語訳〉いろはをも知らない少しばかり知恵のついた男がいた。ある東堂のところに出かけ、「わたしも中年となり、若い名でいようとするのも、どうであろう。どうか左衛門とか右衛門とかいう名をつけてみたい」という望みをいったところ、東堂は、「だいたいおまえがつけたいと思っている名をいってみなさい」というので、男は、「それならば、日本左衛門とつけたい」ということをいった。東堂は嘲笑《ちょうしょう》して、「そのような大きな名は珍しすぎて、名をつけたわたしまでが、人からけなされてしまうのは、どうかな」というと、小利口な男は、「いや、あまり大きな名とは存じません。唐左衛門とつけた者さえいらっしゃいますよ」といった。

〈語注〉

醒睡笑巻之一　内題。底本の「巻之一」は写本では巻二に置かれる。**名津希親方**　名付ける人。命名する人。「親方」は名を付ける人。名付け親ともいう。**こざかしき俗**　「こざかしき」は小賢しい。少しばかり知恵がついているさまをいう。「俗」は世間一般の人。**東堂**　禅宗の寺の前住職が寺に居住するときの呼称。その他の宗派では西堂という。**我〱**　わたし。単数の自称の人代名詞。**若名**　幼年期、青年期の名から改めた成人のときの名。**愚僧**　東堂のこと。**とう左衛門**　唐左衛門。唐は中国の古称。**つきたるさへ御座候は**　底本の文末に「。」なし。

【鑑賞】　**名津希親方**　名付け人というと身分の高い人や僧、主人などとなる。博識で言葉をよく知っているとされるからである。変な名をつければ、誰がつけた名であるかと問われ、人によっては物知らずな人による命名だと非難される。なかには名前負けもあり、立派過ぎる名であると成長してから恥をかくことにもなる。

おもひよりたる名　江戸時代以前から、幼年、少年、青年、若年、中年、老年へと年齢を重ねるにつれて、年相応の名に変える慣習があった。「こざかしき俗」に対して、僧が笑われたくない態度を示したのは、俗人を小馬鹿にする僧の驕《おご》りであろう。それでも口達者な俗人の思いを聞いてあげるところは、東堂の親切心とみていいだろう。頼みごとや質問をする人は、自分の答えを用意しているので、まずは聞いてあげるのが順序となる。相手が自分の思う名をあげてくれたら、とてもうれしい。その人の心理を東堂はわきまえている。この「こざかしき俗」は耳学問による知ったかぶりの俗人であり、実際には小賢しい人ではない。『醒睡笑』では「利口なる人」「侍たる人」「かしこき人」などに対し、「東西わきまへざる男」「文盲なる者」「腑のぬけたる仁」「さかしらぬ者」「うつけたる土民」などの負の要素をもつ人が、いつも笑われる対象となる。

2　かたのごとく。人のもてはやす侍有しが。いろはよりほかには。かながきの文をさへよむ事なし。ある時地下《ち(ぢ)げ》人参《にんまい(ゐ)》りて。我名をかへたきよし望ければ。れいのいろはを。かたはらにをき《(お)》。い兵衛とつけうかや。いや。それならば。ろ兵衛とやつけん。いや。は兵衛。に兵衛。ほ兵衛とつくれどもいやたゞ《(だ)》今すこし。ながうてはねた名をつきたふ《(う)》御座あると申たれば。さらばへとち左衛門と。つけうずといへり。

〈現代語訳〉　いつものように人が馬鹿にする侍がいたが、いろは歌だけでなく、仮名書きの文《ふみ》すら読むことができない。あるとき土地の者が来て、「わたしの名をかえたい」ということを望んだので、いつもの「いろは」を書いた紙を傍らにおいて、侍がいうには、「い兵衛とつけようかな」「いや」「それなら、ろ兵衛とつけようか」「いや」という。侍は、は兵衛、に兵衛、ほ兵衛と、つぎつぎに名をつけていったが、「いや、もう少し長くて跳ねた名をつけていただきたい」といったので、「それなら、へとち左衛門とつけよう」といった。

〈語注〉

地下人参りて　「地下人」は土地の者。「治下」とも書く。**い兵衛**　「兵衛」は「へえ」「へい」「ひょうえ」「びょうえ」などと読む。**いや**　つけた名を否定する。「いや」には「。」がつくように、つけた名ごとに否定する言葉。**ながうてはねた名を**　「い兵衛」「ろ兵衛」「は兵衛」の一文字では短い。二文字以上の長い名と撥《は》ねた「ん」の字が入る名を要望する。**へとち左衛門**　「へとち」の三文字なら長い名となる。ここに「左衛門」の撥ねた名をつけた。

【鑑賞】　**名前の笑話**　名をつけるおもしろい笑話というよりは、知ったかぶりの無知の侍が名をつけるところがおもしろい。愚かな侍をからかうために、名をつけてもらうことを企てたとみる。この愚かな侍は、「いろは歌」を書いた紙を傍らに置くほどであるから、すぐに口に出せる言葉をどこまでいえたかは疑わしい。いかにも、「へとち左衛門」は、いい名をつけたと安堵する侍の顔を想像するだけでもおかしい。

3　心《こゝ(こ)ろ》うきたる侍《さふ(ぶ)らひ》のひくはん《(わ)》に。五十にあまるものあり。名を弥《や》十郎とぞいひける。有時《あるとき》主《しゅ》たる人。かの弥十郎をよび出《いだ》し。そちは年《とし》よりも。あまりに。名がわかひ《(い)》ほどに。けふからは右馬丞《うまのぜ(じょ)う》になれやと。ありしとき。ゑみをふくみ。いひ〳〵《(いひ)》と。わらひければ。きやつを。馬丞とつけたれば。いさみてはや。いなゝ《(な)》いたよ　(162)

〈現代語訳〉落ちつきのない下級武士で五十余歳の者がいた。名を弥十郎といった。あるとき主人がその弥十郎を呼び出し、「おまえは年齢よりも、あまりに名が若いので、今日からは右馬丞という名にしなさい」というと、喜び顔になり、「いい、いい」と笑ったので、主人は、「こやつに右馬丞とつけたら、勢いよくはやくも嘶《いなな》いたわ」といった。

〈語注〉
心うきたる侍のひくはんに　「心うきたる」は心が浮いた。そわそわする。「ひくはん」は被官。身分の低い侍。**主たる人**　武士をかかえる主人。**名がわかひほどに**　年寄りにふさわしくない若い名であるので。**いひ〳〵とわらひければ**　「いい名前だ」と馬の嘶きの「いい」を掛ける。「い」に「いなく、いななく」の意味がある。**きやつを馬丞とつけたれば**　「きやつ」は他人を卑しめていう語。こいつめ。「馬丞」は底本ママ。「右馬丞」となるべきところ。**はやいなゝいたよ**　底本の文末に「。」なし。

【鑑賞】　**若い名前**　弥十郎の名が若いというのは、隠居する年齢になって隠居名にはふさわしくないというのである。隠居名には叟《そう》、翁《おう》、丞などをつけることが多くみられる。五十歳を過ぎたので年相応の「丞」の名をつけたのである。「丞」は律令官制における八省の第三等官であったが、近世になると誰もがつけるようになった。弥十郎にとって右馬丞は、とてもいい隠居名であった。

4　佐渡《さど》に本覚坊《ほんがくばう》といふ山伏《やまぶし》あり治《ち(ぢ)》部《ぶ》卿《きやう》とて弟子《でし》を持《もち》しが。あるとし名代《みやうだい》と号《こ(が)う》し峯入《みねいり》させけり。雲《くも》に臥岩《ふしいわ(は)》を枕《まくら》の難行《なんぎやう》事終《をは》り。本國《ほんごく》にかへりぬ。師《し》の本覚《か(が)く》。たいめんのとき。治部卿申けるやう。今度《こんど》は。先達憐愍《せんだちれんみん》を加へられ。名をくはへ。大夫になされて候とかたりければ。なにと。大夫になつた曲事《くせこ(ご)と》なり。われさへさやうに。大なる名をば。つかぬに。中〱《なか(中)》の事なり。さりながら。本山《ざん》にてつきたる名を。よばぬも又いかゞ《(が)》なるでう。たゝ《(ゞ)》中夫《ちうぶ》になれとぞ。なを《(ほ)》しける（165）

〈現代語訳〉 佐渡に本覚坊という山伏がいた。治部卿という弟子をもっていたが、ある年、名代として峰入りをさせた。山上の岩に臥して逆さにぶら下げられる難行の次第を終えて、佐渡に帰ってきた。師匠の本覚坊と対面のとき、治部卿が、「このたびは先達から憐愍をいただくとともに、名もかえていただき、大夫の位にして下されました」と話すと、「なんと大夫になったとは、けしからん。わたしでさえそのような大きな名をつけていないのに、認めるわけにはいかない。それでも本山でつけた名を呼ばないのも、またどうであろう。ともかく中夫になれ」といって名をかえさせた。

〈語注〉
佐渡に本覚坊 「佐渡」は国名。佐州。現在の新潟県佐渡島。修験道の修行場があった。「本覚坊」は不詳。山伏の名。 **治部卿** 治部省の長官名。官吏の名前が、次第に一般の名前にもつかわれるようになった。　**弟子**　山伏の修行を学ぶ門弟。　**名代**　本覚坊の代理。　**峯入**　修験者が大和国（現在の奈良県）吉野郡の大峰山《おおみねさん》に入って修行すること。　陰暦四月、本山派（天台宗系。園城寺《おんじょうじ》〈三井寺《みいでら》〉末の聖護院《しょうごいん》に管理される）の修験者が熊野から大峰山を経て吉野にぬけるのを「順の峰入り」といい、陰暦七月、当山派（真言宗系。醍醐寺《だいごじ》の三宝院《さんぼういん》に帰属）の修験者が吉野から大峰山を経て熊野に登るのを「逆の峰入り」といった。　**事**　次第。峰入りで行う修行。　**今度は先達**　「今度」はこのたび。「先達」は峰入りの時に同行者の案内、先導をする修験者。峰入りを五度以上した者をいう。九度以上は「大先達」といった。　**憐愍を加へられ名をくはへ**　「憐愍」は慈悲と同情。「加へられ」は与えられ。施され。「名をくはへ」は名をかえる。　**大夫**　中宮職、春宮職、大膳職、修理職などの長官をいう。山伏では高い位の名につかわれた。　**曲事**　道理に合わない赦しがたいこと。けしからんこと。　**大なる名をばつかぬに**　位の高い名をつけていないのに。　**中〱の事なり**　本山からいただいた位であっても認めたくない。認められない。　**本山にて**　「本山」は修験者が修行する場。または本山派の山伏組織。　**中夫になれとぞなをしける**　本山がつけた大夫の名ではあっても、本山に構うことなく勝手に直した。「中夫」は「大夫」の下の位とした。師より位の高い弟子では困るので、大から中に位下げした。底本の文末に「。」なし。

【鑑賞】　**大夫の称号**　山伏の当山派にも本山派にも先達はみられるが、「大夫」という位はみられない。中夫は大の下の中という言葉遊びとみられる。岩波文庫本は中夫を「中風の秀句なのがおかしい」という。だがなぜここで中風の洒落《しゃれ》をいわなければならないのかは不明である。佐渡には「能登坊さん」という石動山天平寺《いするぎさんてんぴょうじ》（石川県鹿島郡中能登町・七尾市、富山県氷見市）を拠点とする山伏たちが来ていた。石動山は真言系で当山派に属する山伏である。笑話に登場する本覚坊の天台系の本山派とは異なる。子ども絵本の『天狗そろへ』には、たくさんの天狗姿の山伏が描かれる。多くの山伏は天狗といわれ、背中に羽根をつけている。天狗は架空の動物であるが、山伏が山で修行すると、人ではない力がつき、山の神と崇められた。また山伏は祈禱師でもあるので、呪文を唱えて人の悪霊を取り除くこともした。こうした山伏の行力《ぎょうりき》が発揮できずに、権威を失った山伏たちは、笑いの対象となって狂言、笑話などに登場する。

5　禅門《ぜんもん》になりたる者にむかひ。名をは《(ば)》道《た(だ)う》見《けん》といふへ《(べ)》し。人ありてよみをとはゞ《(ぼ)》。道はみち。見《けん》はみるとよむとこたへよ。かしこまりて候有難《ありかた(がた)》し。みるといふものは。そのまゝ《(ま)》ひじきに。似《に》たるものゝ《(の)》事て《(で)》御座あるほどに。中〱《(中)》忘《わす》れは仕まひ《(い)》といひしに。その後《のち》ある人。そちが名は道《た(だ)う》はみちであらふ《(う)》ず。けんはとゝ《(と)》へは《(ぼ)》。けんはひじき　(167)

〈現代語訳〉仏門に入った者に向かって、「名を道見ということにしよう。人が読みを質問したら、道《どう》はみち、見《けん》はみると答えなさい」というと、「承知しました。ありがたいお言葉です。海松《みる》というものは、そのまま、ひじきに似ていますので、それくらいのことを忘れるはずがありません」といったのに、その後、ある人が、「おまえの名の道《どう》はみちであろう。けんはどんな字だ」と尋ねると、「けんはひじき」といった。

〈語注〉
禅門　剃髪《ていはつ》して仏門に入った者。入道、禅定《ぜんじょう》門ともいう。**見はみるとよむ**　「見《けん》」を「みる」といわせても、ただちに「けん」を想像させるのは無理である。**みるといふものはそのまゝひじきに**　「みる」を「海松」と勘違いする。「海松」は海藻の名である。緑藻。「ひじき」も海藻の名。ひじき藻《も》ともいう。**けんはひじき**　底本の文末に「。」なし。

【鑑賞】　**見は「けん」**　読み方を意識させた笑話である。笑話集には話す笑話と読む笑話がある。話す笑話、聞く笑話に対して、本文を読みながら笑話のおもしろさを知らせるには、読むリズムを覚えないといけない。もともと笑話は話されるのが前提であるから、笑話集も読み手のために記したはずである。読み手は声を出して音読を楽しみながら、黙読による楽しさも味わう。

6　小性《こしやう》の名《な》を。かけがねとつけて。よぶ人あり。なんのゆへ《（ゑ）》ぞやと。あるじにとひけれは《（ば）》。たゞ《（だ）》の時は。わがまへに居《い（ゐ）》るやうなるが。少《すこし》なりとも。用《よう》のあるときなれは《（ば）》。はづすといふ心なりと。（174）

〈現代語訳〉小姓の名を「かけがね」とつけて呼ぶ人がいる。「どうしてそういうのだ」と主人に尋ねると、「普段の用のないときは、私の前にいるようだが、わずかなことでも用があるときになると、席をはずすからだ」といった。

〈語注〉
小性　底本ママ。小姓。貴人の側近くで雑用をする少年。**かけがね**　戸締りに掛ける鍵、錠。**なんのゆへぞや**　「なぞなぞ（謎々）」の常套句。「なぞ」は何曾。「なんぞ」ともいう。どうしてか。**はづすといふ心なり**　「はづす」は座っている席を立っていなくなる。必要なときになると席をはずす。蔵に入るときに鍵をはずす。その「かけがね」と同じだという。「心なり」は「なんのゆへぞや」の結びの言葉。なぞなぞの結び。

【鑑賞】　**かけがね**　意味のわからない名をつけているのに疑問をもっても、相手がつけた命名であるから、説明を聞くまではわからない。戸締りだけではなく、内蔵も外蔵にも鍵をかけるのは常識である。すなわち鍵を開けない限り、中に入ることはできない。鍵は用があるときに開け、用が終われば閉める。これによって小姓の名が理解できても、言葉遊びとしては難し過ぎる。

貴《き》人之行跡《こうせき》

7　信長公《のふ(ぶ)なか(が)こう》にたいし。公方《くばう》御謀反《ごむほん》の時節《じせつ》。御出馬《こ(ご)しゆつば》ありて。上京放火《はうくは(わ)》なされしことありし後。連《れん》一検校《けんげう》御前《せ(ぜ)ん》に候て。今度《こんと(ど)》御陣洛《ぢんらく》中のさは《(わ)》ぎ。上下おぢおそれたる事。前代未聞《せ(ぜ)んた(だ)いみもん》と申上ければ。さあらふ《(う)》ずる。さてそのおそれたるやうすはと仰あれば。上京に火《ひ》かゝ《(か)》ると見て。二条に候ひし者の妻《つま》。まつ《(づ)》我《わが》子をさへ。つれてのけばすむと思ひ。三つ四つなる子をせなかにおひ。はしりふためき。四条の橋《はし》のもとまて《(で)》にけ《(げ)》きたり。あまりくるしく。ちと子をおろしてやすまんとおもひ。地《ぢ》のうへにだ《(ど)》うとをひ《(おい)》て見れは《(ば)》、石《いし》うすにてぞ候ひける　(176)

〈現代語訳〉　信長公に対して足利将軍義昭が謀反されたとき、信長公は馬に乗られて京都の町を放火されたことがあった。その後に連一検校が信長公の御前にお控え申し上げて、「このたびの戦さ、洛中での騒ぎは、京の人々の上も下も、とても震えるほどの恐さであったのは、いまだかつてなかったことでございます」と申し上げたところ、信長公は、「そうであろう。そしてその恐さの様子というのは」といわれたので、連一検校は、「上京《かみぎょう》に火が燃え上がるのをみて、二条に住んでおりました者の妻が、まず我が子だけでも、連れて逃げれば助かるとおもい、三つか四つになる子どもを背中に負い、あわてて走って四条の橋のところまで逃げてやってきました。あまりにもあわてたので胸が苦しくなり、少し子どもを背中から降ろして休もうとおもい、地面の上にどっと下ろしてみると石臼でございました」といった。

〈語注〉

貴人之行跡　「貴人」は身分の高い人。失態は一般の人々にのみ見られ、身分の高い人にはないとおもわれがちだが貴人も同じく失態をする。その笑いを収める。**公方御謀反**　「公方」は室町幕府十五代将軍足利義昭。**上京放火なされし**　「上京」は地名。天正元年（一五七三）三月、信長が義昭の二条城を囲み、四月二日より京の町に放火する。京の百二十八ヵ所に放火したという。**連一検校**　杉原連一。蓮一。信長公の話し相手をした御伽衆《おとぎしゅう》の一人とされる。写本の巻七「謡」（825）に「連一《れんいち》」とある。**上下**　身分の高い人も一般の人も。**四条の橋**　賀茂川にかかる橋。**だうと**　下ろす音。背中に負っているのが石であるのに気づいていない。**石うすにてぞ**　なんと驚くことにそれは石臼であった。底本の文末に「。」なし。

【鑑賞】　**貴人之行跡**　学問、教養のある高貴な人たちも同じ人間であるから、間違いも勘違いも失態もする。行跡は行状《ぎょうじょう》ともいい、普段の行い、品行、身持ち、振る舞いなどをいう。高貴な人の失態を見たときは笑いも大きくなる。

御伽衆　連一は琵琶法師の検校であり、信長公の御伽衆であった。検校は官位であり、盲人の最上級の官名とされる。桑田忠親が戦国大名、秀吉、徳川秀忠、家光などの御伽衆、御《お》咄衆《はなししゅう》をまとめたなかに、連一の名はみられない（『大名と御伽衆』）。御伽衆は話し上手であり、的確な情報や知識を伝える人物でもある。信長公には周防大内家の医者の竹田法眼、法橋の親子、甲州武田家の医者の板坂法印、武田信玄、信長、北条氏政に仕えた土屋検校（のちに惣検校となり伊豆検校を名乗って信長に五年も仕えた）、三好笑岩、種村大蔵入道慮斎、篠原安阿弥、不干《ふかん》、金森法印、稲葉兵庫、猪子《いのこ》内匠《たくみ》、青木加賀右衛門、山岡八郎左衛門景友（道阿弥）、羽柴下総《しもおさ》などがいた。信長公没後はほとんどが秀吉の御伽衆となった（『大名と御伽衆』）。策伝が連一検校を記すのは、連一を知っていたからであろうか、または連一検校伝説によったのであろうか。

四条の橋　物語や説話のなかに、よく京都三条、四条、五条橋周辺が出てくる。御伽草子の『一寸法師』では一寸法師が三条に住む宰相殿の家を訪ね、この宰相の家で年月を過ごした後、鬼退治をしてから身体もおおきくなって少将となり、のちに中納言の位につく。また浮世草子の『西鶴諸国はなし』（貞享二年。一六八五）巻一・２「見せぬ所は女大工」には、祇園に住む陰陽師の安倍晴明の流れをもった安倍左近に占ってもらうと、事件が解決する展開をみる。こうしたことから橋の周辺は、人の悩みを解決し、人を助ける場という俗説が生まれた。笑話で母が子を背負って四条の橋に向かったのも、四条の橋は助かる場、助けてくれる場、解放の場であったからである。

8　大名《みやう》の世《よ》にすぐれて。物見《ものみ》なる大鬚《ひげ》を持《もち》給へるあり。あまりにひげをまんじ。くる程のものに。世《よ》の人わが鬚をは《（ば）》。なにといふそ《（ぞ）》ととひ給ふ。世上《せじやう》に殿様《とのさま》の御鬚を。見るものごとに。からものと申さぬものは。御座ないと申あぐる。大名うちゑませ給ひ。げに誰もさいふよと。ひげをなで〳〵《（なで）》して。そこなる者こえよとまねかせ給ひ。身ちかくよせ。さゝ《（さ）》やきて。みづからひけ《（げ）》をとらへ。弓矢《ゆみや》八幡《まん》日本ものし《（ぢ）》や　（181）

〈現代語訳〉ある大名は、世にも自慢できる立派な大鬚をもっていた。あまりにも鬚を自慢し、来る人ごとに、「世の人々は、わしの鬚をどのようにいっているか」とお尋ねになる。「世間では、お殿様の御鬚をご覧になる人ごとに、唐物《からもの》と申さない人は、ございません」と申しあげると、大名は笑みをお浮かべなされ、「まことに誰もが、そういうよ」と鬚をなでなでし、「そこにおる者、ここへ参れ」と手招きなさって近くによせ、御自分の鬚をつかみながら耳もとで、声をひそめて、「弓矢八幡、日本物じゃ」といった。

〈語注〉

大名の世に 大名の名は不詳。『戯言養気集』下巻では豊臣秀次の実父、三好《みよし》武蔵守吉房《よしふさ》とする。吉房は戦国時代から安土桃山時代の武将で豊臣氏の家臣。尾張犬山城主。一五二二〜一六一二。**からもの** 大陸渡来の品。舶来の品。ここは上等な唐製を指す。**弓矢八幡** 弓矢の神である八幡大菩薩に、武士が誓いを立てるときにいう言葉。弓矢八幡大菩薩ともいう。**日本ものしや** 日本製である。底本の文末に「。」なし。

【鑑賞】 **鬚の流行** 当時の鬚はぴんとはねたものであった。油で固めて凜々《りり》しい鬚にする。立派な鬚をもつ男を鬚男《ひげおとこ》といって褒め、逆に鬚のない男は臆病者といった。すぐに鬚が伸びない者は鬚を墨で描いたり、また懸鬚《かけひげ》という付け髭までつけたりした。ここは懸鬚をつけた大名の鬚自慢である。懸鬚は紙でつくったものを、紙縒《こよ》りで耳にかけるものだから、明らかにつけた鬚であることがわかる。懸鬚が流行すると、いったい出来のいい髭はどこで手に入れられるか、どこでつくられているかが話題になる。懸鬚は僧が遊里通いをするときに用いたのが始まりという。懸鬚を用いないで鬚を生やすようになったのは、慶長から万治期（一五九六〜一六六一）だが、その後は鬚を剃るようになった。

唐物 唐は外国のことで、唐の国すなわち中国を限定していたわけではない。もとは古代朝鮮半島南部の一国の名が唐で、のちに朝鮮半島全部を指したが、その後、隋唐との国交を開くようになると、中国を指すようになった。葡（ポルトガル）、蘭（オランダ）からの輸入品も唐物といっている。

人にさたするな　同話が『戯言養気集』下巻にみられる。
秀次公の御父武蔵守殿、ひけに一段自慢ありけるを、十人計見まひ候て、さても〳〵見事なおひけちや、日本にては終に見申さぬ、たゝ唐物て御座らふと申ければ、事外なる御悦喜也。かくて皆〳〵帰ける。其内つね〳〵参てはなし候つる、あひ口の者をよひもとし、こゝへより候へ、此ひけ真実は日本物て有そ、但、人にさたするな、われ計に聞するそ、との御ねんころなり

『醒睡笑』では特定の人物の話としなかったのは、読みやすくするためである。落ちは策伝が手を加えたものとみられる。

9　大名のもとへ客《きやく》あり。振舞《ふるまひ》に湯漬《ゆづけ》出たり。其席《せき》へまた客あり。それにも膳《ぜん》をすへ《(ゑ)》たり。又客来《きやくらい》あり。膳を出《いた(だ)》せとあれども。つゐ《(ひ)》に出《いで》かぬる時。物まかなふ者をよび出し。なにとて。てまもいらぬ事の。を《(お)》そきや。湯《ゆ》をえわかさぬかと。はをぬかるゝ《(る)》時。手をつかねて。湯は御座るか《(が)》。つ《(づ)》けが御さ《(ざ)》なひ《(い)》と申たりけれは《(ば)》。どつとわらひになりにける

(187)

〈現代語訳〉　大名のところに客人があり、ご馳走に湯漬けを出した。その席へまた別の客人があった。その客人にも同じ湯漬けの膳を出した。また客人があった。大名は、「膳を出せ」といったが、とうとう出てこない。そのときに料理を用意する者を呼び出して、「どうして手間のかからぬことなのに遅いのだ。湯を沸かすことができないのか」と怒られた。そのとき料理人は手をついて、「湯はございますが、づけがございません」と申し上げたので、座にいる客人たちは、わっとお笑いになつた。

〈語注〉
湯漬　熱い湯に強飯《こわめし》をいれたもの。また飯に湯をかけたもの。強飯は糯米《もちごめ》を蒸したもの。祝いの席には小豆を加えるが、ここは小豆の入っていない糯米だけの飯である。**どつとわらひになりにける**　「どつと」は大人数が一度に声をあげるさま。底本の文末に「。」なし。

【鑑賞】　**つけが御さなひ**　笑話で料理をつくる者が、湯漬けの「漬けがない」といったのは洒落ていったのか、それとも事実をいっただけなのか。しかし客人たちは、うまい洒落をいう料理人であると思ったことであろう。「冬は湯漬、夏は水漬にて物を召すべきなり」（『宇治拾遺物語』巻七・3「三条中納言水飯の事」）というから、湯漬けは冬の食べ物である。焦げた飯の湯漬けを「湯の子」といった笑話が、『私可多咄《しかたばなし》』（万治二年。一六五九）巻三・2にみられる。

むかしく〳〵山てらの大ちごと小ちごとよりあひて、大ちこのいはく、菜飯の湯ほとうまい物はない、といはれけれは、小ちこきゝて、ゆよりはのこがうまい、といはれた。湯の子を「湯」と「の子」にわけていう。同想の笑話もしくは『醒睡笑』によったものとみられる。

躻

10　腑《ふ》のぬけたる仁《じん》に。ゑ《(え)》びをふるまひけるが。赤《あかき》を見て。これはむ《(う)》まれつきか。また朱《しゆ》にてぬりたるものかととふ。生得《しやうとく》は色《いろ》があをけれど。かまにていりて。あかふ《(う)》なるといふを。がてんしゐけり。ある時　侍《さふ(ぶ)らひ》の馬《む(う)ま》にのりたる先《さき》へ。二間《けん》半柄《はんえ》の朱鑓《しゆやり》二十本ばかり。もちたる中間《ちうげん》どもの。はしるを見手をうつて。さても世はひろし。奇特《きどく》なる事やと感《かん》ずる。なにをそなたは。かんずるやととひたれは《(ば)》。其事よ。今の鑓《やり》のえのいろは。火《ひ》をたひ《(い)》てむいたものじ《(ぢ)》やか《(が)》。あれほと《(ど)》ながひ《(い)》なべが。よふ《(う)》あつた事やといふ《(う)》た　(188)

〈現代語訳〉　考えの足りない男に、海老を馳走したところ、海老の赤いのをみて、「これは生まれつきなのか、それとも朱色で塗ったものなのか」と尋ねた。「生まれつきは色が青いが、釜でゆでると赤くなる」というのを聞いて、男は納得した。ある時、侍が馬に乗っている前に、二間半の柄の赤い鑓を、二十本ほどもつ中間どもが走るのをみて、これもそうなのかと納得し、「なんともまあ、世の中は広い、不思議なことがあるものだ」と一人で感心していると、仲間が、「何をおまえは感心しているのだ」と尋ねたので、「そのことよ。いまみた鑓の柄の赤い色は、火を焚いて木がむけたものだが、あのような鑓を入れる長い鍋が、よくもまああったものだなあ」といった。

〈語注〉

鮀　間抜け。頭が足りない者。空《うつ》け、虚《うつ》け。鮀は国字である。頭がからっぽ。その後、あほう、馬鹿の意が加えられる。気が抜けてぼんやりする人、やる気のない態度の人も含む。**ゑび**　蝦。海老。長寿の象徴とされ、縁起をかついで膳に出される。**赤を見て**　振り仮名「あかき」は底本ママ。**いり**　煎り。水分がなくなるまで火で煮つめる。ゆでる。**二間半柄**　四・五メートルほどの長柄《ながえ》。**中間ども**　下僕ども。「中間」は侍を警護する。中間男の略。**手をうつて**　わかったこと、理解したことを表す。**むいたもの**　上にかぶっているものがはがれること。**よふあつた事やといふた**　「よふ」は驚きを表す。よくもまあ。写本は次の文がつづく。「三月尽を　雄長老／春の日は長鑓なれと篠の葉のひと夜はかりになれる石づき／也足の判に、さゝの葉、鑓石つきになれる、三月の名残、よくいひつゝけられたり、作にをひては、吉光にこそ」。雄長老は永雄和尚。底本43〈語注〉参看。也足は中院《なかのいん》通勝《みちかつ》。吉光《よしみつ》は刀工の粟田口吉光。底本の文末に「。」なし。

【鑑賞】　**鮀**　身が空《から》と書くのは、身を頭ととらえて、頭が空で間抜け、知恵がない、思慮分別がない、ぼんやりしている、愚か、たくらだ（痴。間抜け）、考えが足りないといった人のことである。身は頭に限らず身体を表す言葉でもある。身は物質的な身体、外面的な身体に対して、精神的な身体、内面的な身体にわけられる。後者が舵の身となる。すなわち思考する、理解する、認識する、意志をもつ、感情をもつ、感覚をもつ、欲望するなどの判断ができない人を指す。身というと身の振り方、身構え、身だしなみなどのように、ほとんどが外面的な言葉としてつかわれ、内面的な意味をもつ身は身性《しんせい》、身を入れる、身が入るなどがあるが、言葉に残っているものはとても少ない。

赤漆にてぬりたる物あり　同想の笑話が写本の巻二「賢達亭」(249)にみられる。

出家のさまかへて武士になりたるが、馬にのり遊行する道に、なにやらんめつらしく、赤漆にてぬりたる物ありと見付、小性《(ママ)》をまねき、とりよせけるに、小性わたしさまに、これは伊勢海老にて候と申たるに、そち躰さへしりたるいせゑひを、我れがしらいでをらふか、これは朱のさしやうのめつらしさに見るよと

赤い色の漆が伊勢海老であることに気づかない。それを指摘されると、「朱のさしやうのめつらしさに見るよと」と負けず嫌いの言い逃れをいう。赤くなるものが話題になった時代の笑話とみられる。

ゆでもし煎りもした　同じく類話が写本の巻七「舞」(840)にもみられる。

伊勢海老をゆでゝあかふなるときいて、朱鑞のえをも、ゆてた物ぞとかたる、海老は実《まこと》也。鑞のえは朱練《(ママ)》にてぬりたる物なりとをしゆる、そちのがかたそばよ、鑞のえの二間三間あるを、ゆでたがめつらしからふ事は、それより大なる京鎌倉をさへゆでもし、いりもしたは、うつけには薬がないとわらひし時、堀河夜討に、かまくらをゆでゝ

廿日に都入とそ聞えける

「いでゝ」を「ゆでゝ」、「都入」を「煎り」と勘違いする。「堀河夜討」は幸若舞の演目名である。

11　藤《とう》五郎とて。こざかしき者と。専《せん》十郎とて。うつけとともに。在京《ざいきやう》するにおなじやどなり。二人つれた《(だ)》ち。講堂《こ(か)うだう》の風呂《ふろ》にいらんとす。藤五郎此程専十郎がうつけをお《(を)》かしく見つけ。幸《さいはひ》の事也。小風呂《こぶろ》にてあたまをはらんとたくみ。かまへて専十郎。京のならひに。風呂に入ものは。必あたまをはるそ《(ぞ)》。腹《はら》をたつるをいなか人といふ。はられてもこらゆるが。都《みやこ》人ぞといひをしへ。小風呂にともなひ入。おもふさま目とはなの間をはりけり。専十郎いふ。はやくはせたはとさたするな〱《(さたするな)》とて。又一つはりてけり。藤五郎又くはせたはと。専十郎おもふやう。我《われ》は《(ぼ)》かりはられてかへらんは。本意《ほい》なしとあんじ。老人《らうじん》のよほ《(ぼ)》〱《(よほ)》と入ものをまちて。おづ〱《(おづ)》壱つはりたれば。かのあひて大に腹《はら》を立《たて》。い《(い)》づくのうつけめぞ。是非《ぜひ》はりかへさんとわめく時。専十郎いふやう。藤五郎いかひいなかものがあるは。初《しよ》

44

心《しん》ものじ（ぢ）や

風呂《ふろ》たきの我身《わが》はすゝ（す）になりはてゝ（て）

人の垢《あか》をは（ぼ）おとすものかな

（194）

〈現代語訳〉 藤五郎という少しばかり知恵をもつ者と、専十郎という愚か者とが一緒に京都に旅をし、同じ宿に泊まった。二人連れだって、寺の講堂にある風呂に入ろうとした。藤五郎は、この旅で専十郎が愚かであることを知り、おもしろいと気づき、「ちょうど都合がいい。小風呂で頭を叩いてやろう」と考えた。よくこころして、「専十郎、京都の慣習に、風呂に入る者は必ず人の頭を叩く。腹を立てる者を田舎人という。たとえ叩かれても我慢するのが都人だ」と教えてから小風呂に一緒に入った。藤五郎が専十郎の目と鼻の間を思いっきり叩いた。専十郎は、「早くも叩いたわ」という。藤五郎は、「気にするな、気にするな」といって、また一つ叩いた。専十郎は、「藤五郎が、またも叩いたわ」という。そこで専十郎が思うには、「おれだけ叩かれて国に帰るようでは不本意だ」と考え、よぼよぼの老人が小風呂に入って来るのを待ち、老人が入ってきたので、おそるおそる一つ叩くと、老人は大いに腹を立て、「どこの愚か者だ。何が何でも叩き返そう」と大声で怒る。そのとき専十郎がいうには、「藤五郎、とてもひどい田舎者が、ここにいるわ。こいつは初心者だな」といった。

風呂たきの我身はすゝになりはてゝ
　人の垢をはおとすものかな
（風呂焚きの身体は煤《すす》をかぶってしまうが、人の垢を落とすのが仕事であるよ）

〈語注〉
講堂の風呂　「講堂」は仏法を講義する堂。「風呂」は講堂にある風呂か。または講堂の近くにある風呂か。二人の泊まるところは宿坊となる。**此程**　この旅で。**おかしく見つけ**　「見つけ」は鯥であることを発見する。**小風呂**　石榴口《ざくろぐち》式蒸し風呂の浴室。または戸棚式蒸し風呂の浴室。小がつくので小さな浴室とみられる。**いなか人**　田舎人。都人に対する称。田舎人にこだわるのは、田舎人にみられたくないからである。**さたするな**　あれこれ考えるな。**本意なし**　不本意だ。意に添わない。**よほ〳〵と**　よぼよぼ。動作が鈍く、弱々しいさまをいう。**おづ〳〵**　怖づ怖づ。びくびく。叩くのを躊躇《ちゆうちよ》し、緊張している状態。**初心ものじや**　京都の慣習を知らない、初めての旅の者とみた。底本の文末に「。」なし。**風呂たきの我身はすゝになりはてゝ**　「風呂たき」は風呂の湯を沸かす仕事をする者。薪《まき》を割って風呂釜にくべ、湯が熱くもぬるくもならないように注意する。「すゝになりはてゝ」は薪をくべて煤をかぶってしまう。

【鑑賞】　**小賢しい者**　仮名草子の『竹斎《ちくさい》』（元和七年ごろ。一六二一）でも、藪《やぶ》医者竹斎と下僕にらみの介が諸国を行脚する。笑話に利口である小賢しい者とうつけ（愚か）者が登場するのは『竹斎』を踏まえたものか。笑話ではうつけ者が真似して失態する展開となる。小賢しい者にとっては、うつけ者の行動や言動は、からかいたくなる対象となる。「此程」とあるから、旅で「うつけ」を知ったことになる。目的地となる都でからかい、恥をかかせてやろうと企てた。小賢しい者は性格が悪いのではなく、抜け目ない人物で世知にもたけているが、その態度には憎たらしさがともなう。「小ぎたない」「小うるさい」「小利口」などと同じように、「小」は相手を軽んじ、侮る行為をともなう。ここも「悪賢い」人物となってくる。

風呂たきの我身は「風呂たきの我身はすゝになりはてゝ人の垢をはおとすものかな」の狂歌は本文とかかわりがない。本文では風呂のなかで、小賢しい者もうつけ者も頭を叩くことを楽しんでいるが、外では風呂を沸かす風呂焚きが、しっかりと湯加減を見守っている。いい湯にしてくれる風呂焚きの存在を忘れて、風呂の中で田舎人か都人かを判断する笑えない遊びをするとはね、といった風呂焚きの心情を詠んだものであろう。旅の者への戒めの狂歌とみられる。

12　有人《ある》銭《せ(ぜ)に》をうづむ時。かまへて人の目には蛇《じや》に見えて。身がみる時斗《ばかり》銭《せ(ぜ)に》になれよといふを。内の者聞《きゝ(き)》居《ゐ》て。そと銭をほりてとりかへ。蛇《へび》をいれてを《(お)》きたり。件《くだん》の亭主《ていしゅ》。後《のち》にほりてみれは《(ば)》。蛇《□ひ(び)》あり。やれを《(お)》れじ《(ぢ)》や。見わすれたかと。幾《いく》度《たひ(び)》も。なのりつるこそ聞《きゝ(き)》事《ごと》なれ　(197)

〈現代語訳〉　ある人が銭を地面に埋めて隠すとき、「いいか、他人の目には蛇にみえて、わしがみるときだけは、銭になれよ」というのを、女房が聞いていて、夫の留守の間に、こっそりと埋めた銭を掘って、代わりに蛇を入れておいた。銭を埋めた亭主が、帰ってから地面を掘ってみると、蛇がいる。「おい、おれだ、見忘れたか」と何度も名乗っているのを聞くのは、実におもしろい。

〈語注〉

後にほりてみれは蛇あり　「後に」は亭主が外から帰ってきたのち。蛇をさがし、埋める時間を考えると亭主は外出していたとみていいだろう。底本は「蛇」の振り仮名が「ひ」だけである。「へ」の脱であろう。　**聞事なれ**　亭主が真剣にいっている言葉は、聞くに値する。底本の文末に「。」なし。

【鑑賞】　**をれじや見わすれたか**　銭は亭主の臍繰《へそく》りであろう。埋めているときに、いう言葉を聞かれているのに気づいていない。掘ってみると蛇が出てきて、「をれじや見わすれたか」と何度もいう愚かな姿は、女房の期待どおりであった。亭主の躻を女房は知っているから、なおさら引っかかる姿がおかしいのである。女房の悪戯《いたずら》の成功に満足する顔を想像するのはおもしろい。「内の者」は女房とみていいが、女房では蛇をつかまえ、土のなかに入れるのは困難であるから、女房以外の男の者をいっているのか。こんな詮索《せんさく》など笑話を読むときは必要ない。「人の目には蛇に見えて」といったことで、悪戯されることになるとは、亭主も想像できなかったであろう。

蛇は鉄を好まない　蛇は鉄、錆《さび》を嫌うという。その鉄を呑み込んでしまった八頭大蛇の神話や、大蛇（竜神）の願いで百足《むかで》退治をしてくれた藤原秀郷に大蛇がお礼として甲冑、槍、吊鐘、刀、鍋などの鉄類や米俵をあげる昔噺の『俵藤太』などが残っている。

13　男子《なんし》一人あり。親《おや》のとふ《(ぶ)》らひとて。神子《みこ》を請《しやう》じ。口よする時に。神子いふ。親者人《おやし(ぢ)やひ(び)と》は。ふなになり水《みつ(づ)》にあそふ《(ぶ)》ぞ。心やすく思《おも》へと。さらばとて。池《いけ》をほり。鮒《ふな》をたくさんにはなし。毎日食《まいにちじき》を投《なげ》。あはれむ事年久《こととしひさ》し。朋友《は(ほ)うゆ(い)う》よりあふたびに。汁《しる》にせよかしとすゝ《(す)》むれども。かつてゆるさず。かゝ《(か)》りしが。主人をうつけと見なし。ある時を《お》して。ふなをとり。汁《しる》にするさへお《を》かしきに。子にむかひ。まづ汁をすふ《う》て見よといふに。うけとり一口すふ《う》て。あつたら親し《ぢ》や人に。しほか《が》なひ《い》といふ《う》た　（202）

〈現代語訳〉　一人の男がいる。親の供養といって神子を呼び、口寄せするときに神子がいった。「親は鮒になって水のなかで遊んでいる。安心に思え」。それを聞いた息子は、それならばと庭に池を掘り、たくさんの鮒を放し飼いにして、毎日、餌《えさ》を投げ与えた。そうした慈悲を心がけることが、長い間続いた。友だちが集まるたびに、「鮒汁にしてくれ」とすすめるが、一度も承諾することはなかった。このような主人を躻と見抜いて、友だちたちが、あるとき強引に池より鮒をとりあげて、汁をつくってしまったのも笑ってしまうが、躻の主人にむかって、「まず汁を吸ってみよ」というと、汁椀を受け取って一口吸い、「もったいないほどの立派な親なのに、塩が足りない」といった。

〈語注〉
男子　文中では「主人」「子」とも記す。**神子**　巫女。神がかりして神意を託宣する女性。供養の日に神子を家に招いて口寄せを依頼する。口寄せとは神子が死者の霊を呼び出して、死者の言葉を述べること。口寄せ神子。**主人**　鮒を飼う息子。**汁にする**　鮒を使用した出汁に塩で味付けすること。潮汁《うしおじる》。**あつたら親しや人に**　「あつたら」は「あたら」の促音化。惜《あた》ら。惜《あたら》。内閣文庫本は「ちつたら」とある。息子の知らない間に鮒汁がつくられたから、「汁にするさへおかしきに」といっている。ここは鮏の息子であるから、つくられた汁が鮒汁であることはわからないはずである。これをどのように「親しや人」と知ったのか。息子は慈悲深く大事にしていた鮒が親であると思い込んでいるので、わかっていたら飲まない。それを飲むから鮏なのであろう。**しほかなひといふた**　「しほ」は塩と苦労することを掛ける。その苦労が親には足りないという。底本の文末に「。」なし。

【鑑賞】塩　鮒の汁の塩加減が十分ではないと、息子は素直にいったつもりだろうが、それが親を貶《けな》していることに気づかない鮏である。写本の静嘉堂文庫本、南葵文庫本は、汁椀を「うけとりあつたら」といい、内閣文庫本は「かけとりちつたら」という。本文に異同をみるが、「一口すふて」が写本にはない。汁を吸わないで塩加減を知ることはできない。また「一口すふて」がないと落ちにもむすびつかない。写本はもともと誤写をもつ写本を写したのであろうか。

14　十人計《は(ば)かり》つれだちて。北野《きたの》へ夜《よ》ふ《(ぶ)》かに参詣《さんけい》しけり。廿五日くんじゅなれば。

を《(お)》しおされ。下《け(げ)》向《かう》する道《みち》すがら。夜《よ》もほのかにあけぬ。友達《ともた(だ)ち》の中に。一人腰《こし》のまはりをみれは《(ば)》。脇差《わきざし》のさやばかりに。刀《かたな》をそへてさしたり。こは何《なに》としたぞといふに。肝《きも》をつぶし。さやをぬき。ふいてみつ。たゝ《(た)》いて見つすれと《(ど)》もなし。あけ《(げ)》くにいふ事は。を《(お)》れなればこそ。さやをとられね。（214）

〈現代語訳〉　十人ばかり連れ立って、夜ふけに北野天神へ参詣した。二十五日の縁日の人ごみなので、人を押し人に押される賑わいである。この参詣帰りの道の途中で、夜もほのかに明けてきた。友達の中の一人が、腰を見廻すと、脇差の鞘《さや》だけを刀に添えて差していた。「これはどうしたのだ」というと、とても驚いて、その鞘を抜いて、吹いてみたり、叩いてみたりしたが、中身の刀は出てこない。そのあげくにいうことは、「おれだからこそ、鞘をとられなかったのだ」といった。

〈語注〉
十人計　一人よりも大人数で参詣すると利益があるという俗説があったか。　**参詣**　二十四日の深夜から二十五日にかけて参詣する。　**廿五日**　菅原道真の忌日。延喜三年（九〇三）二月二十五日没。毎月二十五日が縁日。　**くんじゅ**　群集。大勢の人々が集まる。　**をしおされ**　人出で賑わう様子。　**下向する**　参詣から帰ること。歩く道を下向道という。参詣する道とは別の道。　**あけぬ**

夜が明ける。暁の時間。午前四時ごろ。　**さやばかり**　脇差の中身が盗まれて鞘だけ。

【鑑賞】注意をしていた　盗人は金目のものだけを目的に盗むから鞘だけ残したのである。それを「おれだからこそ、鞘をとられなかったのだ」と自慢する始末。この躻の発想のずれがおかしい。中身のない鞘だけを持っていても意味がない。もし、この十人づれが盗人たちであったならば、諺《ことわざ》の「盗人が盗人に盗まれる」こととなり、もっとおかしいだろう。ここは躻が脇差の中身を盗られたのをつくろうための、考えられない行為や考えられない言葉で恥の上塗りをするので笑いになる。

少たくらたのありしが。人にむかひて。我《われ》は日本一の事を。たくみだいたわ(は)といふ。何事をかととふ。さればよ。うすにて。米《こめ》をつくをみるに。勿論《もちろん》したへさがるきねは。やくにたつが。上へあがるきねが。いたづらなり。所詮《しょせん》うへにもうすを。かひ(い)さまにつり。米を入てつかは(ば)。両ともに米しろみ。杵《きね》のあけ(げ)さけ(げ)。そつになるまひ(い)と。思案《しあん》したりと。いひもはてぬに。扨《さて》つりさげたるうすに。米の入やうはと。とへは(ば)。実《け(げ)》に其思案《そのしあん》はせなんだよ　(215)

〈現代語訳〉　すこし愚かな者がいたが、人にむかって、「おれは日本一のことを考えたわ」という。「どんなことを考えたのか」と聞くと、「そのことよ。臼《うす》で米を搗《つ》くのをみると、いうまでもなく下へさがる杵は役に立つけれども、上へあがる杵は役に立たない。つまるところ、上にも臼を逆さまに吊《つ》って、そこに米を入れて搗くならば、上下の臼がともに搗けて、杵の上げ下げが無駄にならないだろうと考えた」といい終わらぬうちに、「ところでその吊り下げた臼に、どのような方法で米を入れるのだ」と聞くと、「なるほどそれは考えもしなかったよ」といった。

〈語注〉

たくらた　痴。愚か者。「たくらだ」ともいう。　**たくみだいたわ**　「たくみ」は巧み。企て。考え。「だいた」は「いだきた」と同じ。　**いたづら**　徒ら。意味をもたない。　**かひさまに**　反様《かいさま》に。「かへさま」の転。　**米しろみ**　「しろみ」は米が搗き上がって白色になる。　**其思案はせなんだよ**　底本の文末に「。」なし。

【鑑賞】　**沙石集**　『沙石集《しやせきしゆう》』（弘安六年。一二八三）巻五・8「学生の世間の事無沙汰なる事」の後半に同話がみられる。法橋《ほつきよう》円幸《えんこう》の話に続くので本文に登場する弟子は円幸の弟子ということになる。円幸は前半に「教王房の法橋円幸と云ひて、寺法師にて学生ありけり」

とある。三井寺に学んだ学僧で、『沙石集』の編者無住《むじゅう》の師僧の一人とされる。

また、ある時、弟子共に云はく、世間の人は愚かにて、思ひもよらぬ事を思ひはからひたり。杵子《きね》一つにて臼二つを搗く様《やう》あるべし。一つの臼をば常の如く置き、一つの臼をば下へ向けて吊るすべし。さて杵を上げ下《おろ》さむに、二つの臼を搗くべし、と云ふ。弟子の云はく、上の臼には物がたまり候ふべくはこそ、搗き候はめ、といへば、この難こそありけれ、とて詰まりけり。

「難」は欠点をいう。「詰まりけり」はつぎの言葉がでてこない状態をいう。策伝は『沙石集』を典拠とする笑話も『醒睡笑』に収めるので、この説話によった可能性が高い。

日本一の事　「日本一」とは日本で一番すぐれているという言葉である。ここは人が考えていなかったことを考えたという。笑話は素晴らしいことと思いきや、馬鹿馬鹿しいことをいう愚か人である踁を露呈する。田蔵田とも書く「たくらだ」は麝香鹿《じゃこうじか》に似た獣のことをいい、人が狩りをすると飛び出して殺される愚かな習性をもつ動物である。愚か者、ものくさ者のことを「たくらた」ともいうようになった。「ものくさ」は懈怠《けたい》、倦怠《けんたい》で無精者をいう。御伽草子の『ものくさ太郎』の伝本の一つに、「これほどのたくらたはなしとおもひて」とある。ものくさ太郎は信濃国筑摩郡あたらし郷に住む、「国に並びなきほどのものくさし」とされる架空の人物である。

16　石州《せきしう》に板持《いたもち》といふ侍《さふ(ぶ)らひ》あり。板持のかたへ客《きやく》あり。家《いゑ(へ)》のおとなの若狭守《わかさのかみ》出合《いであひ》て座《ざ》敷《しき》へ請《しやう》じ。主人は他行《たぎやう》に候ともてなし。よきにあひはからふなかば。ふと障《しやう》子《じ》をあけ。みづからの顔《かほ》をたゝ《(た)》いて若狭よ〳〵《(若狭よ)》。我は留守《るす》の分ぞと　(220)

〈現代語訳〉石見《いわみ》国に板持という侍がいた。その板持のところへ客人があった。板持家の長老である若狭守が対応して客人を座敷に招き、「主人は外出しております」と応待した。長老がうまく丸め込んでいる最中に、主人は不意に障子をあけて、自らの顔を叩いて、「若狭よ、若狭よ。わしは留守であるのを、わかっているな」といわれた。

〈語注〉
石州に板持といふ侍あり　「石州」は石見国。現在の島根県。「板持」は武家の名。不詳。**たゝいて**　扇子かなにかで叩く。こちらを見よと音を出して知らせる。**留守の分ぞと**　写本には「分ぞと」のあとに「とらへてをかんやうもあるまい」の小文字を添える。評語。底本の文末に「。」なし。

【鑑賞】　**かたのごとくなる大名**　写本の(218)(219)にも同じ板持が登場する。(218)には板持という人物は、「かたのごとくなる大名」とある。おそらく大名とはいっても、小さな城をもつ殿様なのであろう。さらに、「されどもうつけ比類なし」とある。躻の度合いが他には比べられないほどだという。躻であるがゆえに、考えることも、言うことも、すべて異なっているのを笑話は取り上げる。

17　七月風流《ふうりう》を他郷《たご(が)う》にかくる。太郎左衛門といふ地下《ぢげ》のとしよりなれは《(ば)》。かれがもとに集《あつま》りならしけり。狂言《きやうげん》をするもの。うつけたる土民《と(ど)みん》に。此烏帽子《ゑ(え)ぼし》風流《ふうりう》に入ものぞ。そちにわたすといひをしへ。即《すなはち》彼《かの》て《(で)》い《(ゐ)》にを《(お)》きぬ。かくて一両日も過《すぎ》。風流をかくる。みち〳〵《(みち)》にて。ゑ《(え)》ぼしはあるかととふに。中〳〵《(中)》あるとこたふ。唯今《たゞ(だ)いま》狂言に出《いづ》る時。ゑ《(え)》ぼしをこひけれは《(ば)》。太郎左衛門殿の。土居《どい(ゐ)》にあるとの返事は

何も時の筈《はつ(づ)》にあはぬをは《(ば)》。太郎左衛門が土居のゑ《(え)》ほ《(ぼ)》しとそ《(ぞ)》　(224)

〈現代語訳〉　七月の風流を他村で演じることになった。太郎左衛門という者は土地の長老であるので、その家に集まって練習することになった。風流の狂言を演じる者が、愚かな百姓

に、「この烏帽子は風流に用いるものである。おまえに預けておく」と言い含めると、百姓はただちに太郎左衛門の家の出居に置いた。さて二日の稽古《けいこ》も過ぎて、風流を演じる日になった。他村に行く道々で、「烏帽子はあるか」というと、「いかにもある」という。ちょうど風流の狂言を演じるときに、百姓に烏帽子を求めると、「太郎左衛門殿の出居に置いてある」という返答をするとは。

何でも時の流れに合わないことを、「太郎左衛門が出居の烏帽子」という。

〈語注〉

七月風流　「七月風流」は七月に行う祭礼。「風流」は風流踊り、風流狂言をいう。風流では草花の飾りものを担ぎ、花笠には草花を挿し、太鼓と鉦《かね》の楽器で雨乞い踊りをする。「ふりう」ともいった。ここは風流を演じる集団が他の村でも演じることになった。きらびやかな衣装を身につけて、踊りながら練り歩き、一定の場または歩く道々で踊った。この踊りの合間に演じる狂言を風流狂言という。笑話では風流狂言の一演目に用いる烏帽子を預ける。**ならしけり**　稽古をした。「ならし」は慣らし。身体に慣れさせること。**うつけたる土民に**　愚かな百姓に、狂言道具方を担当させる。**てい**　出居《でゐ》。客人と応対する座敷のこと。客間。「出居《いでゐ》」と同じ。**一両日**　二日間の稽古。筋と段取り、科白《せりふ》などを確認する。**土居にあるとの返事は**　「土居」と振り仮名は底本ママ。「出居《でゐ》」の誤刻。「返事は」はこの後に「驚かされる」が略されているのだろう。底本の文末に「。」なし。**何も時の筈にあはぬをは**　以下は評語。写本は小文字で表記される。**太郎左衛門が土居**

のゑほしとそ　諺。間に合わない、用をなさないといわれるが、用を果たせないが正しい意味であろう。「土居」は「出居」の誤刻。底本の文末に「。」なし。

【鑑賞】　**風流**　風流は雨乞いを目的とした踊りである。頭に被る笠には草花を挿している。草花は神の依代《よりしろ》、招代《おぎしろ》である。草花が揺れたり靡《なび》いたりするところに、神は降臨するという。同じように大きな傘も広げ、傘には音の鳴る鈴や五色の飾りがつけられる。風流には太鼓、鉦、笛などの楽器による演奏と踊り歌が歌われる。底本292には、雨乞いのために楽器を演奏する笑話がある。

出居の烏帽子　諺の「太郎左衛門が出居の烏帽子」の出典を、すべて辞典類は『醒睡笑』としている。烏帽子を忘れたのでは、「用をなさない」「役に立たない」と説明するが、笑話は預けた相手が「うつけたる土民」であるから、もともと「用をなす」という期待はできない。ここは「用をなさない」のではなく、「用を果たせない」「用を果たすという期待は無理」という解釈になる。

吝太郎

18　すく(ぐ)れてしはき者。たま〱(たま)えたる客あり。何をがなとおもひて。在郷《ざいご(が)う》の風情《ふぜい》なれば。心斗《は(ば)かり》やなと〻(ど)(と)いふ処《ところ》へ。とうふは〱(とうふは)とうりに来《きた》れり。亭主《ていしゅ》とうふをかはん。さりながら小豆《あつ(づ)き》のとうふか。いやいつもの大豆《まめ》のて(で)候といふ。それならは(ば)かふまひ(い)。めづらしふ(う)あるまひ(い)程にと。亭主の口上《こうじやう》作意《さくい》あるやうにて。とかくきたなし。人性欲レ平｜嗜欲害レ之《し(じ)んせいほつしてたひらかにたしなまんとよくか(が)いすこれを》と淮南子《ゑなんじ》にも書《かき》たり（228）

〈現代語訳〉　とてもけちな人のところに、偶然に客人があった。「何を出したらいいかなあと思っても、見てのとおりの田舎であるので、心ばかりのものしか出せないなあ」などというところへ、「豆腐は、豆腐は」と豆腐売りがやって来た。亭主は、「豆腐を買おう」と声を掛けた。亭主が、「ところで豆腐は小豆の豆腐か」というと、豆腐売りは、「いや、いつもの大豆でございます」という。亭主は、「それならば買わないでいよう。目新しいものではないから」といった。亭主の言い方は、わざとらしくいっているようで、とても卑怯《ひきょう》である。「人性平らかに欲して嗜まんと欲之を害す（人の性格はいつものように嗜みを欲したいと思っても、その欲がかえって嗜みを害することになる）」と『淮南子』にも書いてある。

〈語注〉

吝太郎　吝《しわ》い人の擬人名。吝嗇《りんしょく》、けちな人。　**たま〳〵えたる客あり**　ほとんど人が来ないところに来た。「しはき者」のところに人が立ち寄ることはない。　**在郷の風情**　田畑のある田舎の風景。**心斗や**　馳走したくない気持ちを込めた言葉。　**とうふは〳〵とうりに来れり**　「とうふは〳〵」は豆腐売りの売り声。「とうふぁ」を表記したもの。天秤棒《てんびんぼう》を担いで売りにきた。　**小豆のとうふか**　「小豆のとうふ」は豆腐屋をからかっていったもの。豆腐は大豆でつくる。　**大豆**　「まめ」は大豆の通称。　**亭主の口上作為あるやうにてとかくきたなし**　以下は痛烈な批判である。　**めづらしふ**　小豆なら珍しい。「作為」は小豆でつくる豆腐かという言い方は意図的である。「きたなし」は考えが腹黒く、横しまだ。　**欲害レ之**　「欲」の振り仮名が左にある。「人性～害之」の振り仮名が多く書き込めなかったためとみる。　**淮南子にも書たり**　「淮南子」は中国、諸子（思想家たち）の雑家《ざつか》（総合学派）に属する百科全書風の思想書。写本はこのあとに、「又蜷川新右衛門親当が哥に／紫の色よりもこき世中のよくには恥をかきつはたかな」がつく。「紫の色云々」は荒木《あらき》田守武《だもりたけ》の狂歌集の『世中百首《よのなかひやくしゅ》』（大永五年。一五二五）に収められる。底本の文末に「。」なし。

【鑑賞】　**吝太郎**　同時代の狂歌集の『新撰狂歌集』（寛永年間。一六二四～四四）下巻・雑176に、「いとゞだに握拳《にぎりこぶし》の吝《しは》太郎指をきりなば手をばひろげじ」をみる。物を大事にして貸そうとしない者、財布の紐《ひも》が硬い者をケチ、しみったれという。これが吝太郎である。目録題で、「どんたろう」の振り仮名をつけたのは、「しわたろう」のような者が「鈍」であったからであろうか。「どんたろう」を一概に誤りの振り仮名とすることはできない。

とうふは〳〵　天秤棒で売り歩く物売りを棒手振《ぼてふ》りという。「振り」は声をあげて売ることで、振り売りともいった。棒手振りの豆腐売りは、「とうふは〳〵」といって歩いたことがわかる。豆腐は寺院の僧たちが精進料理に加えたのが貴族、武家に伝わり、室町時代に全国に広がった。一般の人が食したのは江戸中期からといわれているが、『醒睡笑』以前に棒手振りで豆腐を売っていたとなると、すでに江戸初期から食していたことになる。

小豆　なぜ亭主は小豆の豆腐といったのか。小豆は大豆の大に対するものだが、「大豆」は「まめ」と読み「小豆」は「あずき」読む。大本版に「しやうつ」の振り仮名がある。そもそも「しやうつ」という言い方があったかどうか。ここは小豆の豆腐などないのを承知で尋ねて、買わないための理由にしようとした。この「口上作為」を「とかくきたなし」と策伝がいうのは、豆腐売りを巻き込んで馳走ができない理由にしようとしたからである。

19　客来《きやくきた》るに亭主出《いで》て。飯《めし》はあれども。麦飯《むぎいひ(ぢ)》しやほどに。いやであらふ《(う)》ずといふ。我は生得《しやうとく》麦飯か《(が)》すきじ《(ぢ)》や。麦飯ならば三里《り》も行《ゆき》てくはふ《(う)》といふ。さらばとてふるまひけり。又有時。件《くだん》の人来《きた》る。そちは麦飯か《(が)》すきじ《(ぢ)》や程に。米のめしはあれど

も出さぬといふに。いや米《こめ》の食《めし》ならば。五里もゆかふ(う)とて又くふ(う)た　(233)

〈現代語訳〉客人がやって来たので、亭主が対応に出て、「飯はあるのだが、麦飯であるから、いやであろう」というと、「おれは生まれつき麦飯が好きだ。麦飯なら三里の距離があっても、そこまで行って喰おう」という。「それならば」といって麦飯を馳走した。また、あるとき同じ客人がやって来た。「おまえは麦飯が好きだというから、米の飯はあるのだが出せないね」というと、「いや米の飯なら、五里の距離があっても喰いに行こう」といい、また喰った。

〈語注〉
麦飯しやほどに　馳走したくないので麦飯しかないという。**三里も行てくはふ**　「三里も行て」は諺「三里も行く」。どんなに遠くても行く。**米のめしはあれども出さぬといふ**　米の飯しかないから出さないという。ただ食いはさせない断り。**五里もゆかふ**　諺か。喰うためなら、どんなに遠くでも行く。**又くふた**　「又」はふたたび計略どおりに。底本の文末に「。」なし。

【鑑賞】**三里も五里も**　諺の「三里も行く」は知られているが、ここにあげる「五里も行く」も同じ諺としてあったとみられる。いま諺として残っていないのは、「三里も行く」と同じ意味であったから消えてしまったのであろう。三里、五里でも食べに行くといっても、一里は約四キロであるから、その三倍、五倍の距離となると相当の距離である。好きなものを得るのに遠いところまで行くというのはでまかせに過ぎない。

20　ある藝者《げいしゃ》の親子《おやこ》つれだちて。貴人《きにん》の前《まへ》に侍《はんべり》しが。子にて候十四五歳《さい》なる者。大名《みやう》の御《ご》座《さ(ざ)》あるまはりにありし。わきざしののしつけをとりて見。ひたものほめければ。親《おや》がいひけるやうは。さやうにおこしのものなと《(ど)》を。むさとほめぬものぞ。大名はひよくと。くださるゝ《(る)》事があるものじ《(ぢ)》やに　（236）

〈現代語訳〉　ある芸人の親子が連れ立って、大名の御前にお控え申し上げたが、子である十四、五歳になる者が、大名がいらっしゃる傍らにある、脇差の熨斗附《のしつけ》を手に取ってみて、ひたすら褒めたので、親が、「そのようにお腰のものなどを、やたらに褒めないものだ。大名はひょいと下されることがあるものだから」といった。

〈語注〉

藝者の親子　「藝者」は芸事に巧みな者。「親子」は子が芸を見せ、親が楽器を演奏する。この親子はともに女とみたい。**大名**　「貴人」と同一人。**のしつけ**　熨斗附。金銀類の延べ板を刀剣の鞘につける。**ひたものほめければ**　「ひたもの」は直物。やたらに。「ほめければ」はもらいたいので褒める。**親がいひけるやうは**　親がいうことには。もらえることを期待するような褒め方をいってはいけないと子に注意をする。**ひよくと**　ひょいと。何もいわなくても「ほら、これを進ぜよう」といって褒美に脇差をくれると予想する。**あるものじやに**　底本の文末に「。」なし。

【鑑賞】　**藝者**　親子は芸をみせて、いつも祝儀、褒美などをもらうことに慣れている。子は相手の持ち物や着物を褒めると、もらえるものと思っているので、演じる前から懸命に褒めようとする。親はしっかりと演じたら祝儀はくれるものだから、「むさとほめぬものぞ」という。この言葉を大名の御前で聞こえるように話すのは親の計算であろうか。子の行為、親の本音がわかっておもしろい。芸人は三味線を弾き、歌を歌い、舞や踊りなどができる芸達者であるだけではなく、器量がよくなくてはならない。ここに登場する芸人は大名の家に呼ばれるほどであるから、十分な芸を見せることができたとみられる。

21　われは増水《ぞうすい(ぎ)》きらひなりと。つねにいふ者あり。晩《ばん》がた。増水なかばへきたる。ちと申さんずれと《ど》。おきらひなるまゝ《ま》。是非《ぜひ》なしとあれは《ば》。何とこのぞうすいに。胡椒《こせう》はいらぬか。いやいらぬ。それならは《ば》。ちとたへふ《べう》。(244)

〈現代語訳〉「おれは雑水嫌いである」と、いつもいう者がいた。ある夕方、雑水を食べているところにやって来た。亭主が「少し差し上げたいが、お嫌いであるので差し上げられない」というと、雑水嫌いの者が、「どうだろう、この雑水に胡椒は入っていないか」というと、亭主は、「いや入っていない」という。「それなら、少し食べよう」といった。

〈語注〉
増水 雑水。雑炊。野菜その他のものを入れて煮た飯。**なかば** 食べている最中。**おきらひなるまゝ** 「まゝ」は「まゝに」の「に」が脱か。**胡椒はいらぬか** 相手に「いやいらぬ」の返事をさせるための質問。

【鑑賞】 **嫌いは大好き** 食べられるのに嫌いという。嫌いという言葉には好きという意味が含まれている。ここでは入れることのない胡椒が入っていないならば、それを食べようという表現がおもしろい。底本19と同想の笑話である。

賢達亭《かしこだて》

22　ぬからぬかほしたる男《お(を)とこ》。大名のもとへ参る。何とて久しく。見えなんだぞ。手《て》をついて。此一両月は。癲癇氣《てんかんけ》に取紛《とりまぎれ》不参仕候と申上し。友達《ともだち》と座《ざ》を出《いづ》るに。そちは咳氣《がいき》をこそ。わづらひつれ。ありのまゝ(ま)申さずして。いらぬ病《やまひ》の名をい(い)ひつる事よ。いやがいきは。初心《しよしん》に誰《たれ》も知《しり》たり。ちとこばかし。てんかんといはひでは。(246)

〈現代語訳〉　抜け目ない顔をした家臣が、大名のところへ参上した。大名が、「どうして久しい間、顔を見せなかったのだ」と尋ねるので、慇懃《いんぎん》に手をついて、「この一両月は癲癇の病で心が乱れ、参上できませんでした」と申し上げた。友達とその座を退くときに、友達が、「貴殿は風邪《かぜ》をわずらっているのに、なぜ風邪だといわないで、なってもいない病をいったのか」というと、「いや、風邪では野暮で、誰もが知っている病である。少しばかりひねって癲癇といわなくては、意気《いき》ではない」といった。

〈語注〉

賢達亭　利口ぶった者が自慢気な態度をとり、失敗しても負け惜しみをいう。　**ぬからぬかほしたる男**　「ぬからぬ」は油断して失敗しない。しくじらない。ここはしたたかな計算をする男。　**手をついて**　真心込めた礼儀正しい態度。　**癲癇**　突然に意識を失って倒れる大発作や瞬間的に意識を失う小発作を起こす病。　**友達**　同じ家臣。　**そちは咳氣をこそ**　「そち」は大名の家臣であるので貴殿。「咳氣」は咳《せき》の出る病気。風邪。咳嗽《がいそう》、しわぶき、謦咳《けいがい》ともいう。　**初心に誰も知たり**　「初心に」は野暮な病名では。「誰も知たり」は誰もが知っている病名。　**こばかし**　婿かし。媚し。洒落て気取ること。奇異な言葉づかい。「きのふはけふの物語」（古活字十行本）上巻・9に「一つこはさうとおもひて」とある。

【鑑賞】　**賢達亭**　本文題には「亭」に「て」の振り仮名をつける。目録ならびに本文題を漢字に統一するために漢字の「亭」としたが、「亭」を「て」と読ませるために振り仮名をつけた。「賢し」は知力が際立ち、冴える、利口、頭の働きがいいことをいう。類義語の「さとし」にはもの覚えが早いという意味がある。優れている、勝っている人物でもある。「だて」は〜の様子を見せる、〜ぶるの意味をもつ。『古今著聞集』巻十二・博奕第十八423にも、「さしもはやりたることに、たゞひとりまじりたまはざりつれば、賢人だてかとおもひて侍《はべり》つるに、いかにしてかくは」とあり、賢人ぶる意味でつかわれている。

癲癇氣　癲癇にかかったといったのは、少しでも知られていない病名をいえば、賢いと思ったからである。癲癇は発作的に倒れる病とされるが、この癲癇を大名は理解していたであろうか。風邪を引いたといえば、本人の不摂生といわれる。そんな誰もが知る言葉では野暮である。ここは意気な言葉をいうのがいい。知られていない癲癇なら何もいわれないと考えて、堂々と嘘をついたのである。

23　古道三洛中歩行《こだうさんらくちうほこう》の折《お(を)り》節《ふし》ある棚《たな》のかたはらに。青磁《せいじ》の香爐《かうろ》おもはしきあり。立《たち》より。うつけたるふりに。此かうろんいくらととはれければ。内よりなにとはねても銀《き(ぎ)ん》二枚《まい》と　(247)

〈現代語訳〉　古道三が京の街中を歩いていると、ある店の棚の傍らに、心惹かれる青磁の香炉の品が置かれていた。店に立ち寄って、馬鹿のような振りで、「このこうろん、いくら」と尋ねると、店の内から出てきた主人が、「いくらこうろんと言葉を撥ねても、銀子は二枚」といった。

〈語注〉
古道三　曲直瀬《まなせ》道三。初代。室町後期、安土桃山時代の医者。京都の人。名は正盛《しょうせい》。字は一渓。道三には二代、三代がいるので初代を古道三といった。雖知苦斎《すいちくさい》、啓迪庵《けいてきあん》とも号した。足利学校に学び、田代三喜《たしろさんき》に中国医学を学ぶ。日本医学中興の祖。将軍足利義輝や豊臣秀吉らの信任を受け、正親町《おおぎまち》天皇から翠竹院の号を与えられた。一五〇七〜九四。 **ある棚** ある店の棚。陳列棚。 **青磁の香爐おもはしきあり** 「青磁」は青い釉《うわぐすり》のかかった高火度焼成の焼き物をいう。「香爐」は香をたくのに用いる器。居《すえ》香炉、擎《とり》香炉、釣香炉に大別される。 **うつけたるふりに** 「ふりに」は態度。鵼の顔や姿を真似たのであろう。 **此かうろん** 「かうろん」は香炉。「ん」は語調を強める言葉。「ん」を入れるのは田舎者の言葉ともいう。 **なにとはねても銀二枚と** 「はねても」は撥ねても。言葉に撥音便の「ん」を入れても。「銀二枚」は銀子二枚をもらう、それ以下はない。底本の文末に「。」なし。

【鑑賞】 **うつけたるふり** 「いくら鵼のような口調でいっても、香炉を安く売ることはしない」という。主人は鵼の振りをして物を買う計略に騙されなかった。東洋文庫本は、「はねる音は当時は気のきいた言い方だった」という。なぜ鵼の振りをして洒落た言い方をするのだろうか。撥ねる音が洒落た言い方であったことは、底本2にも、「ながうてはねた名をつきたふ御座ある」とある。確かに「ん」をつける言葉の流行があり、気の利いた言い方だけで値切ることができたのであろう。だがなぜ古道三が鵼の振りをしなければならなかったのかは不明である。

24　ある僧《そう》小《こ》者《もの》を一人つれて。銭湯《せんたう》に行帯《ゆきおび》ときふためきて。頭巾《づきん》かづきながら。小風呂《こぶろ》に入ぬ。つねに何事も。利口《りこう》をいふがにくさに。小者も見ぬふりし。二の風呂めに。頭巾をとりたまはでといひければ。さは《(わ)》がぬていに。あたまをさぐり。もはやとらふ《(う)》かなといはれた　(251)

〈**現代語訳**〉　ある僧が小者を一人連れて銭湯に行った。帯を解き、着物を騒がしく脱いだが、頭巾をかぶりながら小風呂に入った。いつも何事につけても、僧が利口振った言葉をいうのが、憎いと思っていたので、小者も見ぬ振りをして、二の風呂のときに、「頭巾をお取りにならないでいますが」というと、僧は騒ぐ様子もせずに、頭巾に手をやり、「そろそろ取ろうかなあ」といわれた。

〈**語注**〉
小者　寺で働く男。銭湯に同伴するのは、僧の身の回りの世話をするためとみられる。**小風呂**　風呂の称。柘榴口式蒸し風呂の浴室。**利口をいふ**　慣用句か。何でも知っている顔をして、相手を小馬鹿にする。**二の風呂**　不明。二度目に入る風呂をいうか、または別の風呂をいうか。**さ**

ぐり　いかにも何気なく頭巾に手をあてる動作。　**いはれた**　底本の文末に「。」なし。

【鑑賞】 **銭湯**　銭湯は鎌倉時代からあったという。銭の湯というのは、湯に入るために湯銭《ゆせん》を取ったからである。古くは永楽銭一文の湯銭を取ったという。風呂屋、湯屋ともいい、はじめ京都、大坂にあり、その後、江戸にも出来たとされる。京坂には看板はないが江戸は看板があった。『醒睡笑』には風呂、石榴風呂、講堂の風呂、小風呂、内風呂、せんたう、かう〳〵風呂などの言葉がみられる。

25　花見《はなみ》の興《け(きよ)う》のかへるさも。たそか《(が)》れ時になりぬ。道《みち》のほとりに。人のたちたるすがた有ければ。あたまをさげ。手をあはせて。礼《れい》をする。つれの者あれは。石《せき》塔《と(た)う(ふ)》なりといへは《(ば)》。彼人《かの》いふ當世《たうせい》は。あれていの人にも。礼をしたるがよいと。

（255）

〈現代語訳〉　花見の宴を終えて帰るとき、夕暮れ時になった。道端に人の立っている姿が見えたので、頭をさげ手を合わせてお辞儀をした。連れの者が、「あれは石塔である」というと、お辞儀をした者が、「この浮世では、あれぐらいの人にも、お辞儀をしたほうがよいのだ」といった。

〈語注〉
花見の興 桜を物見する宴。 **石塔** 墓石か石碑か。 **あれていの人** 石塔といわれたので、ここは見間違いをしたのではないというために、「あれていの人」といった。「あれていの人」は見間違いに気がついた上での言葉である。

【鑑賞】 **あれていの人** 花見ともなれば酒を飲んでは騒ぎ、歌っては踊る宴が開かれる。笑話では飲みすぎてしまい、目も霞む状態になったのであろう。頭をさげ、手まで合わせるとなると、明らかに人と思っての行為である。その間違いを指摘されても、自らの失態を認めたくないので言い訳をいう。ここは連れの者が酔った男の失態を認めさせようとして「あれは石塔なり」といったとみることもできる。

26 力《ちから》はさのみなふ(う)て。手《て》のきいたるを頼《たのみ》にして。相撲《すまふ》をすく男《お(を)とこ》あり。又手《て》をとる心は。すこしもなくて。たゞ《(だ)》ちからのあるをうでにして。相撲《すまふ》をこのむ坊主《ばうず》あり。双方《さうほ(は)う》名《な》乗《のり》あひ。僧《そう》と俗《ぞく》といくたひ《(び)》とれども。力のつよきにより。手をやくにたてず。坊主かちとを《(ほ)》しければ。俗腹《ぞくはら》をたち。見物《けんふ(ぶ)つ》のおほき時。まけてのきさ《(ざ)》まに。高《たか》〱《(高)》と聲《こゑ》をあげ。いかほどの坊主とも。すまひをとりたるが。あの入《にう(ふ)》道《た(だ)う》ほど。すしくさいやつに。あふ《(う)》た事か《(が)》ないと。悪口《あくこう》は《(ば)》かりに。かちしお《(を)》かしさよ。（256）

〈現代語訳〉 力はそれほどなく、技のうまいのをあてにして、相撲を好む俗人がいた。また技で取る方法は少しもなく、ただ腕力だけをもって、相撲を好む坊主がいた。双方名乗りあってから、坊主と俗人は何度も取り組んだが、坊主の力が強すぎて、俗人の技が役に立たない。坊主が勝ちつづけるので、俗人は腹を立て、相撲を見物する人が多いとき、負けて土俵を降りる際に、とても大きな声をあげて、「多くの坊主たちとも相撲を取ってきたが、あの入道ほど鮨《すし》くさいやつにあったことがない」といった。悪口だけに勝つのは笑ってしまうね。

〈語注〉

相撲をすく男あり　技で勝つことができるので相撲が好きである。　**名乗あひ**　相撲を取る前に四《し》股名《こな》をいう。**すまひ**　相撲。**入道**　坊主。僧。**すしくさい**　「すし」は鮨（鮓）。坊主は生ものを食べないのに、その臭いが身体からしてくる。**悪口はかりにかちし**　「悪口」は悪態。相撲で負けても悪口で勝つ。

【鑑賞】　**生臭坊主**　坊主が生臭い魚肉、獣肉を口にすることは禁じられている。負けた男に「すしくさいやつ」といわれる。生臭坊主といえば戒律を守らない品行の悪い坊主のことをいう。写本の巻三「自堕落」には堕落僧の笑話が二十三話（337〜359）も収められている。その堕落僧たちが食する物には鶏、鰌《どぢよう》、なます、鱏《ゑい》、鱛《えそ》、蛸、鰻、烏賊《いか》、鮎、鮒などをみる。いろいろなものを口にしていたことがわかる。

27　かはざうりをはきて。ありくもの。あやまちに。あしをけやぶり。ことのほか血《ち》ながる〵《（る）》を見て。笑止《せうし》やいかにといふものあれば。いやくるしからず。むかしより。かはをにぬるちとある程に。さてよひ《（い）》さくやと。人〵《（人）》ほめければ。われもほめられんは。やすき事也とたくみ。足《あし》をやぶり。血《ち》をながす。何としてと人のとふとき。いや是は大事なし。昔《むかし》も。いろはにほへと〵《（と）》。あるほと《（ど）》に　（260）

〈現代語訳〉 革草履《かわぞうり》をはいて歩く者が、あやまって足を傷つけ、思いのほか血が多く流れているのをみて、「気の毒だなあ、どうしたのだ」と聞く者があったので、「いや気にすることはない。昔から、かわをにぬるちというから」という。「それにしてもうまいい方だなあ」と人々が褒めたので、ある者が、「わしも褒められるのは簡単なことだ」と思い、足を傷つけて血を流した。「どうしたのだ」と人が尋ねたとき、「いや、これはたいしたことではない。昔から、いろはにほへととあるから」といった。

〈語注〉
かはざうり 竹皮で編んだ草履。 **けやぶり** 蹴破り。つまずいて傷を負う。 **かはをにぬるち** 革緒に塗る血。いろは歌の「ちりぬるをわか」の転倒読みのもじり。 **足をやぶり** わざと足を傷つける。 **いろはにほへとゝあるほとに** 「かはをにぬるち」が「いろはにほへと」につづく言葉の洒落であると理解しながら、「いろはにほへと」といってしまう。底本の文末に「。」なし。

【鑑賞】 **ちりぬるをわか** 「かはをにぬるち」が「ちりぬるをわか」の洒落であるおもしろさというのは賢いと思い、自分も賢そうにみられたいと思ったまではいいが、俄《にわか》な賢人ではは、いい慣れていなかったために失態する。

醒睡笑巻之二目録

醒睡笑巻之二

謂《いふにれぬ》被レ謂物之《いはもの丶(の)》由来《ゆらい》

28　いづれもおなし事《(じ)》なるを。つねにたくをば。風呂《ふろ》といひ。たてあげの戸《と》なきを。柘榴《ざくろ》風呂とはなんぞいふや。かゞ《(が)》みゐ《(い)》る。いるとのこゝ《(こ)》ろ也。（2）

〈現代語訳〉「どちらも同じことであるが、いつも焚いて入るのを蒸し風呂といい、蒸し風呂の入り口にある引き戸がないのを柘榴風呂というのは、なぜであろうか」というと、「かがみ入ると要るの洒落である」といった。

〈語注〉
醒睡笑巻之二　内題。底本の「巻之二」は写本では巻一に置かれる。**謂被レ謂物之由来**　物の由来を、ああいえばこういうというこじつけ。**風呂といひ**　「風呂」は蒸し風呂。釜で湯を沸かして蒸気を送る。床が竹の簀子《すのこ》になっていて、簀子から蒸気があがる。**たてあげの戸なきを**　「たてあげの戸」は立ち上がる湯気をのがさないための戸。引き戸がない。**柘榴風呂**　柘榴の絵が湯船の入り口の戸に描かれることからの称。「じゃくろぶろ」ともいった。　**かゞみゐる**　屈《かが》み入る。屈んで風呂に入る。　**いるとのこゝろ也**　「いる」は「要る」。鏡を磨くのに柘榴の酸が「要る」。風呂に屈んで「入る」を掛ける。「こゝろ也」は「なんぞいふや」を受ける結び。

【鑑賞】　**謂被レ謂物之由来**　底本は「謂被謂」を「いふにいはれぬ」と読む。角川文庫本は『寒川入道筆記』（慶長十八年。一六一三）にみる「さて〳〵なにもいハゝいハるゝもの〳〵」をあげて「いへばいはるる」と読む。東洋文庫本は「謂えば謂われる」とする。『醒睡笑』の改題抄本の『古今はなし揃』（元禄六年。一六九三）の巻之二目録に「わけていいわれぬはなし」とするが、本文章題は「いふにいわれはなし」とする。

柘榴風呂　江戸時代の銭湯は湯屋、外風呂《そとぶろ》といい、家庭の風呂は据風呂《すえぶろ》、内風呂《うちぶろ》といった。風呂桶の下部に鉄製の焚き口があり、ここに薪をくべて湯を沸かす。銭湯は蒸し風呂で浴槽の入り口は破風《はふ》造りの鳥居型で天井から下がった仕切り板があった。板は湯船からの湯気を外に出さないためである。板には柘榴の花の絵が描かれ、入り口を柘榴口、風呂を柘榴風呂といった。浴槽の大きさは九尺四方である。風呂に柘榴の絵が描かれた由来は明らかでないが、中国の唐の時代、長安の東方の驪山《りざん》にある華清《かせい》池温泉に楊貴妃が入浴した伝説がある。この北端の九聖殿《きゅうせいでん》の周囲にはたくさんの柘榴が植えられていたという。このことから入浴と柘榴がむすびついたとみられる。

29　随《ずい》八百《ひ(び)やく》とは何をいふ。聟《むこ》が舅《しうと》のもとにゆき。いんぎんに一礼《れい》ありて後《のち》。しうとのいふやう。今《いま》までは。公界《くがい》むきの由《よし》。此後は。随《す(ず)い》をいた《(だ)》ひ《(い)》てあそばれ候へと。聟《むこ》きゝ《(き)》て。肝《きも》をつぶし。京へ俄《にはか》に随をかひにのほ《(ぼ)》する。高聲《かうしやう》に随をかはんとよふ《(ぶ)》。利口《りこう》なる者行合《ゆきあひ》。石龜《いしがめ》の子《こ》をいきすい《(ず)》是なりとて。八百にうりたり。聟悦《むこよろこ》ひ《(び)》。座敷《ざしき》へもちて出。随を出《いた(だ)》しまい《(ゐ)》らするとて。あゆませたり。それより随八百とはいふ《(う)》たとお《(を)》かしや。　(6)

〈現代語訳〉　随八百とはどういうことか。ある婿《むこ》が、舅《しゅうと》のところに行き、丁寧に挨拶をかわしたあとに、舅が、「今までは世間向きの接し方をしてきたが、これからはもっと随に接して下され」というと、婿はそれを聞いてたいへん驚いた。すぐさま京都へ随を買いに出掛けた。大きな声で、「随を買おう」と呼ぶと、賢い者が出てきて、石亀の子を、「これこそ生き随である」といって八百文の値で売った。婿は悦んで家に帰り、買った随を座敷に持って出て、「随をお出し申し上げる」といって歩かせた。それから随八百といったという。おかしなことだ。

〈語注〉
随八百　慣用語か。勝手気ままなこと、いいたい放題をならべたてること。「随」は気楽。気随。「八百」は数が多いことを表す。**今までは**　結婚してから今日までをいう。挨拶に来る前までの対応。**公界むき**　かた苦しい接し方。他人行儀の接し方。「公界」は世間。**利口なる者**　騙《だま》すことを企てた者。**石龜**　水亀。背甲に藻が付着した石亀は縁起がいいという。**八百**　八百文。買値。

【鑑賞】　**随八百**　抜けている男の姿をみた「利口なる男」が、石亀の子を「これこそ生き随だ」といっては買わせる。騙されているとは知らずに、高値で買う姿を想像するとおもしろい。狂言で演じられる騙す都人と騙される田舎人との会話にヒントを得たのかも知れない。狂言の「末広がり」で、末広がりを知らない太郎冠者が、都で売り手のすっぱ（かたり、詐欺師）に騙されて傘を五百疋で買う展開と似ている。それにしても八百文は破格の値段である。どうして八百文もの銭をもっていることを、「利口なる男」は知ったのか。おそらく八百文以上の金額を提示したら、八百文しか持っていないとでもいったのだろう。

30　いそがは(ば)まはれといふ事は。ものごとに。あるべき遠慮《ゑんりよ》なり。宗長《そうちやう》のよめる

武士《ものゝ(の)ふ》のやばせのわたりちかくとも
いそがは《(ば)》まはれ瀬田《せた》の長《なが》はし　(10)

〈現代語訳〉「いそがば廻れ」という言葉は、物事を考えるのになくてはならない思慮のことをいう。宗長が詠んだ歌に、

武士のやばせのわたりちかくとも
いそがはまはれ瀬田の長はし

(矢橋《やばせ》の渡し場が近くにあっても、急ぐならば遠回りをしてでも瀬田の長橋を渡れ)

〈語注〉
いそがはまはれ　諺。遠回りでも着実な方法をとるのが得策だ。**宗長のよめる**　「宗長」は中世連歌師。宗祇《そうぎ》門人。一四四八～一五三二。「よめる」のあとに「哥」が略されたか。底本の文末に「。」なし。**武士のやばせのわたり**　「武士の」は「やばせ」にかかる枕詞。「やばせ」は矢橋。琵琶湖南東岸の地名。**瀬田の長はし**　現在の滋賀県大津市の瀬田川に架かる旧東海道の瀬田大橋。瀬田の唐橋ともいう。瀬田は勢多とも書いた。

【鑑賞】　**わたり**　「わたり」は渡し場のことである。「わたりちかくとも」は「たとえ渡し場

が近くにあっても」となる。それでも遠回りしたほうがよいという。船に乗れば目的地に早く着くが、水上は危険がともなうので、遠回りをしてでも安全な陸地の道で行くのがよいのである。

31　物《もの》を無用《むよう》といふ詞《ことは(ば)》のかはりに。よしにせよといふ(う)は

あら塩《し(じ)ほ》も戸《と》さ(ざ)しもよしやするがなる
清見《きよみ》が関《せき》は三保《ほ》の松《まつ》ばら

此哥《うた》にて心得ぬへ(べ)し。三保の松はら(ば)の面白景《おもしろきけい》を詠《なか(が)め》ゐば。関《せき》にを(お)よばず。えゆくまひ(い)ほどに。清見か(が)関はよしにせよとよめり　(16)

〈**現代語訳**〉「物を無用」という言葉の代わりに、「よしにせよ」という言葉があるのは、

あら塩も戸さしもよしやするがなる
清見が関は三保の松ばら

(あし垣も門も葦《よし》でつくるのでよくない。駿河にある清見が関も三保の松原から見る景色がよくない)

この歌で理解できよう。三保の松原のいい景色を眺めていると、清見が関からの眺めはよくない。関に行かなくてもいいので、清見が関は「よしにせよ」と詠んだのだ。

〈語注〉

物を無用 不必要。あってもかえって邪魔になる。**よしにせよといふは** やめなさい。「よし」は葦。「あし」ともいう。「悪《あ》し」に掛けて、よくない。底本の文末に「。」なし。**あら塩も戸さしも****よしやするがなる** 「あら塩」では意味不明。「あし垣」の誤記とみる。「あし垣」は葦垣のことで、葦だけでつくった粗末な垣根。岩波文庫本は「あら垣」が正しいとする。「戸さし」は閉めた戸。門。「よしや」は、ええい、ままよ。どうでもいい。「するがなる」は駿河にある。**清見が関は三保の松ばら** 「清見が関」は現在の静岡市清水区興津《おきつ》清見寺《せいけんじ》町《ちょう》にあった関所。「三保の松原」は現在の静岡市清水区の駿河湾に延びる砂嘴《さし》にある松原。富士山を望む景勝地。**よしにせよとよめり** 富士山が見えないから、見に行くのをやめなさいと詠んだ。底本の文末に「。」なし。

【鑑賞】 **よしにせよ** 清見が関の関所は富士山の眺望を邪魔している。関所など設置しなければよかったのにという。だがいくら関所が不要でも、そこからの富士山の景色がいいというのなら、やはり行ってみたいものである。それは景色の一部がみられるだけでも満足できるからである。

32　なべて上﨟《し(じ)やうらう》がたには。さくぢといふを。禁《きん》中には。まちが《(か)》ねとかや。もてあつかひ給ふ事。こぬかといふ。言葉《ことは(ば)》のえんにや　(18)

〈現代語訳〉「ふつう上﨟方の間では、糠味噌を『さくぢ』というが、禁中では『まちがね』とかいう。もてあましにお思いになることを『こぬか』というのは、みんな言葉つながりであろう」。

〈語注〉

上﨟がた　身分の高い女性たち。ここは上﨟方の使う女房詞を話題にする。女房詞は宮中に仕える女房たちの衣食に関する隠語。**さくぢ**　酒塵《さざじん》。五斗味噌。大本版は「さゝらん」。南葵文庫本は「さゝぢん」。内閣文庫本は「さくちん」。**禁中**　禁闕《きんけつ》の中のこと。禁闕とは皇居の門。禁裏、内裏。**まちがね**　まちかね。待ちきれない状態。**こぬか**　「来ぬか」と「小糠」を掛ける。「来ぬか」は待ち兼ねること。「小糠」は米の表皮の細かく砕けた粉。粉糠とも書く。**言葉のえんにや**　言葉遊びであろう。底本の文末に「。」なし。

【鑑賞】**女房詞**　女房詞は室町時代初期に、宮中に仕える女官たちの間で上品な言葉遣いとして使われた。御所言葉ともいう。のちに将軍家に仕える女性や町家の女性にまで普及した。代表的なものに「お」がある。腹を「おなか」、強飯《こわめし》を「おこわ」、欠餅《かきもち》を「おかき」、味噌汁を「おつけ」、田楽を「おでん」、水を「おひや」。また「〜もじ（文字）」という形も多い。髪の毛を「かもじ」、恥ずかしいを「はもじ」、酒を「くもじ」（「九献《くこん》」から）、杓子を「しゃもじ」、腹が空くを「ひもじ」（「ひだるし」から）をみる。

33　わらんべは。風の子と。しるしらず。世にいふは。何事ぞ。夫婦《ふう》のあひた《だ》の子なればなり。（19）

〈現代語訳〉「童は風の子という意味を、誰もが知っているようでも知らない。それでも世間でいうのは、なぜか。それは夫婦の間の子だからだ」。

〈語注〉
わらんべは風の子　諺。「わらんべ」は童。童部。子ども。「わらうべ」「わらはべ」ともいう。「風の子」は寒風の中でも外で遊び楽しむ強い子。「風」は「かざ」と読むのが古形。「風の子」も「かざのこ」と読むのが正しいか。**何事ぞ**　結びの「なり」にかかる言葉。**夫婦**　風の音の「フウフウ」を掛ける。**あひたの子なればなり**　内閣文庫本は「あひたのなれは也」。

【鑑賞】　**ふうふ**　「夫婦」は「ふうふ」の風の音の洒落である。風には多くの異名をみる。その一つに「又三郎」がある。宮沢賢治の『風の又三郎』を思い起こすが、又三郎が風の擬人名であることを賢治は知っていたのであろう。急に風が吹いて教室のガラス戸がガタガタ鳴ったことから赤毛の転校生の名を「あいつは風の又三郎だぞ」といった。これは風が吹いたから又三郎だぞ、といったのである。それを「風の又三郎」といっては同じことをいうのでおかしい。

こざかしき者の答え　同話が『きのふはけふの物語』(整版九行本) 上巻・71にみられる。

ある人、申されけるは、わらべを風の子と申は、なにとしたる事ぞ、とふしんしければ、こざかしきもの申やうは、ふうふのあひだの子なれば、風の子といふ、とこたへた。よきへんたうの

これを元にしたのが『醒睡笑』とみられる。少しばかり知恵をもった「こざかしき者」と評語の「よきへんたう(返答)の」を『醒睡笑』が削除したのは、「こざかしき者」の登場では、答えが想定されるからであろう。そこを策伝は手直ししたとみる。

34　理《り》をは《(ぼ)》非《ひ》になし。非をは《(ば)》理になし。顔《かほ》をあかめ興《け(きよ)う》をさまし。むさと物事《ものこ(ご)と》よこさまにわめく者を。なべて世の人。あれはいかひ《(い)》どろふみよといふ事。はだしじ《(ぢ)》やとのえんごなり

春雨《はるさめ》の風にしたがふかひ《(い)》ど《(だ)》うは
しるくなれどもはやかは《(わ)》きけり　(32)

〈現代語訳〉「正しいことを正しくないとし、正しくないことを正しいとする。顔を赤らめて怒り、楽しい気分をさましてむやみにものごとに対して不当だ、と思って怒る者を、ふつう世の人は、『あれはたいへんな泥踏みよ』という。これは『はだしだ』の縁語である」。

春雨の風にしたがふかひどうは
しるくなれどもはやかはきけり

(春雨に吹く風に揺れる海棠の花は、雨に濡れて柔らかくなっても、すぐに乾いてしまう)

〈語注〉

理をは非になし　「理」は道理に合うこと。正しいこと。「非になし」は道理に合わないこと。正しくないこと。**どろふみ**　泥踏み。不詳。「どろ」は土が水で溶けたものをいい、「ふみ」は踏みつけること。世間の道を踏みつけた非道の者、放蕩者《ほうとうもの》のことか。岩波文庫本には「横車を押したり、故意に人にさからう者」とある。**はだし**　素足で人を踏むので乱暴者をいうか。岩波文庫本には「和歌山県の方言で、放埒者《ほうらつもの》をハダシという。はだし（跣足）にこれを掛けた秀句か」とある。**えんごなり**　底本の文末に「。」なし。**春雨の風にしたがふかひどうは**　写本は雄長老の歌とする。「したがふ」はなびく。「かひどう」は「海棠」の花と「街道」に咲く花を掛ける。**しるく**　液状で非常にやわらかいこと。

【鑑賞】　**海棠の花**　海棠の花は風に逆らわず、雨に濡れて柔らかくなっても、すぐに乾くという。自然にまかせて時間とともに生きていく花のように、人もどのように生きていくかは時間が経てばわかる、という譬《たと》えをいうのであろう。中国での海棠の花にまつわる話の多くが女性にかかわる。放蕩者、放埒者の男を詠む狂歌に海棠の花が詠まれるのは、正反対の用い方ということになる。

35　京にて乗物《のりもの》をかき。あるひ《(い)》は庭《には》にてはたらくおと《(を)》こを。六尺《しやく》とはなと《(ど)》いふならん。さる事候。屋敷《やしき》につき。家につき。たゝ《(た)》みに付。一切竪横間《さいたてよこま》をさだむるに。田舎《い(ゐ)なか》のは。一間《けん》を六尺にとる　法《は(ほ)う(ふ)》なり。都《みやこ》のは。間尺《けんし(じ)やく》を。六尺三寸にとつて。一間《けん》とする　法《は(ほ)う(ふ)》なり。されば。亭主《ていしゆ》をば。都《みやこ》六尺三寸の間《ま》にとり。つかはるゝ《(る)》男《お(を)とこ》をば。田舎六尺の間《ま》にとる。其故《そのゆへ(ゑ)》は。主人たる人の心と。下男《しもお(を)とこ》の心と。ものごと。はらりとちがひて。まにあはぬゆへ《(ゑ)》に。かの下人を六尺とはいふとなり。　(40)

〈現代語訳〉「京都で乗物をかつぎ、または庭で働く男を、六尺というのはなぜだろう」というと、「それはこういうことだ。屋敷、家、畳に関して、すべて竪間と横間の寸法を定めているが、田舎の間は一間を六尺に計る定めとしている。都では一間尺を六尺三寸に計って一間と定めている。よって主人は都の六尺三寸を一間と計り、使用人の男は田舎の六尺を一間と計った。そのために主人の判断と使用人の判断とが、すべての物ごとに対しても違って、お互いの心が合わないので、使用人を六尺というのである」といった。

〈語注〉
乗物をかき　駕籠《かご》舁《か》き。**おとこ**　家に雇われて下働きする男。使用人の男。**六尺**　田舎者の俗称。駕籠舁きのこと。陸尺とも書いた。**一切竪横間**　都での寸法。京間。「竪横間」は縦と横の寸法。大きさ。**田舎のは一間を六尺にとる法なり**　「田舎」は田舎の寸法。京間、中京間に対する語の田舎間をいう。「法」は決まり。定め。「はふ」「ほう」「ほふ」と表記される。「ほふ」は呉音で仏教語でもあるので、ここは「ほふ」の振り仮名が正しいか。**間尺を六尺三寸にとつて**　「間尺」は一間の長さ。「六尺三寸」は江戸時代の京間。**ものごとはらりとちがひて**　それぞれの判断のとらえ方が異なること。**まにあはぬゆへに**　お互いのリズムやタイミングが合わない。

【鑑賞】　六尺は田舎者　六尺は力者《りきしや》が訛《なま》ったものという。力者は力仕事をする雑役の人夫、駕籠舁き、人足などをいう。こうした人物たちが田舎者、田舎出であったので呼称にもなった。また晒《さら》し木綿を用いた褌《ふんどし》の長さによったともいう。これは三尺の褌が一般的になっていたのに、まだ田舎では六尺の褌が残っていたことから、六尺を田舎者といったのである。『寒川入道筆記』にも、「京の六尺共、二八月の出かはりによりあひて云々」と記す笑話をみる。

落書《らくしょ》

36　田中《たなか》の真宗《しんしう》とかや云者。ちいさき茄子《なすび》の茶入《ちゃいれ》を所持《しょぢ》し。けしからず秘蔵《ひさ(ざ)う》して。出《いだ》しければ

二服《ふく》さへいらぬ茶入《ちゃいれ》のなまなすび
あへて其身のかほよごしかな　(44)

〈現代語訳〉田中の真宗とかいう者が、小さい茄子の形をした茶入れをもち、とても大事そうにして目の前に出したので、

二服さへいらぬ茶入のなまなすび
あへて其身のかほよごしかな
(茶が二服すら入らない茄子の形をした茶入れでは、かえってその持ち主の顔よごしになるなあ)

〈語注〉
落書　世のなかに起きた事柄を諷刺《ふうし》したり、批判したりした文書。落書は人目に触れやすいところ

に、わざと落として人に拾わせたり、家の門や塀などに貼りつけたりした。『醒睡笑』では狂歌で表したものを落書という。これを落首《らくしゅ》ともいった。**田中**　不詳。人物名か地名か。鈴木棠三は、「田中は利休の祖父の姓であるから、その関係の人か」という（『落首辞典』）。**真宗**　浄土真宗の宗徒か。**茄子**　西では「なすび」といい、東では「なす」という。**出しければ**　底本の文末に「。」なし。**いらぬ**　「入らない」と「不要」の意を掛ける。**なまなすび**　生の茄子。茄子の形をいう。**あへて其身のかほよごしかな**　「あへて」は敢えて。加えていうには。生茄子を料理する「和え」を掛ける。「かほよごし」は面《つら》よごし。ここは面目を失って恥をかくこと。

【**鑑賞**】　**落書**　「落書」は近世初期に流行した。これを狂歌で表したのが『醒睡笑』の落書である。この狂歌を落首ともいったので、この笑話を落首咄という。のちの笑話集に『諸国《しょこく》落首咄《らくしゅばなし》』（元禄十一年。一六九八）がある。笑話の落ちを狂歌で表現した狂歌咄と同じである。岩波文庫本は「本章の実質は落首を中心とする狂歌咄」という。落首は諷刺を主として、狂歌は滑稽《こっけい》、洒落を主とするので、別々のものという。本章には諷刺そのものを集めたというよりも、諷刺的要素をもつ笑いを集めている。一、二行程度の詞書《ことばがき》に、落ちとなる狂歌、落首をつける。笑話には織田信長、武田信虎、徳川家康、石田三成といった人物たちの登場や、慶長十九年（一六一四）の大坂冬の陣の出来事などをみる。

小さき茄子の茶入　同話が『寒川入道筆記』にみられる。

昔いかにもちいさき茄子の茶入もつ人あり。人はさ程におもはねとも、主は天下一と思

ひて、さひ〳〵に数奇をせらるゝ時に、

二ふくさへいらぬ茶入のなまなすひ　あへて其身のかほよごしかな

「ちいさき茄子」など「人はさ程におもはねとも」といっても、本人は「天下一と思ひて」というところが、すでにずれている。最初から無駄な自慢だと批判しているところがおもしろい。しかも「さひ〳〵に数奇をせらるゝ」と何度も見せられては閉口する。

かほよごし　第三者に恥をかかされて、面目丸つぶれのことをいうが、ここは「あへて其身のかほよごしかな」とあるから、自らが恥をさらすことになるのをいっていよう。自慢し過ぎて恥をかくのが「かほよごし」となる。もとは顔の一部の頬を「つら」というので、「つらよごし」といったが、次第に顔全体を指す「かほよごし」になったとされる。

37　摂《せつ》津国《のくに》高槻《たかつき》の城主《じやうしゆ》たりし。和田《わだ》といふ侍《さふ(ぶ)らひ》。信長公《のふ(ぶ)ながこう》御前世に越《こえ》。出頭《しゆっとう》がほあり。

信長のきてはやぶるゝ《(る)》京小袖《こそで》

わたか《(が)》さして《(で)》ゝ《(て)》みられざりけり　(49)

〈現代語訳〉　摂津国高槻城主であった和田という侍が、信長公の御前に出られた。和田は世にいう出世頭の人物であった。

信長のきてはやぶるゝ京小袖
わたかさしてゝみられざりけり

（信長からいただいた京小袖を長く着たために破れて、綿が出るという見るに見られない代物になってしまった）

〈語注〉
摂津国高槻の城主たりし和田といふ侍　「摂津国」は国名。現在の大阪府と兵庫県の一部。底本「摂」に「せつ」の振り仮名。「国」に「のくに」の振り仮名。「津」に振り仮名なし。「高槻」は現在の高槻市。「和田」は和田惟政《これまさ》。織田信長に重用され、高槻城主となる。一五三〇～七一。**世に越出頭がほ**　「世に越」は出世すること。「出頭がほ」は出世した人物。出世頭《がしら》と同じ。**きてはやぶるゝ京小袖**　「きては」は着過ぎて。「京小袖」はぜいたくな西陣織。値が高い品物。**わたかさして〻**　綿が出て、無残な小袖となった。「綿が」と「和田が」を掛ける。「さして〻」は綿が「表に出る」と和田が「出しゃばる」を掛ける。

【鑑賞】　**信長公**　信長が登場する笑話は写本に十九話もみられ、すべて「信長公」と書かれている。すでに信長は過去の人物だが、「信長公」と記すのは策伝の呼び方であったか。仮名草子の『浮雲物語』（寛文元年。一六六一）に、「なれ〳〵てきれはやぶるゝ京こそてわたさし出てみるもくるしき」とある。「なれ〳〵て」は馴れ馴れて。着物が古びてよれよれになることをいう。着古してしまっては、立派な京小袖の意味をなさない。

38　山門《さんもん》より。三井寺《でら》を打《うち》やぶり。鐘《かね》を叡山《えいさ(ざ)ん》へとりし時

三井寺の児《ちご》ははしろになりぬらん

つくべきかねを山へとられて　（50）

〈現代語訳〉比叡山の衆徒が三井寺を攻め、寺の鐘を比叡山へ奪ったとき、

三井寺の児ははしろになりぬらん

つくべきかねを山へとられて

（三井寺の児の歯は白くなっているであろう、撞《つ》かなければならない鐘を山に奪われたから）

〈語注〉

山門　延暦寺のこと。現在の滋賀県大津市坂本本町にある天台宗山門派の総本山。最澄が創建。山号比叡山、略称を叡山、山という。**三井寺**　園城寺の異名。現在の滋賀県大津市園城寺町にある天台宗寺門派の総本山。山号長等《ながら》山。略称を寺門、寺という。**打やぶり**　文永元年（一二六四）五月に、比叡山の衆徒が三井寺を攻めた。**鐘**　三井寺の釣鐘。底本は文末の「。」はなし。**叡山へとりし時**　底本の文末に「。」なし。**児**　寺で預かった貴族や武士の子どもたち。俗体のままで学問をして行儀作法を見習う。児は大人になったしるしに、歯に鉄漿《かね》を付けて黒くする。鉄漿はお歯黒のこと。**つくべきかね**　撞く鐘。「付ける鉄漿」を掛ける。歯を黒くすることができないので白い。

【鑑賞】　**お歯黒をした児**　児は寺に預けられた少年である。底本には巻六に「児の噂」の章があり、そのほかの章にも多く登場する。おもに天台宗、真言宗などの寺院にいた少年のことをいった。笑話は三井寺の児だが、『宇治拾遺物語』には「比叡の山に児ありけり」（巻一・12「児の掻餅《かいもち》するに空寝《そらね》したる事」）をみる。同話が『寒川入道筆記』にもみられる。

昔山門と三井寺と不和の儀ありて、三井寺へ山門より乱入して、三井寺鐘を山へ乱妨之時、

三井寺の児は歯白になりにけり　つくへき鐘を山へとられて

三井寺から奪った鐘を比叡山で撞くと、「(三井寺へ) 去《い》なう (帰ろう)」という音を出したのを、比叡山にいた弁慶が怒って、鐘を担いで山頂から投げたという「弁慶の釣鐘」伝説

があり、また昔噺、説話に残る『俵藤太』にも三井寺の鐘の話がある。『俵藤太』では琵琶湖の湖底にいる大蛇（竜神）が百足退治をしてくれた藤原秀郷への御礼に、大蛇の嫌いな鐘をあげる。その鐘を秀郷は三井寺に寄進したという。

39　越中《ゑつちう》の大守《たいしゆ》。神保殿《し(じ)んほ(ぼ)うと(ど)の》は美濃土岐《みのとき》殿の聟《むこ》にてありし。其御《み》臺《た(だ)い》我《か(が)い》意にまかせて。よろつ《(づ)》作《さ》法《は(ほ)う(ふ)》みだりなりければ

神保か《(が)》家《いゑ(へ)》はやぶれのまどしやうじ
みのうすがみのはり異見《いけん》かな　(55)

〈現代語訳〉越中国の守護である神保殿は、美濃国の守護である土岐殿の娘婿《むこ》であった。その御台のわがままな振る舞いによって、家のすべての作法が乱れてしまったので、

神保か家はやぶれのまどしやうじ
みのうすがみのはり異見かな
（神保殿の住む家は破れた窓や障子に、美濃薄紙を張るほどのわがままな御台だなあ）

〈語注〉
越中の大守神保殿　「越中」は国名。現在の富山県。「大守」は守護。国主。「太守」が正しいとされる。「大守」は当時の慣用表記か。「神保殿」は越中高岡城主。神保殿は富山氏の被官から力を得て大守になったという。　**美濃土岐殿の聟にてありし**　「美濃」は国名。現在の岐阜県南部。「土岐殿」は土岐政房《まさふさ》。その子の頼芸《よりなり》の娘が神保殿に嫁いだという。後に土岐家は斎藤道三に美濃国を追われる。　**御臺**　妻の尊称。奥方。御台所ともいう。　**作法**　武家の家の儀式。　**みだりなりければ**　底本の文末に「。」なし。　**やぶれのまどしやうじ**　「やぶれ」は神保家の崩壊の「敗れ」と窓や障子の「破れ」を掛ける。　**みのうすがみ**　美濃産の薄い紙。美濃国土岐殿の娘から美濃薄紙を譬えにあげる。　**はり異見かな**　「はり」は強引に意地を押し通すこと。薄紙を「張る」と異見を「言い張る」を掛ける。「異見」は文句。意見と同じ。

【鑑賞】武家の作法　武家の各家には、年中行事から日常生活にいたるまで、それぞれの家の作法があった。その多くは鎌倉、室町時代に確立したとされる。江戸時代以降の例をあげると、正月は武家諸事始、人日《じんじつ》、弓始、望粥《もちがゆ》の節句、左義長《さぎちょう》、連歌始、二月は釈奠《せきてん》、三月は上巳《じょうし》、雛祭、五月は端午節句、六月は嘉祥《かじょう》、七月は御仕置場施餓鬼《せがき》、八月は八朔《はっさく》、十月は炉開きなどをみる。年中行事は主君、家族、家来が参加して行うのが仕来りであったので、これに参加しない勝手気儘《きまま》な奥方では、家を滅ぼすのも当たり前とみられたようである。

みのうすがみ　美濃紙は美濃国で生産された良質の紙である。直紙《じきし》、書院紙といわれ、障子などにつかわれた。その値の張る美濃紙を、やたらに張るぜいたく三昧な御台であったというが、美濃国の大守の娘なら、献上された美濃紙を、ごく普通に用いたに過ぎない。それを思う存分に用いたから、ぜいたくをしたというのは第三者の妬《ねた》みにも聞こえる。

40　甲斐《かい(ひ)》の國武田《くにたけだ》信虎公《のぶとらこう》の息女《そくじ(ぢ)よ》を。菊亭殿《きくていと(ど)の》へ契約《けいやく》ありしが。いまだ聟入《むこいり》もなきさきに。信虎公。菊亭殿へおはしける時

むこいりをまだせぬさきのしうと入
きくていよりもたけた入道　(62)

〈現代語訳〉　甲斐国の武田信虎公の息女を、菊亭殿のところへ嫁がせる約束をしたが、まだ婿入りの儀もない前に、信虎公が菊亭殿のところにいらっしゃったとき、

むこいりをまだせぬさきのしうと入
きくていよりもたけた入道

(婿入りもまだしない前に舅《しゆうと》入りをするとは、聞こえた噂よりも賢い入道であるなあ)

〈語注〉

甲斐の國武田信虎公の息女を　「甲斐の國」は国名。現在の山梨県。「武田信虎公」は戦国時代の武将。入道と呼ばれた。武田晴信（信玄）の父。一四九四～一五七四。「息女」は末女の於菊という。**菊亭殿**　今出川晴季《はるすえ》。安土桃山時代の公卿。西園寺実兼《さねかね》の四男兼季《かねすえ》（今出川兼季右大臣、太政大臣、前右大臣）は菊を愛したので菊亭右大臣と呼ばれた。一五三九～一六一七。**聟入**　結婚後に婿がはじめて妻の実家を訪問する。またその儀式。**信虎公菊亭殿へおはしける時**　永禄六年（一五六三）、信虎公が上京したことをいう。底本の文末に「。」なし。**しうと入**　結婚後に舅の立場で参上する。菊亭殿の舅である信虎公の舅入りをいう。**きくていよりもたけた入道**　「きくてい」はどんな人物であるかを噂に聞く様子。「てい」はありよう。「菊亭」を掛ける。「よりも」はその聞こえていた人物像よりも。「たけた」は長《た》けた。優れている。「武田」を掛ける。「入道」は信虎公のこと。

【鑑賞】　**いまだ聟入もなきさきに**　類話が『寒川入道筆記』にみられる。

甲斐国武田信虎の御女を、菊亭殿へ御祝言の御約束あり。いまた往来もこれなき以前に、先つ聟殿見にとて案内なしに、菊亭殿へ、信虎御出の沙汰ありけれは、一首かくはかり、

婿入もまたせぬさきの舅入　きくていよりもたけたふるまひ

「いまた往来もこれなき以前に」は出向くことも挨拶もないのに来られた。この笑話を『醒睡笑』は踏まえたとみられる。

41　諸行《しよぎやう》無《む》常《じやう》を無常《し(じ)やう》諸行と書たる。そばのわきに
無常とはいかなる人の諸行ぞや
そとははづかし内《うち》にたゞ《(だ)》を《(お)》け　(64)

〈現代語訳〉　諸行無常を無常諸行と書いてある卒塔婆《そとば》の脇に、
無常とはいかなる人の諸行ぞや
そとははづかし内にたゞをけ
(無常諸行と書いたのはどんな人の行いか、外に立て掛けるのは恥ずかしいから、ともかく家の中にしまいなさい)

〈語注〉
諸行無常を無常諸行と書たる　「諸行無常」は『涅槃経《ねはんぎよう》』に「諸行無常、是生滅法、生滅々已、寂

滅為楽」とある。万物は常に変転してやむことがない意。「無常諸行」は書き損じ。**そとばのわきに**「そとば」は卒塔婆。卒都婆。死者への供養として、墓の上に立てる塔、石をいう。また細長い板の上部を塔の形で象《かたど》ったもの。表には梵字《ぼんじ》や戒名、経文などが記される。「とうば」「そとうば」ともいう。底本の文末に「。」なし。**諸行ぞや**「諸行」は行い。振る舞いの「所行」を掛ける。**そとは**「外は」と「卒塔婆」を掛ける。

【鑑賞】そとばのわきに　類話が『寒川入道筆記』にみられる。

諸行無上　是生滅法　生滅滅已　寂滅為楽　此四句の文は誠に犬うつわらはべもしる事じやげなに、扨〳〵笑止な事の殊大寺に此傍になに物やらん、たんさく一まい卒都波に押付ておゐたと、無上とはたかかきなせる諸行そや　そとははつかし内にたておけ

卒塔婆の傍らに「たんさく一まい」を「押付ておゐた」とある。直接に卒塔婆に書かれたのではなく、短冊に書かれたものを添えた。「大寺」でのことといって、寺の名を伏せたのは礼儀なのであろうが、笑話であるから名を明らかにしてもいいだろう。「大寺」ではおもしろくない。

「たゞ」か「たて」か　落首の下の句の「たゞをけ」が、写本、大本版では「たてをけ（おけ）」とする。家の中に卒塔婆を立てておけというよりも、ともかく恥をかく前に家の中にしまえという底本の方がおもしろい。

42　奈良《なら》の春日山《かすがやま》に。朽木《くちき》のした〻《(た)》かころひ《(び)》て。いくらともなくあり。それを禰《ね》宜《ぎ》衆《しゆ》の中より。しのび〱《(しのび)》に。とるなと《(ど)》〻《(と)》沙汰《さた》しけるに

風ふけは《(ば)》を《(お)》きつころびつ禰宜達の
夜《よ》はにやきみにひとり行らん　(67)

〈現代語訳〉　奈良にある春日山に、朽ちた木がたくさん転がり、数えきれないほどであった。それを禰宜衆の中から人目をさけて、取りに行くという噂があったので、

風ふけはをきつころびつ禰宜達の
夜はにやきみにひとり行らん

（風が吹くと転んでは起き、起きては転ぶ禰宜たちが、夜ふけに木を見にたった一人で行くのだろうか）

〈語注〉
奈良の春日山に　「奈良」は平城京の都。現在の奈良県奈良市。「春日山」は奈良春日大社のご神体の山。　**朽木**　枯れた枝。それが風の強さで下に落ちた。　**ころひて**　落ちている枝を、転がって

いると表現する。**禰宜衆の中より**「禰宜」は神主の下に位する神職。宮司の命を受けて祭祀に奉仕し、事務もつかさどる。ここは春日大社の禰宜。「衆」は禰宜たち。落首は「禰宜達」と記す。**しのび〳〵にとる**　たとえ風で落ちた枝でも神木《しんぼく》であるから、取ってはいけない。それを神木に近づくことのできる身分を利用して、人目を避けて隠れるように取りに行くことをいう。**沙汰しけるに**　底本の文末に「。」なし。**風吹けはをきつころびつ禰宜達の**『伊勢物語』二十三段の「風吹けば沖つ白波たつた山夜半にや君がひとり越ゆらむ（あの寂しい竜田山を、この夜更けにたった一人で、あの方は越えていらっしゃるのであろうか。どうぞまちがいがありませぬように）」を踏まえる。「をきつころびつ」は和歌の「沖つ白波たつ」の洒落。**きみに**「君に」と「木見に」を掛ける。木見は木を見に行くこと。

【鑑賞】　**禰宜衆**　禰宜衆のなかの一人が夜更けに行くといったのは、何か魂胆があってのことなのであろう。いったい拾った朽木をどうしようとしたのか。もしかしたら、神木の枝を陰で売っていたのではなかったか。それが噂になったともみられる。かつて元亀三年（一五七二）五月二十三日に春日大社の神木が数百本も枯れたことがあり、慶長十五年（一六一〇）七月二十一日には大風で神木が六十本も倒れたことがあった。こうした枯れた神木、倒れた神木の話を元に、笑話がつくられたか。

43　将軍様《しやうぐんさま》に対《たい》し石田《いしだ》治《ち(ぢ)》部少輔《ぶのせう(ふ)》心がはり仕。関か原陣《せき(が)はらぢん》にかけまけ捕人《めしうと(ど)》となり。頭《かうべ》をはねられし時　雄長老《ゆうちやうらう》

大がきの陣《ち(ぢ)ん》のはりやうへたげにて
はやまくれたるじ《(ぢ)》ぶ《(ふ)》のせうかな　（76）

〈現代語訳〉征夷大将軍の徳川家康公に対して、石田治部少輔は敵となって、関が原の陣で打ち負け、捕らわれの身となった。首を斬り落とされたとき、雄長老が詠んだ。

　大がきの陣のはりやうへたげにて
　はやまくれたるじぶのせうかな

（大垣の陣幕の張りようが下手だから、すぐに負けてしまった治部少輔なのだなあ）

〈語注〉

石田治部少輔　石田三成。豊臣秀吉が関白になったとき、治部少輔に任ぜられる。のちに奉行となった。**頭をはねられし時**　底本の文末に「。」なし。**雄長老**　永雄《えいゆう》和尚。健仁寺二百九十二代住職。健仁寺長老。武田信重（信高）の子。母は細川元常の女。**大がきの陣のはりやうへたげにて**「大がき」は大垣。現在の岐阜県大垣市。「垣」に柿渋《しぶ》の「柿」を掛ける。「陣のはり」は陣幕を張

る。大将が指揮をする陣地の周りに幕を張る。陣幕は半紙の反故を柿渋で貼り合わせてつくられる。「へたげ」の「へた」に柿の「蔕《へた》」を掛ける。蔕は柿の実に残る萼《がく》。**まくれたる**　陣の幕がめくれると、敵に追い立てられて負けてしまったを掛ける。**じぶのせう**　治部少輔。柿渋の「渋」を掛ける。

【鑑賞】　陣のはりやう　落首の「陣のはりやうへたげにて」は、陣幕の張り方が下手だから、敵の侵入を簡単にさせて、戦さに勝つことができなかったというのである。それは三成が戦さを知らない武将であったことを指している。「まくれたるじぶ」は陣幕が風に煽《あお》られて捲《ま》くれることをいう。陣幕もうまく張れないようでは戦さで勝てるはずがない。陣幕を張るのは家臣であるから三成の責任ではないが、それを確認できないのは三成の責任でもある。

44　慶長《けいちやう》十九年の冬《ふゆ》。将軍様大坂《さか》の城《しろ》へよせさせ給ふ時。日本六十余州《よしう》の軍兵《ぐんびやう》一騎《き》ものこらず。出陣《しゆつぢん》ある。本陣は天王寺《てんわうじ》の茶磨山《ちやうす》にてありしを。何もの哉《(や)》らん大将《たいしやう》はみなもとうぢのちやうす山

引まはされぬものゝ《(の)》ふぞなき　（81）

〈現代語訳〉　慶長十九年の冬、征夷大将軍の徳川家康公が、大坂城をお攻めになられたとき、日本六十余国の徳川勢は一騎残らず出陣した。本陣は天王寺の茶臼山であった。誰が詠んだのだろうか、

　大将はみなもとうぢのちやうす山
　引まはされぬものゝふぞなき

（家康が大将となって茶臼山に陣をとったとき、徳川勢の武士で城を取り囲まない者は誰もいなかった）

〈語注〉

慶長十九年の冬　大坂冬の陣。一六一四。　**日本六十余州**　全国の称。畿内七道六十六に壱岐、対馬を併せた国数。　**軍兵**　馬で戦さに参戦する家康の家臣や家来たち。馬に乗る武士を騎馬武者という。　**天王寺**　四天王寺。現在の大阪市天王寺区四天王寺にある寺。和宗総本山。山号荒陵山。聖徳太子の創建とされる。　**茶磨山**　茶臼山。現在の大阪市天王寺区茶臼山町の天王寺公園。　**何もの哉らん**　底本の文末に「。」なし。　**大将はみなもとうぢのちやうす山**　「みなもと」は清和源氏の流れをもつ家康を指す。「うぢ」は源氏の「氏」と茶の産地「宇治」、「うぢ」を受けて「宇治

茶」、「ちや」から「茶臼山」、さらに「うす」は次の句に掛かる。**引まはされぬものゝふぞなき**「引まはされぬ」は城の包囲に行かない。臼を「挽き回さない」を掛ける。「ものゝふ」は武士。

【鑑賞】 **引まはされぬものゝふぞなき**　敵は大坂城内だけなので、家康の周囲は身の危険もない。ところが大坂城を攻めることは容易ではなかったので、豊臣秀頼に和議を申し出たが、なかなか応じなかった。京極若狭守忠高の母といわれる常高院が、淀君の妹であるので、忠高の陣営に常高院を呼び、常高院が陣営に来たと同時に、家康は大坂城の天守閣を砲撃した。それに驚いた常高院は、淀君に講和をすすめて和議となったという。

ふはとのる

45 仁物《じんぶつ》らしき男《お(を)とこ》。朸《ざる》の前後《ぜんご》に鯛《たい(ひ)》を入になひ。たい《(ひ)》は〳〵《(たいは)》とうりけるを。ある家《いゑ(へ)》のぬし。よひ《(び)》いれて。けしからず寒《さむ》き日なり。まづちと火《ひ》にもあたり。茶《ちゃ》をものみておとを《(ほ)》りあれ。ちらと一目《め》みしより。是《これ》はたゝ《(ゞ)》ならぬ。いにしへはさもありし御身なりしか《(が)》。思《おも》はずも世におちぶれて。かゝ《(か)》るわざをもし給ふにやと。涙《なみた(だ)》をこほ《(ぼ)》し候ぬといひければ。しづかに火にあたり。茶《ちゃ》など《(ど)》のみてたちさ《(ざ)》まに。大なる鯛《たい(ひ)》を一つ亭《てい》が前《まへ》にさし出《いだ》したり。こは何としたる事をし給ふと。しんしやくしければ。いやけふは心さ《(ざ)》す。せんそ《(ぞ)》の頼朝《よりとも》の日なりと　(89)

〈現代語訳〉人柄のいい男が、天秤棒《てんびんぼう》の前と後ろの笊《ざる》に、鯛を入れて、「鯛は、鯛は」と売りに来た。それをある家の主人が、家に呼び入れて、「今日はとても寒い日である。なにはともあれ、少しばかり火にもあたり、茶をも飲んで、次のところに行きなさい。わずかに一目見ただけだが、あなたは普通の人ではなく、昔はいかにも由緒ある家の出身であったが、ひょんなことでいまはこの世に身分を落とし、このような行商をもされるのであろうかと思うと、涙をこぼしてしまいます」というと、男はもの静かに火にあたり、茶などを飲んでから帰りぎわに、大きな鯛を一尾、主人の前に差し出した。「これはどうしたことをなされる」と断ったところ、「いや、今日は供養する先祖の頼朝の追善の日である」といった。

〈語注〉
ふはとのる　ふわっと乗る、その気になる、おだてに乗る、または調子のいい人物をいう。**仁物らしき男**　思いやりをもって接する男。**朸の前後に**　「朸」は天秤棒。「あふご」と読むが、「ざる」の振り仮名があるので「ざる」の読み方でもあったか。「前後」は天秤棒の前後。**けしからず寒き日なり**　品定めをする前の時候の挨拶。**しづかに**　気取ってその気になっているさま。**しんしやく**　斟酌。辞退する。**心さす**　供養。**頼朝の日なりと**　「日」は命日。頼朝を先祖とする身分を示す。底本の文末に「。」なし。

【鑑賞】　**ふはとのる**　「ふはとのる」は副詞の「ふはと」に「のる」をつけた造語であろう。「ふはと」には軽いさまという意があり、軽く、ふわり、ふわふわと解釈される。落ち着かない状態、ふんわりふんわりとした柔らかい状態をいっていよう。御伽草子の『小栗《おぐり》絵巻』に、「みすよりそとへふはとすて」とあり、軽く捨てるといっている。また気がつかない、不注意で軽薄、うっかりと、うかとしたの意味でもある。狂言の『鱸庖丁《すずきぼうちょう》』（『続狂言記』巻二）には、「惣じて人は、乗せらるゝと言へども、褒めらるゝは、嬉しい物じや、そこで某がふはと乗つて云々」とある。うまく乗せてごまかす、はめるのが上手、その気になる態度を示す人物が登場する。

鯛売り　さまざまな物を天秤棒で担いで売りに来るのを「振り売り」という。「振り」は天秤棒で振られる籠《かご》や笊からといい、また物を売る声をあげて歩く「触れ売り」の触れからともいう。

をぢ頼朝の日じや　類話が『きのふはけふの物語』（整版九行本）下巻・67にみられる。あるしほうり、寺のまへをうりけるに、すなはちよび入て、先しほをばかはずして、さてく〵そなたは、しほなどをうりさうな人にてはない、みどころかあるとほむれは、しほうり申やう、さてく〵よいめや。そこなをしきを一まいくだされいとて、しほを三升ばかりてさし出す。是はといへば、けふはおぢのよりとものの日じや、といふた

柳亭種彦の随筆書の『足薪翁記《そくしんおうき》』巻一には、この『きのふはけふの物語』を載せたあとに、俳書の『七百五十韵《いん》』（延宝九年。一六八一。春澄撰）の句の「又たぐひ虚僭上《からせんじやう》も夢なれや　信徳」「伯父頼朝がこゝろざしとて　政定」をあげ、「此話又醒睡笑に載たれど先祖頼朝とありて此句に合ず」と述べる。だが『七百五十韵』の「こゝろざし」の句は『醒睡笑』の写本の巻二「ふはとのる」(92)のことである。

足利にての事なるに、塩はく〵とよんて、いかにもいつくしく、わかき商人来れり、こざかしき学侶、一人出合、いひけるは、たゝさへも、道を二里三里とは、たやすく歩行なりさうもなき、ゆうにそだちのすかたなるが、此をもき物をもちては、なにとしてありかれ候やなとかたり、時刻うつり、やうく〵かへらんとする時、升にしほをはかり、

僧にあたへぬ、こは、なんの故ぞととふ、しんはなきよりといへり、われならて、誰とはん、次信か日なり、こゝろざしに参らする

この落ちのことを句に詠んだのである。『きのふはけふの物語』とみられるとした種彦の指摘は誤りである。「次信」は佐藤継信のことで源義経の四天王の一人。屋島の合戦で戦死した。

46　壁《かべ》に耳《みゝ(み)》ありといふ事を。わすれ。そんで《(ぢや)》うそれは、中〳〵《(中)》人ではないといひ出《いた(だ)》しけるか《(が)》。うしろをみれは《(ば)》。其仁《じん》ゐたり。肝《きも》をけして。たゞ《(だ)》いきぼとけじ《(ぢ)》やといふ。そしらるゝ《(る)》人。ほむるを聞《きひ(い)》てよろこび。そのまゝ《(ま)》。あみた《(だ)》の印《いん》をむすびける　(94)

〈現代語訳〉「壁に耳あり」という諺のたとえを忘れ、「誰それは、とても普通の人ではない」といったが、後ろをみるとその人がいた。とても驚いて、「まるでその人は生き仏だ」というと、悪口をいわれた人は、褒められたと思ってよろこび、すぐさま阿弥陀如来の印を結んだ。

〈語注〉
壁に耳あり　諺。「壁に耳あり障子に目あり」ともいう。　**あみたの印をむすびける**　「あみた」は西方浄土にいる仏。阿弥陀仏。「印をむすび」は悟りや誓願を指でいろいろと形づくって表現すること。底本の文末に「。」なし。

【鑑賞】　**壁に耳あり**　中国書の『博聞録』に、「壁有レ耳墻有レ縫」とみられる。ことばが外に漏れやすいことをいう。『詩経』小雅《しょうが》の「君子無二易由一レ言、耳屬二于垣一」にもみられ、『事文韻聚』後集、『管子』君臣にもあるという（『俚《り》諺《げん》辞典』）。日本では『平治物語』（年代不詳）巻上に、「壁に耳、天に口といふことあり、恐ろし恐ろし云々」とあり、また『源平盛衰記』（鎌倉中期から後期）巻二に、「壁に耳ありとて、抜足して退出云々」をみる。

47　奉公人《ほうこうにん》のはてとおぼしきか宿《(が)やと(ど)》をかり。四方山《よもやま》の事をかたりつくしけり。亭《てい》ほめていかさまたゞ《(だ)》の人とは見え候はず。もはややすみ給へ。夜着《よぎ》をまい《(ゐ)》らせんやといふ。いやいかほどの野陣山陣《のぢんやまぢん》にせう〳〵《(せう)》さむき事をばしらず。無用《むよう》とい《(う)》ふてきのまゝ《(ま)》いねけるが。夜《よ》ふくるにしたがひ。ひたものさむし。時に亭主《ていしゆ》〳〵《(亭主)》是《これ》のねずみには。あしをあらはせたかととふ。いやさやうの事はなしとこたふ。それならば。むしろを一二枚《まい》きせられよ。鼠《ねずみ》がきた物をふまは《(ば)》。さむからふ《(う)》ずに。(95)

〈現代語訳〉奉公人のなれのはてと思われる者が一日の宿をかりて、亭主と世間のさまざまな話をした。亭主が褒めるには、「なるほど、あなたは普通の人とは見えませんな。もうすでに遅くなったのでお休み下され。夜着を差し上げましょうか」というと、男は、「いや、どれほどの野陣、山陣であっても、少しぐらいの寒さなど感じたことはありません。ご無用」といって、着の身着のまま寝たが、夜が更けるにしたがって、やたらに寒くなってきた。男は、「ときに亭主、亭主、お宅にいる鼠の足を洗わせましたか」と尋ねると、亭主は、「いや、そのようなことはしておりません」という。「それならば筵《むしろ》を一、二枚着せて下され。もし鼠が私の着物を踏んだら、着たものが冷たくなっていて、寒いだろうから」といった。

〈語注〉
奉公人のはて　落ちぶれて変わりきった姿。　**四方山の事**　種々雑多な話。　**野陣山陣に**　野山での戦さに。内閣文庫本は「野陣山陣をしつけ」。　**きのまゝ**　慣用句の「着の身着のまま」の略か。

是のねずみ 宿を借りた家の鼠。**むしろ** 筵、蓆。藁《わら》や藺《い》などで編まれた敷物。**さむからふずに** 写本は「むさかろふすにと」、大本版は「さむかろふすにと」とある。この後に、写本は「身ひとつは山の奥にもありぬへしすまぬこゝろそをき所なき」の狂歌がつく。

【鑑賞】 **鼠は福鼠か** 男は家の鼠を福鼠とみた。白鼠は農神、富の神であり、大黒天の使わしめである。また鼠浄土の言葉のように鼠は地下に住み、金銀財宝をもっている福鼠でもあるから、足を洗うといった面倒などをみているはずがない。だが主人にとっては厄介ものの鼠である。男は家の福鼠の足を汚してはいけないと考える。「ひたものさむし」から、なぜ「あしをあらはせたか」の質問をすることになったのか。それは主人が、「洗うことなどしているはずがない」という想定内の返答をすると思うからである。ところが「むさからふず」というところを、「さむからふずに」と、つい本音をいってしまったとみると、この「さむからふずに」は誤刻ではないことになる。調子よくその気になって夜着を無用といってしまったが、夜の寒さに耐えられないので、咄嗟《とっさ》に、「着物が汚れているから鼠の足も汚れる」「鼠の足を汚さないために着物の上に掛ける夜着が必要だ」「筵が一、二枚もあれば十分だ」の順を考えたまではいいが、最後に言葉を間違えたとみることもできる。

し事よ。　(97)

48　ある人連哥《れんが》の席《せき》に句《く》を出《いだ》し。けしからず慢《まん》じたる顔《かほ》を見つけ。わきからいき天神《てんじん》〳〵《(いき天神)》といふ《(う)》て。膝《ひざ》をつきけれは《(ば)》。あまりなつかれそ。社壇《しやだん》か《(が)》ゆるく《(ぐ)》にと申されし事よ。

〈現代語訳〉ある人が連歌の席で句を出して、とても自慢顔でいるのを見て、そばの者が、「生き天神、生き天神」といい、その男の膝を突っついたところ、「あまり突っつかないでください。社壇が揺れ動くから」といわれたのには、呆れてしまう。

〈語注〉
慢じたる顔　詠んだ句を自慢する顔。　**わきから**　連歌の会で居並ぶ人が。　**いき天神〳〵**　いまの時代の天神。今天神。天神は詩文の神である菅原道真。よく詠めた句の褒め言葉。　**膝をつき**　膝を突っついて、相手を冷やかす。からかう。　**社壇**　神を祭る社。ここでは道真を祭る社。　**ゆるく**　揺るぐ。よい句に道真が感応し、社殿が揺れ動いた。神仏に願いが通じると音を立てるという。それを感応ととらえた。

【鑑賞】　**揺るぐ**　自信満々のよい句ができたので、褒められるだろうと自慢顔になる。「道真と同様の出来栄え」を「生き天神、生き天神」といって褒めた。類話が『戯言養気集』下巻の「おろかなる人の自慢は少しもゆるされもあるかの事」にみられる。

ある人発句を一、二して、人おほき所にてかたり出し、少まんし心のつのりぬる処に、さやうなる事をは、しせんにをしこみたかる人聞て、事外にほめなしつゝ、いやはやお天神ちやとて、うしろをほと〳〵と打たれは、八幡なしそ、しやたんか破るゝと云た。或云、此発句に自慢せし人、のち一段富盛へけり。又のせて笑ふたる者は、火をふかふちからもなふなつたと云しを、かたへの人聞て、それこそ道理なれ。天道はすくなる心を守り給ふ程に、左もあらひては、と云て、かふりをふつた。

「のせて笑ふたる者」は、相手が「おろかなる人」で調子のいい人でもあるので、つくった発句をけなそうと思ったが、実際によい発句をつくったので、けなすこともできずに、「それこそ道理なれ。天道はすくなる心を守り給ふ程に」といって褒めた。「あらひ」は「あらび」。荒れる、暴れることである。この『戯言養気集』を書き改めたのが『醒睡笑』であったか。

鈍《と(ど)ん》副子《ふす》

49　小性《こしやう》をおきて。心みに始《はじめ》て茶《ちや》をひかする。事の外《ほか》あらし。是《これ》はとしかりたる時。ちと座《さ(ざ)》をしざり。それはまつ《(づ)》あらびきで御座《こ(ご)さ(ざ)》ると。さて〳〵《(さて)》を《(お)》のれは日本に。またふたりともあるまひ《(い)》。うつけやとあれは《(ば)》。又きつと手《て》をつき。いや日本もひろふ《(う)》御座る程に。御尋《たづね》あらは《(ば)》。また《(だ)》も御ざらふ《(う)》と　(99)

〈現代語訳〉　小姓を置いて、ためしにはじめて茶を碾《ひ》かせることになった。想像以上に碾き方がよくないので、「この碾き方では粗い」と叱《しか》ると、小姓は、その場から少しばかり後ろに下がり、「それは最初の粗碾きでございます」といった。「おやまあ、おまえは日本に二人といない愚か者だなあ」というと、小姓は、ふたたびすばやく手をついて、「いや、日本も広いところでございますから、お探しになるならば、まだほかにも愚か者がございましょう」といった。

〈語注〉

鈍副子　副子は禅寺で都寺《つうす》、監寺《かんす》を補佐し出納をつかさどる役。鈍は抜けた性格をもち、理解するのに時間もかかる。**小性**　底本ママ。小姓。ここは新しくかかえた小姓を指す。**心みに始て茶をひかする**「心みに」は試みに。茶を碾くことができるかどうかを確かめる。「始て」は初めて。小姓としての仕事はじめをいう。「茶をひかする」は石臼で茶葉を碾かせる。**日本にまたふたりともあるまひ**「日本に」は日本のどこを探しても。「ふたりとも」はまったくいない存在に近い一人をいう。**御ざらふと**　底本の文末に「。」なし。

【鑑賞】　**鈍副子**　東洋文庫本は振り仮名を「どんふうす」とする。副子は副寺、副司が正しく、「ふす」は訛という。禅宗では出納、会計を担当する役職で、六知事の一つ。副子は金銭にかかわる大事な仕事をまかされるが、その副子が鈍だと十分に出納の仕事が捗《はかど》らない。六知事とは雑事や庶務をつかさどる六つの都寺、監寺、維那《いの》、典座《てんぞ》、直歳《しっすい》、副寺をいう。都寺は「都管寺《つうかんす》」の略で監寺の上にいて寺の一切の事務を監督した。「つす」ともいう。監寺は住持に代わって寺内の事務を監督した。監院ともいう。維那は僧に関する庶務をつかさどり、またそれを指図した。都維那《つゐの》ともいう。典座は大衆の斎飯などの食事をつかさどった。もとは床座、衣服などをつかさどる。直歳は伽藍《がらん》の修理、山林、田畑などの管理、作務《さむ》を管掌した。

あらびき「あらびき」は粗く碾くので、茶葉が細かくならずに大雑把な状態をいう。それを指摘すると、小姓は、「まつあらびきで御座る」という。すぐさま「あらびき」というあたりは、過去に勤めたところでも「あらびき」といわれた体験の持ち主のようである。主人が初の仕事として茶を碾かせたのは、茶の碾き方で小姓としての出来を判断するためである。「あらびき」という返答に小姓を躻《うつけ》とみた。小姓は躻といわれたのは心外とばかりに、同じ人物を国内に「御尋あらはまたも御ざらふ」という。茶の碾き方が下手であるのを認めるなら、口答えする前に碾き方を覚えるべきであろう。

50　病癒《やまひいゑ(え)》て後《のち》。よろこび事のふるまひあり。さかもりのなかば。臺《た(だ)い》のものに。靏《つる》のつくりたるをとりあげ。靏の舞《まひ》を見ばやなどはやされ。よきふりにまひ収《お(を)さめ》しをみ。一腑《ひとふ》ぬけたるおかた立《たつ》て。床《とこ》にたてたる矢《や》を取手《とりて》にもち。やまひをみばやなどはやされ。また矢《や》を一つとりそへ。二つのやのねをつき合《あはせ》。羽《は》のかたを左《さ》右《う》へなし。ながやまひをみばやなど舞お《(を)》さめし（106）

〈現代語訳〉病気が癒えた後、快気祝いの宴があった。宴たけなわのときに、ある人が、台の物の鶴の飾りを取り上げて、「鶴の舞を見せたい」などといって謡い、よい所作を舞い終えた。それをみた、ある知恵のない女房が立ち上がって、床の間に立ててある矢を手に取り、「矢舞を見せたい」などといって謡い、さらに矢を一つ取って添え、二つの矢の根を付き合わせ、羽根のついた一方を左と右にして、「長矢舞を見せたい」などと謡って、舞い終えた。

〈語注〉

臺のもの　台の物。大きな台に載せ、松竹梅などで飾り、そこに料理を盛る。ここは鶴の飾りがついている。　**靏の舞**　鶴が空を舞う姿や鶴の動きを真似た縁起のいい舞。　**はやされ**　抑揚をつけて謡う。　**まひ収しをみ**　「み」はみた。　**一腑ぬけたる**　「一」はある。　**やまひ**　矢の舞。矢を持って舞う。「病」に通じて快気祝いには忌み言葉。　**やのねをつき合**　「やのね」は先のとがった矢尻。「つき合」は矢尻と矢尻をくっつける。　**羽のかたを左右へなし**　「羽」は羽根。「左右へなし」は左右へ向けて。　**ながやまひ**　長い矢の舞。「長病」に通じる忌み言葉。　**舞おさめし**　底本の文末に「。」なし。

【鑑賞】　**臺のもの**　縁起のいい鶴と亀を台の物の景色とし、その下に料理を盛る。鶴と亀は蓬莱山《ほうらいさん》に住むとされる。蓬莱山は方丈、瀛州《えいしゅう》とともに東方の海上にあり、不老不死の神仙がいる想像上の三神山の一つである。日本でも昔噺や御伽草子の『浦島太郎』では、玉手箱を開けた太郎が老人になった後に、鶴になって亀のいる蓬莱山で一緒に過ごす。『丹後国風土記』逸文（刊年不詳）は「蓬山」と書いて、「とこよのくに」の振り仮名をつけている。常世の国は不老不死の国をいう。その後、浦島は丹後国の浦島の明神となる。

51　石州銀山《せきしうぎんざん》にての事ぞとよ。常《つね》により合《あひ》ぬる者《もの》。一人入道《にう(ふ)だう》し。法名《は(ほ)う(ふ)みやう》を芝《し》恩《をん》とつく。友達《ともだち》に鈍《どん》なる男《お(を)とこ》ありて。つねに芝恩と云名《な》をわすれ。お禅門《ぜんもん》〳〵《(お禅門)》とよふ《(ぶ)》。禅門腹立《ふくりう(ふ)》し。しをんといふ草《くさ》あり。見られた事はなきか。いやまだ見ぬと。さらば見せんとて。つれだちある人の前栽《せんざい》へ行《ゆき》。しをんと。しやか《(が)》と。花《はな》さきてありしを。これはしをん。これはしやか《(が)》といふとをしへ。此しをんの花《はな》の名をよくおぼゆれば。わが名と同し《(じ)》ことぞ。わすれ給ふなといひふくめて。かへりぬ。件《くだん》の男。領掌《りやうじやう》しけるが。又二三日ありて後。よりあひし時。しをんは《(ば)》うちわすれ。さてもしやか《(が)》お久《ひさ》しいと申ける。（11）

〈現代語訳〉　石見国の銀山でのことであったと思うよ。いつも親しくしている者の一人が、入道して法名を芝恩とつけた。友達に覚えの悪い間抜けな男がいて、いつも芝恩という名を忘れ、「お禅門、お禅門」と呼ぶ。芝恩は腹を立て、「しおんという草がある。ご覧になったことはないか」というと、「いや、いまだ見たことがない」という。「それならば見せてやろう」と連れ立って、ある人の庭に行き、しおんとしゃがの花が咲いている前で、「これはしおん、これはしゃがという」と教えて、「このしおんの花の名を、しっかりと覚えておくと、わしの名と同じである。お忘れなさるな」といいふくめて帰った。間抜けな男は了承したが、また二、三日経ったのちの寄り合いのとき、すっかり芝恩の名を忘れて、「それにしても、しゃがお久しい」といった。

〈語注〉

石州銀山　「石州」は国名。石見国。現在の島根県。「銀山」は現在の島根県大田《おおだ》市大森町にあった岩見銀山。大森銀山ともいう。**入道**　出家して仏道に入る。**法名を芝恩とつく**　「法名」は僧の名。得度してつけた名。法号。法諱《ほうき》。「芝恩」は草の紫苑《しおん》と音を同じにする架空の名。「紫苑」はキク科の大形多年草。**ある人の前栽へ行**　「ある人」は知人の家。「前栽」は中庭などに草木を植えこんだところ。**しやか**　射干《しゃが》。胡蝶《こちょうか》花。アヤメ科の常緑多年草。**件の男領掌しける**　「件の男」は鈍なる男。「領掌」は納得。理解。

【鑑賞】　**石州銀山にての事ぞとよ**　冒頭は回想の言葉であろう。策伝が誰かから聞いた話を思い出したとみる。岩波文庫本は「しゃが」は娑婆《しゃば》の洒落からの言葉遊びという。もし言葉遊びならば、場所はどこでもよいことになる。東洋文庫本は、「策伝が備後の北部の寺にいた青年時代に耳にした隣国のうわさであろう」といい、策伝が備前、備中、備後に布教活動をしたときに得た話とする。だがなぜ話の場を石見銀山としたのか、明らかでない。

芝恩と紫苑　紫苑の花の名を踏まえて、紫苑の発音から芝恩という人物名を設定する。紫苑は「忘れたくない草」のことだと、『今昔物語集』巻第三十一の「兄弟二人、萱草《くわんざう》と紫苑《しをに》とを殖《う》うる語《こと》、第二十七」にみられる。この説話を『醒睡笑』は踏まえたとみる。説話はつぎのような展開をする。

父が亡くなってから、「二人の子共恋ひ悲ぶ事、年を経れども忘る事」はなかった。父の死を悼《いた》む兄が、「萱草と云ふ草こそ、其れを見る人思《おもひ》をば忘るなれ。然れば、彼の萱草を墓の辺に殖ゑて見む」といい、その後は墓参りをしなくなった。これを「糸心疎し」という。弟は、「紫苑と云ふ草こそ、其を見る人、心に思《おぼ》ゆる事は不忘《わすれ》ざなれ」といって、墓の辺に植えて、いつも墓参りを忘れなかった。このあと、墓の中から鬼の声がして、弟の慈悲をほめ、善悪の予知を夢で知らせる。最後は、「然れば、喜き事有らむ人は、紫苑を殖て常に見るべし。憂へ有らむ人は、萱草を殖て常に見るべしとなむ語り伝へたるとや」という。

紫苑を兄は「思いを忘れる草」として植え、弟は「思いを忘れたくない草」として植えた。『醒睡笑』では「芝恩の名も忘れないはずだ」といったが、相手が鈍なる男であったから、そのとおりにならなかった。

52　始《はじめ》て奉公《ほうこう》する者あり。お殿様《とのさま》。おわかう様。おかみさまと。何にもおをつくる。主人《しゆじん》かれにむかひ。むさとおの字《じ》をつけまひ(い)。聞《きゝ(き)》にくしとあり。其後《そのゝ(の)ち》膳《ぜん》をすへ(ゑ)。跪《つくばひ》ゐけるか(が)。主《しゆ》の鬚《ひげ》に。飯粒《めしつぶ》がつく。右の男殿様のとかひ(が)に。だいつぶか(が)ついたと申ける　(114)

〈現代語訳〉はじめて中間《ちゆうげん》になる男がいた。お殿様、お若様、お上様、とどんなものにもおの字をつけるので、主人は中間に対して、「むやみにおの字をつけるものではない、耳障りである」といった。その後、中間は主人に膳を据え、平伏して控えていたが、主人の鬚に御飯粒がついたのを見て、「殿様の頤《とがい》に台粒《だいつぶ》がついた」と申し上げた。

〈語注〉
奉公する者　人の家に雇われて家事、家業に従事する。武家では中間、小者《こもの》という。　**おかみさま**　奥方。　**聞にくし**　聞いていて不愉快だ。聞き苦しい。　**膳をすへ跪ゐけるか**　「膳をすへ」は膳を用意して。「跪」は両手をついて、頭を地につける状態で控える。　**とかひにだいつぶか**　「とかひ」は頤。下あごの先。「だいつぶ」は御台粒。御台は女房詞で御飯。　**ついたと申ける**　底本の文末に「。」なし。

【鑑賞】だいつぶ　主人に怒られたので、「おとかひ」と「おだいつぶ」の「お」を両方とも省いていう。写本が「主の鬚に飯粒つく」の「飯粒」を「いひつふ」と読み、底本は「めしつぶ」と読む。飯粒を女房詞で「御台粒《おだいつぶ》」という。だが「お」をつける、つけないの区別もできない鈍の中間が、咄嗟《とっさ》に「おだいつぶ」を思い出すという設定は、少し無理ではないだろうか。

53　人くらひ犬《いぬ》のある所《ところ》へは。なにともゆかれぬなどかたりけるに。さる事あり。虎《とら》といふ字《じ》を。手《て》のうちに書《かい》てみすれは(ば)。くらはぬとをしゆる。後犬をみ。虎といふ字を書《かき》すまし。手をひろけ(げ)見せけるが。なにの詮《せん》もなく。ほかとくふ(う)たり。かなしくおもひ。ある僧《そう》にかたりければ。すいしたり。其犬は一圓《いちゑん》もんもう(ま)にあつたものよ　(119)

〈現代語訳〉「人を咬《か》む犬のいるところには、どうしても行くことができない」などと話したので、「それにはしかるべきいい策がある。虎という字を掌《てのひら》に書いて犬にみせると咬まない」と教える。その後、犬を見たので、虎という字を手に書いて、手をひろげて見せたが、何の効果もなく、ぱくっと急に咬まれた。悔しくおもって、ある僧に話したところ、

「わかった。その犬はまったく字が読めなかったのだよ」といった。

〈語注〉

ほかと　大きな口をあけるさまをいう。　**ある僧**　咬まれた原因を教えてくれる僧。　**もんもうにあつたものよ**　「もんもう」は文盲。字が読めない。底本の文末に「。」なし。

【鑑賞】　**無筆**　字が読める、読めないは人間だけの問題である。動物が字を読めるという発想が笑いとなる。虎の字を読むと犬が逃げ出すという俗説があったのか、それとも創作か。もし読めたとするならば、たまたま字の読めない犬に出会ったということになる。笑話集の『曾呂利《そろり》狂歌《きようか》咄《ばなし》』（寛文十二年。一六七二）巻五・28にも同話がみられ、文末に「虎といふもじだによます吠かゝる狗《いぬ》は何とて無筆なるらむ」の狂歌がつく。この笑話は落語「無筆の犬」「犬の無筆」の原作とされる。

54　越中《ゑつちう》に。井見《い(ゐ)み》の庄殿《せ(しや)うと(ど)の》といふ大名あり。世にすぐれたるうつけなりしが。母儀《ぼぎ》常《つね》に。くやみ歎《なげき》給ひしが。ある時の見参《げんざん》に。笑止《せうし》やそなたは。うちのものあなどり。何事《なにこ(ご)と》も。いひたきまゝ《(ま)》にいふ《(う)》て。道《みち》なき作法《さはう(ふ)》ときく。ちと折節《お(を)りふし》は。はをもぬき。折檻《せっかん》もあらば。さほどまでは。有ましき《(じ)》物をと。教訓《けうくん》あれば。心得《こゝ(こ)ろえ》たりとうけごひ。是非《ぜひ》ともに。一《ひと》はぬかんものをとたくまれし。去程《さるほと(ど)》に。八朔《さく》の礼《れい》とて。諸侍《しよさふ(ぶ)らひ》出仕《しゆつし》ある。家老《からう》の人中様《やう》。今日の御祝義《ごしうぎ》。千秋万歳《せんしうばんぜい》ことに天氣《てんき》よくてと。いはふなかばに。かの大名なにと御祝儀天氣もよしと。左右《さう》いひたきまゝ《(ま)》にはいはせまひ《(い)》そ《(ぞ)》　(121)

〈現代語訳〉　越中国に井見の庄殿という大名がいた。世の中に抜きんでた鈍であった。それを母親はいつも悔やみ、嘆かれていたが、あるとき、殿に拝謁して、「困ったものよ、あなたは。家中の者が馬鹿にし、何でもいいたいままにいわせて、勝手な振る舞いをしていると伺っている。少しぐらいは、たまに腹を立てて、きびしい意見でもいえば、それほどまでは馬鹿にされないものだ」と諭すと、「分かりました」と承諾し、何とか一度でも腹を立てたいものだと考えた。そうしているうちに、八朔の祝いで家臣の侍たちが挨拶に参上してきた。家老の者が申し上げるには、「今日の御祝い末永く続くお喜び。今日のお日柄もようございます」と祝いの言葉をいっている途中に、例の殿が、「なんだと、御祝儀、天気もよしだと、そのように勝手ないい方はさせないぞ」とおっしゃった。

〈語注〉
越中に井見の庄殿　「越中」は国名。現在の富山県。「井見の庄殿」は不詳。人名か土地名か。**うけごひ**　肯ひ。承知する。「うけがひ」と同じ。**一はぬかん**　怒ってみたい。「はをもぬき」と同じ。**八朔の礼**　「八朔」は陰暦の八月朔日《ついたち》。「八朔の礼」は徳川家康が朔日に江戸入城をしたことから、武家たちの祝日とされた。白帷子《しろかたびら》を着て、将軍家に祝いの言葉を述べる。「八朔の祝い」と同じ。同じようなことが越中でも行われ、主君に進物を献上して挨拶をするために出仕した。**千秋万歳**　めでたさを祝福する言葉。千年も万年も長生きを願う言葉。定まった祝いの言葉を勝手な文句ととらえる。**左右いひたきまゝには**　そのような勝手ないい方は。**いはせまひそ**　底本の文末に「。」なし。

【鑑賞】　**うつけ大名**　鮀の大名の存在は笑話だから許される。すべて架空の名とみたいが、「越中国に井見の庄殿」とまでいう。これは、実話に近い人物が存在したのであろう。鮀の大名の言葉で笑話を終えているのも、この言葉を笑うからである。最後の「いはせまひそ」は鮀の口癖の表現とみていいだろう。鮀は相手の言葉を封じて、自分が正しい言葉をいっていると思い込む性格をもっている。

55

洛陽《らくやう》にて。浄土《し(じ)やうど》宗《しう》の寺《てら》へ。尼公《にこう》のまい《(ゐ)》られ一人の弟子《でし》をよび出《いだ》し。十念《ねん》をうけたきよし。披露《ひろう》してたび候へとありしかば。心得たるとて。方丈《はうぢやう》に行《ゆき》。下京にて。なにといふの女人《によにん》の参りに候と。申もあへぬに長老《らう》はをいだし。上臈《じやうらう(ふ)》とか。女房《にようばう》とこそ申べけれ。によにんといふ事やあると。大にしかられければ。弟子《でし》の返《へん》答《たう(ふ)》に。そなたは我《われ》に。あみだ経《きやう》をしへて。善男子《せ(ぜ)んなんし》善女人《せ(ぜ)んによにん》といへといふ《(う)》ておゐ《(い)》て。今はまたさういはぬとは。一事両様《じりやうやう》なる事をなど《(ど)》。さん〴〵《(ざん)》にからかひて。おもてへ出《いて(で)》ける時。尼公赤面《にこうせきめん》して。せうしやお機嫌《きげん》のあしきを《(お)》とする。下向《げかう》せんやと申されたれば。弟子いふ。いやくるしうも候はず《(ず)》。ちと女房ごとの。いで入で御座《さ(ざ)》あるといふた《(う)》　(102)

〈現代語訳〉　京都でのこと。ある浄土宗の寺へ尼が参上され、一人の弟子を呼び出して、「十念を受けたい次第。長老にお取り次いで、お与えくだされ」といったので、「承知しました」といって、住職のところに行き、「下京《しもぎよう》に住むという何々という女人が来られました」と申し上げると、いい終わらないうちに、長老は怒り出して、「上臈とか女房というものだ。女人といってはならない」と、とても叱られたので、弟子が返答するに、「あなたはわたしに、阿弥陀経を学ばせ、善男子、善女人といえといっておいて、いまは、またそういってはならないとは、一つの事を二通りにいう二枚舌だ」などと、いいたい放題に争ったのち、表に出てきたときに、尼は顔を赤らめて、「困りましたね、ご気分の悪い様子のようで、おいとましましょうか」というと、弟子が、「いやご遠慮には及びません。少しばかり長老の女の揉《も》め事であります」といった。

〈語注〉

洛陽にて浄土宗の寺へ　「洛陽」は京都の左京。京洛ともいう。「浄土宗の寺」は不詳。**尼公**　尼になった貴婦人の敬称。**十念**　浄土宗で信者が「南無阿弥陀仏」の六字の名号を授かること。結縁《けちえん》すること。**たび**　賜《た》び。いただく。**方丈**　長老、住職のいる部屋。一丈（約三メートル）四方の部屋のこと。**長老**　僧になって年を重ねた者。**上﨟とか女房とこそ**　「上﨟」は身分の高い婦人。「女房」は貴人の家に仕える婦人。**そなたは我にあみだ経を**　「そなた」は同等以下の人に対する言葉。長老は目上であるから、「あなた」「住職」などというべきところ。「あみだ経」は阿弥陀経。浄土三部経の一つ。**善男子善女人**　仏典で在俗の聴衆をいう呼び名。前世に善の功徳を積んだ男女。その宿善により現世で仏法を聞くことができるという。金剛経、阿弥陀経、観音経などにもみられる。**今はまたさういはぬ**　善女人といえ、といいながら、女人とはいうな、では矛盾しないか。**からかひて**　張り合って。**赤面して**　赤面は言い争いの原因をつくったからか、または聞いてはいけないことを聞いてしまったからか。**御座あるといふた**　底本の文末に「。」なし。

【鑑賞】　**女性問題**　言葉遣いを長老から叱られた弟子は、「長老の女の揉め事であります」

といったため、長老の女性問題で口論をしていたことになってしまった。いつも弟子の言い方に長老が文句をいうのは、こうした誤解を招くことがあってはならないからである。弟子は間違った言葉をいっていないが、会話の一部分だけを伝えると、相手は別のとらえ方をしてしまう。底本55（写本（102））の笑話を写本（121）と（113）の間に置いたのは、つぎの底本56の坊主の笑話につなげるために移動したとみる。

56　小僧《こぞう》あり。小夜《さよ》ふけて。長棹《ながざほ(を)》をもち。庭《には》をあなたこなたふりまはる。坊主《ばうず》是《これ》を見つけ。それは何事をするぞととふ。空《そら》のほしがほしさに。かちを《(お)》とさんとすれと《(ど)》も。落《おち》ぬといへば。さて〳〵《(さて)》鈍《どん》なるやつや。それ程さくがなふ《(う)》てなる物か。そこからは棹がとゞ《(ど)》くまい。やねへあがれといはれたおでしはさも候へ。師匠《しせ(しや)う》の指《し》南《なん》有がたし

星《ほし》ひとつ見つけたる夜《よ》のうれしさは
月にもまさる五月雨《さみだれ》のそら　（113）

〈現代語訳〉　ある僧の弟子がいた。夜ふけに長棹をもって、庭のあちらこちらを振りながら

動き廻っている。これを住職が見つけて、「その長棹で何をしているのだ」とたずねる。弟子が、「空の星がほしいので、たたき落とそうとするが、落ちない」とこたえると、「いやはや間抜けなやつだなあ。そんなことの考えが浮かばないで、いいものか。そこからでは棹が届くはずがない。屋根へあがれ」といわれた。弟子なりの考えしか及ばないのは仕方ないが、住職の教えはありがたいものだ。

星ひとつ見つけたる夜のうれしさは
月にもまさる五月雨のそら

（星一つを見つけた夜の嬉しさは、月の美しさを越えるほどの五月雨の空である）

〈語注〉

小夜　「小」は接頭語。夜。　**ふりまはる**　長棹を振りながら、境内をぐるぐる動き廻る。ここは長棹を天に近づけようと、上に伸ばしながら廻る。「ふり」はゆり動かす、強く動かすこと。一定の場所での場合は長棹を「ふりまわす」という。　**坊主是を見つけ**　「坊主」は住職。師匠。「是を」は長棹をもって振り廻る弟子の姿を。　**かちをとさん**　棒で打ち叩くのを「搗《か》ち」という。　**それ程さくがなふて**　「それ程」は星を取るぐらいのこと。「さく」は策。思いつき。考え。頭をつかうこと。　**おでしはさも候へ師匠の指南有がたし**　写本は以下を小文字で書く。「おでし」は小僧。「さも候へ」はまだ弟子は弟子なりの考えだ。「師匠」は住職。底本の文末に「。」なし。　**星ひとつ見つけたる夜のうれしさは**　梅雨どきの夜空に星が見えるのはうれしい。　**五月雨**　陰暦五月ごろに降りつづく長雨。梅雨。

【鑑賞】　星を詠む　狂歌は梅雨が続くころ、晴れ間の夜空に星を見た嬉しさは、月の美しさを見たときよりも嬉しいと詠む。俗信に星を見つけると福があるという。小坊主は福を得たいので庭で長棹を振りながら動き廻っているとみられる。もちろん長雨の時期であるから、空に星をみつけるのは容易でない。それが久しぶりに、たった一つだけの星をみつけたから嬉しい。いつもの星をみた喜びとは異なる。東洋文庫本は、「策伝和尚はこれを定家の作として、自著の『百椿集《ひやくちんしゆう》』に掲げている。もちろん定家にはこんな童謡めいた詠はない」と述べる。『百椿集』の「十五　星一ツ」には、

五月闇ノ砌　霖雨ノ遊勝ニ空打曇リテ　青天ノ面影サヘ忘レハテ　サビシクウタテシキ時　思ヒ寄ラス雲ノスキ間ヨリ　星ヲ一ツ見付タランハ　晴渡空ニ月ヲ詠シハ物カハニテヤ有ヘキ　定家卿　星一ツ見付タル夜ノ嬉シサハ月ニモマサル五月空

とある。ほかに西行作という説もあるように、定家卿伝、西行伝として残されているのは、星を読む歌の少ないなかで、名歌とされてきたからであろう。策伝が『百椿集』にも引用しているので、この歌によって笑話をつくったとみていいだろう。

57 わかき男《お(を)とこ》の聟入《むこ》するといふに。知音《ちいん》の者異見《いけん》し。かまへて時宜《じぎ》をでかせ。心《こゝ(こ)ろえ》得たるよしにて行《ゆき》しが。一圓言《ゑんこと》のはなし。あまりほいなくおもひ《(ゐ)》。立《たち》さ《(ざ)》まに。手《て》をきつとつき。此中柱《なかは(ば)しら》はこなたので御座《さ(ざ)》るか。どれからまいりたるぞ　(122)

〈現代語訳〉 若い男が舅の家に挨拶するというので、友だちが意見した。「心してその場にふさわしい挨拶をやってのけろ」といわれて、若い男は理解したつもりで出かけたところ、まったく言葉が出てこない。ひどく情けないと思い、帰るときに手をすばやく床につけて、「この中柱は、あなたの家のものでございますか、どちらから運ばれましたか」といった。

〈語注〉

異見　適切な意見。　**時宜をでかせ**　「時宜」はその折に叶《かな》った挨拶。「でかせ」は出かせ。口に出せ。　**言のは**　言の葉。　**中柱**　家の中央にある柱。　**どれからまいりたるぞ**　「どれから」はどこの産地から。どこの山から。「まいりたるぞ」は伐《き》り出したか。底本の文末に「。」なし。

【鑑賞】　**一圓言のはなし**　婿が舅の前で、まったく挨拶ができない。それは緊張しているからである。挨拶は儀礼だから決まった言葉でいいのだが、その場にふさわしい臨機応変の言葉をいおうとすればするほど出てこない。やっと出てきた言葉は、まったく挨拶とはかかわりのないものであった。何一つ挨拶ができないのは若いからであろう。友だちが、「かまへて時宜をでかせ」といったときに、「心得たるよし」と知ったかぶりの顔などせずに、「どういう言葉をいったらいいのか」を具体的に聞いておけばよかったのである。

58　京にて口《くち》わきしろき男《お(を)とこ》。ちと出家《しゆっけ》をなぶり。りくつにつめてあそびたやと思ひつゝ(つ)。さかしき人にむかひとふ。やすき事なりをしへん。なんぢ沙門《しゃもん》にあふ(う)た時。おそうはいづくへといふへ(べ)し。さため(だ)て風《かせ(ぜ)》にまかせてといはんずる。その時風《かせ(ぜ)》なきときはいかんといへ。やがて閉口《へいこう》すべし。此をしへをえ。ある朝東寺《あさとうじ》の門前《もんぜん》にて。出家《しゆっけ》に行《ゆき》あふ。御僧《そう》はいづくへととふ。僧《そう》の返事《へんじ》に。立賣《たちうり》の勘介《かんすけ》か(が)所《ところ》へ。齋《とき》に行《ゆく》なにぞ用有《ようあり》や。男《お(を)とこ》とつてにはぐれ。あらお僧《そう》は。風にはおまかせないよのと　(120)

〈現代語訳〉　京都でのこと。小生意気な男が、「少し出家をからかい、理屈ばかり並べて、いじめたいなあ」と思いながら、賢い人にむかって尋ねると、「何でもないことである、教えよう。おまえが出家僧に逢ったとき、お僧はどちらへ、というのがよい。きっと風にまかせて、というだろう。そのとき、風がないときはどうされるのか、といえ。ただちに返答に困るはずだ」といった。この教えを得た男は、ある朝、東寺の門前で出家に出会った。「お僧はどちらへ」と尋ねると、僧の返事に、「立売の勘介の所へ法要に行く。何か用があるのか」という。男は予想外の返事に対応できなくなり、「あらお僧は、風にはおまかせでないのですね」といった。

〈語注〉

口わきしろき男 小生意気な男。まだ話す口調が若いために未熟である男。**出家をなぶり** 「出家」は世を捨てて僧になった人。「なぶり」はもてあそぶ。**あそびたや** からかいたい。**さがしき人** こざかしく利口ぶった人。ここは知恵をもっていて、相手をいじめる方法を知る人。**沙門** 出家して仏の道を修める人。桑門《そうもん》。**風にまかせて** 行雲流水の僧の生き方をいう。行雲流水は、ただよう雲と流れる水。他の力にさからわずに自然の行動をするさまのこと。**東寺** 教王護国寺。東寺真言宗総本山。現在の京都市南区九条町にある。**立賣の勘介か所へ齋に行** 「立売」は現在の京都市下京区の地名か。または路傍で立って売る商いのことか。「勘介」は人名。「齋」は法事、仏事。**とつてにはぐれ** 異なる返事に困る。**おまかせないよのと** 底本の文末に「。」なし。

【鑑賞】 **なぶり** 「なぶり」は「嬲り」と書く。相手を困らせて、おもしろがることをいう。からかいもて遊ぶ、ひやかす、いじめる、おもちゃにすることである。「なぶる」ときの相手は、ある程度の知識や修行の結果を持ち得た者である。「りくつにつめてあそびたや」というのも、決まった返事しかいわないのが出家だと思ってのことである。「口わきしろき男」は強気で攻めれば、必ず勝てると思い込む人物でありながら、なぜ、「さがしき人」に教えてもらおうとしたのか。自分の失態なら納得もするであろうが、人に教わったことで失態したときは、どういう気分であろうか。

無《む》智《ち》之《の》僧《そう》

59 大般若《はんにや》を。轉讀《てんどく》の施主《せしゆ》あり。かたちばかりは出家の身。よむへ《（べ）》きあてはなけれど。いかやうにも座《ざ》をはり。布施《ふせ》を得《え》たき望《のぞみ》あるゆへ《（ゑ）》。法衣《は（ほ）う（ふ）ゑ（え）》をまとひ。膝《ひざ》をくみ。人々大般若波羅密《はらみ》と高聲《かうじ（し）やう》によめば。経《きやう》をひろげおなし《（じ）》調子《てうし》にあげ。大た《（だ）》んな三藏《さんさ（ざ）う》ほつしめが。ようないものをもてきてを《（お）》いて。人になんぎをかくるはやといへと《（ど）》も。人はきかなんだげな (127)

〈現代語訳〉 大般若経の転読を依頼する檀那《だんな》があった。坊主の姿だけはしている出家で、経を読む場などないが、どこにでも転読の場があると、布施を得たい気持ちがあるので、袈裟《けさ》を着て出かけ参列した。僧たちが、「大般若波羅蜜多」を高声に読みはじめると、この坊主も経本を開き、同じ調子の声をあげて、「大檀那よ、三蔵法師めが、どうでもいいものを持って帰って来たから、わしらに迷惑をかけるよ」と読んでも、ほかの人には聞かれることがなかったようである。

〈語注〉

無智之僧　学問もせず知識ももたない坊主たち。　**大般若**　大般若波羅蜜多経の略。唐の玄奘《げんじょう》訳。六百巻。　**轉讀**　巻数の多い経典の初、中、後の数行だけを読むこと。　**大般若波羅密**　「密」は底本ママ。「蜜」が正しい。　**経をひろげ**　経の書かれた折本を開き。　**大たんな三藏ほつしめが**　「大たんな」は「大だんな」。大檀那（大物の施主）。「転読の施主あり」の施主。東洋文庫本は「大胆な」の字をあてる。関山和夫は「「大胆な」と読むのは不自然」という（『醒睡笑』）。岩波文庫本は「大旦那」とする。「三藏ほつし」は三蔵法師。経を天竺《てんじく》から持ち帰ってきた玄奘三蔵。「ほつし」は法師。「ほふし」の促音便。　**もてきてをいて**　三蔵法師が天竺から持ち帰った経典を漢訳した。　**人はきかなんだげな**　底本の文末に「。」なし。

【鑑賞】　**無智之僧**　智恵がないのが無智である。どのような僧をいうのであろうか。学問もせず、経文も読まず、しかもいい加減な生活をして、僧としての勤めもしない。さらにいつまでたっても僧の世界を体得できない人物をいっていよう。無智は、愚鈍ではなく横着者とみたい。毎日の修行のなかで経文を読めば、祖師の言葉を理解することもできるが、それをしない僧である。それぞれの宗派に共通する祖師の教えを経典は記している。修行によって本質をつかみ、それを弟子や宗徒、信徒、信者たちに伝える。経文の読み方が上手か下手かでも、智の僧であるかどうかがわかる。巻三「自堕落」の堕落僧と無智の僧とは異なる。堕落僧は戒律を破る僧で僧としての勤めを放棄する。無智の僧は、勤めながら十分に経文も学ばず、適当に寺にいる僧である。

ようないものをもてきて　ろくに修行などしない坊主には、まず経典は邪魔なものであり、これを読ませる大檀那にも不満をもつが、布施だけは得たいので読む真似をしていればいいと考える。しかも三蔵法師への文句を繰り言のようにいう。「大たんな三蔵ほつしめが云々」は「大般若波羅蜜多経」の経文に似た音とみられるが、似た言葉が見当たらない。そうなると読み方のリズムが合っているのであろうか。そのリズムに合うおもしろさを策伝は取り上げたものとみる。

やはり坊主は坊主　こんな坊主もいるというのを笑ったのだろうか。ほとんど経もあげられない似非《えせ》坊主の登場には驚かされる。だがたとえ経が読めなくても坊主に変わりはない。平然と坊主のなかに加わっても、誰も似非坊主とは気づかない。もしこの坊主が本物ならば、坊主の現状をあげているのかも知れない。仏に仕える身分の坊主が無智であろうと、駄目な坊主であろうと、いずれは仏の世界がわかる年齢になれば、しっかりとした坊主になるはず、と策伝はみているのであろうか。

60　千部《ぶ》講讀《こ(か)うどく》の請状《うけし(じ)やう》まはりけるに。一文不知《いちもんふち》の経《きやう》たつ坊《ばう》あり。つかふ小者《こもの》を松若《まつわか》といふにむかひて。此度《たび》の出仕《しゆっし》生涯《しやうがい》の大事《じ》とおぼゆるぞ。を《(お)》のれねふりをとゞ《(ど)》め。我《わか(が)》うしろのかたにきつとゐよ。もしよぶに返事《へんし(じ)》を《(お)》そくは《(ば)》。曲事《くせこ(ご)と》ならんといひつけ。かくて大衆《た(だ)いしゆ》の座《ざ》につらなり。讀経《どくきやう》すでにはじまり。序品第一《じよほ(ぼ)んだいいち》とつくるから。彼《かの》経たつばう松若〳〵《まつわか(松若)》と。いかにもしづかにいふ。連讀少《れんどくすこし》もちがはざりしが。経しどろよみの時。例《れい》の磬《けい》をひしとうちきる。彼坊《かのばう》が唯《たゞ(だ)》一人松若とよみたり。松若やつと返事するに。お湯《ゆ》のまふ《(う)》と　(130)

〈現代語訳〉 千部講読の法会の文書が廻ってきたが、すでに経と縁を切った文字がまったく読めない無学の坊主がいた。身辺の世話をさせている、松若という小者に向かって、「このたびの出席は、生涯のうちでも大事なことと思われるので出かけるぞ。おまえは居眠りをしないようにして、わたしの後ろの近くに、しっかりと座っていろ。もし呼んだときに、返事が遅かったならば許さないぞ」と命じた。そうして法会に列席すると、もはや読経《どきよう》がはじまっていて、経の「序品第一」が読みあげられている。例の坊主は、「松若、松若」ととても小さな声でいっている。経が読み続けられていても、少しも乱れることがなかったが、経が乱れ読みになってきたので、いつもの磬を鳴らして、ぴたりと読みを中断した。例の坊主だけが、ただ一人、「松若」と声を出していた。その声に松若は気づき、「やっ」と返事をすると、坊主は、「お湯、飲もう」といった。

〈語注〉

千部講讀　千部の経を読む法会。関山和夫は「江戸時代には専ら祖先の追善のために修せられた」という（『醒睡笑』）。**請状**　経を読む法会を開く文書。請文ともいう。写本のすべては「請」を「しやう」と読む。**一文不知の経たつ坊**　文字が理解できない坊主。関山和夫は「法然の『一枚起請文』に「一文不知ノ愚鈍ノ身ニナシテ尼入道ノ無智ノトモガラニ同ジウシテ」とあり、策伝をはじめ浄土宗の僧は周知の語」という（『醒睡笑』）。「たつ」は経を読むのを絶つ。ここは法会とは縁を切る。**大衆の座**　多くの僧がいる席。**讀経**　声を出して経文を読むこと。「どくきやう」の転が「どきやう」。**序品第一とつくるから**　「序品第一」は『妙法蓮華経（法華経）』二十八品の第一品（第一章）。「つくる」は経を読む。**しどろよみ**　統一がなく乱れた読み。**磬をひしとうちきる**　「磬」は吊りさげられて打ち鳴らす打楽器。仏具としては多く青銅製。「うちきる」は磬を打って読みを止める。**お湯のまふと**　底本の文末に「。」なし。

【鑑賞】　**お湯のまふ**　どんな出鱈目《でたらめ》な言葉でも経のように読んでいればいいと考えた。「松若〳〵」は、いかにも松若に声を掛けたようにする。これは坊主の計算であるから、相当の知恵者である。

祝《いはひ(い)》すく《(ぐ)》るもいな物《もの》

61　けしからず。ものごとにいはふ者ありて。与《よ》三郎といふ中間《ちうげん》に。大晦日《つごもり》の晩《ばん》いひをしへけるは。今宵《こよひ》はつねよりとくやど《(ど)》に帰《かへ》りやすみ。あすは早々《さう〳〵(さう)》おきて来《きた》り。門《かど》をたゝ《(た)》け。内よりたそやととふ時。福《ふく》の神《かみ》にて候とこたへよ。すなはち戸《と》をあけて。よびいれんと。ねんごろにいひふくめてのち。亭主は心にかけ。鶏《にはとり》のなくと。同《おな(じ)》しやうにおきて。門にまちゐけり。あんのごとく。戸をたゝ《(た)》く。たそ〳〵《(たそ)》ととふ。いや与三郎とこたふる。無《む(ぶ)》興《け(きよ)う》中〳〵《(中)》なか《(が)》ら。門をあけてより。そこもと火《ひ》をともし若水《わかみづ》をくみ。かんをすゆれと《(ど)》も。亭主かほのさまあしくて。さらに物いはす《(ず)》。中間ふしんに思ひ。つく〳〵《(づく)》思《し》案《あん》しゐて。よひにをしへし福の神を打《うち》わすれ。やう〳〵《(やう)》酒《さけ》をのむころに思《おも》ひ出《いた(だ)》し。仰天《ぎやうてん》し。膳《せ(ぜ)ん》をあげざしきを立さ《(ざ)》まに。さらば福の神て《(で)》御座ある。おいとま申まいら《(ゐ)》すると申た　(133)

〈現代語訳〉　異常なほどどんな物事でも縁起を担ぐ者がいた。与三郎という使用人に、大晦《おおみそ》日《か》の晩にいったことは、「今宵は、いつもより早く家に帰って休み、明日は早く起きてやって来て、戸を叩け。内から、わしが誰であるか、と聞くとき、福の神でございますと答えよ。そうしたらすぐさま戸をあけて、呼び入れよう」と念を入れて理解させたあと、亭主は期待して、鶏の鳴くのと同じころに起き、門で待っていた。思ったとおり、戸を叩く音がする。「誰であるか、誰であるか」というと、「いや、与三郎だ」という。亭主は不愉快千万はなはだしいと思いながら、門をあけてからは、あちこちの灯をつけ、若水を汲《く》み、雑煮の準備をするが、顔色は気分を害したままで、まったく言葉すらも出さない。使用人は不審に思い、よくよく考えてみて、宵に教えられた福の神をすっかり忘れているのを、やっと屠蘇《とそ》を飲むときに思いだして驚いた。すぐに膳を終え、座敷を退くときに、「さてわしは福の神でござる。この席から去ることにいたします」といった。

〈語注〉
祝すくるもいな物　縁起をかつぎすぎると妙な状態になり、また不吉の上塗りとなる。「いな物」は妙な状態、変な状態をいう。　**与三郎**　抜けている下働きの男の名。　**つねより**　いつも帰る時間よりも。　**福の神**　正月にやって来る縁起のよい神。正月神。　**無興**　洒落にもならない。ここは不愉快な気持ちを表す。　**火をともし**　新しい火を灯して元旦を迎える。　**若水をくみ**　元日の朝に汲む最初の水。新鮮で縁起のよい無病息災の水。若水の「若」は出来たて。　**かんをすゆれとも**　「かん」は羹。雑煮。「すゆれとも」は準備をしたが。　**酒をのむころに**　「酒」は元旦に飲む屠蘇。「とそしゅ」「とそざけ」ともいう。　**膳をあげ**　食べ終わって膳を片付ける。　**福の神て御座ある**

底本は「座」に「ご」の濁点がつく。　**おいとま申まいらすると申た**　「おいとま」は忌み言葉。底本の文末に「。」なし。

【鑑賞】　祝すくるもいな物　祝い過ぎてしまうと普通とは異なった不思議な、妙なことが起こる。縁起をかついでほめ過ぎると、「いな物」の状態になる。それはまったく考えたこともなく、想像したこともないことなので笑いが起こる。さらに祝いの度合いを大きくすると滑稽さは増し、そこに鮀が登場すると、とんでもない混乱となり、どうにもならない状態になってしまう。余計な一言が、その場の雰囲気を気まずくする。それが自分がいった言葉によることに気づかない。この章にみる祝いが、ほとんど正月に限るのは、目出度い言葉が異な言葉になることが、多かったからであろう。縁起を担ぐ言葉は、言い慣れないために、間違えやすいのである。

福の神　福の神といえば七福神だが、ここは正月神として登場する。七福神は大黒天、寿老人《じゆろうじん》、恵比寿《えびす》、毘沙門天《びしやもんてん》、弁財天、福禄寿、布袋《ほてい》のことである。それぞれの神には使わしめがいる。大黒天は鼠。寿老人は鹿、恵比寿は鯛、毘沙門天は蜈蚣《むかで》、福禄寿は鶴などである。さらに縁起をかつぐ人は、七福神の乗る宝舟を描いた紙を、元旦前の除夜や節分の夜（のちに正月二日の夜）に、枕の下に敷き、その夜に見る夢（初夢）は叶うという俗信を信じた。宝舟の絵は宝舟売りが「お宝〳〵」といって売りに来る。その紙には七福神の絵とともに、「長き世のとをのねふりの皆めざめ波乗り舟の音のよきかな」の回文が書かれている。これを三度、口ずさんでから寝るのがいいという。

62　ある女房のもとに。つかはるゝ《(る)》下主《げす》の名を。福《ふく》といふありき。大年《おほと(ど)し》のゆふべ。下主にむかひ。そちはよひからやどへゆきてやすみ。あすはとくおき来《きた》り。門《もん》をたゝ《(た)》けと。ひまをやりぬ。夜《よ》もふけ過《すぎ》て。五更《かう》にを《(お)》よべどもきたらず。されども門をたゝ《(た)》くを《(お)》とせり。すはやと思ひ。たれぞといふに返事《へんじ》なし。あまりにたへかねて。福かやれといひければ。いや与二郎で御ざる。なにしに福であらふ《(う)》。福はよひからよそへゐ《(い)》たものをとて。つぶやきける　(135)

〈現代語訳〉ある女房のところで使われている使用人に、福という名の者がいた。大晦日の夕方に、女房が使用人に対して、「おまえは宵から家に帰って寝て、明日の朝は早く起きてやって来て、門を叩け」といって、家に帰るのを認めた。夜もふけて来て、五更の時刻になってもやって来ない。ところがやっと門を叩く音がした。やっと来たかと思い、「誰であるか」といっても、返事がない。もう我慢できないので、「福か、やい」といったところ、「いや、与二郎でございます。どうして福であろうか。福は宵から外へ出ていったままなのに」

とつぶやいた。

〈語注〉

女房　ここは商人などの家のお上さん。御寮さん。お家さん。　**下主の名を福といふ**　「下主」は下種、下衆、下司とも書く。「福」は女の使用人。縁起のいい名前である。　**大年**　十二月の末日。「おほつごもり」に同じ。　**よひ**　宵。午後八時前後。　**門をたゝけと**　「門」を「もん」と読むが、底本61では「かど」と読む。　**ひまをやりぬ**　「ひま」は藪入《やぶい》りや彼岸のときに与える休暇。それ以外の日に帰ることは許されない。特別な許しであるのに「福」は驚きも、不思議がることもない。理由がわかっていない。　**五更**　午前三時から五時の間。寅の刻。八ツ半から七ツ半のこと。「更」は日暮れから夜明けまでの十時間を五等分した呼び方。初更から五更までである。　**与二郎**　下働きの男の名。　**なにしに福であらふ**　どうして私が福なのか。福であるはずがない。　**福はよひからよそへゐたものを**　与二郎は福が外出したまま昨日から帰ってきていないままなのに。　**つぶやきける**　この後に写本には次の文がある。「雄長老／鬼は内福をはそとへ出すともとし一つゝよらせすもかな／也足の判、尤興あり、されとも、たとひ年は一、二よらせ候とも、福をそとへ出さん事、いかゝと申へくや、一笑々々」。底本の文末に「。」なし。

【鑑賞】　**やど**　「やど（宿）」は使用人の家をいう。使用人は仕事先に住み込んで働き、春秋の彼岸のときに実家に帰る。使用人は奉公先との約束の期間（年季奉公という）があるので、やたらに帰ることは許されない。福のような使用人は女房（お上さん）の身の回りを手伝い、食事をつくるなどの仕事に従事していたとみられる。「やどに帰ってもいい」といわれたので、正月休みと勘違いして、翌朝に戻る約束を忘れてしまったようである。

福が参りました　与二郎の登場で企てが失敗となる。お上さんは、「もう少し与二郎が、頭をつかってくれればいいのに」と思ったことであろう。与二郎は鈍であるから状況が読めない。また、なぜ与二郎が元旦の夜明けに来たのかが不思議である。元旦の準備は大晦日に済ませ、あとは住み込みの使用人がする。与二郎は通いの男とみられるから、与二郎の仕事はないはずである。お上さんが福を待つ夜明けの時間に、与二郎は初詣でもしてきたのであろうか。笑話では肝心の福が来ないままで終わる。主人公となるべき福が来なければ、福の神の来訪にはならない。福の代わりに与二郎が登場し、与二郎の言葉が予期せぬ滑稽へと展開する落ちが作者のねらいである。もともと与二郎といえば間抜け、鈍の人物像とみられ、与二郎の登場から結果は予期でき、読み手にとってはおもしろくない。底本61の類話とともに、与三郎、与二郎の二人の行為、言葉が「いな物」になる筋を成立させる。それを二人ともに気づいていない。

雄長老の狂歌　写本の文末には、雄長老の狂歌「鬼は内福をはそとへ出すともとし一つつゝよらせすもかな」をみる。節分のときの「鬼は外福は内」の言葉とは逆をいう。「鬼は内福は外へといって福を出しても、年齢は一歳ずつ増えるのだなあ」と詠む。上の句の「鬼は内福をはそとへ出すとも」は笑話の福を家の外に出したことをいう。この狂歌をもとに笑話ができたのであろうか。狂歌には「也足の判」がある。その判詞は、「年齢が一つ、二つ増えるのは仕方ないが、福を家の外に出してしまっては、どういったらよいのやら、おかしくて、おかしくて笑ってしまうね」という。失敗は福を外に出したから、もうどうにもならないのである。そんな企てをしたから笑わざるを得ないという嘲笑の意を含めていっているようである。

63　行暮《ゆきくれ》て旅人《たひ(び)、(び)と》立寄《たちより》。一夜《や》のやどをかりし。亭主出《いて(で)》あひ。物か《(が)》たりのついでに。客《きやく》はいかなる藝能《げいのう》の候ぞとちと哥道《かだう》を心得てあり。さらば幸《さいはひ》の仕合《しあはせ》なり。子をあまたもちたるに。いはふ《(う)》て發句《ほつく》をさたあれかしと望《のぞむ》時

むすこたちかしらかたかれ石佛《いしほ(ぼ)とけ》

(142)

〈現代語訳〉　旅の道中で日が暮れてしまったので、旅人は一軒の家を訪れ、一晩だけの宿を借りた。家の亭主が出て来て、旅人と話す折に、「客人は、どういう嗜《たしな》みがありますか」とたずねると、旅人は、「少しばかり歌の道を嗜んでいる」という。亭主は、「それは運のいい巡り合わせである。わたしは子をたくさんもっているので、祝いとして、発句に示して下されと望むと、

むすこたちかしらかたかれ石佛

（息子たちの身体が丈夫であってほしい石仏のように）

〈語注〉

行暮て 日が暮れた時間まで旅人は歩く。夜道は危険と察して宿を借りる。**客はいかなる藝能の候ぞと** 「客」は客人。旅人。「藝能」は嗜み。芸道。芸事。**哥道** 歌の道。ここは俳諧。五七五の句。**仕合なり** 巡り合わせである。**さたあれかしと望時** 「さた」は沙汰。発句を詠むこと。底本の文末に「。」なし。**かしらかたかれ** 頭堅かれ。身体が丈夫になってほしい。

【鑑賞】 **發句** 素人は相手が歌詠み、俳諧人とわかると、すぐに和歌を一首、発句を一句つくってくれと望む。だが俳諧を少しばかり嗜む程度の人物であるから、上手な句はつくれない。「かたかれ」は堅固になれ、丈夫になれ、これから賢く、丈夫に、立派に育ってほしいという気持ちを表現したつもりなのである。それを「石仏」といっては「祝すくる」こととなる。「堅い」から「硬い」石を思い浮かべて、石仏を出しては縁起が悪い。

64 町人《まちうど》のものいはひするあり。大晦日《つこ(ご)もり》に薪《たきゞ(ぎ)》を買《かい(ひ)》。庭《には》なる棚《たな》につませけるが。何《なに》と哉《(や)》らんくづれさうなり。亭主《ていしゆ》あやう《(ふ)》き事に思ひ。下　主《け(げ)す》にむかひて。もし五ケ日のうちに。あれなる　薪《たきゞ(ぎ)》がくづれば。くづるゝ《(る)》といふな。薪か《(が)》めて《(で)》たふ《(う)》なるといへとをしへけるか《(が)》。はたして。元　三《ぐは(わ)んざん》のかんをいはふとき。崩《くづれ》かゝ《(か)》れり。下主なふ《(う)》与二郎。たきゞ《(ぎ)》がめでたふ《(う)》なるはとよぶ。与二郎はしりきたり。まかせてを《(お)》け。与二郎がをらふ《(う)》あひだは。何ともあれ。めでたふ《(う)》はなすまひ《(い)》ぞと　(150)

〈現代語訳〉　ある町人に縁起をかつぐ者がいた。大晦日に薪を買い、庭の棚に積ませたが、なんとなく崩れそうである。亭主は心配に思い、使用人に対して、「もし五日間のうちに、あの薪が崩れたら、崩れるというな。薪が目出度くなるといえ」と教えたが、とうとう元日を雑煮で祝っているときに崩れかかった。使用人が、「のう与二郎、薪が目出度うなるわ」と声をかけると、与二郎は走ってやって来て、「まかせておけ、与二郎がいる間は、何が何であろうと、目出度うはさせないぞ」といった。

〈語注〉

町人　町に住む人。「まちびと」の音便形。　**薪を買庭なる棚につませける**　戸口や門松の傍などに三角の形に薪を積み上げ、山に見立て山の天辺に松の木を立てる。年木《としぎ》、節木《せちぎ》、若木という。山の形は正月神をおろす依代《よりしろ》である。この年木に倣って軒下の棚にも新しい薪を積む。　**五ケ日**　元日から五日まで。　**くづれ**　崩れ。忌み言葉。　**薪かめてたふなる**　縁起をかついで「崩れる」を、「めでとふなる」という。　**元三**　元日。一年の初日。元日の年、月、日の三つの元《はじめ》の意。振り仮名の「ぐはんざん」は当時の表記。　**かんをいはふ**　羹を祝う。雑煮を食べて正月を祝う。　**下主なふ与二郎**　「下主」は薪が崩れても「崩れるというな」といわれた使用人を指す。「なふ」はおい。別の使用人に声を掛ける。「与二郎」は下主。別の使用人の名。　**めでたふはなすまひぞと**　目出度くはさせないぞという。底本の文末に「。」なし。

【鑑賞】めでたふはなすまひぞ　正月の元旦から三が日、または松の内の七日までは、「目出度うござる」といわなくてはならない。薪が崩れるのを、なぜ「目出度うなる」というのかを与二郎はわかっているのか。崩れるといってはいけないことを覚えても、「目出度うはさせないぞ」といっては、正月を台無しにしてしまう。それに与二郎は気づいていない。恰好の「祝すくるもいな物」の笑話といえる。

65　人にすぐれて物いはふ侍《さふ(ぶ)らひ》。今夜《こよひ》の夢《ゆめ》に。梟《ふくろふ》か《(が)》家《いゑ(へ)》の内《うち》へ。飛《とび》入たると見たはとあれは《(ば)》。被官《ひくは(わ)ん》の候て。それは目出《めでた》し鬼《おに》はそとへ。ふくろは内へと申ならはして候程にといへば。侍大に悦《ゑ(え)つき》喜し。小袖《こそて(で)》を一重《かさね》つかはしけり。いかにも鈍《どん》なる傍輩《はうばい》是《これ》を見《み》。我《われ》にも夢物語《ものがたり》せられよかし。氣《き》にあふやうにいふ《(う)》て。小袖をとらん物をと思ひゐつるが。彼主人《かのしゆじん》ある朝《あさ》又此夕部《ゆふべ》われがあたま落《おつ》る〳〵《(落る)》と。夢にみたはとかたるに。かの鈍《どん》なる男《お(を)とこ》ふと出《いて(で)》て。それこそめて《(で)》たきまさ夢〳〵《(まさ夢)》とぞ申ける　(153)

〈現代語訳〉　人よりもとても縁起をかつぐ侍がいた。「昨夜の夢に、梟が家の内へ飛んできたのをみたよ」というと、家臣が、「それは目出度い。鬼は外へ梟は内へ、という慣習がございますから」という。主人はとてもよろこび、小袖一重《かさね》を与えた。どうみても抜けている別の家臣が、これをみていて、「わしにも夢の話をしてほしいものだ。主人の気にいるようにいって、小袖を手にしたいものだなあ」と思いつづけていると、例の主人が、ある朝に、「また昨夜、わたしの頭が落ちる、落ちる、という夢を見たよ」と話すと、例の抜けた男が、ひょいと出て来て、「それこそ目出度い正夢、正夢」と申し上げた。

〈語注〉
今夜　「こよひ」の振り仮名があるので昨夜か。　**夢に梟が**　梟が鳴くと不吉であるという俗説から、ここは悪夢をいう。　**目出し**　底本ママ。「目出度し」の誤刻か。これで「めでたし」と読む。

鬼はそとへふくろは内へ　節分の夜の豆まきの言葉の「鬼は外、福は内」のもじり。梟を「福」に掛けて縁起がいいといった。　**一重**　着物。綿入れの小袖をいう。単衣《ひとえぎぬ》。単《ひとえ》。　**傍輩**　朋輩に同じ。　**せられよかし**　してほしい。誉め言葉をいって褒美をもらいたいという魂胆。　**夕部**　夕べ。昨夜。　**かの鈍なる男**　話を聞いていた鈍の男。　**ふと出て**　急に主人の前に出て。　**まさ夢〱とぞ申ける**　「まさ夢」は正夢。事実と符合する夢。主人の頭が落ちる夢を「正夢、正夢」といっては失態。底本の文末に「。」なし。

【鑑賞】　**洒落**　家臣が「鬼は外、福は内」を洒落て、「梟は内」といった。不吉な夢を吉の夢に変えたのを主人は喜び、褒美に小袖を与えた。同じような夢の話で、主人の気にいってもらいたいと考えたのが、傍輩である鈍の家臣の浅ましさである。すでに鈍の家臣が登場するだけで、笑いの場面は設定される。

66　元三をいはひ。膳部《ぜんぶ》とりあつめ。目出《めで》たひ《(い)》など。いろ〱《(いろ)》したゝ《(た)》めてすは《(わ)》りぬ。盃《さかづき》あなたこなたとめぐ《(ご)》るなかば。十計《とを(お)ばかり》なる惣領《そうりやう》。ふと座《さ(ざ)》を立《たち》。親《おや》の汁《しる》に残《のこ》れる。鯛《たい(ひ)》のかしらをとりて。手がひの犬《いぬ》をよび。これはとゝ《(と)》のかしらぞ。くらへといふに。又七つ八つなる娘《むすめ》のはしり行《ゆき》。母《はゝ(は)》のくい《(ひ)》のこせる。魚《うを》のほねをもちて出《いて(で)》。これはかゝ《(か)》のほねぞくらへといひし無《ぶ》興《け(きよ)う》さ　（148）

〈現代語訳〉元日を祝い、膳にのせる正月の料理として、目出度い食べ物をいろいろと準備した。屠蘇や神酒《みき》があちらこちらと廻る最中に、十歳ほどになる惣領息子が、急に座から立って、親の吸い物に残る、鯛のかしらをとって、飼っている犬を呼んだ。「これはとどのかしらぞ、喰らえ」というと、また七つ八つになる娘が走って行き、母の食べ残した魚の骨をもって行き、「これはかかの骨ぞ、喰らえ」といった。とても興ざめたことをいう。

〈語注〉
親の汁に残れる鯛のかしら　「親」は父親。主人の汁椀に鯛の一番美味しいところを入れるのが慣わし。　**とゝのかしらぞ**　「とゝ」は幼児語の父。幼児語の「魚《とと》」を掛ける。「かしら」は魚の頭の部分。　**かゝのほねぞ**　母の汁に残る鯛の骨。　**無興さ**　写本は小文字で書かれる。目出度い席で「かゝのほね」は不吉な言葉となる。正月早々に縁起の悪い言葉をいうのに驚かされる。底本の文末に「。」なし。

【鑑賞】ととは魚のこと　子どもの無知は可愛いが、時によっては残酷なことを平気でいう。そうなると子どもはこまっしゃくれた、小生意気な、悪餓鬼となる。笑話では妹の登場によって、一気に祝いの席の雰囲気を変える。すなわち目出度い席で興を醒《さ》ますほどの嫌な空気をつくったからである。妹は「とと」は父親だと思い込んでいるために、母親の残した魚の骨を「かゝのほねぞ」といって犬に与える。目出度い席にいる人々の心をぐさりと刺す言葉には困ったものだ。文末の「無興さ」は、ひどすぎるね、まいったね、さらにとても許しがたいねという。

醒睡笑巻之三目録

醒睡笑巻之三

文字知顔

67　六十ばかりの。いかにも分別《ふんべつ》かしこがほの禅門《せ(ぜ)んもん》。わが子にざいもくの注文《ちうもん》か《(か)》ゝするとて。先材木《まづざいもく》の事《こと》と口《くち》にかけとこのむ。その時むすこ。材《さ(ざ)い》の字《じ》何《なに》とかき申《(う)》ぞといへば。まづ木へんにかけ。さてつくりはととへば。つくりはかなでかけといふた。あげくに。それほどどんではなに事も。成《なる》まひ《(い)》と申された　（ナシ）

〈現代語訳〉六十歳ほどの、はなはだ利口そうな顔の禅門が、自分の子に材木の注文を書かせるといって、「まず、材木の事、と書き出しに書け」といった。そのとき息子が、「材の文字は、どのように書けばいいのか」というと、「まず木偏から書け」という。「それでは旁《つくり》は」と尋ねると、「旁は仮名で書け」といった。さらに加えて、「そんなに鈍では、どんなこともできまい」といわれた。

〈語注〉

文字知顔　文字も知らないのに知ったかぶりをする。また出鱈目な言葉をいい、自分勝手な説明をこじつける。話す相手も「文字知顔」であると、愚か者同士の会話となり、展開が予測できない方向へと向かってしまう。**このむ**　所望する。ここは注文をこう書けと望んだ。**つくり**　旁。漢字の右側の部分をなす字形。**つくりはかなでかけ**　材の旁の「才」は「オ」と似ているので仮名で書けといった。**なに事も成まひと申された**　あらゆることもできないと父は判断した。底本の文末に「。」なし。

【鑑賞】　文字知顔　目録題には振り仮名が「もんじしりがほ」とある。岩波文庫本、東洋文庫本は振り仮名を「もじしりがほ」とする。底本ではつぎの章の「不文字」を「ふもんじ」と読むので、「文字知顔」も「もんじしりがほ」でいい。文字を知らないのに知ったかぶりした行動をし、言葉をいうと失敗する結果をまねき、しかも間違いをした本人は、図々しい態度で過ちなどしていないと思い込んでいる。その失態による打撃は大きいはずなのだが、まったく動じる様子などない。これは性格なのであろうか。人を責めるだけ責めて人の過ちを指摘するが、自らの過ちも露呈する。

材木の笑話は写本にはない　版本の刊行にともなって加えられた笑話である。策伝の蒐集した笑話なのか、それとも刊行に合わせて策伝が創作した笑話なのか。なぜ巻三の冒頭に置いたのかについては十分な考察がみられない。写本を底本とする東洋文庫本、岩波文庫本がこの笑話を冒頭に置くのは、どういうことであろうか。東洋文庫本では、「出版にあたって増加された話であり、この増補は恐らく策伝自身の指示によるのではないか」と述べるが、どうして写本を活字化するなかに収めるのかの説明がない。岩波文庫本も同様である。版本の笑話を写本の笑話と同じ扱いで収めるのはおかしい。

つくりはかな　「文字知顔」となる人物は禅門の父親である。旁のことを知っているのだろうが、説明ができない。「才」を「オ」と思って、「かなでかけ」と知ったかぶりをする。息子も仮名といわれて、唖然《あぜん》としたことであろう。偏は漢字の左半分を指し、旁は漢字の右半分を指す。旁には「あくび」（歌）、「おつにょう」（乱）、「さんづくり」（形）、「すんづくり」（対）、「ちから」（効）、「りっとう」（剣）、「るまた」（段）などがあるが、「才」はない。「才」は川の氾濫《はんらん》をせき止めるための木の象形文字で、真っ直ぐに据えられた良い木材の意である。漢字の旁がわからないのは、禅門として恥ずかしいと策伝はいうのであろうか。

68　作意《さくい》ある人のかふ犬有《いぬあり》。名《な》を廿四とつけたり。廿四〱《（廿四）》とよべば。きたる。なにとしたる子細《しさい》にやととふ。しろく候は。さてげにも〱《（げにも）》とかんじ。家《いへ》にかへり白犬《しろいぬ》をもとめ廿四とよぶ。いかなる心もちぞとたづねられ。しらう《（ろ）》候は　（267）

〈現代語訳〉　ひとひねりした趣向を好む人が犬を飼っている。名を二十四とつけた。「二十四、二十四」と呼ぶと、やってくる。「どうした訳で、そういうのか」と尋ねると、「しろくございますので」という。「なんとまあ、もっともなことだ、もっともなことだ」と感心し、家に帰って白犬を求め、二十四と呼ぶ。ある人から「どんな意味なのか」と問われて、「しろうございますので」といった。

〈語注〉
作意ある人　言葉に工夫を凝らす人。**しろく**　白く。掛け算の「四六《しろく》」を掛ける。**しらう候は**　「しらう」では「四六」の洒落にならない。底本の文末に「。」なし。

【鑑賞】　**二十四の名をつけられた犬**　犬の名を「二十四」とつけるとは奇妙な命名である。二十四匹目の犬の名なのか、または二十四個の斑《ぶち》をもつのか。もし斑であるならば、「ぶち」とでも呼ぶであろう。どうにも「二十四」とつけたことが理解できない。「作意ある人」は、犬の名に疑問をもつ人の登場を待つ。質問してくれれば命名の洒落がいえるからである。ここでは同じ洒落をいいたい「文字知顔」が、俄《にわか》に覚えたことから、言葉を間違える。

四六は二十四　色が白い「しろく」と掛け算の「四六」から「二十四」の名をつける洒落は

おもしろい。洒落に気づいた人が、同じ「作意ある人」になれなかったのは、簡単な洒落をいい間違えたためである。「しろく」と「しろう」はたった一字の違いであるが、間違っては洒落にならない。

九九・九々　掛け算を九九（九々）という。はやくは『万葉集』巻十一・旋頭歌《せどうか》2542に、「若草の新手枕《にひたまくら》をまきそめて夜《よ》をや隔てむ二八十一あらなくに（新妻と手枕を交わしはじめてから、何で一夜でも会わないでいられようか、憎くないことなのに）」と詠まれている。「二八十一」は「二」に「九々」の「八十一」を並べて「にくく」と読む。その後も九々の文字遊びが続いたのであろうが、その例は御伽草子の『乳母《めのと》の草子』、狂言の『二九十八』までみられない。作品にあらわれたのは、ふたたび鎌倉時代後期に九々の流行があったからと佐竹昭広はいう（『古語雑談』）。『醒睡笑』に収める笑話も、この時期につくられたものの一つであろうか。『醒睡笑』以後の元禄期（一六八八〜一七〇四）には、京都の落語家露《つゆ》の五郎兵衛が笑話集の『露がはなし』（元禄四年。一六九一）巻五・8「九品の浄土九々の算用」に、九々を巧みに覚える方法をあげている。「先二四八、三四十二日は薬師、三五の十五日阿弥陀、三六ノ十八観音、三七廿一日弘法、三八廿四地蔵、五々廿五日元祖法然、四七廿八日親鸞、かくのごとく念仏の宗門みな九々に合なり」とある。縁日を九々で覚えるのは、元禄期にも九々の流行があったからか。

69

武士《ぶし》たる人の殿《との》〳〵《（殿）》といふが。殿の字《じ》のこゑはでんとをしゆる。又月《つき》といふ字のこゑは。ぐは《（わ）》ちとをしゆる。此二字をならひえて。いかさまはれがましきところにて。いひ出《いた（だ）》さんとたくまれけるが。あるときやかたに。座《ざ》敷能《しきのう》の始《はじま》りしを。けんぶつのため。人おほくあつまりゐけり。其砌《そのみぎり》かの武士《ぶし》。威儀《い（ゐ）ぎ》をけたかくかいつくろひ。では《（ば）》らよ〳〵《（でんはらよ）》。それにゐる者共を。えんから下へ。ぐは《（わ）》ちこかせと。せんない嗜《たしなみ》さうな　（274）

〈現代語訳〉「武士が殿《との》、殿というが、殿の字の音《おん》はでん、という」と教え、また「月という字の音はぐゎち」と教える。この二字を覚え得たので、ぜひとも人の多く集まるところで、いってみたいと思っていたところ、あるとき大名の屋敷で座敷能の公演があり、それを見物するのに、多くの人が集まっていた。その折に例の武士は威厳を示した上品な身なりで出掛け、「でんばらよ、でんばらよ。そこに座っている者どもを、縁側から下に、ぐゎち倒せ」といった。とてもつまらない言葉遊びであることよ。

〈語注〉

こゑはでん　「こゑ」は音読み。「でん」は呉音。殿。「殿」は身分の高い人、主君の邸宅、建物のことをいう。**ぐはち**　「ぐはち」は呉音。「がち」ともいう。漢音は「げつ」。　**二字**　「でん」と「ぐはち」の音読みを指す。**やかたに座敷能の始りし**　「やかた」は貴人や大名の邸宅。「座敷能」は座敷で舞う能。「始りし」は演じられた。**威儀をけたかく**　「威儀」は立ち居振る舞いに威厳を示す。「けたかく」は気高く。上品で。「けだかく」ともいう。**でんはらよ〱それにゐる**　「でんはら」は殿原《とのばら》のこと。「ばら」は複数を表す接尾語。諸君よ。殿方たちよ。「それ」は見物席。**えんから下へぐはちこかせと**　「えん」は縁。家の外側に添えた板敷。縁側。「ぐはちこかせ」は突き倒せ。手で押し倒すこと。見るのに邪魔であるから下に突き落とせという。**せんない嗜さうな**　これは評語である。写本は小文字で表記する。底本の文末に「。」なし。

【鑑賞】　**音読み**　殿の音読みが「でん」、月の音読みが「ぐわち」であることは、誰でも知っていることである。ここは、そのことを知らない武士が、覚えたてを自慢したく、みんなの前で知ったかぶりを披露する。訓読みでいいものを、あえて音読みに直していうので、何をいっているかわからない。こうした区別もできないのが「文字知顔」である。**せんない嗜**　文末の「せんない嗜さうな」は評語である。策伝が評するので、この笑話は策伝の創作ではないことになる。「なぜ、こんなつまらないことを知ったかぶりでいうのだろうか。音読みを知ったからといって、何も教養がついたわけではない。つまらないことを心がけるとは、おかしな人がいるものだ」とでもいいたいのだろうか。

70　脉《みやく》とては。浮中沈《ふちうちん》をも。七表《へう》八裏《り》九道《だう》とも。四の名《な》をさへ。しらぬ程の医者《いしや》有《あり》。脉を取《とり》て。後病者《のちびやうじや(ざ)》にとふ。胸《むね》はいたむ心ありや。中〳〵(中)あり。左右《さう》であらふ(う)。脉に左右候。扨足《さてあし》はひゆる事ありや。いやあたゝ(た)かな。さうであらふ(う)。脉にさうある。頭痛《づゝ(つ)う》ありや。いやなし。左右であらふ(う)。脉にあふ(う)たと。此作《さ》法《はう(ふ)》にても。おくすし様ではある。病人《びやうにん》となりて。薬《くすり》を申うけんは。こわ(は)物じや(ぢ)の　(277)

〈現代語訳〉 脈を知っているといっても、浮中沈も七表八裏九道二十四の名さえも知らない、といった医者がいた。脈を取ったあとに、患者に尋ねた。「胸が痛むと感ずることがあるか」というと、「いかにもあります」という。「そのとおりであろう、脈にそうござる。ところで足が冷たくなることはあるか」というと、「いや温かですよ」という。「そのとおりであろう、脈にそうある。頭痛はあるか」というと、「いやありません」という。「そのとおりであろう、脈に合っている」という。こんないい加減な診察でも、お医者様なのである。病人になって、薬をもらうとなったら恐ろしいね。

〈語注〉

浮中沈をも七表八裏九道とも四の名　「浮中沈」は脈の診察法。力を三段階につかいわけ、弱く押す（浮脈）、軽く押す（中）、強く押す（沈脈）がある。「中」は名称をもたない。「七表八裏九道」は脈の種類。二十四脈ともいう。写本は「七表八裏九道廿四の名」とある。底本の「とも」は写本の「廿」の誤読であろう。よって語訳は「二十四」とした。　**病者**「びやうざ」「ばうざ」とも読む。　**胸はいたむ心ありや**「ありや」は「ありやなしや」が略されたものか。　**おくすし様**　御薬師様。医師。医者。　**病人となりて薬を申うけんはこわ物じやの**　評語である。写本は小文字で記す。「こわ物」は恐物。恐ろしいもの。底本の文末に「。」なし。

【鑑賞】医者の対応を笑う　冒頭に専門的な脈の名称を加えたのは策伝であろうか。元の笑話は、「脈の見方も知らないほどの医者がいた」といった程度であったと思われる。ここに「浮中沈をも七表八裏九道とも四の名をさへ」を加え、脈のことは一切わからない医者の存在を印象づけようとしたとみられる。ところがこの脈の名称をどこまで読み手、聞き手が知っていたかは難しい。それでも、「浮中沈を知らない、七表八裏九道も知らない。そんな医者の存在など聞いたことがない」という人物設定は、このあと、どのような展開をするかが予測できる。この笑話は、書かれた笑話を読ませる手法を用いたものである。

脈診　脈診は手首の脈をみて、脈拍の強さ、血管の太さ、拍動の深さなどを診察する。「浮」「沈」「虚」「実」「遅」「数」は六祖脈（脉）といい、「浮」は脈が浮いた浅いところに指をあてて知る脈。「沈」は脈が沈んだ深いところに指をあてて沈めていくとわかる脈。

「虚」は柔らかい脈、「実」は堅い脈。「遅」は一呼吸に三拍以下（分六十以下）で冷えを確かめる脈、「数」は一呼吸に五拍以上（分八十以上）で熱を確かめる脈。また手首の関節の脈の掌《てのひら》に近いところを「寸」、真中を「関」、離れたところを「尺」という。この「寸」「関」「尺」に臓腑（内臓）をあてはめたのを「六部定位脈診」という。「寸」の右（肺・大腸）、左（心・小腸）、「関」の右（脾《ひ》・胃）、左（肝・胆）、「尺」の右（命門・三焦）、左（腎《じん》・膀胱《ぼうこう》）である。笑話にあげる「七表八裏九道」は、七表の脈（浮脈、芤《こう》脈、滑《かつ》脈、実脈、弦脈、緊脈、洪脈）、八裏の脈（微脈、沈脈、緩脈、弱脈、濡脈、濇《しょく》脈〈渋脈〉、遅脈、伏脈）、九道の脈（短脈、長脈、牢《ろう》脈、動脈、虚脈、細脈、代脈、促脈、結脈）の二十四脈をいう。

不文字《ふもんじ》

71 元日《く(ぐ)は(わ)んじつ》にかんをいはふ処《ところ》へ。数《かす(ず)》ならぬもの礼《れい》に来《きた》る。亭主《ていしゆ》膳《ぜん》を出《いだ》せといふに。そのまゝ《(ま)》すへ《(ゑ)》たり。亭《てい》うれしげに。積善《しやくぜん》の餘慶《よけい(ぢ)》じやなどかんずるを聞《きひ(い)》て。さてはかやうに下には芋大根《いもだいこん》をもり。中《なか》に餅上《もちうへ》にとうふくゝ《(く)》たちをもるをば。積善の餘慶といふ事よとおぼえてたち。件《くだん》の者《もの》又さる方《かた》へ行膳出《ゆきぜんいで》たり。みれば今度《こんど》のは。とうふとくゝ《(く)》たちを下にもり。中にもち。上にいも大根《こん》をもりたり。箸《はし》をもちてほめけるは。さても此よけいの積善は。一段《だん》あたゝ《(た)》かに出来《いでき》まいらせたよと申けり

(282)

〈現代語訳〉 元日を雑煮で祝っているところに、とるに足りない者が新年の挨拶にやって来た。亭主が、「膳を出しなさい」というので、そのいわれるままに家の者は膳を出した。亭主は嬉しそうに、「積善の余慶である」などといっては喜んでいる。この言葉を聞いた男は、「そうか、このように下には芋、大根を盛り、中に餅、上に豆腐と茎立《くくたち》を盛るのを、積善の余慶というのだなあ」と覚えて帰った。この男がふたたびそれ相応の人のところに、新年の挨拶に行くと、膳が出された。見るとこのたびの膳は、豆腐と茎立を下に盛り、中に

餅、上に芋、大根を盛っている。箸を持って、褒め言葉をいうには、「なんともまあ、この余慶の積善は、とてもいい加減なお出来上がりですなあ」。

〈語注〉

不文字　文字を知らないのに知ったかぶりをする「文字知顔」に対して、文字のつかい方もわからず、正しい言葉の意味も知らず、教えてもらった言葉を覚え違いし、別の解釈をするのを平然と口にするのが「不文字」である。**かん**　羹。正月の祝い膳。汁に餅を加えた羹《あつもの》。**数ならぬもの**　物を知らないので人としての扱いをされない者。**積善の餘慶**　諺。善行を積み重ねると、その身だけではなく、子孫にまでよいことが続くこと。「積善の家には必ず余慶あり」ともいう。**くゝたち**　茎立。青菜の苗。大根など菜類のつぼみをつけた茎が伸び立ったもの。**よけいの積善**　盛られた順序が逆なので余慶の積善。小高敏郎は「余計な席膳」の洒落という（『江戸小説集』）。**あたゝかに**　安易なさまをいう。ここではつくり方をいい加減とみる。**出来まいらせたよと申けり**　底本の文末に「。」なし。

【鑑賞】　**不文字**　岩波文庫本と東洋文庫本は振り仮名を「ふもじ」とする。『日葡辞書《にっぽ》』に「フモンジナ（不文字な）」「フモンジニ（不文字に）」をみる。文字を知らないのは「ムモジナ（無文字な）」といい、「学問がないこと、または、勉学していないこと」は「ムモン（無文）」という。「無文字」は「むもじ」と読むが、「不文字」は「ふもんじ」と読む。「不文字」には言葉を知らない人の意だけではなく、知ったかぶりの人の意も含まれている。

よけいの積善　「積善の余慶」とはいっても、「余慶の積善」とはいわない。それをそう思い込んだのは、この男が「不文字」だったからである。諺の「積善の余慶」の意味がわかっていない。「一段あたゝかに」ということで恥の上塗りをして鈍であることを明らかにする。「積善の余慶」は、『易経』坤卦《こんけ》にある「積善之家必有餘慶。積不善之家、必有餘殃」を踏まえた諺といわれ、のちに新井白石は、『鬼神論』（寛政十二年。一八〇〇）で、「世の人の常の言葉に、積善の家には餘慶有り、積不善の家には餘殃有り（世間の人がいつもいう言葉に、善行を積み行う家には、祖先の善行のお陰で、その子孫の受ける福があるし、不善を積み行う家には、祖先の悪事のむくいで子孫にまで残る不幸がある）」といい、また、「易にも善不善ともに積とは見えたり、家とは上は父祖より下は子孫に至りて、中はおのが身、旁は伯叔兄弟、ともに通じていへる名なるべき」といっている。

72　おなじやうなる者。三人ともなひて。貴人《きにん》のもとへ行《ゆき》。先《まつ(づ)》上座《さ(ざ)》の者。とく罷出《まかりいて(で)》候んを。我等《われら》の子持《こもち》が乳《ち》に癰出来《よういて(で)き》なを《(ほ)》りては平癒《へいゆう》し平癒してはなを《(ほ)》り。正月より此三月まて《(で)》。それに取紛参《とりまぎれまい(ゐ)》りを《(お)》くれたりといひけれは《(ば)》。次《つぎ》に座《さ(ざ)》したるか《(が)》。膝《ひざ》つき爰《こゝ(こ)》な人は。御前て《(で)》左様のかたことを申ものか。なを《(ほ)》るとは平癒。へいゆうとはなを《(ほ)》る事なり。一つことばをくり返《かへ》し。何事ぞや。さやうの丈尺《じ(ぢ)やうしやく》はかさねてつかはしますなといふを。其次《そのつぎ》の者きゝ《(き)》て。さても御身の丈尺ことばはなんぞ。大工《く》やなどのうへにこそ。いふことばならめ。御身たちか《(が)》。かたことをいふをきいて。おれが顔《かほ》はそのまゝ《(ま)》せきはんしたよと　(283)

〈現代語訳〉　どうにもならない者たち三人が一緒になって、身分の高い方のところへ行き、まず上座に座る者が、「早く参上いたすところでありますものを、わたしの妻の乳に、腫《は》れものができ、治っては平癒し、平癒しては治り、正月からこの三月まで、それに手間取ったために参上が遅れました」と申し上げると、次に座っていた者が膝をついて、「この人は、貴い方の御前で、そのような片言を申し上げてはいけない。治るとは平癒、平癒とは治ることである。一つの言葉を繰り返すとは、どういうことだ。そのような丈尺言葉を繰り返しておつかいなされるな」というのを、その次の者が聞いて、「なんとまあ、おまえの丈尺言葉は何だ。大工たちが使う仕事言葉である。おまえたちが片言をいうのを聞いて、おれの顔は、まったく赤飯したよ」といった。

〈語注〉

おなじやうなる者　底本71の笑話に登場する「数ならぬもの」と同じような者。　**我等の子持**　子どもの母。妻。　**かたことを申ものか**　「かたこと」は片言。訛って正しくない言葉。「ものか」はあきれて反問する気持ちを表す。　**丈尺**　丈も尺も長さの単位。丈の単位で計ったり、尺の単位で計ったりすることから、同じ言葉を繰り返す。無駄な言語。　**大工や**　大工屋。大工たち。　**そのまゝせきはんしたよと**　「せきはん」は「せきめん」というべきところ。はずかしい思いの赤面を、赤飯といってしまう。底本の文末に「。」なし。

【鑑賞】片言　片言は正しい言葉づかいではない。田舎言葉、方言などをも指す。この笑話のように覚えが悪く、正しいつかい方のできない男たちが、互いに「片言をいう」といっては相手を非難し、間違いを指摘するときにさらに言葉を間違えていう。ここは言葉のいい間違いをしたとみるのではなく、間違った覚え方をしていたとみたい。いつも間違ったままにつかっていたのであろう。不文字は言葉を知らないと同時に意味も知らないのである。

73　人皆歳末《みなさいまつ》の礼《れい》とて持参《ぢさん》しゆく。たちさ《(ざ)》まに来春《らいしゅん》はおほ《(ぼ)》しめすまゝ《(ま)》の。御祝義《しうぎ》申さんといふを聞《きゝ(き)》。もん《(ま)》もうなる者口《くち》まねをし。さき〴〵《(ざき)》にて。来處《らいしょ》はおぼしめ

すま〻《ま》に。御《ご》さらふ《う》と申せし　（284）

〈現代語訳〉世の人は皆、歳末の礼の品物を持って行く。帰るときに、「来春はお思いどおりになるように、お祝いを申し上げよう」というのを言葉を知らない者が聞いて、それを口真似し、行く先々の家で、「来処はお思いどおりになるようにござろう」といった。

〈語注〉
歳末の礼　一年の間、いろいろとお世話になった人へ届ける品物。歳暮の品。**来春**　新年。**もんもうなる者**　字が読めない者。**来處**　来春の片言。「来処」では彼の地、あの世、来世の意にもとれる。**御さらふと申せし**　底本の文末に「。」なし。

【鑑賞】**口真似**　口真似とは、人のいった言葉を同じように真似ることである。真似るためにはその言葉を理解していないと、同じような真似ができない。これを「数ならぬ者」「文盲なる者」が口真似するとなると、失敗するのは明白である。無器用で要領も得ない人物たちであるから、簡単には口真似できない。しかし実際に口真似が、どの程度下手であるのかはわからない。なかには器用にこなせる人物もいたかも知れない。できないと決めつけてはいけない。それでも間違いをおかす確率の高い人物たちが登場すると、間違うのを読み手は期待しながら、笑話を読み進める。結果はやはりそうであったかとなる。わかっているから、どのような失態をするかに興味が湧く。展開も結末も予想しながら読むのが文章の読み方であり、笑話の読み方でもある。

「来處」は「来世」か　「来處」は「来世」と聞こえるので悪い言葉なのであろうか。ここは、間違った言い方をしたとみるのではなく、とんでもないことを言っているとみるべきなのであろう。言葉を知らない「不文字」の男であるから、俄《にわか》に覚えた言葉をいっても、間違えては困る言葉をいうから、笑話としてあげられているのである。また、読む笑話としても「来處」から間違っていることが、すぐにわかる。

74　三人行合《ゆきあひ》て一人がいふ。さて〳〵《(さて)》昨日《きのふ》のなゆは。又一人いふ。なゆではなひ《(い)》。じゆしんか《(が)》ほんじ《(ぢ)》や。今一人がなゆやらしゆしんやらし《(じ)》らぬが。世はねつするかと思ふ《(う)》た　(285)

〈**現代語訳**〉三人が出会い、一人が「いやはや昨日のなゆは」というと、また一人が、「なゆではない、じゅしんが正しい言い方だ」という。いま一人が、「なゆやら、じゅしんやら分からないが、世の中がねっするかと思った」といった。

〈語注〉

なゆ　地震。「なゐ」の片言。　**じゆしん**　地震。「ぢしん」の片言。　**世はねつするかと思ふた**　「世」は世の中。「予」を掛けているか。「ねつする」は「滅する」の片言。底本の文末に「。」なし。

【鑑賞】　**三人行合て**　諺の「三人寄れば文殊の知恵」とは逆で、「三人寄れば片言ばかり」といった笑話である。本人たちはつかっている言葉が片言ではないと思っているから、それぞれが、堂々と「なゆ」「じゆしん」「ねつする」の片言をいう。その言葉による会話が展開すると、どれが正しい言葉なのかがわからなくなる。これを第三者が聞いたら、おかしくてたまらない。「世はねつするかと思ふた」と文末が似る笑話が、『きのふはけふの物語』（整版九行本）上巻・69にみられる。

ぢしんゆり候あくる日、もんぜきさまへ、御みまひに、かたこといひ二人つれたちて、参りけるに、すなはち御目にかゝる時、両人の内一人申さるゝは、さて〳〵ゆふべは、大づすんがゆりまして御座る、といふ。今一人申やうは、まことに大なゆがゆりまして、御きもがつぶれうと申。もんぜきおかしくおほしめし、御へんたうに、なゆやら、づすんやら、世がねつするかと思ふた、と仰られた。

「大づすん」「大なゆ」「づすん」という片言もあったことがわかる。地震の片言が多いのは、上方には頻繁に地震があったからであろう。地震は地面が震えるので、「地震《なゐふ》り」「なゐ揺《よ》り」ともいった。のちに「なゐ」だけでも地震を指している。

75　物書者《ものかくもの》をたのみ。文《ふみ》壱つあつらへ。あて所《と(ど)ころ》をとへば。新《しん》のくと書《かい》て給れ。新六《しんろく》とこそか〻《(か)》るれ。のくと云字はしらぬ。扨《さて》そなたはあさましや。六日市《いち》の。むいの字をさへしらぬか　(295)

〈現代語訳〉代書する者に頼んで、文（手紙）一通を書いてもらう。依頼の男の宛名《あてな》を尋ねると、「新のくと書いてくだされ」という。「新六《ろく》と書くならわかるが、のくという字は知らない」というと、「なんとまあ、おまえはあきれるほどの人だな。六日市のむいの字さえもわからないのか」といった。

〈語注〉

物書者　文字や文章の書けない人の代わりに書く人。代書人。　**あて所をとへば新のく**　「あて所」は手紙を送る相手の名。住所ではない。「新のく」は新六のこと。　**六日市のむいの字をさへしらぬ**

か　「六日市」は不詳。現在の島根県鹿足《かのあし》郡吉賀《よしか》町（旧六日市町）のことか。「六日」の「むいか」は「むゆか」の転。六を「むい」と読むから、「のく」とも読めると思っている。底本の文末に「。」なし。

【鑑賞】　六は「のく」と読む　「文を書いてくれ」と頼まれると、どんな文でも書くのが「物書者」である。「新六《ろく》とこそかゝるれ」といったのは、新六の字なら想像できるからである。六には六義の「りく」、六つの「む」「むっ」などの読み方があるが、「のく」の読み方はない。別の読み方を勝手に心得ている男から「不文字」となる。それとも知ったかぶりの「文字知顔」か。男は字の書けない「物書者」を「不文字」とみて馬鹿にするが、自分が笑われる人であることに気づいていない。

76　侍めきたる者の主《しゆ》にむかひ。おかべの汁《しる》おかべのさいといふを。さやうのことばゝ《(は)》。女房衆《しゆ》の上にいふ事ぞとしかられ。げにもと思ひゐけるが。ある時主の上臈《らう(ふ)》にともして。振舞《ふるまひ》よりかへりたるに。主人座敷《しゆじんざしき》の始《し》終《じ(ゆ)う》をとはる。朝食《あさめし》の上に。はやしの候つると語《かたる》。うたひはなに〳〵《(なに)》などゝ《(と)》ありしかば。聢《いさゝ(さ)か》は存せ《ぞん(ぜ)》ず

候。なにもとうふごしに。うけたまはりてあるほと《（ど）》に　(299)

〈現代語訳〉侍気取りの者が、主人に向かって、「おかべの汁、おかべの菜」というと、主人は、「そのような言葉は、女房衆の身の上の方々がいうものだ」と叱る。もっともだと思ったが、あるとき、奥方のお供をして、馳走の席から帰ったときに、主人が馳走の座敷の様子を、初めから終わりまで尋ねた。「朝飯のときに囃子《はやし》がございました」と話すと、「謡は何々などであったのか」というので、「ほんの少しも分かりません。すべて豆腐越しに聞いておりましたから」といった。

〈語注〉

侍めきたる者　侍のように知識を豊富にもっているつもりの者。本文に「主の上臈にともして」とあるから、主人の下で働く者。**おかべの汁おかべのさい**　「おかべ」は豆腐の白が壁みたいなところからの名称。女房詞。「汁」は汁物。「さい」はおかず、副食物。**上臈にともして振舞より**　「上臈」は身分の高い婦人。奥方。ここは主人の妻。「振舞」は馳走の席。**はやし**　囃子。囃子をともなう芸事。囃子は三味線、小鼓、締太鼓などによる演奏。**聢**　「聊」の誤刻か。下に打消の語をともなって、ほんの少しも。南葵文庫本、静嘉堂文庫は平仮名で「しかと」とある。「しかと」は確と。全く、はっきりの意である。**うたひはなに〳〵など丶**　主人は謡曲は「何と何ではないか」

と曲名をあげたとみられる。馳走の席での囃子や謡は決まっていたのだろう。　**とうふごし**　壁越し。壁をへだてて。女房詞の「おかべ」の代わりに「とうふ」といった。　**うけたまはりてあるほとに**　底本の文末に「。」なし。

【鑑賞】　不文字　「侍めきたる者」は不文字の男である。知ったかぶりの「文字知顔」でいたいので、「おかべ」の語を使う。すると主人は女房詞だと注意する。囃子や謡曲についての知識を下働きの男に尋ねるのは無理であろう。知恵を働かせようとしても言葉など出てこない。「おかべ」を使ってはいけないといわれたのを逆手にとって、「壁越し」を「とうふごし」といって主人に小さな抵抗をする。この男は不文字とはいえ、したたかさも持ち得ているようだ。

77　昨日《きのふ》は一日妙圓寺《めうゑんじ》といふ寺に。あそひ《(び)》つるはとかたる。つゐ《(ひ)》にきかぬ寺なり。妙《めう》は妙　法《めうは(ほ)う(ふ)》の妙《めう》にてあらふ《(う)》ず。ゐんは。ぬれゐ《(え)》んじ《(ぢ)》や。いやとよかきやうは。わらびなはのまはしがき。こゝ《(こ)》な人は字の事をとふにといへば、字はすな地じ《(ぢ)》やといふ《(う)》た　(301)

〈現代語訳〉「昨日は一日中、妙円寺という寺で遊んでいたよ」と話すと、「まったく知らない寺の名である。妙は妙法の妙であろう。ゑんの字は」というと、「ぬれゑんだ」という。「いや違う、字の書き様を聞いているのだ」というと、「蕨縄の廻《まわ》し垣」という。「この人は字のことを尋ねているのに」というと、「字は砂地だ」といった。

〈語注〉
妙圓寺　現在の京都府左京区松ヶ崎東町にある寺。松ヶ崎大黒天ともいう。大文字焼きの「妙法」の「法」の下にある寺。元和二年（一六一六）、日英上人創健。山号松崎山。**妙法**　妙法蓮華経の略。法華経。**ぬれゑんじや**　濡れた縁側の縁だ。**かきやう**　書き様。「書き」を「垣」と思い、「垣の様子は」ととらえる。**わらびなは**　蕨の根茎でつくった縄。**まはしがき**　まわりを取り囲んだ垣。垣根は庭園様式にみられる借景を模した。古い庭は土塀ではなく垣根で土地の境界を示した。**字はすな地じやといふた**　「字」を地面の「地」ととらえる。底本の文末に「。」なし。

【鑑賞】　**妙法**　「妙法」は「妙法蓮華経」の略である。経は大乗仏教の最も重要な経典の一つとされ、漢訳は竺法護《じくほうご》訳十巻（正法華経）、鳩摩羅什《くまらじゅう》訳八巻、闍那崛多《じゃなくった》訳八巻の三種が現存し、なかでも鳩摩羅什訳は広く流布している。そのため妙法蓮華経というと鳩摩羅什訳を指すことが多い。二十八品からなり、釈迦が永遠の仏であることを説く。天台宗、日蓮宗の経典で法華経という。一般語としては言葉ではいいつくせない、意味の深い教えである仏法、最もすぐれた正しい教えなどをいう。

ゑん　妙円寺の字がわからない。どんどんずれる展開は、相手が「不文字」だからかみ合わない。言葉の勘違いをいい続ける落語「道具屋」の原型となる。「道具屋」は露の五郎兵衛の笑話集である『露休置土産』（宝永四年。一七〇七）巻二・1「小便の了簡違ひ」を原作とするが、五郎兵衛は『醒睡笑』の影響を受けているので、この笑話を改作したのかもしれない。

78　ちとかなをもよむ人のいひけるは。此程つれ〲《(づれ)》草《ぐさ》を。さい〲《(さい)》見てあそふ《(ぶ)》が。おもしろふ《(う)》候よとありしかは《(ば)》。其座《さ(ざ)》に居《ゐ》たる者さし出《いて(で)》て。かまへて口あたりよしと思ふ《(う)》て。おほくおまいる《(ゐ)》な。つれ〲《(つれ)》草のあへものも。すぐれはど《(ぼ)》くじ《(ぢ)》やときいたに。（309）

〈現代語訳〉　わずかに仮名だけが読める人が、「近ごろ、徒然草を何度も何度も読んで楽しんでいるが、おもしろいものでございますなあ」というと、その座にいる者が、でしゃばって、「十分に口あたりがいいと思って、たくさん召し上がるな。つれづれ草の和え物も、食べ過ぎると身体には毒だと聞いているから」といった。

〈語注〉

かな　仮名。平仮名。**つれ〴〵草**　徒然草。兼好法師の著した随筆。元弘元年（一三三一）ごろ成立。**さし出て**　知ったかぶりの口を出す。**つれ〴〵草のあへものも**　「つれ〴〵草」を草の名ととらえる。「あへもの」は野菜、魚貝類を酢味噌、胡麻などであえてつくった料理。

【鑑賞】　**ちとかなをもよむ人**　「ちとかなをもよむ人」は、まったく仮名文字の読めない無学文盲とは異なる。当時は『徒然草』を写本もしくは版本で読むことができた。本文は漢字と仮名で書かれているが、ほとんどは平仮名である。言葉の意味や内容までを理解するのが難しいために、多くの注釈書がつくられている。何度も読めて楽しいというので、内容もわかったとみたいが、どこまで読めているのかははなはだ疑わしい。

79　永玄《ゑ(え)いげん》といふ禅門《ぜんもん》あり。人来《きた》りてそちの名《な》は、ゑ《(え)》いはなか《(が)》いて《(で)》あらふ《(う)》。玄《け(げ)ん》

はくろげんかといふ。いやしろげんといひし。知音《ちいん》する者聞《き》ゝ《(き)》傳《つた》へ。笑止《せうし》におもひ。此後《のち》げんをとはゞ《(ば)》みなもとゝ《(と)》いへ。がつてん〳〵《(がってん)》。案《あん》のこと《(ご)》くげんをとふ時。むなもとゝ《(と)》こたへつるとそ《(ぞ)》（315）

〈現代語訳〉永玄と名乗る禅門がいた。ある人がやって来て、「おまえの名は、ゑいはながいであろう。玄はくろげんか」というと、「いや、しろげんだ」といった。知り合いの者が、このことを聞いて、気の毒に思い、「こののちは、げんの字を聞かれたら、みなもとといえ」というと、「わかった、わかった」といった。その後、思っていたとおりに、「げん」を問われたときに、「むなもと」と答えたということだ。

〈語注〉

永玄　不詳。禅宗の僧侶とみられるが架空の名だろう。「げんをとはゞみなもと」とあるので、「玄」は「源」の誤りか。写本もすべて「永玄」。　**ゑいはながい**　「ゑい」の字は永い。　**玄はくろげんか**　「玄」は玄人《くろうと》の「くろ」なので、「くろげん」といったか。または『千字文《せんじもん》』にある「天地玄黄」の「玄」が黒の意であるのによったか。　**しろげん**　不文字であるので、「くろげん」に対して「しろげん」と答える。　**笑止におもひ**　「くろげん」の言葉がわからずに、「しろげん」と答えているのを気の毒に思い。　**みなもと**　「げん」の字を「みなもと」といえば、源から「げん」の漢字がわかる。　**むなもと**　源のいい間違い。　**こたへつるとそ**　底本の文末に「。」なし。

【鑑賞】　玄　『易経』坤卦《こんけ》に、「夫玄黄者、天地之雑也、天玄而地黄（夫れ玄黄は天地の雑なり、天は玄にして地は黄なり）」とある。「天地玄黄」は、「天地の色は黒色と黄色である」という。「玄」は真っ暗、暗闇の意。また「天地玄黄」は書道の教本である『千字文』の第一句にある言葉でもある。「不文字」の僧は、「くろ」に対する「しろ」をあげたのか、それとも、「くろ餡《あん》」の小豆と「しろ餡」の白小豆を思い浮かべたのか。すぐに「しろげん」と答える僧だから根拠でもあったのであろう。「知音する者」は「玄」の字を知らない僧に、同音の「みなもと」を教えたが覚えられない。もともと「不文字」は、言葉が左の耳から右の耳に抜け、聞いていても聞いていないと同然であり、復習するとその場で答えられても、別の場ではすでに忘れてしまう。とことん言葉に対する意識が弱いのである。

80　了有《れうう》と名《な》をつけて。了《れう》はと人のとはゞ《ば》。みゝ《み》かきれうとこたへよ。こそ〳〵《こそ》。おほ《ぼ》えやすきよい字じ《ぢ》やとまて《で》はほめつるが。れうはととはれ。みゝ《み》かきで御さ《ざ》るといひけり　(316)

〈現代語訳〉 了有という名をつけて、「了の字は、と人が尋ねたなら、耳掻《みみか》き了と答えよ」というと、「こそこそとは、覚えやすいよい字だ」とまでは本人も誉めたが、その後、人に、「了は」と尋ねられ、「耳掻きでございます」といった。

〈語注〉

みゝかきれう 耳掻き了。耳掻きの形に似た「了」の字だ。**こそ〳〵** 「こちょこちょ」と同じか。耳掻きで耳のなかをくすぐることから、耳掻きの俗称であったか。**御さるといひけり** 底本の文末に「。」なし。

【鑑賞】 **こそこそ** 「こそばい」はくすぐったい。こそぐる、くすぐることをいう。くすぐったい、といえばわかりやすい。「こそこそ」の「こそ」には、こするように削り落とす意がある。「こそぐり」は「こそくり」であり、掻きこすって、くすぐることをいう。他に「こそば」「こそばあ」「こそぐる」ともいった。「こそこそ」の語はみられない。幼児語であったか。そうであったら子どもが「こそこそして」といえば、耳掻きをしてほしいとなる。

81　ものはか〻《(か)》ねど。利口《りこう》なものに。てんびんとはなにとかくぞや。継母《けいぼ》とかくとこたふ。それは不都合《ふつがう》なる事といふ。さればこそ。唐《から》から本の文字《もんじ》はあらふ《(う)》とま〻《(ま)》よ。ま〻《(ま)》は〻《(は)》とかくがよひ《(い)》。なぜになれば。くへどくはねどた〻《(た)》きたがる（292）

〈現代語訳〉字を書くことができなくとも口達者な人に、「天秤とはどのように書くのか」と聞くと、「継母《けいぼ》と書く」と答える。「天秤の字は継母では合わない」というと、「そうだから中国から来た元の漢字のままに、継母《ままはは》と書くのがよい。なぜならば喰っても喰わなくても、すぐに天秤棒で叩こうとする」といった。

〈語注〉
てんびん　天秤棒の略。天秤の前後に籠をぶらさげて担ぐ。　**継母**　血のつながりのない母。「ままはは」ともいう。　**本の文字**　中国から伝わった漢字。国字ではない漢字。「本」は元。　**くへどくはねど**　喰えば喰い過ぎといい、喰わないと残すなという。　**た〻きたがる**　写本の文末には「た〻いてはすりた〻いてはすり　髪おしむうい子を膝にたきのせて」とある。底本の文末に「。」なし。

【鑑賞】　**継母**　継母は天秤棒で叩くから、天秤のことを継母だという。継母が子どもを叩く行為のことを「継子《ままこ》いじめ」という。『落窪《おちくぼ》物語』『鉢かづき』が継子いじめの作品として知られる。継母はどんなことに対しても、口でいうよりも天秤で叩くのが多かったのであろうか。ここは「不文字」だが、口の巧みな人の言葉だからこじつけとみていいだろう。

前句付　写本の文末には、「たゝいてはすりたゝいてはすり」に対して、「髪おしむうい子を膝にたきのせて」を付けたのを載せる。「叩いては撫で叩いては撫で」といい、撫での意の「すり」に髪を「剃り」をにおわせる。「うい子」は初子。元服前の子どもをいう。「元服のときに子どものうない髪を剃るために膝の上に子どもを抱いて乗せ」と詠む。おもしろい付句だ。

文之《ふみの》品々《しなぐ(じな)》

82 根来《ねごろ》にて。岩室《いはむろ》の梅松《む(う)めまつ》とかや聞《きこ》えし若衆《わかしゅ》に。ぎこつなき法師《ほう(ふ)し》のおもひをよせながら。いひよらんたよりもなければ。せゝ《(せ)》りがきする人をかたらひ。文《ふみ》を壱つかきてくれられよ。文章《ふ(ぶ)んしやう》の事は。われこのまんとなり。ともかくも筆《ふで》をそめうかゞ《(が)》ひい《(ゐ)》ければ。を《(お)》れはそなたにほれたげな。恋《こひ》の心か。かしらがいたひ《(い)》と（327）

〈現代語訳〉 根来寺でのこと。岩室の梅松とかいう評判の若衆がいた。無骨な法師が想いをよせ求愛しようとするが、その方法すらも知らないので、適当に文字を書いてくれる人に、心の内を話し、「恋文を一つ書いて下されよ、文章はわたしのいうとおりに」という。その人は、「どのようにでも」と筆に墨をつけて待っていると、「おれはおまえに惚れたらしい。これが恋するという想いか。頭《かしら》がいたい」といった。

〈語注〉
文之品々 文（手紙）の書き方のいろいろ。文字だけではなく言い回しも正しい表現も知らないので笑いとなる。 **根来** 根来寺。現在の和歌山県岩出市根来にある新義真言宗の大本山。 **岩室の**

梅松　「岩室」は地名。現在の和歌山県有田市宮原町東の岩室。または岩室梅松という人名か。　**われこのまん**　わたしが望むとおりに。　**うかゞひ**　書く準備をして。　**ほれたげな**　心を奪われたらしい。　**かしらがいたひと**　恋心で頭が痛い。胸が苦しくて痛い、というのが普通である。底本の文末に「。」なし。

【鑑賞】　**文之品々**　文（手紙）にまつわるさまざまな笑話を集める。文には時候の挨拶からむすびの言葉までに書き方の決まりがある。内容に関しては、たとえ表現が下手でも、また言葉が幼稚でも、伝えたいことが書かれていればいい。いったい文の笑話とは、どのような笑話を収めているのか。おかしな表現であったり、文字の間違い、文字を知らないとなると、「不文字」の章に近くなる。また字が読めないので適当に読むとか、まったく読み方が出鱈目であるとか、意味の取り違えをするとかによる笑話も想像されるが、ここには文の言葉とその表現にかかわるものが多い。恋文を送っても稚拙な表現では笑われ、通じるはずのない短い要件のみの文や、無学な人が文を読むなどといった笑話をみると、書き手も読み手も文一つに戦々恐々の時を過ごすところがおもしろい。

ぎこつなき法師　「ぎこつなき」は無愛想な感じだ、無作法だ、礼儀知らずだの意である。無骨《ぶこつ》ともいう。無骨といえば「無レ骨（骨《こち》無し）」の音読みである。洗練されていない、役に立たない、才がないなどの意をもつ。笑話としては無骨な法師の性格は読みやすい。法師は恋心を伝えたくても、その伝え方がわからない。どうしても高まってしまった児への気持ちを抑えることができない。伝える術も言葉も出てこない。もともと言葉の才がないのであろう。しかも代筆者に依頼しても、「文章の事はわれこのまんとなり」というから、少々頑固な性格をもつ。自分の言葉で伝えるのが恋だと思っているのか。なぜ言葉を知らないのに、自分の言葉でと主張するのか。

83 侍たる人右筆《ゆ(い)うひつ》をよびて。此程は久《ひさしく》不《す(ず)》レ掛《かゝ(か)ら》レ御目《めに》。満足《まんぞく》仕候とかけと。それは如何《いかゞ(が)》候半《はん》と筆《ふて(で)》を持《もち》ゐけるに。それならば。よくきこゆるやうに。此程は御めにかゝ《(か)》らす《(ず)》本望《ほんまうに》存候　(329)

〈現代語訳〉ある侍が右筆を呼んで、「最近は、だいぶお会いすることがありませんが、満足で御座います、と書け」という。「その言い方は、どうでしょう」と筆を持ったままでいると、「そうであるならば、よく分かるようにいおう。最近はお会いしていませんが、望むところで御座います」といった。

〈語注〉

右筆　文書をかく者。祐筆。　**久不レ掛レ御目満足仕候**　「久しく」はしばらく。「満足」は足りている。　**御めにかゝらす本望存候**　「本望」はもとからの志。本来の望み。会う機会がないのを望む。会いたくないことになる。振り仮名「ほんまうに」は底本ママ。底本の文末に「。」なし。

【鑑賞】　**満足仕候**　「此程は久不レ掛レ御目。満足仕候」は、相手に対して、「最近はだいぶお会いすることもありませんが、元気であるのはなによりです」というつもりであろう。それを「会えないのは満足」といってはおかしい。右筆は差し出がましいことを控える立場であるが、ここはあまりにもひどいので言葉をかけた。言葉を知らない者が自分の気持ちを文で伝えるのは難しい。

84　かせ侍の本《もと》より。知音《ちいん》の方《かた》へ文あり。ひらきみれば。筆《ふで》だてに日の字《じ》ありて。その下に四五計《ばかり》たまはり候へと書《かき》たり。何とも合点《がってん》ゆかぬとて。文を返《かへ》しぬ。後《のち》に見参《げんざん》して以前《いぜん》の文の内。なにやうのありつるぞ。終《つゐ(ひ)》によみえずして。ほゐ《(い)》なきよしかたられければ。そなたは。随分《す(ず)いぶん》の人にてあるが。七日のぬかといふ字《じ》さへ見しりあらぬか　（331）

〈現代語訳〉　貧しい侍のところから、知人のところに文がきた。開いてみると、文章の書き出しに、「日」とあり、その下に、「四、五ばかり頂戴いたしたく思います」と書いてある。どうにも理解できないので、その文を戻した。のちにお目にかかったとき、「この前の文の内容は、何の用であったのだ。とうとう読めなくて、お役に立てなかった」と話したところ、「おまえは分相応の人であるが、七日《なぬか》の『ぬか』という字すら存じないのか」といった。

〈語注〉

四五計　四、五ばかり。「ばかり」は程。内閣文庫は「四五斗《と》」とある。「斗《と》」だと容量の単位とみたか。　**よみえずして**　「日」の一字が何のことかが理解できないままで。　**随分の人にて**　なかなかの知識の持ち主と思っていた。『日葡辞書』に「きわだった人」とある。　**七日のぬか**　「日」を「ぬか」と思い込む。「ぬか」は糠。穀物を精白したときに出る果皮、種皮、萌芽などの粉状の混合物。　**字さへ見しりあらぬか**　底本の文末に「。」なし。

【鑑賞】　**かせ侍**　「日　四五計たまはり候へ」は、「糠を四五ばかり下され」のことだという。かせ侍の字の知ったかぶりを笑い、また字の知らない恐ろしさを笑うことになる。なぜ読めないのかと怒るかせ侍の勝ち誇ったような言い方がおもしろい。そして相手を凹《へこ》ましたと思い込むずれがおかしい。

ぬか　糠四、五ばかりという分量は、一匁《もんめ》が三・七グラムとすると、その四、五倍となる。この量はちょうど糠漬けの糠床をつくる量と一致する。糠床は糠一・五キログラムに対して、水一・五リットルの同量でつくる。米でつくる糠は「米糠」といい、大麦は「麦糠」、小麦は「ふすま（麩）」という。

85　とかく當世《たうせい》は。文章《ぶんしやう》のみじかきがはやるといふをきゝ《き》て。侍たる人のかたより。知音《ちいん》の僧《そう》へ。遣《つかは》したるとなん

送進《を(お)くりしん》ずる十八本松茸《ほんまつだけ》恐惶謹言

平井《ひらい(ゐ)》伊《い》賀入道《がのにう(ふ)だう》

圭侍者《けいぢ(じ)しや》

(333)

〈現代語訳〉「ともすれば今の時代は、文章の短いのが流行《はや》っている」というのを聞いて、侍の方から、友だちの僧へ文を送った。

送り差し上げます。十八本松茸。恐惶謹言《きようこうきんげん》。

平井伊賀入道

〈語注〉

遣したるとなん　底本の文末に「。」なし。　**恐惶謹言**　書状の終わりに書くもので、相手に対する敬意をあらわす慣用語。恐恐謹言ともいう。　**平井伊賀入道**　人物名。　**圭侍者**　「圭」は僧の名である。「侍者」は禅寺で長老の下で雑用をつとめる弟子。侍者には焼香《しょうこう》侍者、書状侍者、請客《しんか》侍者、湯薬《とうやく》侍者、衣鉢《えはつ》侍者の五侍者があった。ここではどの侍者かは不明。

【鑑賞】　みじかき文　類話が『戯言養気集』下巻「みしかき部」にみられる。

　摂津有岡の城をとりまきし在番衆のかたより、国本への文に、態一筆、火之用心、お松やさすな、馬こやせ　かしく

「態」はわざわざと読み、ことさらにの意である。「お松やさすな」は娘のお松を痩せさせるな、しっかり食べさせなさい。「馬こやせ」は馬を肥やせ、たくさん馬に食べさせろ。用件だけだと言葉がつながらない。この類話が写本の巻三「文之品々」(334)にある。

　又商人《あきびと》の遠嶋《ゑんたう》より古郷《ふるさと》へ、たよりあるといふ時、妻のもとへ文ならひにゐんしんをしけるが、態《わさと》一筆《ふで》、針《はり》三本千松《せんまつ》なかすな、火の用心かしく　とも書たり

「針三本」は針を三本贈る。「千松なかすな」は千松という息子の腹を空かせて泣かすな、または叱って泣かすな。

86　文盲《もんも(ま)う》なる人。ゆがけをかりにやるとて。紙《かみ》をひろげ。手《て》のひらに。墨《すみ》をつけ。ひたとを《(お)》し。うでくびのかたに。ほそきすぢをまはし書《かい》て。是《これ》をおかしあれといふ《(う)》て。持《もた》せつかはしたり。みるにうなづき。ゆがけをかせといふことの返事《へんじ》せんといふまゝ《(ま)》。皿《さら》と椀《わん》のなりを書《かい》てもどしけり。かりにやりたる仁《じん》。合点《がってん》しさらはぬと云《いふ》事の。是非《ぜひ》にを《(お)》よばぬ　(336)

〈現代語訳〉　無学な男が、「弓懸《ゆがけ》を借りに遣わす」といって、紙を広げたところに、墨をつけた手のひらを直接に押し、手首の片方に細い線を回し書きして、「これをお貸しくだされ」とことづけて使いの者に持たせた。それを見た相手は了承し、「弓懸を貸せということの返事をしよう」といいながら、皿と椀の形を描いて戻した。借りに遣わした無学な男は承知し、「『さらはぬ』ということでは仕方ない」といった。

〈語注〉
ゆがけ　弓懸。弓を射るときにはめる革の手袋。左右両手、右手だけのものもある。　**かりにやり**

たる仁 「仁」は「文盲なる人」。 **さらはぬ** 練習しない。稽古しない。「皿椀」で「さらわん」。「さらはぬ（浚《さら》はぬ）」の洒落。 **是非にをよばぬ** 底本の文末に「。」なし。

【鑑賞】 **文盲なる人** 「ゆがけ」を借りたいのに、どのような文を書いたらいいのかわからない。墨を手のひらに塗って、その手をじかに紙に押しつけ、さらに「うでくびのかたにほそきすぢをまはし書て」というから絵を描いた。そして「是をおかしあれ」と遣いの者にことづけた。文をもらった相手は的確に借りる物がわかった。絵による表現は仕方《しかた》（仕形）絵という。墨の手形の絵が本文の文字の間にあると、この笑話は仕方絵咄となる。絵を描いたのは文盲なるがゆえの智恵である。相手が心広い人であったのは幸いであった。

自堕落《じだらく》

87　板《いた》がへしをせんと。屋根ふき二三人雇出《やとひいた(だ)》し。すでに板をまくりけるが。ふき師天井《してんじやう》をのぞけば。すりばちになからほど。なますの見ゆる。お坊主《は(ば)うず》ほこりか(が)するに。是《これ》なるなますをとり給へといふ。坊主きいて。それは門前《もんぜん》の者か昨日《(が)きのふ》もてきて。質《しち》においたが。まだうけぬものじ(ぢ)やよ　(341)

〈現代語訳〉屋根板の葺《ふ》き替えをしようと、屋根葺きを二、三人も雇って、ほとんどの板をめくりあげたところ、葺師が天井をのぞくと、摺鉢《すりばち》に半分ほどの膾《なます》が見えた。葺師が、「お坊様、埃《ほこり》がかかりますので、この膾をお取り下され」というと、それを聞いた坊主は、「それは門前の者が、昨日持ってきて、質物として置いていったが、いまだ請け出しに来ないのだよ」といった。

〈語注〉

自堕落　僧が戒律を破るのを自堕落という。その状態が明らかになると、悪いことは承知の上でのことと開き直る。こうした僧を策伝は一時の過ちであり、単にだらしないとみて咎《とが》めていない。

板がへし 板葺屋根の屋根板を裏返して葺き替えること。**屋根ふき** 屋根葺き職人。葺師。**なからほどなます** 「なから」は中ら。半ら。食べ残した半分。「なます」は膾。鱠。生の魚と野菜などをまぜあわせて作った料理。**それは門前の者か昨日もてきて** 「それは」は膾の入った鉢。「もてきて」は持て来て。持ってきて。**質においたがまだうけぬものじやよ** 「質においた」は抵当として置いた。質置き。質入れ。「うけぬ」は請けぬ。取りにこない。質請け。質屋に入れた物品を返金して引き出す。底本の文末に「。」なし。

【鑑賞】 **自堕落** 自堕落は自らの行いで、僧侶としての威厳をなくしてしまう堕落僧である。ふしだら、だらしない、締まりがない、物事を整理整頓できない。僧は酒を飲む、生ものを食べる、妻をもつことなどはできないと厳しく定められている。これらを守らない堕落僧、破戒僧たちが笑いとなる。普段から僧の行いをしないので、失態や悪事をみっともないこととは思っていない。

なます 僧は生の魚を口にすることを禁じられている。天井に隠していたものをみつけた葺師も、それが僧の隠したものということぐらい気づいている。「これはなんだろう」「ここに何かありますよ」とはいわずに、わざと、「是なるなますをとり給へ」と僧にいう。この言葉に動じるけはいもなく、僧は自分のものではないととぼける。門前の者が質物として置いていき、まだ請けにこないといってしまう。「質においた」や「うけぬもの」は質通いをしていないと知らない言葉である。僧が質通いをしていることがばれる。ごまかしたつもりが墓穴を掘る。

88　ひそかにつかはす使《つかひ》の小者《こもの》。久《ひさ》しくやまふにふしけり。せんかたなくて。坊主身づから魚屋《うをや》に行《ゆき》。いかにも夜更《よふけ》。しづまりたるに。門《かと(ど)》をたゝ《(た)》くを《(お)》とせり。うちより誰《たれ》人そ《(ぞ)》と。高聲《かうじ(し)やう》にとかめ《(が)》けれは《(ば)》。在家《ざいけ》から。魚《うを》かい《(ひ)》にきた。戸《と》をあけよと　(342)

〈現代語訳〉　こっそりと魚屋に遣わしていた使いの男が、しばらくの間、病気になって寝込んでしまった。仕方なく坊主が魚屋に行くことになった。とても寝静まっている夜更けに戸口を叩く音がした。家の中から、「だれだ」と大きな声で問いただすと、坊主は、「在家から、魚を買いにきた。戸をあけよ」といった。

〈語注〉
ひそかにつかはす使の小者　「ひそかに」は他人にばれないように。隠れて。「使の小者」は買い出しのために雇った者。　**やまふ**　病ふ。　**夜更**　深夜。夜深と同じ。　**門をたゝく**　「門」は家の出入り口。戸。　**うちより**　魚屋の内側から。主人が返事する。　**とかめ**　咎め。夜更けの時間に戸口を叩く人を怪しんで問いただす。　**在家から魚かいにきた戸をあけよと**　「在家」は僧からみて一般の家を指す言葉。写本は「在家屋」。「戸」は門と同じ。底本の文末に「。」なし。

【鑑賞】　生ものを食べる僧侶　僧は酒の肴としての魚がほしかったのであろう。いつも夜更けに使いの者に、魚を買いに行かせていたとみられる。これをおかしなこととは思っていない。僧は夜更けであっても魚屋を叩き起こせば、店を開けるものと思っている。時間感覚のずれはおかしいが、魚屋に、「在家から魚かいにきた」という言い方では、僧みずからが来たことがわかってしまう。僧は俗人を「在家」と呼んでいるので、その在家の者になりすましたが、俗人はみずからを在家とはいわない。咄嗟に口にした言葉で身分を明かしてしまう。

89　あるひとり坊主《ばうす(ず)》。烏賊《いか》をくろあへにして。たまはる處へ。不斗《ふと》人来《きた》れり。口をぬぐはん料簡《れうけん》もなかりつるに。そなたの口は何とてくろひ《(い)》ぞや。かねをつけられたかととふ。いやあまりさむさに。たゞ《(だ)》今もえさしを一口くふ《(う)》た　(350)

〈現代語訳〉 ある独り暮らしの坊主が、烏賊を黒和えにしたのをいただき、食べているところに、急に人がやって来た。口を拭《ぬぐ》うのを、すっかり忘れていたために、「おまえの口は、どうして黒いのだ、鉄漿《かね》をつけたのか」といわれ、「いや、あまりの寒さに、たったいま燃え残った木を、一口食ったところだ」といった。

〈語注〉
ひとり坊主　独り者の坊主。　**烏賊をくろあへにして**　「烏賊」は海産の軟体動物。「くろあへ」は黒和え。烏賊墨であえた料理。　**たまはる處へ**　「たまはる」は人から黒和えを戴いた。「處」は食べている最中。　**かね**　鉄漿。おはぐろ。　**一口くふた**　底本の文末に「。」なし。

【鑑賞】　生ものの烏賊　生の烏賊を口にしたときに、人が訪ねてくるとは考えてもいなかった。そのためにあわててしまい、失態をする。なぜ口が黒くなっているのかと聞かれ、「あまりさむさに」といい、「もえさしを一口くふた」という。もし知恵ある僧なら、どんな言い訳をいったであろうか。悪知恵を働かせたつもりの僧は、ばつが悪く、思いがけない言葉を口に出してしまうのである。

90　昔《むかし》よりやせの寺《てら》は禁酒《きんしゆ》なり。寺中《じちう》に酒《さけ》をこのむ僧《そう》の。たくみて経箱《きやうばこ》をさゝ《(さ)》せ。角《すみ》をとりいかにも結構《けつか(こ)う》にぬらせ。上《うへ》に五部《ぶ》の大乗経《だいぜ(じよ)うきやう》と書付《かきつけ》。それをかよひにしけり。酒《さけ》をとりてくるに。人それはとゝ《(と)》へば。是《これ》五部の大乗経なり。京にいたゝ《(だ)》かん事をねか《(が)》ふ旦那《た(だ)んな》あり。その故《ゆへ(ゑ)》に折〳〵《お(を)り(折)》もちて行《ゆき》かよふと答《こた》ふ。あまり京か《(が)》よひのしげければ。人あまねく推《すい》してんけり。ある時うちのもの。経箱をもちかへる途中《とちう》にて。酒の匂《にほ》ひをきゝ《(き)》。のみたさやるせなし。そと口をあけたまはりぬ。そろ〳〵《(そろ)》寺《てら》にかへるに。それはなんぞ。常《つね》のこと《(ご)》く。経にて候といふ。さらばちといたゝ《(だ)》かんとて。手《て》にとりふりて見。まことに御経やらん。内にごぶ〳〵《(ごぶ)》といふ聲《こゑ(へ)》がする　(357)

〈現代語訳〉　昔から、八瀬《やせ》の寺では酒を飲むことを禁じている。寺内に酒を好む僧が企んで、指物師に経箱をつくらせ、箱の角を削って、とてもそれらしく丁寧に漆《うるし》塗りし、上蓋《うわぶた》に、「五部の大乗経」と書き付け、それを持って酒を買うことにした。酒を買って戻ってくると、門番が、「それは」と尋ねるので、「これは五部の大乗経である。洛中に経を読んでいただきたいと願う檀那がいる。そのために、たびたび持って行き来する」と答えた。その後も、あまりに京通いが頻繁となったので、門番はあらゆることを想像した。あるとき、経箱を運ぶ寺の者が、その経箱を持ち帰る途中で、酒のよい匂いをかいで、飲みたい気持ちがどうにもならなくなり、そっと徳利の口をあけて頂くことにした。ゆっくりゆっくりと歩いて、寺に帰ってくると、門番が、「それは何だ」という。「いつものように御経でございます」という。「それならば、少しみせていただこう」といって、箱を手に取って振ってみると、「本当に御経のようだ。なかで『ごぶごぶ』という音がする」といった。

〈語注〉

やせの寺　延暦寺の別所、青竜寺のこと。天台宗。浄土宗祖法然も学んだ由緒ある寺。現在の京都市左京区八瀬秋元町にある。　**経箱をさゝせ**　指物師に経箱を依頼してつくらせ。　**角をとり**　首の長い徳利が入るように、角の部分を削る。　**上に五部の大乗経**　「上」は経箱の上蓋。「五部の大乗経」は五種の経典。大方広仏華厳経《だいほうこうぶつけごんぎょう》、大方等大集経《だいほうどうだいじっきょう》、大品般若経《だいぼんはんにゃきょう》、妙法蓮華経、大般涅槃経《だいはつねはんぎょう》。　**人それはとゝへば**　「人」は寺の門番。　**京に**　洛中に。八瀬は洛外にある。　**旦那**　檀那。僧のために衣食などを施す信者。施主。　**のみたさやるせなし**　成語か。飲みたくてどうしようもない。　**そろ〳〵**　酒を飲みすぎて、箱の中の徳利が歩くたびに音を出すので、ゆっくりゆっくり歩く。　**いたゝかん**　見せていただこう。門番は箱のなかに酒があると疑う。　**内にごぶ〳〵といふ聲がする**　「内」は経箱の内側。「ごぶ〳〵」は徳利のなかの酒が揺れる音。経典の「五部」を掛ける。「聲がする」は音がする。底本の文末に「。」はなし。

【鑑賞】 **経箱**　経典は巻物である。その巻物を五巻も入れる箱となれば、とても大きな箱となる。「五部　大乗経」と箱書きしておけば疑われることがない。では、五巻の重さといったら、どのぐらいであろうか。仮に一巻を一キロとすると五キロとなる。この重さと同じ量の酒と徳利が入っていたことになる。「あまり京かよひのしげければ」は、ばれることがないので、頻繁に酒を買いに行ったことになる。徳利の大きさに合わせた経箱がないので、徳利の入る経箱を指物師に依頼し、箱の角を削って長い徳利が入るように直してもらう。

五部の大乗経　「五部の大乗経」といったのは、いうまでもなく落ちの「ゴブゴブ」に合わせるためである。経典の入った経箱に空の徳利を入れて、買った酒を寺で飲む算段だが、買いに行かされる者が、少し飲んでしまったために、歩くたびに、「チャポンチャポン」という音がする。ゆっくり歩くと鈍い音の「ゴブゴブ」「ゴボゴボ」といったのであろう。この音に、経典の「五部」を掛けたのである。

91　天に目《め》なしと思《おも》ひ。ぬたなますをくひぬる處へ。だんな来り見付たれば。少《すこし》ものよみたる僧《そう》にやありけん。よき砌《みき(ぎ)り》の入堂《にう(ふ)だう》なるかな。こゝ《(こ)》に歴劫《りやくこ(こ)う(ふ)》不思《ふし》儀《ぎ》の法味《は(ほ)う(ふ)み》あり。先天地《まづてんち》のあひだに。七十二候《こう》とて。時のうつるに應《おう》じ。ものゝ《(の)》

かはりゆく。奇特《きどく》を申さん。田鼠《て(でん)そ》化《け》して鶉《うづら》となり。雀《すゝ(ず)め》海中《かいちう》に入て蛤《はまぐり》となり。鳩反《はとへん》じて鷹《たか》となるといふ事あるが。愚僧《ぐそう(が)》かさいにすは《(わ)》りたる。あへもの反《へん》じてぬたなますと。眼前《がんぜん》になりたる。此奇特を御覧《らん》ぜよ　（353）

〈現代語訳〉　天道は人の悪事を見通すことができない、と思いながら、ぬた膾《なます》を食べているところに、やって来た檀那に見られてしまった。少し知識をもつ僧であったので、「よいときの参詣であるよ。いま多くの劫を経た者でも滅多にみられない不思議な法要が、これからある。まず天地の間に七十二候といい、時の経つのに応じて、ものが変わっていくという不思議なことをいおう。『田鼠化《か》して鶉となり』『雀海中に入て蛤となり』『鳩変じて鷹となる』という諺があるが、わたしの食事に添えられた和え物が変じてぬた膾に目の前でなったのだから、この不思議さを御覧くだされよ」といった。

〈語注〉

天に目なし　諺の「天に眼《まなこ》」の逆。天に目はないから知られることはない。**ぬたなます**　ぬた膾。ぬたあえ。**七十二候**　五日を一候といい、七十二候で一年。十五日を一気といい、二十四気で一年。**時のうつる**　四季の変化。**田鼠化して鶉になり**　諺。季春の二候。「田鼠」は土竜《もぐら》。「化して」は姿や形が変わって別のものになる。**雀海中に入て蛤となり**　諺。季秋の二候。**鳩反**

じて鷹となる　諺。仲春の三候。正しくは「鷹化して鳩となる」。さい　斎《さい》。食事。**御覧ぜよ**　底本の文末に「。」なし。

【鑑賞】　**田鼠化して鶉となり**　ものごとがはなはだしく変化する成語として、「田鼠化して鶉となる」は知られている。もとは中国に伝わる俗信である。ほかに大変身するものとして、「山の芋が鰻になる」「腐草化して蛍となる」「雉大水に入りて蜃《はまぐり》となる」「連木《れんぎ》鳥と化す」などをみる。いろいろな不思議なことがあるなかで、食事の「和え物が変じてぬた膾になる」のを目の前でみられるのは不思議であるので膾を食べた。これがやましいわけではないとごまかすところは、自堕落な僧の巧みな知恵といっていいだろう。ここでは、それがうまく働いたようだ。

清僧《せいそう》

92　人跡絶《じんせきたえ》たる山中《さんちう》に。一宇《う》の堂《だう》あり。甍《いらか》やふ《(ぶ)》れては霧《きり》不断《ふだん》の香《かう》をたく境界《きやうがい》なれば。世にあらん人の。昼《ひる》だにも立《たち》よるへ《(べ)》きよしもなきに。いかなる不惜《ふしやく》身命《しんみやう》の行者《ぎやうじや》なれは《(ば)》。此佛閣《ぶつかく》にはすめると。憐《あはれ》むもの多《おほ》かりし。又悪《あく》性《せ(しや)う》の者あり疑《うたが》ひおもふ。あれほどおそろしき所《ところ》に。なんとしてひとりはすまれん。唯《たゞ(だ)》女房《ばう》のあるものよと。嵐《あらし》冷《すさま》じき冬《ふゆ》の夜《よ》。立《たち》聞《ぎゝ(き)》をしけり。彼僧《かのそう》終夜《よもすが(が)ら》の語《かたり》に。そなたがゐればこそ。この寒夜《かんや》にもあたゝ《(た)》かなれ。いとをし《(ほ)》の人やといひけり。紛《まぎ(ぎ)れ》もなき夫《ふう》婦《ふ》にこそと。人あまた押《を(お)し》入てみれば。何もなし。坊主《ばうず》の愛《あい》せらるゝ《(る)》ものは。何そ《(ぞ)》ととふに。是《これ》なん我《わ(が)》伽《とぎ》なりといつて。三舛程入。大とくりをぞいだしける　(360)

〈現代語訳〉　人の往き来がない山中に、一宇の堂がある。『平家物語』にみる、「屋根瓦が破れて霧が家の中まで立ちこめ、絶えることのない香をたいている」という境地であるので、世間の人が昼でさえ、立ち寄ろうとしない。どんなことにでも、正法のためには身を捧げ、命を惜しまない修行者であるので、この寺院に住んでいるのである、と不憫《ふびん》に思う人が多くいた。だがまた悪く考える人もいて、疑いをもっていうには、「あれほど恐ろしいところに、どうして一人で住むことができようか。きっと女房がいるのだよ」という。嵐の激しい冬の夜に出掛けて、立ち聞きをしてみた。その僧は、夜どおし話していて、「おまえがいるからこそ、この寒い夜でも暖かでいられる。可愛い人だなあ」といっている。「間違いなく夫婦であるに相違ない」と思い、人がたくさん入り込むと、そこには誰もいない。「坊主が可愛《かわい》がりなさるものは、いったい何だ」と尋ねると、「これこそ、わしの慰めである」といい、三升ほど入る大徳利を出した。

〈語注〉

清僧　自堕落とは対極をなす品行方正な僧。自堕落の僧といえる人物も登場する。品行方正な僧だけが清僧だったわけではない。**山中に一宇の堂あり**　「宇」は建物を数える語。『平家物語』灌頂《かんじょう》巻・大原御幸《おはらごこう》の「西の山のふもとに一宇の御堂あり云々」を踏まえる。**甍やふれては霧不断の香をたく境界なれば**　『平家物語』灌頂巻・大原御幸の「甍やぶれては霧不断の香をたき枢《とぼそ》おちては月常住の灯をかかぐ」を踏まえる。**悪性の者**　悪く考える者。ここはまじめな僧とは限らないと思う者。**疑ひおもふ**　特別な理由がなければ、こんなところに一人で住めるはずがないと疑う。**終夜の語に**　「終夜」は夜どおし。一晩中。「語」は誰かと話す。**大とくり**　大徳利。三升の酒を飲むような僧ならば堕落僧である。**いだしける**　底本の文末に「。」なし。

【鑑賞】 **清僧**　清らかな僧を登場させるのは、「自堕落」の章の対となる笑話をあげるためである。清僧は、色欲を禁じて節制を守る僧であり、魚を食べない者でもある。だが清僧といいながら酒を愛する僧が登場すると、どうも堕落僧と変わらない。策伝にとっての清僧は、いったいどのような僧をいったのだろうか。

酒を飲む　ふしだらな、戒律を破る破戒僧である現場をつかんで、悪性の者たちは寺から追い出そうとする。堂のなかから会話する声が聞こえてきたので、修行僧の失態を暴く魂胆から、強引に寺に押し入るが、会話していた相手がいない。なんと僧が会話をしていたのは酒であった。山中の古びた寺にいるのに免じて、酒を飲むのは仕方ないことなのか。しかし女人禁制、禁酒などの戒律を破るような行いを許すはずがない。どうして「清僧」の章にあるのか。策伝は酒を飲む僧を、ふしだらな僧とはみていないのである。この笑話の笑いは悪性の者たちの思い違い、勘違いによる失態にある。予期されたものとのずれが大きいだけに、その笑いは大きい。

93　百三十年《ねん》あまりの跡《あと》かとよ。筑前《ちくぜん》のくに宰府《さいふ》の天神《てんじん》の飛《とひ(び)》梅《む(う)め》。天火にやけて。二たひ《(び)》花さかず。こはそも浅《あさ》ましき事なりと。人皆《みな》涙《なみた(だ)》をながし。知《しる》もしらぬもあつまり。おもひ〳〵《(おもひ)》の短冊《たんさ(ざ)く》をつけ参する中に権狡坊《こ(ご)んけう》とて。勇《ゆ》猛精進《みやうしやうじん》なる

老僧《らうそう》の。よめる哥《うた》こそ殊勝《しゆせ(しよ)う》なれ

天《てん》をさへかけりし梅《むめ》の根《ね》につかは《(ば)》
土《つち》よりもなど花のひらけぬ

短冊を木《き》の枝《えだ》に結《むす》びて足《あし》をひかれければ。すなはち緑《みどり》の色《いろ》めきわたり。花咲春《はなさくはる》にかへりし事よ。人〳〵《(人ゝ)》感《かん》に堪《たへ》て。かの沙門《しやもん》を。神《かみ》とも佛とも手《て》を合《あは》せし

山《やま》の端《は》にさそはゞ《(ば)》いらんわれもたゞ《(だ)》
憂世《うきよ》の空《そら》に秋《あき》の夜《よ》の月

解脱《げだつ》上人の世《よ》に随《したが》へは《(ば)》望《のそ(ぞ)み》あるににたり。俗《ぞく》にそむけは《(ば)》。狂人《きやうじん》のことし《(ご)》。あなうの世中《よのなか》や。一身いづれのところにか。かくさんとかゝ《(か)》れしを。右の哥《うた》に引合《ひきあはせ》て。衣《ころも》の袖《そて(で)》をしぼりにき　(362)

〈現代語訳〉たしか道真が亡くなって、百三十年ほど過ぎたときのことであろうか。筑前国大宰府《だざいふ》の天神の飛梅は、天災で焼けて、二度と花の咲くことはなかった。「これはそれにしても、ただ驚くばかりだ」と人はみな涙を流し、道真を知る人も知らぬ人も集まって、それぞれの思い思いの気持ちを歌にした短冊を梅の木につけに参上した。そのなかで、権狡坊という勇猛心をもって精進する老僧が詠む歌は、とても優れていた。

天をさへかけりし梅の根につかは
　土よりもなど花のひらけぬ
（天空さえも飛んできた梅の根がつくならば、土壌が悪いからというよりも、なぜ花が咲かないのか）
短冊を木の枝に結んで、一歩、足を後ろに引くと、たちまち緑の葉が色づき出し、花が咲く春に戻ったようだ。人々は感動して、その老僧を神とも仏とも思って手を合わせた。
山の端にさそはゞいらんわれもたゞ
　憂世の空に秋の夜の月
（山の稜線に陽を誘うならば、すぐに我も隠れよう、悲しみに満ちたこの世の空に、秋の夜に輝く月を愛でよう）
解脱上人が、「世俗に従うと望みが叶うのに似て、世俗に逆らうと狂人のようである。あいやな世の中だなあ。わが身をどこかに隠そう」とお書きになったのを、右の歌に引き合わせて、涙で濡れた袖を絞った。

〈語注〉
百三十年あまりの跡かとよ　菅原道真が没してから百三十年余り後のこと。長元六年（一〇三三）ごろとなる。**筑前のくに**　国名。筑前国。現在の福岡県北西部。もとは筑紫国の一部。**宰府の天神**　「宰府」は大宰府の略。律令制下の官庁。筑前国御笠《みかさ》郡に設けられる。「天神」は菅原道真。

平安前期の公卿、学者、文人。菅公《かんこう》ともいった。菅原是善《これよし》の子。延喜元年（九〇一）、藤原時平の中傷で大宰権帥《だざいのごんのそち》に左遷された。八四五〜九〇三。**天神の飛梅**　道真を慕って安楽寺の庭へ梅が飛んできた飛梅伝説。**権狡坊**　不詳。内閣文庫本、南葵文庫本は「権梗《ごんきやう》坊」。**勇猛**　勇猛心をもって。「ゆうまう」「ゆめう」とも読む。**哥こそ殊勝なれ**　底本の文末に「。」なし。**かけりし**　翔りし。空を飛び廻った。**沙門**　桑門。ここは権狡坊のこと。**神とも佛とも手を合せし**　神とも仏とも思って。写本は「手を合せし」以降に次の文が続く。「梅は是、我が愛木と、賞ぜさせ給ひいつくにも梅たにあらば我とせよたとひ社はありとなしとも　梅あらは賤やしきしづかふせやにもわれ立よらん悪魔しりぞけ」。底本の文末に「。」なし。**山の端にさそはゞいらんわれもたゞ**　「山の端に」は山の尾根に。写本は「山の端に」以下を一条の笑話とする。**解脱上人**　法相宗の貞《じょう》慶《けい》。興福寺、海住山寺《かいじゅうせんじ》の法僧。一一五五〜一二一三。**衣の袖をしぼりにき**　底本の文末に「。」なし。

【鑑賞】 **天神伝説**　道真は大宰府へと下るとき、自邸の庭の梅の木に、「東風《こち》吹かばにほひおこせよ梅の花主《あるじ》なしとて春をわするな（東から風が吹いたら香りを送っておくれ梅の花よ、主人がいないからといって春を忘れないでくれよ）」（『拾遺和歌集』1006）と詠んで別れを告げた。二年後に道真が没すると、その梅は道真を慕って、大宰府まで飛んで根をおろした。これが「飛梅伝説」である。大宰府から道真の死を知らせる文書が届くと京は旱魃《かんばつ》や飢《き》饉《きん》となり、藤原時平の周囲は不幸が続いた。時平は道真の怨霊にうなされて没し、醍醐天皇の皇后となった時平の妹の子の皇太子は病死した。内裏での評議中に空は雷雲となって、雷光が大納言藤原清貫《きよつら》を直撃した。さらに毎日、京都では雷鳴が鳴り響き、醍醐天皇は思い悩んで朱雀天皇に譲位すると数日後に身罷《みまか》れ、時平の長男、三男も病死した。朝廷は道真の罪を取り消して元の大臣の位に復し、北野に天満宮を建てることにした。すると道真の怨霊はおさまったという。これが「怨霊伝説」である。道真は天神、天神様と呼ばれ、「天満大自在天神」に神格化されて、各地にも道真を祭る天満宮がつくられた。もともと天神は農作業に欠かせない雨を降らす雷神、雷公でもあり、北野にあった雷神信仰とも重なって「天神伝説」が生まれた。

醒睡笑巻之四目録

醒睡笑巻之四

聞《きこえた》多批判《ひはん》

94 西三条逍遥院殿《にしでうせうや(え)うい(ゐ)んどの》。御養生《やうじやう》に有馬《ありま》へ湯治《たうぢ》有し。其時哥《うた》の点《てん》を望《のぞみ》て。まい(ゐ)らせあぐる。とかくよろしからねば

むかしよりきどくありまの湯《ゆ》ときけど
　こしをれうたはなを(ほ)らざりける　(370)

〈現代語訳〉西三条逍遥院殿が御養生のために有馬温泉に湯治された。そのとき歌の批評を望む者が参った。まったく評価できない歌だったので、

むかしよりきどくありまの湯ときけど
　こしをれうたはなをらざりける

（昔から効能のある有馬の湯ときくが、腰折歌は直らないものだ）

〈語注〉

聞多批判　「聞多」は道理に合い、筋の通うことである。「以屋那《いやな》批判」の「以屋那」に対する語である。「批判」は対立する議論のうちの正しい方を指す。**西三条逍遥院殿**　三条《さんじょうにし》西実隆《さねたか》。法号を逍遥院。室町後期の公卿、学者。一四五五〜一五三七。**有馬**　有馬温泉。現在の兵庫県神戸市北区にある。『日本書紀』にも記された畿内最古の温泉。含鉄ナトリウム塩化物強塩高温泉など。効能は冷え性ほか。**哥の点**　詠んだ和歌を評価すること。**よろしからねば**　底本の文末に「。」なし。**きどくありまの湯**　「奇特あり」と「有馬の湯」を掛ける。**こしをれうた**　腰折歌。下手な歌。第三句（腰の句）と第四句の接続に欠点のある和歌をいう。温泉に養生する腰の折れまがった老人たちを掛ける。

【鑑賞】　**聞多批判**　「批判」は是非を糺《ただ》すことをいう。糺すは正すと同じで、物事の理非を明らかにし、罪過の有無を問い調べ、事の真偽を追及することである。写本には二十六話をみるが、所司代多賀豊後守高忠、板倉伊賀守勝重、周防守重宗の名判官ぶりを示す笑話が十話もあり、そのうちの四話を底本は収めている。一話としての字数が多いにもかかわらず、それらを収めている。これは所司代の存在が策伝にとって大きかったと同時に底本の作成に策伝がかかわっていたからとみられる。

西三条逍遥院殿　西三条家は三条西家ともいう。三条西家と歌道の関係は正親町《おおぎまち》三条実継《さねつぐ》にはじまる。実継は二条為明の門弟となり、二条派一門の古今伝授継承者に名を連ねた。また三条西公保《きんやす》も古今伝授継承者である二条派堯孝《ぎょうこう》の門弟であった。室町後期に登場する三条西実隆は、二条派宗祇《そうぎ》に師事して歌人、書家としても知られた。実隆の書は堺の富商武野《たけの》紹鷗《じょうおう》からの援助によって三条西家の経済を支えた。三条西公条《きんえだ》、三条西実枝《さねき》とともに三条西三代と呼ばれる。和漢に精通した三人によって、三条西家は歌学を継承する家となった。実枝の流れは高弟の細川幽斎が古今伝授を受け、三条西実条《さねえだ》へと伝えられた。

音にきく有間の出湯　底本194に、「音にきく有馬の出湯は薬にてこしをれ哥のあつまりぞする」という似た宗祇の狂歌をみる。『新撰狂歌集』巻下・雑162には、「津の国の有馬の出湯は薬にて腰折歌の数ぞあつまる」とある。『かさぬ草紙』（近世初期ごろ）58は宗長の狂歌として、「か《（みカ）》こつけやゆたにのみゆの薬にてこしをれうたのかすそあつまる」をあげる。

95　比《ひ》叡山《ゑ（え）いざん》にて。北谷《きただに》の児《ちご》は。雪《ゆき》にすぎたるものやあらんと愛《あい》せられし。又南《みなみ》谷の児は。花にまされる詠やあらんと興《け（きよ）う》ぜられし。かゝ《（か）》りし程こそありけれ。後《のち》にはあなたこなた心なきに心をつけ。いさかひになり。花をばあしくいひちらし。雪をは《（ば）》いなものにいひけし。雪のかたよりは。花をほむる狼籍《らうぜき》の類《るい》をよせてかたんといふ。又花のかたよりは。雪をほむるうつけものを。たゞ《（だ）》はたいてのけよと。たか《（が）》ひにいかれる心しけ《（げ）》く。山のさは《（わ）》ぎ。事の外《ほか》なりし。西三條逍遥院殿つたへきこ

しめされ。わざと山に御のぼり有。雪にめでられしもことは《(わ)》りあり

花ならばさかぬ梢《こずゑ》もあるへ《(べ)》きに

何にたとへん雪のあけぼの

花に心をそめられしも。尤《もつとも》ゆへ《(ゑ)》あり

雪ならばいく度袖《たびそで》をはらはまし

はなのふ《(ぶ)》ゞきの志賀《が》の山越《こ(ご)え》

自今以後《じこんいご》勝劣《せ(しよ)うれつ》をあらそはず。中をなを《(ほ)》りて。円入和合《ゑんにう(ふ)わがう(ふ)》の床《とこ》に勤学《きんがく》あれとしづめてこそ。御帰りありけれ　(372)

〈現代語訳〉 比叡山でのこと。北谷の児は、雪にまさるほどの色白であると愛された。また、南谷の児は、花よりも美しく趣があるともてはやされた。このようなことが続き、後には、ああだこうだと貶《けな》しては口喧嘩となった。花を悪くいって非難し、雪を妙なものといって貶した。雪の方からは、「花を褒める乱暴者たちを攻めてやっつけよう」といい、また花の方からは、「雪を褒める馬鹿者をひたすら叩きのめせ」という。互いに怒る気持ちは激しく、山中での騒ぎは想像できないほどであった。このことを西三条逍遥院殿は人からお聞きになられ、わざわざ比叡山にお登りになった。「雪に心ひかれるのも道理である。

花ならばさかぬ梢もあるへきに

何にたとへん雪のあけぼの

（もし花ならば咲かない梢もあるだろうけれども、何にたとえよう雪の曙《あけぼの》を）

また花に心を深く寄せられたのも、もっともな理由がある。

雪ならばいく度袖をはらはまし

はなのふゞきの志賀の山越

（もし雪ならばなんども袖をはらうだろうに、桜吹雪は袖をはらうこともなく志賀の山を越えていくよ）

今後は勝劣を争わないで仲直りし、仲むつまじき和合修行の場で、熱心に学問に励むように」と諍《いさか》いを静めて、御帰りになられた。

〈語注〉

比叡山　天台宗総本山延暦寺がある。叡山、北嶺、天台山、ひえのやまともいう。現在の京都府と滋賀県の境、京都市の北東方にある山。京都市と大津市にまたがる。二峰からなり東の大比叡は標高八百四十八メートル、西の四明ヶ岳《しめいだけ》は八百三十九メートル。古来、信仰の山として知られる。**北谷の児**　比叡山の北谷にいる児。**南谷の児**　比叡山の南谷にいる児。**狼籍**　底本ママ。狼藉。無法の行為。けしからぬふるまい。乱暴。**雪**　児の白い肌を指す。**心なきに心をつけ**　心にないことまでを互いに貶す。**いさかひ**　諍ひ。口論。**いひけし**　いい消し。非難する。**よせて**　迫って。**山のさはぎ**　比叡山中の騒動。**ことはりあり**　底本の文末に「。」なし。**尤ゆ**

へあり　底本の文末に「。」なし。**雪ならばいく度袖をはらはまし**　謡曲の『三井寺』『志賀』に引かれる典拠不明の古歌。**志賀の山越**　比叡山を越える。**円入和合の床に勤学あれと**　「円入和合の床に」は円入通、円入別などの菩薩《ぼさつ》が円教に入ることの意とみられるが、関山和夫は『六時礼讃』にある「同入和合海」から「同入和合」が正しいという（『醒睡笑』）。「和合の床に」に男色の相手と寝る床を掛ける。「勤学」は仏教語では「ごんがく」と読む。ここは男色に励めをにおわす。**御帰りありけれ**　底本の文末に「。」なし。

【鑑賞】　**男色対象の児**　天台宗、真言宗の寺では貴族、武士の子どもを学問の習得や行儀作法見習いのために預かり、俗体の姿で給仕もさせた。笑話に出てくる児といえば、ほとんどが僧たちに可愛がられる。児を褒めたたえての口喧嘩は、男色の対象としての評価の言い合いである。「こちらの児のほうが最高だ」「わたしの選んだ児はいいのだ」と互いに言い張る。他愛ないことのようにみえるが、男色相手の選び間違いを否定されたくないので、喧嘩するほどに激昂《げきこう》するのである。

96　将軍《しやうく(ぐ)ん》天下を治《おさ》め給ふ。此御代に賢臣義士《けんしんぎし》多《おほ》き中に。京都《と》の所司代《しよしだい》として訟《うつたへ》をきゝ《(き)》理非《りひ》を決断《けつた(だ)ん》せらるゝ《(る)》に。冨貴《ふうき》の人とても。へつらふ色もなく。貧賤《ひんせん》のものとても。くた《(だ)》せる躰《てい》なし。然間上下万民裁許《ばんみんさいきよ》を悦《よろこん(で)》て。奇《き》なるかな。妙《めう》なるかなと。讃嘆《さんだん》する人ちまたにみてり。一滴舌《てきせ(ぜ)つ》上に通じて。大海《かい》の塩味《ゑ(え)んみ》をしるとあれば。その金語《きんぎよ》の端《はし》をいふに。餘《よ》は知《しり》ぬへ《(べ)》きや。しかる時越後《ゑちご》にて。山伏宿《ぶしやど》をかりぬ。其節國主《せつこくしゆ》の迎《むかひ》に亭《てい》も罷出《まかりいづ》るに。彼《かの》山臥《ぶし》のさしたる刀《かたな》。こしらへといひ。つくりといひ。世にすぐれたるものなるをかりて行。いまだ宿《やど》に帰《かへ》らざるあひだに。一國徳政《こくとくせい》の札立《ふだたち》けり。去程に亭主《ていしゆ》かへりても。刀をかへす事なし。山伏《ぶし》こらへかね。しきりにこふ。宿主返事《やどぬしへんじ》するやう。そちの刀かりたる處實正《ところじつしやう》なり。されと《(ど)》も徳政の札立たる上《うへ》は。此刀もながれたるなり。さら〳〵《(さら)》かへすまじきといふ。出入になりければ。双方江戸《さうはうゑ(え)ど》に参り。大相國《しやうこく》御前の沙汰《さた》になれり。其砌《みぎり》京の所司代下向《げかう》あり。御前に侍られし此裁許《さいきよ》いかにと御諚《で(ぢや)う》有て。謹而造作《ざうさ》もなき儀と存候。幸《さいはひ》札の上にて。亭主がかりたる刀をながし候はゝ《(ば)》。又山臥か《(が)》かりたる家をも。みな山伏がに仕へ《(べ)》きものなりと。申上られしかは《(ば)》。大相國御感甚《かんはなはた(だ)し》かりし當意即妙《たういそくめう》の下《け(げ)》知《ぢ》なるかな以《もつて》二正理《しやうり》之《の》薬《くすりを》一治《ちす》二訴《そ》詔《せ(しよ)う》之《の》病《やまひを》一挑《かゝ(か)げて》二憲《けん》法之燈《ともしひ(び)を》一照《てらす》二愁歎《しうたん》之《の》闇《やみを》一といふ金言《きんげん》もよそならす《(ず)》（373）

〈現代語訳〉 将軍家康公が天下統一をした、この御代にすぐれた正義をかたく守る人が多いなかで、京都所司代は訴訟を聞き入れ、是非をお決めなさるのに、相手が裕福な人であってもこびる様子もなく、貧乏な人であっても軽んずる様子もない。そういうわけで、身分の高い人から低い人まですべての人々は、所司代の裁きを悦び、「素晴らしい、巧みな裁きだなあ」と褒める人が世間にも多くいた。「一滴を舌で味わって大海の塩辛さを知る」という金言の一端をいうと、その他はきっとわかるだろう。あるときに越後で山伏が一泊の宿を借りた。ちょうど領主の出迎えに、亭主も参上するところだったので、その山伏が差していた飾りも造りも世に稀な優れた刀を借りて出かけた。まだ亭主が家に帰ってこないときに、越後一国に徳政の札が立った。そのうちに亭主が帰ってきても、刀を返す気配がない。山伏は堪えかねて、何度も返すように求めた。亭主が返事するには、「あなたの刀を借りたことは、まことである。しかしながら徳政の札が立った以上は、この刀も質流れをしたのである。よって決して返さないつもりだ」という。訴訟になったので、双方は江戸に参上し、家康公御前の直接の裁きとなった。そのときに京都所司代板倉伊賀守が江戸に下っていて、御前に控えることになった。御前から、「この裁きは、どのようにしたらいいか」と御下問があり、所司代は、「謹んで申し上げます。手間のかかることでもないことと存じ上げます。折よく徳政の札が立ったことで、亭主が借りた刀を質に流したとなると、また山伏が借りた家もみな山伏が持つことができます」と申し上げられたので、家康公の喜びは一入《ひとしお》であった。さすが所司代の即座の機転の裁許であるよ。

「正しい道理の薬で訴訟の悪いところを治す。憲法、法律の手本として、非道に苦しむ闇に明かりを照らす」という金言も無縁ではない。

〈語注〉

将軍 征夷大将軍の略。徳川家康公を指す。写本は「従一位の右大臣征夷将軍源家康公」とある。**京都の所司代** 京都の守護、禁中、公家に関する一切の事務、京都の警備、畿内諸役人の統率に任じた職。京都、伏見、奈良の三奉行の支配と京都周辺八ヵ国の訴訟の処理、西国の大名の監視などを行った。静嘉堂文庫本、南葵文庫本は「板倉伊賀守京都の所司代」とある。伊賀守は重宗の父板倉勝重を指す。勝重は元和六年（一六二〇）に辞任。一五四五～一六二四。**奇なるかな妙なるかな** 成語か。**一滴舌上に通じて大海の塩味をしる** 成語か。一部を知ってすべてを知ることをいうか。**金語** 諺を含む役に立つ言葉。金言、金句をいう策伝の造語か。**越後** 国名。現在の新潟県。**亭** 宿の主人。**山臥** 山伏に同じ。以下、表記が統一されていない。**一國徳政の札** 越後一国の徳政の札。越後国発布の触れの高札。「徳政」は鎌倉幕府が御家人の窮救済のために発した。永仁の徳政が最初とされる。**ながれたる** 質に流れる。質入して受け出さないと、品物の所有を放棄することになる。**出入** 訴訟ごと。**大相國** 太政大臣家康公のこと。**御諚有て** 御下問されて。家康公から質問されて。**山伏がに** 「がに」は底本ママ。「に」の前に手にするものの意の語があったか。**當意即妙** 諺。その場にうまく適応した即座の機転。咄嗟の判断。底本の文末に「。」なし。**訴詔** 訴訟と同じ。**挑** かかぐ。ここは手本として示すこと。**金言もよそ**

ならす　このあとに写本は、「さすかをくかとおもふ重家　一腰の刀ならてはしちもなし」がつく。底本の文末に「。」なし。

【鑑賞】板倉伊賀守勝重の裁き　板倉周防守重宗の父伊賀守勝重は、写本では板倉伊賀守、板倉殿、伊賀守などと記される。父勝重の裁きの評判は息子の重宗の時代になっても知られていたので、そのうちの逸話十話を策伝は書き留めた。重宗のために収めたとはいえ、笑話と裁きをむすびつける例は、その後の笑話集には、ほとんどない。「聞多批判」を一章にしようとしたのは、策伝独自の視点ということになるが、つぎの「以屋那批判」の笑話が多く集まったので、その逆の「聞多批判」を章立てしたと見ることもできる。

97　御所司代齢《よはひ》七旬《し(じ)ゆん》にあまれば。功名《こうめい》かなひとげて。身をしりぞき。嫡子《ちやくし》次《つい》て《(で)》天下の所司代たりし。上京にある家《いゑ(へ)》主あひはてけるに。廿あまりの子あり。母は継母《けいぼ》。其惣領《そうりやう》には。家を渡《わた》すまし《(じ)》。我に跡《あと》をしれと夫の遺言《ゆい》なりといふ。惣領は眼《がん》前の親子たる吾《われ》をのけ。別《へ(べ)ち》に誰《たれ(が)》か家をしるへ《(べ)》きやといかり。所司代へ双方《さうはう》出《いて(で)》けり。互《たがひ》の意趣《いしゆ》をいふ。口上に妻《つま》の申様。後家と書て何とよみ参らすると。所司代。のちのいゑ《(へ)》とよむとあれは《(ば)》。其儀ならは《(ば)》。我等のしらて《(で)》かなはぬ事にこそと申時。先《まつ(づ)》立《たち》て帰《かへ》れ。重《かさね》てせんさくし。すまさんとなり。宿《やと(ど)》に戻《もどり》公事《くじ》かちたり。さらば尼《あま》にならんと。親類《しんるい》云合《あは》せぬ。再《ふたゝ(た)ひ(び)》裁許とて。決断《けつだん》の座《さ(ざ)》に出たるに。そちは髪《かみ》をそりたるかと尋《たつ(づ)ね》らる。なか〱《(なか)》二度夫《たびおっと》をもち。うき世の望《のぞみ》あらばこそとおもひさだめ。出家《しゆつけ》のすがたにまかりなりて候と。其言下《そのごんか》に所司代さらば。出家とは家《いゑ(へ)》をいづると書たるまゝ《(ま)》。此座敷《ざしき》より。すぐに家をいでよと　(381)

〈現代語訳〉　京都所司代の年齢が七十歳を過ぎたので、所司代の仕事を成し遂げて職を辞して御子息が引き継ぎ、この世の所司代となった。さて、京都の上京に住むある家主が亡くなり、二十歳過ぎの惣領息子を残した。母は継母で、「その息子には家を渡さないつもりである。わたしに跡を治めろというのが、夫の遺言である」という。息子は、「明らかな父親の子であるわたしをはずして、ほかに誰が家を治めることができようか」と怒り、所司代の裁きの場に双方は出た。互いの意見をいうことになり、最初に継母が「後家と書いて、どのようにお読み申し上げるか」というと、所司代は、「のちの家と読む」と申された。すると継母は、「そのようなら、わたしが治めて相続するのが当たり前である」という。その場は「なにはともあれ、ここから立ち帰りなさい。もう一度、詮議して明らかにしよう」となり、家に帰った継母は、「訴訟に勝った。それでは尼になろう」と親類たちに伝えた。その後、ふたたび所司代の裁許となり、結審を下す場に出たところ、所司代は、「おまえは、髪を剃ったのか」とお聞きになられた。継母が、「そのとおりです。ふたたび夫をもち、この世で生きる望みを持つことは、あってはならないと決心し、出家の姿になったのでございます」という言葉を聞き終えるやいなや、所司代は、「それならば、出家とは家を出ると書くのであるから、この裁きの場から退き、すぐに家を出なさい」と申された。

〈語注〉

御所司代　板倉伊賀守勝重。**齢七旬にあまれば**　「齢七旬」は七十歳。「旬」は十年。勝重は寛永元年（一六二四）に八十歳で没した。**嫡子次て**　嫡男の周防守重宗が所司代を継いで。**上京**　京都三条通以北の土地。現在の京都市上京区。**しれ**　治れ。家を治める。家を継ぐ。**せんさく**　穿鑿《せんさく》。微細にわたって吟味すること。**尼にならんと親類云合せぬ**　尼になろうと親族たちに伝える。**此座敷より**　底本の文末に「。」なし。

【鑑賞】　**後家**　継母は尼僧になることで、家を継ぐことを明らかにしようとしたが、これは本心からではなく表向きのことであった。所司代も素直に、「尼になりました」という言葉を信じなかった。継母の考えられない行動をみて、所司代は、「継母に敗訴あり」と心中ほくそ笑んだとみる。「出家とは家を出ると書くから、すぐに家から出よ」という言葉に、惣領息子も親類たちも喜んだであろう。継母の計略が仇《あだ》になった結果はおかしい。所司代の見事な裁きは、想定外の継母の失言と行動によったのである。

98　平安城《へいあんじやう》にて。質《しち》に具足《そく》を《(お)》き。うけむとする時にみれば。鼠《ねずみ》が糸《いと》をくひたり。うけ主難義《ぬしなんぎ》に思ひ。いろ〱理《(いろ)ことは(わ)り》をいふ《(う)》てなげき。さらば利足《りそく》をなりとも。すこしはゆるされよとわびけるに。質屋さらにきかず。剰《あまつさへ》鼠を壱つころして。これが蔵《くら》にゐて。ぐそくをくらふ《(う)》たる科人《とか(が)》なり。然間成敗《せいばい》して候と。もたせつかはす。しちを《(お)》き口惜《くちをしき》事に存知《そ(ぞ)んじ》。所司代へ罷出。初中後《しよちうご》を具《つぶさ》に申ければ。多賀豊後《たがぶんご》下知せられけるやう。扨《さて》は鼠は盗人《ぬす》なり。盗人のゐたる家なる間。闕所《けつしよ》せよやとて。家財《かざい》をこと〱《(ごと)》くとり。質を《(お)》きに出されけり。（386）

〈現代語訳〉　京都でのこと。質屋に甲冑《かっちゅう》を質入れして、質出しするときに質草をみると、鼠が糸を喰っていた。請け主は困ったものだと思い、いろいろと理由をつけては嘆き、「せめて利息だけでも、少しは負けて下さいよ」と嘆願すると、質屋はまったく聞こうとしない。そのうえに鼠を一匹殺して、「これが蔵にいて、甲冑を喰った科人である。そういうわけで処刑しておきました」といって持たせてやった。請け主は不満に思い、所司代のところに参上し、この一件の初めから終わりまでを詳しく申し上げたので、多賀豊後守が裁きをお下しなされるには、「それならば鼠は盗人である。鼠の住んでいた家であるから、質屋を没収せよ」といい、家財のすべてを取り上げて請け主に渡された。

〈語注〉

質に具足ををき　「具足」は甲冑。他に調度品。道具類をも指す。底本「具」に「ご」がある。「をき」は質置き。質屋から借金するのに担保として甲冑を預けた。**うけむ**　請けむ。質請け。預けた甲冑を取りもどす。**うけ主**　請け主。質に預けた者。**利足**　利息。質屋に預けると日歩の利息がつく。**多賀豊後**　多賀高忠。豊後守。足利八代将軍義政、九代義尚の時の室町幕府侍所所司代。一四二五～八六。**闕所**　没収。近世、財産刑の一つ。地所、財産のすべてを永久に没収する。**質をきに出されけり**　このあとに写本は小文字で「ありかたき心の水晶也」とあり、さらに「窮鼠《きうそ》還《かへつて》囓《かむ》ㇾ猫《ねこを》とあれは、にくむ処、狂惑《きやうわく》なる鼠根性《ねづみこんじやう》なるかな」とある。

【鑑賞】　**窮鼠猫を噛む**　写本の文末にある「窮鼠還囓ㇾ猫」は、漢時代の経世実用書である『塩鉄論』十巻「詔聖」に「窮鼠齧貍」とみられる成語である。軍記物語の『太平記』巻四の「備後三郎高徳が事付呉越軍の事」にも、「窮鼠かへつて猫を噛み、闘雀人を恐れずといへり」とある。弱者も死に物狂いになると強者に反撃し苦しめる譬えとして知られる。「狂惑」は無茶、「鼠根性」は盗人根性をいう。

99　北野《きたの》の神前にて。祈禱《きと(た)う》連歌《れんが》あり

かくなるものかさすらへのはて

　この神のかへり北野に跡《あと》たれて

此付句《つけく》執筆《しゆひつ》書《かき》とむると同し《(じ)》く。社頭震動《しやとうしんどう》し。暫《しばらく》やまざりつるは。神《かみ》も大に納受《の(な)う(ふ)じゆ》し給ふにやと。みな感《かん》じ申たるよし　(389)

〈現代語訳〉　北野天神の神前で、祈禱連歌があった。

かくなるものかさすらへのはて

　この神のかへり北野に跡たれて

（流浪の果てでこうなったのであろうか。天神が帰られて北野に祀られた）

　この付句を執筆が懐紙に書き留めると同時に社殿が揺れ動き、しばらく揺れが止まらなかったのは、道真も大いに感応なさったからであろう、と同席の人々も感じたといわれた。

〈語注〉

北野の神前にて祈禱連歌あり　「北野の神前」は北野天満宮。北野神社。現在の京都市上京区にある。「祈禱連歌」は詠んだ連歌を奉納する連歌会。底本の文末に「。」なし。**さすらへ**　大本版は「左迁」の漢字をあてて「させん」と読む。**かへり北野に跡たれて**　「かへり」は大宰府から帰れて。「跡たれて」は跡垂れて。垂迹《すいじゃく》すること。ここは天神が衆生を救うために姿を現したことをいう。**執筆**　詠んだ歌を書く人。**みな感じ申たるよし**　底本の文末に「。」なし。

【鑑賞】 **天神**　歌を詠むとその歌に道真が感応して社殿が揺れる現象を起こした。これはあってもおかしくないと策伝は思ったのだろう。策伝にとって道真の飛梅伝説、怨霊伝説などは、他の伝説とは異なる存在であった。底本48、93に天神の笑話を収める。

100　京にて。銀子三拾貫目持《もち》たる者。命終《みやうじうの》時妻《つま》にむかひ。我《わ》が先腹《せんばら》の男子《なんし》六歳《さい》なり。十五まではそだて〻《(て)》。十五にならば。銀子を五百目渡《わた》し。いづくへも商《あきなひ》に遣《つかは》すへ《(べ)》し。残《のこ》る銀子は。皆《みな》そちま〻《(ま)》にせよと。遺言《ゆいごん》して書物《かきもの》をし渡しぬ。彼子《かのこ》既《すで》に十五になる時。右の後家《ごけ》銀を五百目子にやり。いづくへも出よといふ。子さりとも難儀《なんぎ》なる旨《むね》所司代へ申上る。母と子とを呼出《よびいた(だ)》し。委細《い(ゐ)さい》にいはせる聞て。其町の年《とし》寄《より》どもに。彼親《かのおや》の行跡《こ(か)うせき》はとあれば。一同に世《よ》に越《こえ》たる理知儀者《りちぎもの》。また才覚《さいかく》も有。公儀《こうぎ》の御用《よう》をとゝ《(と)》のへ。町の重寶《て(ちよ)うほう》にて御座候へと。所司代後家に問《とひ》給ふ。其銀子はもとのごとくありや。中〳〵《(中)》あり。扨《さて》は汝《なんぢ(が)》か夫《おつと》日本一の思案《しあん》者なりしぞかし。其故《そのゆへ(ゑ)》は人の親として。子にものゝ《(の)》お《(を)》しからんや。女房《ばう》にとらするといはずは。銀子をみなつかひすつへ《(べ)》しと工夫《くふう》の上にて。いひを《(お)》きたるなり。然間《しかるあひだ》後家にとらするといひし。三拾貫目をば。子にやるべし。子につかはすといひし。五百めをば。後家にわたし。それをもつて寺参の香花《かうは(ば)な》にあて。そちは一圓《ゑん》子に打《うち》かゝ《(か)》り。心のまゝ《(ま)》に馳走《ちそう》せられ。安〳〵《やす(安)》と世《よ》をゝ《(お)》くれ。もし子があひしらひあしく。氣《き》にあはぬ事あらば。こちへ知《しら》せよ。曲事《くせごと》にを《(お)》こなはんと下知有つれは《(ば)》。聞《きく》者皆涙《みななみた(だ)》をながさぬはなかりき。かくて座《さ(ざ)》をたたんとするに。件《くた(だ)ん》の親《おや》がいとこたる老人《らう》とて。書物を一通《つう》もちて出《いで》。所司代へ捧《さゝ(さ)げ》て云《いはく》。さだめて一度《ど》は。子と後家と出入有らん事疑《うたがひ》なし。是《これ》をあげて申せ。後家にいひわたしたるは。始《はじめ》の日付なり。そちへ書《かき》置《を(お)く》は。日づけ後なりと申せし。今仰《いまおほせ》いださるゝ《(る)》御下知を。謹而承《つゝ(つ)しんでうけたまは》らんため罷出たり。親か《(が)》存知たりし心底《しんてい》と。御批判《ひはん》の趣《おもむき》。すこしもたがはずと。手を合礼《あはせれい》 (395)
して。感《かん》じたり

〈現代語訳〉　京都でのこと。銀子三十貫目をもっている者が、死ぬ間際のときに、妻にむかって、「わたしの先妻の息子は六歳である。十五歳までは育てて、十五歳になったならば、銀子五百目を与え、どこへでも商いに行かせよ。残る銀子は、すべておまえの思うようにしなさい」と遺言をして、書いたものを渡した。その息子がちょうど十五歳になったとき、先の後家は、銀子五百目を与え、「どこへでも出て行きなさい」といった。息子はそれでは困ると所司代へ訴え出ることになった。母と子を呼び出して、詳しいことをそれぞれにいわせ、それを聞いた上で、その町の年寄りどもに、「この親の生前に行ってきたことは」というと、年寄りども一同は、「世にもまさる律儀者です。また機転も利き、公儀の御用をきちんと果たし、町にとっては大事な方でございました」という。所司代は後家に質問された。「その銀子は、残したままであるのか」というと、「いかにもあります」という。「それならば、おまえの夫は日本一のしっかりとした考えをもつ者であるな。そのわけはというと、人の親として子に物惜しみするであろうか。女房に与えるといわないのは、銀子をすべて使い果たしてしまうに違いないと考えた上で、いい残したのだ。そういうわけで、後家に与えるといった銀子三十貫目を子に与えよ。息子に与えるといった五百目を後家に渡して、それを持って寺に参って香華代とし、この後、おまえはすべて息子に養ってもらい思うような生活をし、安心して世を送りなさい。もし息子の扱いがいい加減で、気に障ることがあったら、私に知らせなさい。処罰してやろう」と下したので、聞いている者はみな涙を流さない者はいなかった。裁定が済んで、みなが座を立とうとすると、この一件の父親の従兄弟の老人が、書いたものを一通もって出て、所司代に献上していった。「父親は、きっと一度は息子と後家とのごたごたがあるに相違ない。そのときは、これを提出して申し上げよ。後家に渡した遺言は、最初に書いた日付のものである。おまえに書いて預ける遺言は、その後に書いた日付のものであるといいました。いま下された御裁決を、つつしんでお受けしようと参上いたした次第です。父親が承知していた心で思っていたことと、所司代の見事な御裁決は、少しも相違ありません」といって手を合わせ、礼をして心から喜んだのであった。

〈語注〉

銀子三拾貫目 「銀子」は金子と同じ。「貫目」は銀目の単位。一貫は千文。一文を二十五円とすると一貫は二万五千円。三十貫は七十五万円となる。 **命終** 振り仮名「みやうじうの」は底本ママ。 **先腹の男子** 先妻の腹を痛めて出来た息子。 **五百目** 一貫の約半分。 **所司代** 板倉周防守重宗。 **委細にいはせる聞て** 詳細にいわせたのを聞いて。内閣文庫本、南葵文庫本は「いはせ聞給て」。静嘉堂文庫本は「いはせて聞給て」。 **一同に** 口をそろえて。 **理知儀者** 底本ママ。律儀者。 **香花** 墓に供える花。こうけ。こうげ。 **そちへ書置は日づけ後なりと申せし** 「そちへ」は従兄弟のおまえに。「書置」は遺言として書いたもの。「日づけ後なり」は日付が後である。早いものは無効となり、新しいものが有効となる。 **礼して感じたり** 底本の文末に「。」なし。

【鑑賞】 **可愛い子には旅をさせよ** 「十五まではそだてゝ。十五にならば。銀子を五百目渡し。いづくへも商に遣すへし」という父親の言葉には、「可愛い子には旅をさせよ」の格言のような、「世間での苦労を味わえ」という意味が含められていたのであろう。「その後、修業が済めば、立派な大人になって帰ってくる。そうしたら身代を息子に譲りなさい」と望んでの言葉でもあった。しかし実際には後妻の継母が、「いづくへも出よ」といって、追い出そうとする。六歳の息子を十五歳まで育てあげた継母の態度は、見方によっては律儀な女といえる。それがなぜ急に突き離すことになったのか。おそらく最初から企んでいて、それまで我慢していたのであろう。いずれは問題を起こす性格をもつ後妻を、父親は生前から見抜いていたようである。だからもう一つの遺言書を書いていたのである。ここに、「また才覚も有」という父親の一面がみられる。

以《い》屋《や》那《な》批《ひ》判《はん》

101 母《はゝ(は)》のむすめにむかひ。そちははや。年《とし》二十になれど。苧《お(を)》をうむすべさへしらいでと。しかりけるを。となりなる家《いゑ(へ)》主《ぬし》の女房居《い(ゐ)》あはせて。それやうにあひ《(い)》たてなさうに。ものはいはぬものじ《(ぢ)》や。これのお五は。ことし廿にこそならるれ。知《ち》恵《ゑ》もつく時分《じぶん》があるものぞといひなだめければ。そなたよりわれがうみの母にて。よくしりたり。あれは二十になるにすふ《(う)》た《(だ)》といふ。廿て《(で)》こそあれといさかひはてず。かゝ《(か)》る處《ところ》へ年至極《しごく》の姥《うば》来り。何事をいふ《(う)》て。からかひ給ふぞ。あのお五のとしならば。何のまぎれもない事が。われが處《ところ》にある。とりてきてりをすまさんと。いそぎ内に行。大なるふくべを壱つとりて来《きた》れり。こはなにものぞやととふ時。これでさ《(ざ)》つとすうだ。あのお五のむ《(う)》まれどしに。このふくべがなりてあつたと　(396)
うばか《(が)》年代記《ねんだいき》にていよ〳〵《(いよ)》しれぬ

〈現代語訳〉母親が娘に対して、「おまえはもう年齢が二十歳になるが、苧を績《う》む方法すら知らないでいるとは」と叱ったのを、隣の家主の女房が居あわせて、「そのように、ああだこうだと無遠慮にいう、ものの言い方はしないものだ。この家の娘は今年二十歳になられるのだから、知恵もつく歳ごろになるものである」といってとりなすと、「おまえさまよりも私が生みの母であるから、よく知っている。あの子はもう二十歳になっているのだから」という。すると隣の女房が、「二十歳になるのだから」といいあって口論がとまらない。このようなところへ、とても年齢のたけた姥がやって来て、「何をいって争いになられるのだ。この家の娘さんの歳なら、何も疑うこともない証拠が、わたしの家にある。取ってきて明らかにしよう」と急いで家に帰り、大きな瓢簞《ひょうたん》を一つ、手にしてやってきた。「これは何ですか」と尋ねるとき、「これでだいたい口論が済む。あの娘の生まれた年に、この瓢簞がなっていた」といった。

姥の心覚えでは、ますますわからない。

〈語注〉

以屋那批判　「聞多批判」に対する「聞こえぬ批判」をいう。愚人の裁き、理屈の通らぬ判断の笑話を収める。　**苧をうむすべさへ**　「苧」は麻の異称。麻または枲《からむし》の茎からつくった繊維。「うむ」は績む。苧を細く裂《さ》いて長く縒《よ》り合わせること。「すべ」は術。仕方。　**あひたてな**　「あいだちなし」の転。がみがみと。ぶしつけな。　**お五はことし廿に**　「お五」は御御《おご》。娘。「おごう」ともいう。「ことし廿に」は今年二十歳になる。　**すふた**　その年齢になっている。　**いさかひ**　諍い。口喧嘩。　**年至極の姥**　年齢がとても高齢である姥。老婆。　**りをすまさん**　はっきりさせよう。

「り」は理。物事の筋道。道理。　**大なるふくべ**　大きな瓢《ふくべ》。瓢箪。ユウガオの一変種。　**このふくべがなりてあつたと**　すでに瓢の実がなっていた。底本の文末に「。」なし。　**うばか年代記**　諺。肝心な点が不確かな譬え。姥がいう歴史はあやふやである。「年代記」は歴史を記した書き物。写本は小文字で書かれる。評語である。　**いよ〳〵しれぬ**　底本の文末に「。」なし。

【鑑賞】以屋那批判　「以屋那批判」の「以屋《いや》」は好ましくない、よくない、厭《いと》わしい、わずらわしい、忌むべきの意をもつ。どうしても理屈の通らない判断によって起こる笑いの章である。

年代記　「うばか年代記にていよ〳〵しれぬ」は、姥の心覚えではどうにもならない、あやふやで信じるわけにはいかない。姥は何でも知っているとでしゃばっても、いっていることを、すべて信じることはできない。

102　一生《しやう》よみかきの望《のぞみ》もなく。唯《たゞ(だ)》冨貴《ふつき》して。世《よ》を送《をく》る人あり。名を福《ふく》右衛門とつき。惣領《そうりやう》を市《いち》太郎　弟《おとゝ(と)》を市二郎とて有。貧者《ひんじや》あつまり。手をつかね。ひざをかゞ《(が)》め。もてはやしけり。有時《あるとき》市二郎を始《はじめ》てみたる者。これはどなたにて候やととふに。あれこそ市太郎殿の舎弟《しやてい》候よとかたる。さればかりそめみたる躰《てい》。あにごよりも舎弟の器量《きりやう》はましてなどほめけり。其一座《さ(ざ)》過《すぎ》て。親にむかひ。われに何とも名がなくは《(ば)》。大事もないが。幸《さいはひ》てゝ《(て)》の市二郎と付《つけ》てを《(お)》かれたに。やゝ《(や)》もすれは《(ぼ)》うつけ者か《(が)》きたりては。市太郎の舎弟〱《(舎弟)》といふ。たうど《(と)》これが氣《き》の毒《どく》やといふ。福右衛門きゝ《(き)》て。さあらふ《(う)》ずる。それほどのことをば。こらへよ。世《よ》の中はふせ《(しや)》うばかりぞ。われがまへでも。福右衛門といふ名をばいはずして。市太郎殿の。御《こ(ご)》親父《しんぶ》とさへ。いふ程にといはれた（398）

〈現代語訳〉　一生涯、読み書きをする気持ちもなく、ひたすら富裕の身でいて、世の中を過ごしている人がいた。名を福右衛門といい、惣領息子を市太郎、弟を市二郎といった。いつも貧しい者どもが家に集まっては手をついて正座し、主人の福右衛門を褒めそやした。あるとき市二郎をはじめて見た者が、「この方は、どなたでございますか」と尋ねると、「あの方こそ市太郎殿の舎弟でございますよ」という。「さよう、ふとみた様子からも、兄御より弟のほうが力量がすぐれている」などと褒めた。その対話の場が過ぎると、市二郎は親にむかって、「わたしに市二郎という名前がなければ、問題もないのだが、折よく父が市二郎という名をつけられたので、どうかすると馬鹿者がやってきては、市太郎の舎弟、市太郎の舎弟という。まったくこれが迷惑です」という。これを福右衛門は聞いて、「そうであろう。それくらいのことは我慢せよ。世の中はいやなことばかりであるぞ。わしの前でも福右衛門という名をいわないで、市太郎殿の御親父というぐらいだから」といった。

〈語注〉

ひざをかゞめ　膝をかがめ。正座すること。ここは施しを得る姿勢。　**舎弟**　弟。実弟。　**あにご**　兄御。兄の敬称。舎兄《しやきやう》、兄御前《あにごぜ》ともいう。　**てゝ**　父。子どもが使う表現。幼児語。「ちち」の母音が交替したもの。　**ふせう**　不請。気にいらない。　**名をばいはずして市太郎殿の**　写本は「名をはいはすしてひようふつと市太郎殿」。「ひようふつと」は「ひやうふつと」で矢が的を射抜いた音をいう。あからさまにの意とみられる。　**御親父**　父上。父親の福右衛門の名を呼ばない。　**いふ程にといいはれた**　底本の文末に「。」なし。

【鑑賞】　**名で呼ばれない**　「市太郎殿の御親父」というのは丁寧な言い方だが、父親は福右衛門といわれることに不満をもつ。息子の市太郎殿の父上と呼ばれることにも嫌な思いをしている。市二郎が不平をいうのを父親がなだめるのも、「市太郎殿の舎弟と呼ばれたぐらいで怒っていたら疲れるぞ」「気にしないのが得策だ」と思っているからである。父親も素直な気持ちでいられないというのがおかしい。しかし人が直接に名をいわないことこそ、丁寧ないい方であることに親子は気づいていない。

㋪103柘榴《ざくろ》を見て。ひとりはざくろといふ。ひとりはじやくろといふ。あらそひつゐにやまず。あたりのものしりにとひければ。二つながらかたことなり。にやくろといふがほんの事

(401)

〈**現代語訳**〉柘榴をみて一人は「ざくろ」という。もう一人は「じゃくろ」という。口論がいつまでたっても終わらない。近くにいる物知りに尋ねると、「二つとも読み方が正しくない。にゃくろというのが正しい言い方だ」といわれた。

〈**語注**〉

柘榴　石榴。ザクロ科の落葉高木。葉は長楕円形。筒形で多肉質の萼《がく》をもつ橙赤色の花をつける。果実は球形で、紫紅色に熟すと裂けて種子が現れる。「せきりゅう」ともいう。**じゃくろ**　「ざくろ」の別称。**ものしり**　物知り。どんなことでも知っている人。正しい判断をゆだねることのできる人。**二つながらかたことなり**　「二つながら」は二つの読み方とも。「かたこと」は片言。訛って正しくない言葉。ここは「ざくろ」でも「じゃくろ」でもない。**にやくろといふがほんの事**　「じゃく」から「若」の字を連想し、「にゃく」とも読めると判断する。これも片言。「ほんの

事」は本当の読み方。底本の文末に「。」なし。

【鑑賞】かたこと　片言を話題にした笑話は、底本74にもあり、そこでは「地震」の片言として「なゆ」「じゆしん」「ねつする」をあげる。さまざまな片言を話題にしても、最後まで正しい読み方に到達することはなく、さらに間違った読み方で終わる。片言の笑話のおもしろさは、実際につかわれているのをあげるところにある。片言が笑いになるのは、都会でつかう言葉ではないからである。これは都会に住む人々が笑う話ということになる。

104　風呂《ふろ》に入て聞《きゝ(き)》ゐたれば。一人吟《ぎん》ずるやう。山高《たか》きがゆへ《(ゑ)》にたつとからずと。一人耳《みゝ(み)》をすまして。心がけたる事や。庭訓《ていきん》をよまるゝ《(る)》といへば。一人あれは庭訓ではなひ《(い)》。式条《しきでう》といふ物じ《(ぢ)》やと　(409)

〈現代語訳〉　風呂に入ると人の声がするので、聞き入っていると、一人が、「吟じているようだ。山高きがゆえにたっとからず、といっている」という。別の一人も、耳をすまして聞き、「心がけのいい人だなあ。庭訓を吟じられている」というと、もう一人が、「あれは庭訓ではない、式条というものだ」といった。

〈語注〉

山高きがゆへにたつとからずと　諺。外観よりも実質が大切であることのたとえ。『実語教』に「山高故不レ貴。以レ有レ樹為レ貴。人肥故不レ貴。以レ有レ智為レ貴（山高きが故に貴からず、樹有るを以て貴しと為す。人肥えたるが故に貴からず、智有るを以て貴しと為す）」とある。『実語教』は知識、道徳の初歩の教訓書、教科書。**庭訓**　『庭訓往来』。室町時代初期の漢文体の往復書簡文例集。一年を各月にわけて進状、返状の文範を示したもの。**式条といふ物じやと**　「式条」は式目。法式と条目。制度を箇条書にしたもの。底本の文末に「。」なし。

【鑑賞】　**山高きがゆへにたつとからず**　「山高きがゆえにたっとからず」を聞いて、「庭訓だ」「式条だ」といっても、正しい出典の『実語教』の名が出てこないところを笑う。『実語教』は『童子教』とともに、文章を書く基本を学ぶ、子どものための教科書である。「山はただ高いだけでは貴いとはいえない、木が生い茂っているからこそ貴いのだ、人も身体が立派だから貴いとはいえない、智を持ってこそ貴いのだ」という意である。写本の巻三「文字知顔」（276）にも、『庭訓往来』の笑話があり、「庭訓にあるといふいづれの文にありやつひに見ぬかくれもないあへてもつては後日の恥辱を招くといへり」といっている。

105　あるもの山路《やまぢ》を行。不思議《ふしぎ》に白鳥《はくてう》をひろふ《(う)》たり。更《さら》に鳥《とり》の名をしらず。人にむかひてかたる。聞《きく》ものそれは。郭公《ほとゝ(と)ぎす》て《(で)》あらふ《(う)》ずといふ。いや大なる鳥《とり》なり中〱《(中)》ことりではない。さりとて時鳥にすうだ。た《(だ)》ゝとるやまの郭公とて。むかしからある事よと　（410）

〈現代語訳〉ある人が山道を行くと、偶然にも白鳥を拾ったが、まったく鳥の名を知らないので人に尋ねた。問われた者は、「それは郭公であろう」という。拾った者が、「いやもっと大きな鳥である。とても郭公のような小鳥ではない」というと、「そうであっても郭公に決まっている。ただとる山の郭公、と昔からいっているよ」といった。

〈語注〉

不思儀　思いがけず。「儀」は底本ママ。不思議。　**更に**　全然。いっこうに。　**郭公**　時鳥。夏を知らせる鳥といわれた。鳴き声から「かっこう」とも呼ぶ。カッコウ目カッコウ科の鳥。全長約三十五センチ。　**いや大なる鳥**　郭公の大きさを知っていて、それよりも大きな鳥であるので「いや」という。　**時鳥にすうだ**　「時鳥」は底本ママ。「すうだ」は間違いがない。　**たゝとるやまの**

郭公　諺。ただで手に入れることの洒落。「ただとり山の時鳥」ともいう。　**むかしからある事よと**　底本の文末に「。」なし。

【鑑賞】　**たゝとるやま**　ただで手に入れることを「ただとる山」「ただとり山」といった。「山」は単に添えたもので意味はない。のちにいろいろな言葉がつくられている。ありがたいことを「有難山」といい、どっさり手にいれることを「しこたま山」、分かった、納得したことを「のみこみ山」、よく働くことを「はたらき山」という。

曾而《そて(で)》 那以合点《ないがてん》

106 何のとりえもなき者あり。ほどちかにさすがなる侍のすまれけるへ。明暮《あけくれ》に出入《いて(で)いり》する。武蔵鐙《むさしあふ(ぶ)み》の下の句《く》心や。とふもうるさき様なりしかば。小性《こしやう》にいひをしへ。件《くた(だ)ん》の男《お(を)とこ》来《きた》りたらは《(ば)》。長数珠《なか(が)じゆず》といへとなり。案《あん》のごとく暮《くれ》か《(が)》たにきたれり。小性出て。殿《との》のいつも噂《うはさ》仰《おほせ》ある何とやとたつ《(づ)》ねけれは《(ば)》。そなたをば。長数珠じ《(ぢ)》やとはくるにくたびれたといふ事なるを。かのはうはさかさまに心得《え》し。さうであらふ《(う)》。くるがをそ《(お)》ひ《(い)》といふ事のと

人のうへゆふづけどりのしだり尾《お(を)》の
なが《(が)》物かたり心あるべし　(411)

〈現代語訳〉何の役にも立たない者がいた。近くにいかにも立派な侍が住まわれている。そこへ始終出掛けた。「武蔵鐙」の歌の下の句のこころというか、訪ねて来られるのも面倒くさかったので、小姓にいって教えるに、「いつもの男がやって来たならば、長数珠といえ」といった。いつものとおり夕方に、男がやって来た。小姓が出て、「殿がいつもあなたの噂をおっしゃっています」。男が、「どのようにいっているのか」ときくと、小姓は、「あなた

は長数珠だ」という。これはたびたび来るのに対応するのが疲れることをいうのだが、この男は逆に思って、「そうであろう。来るのが遅いということなのだな」といった。

人のうへゆふづけどりのしだり尾の
ながながし物かたり心あるべし

（人の身の上をいうには木綿付鳥《ゆうつけどり》の垂れさがった尾のように、人のことを長く語ろうとするのはつつしまなければならない）

〈語注〉

曾而那以合点　「曾而那以《そでない》」は、はずれることである。うぬぼれによる失態、見当はずれ、勘違い、早合点、早のみこみのしくじり、さらに考え方の行き違いなどをいう。底本の「賢達亭」「推はちがふた」の章にも近い内容である。**武藏鐙の下の句心や**　『伊勢物語』十三段にある「武藏鐙さすがにかけて頼むには問はぬもつらし問ふもうるさし」の下の句をいう。**とふもうるさき**　「とふ」は訪ふ。下の句の「問ふ」を掛ける。「うるさき」は対応するのが厄介だ。煩わしい。**小性**　底本ママ。小姓。**長数珠**　珠の数が多く長い数珠。百八の数珠。半数の「五十四」、三分の一の「三十六」もある。**暮かた**　暮れのころ。夕方。**長数珠じやとは**　「とは」は主人が「長数珠であるといわれる。その長数珠とは」の「とは」である。「その長数珠」の言葉を書き落としたとみられる。**くるにくたびれた**　いつも「来る」対応に疲れた。長数珠を「繰る」に掛ける。「繰る」は数珠の珠で読経した回数を数えること。**かのはうはさかさまに**　「かのはうは」は彼の方は。男は。「さかさま」は逆に。別の解釈をする。**をそひといふ事のと** 来るのが遅いと勝手に思い込む。底本の文末に「。」なし。**ゆふづけどりのしだり尾の** 「ゆふづけどり」は木綿付鳥。にわとりの異称。世の騒乱のとき、にわとりに木綿《ゆう》をつけて都の四方の関で鳴かせて祓《はら》えをした。これに「言う告げ」を掛ける。「しだり尾」は垂り尾。長く垂れさがった尾。**なが物かたり心あるべし** 「なが物かたり」は長い話。尾の「長い」を掛ける。「心あるべし」は長い時間をかけて話さないようにしなければならない。

【鑑賞】 **曾而那以合点** 「曾而那以《そでない》」の古語はみられない。策伝の造語であろうか。「そでない」は「そで（袖）がない」であり、その逆の「そである」は顧みない、おろそかにする意をもつことから、「そでない」はわかっている、大事にする、すぐに対応することをいう。「合点」は理解する、納得する態度を示す。すなわち「そでない合点」はわかっていると思って、早く応えようとすると間違えることとなる。知らないことを、自分の思い込みで理解しても、その理解するまでの経緯が間違えているので、そのままを人に話すと恥をかく。人から見れば考え方が不十分だから考えられない答えを出すのだといわれるが、本人は正しい考えだと思い込んでいて、勘違いなどはしていないと思っている。もともと考える力がないのだから、正しい答えに到達するのはなかなか無理となる。

武蔵鐙 「武蔵鐙」は武蔵国産出の鐙である。鐙は馬の鞍の両脇に下げて、乗り手が足を踏み掛ける馬具をいう。『伊勢物語』十三段は、武蔵の国に住むことになった男が京都の親しくした女に、「こちらで愛人ができたのを申し上げるのは恥ずかしいし、申し上げないと心苦しい」と書いた便りを出した。上書きに「武蔵あぶみ」と書き、その後、便りをしなくなった。それに対して、女が、「武蔵鐙さすがにかけて頼むには問はぬもつらし問ふもうるさし（便りの上書きにある武蔵鐙、その鐙をさすが〈尾錠《びじょう》に取りつけた金具〉にかけるように、さすがにわたしもあなたを心にかけて頼りにしております。便りを下さらないのもつらいが、便りを下さっても嫌な気持ちがします）」と歌に詠んだ。この歌を受け取った男は、恋慕の情に堪え難いほど切なくなり、「問へばいふ問はねば恨む武蔵あぶみかかるをりにや人は死ぬらむ（便りをすれば文句をいうし、便りをしなければ恨むし、これではいったいどうしたらいいかわからない。こんな時に人は死ぬのであろうか）」と詠んだ。

107　山中《さんちう》にて衣更着《きさらぎ》中旬《ちうじゆん》に。農夫《のうふ》二人つれだち出《いて(で)》。一人は山の北原《きたはら》一人は南《みなみ》原《はら》一町計《ばかり》を隔《へた(だ)て》て畠《はた》をうちけるが。南原にいたち一つはしり出たり。見つけしを幸《さいはひ》に。やにはに棒《ぼう》をふりあげ。うちころさんとしけるを。北原よりやれ。ひがんじ《(ぢ)》やにおけ。ひらに彼岸《ひがん》ぞたすけよとよばゝ《(は)》る。さらばとてたすけしが。かの南原のおとこ。さて〳〵《(さて)》終《つゐ(ひ)》にひがんといふものをみなんだに。けふはじめてみたよ。

ひがんか《(が)》すがたは。そのまゝ《(ま)》のいたちじ《(ぢ)》やと　(413)

〈現代語訳〉 山のなかでのこと。二月中旬に百姓の二人がつれだって出かけた。一人は山の北原、もう一人は南原の一町ばかり離れたところで、畠を耕していたが、南原に鼬《いたち》が一匹走り出てきた。見つけたのを幸いに、いきなり棒をふりあげて殺そうとした。それを北原から、「やい、彼岸であるから放っておけ。どうあっても彼岸だから助けよ」と声を掛けられた。「それならば」といって追わなかったが、その南原の男は、「いやはや、まだ一度も彼岸というものをみたことがなかったのに、今日はじめてみたよ。彼岸の姿は、鼬そっくりだ」といった。

〈語注〉
衣更着中旬　如月《きさらぎ》中旬。陰暦二月中旬。　**農夫二人つれだち出**　「農夫」は百姓。「つれだち出」は一緒に出掛ける。　**山の北原一人は南原**　「北原」は山の北側の斜面か。「南原」は山の南側の斜面か。　**一町計を隔て**　「一町計」は百メートルばかり。　**いたち**　鼬。食肉目イタチ科の哺乳類。体長は雄が約三十～四十五センチ、雌が約二十センチ。　**やれひがんじやにおけ**　「やれ」は呼びかける声。「ひがん」は彼岸。あの世。春分と秋分の二季があり、この時期を中心にした七日間。彼岸は此岸《しがん》に対して煩悩《ぼんのう》を解脱し達するところである。此岸はこの世。現世。「おけ」は捕まえるな。かまうな。 **ひらに** ぜひとも。なにがなんでも。 **そのまゝ** 見てのとおりの。ありのまま。 **いたちじやと** 底本の文末に「。」なし。

【鑑賞】 彼岸でも働くのか 二人で山中へ行かなかったならば、南原の男は彼岸と鼬が同じであることに気づかなかったであろう。畠仕事をしたから鼬に合うことができ、その鼬を彼岸と思うのははなはだしい勘違いである。また彼岸の日は休日ではなかっただろうか。つまり畠仕事はしない日と思われる。これらすべてをつくり話とみれば、彼岸のこと、鼬のことなどの詮索は必要ないこととなる。

108 折《お(を)り》〳〵《(折)》柳《やなき(ぎ)》原《はら》の道《だう》三へ出《いて(で)》入《いり》の人あり。病者《びやうじや》に向《むか》ひ。瀉《しや》するか結《けつ》するかととはるゝ《(る)》を聞《きゝ(き)》ゐて。ある時その子《し》細《さい》をとふ。瀉するとはくだるなり。結するとはくだらぬなり。是はこびたる事やと思ふ砌《みぎり》。親類《しんるい》の中なる商人《あきんと(ど)》来《きた》りて。明朝《てう》藝《げい》州《しう》へまかりくだるが。御用《よう》の儀《ぎ》は候はぬやといふ時に。なにと藝州へ瀉する。やがてけつせよと　(414)

〈現代語訳〉 たびたび柳原に住む曲直瀬《まなせ》道三の家に通う人がいた。道三が患者に対して、「瀉するか、結するか」とたずねられるのを聞くので、あるときその子細を尋ねた。道三は、「瀉するとはくだることである。結するとはくだらぬことである」という。「これは気取ったいい方だなあ」と思っている折に、親類の間柄である商人がやって来て、「明日の朝、安芸国へ下りますが、御用はござりませぬか」という。そのときに、「何だと芸州へ瀉するか、すぐに結せよ」といった。

〈語注〉

折〳〵柳原の道三へ出入の人 「折〳〵」は機会あるごとに。「柳原」は土地名。現在の京都市下京区の七条通の南北の賀茂川西岸。「道三」は初代曲直瀬道三。名医といわれた。底本23〈語注〉参看。「出入の人」は道三の家に通院する人。 **病者** 「びやうざ」「ばうざ」とも読む。 **瀉するか結するか** 「瀉する」は下痢をする。腹が下る。食物を吐き出すなどの症状。「結する」は便秘する。秘結する。 **こびたる事や** 「こび」は人の機嫌を取ること。ここは気取ったいい方の言葉。 **商人** 「あきびと」は「あきうど」「あきんど」と変化する。 **藝州** 国名。安芸国。現在の広島県。 **なにと** 問い返す言葉。 **藝州へ瀉するやがてけつせよと** 芸州へ下るのか、すぐに上ってこいよという。底本の文末に「。」なし。

【鑑賞】 **古道三** 初代の道三を古道三といった。底本23で香炉を「かうろん」といい、写本の巻八「頓作」(884)には「翠竹院道三のもとへ、脇差を持来りてうらんといふ時、此ねすんはいかほどそとありしに、売主、三百八寸と返答せしも」とあり、値と寸法を約《つづ》めて「ねすん」という。底本307では信長に扇子二本を持参し、「日本を御手の内ににぎらせ給ふやうに」という。古道三が言葉遊び、洒落好きであることを話題にしている。道三には二代、三代もいるが、『醒睡笑』に登場する道三のすべては古道三とみるべきであろう。

瀉するか結するか　「瀉する」は流れることから下痢をいい、『日葡辞書』には「シャシ、スル、シタ」をあげ、「腹がゆるんで下痢をする」という。また「シャヤク」の「瀉薬」をあげ、「下剤、すなわち、悪い物を排泄させる薬」という。「結する」は固まることから便秘をいい、『日葡辞書』には「ケッシ、スル、シタ」をあげ、「大便をすることができないで、秘結する」という。「瀉する」も「結する」も当時は一般用語であった。

109　児《ちこ(ご)》に髪《かみ》をゆひて参らする侍従《じじう》。ある朝我《あさわれ》をば何程ふびんに思《おほ(ぼ)しめす》召やととふ。児櫛《くし》のはに水をつけ。その雫《しづく》を落《おと》し。此露《つゆ》程たひせつなるよしあれば。曲《きよく》もなや。なんぼう奉公《ほうこう》いたすも。いたづら事やと。ふかくうらみけるとき露《つゆ》といふ心をしらぬはかなさよ

きゆる計《ばかり》におもふわか《(が)》身を

人の身を露のいのちといひけるも
つゐ《(ひ)》には野邊《のべ》にを《(お)》けは《(ば)》なりけり

僧都《そうづ》源信《げんしん》 (415)

〈現代語訳〉 児に髪を結って差し上げる侍従が、ある朝、「わたしをどれほど、いとしくお思いになっているか」と尋ねると、児は櫛の歯に水をつけ、その雫を落として、「この露くらい大事であるよ」という。「おもしろくないなあ。どんなに尽くしても無意味なことなのだなあ」と深く恨んだとき、

露といふ心をしらぬはかなさよ
きゆる計におもふわか身を

（露という心を知らない愚かさよ、消えてなくなるばかりに思うわたしであるのに）

僧都源信

人の身を露のいのちといひけるも
つゐには野邊にをけはなりけり

（人の身をはかない命といったが、最後は野辺に身をおくのだったなあ）

〈語注〉

侍従　寺に奉仕している者。　**露**　消えてしまうほど、はかないものの譬え。　**うらみけるとき**　底本の文末に「。」なし。　**僧都源信**　恵心僧都。横川《よかわ》僧都。俗姓、卜部《うらべ》氏。比叡山の良源に師事。横川恵心院に住んで著述に専念し、『往生要集』を著した。浄土教成立の基礎を築き、和讃の確立にも貢献した。九四二〜一〇一七。　**露のいのち**　はかない命。露のように消えてしまう。「露の」の形で用いる。　**野邊にをけは**　「野邊」は葬送の野。埋葬の地。「野邊」と「露」は縁語。

【鑑賞】**雫の露がなくなってしまう**　「露」は「命」の付合《つけあい》である。露の意味がわからない侍従を、「露といふ心をしらぬはかなさよ」といい、「きゆる計におもふわか身を」といった。侍従は露を「わずかしか思わない」と受け取ったのである。

110　神《かみ》く《(神)》の祭礼《さいれい》といふも。佛閣《ぶつかく》の祈禱《きたう》といふも。主のとふ《(ぶ)》らひ親の年忌《ねんき》。いづれか祝言無《しうげんぶ》祝言《しうげん》。のむとくふとにもれたるやあると。物がたりするをきいて。さればこそ。天照《てんしや(せ)う》太神も。ないくうげくうと。たゝ《(た)》せられたと。それは何たる子細《しさい》ぞやととへは《(ば)》。ないもくう《(ふ)》け《(げ)》も。くふといふ事よと。それならは《(ば)》冨貴《ふうき》の人くふむねは

なきかや。それこそ飯酒《めしさけ》はを《(お)》んぞろかのけてくう《(ふ)》とたちたまふ《(う)》た

天《てん》—平《へい(びやう)》三年　皇《くは(わ)う》太—神於《おいて》二内宮《ないくう》南《みんなみの》大—杦下《すぎのもとに》一行《き(ぎ)やう》基《ぎ》持《じ(ぢ)》—念《ねん》七日之《の》夜《よ》神—
殿《て(で)ん》自《みづから》—開《ひらけ》大—聲《しやうに》唱《となへて》曰《いはく》
実《じつ》—相真《さうしん》—如之《によノ》日—輪照《りんてらし》二生死《しやうじ》之《の》長《ちやう》—夜《やを》一本有《ほんう》常住《じやうぢう》之《の》月《ぐわつ》—輪爍《りんりやく》二—破《はす》煩悩《ほ(ぼ)んの(な)う》之《の》迷《めい》
雲《うんを》一　（420）

〈現代語訳〉「神社での祭礼というのも、寺院での祈禱というのも、主人の葬式、親の回忌、どれも祝言、不祝言、飲む、喰うがかかわらないものはない」と話すのを聞いて、「だから天照太神も内宮、外宮にお祀りになられた」という。「それは、どういう事情からか」と尋ねると、「銭のない者も喰う。身分の低い者も喰うということだよ」という。「そうならば、富貴の人が喰うということはないのか」というと、「それは飯や酒はいうまでもなく除いて、喰うものを喰うと、お帰りになられた」といった。

天—平三年皇太—神於二内宮南大—杦下一行基持—念七日之夜神—殿自—開大—聲唱曰

（天平三年、聖武天皇の御代に、内宮南の大杉の下で、行基が仏の正法を受持して失念のない七日の夜、神殿が自ら開いて大声を出していう）

実—相真—如之日—輪照二生死之長—夜一本有常住之月—輪爍二—破煩悩之迷雲一

（日輪は生死の長夜の境を照らし、生を受けてから死ぬまでの一生の月輪を照らして、身心

を悩ませる迷いを打ち破って溶かす）

〈語注〉

神〳〵　神々を祀る神社。神社での祭礼。神事。**佛閣の祈禱**　「仏閣」は寺院。「祈禱」は仏事。**とふらひ**　弔ひ。葬式。「とむらひ」ともいう。**親の年忌**　親の回忌。回忌には一周忌、三回忌、七回忌、十三回忌、二十三回忌、二十七回忌、三十三回忌などがあり、三十三回忌を「年忌止め」という。**天照太神**　天照太《あまてらすおお》（大）御神《みかみ》。伊勢の皇大神宮（内宮）に祀られる。**ないくうげくう**　内宮、外宮。伊勢神宮では宮は清音によむのが慣例。**ないもくうけもくふ**　銭のない者も身分の低い者も喰う。「ないもくう」に内宮を掛け、「けもくふ」に外宮を掛ける。**富貴の人くふむねは**　「富貴の人」は裕福な人。「むね」は旨。ここは喰うということ。**をんぞろか**　恩候か。もちろん。「恩候」は恩とすべきか、当然すべきだの意。**のけてくうとたちたまふた**　飯や酒を除いて、喰えるものを喰うと。「喰う」に「宮」を掛ける。写本は「のけてさいくうと」とある。「さいくう」は斎宮。これに「斎喰う」「菜喰う」を掛ける。写本の表記が正しいか。「たちたまふた」は帰られた。底本の文末に「。」なし。**天平三年**　七三一年。辛未。**皇太神**　聖武天皇。在位は七二四〜七四九。文武天皇の子。**行基**　奈良時代の僧。行基菩薩。六六八〜七四九。**神殿自開**　「自」はこちらが開けたのではなく神殿の方から開いた。**実相真如之日輪**　万物の実相は生死を超える。それを日輪にたとえる。日輪を祝儀とみて、「酒飲みの人」を掛けたか。**月輪**　月輪を不祝儀とみて、「酒飲まぬ人」を掛けたか。**爍**　溶かす。

【鑑賞】 **喰う** 内宮、外宮の宮は「くう」と読むので「喰う」を掛ける。「ないくう」は銭のない者が喰う。「げくう」は身分の低い者が喰うととらえる。「のけてくう」は飯や酒を除いて喰うことで、富貴の人は飯も食べずに酒も飲まずに、喰うだけ喰うという。写本のように「さいくう」であると「斎宮」「斎喰う」「菜喰う」の洒落がわかる。底本が「くう」だけにしたのは、食事のすべてを指すとみて「喰うだけ喰って」といったのである。

111 一句出したるに。執筆《しゆひつ》舟《ふね》がちかひ《(い)》〱《(ちかひ)》と云けるを。とくと思案《しあん》して (422)

舟《ふね(で)》てなし中《なか》くりあけた木《き》にのりて

〈現代語訳〉 一句を出したところ、執筆が、「舟が近い、舟が近い」といったので、念を入れ、考え直して、

舟てなし中くりあけた木にのりて（舟ではなくただ中をくり貫いた木に乗るのだ）

と詠んだ。

〈語注〉

執筆　宗匠の指図に従って句を懐紙に記す役。故実に通じ、句の趣きに差しさわる言葉の指合《さしあい》を指摘する。「指合」は同字、同類、同想などの語が規定以上に近づくのを禁じること。**舟がちかひく**　舟の語が近すぎる、もっとはなすようにの意。近すぎると指合になるという。**とくと思案して**　底本の文末に「。」なし。

【鑑賞】　句を詠む　執筆は点者と同じように、句の善し悪しや規則をわきまえている。「これでは指合になるから、もっと言葉を離すように」といったのを、詠んだ人は「舟ではなくただ中をくり貫いた木に乗るのだ」と詠み直した。執筆のいう「舟がちかひく」の意味を理解していない。「舟」の言葉が指合であるのに気づいていない。舟を別の言葉でいえばいいと考えて、「中くりあけた木」といった。これも舟のことを詠んでいるので、結局指合はさけられない。

112　日のあるあひだを晝《ひる》といひ。日の入て後《のち》を夜《よる》といふは。いかさま子細あらんやと思ひ。我が折角《せつかく》あんし(じ)。ていとしあてたはとかたる。何と工夫《くふう》したそ(ぞ)。たとへば朝《あさ》になればとくからおきて。山にゆく者もあり。海《うみ》にうかふ《(ぶ)》も有《あり》。市《いち》にたつもあり。奉公に出仕《しゅっし》するあり。日のくるればいづれもみな。我《わが》やと《(ど)》〱《(やと)》へかへりよるほと《(ど)》に。さてぞよるとはいふなるべし。又日ひんか《(が)》しにかゝ《(が)》やけば。そめやはそめてかけ。ぬるものはぬりてほし。きたなきものをもあらひてほすに。いつ《(づ)》れものこらず。ひるほと《(ど)》に。さてなんひるとはいふものよと

物しらずらうさいやみか　（426）

〈現代語訳〉「日が出ている間を昼といい、日が入った後を夜というのは、きっと理由があるのだろうと思い、わしがあれこれと考えて、しかとつきとめた」と話す。「どのように考えたのだ」というと、「たとえば、朝になると早くから起きて山にゆく者もあり、海に舟を浮かべる者もあり、市で商う者もあり、奉公に出かける者もある。日が暮れるとだれもがみな家々に帰り寄るから、それで夜というに違いない。また、日が東に輝き出すと染屋は染めた布を竿《さお》に掛けて乾かし、塗師は塗って乾かし、女は汚れものを洗濯して乾かすから、なにもかもがすべて干《ひ》るので、それで昼というのだよ」といった。

この男はものを知らない、考えの足りない人物か。

〈語注〉

日の入て後　太陽が沈んだあと。日没後。　**ていとしあてた**　「ていと」はしかと。ちゃんと。「しあてた」は為当てた。あてた。　**我やと〳〵へかへりよるほとに**　「やと〳〵」は住む家々。自分の家々。「よる」は寄る。「夜」に結びつける言葉。　**ひんかしに**　東に。　**そめてかけ**　染めたものを竿に干す。　**ひる**　干る。乾く。「昼」に結びつける言葉。　**いふものよと**　底本の文末に「。」なし。　**物しらずらうさいやみか**　評語。労瘵《ろうさい》病み。筋がひきつったり、ゆるんだりする病気である。このことから、考えの足りない人物のこととみられる。底本の文末に「。」なし。

【鑑賞】　**夜とは**　夜は月が出ないと暗い。暗闇は神の動く時間とされている。この状態のときに神は姿を現すという。夜に祭りや芸能が行われるのは、その時間に神が降臨し、夜の明ける前に帰られるからである。人は日が昇ってから沈むまでを働きの時間とし、夜は身体を休める時間としてきた。

労瘵病み　底本では「物しらずらうさいやみか」を改行して、本文と同じ大きさの文字で書いているが、写本ではすべて小文字である。考えを披露した男が、「物を知らない、考えの足りない人物か」と策伝はいう。昼と夜の語源を、「かへりよるほとにさてぞよるとはいふなるべし」「いつれものこらずひるほとに」と考えるのはおかしく、あまりにも物知らずとなる。極端な物知らずで、非常識な人物が「労瘵病み」のようである。

113 若輩《じやくはい》なる者ども三人つれだち。長谷寺《ちやうこくじ》へまい《(ゐ)》りしに。やどのげす客《きやく》に向《むか》ひ。行水《ぎやうずい》をとるべきや。先入堂《まづにう(ふ)だう》をめされんやととふ。壱人がかた〳〵《(がた)》に行。手まねきし。今下女の入堂を。めさるゝ《(る)》かといふ《(う)》たは。がてんゆかず。つれがきいて。それこそわれがよく知たる事よ。このあと高野《かうや》参りの時。男《お(を)とこ》の髪《かみ》をそりて。坊主《ばうず》になりたるを。さてよき入道《にう(ふ)だう》やとほめつるが。今も入道になるものは。ないかといふにてあらん。又一人出《いて(で)》て。それならばとかく入道は。わかいものでいらぬといへ。無理《むり》になれとはいふ《(い)》まひぞとさゝ《(さ)》やきけり　(428)

〈現代語訳〉旅する若い者たち三人が、長谷寺へ参詣した。泊まる宿屋で下女が若い者たちに向かって、「行水をとられるのがよいか、先に入堂されるのがよいか」と尋ねた。一人が片隅に行き、こっちへ来い、と手まねきして仲間を呼んだ。「いま下女が入堂をされるか、といったが何をいっているのかわからない」という。それを連れの一人が聞いて、「そのことは、おれがよく知っていることよ。過日、高野山へ参詣したとき、男が髪を剃って坊主になったのを、なんとまあよい入道であることよ、とほめていたが、いま下女がいうのも、その入道になる者はいないか、といっているのであろう」というと、また一人が進み出て、「それならば、とにかく入道は、まだ若い者であるからいらない、といえ。無理になれとはいわないだろう」と小さな声でいった。

〈語注〉

三人つれだち　「つれだち」は連れ立ち。旅に同行する三人。　**長谷寺**　現在の奈良県桜井市初瀬《はせ》にある真言宗豊山《ぶざん》派総本山。山号豊山。西国三十三所第八番札所。はせでら、初瀬寺、泊瀬《はつせ》寺、豊山《ぶざん》寺《じ》、長谷観音ともいう。　**やどのげす**　「やど」は宿。門前にある宿泊する家。「げす」は下種。下働きする者。下司、下衆、下主とも書く。這出《はいで》、山出し。本文には「下女」とあるので、ここは女性。　**行水**　水浴びのこと。　**先入堂をめされんや**　「入堂」は風呂に入ること。十八世紀末の中国南部の日常生活を記した『清俗紀聞』（寛政十一年。一七九九）にも入浴を「入堂」。風呂を「浴堂」と記す。岩波文庫本は「寺まいり」とする。宿屋で草鞋を脱ぐときに下女がいった言葉であるから、参詣のことではない。　**かた〳〵**　片方。片隅。　**手まねきし**　こちらに来てくれと手で合図する。下女に聞こえては困るから、こっちに寄ってくれ。　**このあと高野参りの時**　「このあと」はこの間。「高野参り」は高野山参り。山号高野山。寺号金剛峯寺。平安初期に、空海が開山。真言宗の霊場。現在の和歌山県北東部にある。　**髪をそりて**　頭を丸めて僧になること。　**入道**　剃髪して仏道に入った人。出家。坊主。　**いふまひぞとさゝやきけり**　底本の文末に「。」なし。

【鑑賞】　**三人旅**　三人旅の連中は、どこへ行くにも、またどこの寺参りへも一緒に行く仲間であろう。下女の言い方に接したのは初めてであり、聞き慣れない言葉であるのに驚かされた。即答をさけるために仲間たちを集めて相談し、「行水はわかるが、いったい入堂とはなんだ」という。他の二人も聞いたことのない言葉であった。旅人は宿屋についたら、まず大きな盥《たらい》で汚れた足を洗う。これを洗足という。そのあとに足を拭いて家に上がり、部屋に入る。その後、風呂に入り、食事となる。底本146には、「二日三日たてども。終に行水とも風呂とも沙汰せず」をみる。「行水とも風呂とも」とあるのは、「行水はいかがか、風呂はいかがか」という案内もないというのである。このように行水のあとに続けていうので、下女のいう入堂は風呂のこととみられよう。

114　中風《ちうぶ》を煩《わづらふ》者あり。医者《いしや》のもとにゆき。脉《みやく》をみせければ。薬斗《くすりばかり》にては治《ぢ》しがたき證《せ(しよ)う》なり。ふじ三里に灸《きう》をすへ《(ゑ)》られよといふに。いづれもかさねて談合《だんか(が)う(ふ)》候半《はん》と。いそぎ宿《やど》にかへり。さて〳〵《(さて)》うつけたるくすしの申されやうや。冨士《ふじ》は聞及《きゝ(き)を(お)よび》たる大山なり。其ふじ三里が間《あひた(だ)》に。灸《きう》をせよとはいかに。病《やまひ(が)》かなをるとても。そも〳〵《(そも)》もぐさがつゞ《(づ)》くものかと　(431)

〈現代語訳〉　中風を煩う者がいた。医者のところに行き、脈をはからせると、「薬だけでは治しにくい病に間違いない。風市《ふじ》、三里に灸を据えられよ」というので、煩う者は、「どちらにせよ、ふたたび相談に参りましょう」といって、急いで家に帰り、「いやまあ、抜けた医者の語られようであるなあ。富士は伝え聞く大山である。その富士三里のところに灸を据えよとは、どんなに病気が治るといっても、だいたい艾《もぐさ》の量が足りるはずがないではないか」といった。

〈語注〉

中風　手足が麻痺する病気。中気。　**医者**　『醒睡笑』では「医師《くすし》」と書くことが多い。　**ふじ三里**　風市と三里。どちらも脚の病気を治す灸穴《きゅうけつ》。「風市」は直立して手を真っ直ぐに下し、外股に中指の届くところ。「三里」は膝頭の下約三寸、脛骨《けいこつ》の外側のところ。足三里ともいう。　**冨士**　富士山。灸穴の風市を富士と間違える。　**ふじ三里が間に**　富士山の三里の距離となるところに。　**もぐさがつゞくものかと**　「もぐさ」は艾。ヨモギの葉を乾かして製した綿のようなもの。これに火をつけて灸治に用いる。ここは艾の量をいう。「つゞく」は量が足りる。写本は文末に「雄長老／灸すへて富士に煙はたやさねと猶ちか〳〵と足曳のやま」の狂歌がつく。底本の文末に「。」なし。

【鑑賞】　**痛風**　中風に対して痛風は主に足の病気をいう。症状は歩行困難になり、足を引くような状態になる。その痛さは病気になった人にしかわからないという。「刺すような痛さ」「ズキンズキンするような痛さ」などと形容されるが、それが正確にいいあてているかどうかはわからない。風市三里のところを押したり、灸を据えたりすると脚の痛みがとれる。

115　酢《す》をおほくくへは《(ば)》。皺《しは(わ)》がよる大毒《どく》なり。かまへてすをおまいる《(ゐ)》な。左右《さう》もあらふ《(う)》何としてしりたるぞ。鼻《はな》のさきなる事をおしりあらぬか。われも人もちとづゝ《(つ)》くふとこそおもへ。年のよりて見ぐるしうなるいはれに。一年中のきわ《(は)》まり月を。しはすとはいふならん　(442)

〈現代語訳〉「酢をたくさん飲むと皺くちゃになるから、身体には毒である。決して酢を口にするなよ」というと、「そういうこともあろう。どのように、それを知ったのだ」という。「だれもが知っていることを、おまえは知らないのか。わしもその他の人も少しずつ飲むのがいい。年をとって見るに忍びないという理由に、一年の終わる月をしわすというだろう」といった。

〈語注〉

酢をおほくくへは皺がよる　俗説か。「酢」は醋とも書く。「くへ」は食へ。飲むこと。近世以降「食《た》ぶ」が広がり、「くふ」は下品な表現になった。「皺がよる」は皮膚の表面がたるむこと。**おま**

いるな　召し上がるな。　**鼻のさきなる事**　成語。すぐ目の前にあること。だれもが知っているようなこと。　**われも人も**　慣用表現か。　**いはれ**　謂。わけ。　**一年中のきわまり月をしはすとはいふならん**　「一年中」は一年のなかで。「きわまり月」は極まり月。極月《ごくげつ》の訓読み。陰暦十二月。「しはす」は師走。臘月《ろうげつ》。「皺酢」を掛ける。底本の文末に「。」なし。

【鑑賞】　酢と皺　酸っぱいものを口にすると顔に皺をよせる。そのたびに消えない皺をつくってしまうから、酢を多く取るなという。

116　山家《やまが》の者《もの》とて。老《おい》たる姥《うば》の杖《つえ》にすがり。京に出《いで》たるを。有者《あるもの》ゆきあひ。そちのとしはいくつぞ。百に一つたらぬとかたるにそ(ぞ)。さてく(さて)めいじんやと。いくたびもほめゐけるを。始《はじめ》より道つ(づ)れしたるもの。何事あれば。かんにたゆ(ふ)る。さればよ。いきめいじんとは。あれをやいふらんと　(445)

〈現代語訳〉　山中に住む年老いた姥が、杖にしがみついて歩き、京の町に出たところ、ある人に出会った。「そなたの年はいくつだ」というと、「百に一つ足らない」という。「いやまあ、名人だなあ」と何度も褒め続けたので、はじめから姥に同行していた者が、「何でそれほどまでに感心するのだ」というと、「そもそも生き名人とは、このことをいうのだろう」といった。

〈語注〉

山家の者　山中に住む者。　**杖にすがり**　「すがり」は縋り。杖につかまって歩く。　**有者**　町を歩く一人。　**百に一つたらぬとかたるにそ**　「百に一つたらぬ」は百歳に一歳不足である。九十九歳のこと。　**道づれしたるもの**　同じ山家の者で姥と一緒に都に出て来た人。　**かんにたゆる**　感に堪ゆる。「感に堪へない」の打消しの語を伴わない「感に堪ふ」。感動した気持ちを表に出さずにはいられない。「かん」は深く心を動かすこと。　**いきめいじん**　生き名人。長生きした人を「生き名人」というのは誤った言葉遣い。　**あれをやいふらんと**　底本の文末に「。」なし。

【鑑賞】　**山家の者**　山中に住む長生きの姥を生き名人という間違った言葉遣いをする。生き名人は技巧的な面を磨いて高めた人が現存しているときに使う。長生きは天命であり、その人の得でもある。「百に一つたらぬ」年齢の姥が、実際に存在したかどうかは相当に眉唾《まゆつば》ものである。「百に一つたらぬ」をいっただけで、相手が褒めるとは考えられない。九十九歳は白寿という。現代でも百歳近くまで生きたら長命である。策伝は八十九歳で没する。当時としては、相当の長生きだったことになる。『醒睡笑』をまとめた七十歳以後の隠居生活を、策伝はどのように過ごしたのであろうか。

117　人皆連哥《みなれんが》をしならふとて。一順《じゅん》の月次《つきなみ》のなと(ど)ゝ(と)てはやらかす。浦《うら》山し我《われ》もちと稽古《けいこ》せんとおもひたち。宗匠《そうせ(しや)う》する人にむかひ。大躰《てい》一句《く》のしたて。いかなる心持《もち》にて工夫《くふう》いたし候はんや。されば此道《みち》をまなばんとすれば。いとふかくもくつ(づ)れよらぬ和哥の浦《うら》なれは(ば)。ことは(ば)みし(じ)かうきりたくは(ば)。心をまか(が)ふものあはれに。花奢風流《きやしやふうりう》につくやうに彼人聞《きく》と同し(じ)く。はや合點参りて候。一句申さん

くびぎはや二季《き》の彼岸《ひがん》に茶香杵《ちやかうきね》

心はととはれ。されば水をわたるに。くびぎはにを(お)よぶは。ふかければなり。物《もの》の哀《あはれ》は二季《き》の彼岸花奢風流《ひがんきやしやふうりう》なるは。茶と香。つくやうには。餅《もち》つく杵《きね》（449）

〈現代語訳〉 人が皆、連歌を稽古し、一順の会、月例の会などと世間でも流行した。「うらやましいことだ、わしも少し稽古しよう」と決心し、宗匠に対して、「だいたい一句の拵《こしら》え方というものは、どのような心もちで考えるのがようございますか」というと、「さよう、この道を学ぼうとするには、たいへんたくさんの歌を詠んでも、言葉を短めにしてよい歌を

つくるのはむずかしい。趣きある華やかなみやびやかな言葉を付けるように」という。それを男は聞くと同時に、ただちに、「承知いたしました。一句詠みましょう」といって詠んだ。

くびぎはや二季の彼岸に茶香杵

（頸際や春と秋の彼岸に茶と香と杵）

「この歌の心は」と尋ねられ、「さよう、川を渡るときに、頸際に水が至ったのは川が深かったからである。物の哀れは春と秋の彼岸、派手なみやびやかさは茶と香、そこにつくのは餅を搗く杵」といった。

〈語注〉

連哥をしならふとて　「連哥」は短歌の上の句（五・七・五）と下の句（七・七）を一人または数人から十数人で、交互に詠み連ねる。二条良基、飯尾宗祇などの連歌師が登場して最盛期を迎えた。その後、俳諧連歌が興った。　**一順の月次のなとゝて**　「一順の」は作者が一巡して一人一句ずつ詠む会。一順の会。「月次の」は月例の会。月例の集まり。　**浦山し**　羨《うらや》まし。　**宗匠する人**　連歌を指導する人。師匠。　**一句のしたて**　「したて」は句の拵え方。つくりかた。　**もくつれ**　藻屑のこと。海中にある藻などの屑。　**和哥の浦**　若の浦とも書く。歌枕。現在の和歌山県和歌山市南部、和歌川河口の入り江。和歌の神としてあがめられる玉津島神社がある。　**ものあはれに花奢風流につくやうに**　「ものあはれ」は「もののあはれ」と同じ。なんとなく感慨深いさま。「花奢」は上品で優雅なさまをいう。花車とも書く。「風流」は上品で趣のあること。「つくやう」は言葉を

「付ける」。　**一句申さん**　底本の文末に「。」なし。　**くびぎはや**　「くびぎは」は首のあたり。「や」は切れ字。　**つくやうには餅つく杵**　「つくやうに」の「つく」を餅を「搗く」と勘違いする。底本の文末に「。」なし。

【鑑賞】　**もくつれ・もくづも**　底本の「もくつれよらぬ」は、写本では「もくづもよらぬ」とある。「もくづ」は水中にある藻などの屑をいう。またそのように取るに足りないもののことをもいう。「くづれ（崩れ）」は「クヅ（屑）と同根」という（『岩波古語辞典』）。底本の「もくつれ」の表記も間違いではないことになる。

118　伊勢《いせ》の桑名《くはな》に。本願寺《ほんく(ぐ)は(わ)んじ》とて。一代《だい》の住持《ち(ぢ)うぢ》秀海長老《しうかいちやうらう》は。七日以前《いぜん》より。死期《しご》を弁《べん(じ)》し。春《はる》の時正《じしやう》法説《は(ほ)う(ふ)せつ》の後《のち》十念《ねん》をさづけ。高座《かうざ》にありなか《(が)》ら。合掌《がつしやう》して命終《め(みや)うし(じ)う》す。秀海存日《ぞんじつ》に。報恩寺《ほうを(お)んじ》とて。名《な》ある侍《さふ(ぶ)らひ》の屈請《くつしやう》せらるゝ《(る)》。其《その》刻《きさ(ざ)み》弟子《でし》祐光坊《ゆ(い)うくは(わ)うばう》の長老にむかつて。振舞《ふるまひ》とあれば。何方《いづかた》も崇敬《そうぎやう》のあまり。賞味《しやうみ》を専《もつは(ぱ)ら》とす。しかはあれど。一言《ごん》の褒美《ほうび》もなければ。亭主氣《ていしゆき》をうしなふ。風情《ぜい》…風《ふ》情《ぜい》まゝ《(ま)》あり。明朝《みやうてう》のもてなし超過《てうくは(わ)》ならん。相構《かまへて》失念《しつねん》なく。ほめられ候へとあれば。異儀《いぎ》なく合点《がてん》し《(ひ)》。即彼殿に望《のぞ》めり。歴々《れき〳〵(れき)》と座列《ざれつ》す。幕《まく》をあけ給仕膳《せ(ぜ)ん》を持て《(で)》。汁《しる》も菜《さい》も見もせいて。

〈現代語訳〉　伊勢国桑名の本願寺という寺で、一代限りの住持秀海長老は、亡くなる七日前から死期を悟り、春の彼岸中日の法話後、信者たちに、「南無阿弥陀仏」を伝授して、高座に座したまま、手を合わせて亡くなった。秀海の存命中に報恩寺という名だたる侍から招待された。そのとき弟子の祐光坊が、長老に対して、「振舞というと、だれもが敬意を表すあまりに、ひたすら美味しい馳走を心掛ける。しかしながら一言の褒め言葉もないと、亭主は落胆することが、しばしばある。明朝の振舞も手厚いでしょう。必ずお忘れなくお褒めくだされませ」というと、秀海は逆らうこともなく了承し、ただちに報恩寺の邸宅に赴《おもむ》いた。身分の高い人々とともに居並び、振舞がはじまり、料理を運ぶ者が食事を載せた膳を持って出て来て、しっかりと挨拶をすると、長老は、「報恩寺殿、報恩寺殿」と声を掛けて、汁も菜も見もしないで、「御馳走」といわれた。弟子の祐光坊が睨《にら》むと、秀海はうなずいて、「忘れぬ前に」といった。

〈語注〉

唯有　この章は他の章のような類型の笑話を集めていない。どの章にも入らないおもしろい笑話を集めている。笑話が存在するのを「有る」といい、章立ての類型に属さない笑話の存在を「唯有《たゞある》」といったのである。またこの章は全話数のほぼ真ん中にあり、全体を編纂した後に、類型とは別の笑話を読ませる目的で置いた章ともみられる。**伊勢の桑名に本願寺**　「伊勢」は国名。伊勢国。現在の三重県。「桑名」は現在の桑名市。「本願寺」は山号御影山《みえいざん》。西山浄土宗の寺。桑名地蔵札所の第十番。現在の桑名市東鍋屋町にある寺。**一代の住持**　一代限り勤める住職。親族などが後を継がない。**秀海**　本願寺住職。伝不詳。**報恩寺**　武士の名。不詳。**祐光坊**　不詳。文末に「祐光」。秀海長老の弟子。**崇敬**　相手を高く認めて敬意を表す。崇《あが》め敬《うやま》う。**異儀**　底本ママ。異議。文句。**望めり**　臨めり。出席する。ここは出掛けた。**幕をあけ給仕膳を持て出**　「幕をあけ」は開く。開始。東洋文庫本、岩波文庫本は「あげ」と読み、「幕を上げ」とする。「膳」は一人前の食器と食物を載せた、持ち運びに便利な台。あぐらをかく男性の膳は低く、正座をする女性の膳は高くつくられる。**つくばい** 膳を出す人の前にひれ伏す。膳が用意できた挨拶をする。**汁も菜も見もせいて** 「菜」は食事に添えられるもの。副食物。「見もせいて」は運ばれた膳にある食事を見もしないで。また口にする前、食べる前にの意でもある。「御馳走」というのは食べたあとの言葉だから、口にする前、食べる前とみなければならない。**御馳走** 食べた後にいう「おいしゅうございました」の言葉。**わすれぬさきにと** 写本は文末に小文字で「殊勝な」とある。評語である。底本の文末に「。」なし。

【鑑賞】 **唯有は「ただある」** 「唯有」は目録に「たゞある」と振り仮名がある。底本119の狂歌に「たゞありの人」とあるので岩波文庫本、東洋文庫本は「唯あり」とする。『日葡辞書』に「唯有」の単語はみられない。「唯」は「単に、ただし、そのまま」とある。「有」は存在するという意である。つまりただ単にある普通の笑いのこととなる。岩波文庫本は、「とりつくろわず、生地のままの意と、なみなみ・平凡の意とある。平凡ながら罪のない話柄」と述べるが、何を説明しているのか、よくわからない。東洋文庫本は「平々凡々、これという変ったところもないこと。ではこの章名は、つまらない人、つまらない話の意味かというと、それとも違う。むしろ、平凡な中に潜んでいる真理を示す笑話といったらよいであろう。なんでもないことのようであって、しかも嚙みしめると、真実に触れるものがあるというのが、「唯あり」である」という。これも要を得た説明とはいえない。

全話数の真ん中　では、いったい「唯有」とはなにか。二つの見方が考えられる。一つは常日頃の生活のなかに生起する、ただ普通の笑話を指す。それを主題に添った章立ての名称をつけた章に入らない一章とする。もう一つは写本の全話数の真ん中に置かれ、章立ての章とはかかわりのない一章とする。笑話を自由に読んでもらうための中休み、または息抜きの一章とみることもできる。全話数の真ん中というのは、写本の全千二十六話のうち、「唯有」は(458)から(482)にある。巻四の最後に置くのも巻一から四までの前半から、巻五から八までの後半へ読み進めるために、主題に添った章立てとは異なる笑話を鑑賞してもらうのを目的とした章とみられる。

御奔走　「御馳走」を写本は「御奔走」と記す。奔走は盛大にもてなす接待、馳走の意味であるから同じである。なぜ底本は別の語に変えたのか。誤写なのか、または書写する人の用いていた言葉なのか。写本の文末には小文字で「殊勝な」が書かれている。感心だ、けなげだの意をもつ。ここは感心な長老であると評す。いうタイミングが早すぎたか、弟子にいわれるままに、褒め言葉を口にするのを素直な人とみたのだろうか。普通は長老が弟子に指導したのを間違えるという落ちになるところだが、ここはその逆である。弟子に睨まれる長老が、「わすれぬさき」というのがおかしい。いつもは弟子や小僧、児たちの返答であるから、なおさらおかしい。底本に小文字表現の「殊勝な」がない。省かれたか、それとも書き落としたか。

119　途《と》中《ちう》にひとりの姥やすらひ。ものあはれさうになきゐたり。行あふ《（う）》たる者何事のかなしみありて。そちは涙《なみた（だ）》にむせふ《（ぶ）》ぞやととひければ。さればとよ。あれへ行男《お（を）とこ》をみれば。かちんのかみしもを腰《こし》につけ。傘《かさ》を打かたげ。ふところにさゝ《（さ）》らのやうなるものゝ《（の）》見えたるは。疑《うたか（が）ひ》もなき説教《せつけう》ときなり。あの人のむねのうちに。いかほどあはれにしゆせ《（しよ）》うなる事の。あらふ《（う）》ずよとおもひやられて。袂《たもと》をしほ《（ぼ）》ると

唯ありの人をみるこそほとけなれ
ほとけをみればたゞ《（だ）》ありの人　（461）

〈現代語訳〉道の途中に一人の姥《うば》が休んで、感慨深げに泣いていた。道を歩く者が、「どんな悲しみがあって、そなたは涙を流しているのか」と尋ねると、「そのことよ。あそこへ行く男をみると、濃い紺色の裃《かみしも》を着て、傘を傾けて、懐中に簓《ささら》のようなものがみえるのは、たしかに説経説きである。あの人の胸のうちには、どれほどふびんな特別な事情があったのかと思うと、涙にむせびます」といった。

唯ありの人をみるこそほとけなれ
　ほとけをみればたゞありの人
（ふつうのままの人をみると仏心をもつ人であり、仏心をもつ人をみるとふつうの人である）

〈語注〉
かちん　褐《かちん》。褐色《かちんいろ》。「かち」ともいう。**さゝら**　簓。竹でつくられた楽器。縦に刀を入れて割れた状態にして、もう一方の手に持つ刻みをつけた棒に擦りつけて音を出す。**説教とき**　「説教」は底本ママ。説教は仏の教えを語る。説経は経文の内容をわかりやすく説く。ここは説経説き。家々を回る門付《かどづけ》芸をいう。法衣をまとい、笠をかぶり、手に小さな鉦《かね》をもつ。説経語り。門《かど》説経ともいう。**しゆせうなる**　殊勝なる。**袂をしほると**　底本の文末に「。」なし。**ほとけをみればたゞありの人**　写本には狂歌のあとに、もう一首の狂歌「いささらは泣てたむけん七夕に涙より外身にもあらはや」がつく。

【鑑賞】　**老女はなにをかなげきぬ**　姥が涙を流すという似た話が、浮世草子の『好色一代女』（貞享三年。一六八六）巻六・4「皆思謂《おもはく》の五百羅漢」にみられる。姥が数多くの男に接した思いを、大雲寺（現在の京都市左京区）の五百羅漢堂に飾る仏をみながら思い出す。過去を想い出すための場に五百羅漢が設定されたのは、男の顔を思い出させるためである。

過去を想い出して涙する展開は、『醒睡笑』の説経説きの登場と似る。姥が倒れると寺の法師たちが集まって心配するが夕方を知らせる鐘の音で眼を覚ます。法師が、「これなる老女はなにをかなげきぬ。この羅漢の中に、その身より先立ちし一子、又は契夫に似たる形もありて落涙かといとやさしく問はれて、殊更に恥づかはし」という。この法師たちの集まる場面も『醒睡笑』の「行あふたる者」の登場と似ている。

120 冨士《ふじ》の人穴《ひとあな》の勧進《くわんじん》といふ(う)て。門《かど》〳〵(門々)をありく者あり。不思儀《ふしぎ》や人穴の上《うへ》に。堂《だう》がたつか。又常灯《じやうとう》をもとぼさんとの事やととふ(わ)に。彼聖《かのひじり》(お)をのれか(が)口をか(が)は(ぼ)とあけて。此人穴のくはんじんなりと　(462)

〈現代語訳〉「富士の人穴の勧進」といって、家々を門付して歩く者がいた。「おかしなことをいうなあ。人穴の上に寺が建つものか。また、常夜灯でも灯そうとすることか」と尋ねると、その勧進聖は、自分の口をがばっとあけて、「このわしが喰うために必要な金集めなのだ」といった。

〈語注〉
富士の人穴の勧進　諺。僧が勧進といって寄付をつのるのも結局は自分が食うためである。「鼻の下《した》宮殿《くうでん》建立」「食う膳の勧化」も同じ。「人穴」は富士山北西麓にある洞穴。「勧進」は堂塔、仏像などの建立、修理に寄付をすすめること。勧化《かんげ》ともいう。**不思議や**　「儀」は底本ママ。議。**常灯**　常夜灯。いつも夜になったら灯りをともす。**彼聖**　その聖。門付をする者。聖は修行者。勧進聖。勧進僧、勧進上人ともいう。首にかけた頭陀袋《ずだぶくろ》に米や銭を入れてもらう。**をのれか口をかはとあけて**　自分の口を人穴にたとえてあける。「かはと」はおもいっきり大きな口をあける。**くはんじんなりと**　底本の文末に「。」なし。

【鑑賞】**門付**　底本119に続く門付の笑話である。法衣をまとって家々を回った門付の僧、聖は、一年の月日を知る能力をもち、農作物を耕す時期、菜種を植える時期を知らせたという。農耕に欠かせない日を知る人物（日知り）が聖の語源である。聖の流れが、各地を説法しながら経文を唱え、鉦を鳴らし、歌をうたって、銭や米をもらった。

121　親《おや》である人おきゝ《(き)》あれ。銭《ぜに》をぜぬとはかたことなり。もつともらしき異見《いけん》な

れど。そちが銭をは《(ぼ)》うらがせ《(ぜ)》ぬがいはする事をおもへたゝ《(ゞ)》　(468)

〈現代語訳〉 息子が、「父親よ、お聞き下され。銭を『ぜぬ』というのは片言である」というと、父は、「もっともらしい忠告だが、おまえが銭《ぜに》といえるのは、おれが『ぜぬ』といっているからいえることを、とにかく思うことだ」といった。

〈語注〉
ぜぬとはかたことなり　「ぜぬ」は銭の訛り。「かたこと」は片言。正しくない言葉。　**うら**　己。おれ。　**おもへたゝ**　底本の文末に「。」なし。

【鑑賞】 **ぜぬ**　父親が息子にいう、「おれの間違いによって、おまえはそれを指摘できるのだ」と開き直りとも取れる言葉がおもしろい。父親は素直でなく、負けず嫌い、天《あま》の邪鬼《じゃく》の性格であろうか。また強引に自分の意見を押しつける人か。

122　母《はゝ(は)》にを《(お)》くれたる者。肖柏《せうはく》のもとに来《きた》れり。愁傷《しうせ(しや)う》の程をしは《(お)》かりぬ。わづらひはなに〻(に)てなどとはれける時。はじめ血《ち》の道《みち》にて候を。醫師《くすし》の見そこなはれ。風の療治《りや(れ)うぢ》をせられ薬《くすり》ちがひにて候つると申あへり。肖柏法印《ほう(ふ)ゐ(い)ん(わ)》おう〳〵(おう)いづれ。一度《ど》はたれも薬ちがひがあらふ(う)ずと　(469)

〈現代語訳〉母に死なれた者が、牡丹花《ぼたんか》肖柏のところにやって来た。「ご愁傷のことと推察いたす。病は何であられたか」などと尋ねられた。そのとき、「初診のときは婦人病でありました。それを医師が見損じられ、風邪の治療をされた誤診で、亡くなりました」と申すと、肖柏法印は、「まま、いつか一度は医師の誰もが誤診するであろう」といった。

〈語注〉

をくれたる　遅れたる。先立たれた。**肖柏**　牡丹花肖柏。室町後期の連歌師。飯尾宗祇の弟子。後半に「肖柏法印」とある。「ぼたんげ」ともいう。一四四三～一五二七。**血の道**　子宮病など女性特有の病の俗称。**薬ちがひ**　薬を間違って調合したこと。誤った診断。**おう〳〵**　往々。しばしば。「往往に」「往往にして」の形で用いられる。**薬ちがひがあらふずと**　このあとに写本は狂歌がつく。「人を送りてかへる夕暮　身はいつの煙のために残るらむ」。さらに詞書「正観音経に毘舎利人民平復如本と説て云々」と、もう一首の狂歌「待佗て歎くと告よ皆人にいつをいつとていそかさるらん」がつく。底本の文末に「。」なし。

【鑑賞】　薬ちがひがあらふず　肖柏は、「医師の誰にも過ちはあるものだから、諦めも肝心だ」というつもりであったのだろう。それは「医師を恨むものではない。恨めば一生、医師を恨むことになってしまうから、そうした気持ちをもたずに、母親の寿命、天命と考えて、諦めることが大事である」といいたかったのだとみたい。誤診で亡くなったのを悔しいと思う遺族にとっては、その気持ちを逆《さか》なでする言い方に聞こえたのではないだろうか。

123　はれがましくなみゐたる座敷《ざしき》にてひたものねふ《(ぶ)》る者あり。そばに居《い(ゐ)》たる人笑《せう》止《し》が《(う)》り。膝《ひざ》をつきおこしたれば。目《め》をするかた〱《(かた)》に。やれ〱《(やれ)》談義《だんぎ》の座《さ(ざ)》敷《しき》かともふたよ　(472)

〈現代語訳〉　多くの人が並ぶ座敷で、ひたすら居眠りする者がいた。隣にいる人が迷惑して、指で膝をつっついて起こすと、目をこすりながら、「あれっ、あれっ、談義の座敷かと思ったよ」といった。

〈語注〉
なみゐたる　並み居たる。並んで座っている。　**かた〳〵**　片片。行為を続けている状態。　**談義**　寺できかせる法話。説法。長談義だと寝てしまう。　**座敷かとおもふたよ**　寝ていたことの体裁をつくろうために、談義の座敷ではなかったか、ととぼけていう。底本の文末に「。」なし。

【鑑賞】　**談義の座敷**　談義は眠いものといわれては、話す談義僧の立場がなくなる。談義をうまく話せないと、無駄なつまらない話と思われ、聞き手たちは居眠りをしてしまう。それは聞きたくないという指令が、脳に伝達されるからであろう。底本201には、長談義に足が痺《しび》れて立つことのできない笑話がある。

124
一人は菟《と》も角《かく》も世を過《すき(ぎ)》かねず。一人は手《て》前《まへ(お)》をとろへたると。旧友《きうゆ(い)う》両人出《いて(で)》あひ。貧《ひん》なる身のしみ〳〵《(じみ)》と。とぼしき物(が)かたりにて立たる跡《あと》より

　有時はあるにまかせて過てゆけ
　　又なきときはなきにまかせよ

とよみて送《を(お)くり》し返哥《へんか》に

あるときはあるにまかせて過しかと《(ど)》
又なきときはえこそまかせね
わか《(が)》世《せ》諦《たい》あがる雲雀《ひばり》のごとくにて
さがる事こそ矢《や》よりはやけれ　(473)

〈現代語訳〉一人はどうにも世を過ごすことができず、もう一人は暮らし向きが落ちぶれている。この古くからの友人二人が出会って、貧しい身の上をしんみりと互いに話して帰ったあとに、

有時はあるにまかせて過てゆけ
又なきときはなきにまかせよ

(金のあるときはあるに委ねて過ごしていけ、また金のないときはないに委ねなさい)

と詠んで送った。その返歌に、

あるときはあるにまかせて過しかと
又なきときはえこそまかせね

(金のあるときはあるに委ねて過ごしたが、また金のないときはまったくないままにまかせるしかない)

わか世諦あがる雲雀のごとくにて

さがる事こそ矢よりはやけれ

（わしの生活は天高く楽しく舞う雲雀のように豊かだったが、貧乏になるのは射った矢が落ちていくよりも早かった）

と詠んだ。

〈語注〉

手前をとろへたる　「手前」は生計。生活。「をとろへたる」は苦しくなっている。**しみ〳〵と**　染み染みと。つくづく。**立たる跡より**　底本の文末に「。」なし。**あるにまかせて**　その生活にしたがって。「まかせ」はしたがう。**返哥に**　底本の文末に「。」なし。**あがる雲雀のごとくにて**　「あがる」は「豊かになる」。雲雀が天高く「舞いあがる」を掛ける。**さがる事こそ矢よりはやけれ**　「さがる」はお金が尽き果てる。雲雀が「急降下する」を掛ける。

【鑑賞】　**生活の仕方**　お金があるときは、雲雀が空を気持ちよく飛んでいるような、いい気分であったが、お金がなくなるのは射った矢が落ちていくよりも早く、心が荒《すさ》むとたとえるところがおもしろい。貧乏してきた人の実際の歌を踏まえたものとみられる。この狂歌を策伝は控え、それを笑話に仕立てたのだろう。実生活において金が人生を狂わせることは、昔もあったのである。

125
普《ふ》光《くは(わ)》院《うゐん》殿 御影《みえい》に

面影《おもかげ》はうつすもやさしとにかくに
命《いのち》は筆《ふで》もをよ(お)ばざりけり
憂事《うき》もうれしきことも過ぬれば
その時ほどはおもはざりけり
捨《すて》はてゝ(て)身はなきものと思へど(ど)とも
雪のふる日はさむくこそあれ　西行 (474)

〈現代語訳〉 普光院殿の肖像をみて、
面影はうつすもやさしとにかくに
命は筆もをよばざりけり
(思い出されるお姿は優美で繊細にあれこれと描かれるが、尊さまでは絵筆で描くことができない)
憂事もうれしきことも過ぬれば
その時ほどはおもはざりけり

（つらいことも喜ばしいことも過ぎてしまうと、そのときほどは思わなくなった）
捨はてゝ身はなきものと思へとも
　雪のふる日はさむくこそあれ　　西行
（世を捨てたわが身はこの世にいないものと思っても、やはり雪の降る日は寒い）
などと詠む。

〈語注〉
普光院殿　室町幕府六代将軍足利義教の法号。普広院とも記す。一三九四〜一四四一。**御影に**　底本の文末に「。」なし。**西行**　平安後期の歌人。俗名、佐藤義清《のりきよ》。武家の家に生まれ、北面の武士として鳥羽上皇に仕えた。私家集『山家集』がある。一一一八〜九〇。

【鑑賞】　西行の歌かどうか　写本では「面影はうつすも」の歌を夢庵作とする。夢庵は牡丹花肖柏のことである。また南葵文庫本は「面影はうつすも」と「憂事も嬉事も」の歌の間に、「年よらは飯やはらかにそつとくへ酒は過とも独ねをせよ　夢庵」の一首をみる。「捨はてゝ身はなきものと」の歌は、随筆の『にぎはひ草』（天和二年。一六八二）下巻にも、「世は捨てつ身はなきものとおもへども雪ふりくればさむくこそあれ」とある。作者不詳。『実隆公記』長享二年五月十四日条には、「由良開山弟子五人住高野山其内一人詠歌云」と記している。

悟り　普光院殿の御影に向かって、「命は筆もをよばざりけり」といったのは、人生に達観した人か、または悟りの境地に入った人の言葉か。西行が、「捨はて丶身はなきものと思へとも」という捨身とは、俗世から遁《のが》れる方法の一つで、無になることができたらという願望である。だが捨身となっても「雪のふる日はさむくこそあれ」という。まだ寒さを感じるといっては、悟りは開かれていない。俗世を捨て無常のこころをもつことを鴨長明は『方丈記』に、兼好法師は『徒然草』に述べるが、俗世にかかわらないのが大事といいながら、過去を回想する長明も兼好も、まだ俗世と切り離れているとはいえない。世捨て人が仏の道に進んで経文を読んでも、なかなか悟りの世界に到達できない。修行の年数とか時間の問題ではない。気を高めるとともに無になることで悟りは開かれる。人から欲を消し去ることは難しい。気が身体に流れることで心を磨き、自らの進むべき道の心をつくる。その心をもつ人のみが救われる。それを得るのが悟りである。

126　或者《ある》恋暮《こひくら》したる若衆《わかしゅ》の東國《とうごく》にくだるを。かなしみの　涙《なみた(だ)》　とともに大津《つ》までを《(お)》くり。なく〱《(なく)》しる谷　越《たにこ(ご)え》をのぼる。清　水《きよみつ(づ)》の　南《みんなみ》に若松《わかまつ》が池《いけ》と云あり。其邊《へん》にのぞみおもふ。命《いのち》あればぞか丶《(か)》るうきめにもあへ。不如《しかじ》身を投《なげ》て死《し》なんにはと。帯《おび》を

とき池《いけ》に入頭《あたま》ぎはまて《(で)》つかりたるが。思案《しあん》かはりて。いそき《(ぎ)》陸《くが》にあがり

君ゆへ《(ゑ)》に身をなげんとは思へ《(ど)》とも

そこなるいしに額《ひたい(ひ)》あぶなし

（482）

〈現代語訳〉 ある男の恋い慕った若衆が、東国に下るのを別れの涙とともに大津まで送って、泣きながら汁谷を越えて戻ってきた。清水寺の南に若松が池というのがあり、その池のほとりに臨んだときに思った。「命があるから、このようなつらい目にもあうのだ。身を投げて死ぬにこしたことはないだろう」と、死ぬために着るものを脱いで池に入り、頭際まで水に浸かったが、気持ちを変えて急いで陸にあがり、

君ゆへに身をなげんとは思へとも

そこなるいしに額あぶなし

（あなたのために身を投げようとは思ったが、水底の石に額があたったら危ない）

と詠んだ。

〈語注〉

恋暮したる　写本は「恋慕したる」。内閣文庫本の振り仮名は「れんぼ」。**若衆の東國にくだるを**　「若衆」は男色関係の相手。「東國」は関東。箱根より東を指す。「くだる」は京都から下る。**大津**

現在の滋賀県大津市。琵琶湖南西岸にある。**なく〳〵しる谷越をのぼる**　「しる」は流す涙を汁に見立てて「汁谷越」に掛ける。「渋谷越え」ともいう。京都五条橋口から清閑寺山と阿弥陀ヶ峰の谷間を通って山科へ出る道。「のぼる」は京都に上る。**若松が池**　阿弥陀ヶ峰の西北麓の若松殿の家の庭にあった池。**のぞみ**　臨んで。辺に立って。**頭ぎはまて**　頭際まで。ほぼ身体が水のなかに入る。**いそき陸にあがり**　底本の文末に「。」なし。**そこなるいしに**　「そこなる」は「底にある」と「其処にある」を掛ける。

【鑑賞】　**身投げ**　死ぬために池や海、川などに身を投げるのが身投げである。投身、入水《じゆすい》、入水《にゆうすい》ともいう。ほとんどは岩、崖、橋などの上からの行為となる。苦しい気持ちをもつのは生きているからと思って身投げをするのは、あまりにも短絡的な行為であろう。ここでは飛び込んで額を怪我したら危ないといっているので、まだ俗世に未練があることになる。

醒睡笑巻之五目録

醒睡笑巻之五

婲《きやしや》

127 昔語《むかしがたり》に女院《にようゐん》へ。ある時おほきなる杓子《しやくし》をあげゝ(け)る事ありし。御覧《らん》じ始《はじめ》なれば。何とも御しりなくて。左右《さう》へ御たつね(づ)あれども。同しく(じ)存《ぞん》せ(ぜ)す(ず)と申さるゝ(る)。さらば下主《げす》にとへと仰《おほせ》ある時。おはしたに右のむねをたづねらる。きくものおかし(を)がりて。名を存《そ(ぞ)んじ》たる者なしと申せば。女院の仰あるやう。われはこれをすい(ゐ)した。おにのみゝ(み)かきであらふ(う)す(ず)と

時頼禅門《ときよりぜんもん》

おもふべし人はすりこぎ身は杓子
おもひあはぬは吾《われ》ゆがむなり　(488)

〈現代語訳〉昔語りである。女院へ、あるとき大きな杓子を差し上げた者がいた。はじめてご覧になるので誰も知る者がいない。そばにいる人々にお聞きなされても、同じように、「存じ上げません」といわれる。ある人が、「それでは下々の者に尋ねよ」とおっしゃられ

た。それで下主に右のことを質問された。下主たちはおもしろがって、「名を知っている者はいません」と申し上げると、女院がおっしゃるには、「わたしはこれが何であるか想像してみた。鬼のつかう耳掻きであろう」と。

時頼禅門

おもふべし人はすりこぎ身は杓子
おもひあはぬは吾ゆがむなり

（人はすりこぎというが、わたしは杓子と想像する。その想像があわないと、わたしは困ってしまう）

〈語注〉

婲心　「きやしや」は華奢。華やかで優雅な、さらに上品な心となるが、ここでは風流な者が狂歌を詠む心をいう。風流な者はのんびりと人生を謳歌《おうか》する人たちである。　**女院**　天皇の生母、内親王たちなどに授けられる尊号。「にようゐん」ともいう。　**杓子**　飯や汁をすくいとる道具。木製と貝製がある。杓文字《しやもじ》ともいう。杓文字は女房詞。　**下主に**　下種。下々の者。　**おはしたに右のむねを**　「おはした」は御半下。使用人。奉公人のなかでも身分の低い者。ここは下主を指す。「右のむねを」はもらったものが何であるかを。　**きくもの**　聞く者。下々の者。おはした。　**おかしがりて**　おもしろがって。　**おにのみゝかきであらふすと**　「おにのみゝかき」は形とその大きさから鬼のつかう耳掻きと想像した。底本の文末に「。」なし。　**時頼禅門**　北条時頼。北条時氏の子。鎌倉中期の武将。建長寺を建立。最明寺殿と称す。一二二七～六三。　**ゆがむなり**　「ゆがむ」は整っていた形が崩れる。「ゆがむ」に杓子の曲がった歪形《いびつがた》を掛ける。

【鑑賞】　**婲心**　目録題は「婲心」であるが、内題は「婲」の一文字である。「婲」は『日葡辞書』に「キャシャ（花車・花奢）」「こざっぱりして、つややかで、はなやぐこと」とある。また「キャモジナ（花文字な）」と同じとする。そして「これは婦人語である」という。「婲」を「きゃ」と読むなら、「婲心」は「きゃこころ」「きゃごころ」と読むことになる。また『日葡辞書』の「キャシャナ」には「花奢な人」「比喩。よく身を整えて飾り、こざっぱりして洗練された人」「また、才幹と技芸を身につけている人」とある。こうした言葉に共通するのが「こざっぱり、つややか、はなやぐ、洗練され」である。岩波文庫本は、「風流心、みやびな心掛け。策伝の愛用した語でもあった。本章は、風流者の機智譚」といい、「婲心」を「策伝の愛用した語」という。また同文庫本は「婲心は策伝の愛用語の一つであったことは、自筆書簡の中にも使われていることで証明されるが、これは笑話ではなく風流の話であり、感動的話題である」ともいう。策伝は「婲心」を笑話としてあげているのに「笑話ではなく」「感動的話題」というのは、どういうことなのだろうか。

鬼の耳掻き　大きい杓子をもらったが、いったい何につかうものかがわからない。こんなに大きなものは人間のつかうものではない。形が耳掻きに似ているので鬼のつかうものとみた。ここに鬼を登場させるところがおもしろい。鬼は角《つの》をもち、赤、黒、青などの肌色から赤鬼、黒鬼、青鬼という。長い爪を生やし、大きな目に鋭い歯で、重い金棒を手にもつ大きな身体の持ち主とされる。鬼は架空の怪物だが、説話や伝説、笑話の世界には欠かせない。鬼も人間と同じような生活をしていると考える女院の発想がおかしい。

128　細川幽斎公《ほそかわゆ(い)うさいこう》の姉御前《あねごぜん》に。宮河《みやかは》殿とかやいふ《(う)》て。建仁寺《けんにんじ》の内如是《によぜ》院《ゐん》といふにおはせし事ありき。長岡越中守《なか(が)をかゑっちうのかみ》殿より。大津《つ》にて米《こめ》を百石まい《(ゐ)》らする由《よし》の文を見たまひて。其返事《へんじ》に

御ふしんのやくにもたゝ《(た)》ぬこの尼《あま》が
百のいしをは《(ば)》いかて《(で)》ひくへ《(べ)》き

とありしをげに　断《ことは(わ)り》　やと　即車《すなはちくるま》　にてを《(お)》くりたまひし　(489)

〈現代語訳〉 細川幽斎公の姉御前に宮河殿とかいう人が、建仁寺内の如是院というところに、いらっしゃったことがあった。長岡越中守細川忠興殿からの、「大津で米百石を差し上げます」という手紙を御覧になられて、その返事に、

御ふしんのやくにもたゝぬこの尼が

百のいしをはいかてひくへき

(御普請の手伝いもできないこのわたしが、百石のおいしい米をどうして曳くことができようか、いやできない)

と詠んだ。越中守殿は、「いかにももっともなことだなあ」といわれて、ただちに車で、米をお送りになられた。

〈語注〉

細川幽斎公　安土桃山時代の武将細川藤孝。歌人。玄旨《げんし》法印。三淵晴員《みつぶちはるかず》の子。細川元常の養嗣子となる。一五三四～一六一〇。**姉御前**　宮川尼《に》。晴員の子、または元常の女とされ、若狭国の武田信重(信高)に嫁いだ。雄長老の母。**建仁寺の内**　現在の京都市東山区大和大路通四条下る小松町にある臨済宗建仁寺派大本山。「内」は建仁寺寺内。**如是院**　雄長老が天正十四年(一五八六)に如是院に住み、ここで母の面倒をみたという。南葵文庫本、内閣文庫本は「十如院」。**長岡越中守殿**　細川忠興。幽斎の子。一時、細川姓から長岡姓を名乗る。**返事に**　底本の文末「。」なし。**百のいし**　「百」は米の百石と、たくさんの意味の「百」を掛ける。また、うまい、おいしい意味をもつ「いし(美し)」がついて「多くのおいしい米」となる。**いかてひくへき**　どうして曳くことができようか、いやできない。反意を含む疑いの表現。**車**　牛車か、または米を運ぶので荷物車か。**をくりたまひし**　底本の文末「。」なし。

【鑑賞】 **宮河殿**　宮川殿とも書いた。底本129、256にも登場する。狂歌集の『古今夷曲集』（寛文六年。一六六六）巻九・雑下付哀傷625に収める狂歌の詞書が似ている。

法印玄旨、公方の御普請の料に国本よりおほくの米をとりのぼせられければ、御普請終りても猶米のこりけり。よしありし人なれば、米百石えさすべし、とりにこし侍れと申されける返事に

御普請の用にもたゝぬ此尼が百の石をばいかで引べき　宮川尼

「法印玄旨」は玄旨法印。「公方」は不詳。『古今夷曲集』にみる宮川尼の狂歌は、この一首のみである。この狂歌をもとに笑話がつくられたか。

129　さきの宮川殿子《し》息《そく》雄長《ゆうちやう》老《らう》。頭痛《づつう》のなを《(ほ)》ると聞《きゝ(き)》。とつが《(か)》わ《(は)》へ湯治《たうぢ》し給ひし時。音《を(お)と》づれとて。人をつかはし給ふたよりに

御養生《よ(や)うじやう》の湯《ゆ》入の心しづかなれや
とつかはとしてあがりたまひそ　（490）

〈現代語訳〉 いまあげた宮川殿の子息の雄長老が、頭痛が治ると聞いて、十津川へ湯治されれ

た。そのとき訪れてきた人に伝えた知らせに、

御養生の湯入の心しづかなれや
　とつかはとしてあがりたまひそ
（湯治の湯に入ると心が穏やかになるから、せかせかと湯から上がってはいけない）

と詠んだ。

〈語注〉

さきの　底本128に登場する宮河殿。　**雄長老**　武田信重（信高）と宮川尼の間に生まれた子。英甫《えいほ》永雄《えいゆう》。建仁寺、南禅寺の長老であったことから雄長老という。学僧、狂歌師。細川幽斎は母親の弟。「御養生の」の狂歌は『雄長老詠百首狂歌』に所収。一五四七〜一六〇二。　**とつがわへ**　十津川。現在の奈良県吉野郡十津川村一帯を流れる川。　**音づれとて人をつかはし給ふたよりに**　「音づれ」は訪れ。安否を尋ねに来た。「人をつかはし」は雄長老のもとに建仁寺、または宮川殿から人が遣わされた。底本の文末に「。」なし。　**御養生の湯入の心**　「御養生」は身体を休める。狂歌集の『後撰夷曲集』（寛文六年。一六六六）巻九・雑下1113にもみられる。　**とつかはとしてあがりたまひそ**　「とつかは」はあわて急いで。「とはかは」の転。「とつかは（十津川）」を掛ける。「あがり」は湯から「上がる」。「上洛する（京に上る）」を掛ける。

【鑑賞】　**温泉の効能**　温泉は病を治すのに効果があるとされる。雄長老は頭痛で湯治をしに

来た。よほどいい湯で身体にあうので長逗留《ながとうりゅう》した。それを心配して様子を見に使いを出したが、雄長老は、時間をかけないで出たら温泉の効能が薄れてしまうと詠んだ。

130 大名の扶持《ふち》うくる座頭《ざとう》あり。茶《ちや》をひかせられしが。呑《のみ》てみ給へは《(ば)》あらし。大に機嫌《きげん》そこねしに

あらくともわがとがのお《(を)》とおぼすなよ
茶磨《ちやうす》に目なしひきてにもなし

このことは《(わ)》りにて事すみぬ　(492)

〈**現代語訳**〉大名の世話を受けている座頭がいた。座頭に茶を碾《ひ》かせたが、お飲みになると碾き方が粗かった。大名はたいへん機嫌を悪くすると、座頭は、

あらくともわがとがのおとおぼすなよ
茶磨に目なしひきてにもなし

（たとえ粗くともわたしの過失とお思いにならないでくだされよ、茶磨に刻み目がなく碾き手にも目がないのですから）

と詠んだ。この狂歌で大ごとにならずに済んだ。

〈語注〉

機嫌そこねしに　底本の文末に「。」なし。**わがとがのおとおぼすなよ**　「とが」は咎、茶の産地の「とがのお（栂尾）」を掛ける。栂尾茶は現在の京都市右京区梅ヶ畑栂尾町で産出される茶。栂尾茶を本茶と呼び、その他の地で産出される茶を非茶と呼ぶ。高山寺の明恵上人が栽植したという。**茶磨に目なしひきてにもなし**　「茶磨」は茶臼とも書く。葉茶を碾いて抹茶とするのに使う石臼。「目なし」は刻み目がない。「ひきてにもなし」は碾き手の座頭も目が不自由で明るくない。**ことはりにて事すみぬ**　「ことはり」は理。理由。ここは詠んだ狂歌。「すみぬ」は済みぬ。「すみ」はものごとが決着する。底本の文末に「。」なし。

【鑑賞】　**扶持うくる**　大名から「扶持うくる」とは、よほどの座頭なのであろう。座頭は琵琶を演奏する琵琶法師の官名で検校《けんぎょう》、別当《べっとう》、勾当《こうとう》につぐ最下位の名称である。官名をもたずに琵琶や三味線を弾いた者も、僧の姿をして街を流して語り物、歌などをうたった盲人も座頭といった。笑話の座頭は茶を碾かせられる雑事一般の仕事をした職分のようである。座頭は視覚が不自由であるが、触覚は優れているので茶磨に刻み目がないことを手や指で感じることができた。詠んだ狂歌が謝罪の言葉となり、「事なきことになった」という。「刻み目がない」「目が不自由だ」の掛け言葉で、機嫌をとりもつところは、なかなかの知恵をもった座頭とみられる。座頭の芸（狂歌を詠む）が身を助けたことになる。底本49にも茶を粗く碾く笑話がある。

131　普《ふ》光《くは(わ)う》院《ゐん》御《こ(ご)》所《しよ》へ重《て(ちよ)う》寶《ほう》の劔《つるき(ぎ)》を進上《しんじやう》す。則《すなはち》科《とが》人を召出《めしいだ》し。切《きり》てみんとひきすへ《(ゑ)》たるを。あなたこなたなを《(ほ)》してきれとある。其とき彼《かの》科人しばらくまたせられよ。存《ぞん(ず)》する旨《むね》を申さんと

あらひほすしづがつゞ《(づ)》れの棹《さほ(を)》づ《(ず)》くみ
　ひきなをさねばきられざりけり

是をきこしめされ。やさしき者の心やとて。命をゆるされけるとなん　（494）

〈現代語訳〉　普光院が御所へ家宝の剣を進上した。そこで科人を連れ出し、斬ってみようと引き出したとき、「どことどこを斬るのか、改めてから斬れ」といった。そのときに科人が、「しばらくお待ち下され。心に思うところを申し上げよう」といって詠んだ。

あらひほすしづがつゞれの棹づくみ
　ひきなをさねばきられざりけり

（洗っては干した貧しい生活のなかで着てきた粗末な着物が棹にこわばり、元に直すことができないので、着ることができなくなった）

これをお聞き入れになられ、「風情ある者の心よ」といって命をお許しにされたという。

〈語注〉

普光院　室町幕府六代将軍足利義教の法号。普広院とも記す。一三九四～一四四一。　**存する旨を申さんと**　底本の文末に「。」なし。　**しづがつゞれの棹づくみ**　「しづ」は賤。貧乏。「つゞれ」は襤褸。つぎはぎの着物。「棹づくみ」は棹に張り付いてごわごわする。硬くなること。　**きられざりけり**　「きられ」は着ること。「斬られ」を掛ける。　**命をゆるされけるとなん**　底本の文末に「。」なし。

【鑑賞】 **試し斬り**　刀剣や槍などの利鈍を試すために罪人などを斬った。のちに乞食の試し斬りをする笑話もあるほどであるから、人で刃物の斬れ味を試した。試しに斬るのを「ためしぎり」「ためしもの」といった。ここは科人が狂歌に詠む気持ちに理解を示した対応に、策伝は天晴《あっぱ》れと感じたのである。

132　牡丹《ぼたん》の花の児《ちこ(ご)》にて机《つくゑ(え)》にかゝ《(か)》りいかにもしとやかに。手習《ならひ》し給ふを見つけ。ある人うしろより

ものをもいはで物ならふ人
といひしに筆《ふで》を持《もち》なか《(が)》ら
くちなしのはなのいろはやうつすらん　（504）

〈現代語訳〉牡丹花肖柏が子どものときのこと。肖柏が机に寄りかかって、とても上品に文字を書いているのを、ある人が見つけて、肖柏の後ろから、

ものをもいはで物ならふ人
（言葉もいわないで文字を学ぶ人）
というと、肖柏は筆を持ちながら、
くちなしのはなのいろはやうつすらん
（梔子《くちなし》の花の葉色を写しているからであろう）
と付けた。

〈語注〉**牡丹の花の児にて**　「牡丹の花」は牡丹花肖柏。室町後期の公卿出の連歌師。飯尾宗祇の弟子。永正

期（一五〇四～二一）に摂津国猪名野に夢庵《むあん》と号した草庵をむすんだ。一四四三～一五二七。「児にて」は子どもであったときのこと。**しとやかに** 動作や言葉などが静かで落ち着いているさまをいう。**うしろより** 机に向かう児の後ろから。底本の文末に「。」なし。**筆を持なから** 底本の文末に「。」なし。**くちなしのはな** 梔子。実が熟しても口を開かない。無言の「口無し」を掛ける。**いろはやうつすらん** 「いろは」は色葉。葉の色。「文字」の「いろは」を掛ける。「うつす」は描く。写す。

【鑑賞】 **肖柏の児にて** 「牡丹の花の児」は肖柏の子ども時分をいう。肖柏説話の一つであったのだろう。手習いは手本を書写するものだが、それを黙って書いているのを珍しいと思った人の言葉に、梔子の花と「口無し」を掛けて答えた。さすがであると策伝はとらえる。写本には肖柏の登場する笑話と狂歌が十二話もみられる。策伝にとって肖柏の存在は大きかったとみられる。

133 かくし題《た(だ)い》をいみし《(じ)》く。興《け(きよ)う》ぜさせ給ひける。御門のひちりきをよませられけるに。人〳〵《(人)》わろくよみたるに。木こる童《わらへ(べ)》の暁《あかつき》山へ行《ゆく》とていひける。此比《こ(こ)ろ》

は篳篥《ひちりき》をよませさせ給ふけるを。人のえよみ給はざんなる。童こそよみたれといひければ。ぐして行《ゆく》。童《わらへ(べ)》あなお《(を)》かしかゝ《(か)》る事ないひそ。ざまにも似ず。いま〳〵《(いま)》しといふに。など《(ど)》かならずざまに似る事かとて

めぐりくる春《はる》〳〵《(春)》ごとにさくら花
いくたびちりき人にとはゞ《(ば)》や

といひたりけるぞやさしき

(515)

〈現代語訳〉 隠題にたいへん興味をもたれた天皇が、「篳篥」の題を詠ませられたところ、人々は下手な歌を詠まれたという。しかしある木こりの子どもが、明け方、山へ行くときに、「近ごろ天皇が篳篥の題で詠ませられたのを、人々は上手くお詠みにならなかったが、わたしはその題で詠むことができる」といったので、一緒に山に行く子どもが、「ああ笑われることをいうものではない。身分にも合わないことだ。小生意気なことをいうものではない」というと、「どうして決まったように、身分に合わないと詠めないというのか」といって、

めぐりくる春〳〵ごとにさくら花
いくたびちりき人にとはゞや
(やって来る春のたびに咲く桜の花は、どれほど散ったかと人に聞きたいなあ)

と詠んだ。とても風情ある歌である。

〈語注〉

かくし題 歌題の語を歌のなかに詠み込むこと。物名歌《もののな》ともいう。**ひちりき** 篳篥。雅楽に用いる管楽器。**木こる童の暁** 「木こる童」は木こりの子ども。「暁」は午前四時ごろ。**此比は篳篥をよませさせ給ふけるを** 「此比は」は最近のこと。天皇が隠題に篳篥の題を出したのを、どのようにして童が知ったのかは不明である。**かゝる事ないひそ** 「ないひそ」はいうものではない。**ざまにも似ず** 「ざま」は「さま」の転。身分。「似ず」は調和しない。詠む柄ではない。**いまいまし** 小憎らしい。いやらしい。**なとかならずざまに似る事かとて** 「なと」はなぜ。どうして。同話を収める『宇治拾遺物語』には「などか、必ず」とある。「などか」はどうして〜か。底本の文末に「。」なし。**春ごとにさくら花** 「さくら」は桜。「咲く」を掛ける。**いくたびちりき** 「いくたび」は何度も。「ちりき」は散った。「ひちりき」を掛ける。**やさしき** 底本の文末に「。」なし。

【鑑賞】**木こりの歌** 底本132の肖柏、夢庵の歌から、和歌の隠題を取りあげた。写本の（514〜517）に『宇治拾遺物語』の説話が並ぶ。この笑話も『宇治拾遺物語』の巻十二・11「木こり小童隠題歌の事」から抜き出したとみていい。（514）は巻三・8「木こり歌の事」、（516）は巻十二・12「高忠の侍歌詠む事」、（517）は巻十二・17「鄭太尉の事」である。『宇治拾遺物語』の冒頭の「今は昔」を省略する以外は、ほぼ同文であるが、表現を少し異にする。これは異本の『宇治拾遺物語』によったものか、または策伝が直したものか。『宇治拾遺物語』の全文をみておこう。

今は昔、隠題をいみじく興ぜさせ給ひける御門《みかど》の、篳篥《ひちりき》を詠《よ》ませられけるに、人々わろく詠みたりけるに、木こる童《わらは》の、暁、山へ行くとていひける。この比《ごろ》篳篥を詠ませさせ給ふなるを、人のえ詠み給はざなる、童こそ詠みたれといひければ、具《ぐ》して行く童《わらは》部《べ》、あな、おほけな。かかる事ないひそ。さまにも似ず。いまいましといひければ、などか、必ずさまに似る事かとて、めぐりくる春々ごとに桜花いくたびちりき人に問はばや、といひたりける。さまにも似ず、思ひかけずぞ。

「童《わらは》」を「童《わらへ》」とするのは底本の筆耕者であろうか。ほかに、「給ふなるを」を「給ふけるを」、「あな、おほけな」を「あなおかし」、「さまにも似ず」を「ざまにも似ず」、「いまいましといひければ」を「いま〳〵しといふに」、「といひたりける。さまにも似ず、思ひかけずぞ」を「といひたりけるぞやさしき」と変える。同時代の『古本説話集』38「樵夫詠二隠題一事」にも同話がみられる。『宇治拾遺物語』と比較すると、「篳篥を詠ませられけるに」を「篳篥を」のみとし、「人々わろく詠みたるに」を「人わろく詠みたりけるに」、「暁」を「暁に」、「この比は」を「この頃」、「さまにも似ず」を「さまにも合はず」、「さまに似る事か」を「さまによるか」、「さまにも似ず」を「さまに似ず」などが異なる。『藤六集』には、「ひちりき　めぐりくるはるはることにさく花はいくたひちりきふく風やしる」とある。下の句の「ふく風やしる」を、『醒睡笑』は「人にとはゞや」とする。策伝は木こりの身分でありながら、風情ある歌が詠めることに感心し、それを「やさしき」といった。

かくし題を詠む　隠題は題詠の一種である。和歌、連歌、俳諧では内容に関係なく、題とされた事物の名を表面に表さないで詠む。和歌の意味内容とは無関係に、事物の名や言葉を詠み込む戯作的詠法の一体と説明するものもある。物名歌とほぼ同義語とされている。『拾遺集』には物名歌が七十八首も収められ、三十七首を隠題の名人といわれた藤原輔相《すけみ》（藤六）がつくる。『続草庵集』四巻にも頓阿の物名歌が二十三首もみられる。そこに「笙《しょう》、笛、篳篥、琴、琵琶」の題から、「うしやうし花にほふえに風かよひちり来て人のことひはせず」（521）と詠む例がみられる。「しやう（笙）」「ふえ（笛）」「ひちり来（篳篥）」「こと（琴）」「ひは（琵琶）」を隠す名歌として知られる。

134　深草《ふかくさ》に薄墨《うすずみ》の櫻《さくら》とも墨染《すみぞめの》櫻ともいふは。児《ちご》あり手習《ならひ》硯《すゝ(ずす)り》の水《みづ》に。白き櫻の散落《ちりおち》て。墨に染《そま》りければ

世の中を花もうしとやおもふらん
しろきすがたを墨染にして

と此哥よみて児《ちこ(ご)》死《しゝ(し)》けり。明《あけ》の年《とし》の無日《なきひ》にあたり。師《し》の坊主《ばうず》

去年《こぞ》のけふ花ゆへ《(ゑ)》うせし児のため
今うちならす鐘《かね》の一聲《こゑ(へ)》

と詠《えい(じ)》し霊前《れいぜん》に備《そなへ》ければ即返哥《へんか》あり

花ゆへ《(ゑ)》にとはるゝ《(る)》事のうれしさよ
苔《こけ》のしたにも春《はる》は来《き》にけり

(521)

〈現代語訳〉　深草に薄墨の桜とも墨染桜とも呼ぶ児がいた。墨を擦る硯に垂らした水に白い桜の花が散って、墨に染まったので、

世の中を花もうしとやおもふらん
しろきすがたを墨染にして

（世の中を花もつらいと思って散るのであろうか、白い衣を墨染めにして）

と詠んで、児は亡くなった。翌年の命日に、師匠の僧が、

去年のけふ花ゆへうせし児のため
今うちならす鐘の一聲

（去年の今日、花の名をもつがゆえに亡くなった児のために、いま打ち鳴らす鐘の音）

と詠んで霊前に供えると、すぐに返歌があった。

花ゆへにとはるゝ事のうれしさよ
　苔のしたにも春は来にけり
（花の名から話題にされることの喜ばしさよ、草葉の陰にも春がやってきたのだなあ）

〈語注〉
深草に薄墨の櫻とも墨染櫻ともいふ　「深草」は現在の京都市伏見区深草。「薄墨の櫻」は墨染寺《ぼくせんじ》内にあった桜。墨染桜は小形の白色の一重の花が咲くと、それが薄墨色にみえる。『古今和歌集』巻十六・哀傷歌832にある上野岑雄《かみつけのみねお》の「深草の野辺の桜し心あらば今年ばかりは墨染めに咲け（深草の野辺に咲く桜が人のような心をもっているならば、せめて今年だけは墨染め色に咲いてほしい）」による命名という。墨染寺は貞観十六年（八七四）の創建。桜寺とも呼ばれる。**墨に染りければ**「染」は底本の文字判読不可。大本版は「染」とあるので「染」とした。なお写本は「そまりければ」とある。底本の文末に「。」なし。**花もうしとや**　「うし」は憂し。「失し」を掛ける。**しろきすがたを墨染にして**　「しろきすがた」は僧になる前の姿をいう。墨染の黒に対する白い姿。「墨染にして」は僧になって。墨染は僧を表す。**無日**　亡き日。**師の坊主**　児をかかえていた僧。底本の文末に「。」なし。**うちならす鐘の一聲**　「うちならす」は打って音を響かせる。「一聲」は音。**即返哥あり**　底本の文末に「。」なし。**苔のした**　墓の下。**備ければ**　供ければ。

【鑑賞】　**薄墨、墨染**　桜は咲いている時間が短いので、短い命のたとえにつかわれる。咲き誇る桜色の花びらは、散る命ゆえに堂々として豪快であり可憐でもある。その華やかさから春の到来を告げる花として愛されてきた。それにしてもこの児は、なぜ薄墨、墨染という名であったのか、桜のような美しい肌色であったのか。とても可愛い児であったとみられるが、短命を象徴する桜の名に、僧は気づかなかったのだろうか。可愛いからといって桜の名をつけられたのは児にとって不幸であった。

135　光源院殿《くは(わ)うげんゐん》京都《と》四条《でう》の道場《だうぢやう》に。陣《ぢん》をとり御座《さ(ざ)》ありし時。夜《よる》九つの太鞁《たいこ》をねほれ七つの時打けり。公方《くばう》より御使《つかひ》ありて番《ばん》の僧《そう》をめす。定《さた(だ)め》て折鑑《せつかん》に及《をよ》びなんとふる〳〵《(ふるふ)》参ければ。様子《やうす》御たづねありつるに。さん候ふかく睡《ねふ》り入。目覚《めさ(ざ)め》仰《ぎやう》天《てん》ての故《ゆへ(ゑ)》と。ありのま〻《(ま)》申上ければ。案《あん》の外《ほか》御機嫌《きげん》よくて

此寺の時のたいこはいそのなみ
を《(お)》きした《(だ)》いにそ《(ぞ)》うつといふなる　(524)

〈**現代語訳**〉光源院殿が京都四条の道場に陣営を構えていらっしゃったとき、夜九つの太鼓を僧が寝惚けて、七つの時に打った。光源院殿からお使いがあって、太鼓を打つ当番の僧をお呼びになった。きっときびしく責め懲らしめられるのだろうと、震えながら参上すると、

事情のお尋ねがあったので、「さようでございます。深く眠っていて、目を覚まして驚き、あわてたために」と事実を申し上げると、予想外に御機嫌がよい様子で、

此寺の時のたいこはいそのなみ
をきしたいにそうつといふなる

（この寺の時刻を知らせる太鼓は磯の浪のようだ、押し寄せるので浪打つというのだな）

と詠まれた。

〈語注〉

光源院殿　室町幕府十三代将軍足利義輝《よしてる》。十二代義晴の長男。三好氏、松永氏らの勢力が強く将軍職は名ばかりであった。在職は一五四六〜六五。光源院は法号。一五三六〜六五。**四条の道場に陣をとり**　「四条の道場」は現在の京都市中京区中之町にあった時宗道場。「陣」は戦に備えて兵士を集める場所。天文十九年（一五五〇）十一月、三好長慶が細川晴元、六角定頼の軍と戦った。**夜九つの太鞁をねほれ**　「九つ」は午前零時前後。子の刻。三更。「太鞁」は太皷、太鼓。時刻を知らせる。「ねほれ」は寝惚れ。寝惚けて。**七つの時**　「七つ」は午前四時前後。寅の刻。五更。一刻は現在の二時間であるから四時間も遅れた。**折鑑**　底本ママ。折檻。**案の外御機嫌よくて**　「案の外」は予想外に。底本の文末に「。」なし。**いそのなみをきしたいにそ**　「いそ」は磯。浪打ちぎわの岩石の多いところ。「なみ」は「をき」にかかり、枕詞の「沖つ波」を連想させる。『後撰夷曲集』巻九・雑下1135に同歌をみる。詞書に、「寺に留り給ふ夜明の太鞁打そこなひしをきこしめし

て 義輝公」とある。「をきしたい」は大きな浪が「起こる」。睡りから「起きる」を掛ける。「したい」は動きが完了したらすぐに。**うつといふなる** 「うつ」は浪打つ。太鼓を「打つ」を掛ける。写本は狂歌のあとに「とあそばされ、僧には方兄《はうひん》をあたへ給ひぬとなん」と記す。「方兄」は銭の異名であるから、褒美を与えられたことになる。

【鑑賞】 **狂歌** 光源院殿が、「太鼓の音は、沖合いから浪が起き、すごい音をたてて浜辺に寄せてくるので、浪打つというのだな」と詠まれたのは、僧が素直に、「目が覚めてあわてて太鼓を打ちました」と応えたことによる。底本は狂歌のあとの一文を省略し、狂歌を落ちとした狂歌咄とする。褒美の銭の一文は笑話にかかわりないと判断したので省略したのであろう。太鼓を打つか打たないかに目くじらを立てず、大目にみてやった光源院殿の気持ちが、よく出ている。規則的に打つ太鼓は鳴ったと思えば鳴ったのである。鳴っていないと思えば鳴っていないのである。そう思い込めばいいのである。

136　三条《でう》三光院《くは(わ)うゐん》殿。十六歳《さい》の御時。禁中《きんちう》にて懐《くわい》旧《きう》といふ題《だい》出たりつるに。何ともよみにくしとあれば。一座《さ(ざ)》みなおもしろき顔《かほ》にみなし。誰《たれ》も題をとりかへよま

んと云人なかりしに

程ちかきわが昔《むかし》さへこひしきに
老《おい》はいかなるなみだなるらん　(525)

〈現代語訳〉　三条三光院殿が十六歳のとき、宮中で「懐旧」という題が出されたところ、「どうにも詠みにくい」というと、その座にいる人々は皆、おもしろい顔をして、誰も題をとりかえて詠もうという人がいなかったので、

程ちかきわが昔さへこひしきに
老はいかなるなみだなるらん

（年若いわたしの昔でさえ恋しく思うのに、老いた人にとっての昔はどんな涙になるだろう）

と詠んだ。

〈語注〉
三条三光院殿　室町時代の公卿、三条西実隆の孫。実世、実澄から実枝《さねき》と改名。院号三光院。法名を豪空、玄覚。家集に『三光院集』がある。一五一一～七九。　**懐旧**　昔のことを懐かしくおもうこと。　**よまんと云人なかりしに**　底本の文末に「。」なし。　**程ちかき**　生きている年月が浅い。

【鑑賞】　おもしろき顔　「おもしろき顔」とは、周りの者たちがみせたおもしろい顔である。三条西実隆の孫である三光院なら、十六歳という若さであっても、どんな難しい題でも詠めるだろうという期待から、詠まれる歌に興味がもたれた。子ども、孫だといっても詠む力は、やはり凡人の歌人たちよりも上である。どんな歌を詠んでも非凡なものとなる。センスはつくられるものではなく、もともと備わっているものである。磨けばさらに光る鉱石をもっていると考えると、凡人はどこか技巧的である。

上戸《じやうご》

137　伊勢《いせ》参りの坂向《さかむか》ひに出《いで》たる者。内にかへりむねをなでひたひをとらへ。あらくるし〳〵（あらくるし）と時すぐるまでかなしがるを。利口《りこう》なるむすこあり。てゝ（て）はそれほどくるしい酒《さけ》をよひ（い）ころにのみもせでと申ければ。目を見いだし。をのれ（お）はこざかしくなにをしりがほに。此ゑひのさめんがくるしやといふ（う）てあそぶよ　（530）

〈現代語訳〉　伊勢参りの坂迎えに出た者が家に帰ってきて、胸をなで、額をおさえ、「ああ苦しい、ああ苦しい」と、いつまで経ってもつらそうにしているのを、利口な息子が見て、「父はそんなに苦しむ酒を、ほどほどに飲もうとはせずに」というと、怒った顔をして、「おまえは利口ぶって、何をわかった顔をするのだ。この酔いの醒めようとするのが苦しいのだ」といって、楽しんでいるのだ」といった。

〈語注〉

上戸　酒の飲めない下戸《げこ》に対して酒の飲める者、嗜む者をいう。辛党。左党。左利き。酒好き、酒豪の人たちが笑いの対象となる。　**伊勢参り**　伊勢神宮への参詣には、伊勢講の組織がつくられ、その代表者が代参した。**坂向ひ**　「境迎ひ」「酒迎ひ」とも。国境、山堺の坂で代参した人を出迎えること。また、祝い酒でその帰参を祝うこと。**てゝ**　父。「ちち」の転。子どもや女の会話に用いられる。**しりがほ**　いかにも知ったような顔。**くるしやといふてあそぶよ**　底本の文末に「。」なし。

【鑑賞】　**上戸**　下戸《げこ》は酒を飲まないから、節度を保ち、謙遜であり、義理をわきまえた人という。その逆の上戸は節度をもたず謙遜もなく、義理をわきまえない人となる。昔も今も同じで、飲んだ勢いで暴れ回り、大声を出すなどは、まさに節度も遠慮もない、ずうずうしい態度をもち、義理などを忘れて暴言を吐き、義理をわきまえない。下戸に悪人はないともいわれる。「酒飲む人に蔵たたず、酒飲まぬ人も蔵たたず」という言葉を踏まえた狂歌が、写本の(528)の最後にみられ、「目出屋那下戸濃立多類倉毛南之上戸能倉裳立和勢禰土毛（目出やな下戸の立たる倉もなし上戸の倉も立はせねども）」、「世中爾酒飲人和見天楚与既得飲奴人裳仁具之登和見須（世の中に酒飲人は見てそよき得飲ぬ人もにくしとは見す）」とある。これは『酒飯論』（伝一条兼良詞書）の「生れつきたる貧福は下戸のたてたる蔵もなし」を踏まえた狂歌であろう。諺に「下戸の建てた蔵はない」もみられる。酒は「百薬の長」といわれ、酒に酔うことで楽しい人生を過ごせるといい、酒こそ生涯の友とする。毎日の晩酌程度の量でも、日を重ねていくと中毒になることを承知で飲む。しかし美味い酒が飲めれば楽しいのである。

酒茶論　写本には長々とした漢文体戯文の「酒茶論」がある。これは仮名草子の『酒茶論』（寛永ごろ刊行。一六二四～四四）に倣ったものである。底本も大本版も、この長文が笑話とはかかわりないので削除している。なぜ写本では、この漢文体戯文で書かれた『酒茶論』を笑話の前に収めているのか。『酒茶論』は美濃乙津寺《おつしんじ》、または妙心寺五十三世の蘭叔玄秀《らんしゅくげんしゅう》が書いた作品である。愛酒家と愛茶家の両方が好む理由を問答する。僧と俗人とが問答をして、僧は酒を悪いものというが、俗人は酒を善いものという。そして茶を愛するなら酒を飲まないほうがいいという。問答の終わりに、「吾嘗テ終日ニ不食、終夜不寝、以思トモ無益、不如且飲ンニハト云モ果ヌニ、十徳衣禅門、踈忽ニ罷出テ、拙者ハ観音参ノ次、而人群集何事ソヤト立寄、鎮レ性ヲ聞居ケルカ、僧ハイツモノ長談義、在家ハ酒ノ諺ニ、足モ膝モ痺《シビリカ》キレ、鼻ノモトハ物ホシ棹ノ一節ヲ謡声セネド頭ヲ鼓ノ打ツ様ニ、目ノ舞振ノヲカシサヨ、私ハ非下戸ニ上戸ニテ無シ、狂哥ヲ申テ無事之媒トセンノミ」と記し、僧が俗人に対して、「汝ハ何ク如何ナル者ゾ、俗云、名字ハ寐起、名ハ楽兵衛、聞人咄《ドツト》笑ツテ立去ヌ」という。もともと「上戸」は酒の好きな人である。その人の失態にともなう笑いは尽きない。

あらくるし　伊勢神宮への参詣は功徳があるとされ、多くの伊勢講がつくられて参拝する。講の代表の代参が江戸時代には流行した。その帰る時期がわかると、国境で「坂迎え」をして祝った。坂は境界の「境」の訛りであり、酒の「さか」を掛けている。酒はササといい、笹と竹から神を降ろす依代《よりしろ》として大事にされ、神の恵みを直接に得られるものとみられてきた。「坂迎え」は無礼講である。ただで飲める祝い酒を、がぶがぶと飲み、一気に酔いもまわると気分もいい。この気分を醒ましたくないが、時間とともに醒めていくのが悔しい。「あらくるしく〳〵」といって「あそぶよ」という父親は、小賢しい息子に嫌味をいった。父親は素直ではない天の邪鬼とみられても仕方がない。

138　主君《しゆくん》たる人の。酒《さけ》につよきあり。機嫌《きげん》のよきとき。小性《こしやう》にわれをば世上に上戸といふか。いやさやうには申さぬ。下戸といふかや。いや其さたも御ざない。すいした〳〵《（すいしたすいした）》上戸といふらふ《（う）》。いやさ申もおりない。さてなにといふぞや。たゝ《（だ）》世上には底《そこ》しらずぢ《（ぢ）》やと申（532）

〈現代語訳〉 酒に強い主君がいた。機嫌のよいときに小姓にむかって、「わたしのことを世間で上戸といっているか」というと、「いや、そのようには申し上げておりません」という。「では下戸といっているのか」というと、「いや、その評判もございません」という。「わかった、わかった。上戸といっているのだろう」というと、「いや、そのように申し上げる者もございません」という。「それでは、どのようにいっているのか」というと、「ただ世間では、限度を知らない人だと申し上げています」といった。

〈語注〉

小性　底本ママ。小姓。　**世上**　世の中。　**さた**　沙汰。噂。　**すいした〳〵**　推察した。理解した。　**上戸**　底本ママ。上戸でも下戸でもないのあとに、また上戸というのはおかしい。　**底しらずじやと申**　「底しらず」は大酒飲み。「底なし」ともいう。底本の文末に「。」なし。

【鑑賞】　**中戸**　「すいした〳〵上戸といふらふ」は上戸、下戸の会話のあとであるから、上戸は誤読か誤刻である。つぎの「さ申も」の「さ」は「そのように」で、「申も」は「申す者も」であるので、同じ言葉の繰り返しでは「も」とはいわない。写本は「すいした〳〵中戸」とある。ここは、この「中戸」が正しい言葉となる。『日葡辞書』にも「チュウゴ（中戸）」「中位程度の酒飲み」がある。中戸であるなら文意が通じる。大本版も「上戸」であるので、ともに版本は誤読、誤刻となる。

139　ふるまひの席《せき》にて。今日の亭主《ていしゆ》は生得下戸《しやうとくげこ》なり。酒《さけ》を三返のうへはしい(ひ)ぬぞ。油断《ゆだん》するなとおなじ心のとも。みな目まぜをせし。三返目に亭主出《いで》。いかほど参たるぞととふ時。態氣《わざとき》にかけさせんと思ひ。四献《こん》とを《(ほ)》りたゐ《(い)》といふ。われらは稲荷《いなり》を信仰《しんが(か)う》の者なり。めて《(で)》たふ《(う)》銚子《てうし》をとれやといふ。いなりをしんじ給はゝ《(ば)》。今一献とを《(ほ)》されよかし。いなりどのは。四献々といはるゝ《(る)》程に　(535)

〈現代語訳〉　ある馳走の席でのこと。「今日の亭主は、もともと下戸である。酒は三盃目までで、それ以上はまったく飲ませないぞ。注意を怠らないように」と同じ飲み友達たちが、みな目で確かめ合った。三盃目になったとき、亭主が出てきて、「どれくらい、召し上がりましたか」と尋ねる。そのときわざと亭主の気に入るような言葉をいおうと思って、「四献《こん》をいただきたい」というと、亭主は、「わたしは稲荷を信仰する者である。四献とは洒落ていて喜ばしい。もう一盃さしあげたい」といい、さらに「稲荷を信仰なさるならば、もう一献いただくのがいい。稲荷殿は四献、四献といわれるから」といった。

〈語注〉
ふるまひ　振舞。もてなし。接待。　**亭主は生得下戸なり**　「亭主」は振舞の場を設定した主人。「下戸」は上戸の気持ちが理解できないという設定。　**酒を三返**　祝儀、不祝儀にかかわらず、酒宴の席では酒を三盃回すのが慣習。　**油断するな**　気をゆるめるな。飲ませてもらうようにつとめよ。　**目まぜ**　目くばせする。目まじともいう。　**亭主出**　「出」は挨拶に出てくる。これ以上は酒が出ないことをいうための挨拶。　**いかほど参たるぞ**　表向きの上辺だけの挨拶。三盃目が廻ったのを知って尋ねる。　**四献とをりたゐ**　「四献」は四盃目。「献」は酒盃を飲む数。狐の鳴き声「コン」を掛ける。「とをりたゐ」の「たゐ」は希望の「たし」の連体形イ音便。南葵文庫本は「とをりたる」。内閣文庫本は「通りたり」。　**われらは稲荷を**　「われら」は単数を表す。ここは亭主。**めてたふ銚子をとれや**　「めてたふ」は「四献」の「献」が鳴き声の「コン」に通じるので亭主はうれしくなる。　**いなりどのは四献々といはるゝ程に**　「いなりどの」は稲荷殿。五穀をつかさどる食物の神の倉稲魂神《うかのみたまのかみ》。狐ではない。狐は稲荷神の使わしめである。「四献々」の「献々」は鳴き声の「コンコン」の洒落。底本の文末に「。」なし。

【鑑賞】　**四献々**　「献々」は『日葡辞書』に「コンコン（献々）」「何回も盃をさすこと」とある。盃を「四盃」「四返」といわずに「四献」と洒落ていうので、稲荷信仰の主人は大喜びする。狐を吼噦ともいう。「こんくゎい」と読み、「吼」はほえる、「噦」はしゃっくりをいう。しゃっくりの音が鳴き声に似ていたのであろう。虎明本《とらあきらぼん》狂言集の『釣狐』の冒頭には「別れの後に鳴く狐〳〵こんくわい涙なるらん」をみる。ここは狐の鳴き声と「後悔」を掛けた洒落をいうが、狂言の後半に、「(衣を少し引き上げ、尻尾を出して) クヮイ、クヮイ、クヮイ (と鳴いて、跳んで)」と鳴き声を記している。狐は「こんこん」と鳴くが、ふるくは『万葉集』巻十六・有由縁雑歌3824に、長忌寸意吉麻呂《ながのいみきおきまろ》の「鐺子《さしなべ》に湯沸かせ子ども櫟《いちひ》津《つ》の檜橋《ひばし》より来む狐に浴《あ》むさむ」をみる。「来む」は鳴き声の「こむ」を掛けている。『今昔物語集』巻第二十七・本朝付悪鬼39「狐人の妻《め》の形に変じて家に来たる語《こと》」には、「こうこうと鳴きて逃《に》げ去りにけり」とある。笑話集の『私可多咄』巻五・4には、「あづきめしがくひたい、われはきつねしや、こん〳〵くわい〳〵といふて、やぶの中へかくれた」とある。

140　朝食《あさめし》のうへに。初献《しょこん》にはかさにてとを（ほ）し。二返には中《なか》の椀《わん》。三返には汁《しる》のわんにてもらせけり。四返めには。はなやかに飯《めし》のわんにてつがせんと。たくみすまひ（い）て。銚子《てうし》を先に出し。跡《あと》よりていしゅ出て時宜《じぎ》をいはんと思ふ間《ま》に。とくはや飯のわんにてこほ（ぼ）るゝ（る）ばかりうけたれば。亭主いはん事なきまゝ（ま）。さてかよひ盆《ぼん》て（で）ようう御座らふ（う）物を　（538）

〈現代語訳〉朝食を食べたうえに、初献には椀の蓋《ふた》で飲みほし、二盃目には中ぐらいの椀、三盃目には汁の椀に注がせた。さらに四盃目には際立って大きな飯の椀に注がせようと企んだ。銚子をもつ者を先に歩かせ、そのあとから亭主が出てきて、挨拶をいおうと思うときに、はやくも飯の椀でこぼれるほどの酒を受けていたのをみて、亭主はいおうとする言葉がいえないまま、「それにしても通い盆で飲めば、ようございますものを」といった。

〈語注〉

初献にはかさにてとをし 「初献」は最初のお酒。一盃目。「かさ」は椀の蓋。**銚子を先に出し** 「銚子」は酒を注ぐ者を指す。酌人。**かよひ盆てよう御座らふ物を** 「かよひ盆」は通ひ盆。お代わりするときにつかう盆。飯の椀よりも大きな盆に注いでもらえばいいものを。底本の文末に「。」なし。

【鑑賞】 **初献** 底本139の「四献」つながりの笑話である。「初献」は挨拶としての乾杯で、椀の蓋で飲む。一度で飲みほしてしまう程度の量で、それは素焼きの土器《かわらけ》で神酒を飲むと同じぐらいの量である。東洋文庫本は、かよひ盆は通い盃のことをいい、これは「通い盆（給仕盆）をもじった皮肉である」という。つまりあわてて大きな椀に注がせて、次の酒をもらおうとする客人の態度が気にくわないので、「どうせ飲むなら、大きな通い盆で飲めばいいのに」と皮肉をいったのである。

141 小機嫌《こきげん》のよき憶節《お(を)りふし》。さんげ物がたりをしけるが。ひとりがいふやう。此五

つむけ。いとぞこにてうけさ《(ざ)》まに。長老のかたを見ければ。目を見いださるゝ《(る)》。侍者あつといふ《(う)》て。本《もと》のこ《(ご)》とく持《もち》なを《(ほ)》し。たぶ〱《(たぶ)》とうけたり。帰山《きさ(ざ)ん》の後《のち》しからるゝ《(る)》時。私《わたくし》は兼《けん》日の法度《はっと》のごとく。小盃にとりあげ候へば。御目もとちがひ候まゝ《(ま)》。扨は上戸なみに。御ゆるし候やとて存知《ぞんし(じ)》て（548）

〈現代語訳〉　二十人ほどいる寺の僧を、すべて檀家が招いたとき、住職が僧たちに方丈に集まる知らせを出して、「衆僧はみな上戸である。明朝に招かれた座敷は表立った席であるから、おのおのが大盃で控えていると、その場がみっともないことになるだろう。貧乏籤《くじ》を引いて、少なくとも一人ぐらいは下戸になってもらうのはどうだろうか」という。「それは賛成だ」といって籤を引くと、長老の下で働く侍者が、籤を引き当てた。住職は、「酒はたった二盃であるので、はじめから汁の椀で飲むこと」と衆僧たちとの決議を約束させた。当日、例の籤を引いた侍者は、無造作に汁の椀を手に持ちあげたが、「やあ、おれは下戸の振りをするのだったなあ」とあわてて盃を逆さにし、小さい口の糸底で受けるときに、長老の方をみると、怒ってにらんでいらっしゃる。侍者は、「あっ」といって、もとのとおりに大きい口の方に持ち直して、たっぷりと酒をもらった。寺に帰ったあと長老に叱られた。そのとき、「わたしはかねての約束事どおりに、小盃で飲もうと手に取り上げますと、長老がお目つきを変えていられるので、そうか上戸と同じように飲めとお許しなされたのかと思いまして」といった。

〈語注〉

請用　僧が檀家から加持、祈禱などに招く。　**住寺**　住持。住職。　**方丈**　住職の部屋。振り仮名の「はうぢやうへ」は底本ママ。　**衆僧**　寺がかかえる僧。衆徒。　**座敷**　檀家が招く席。　**びんばう鬮**　貧乏籤。籤を引き当てた人が損をする立場となる。　**二返**　振る舞われる酒が二盃と限られている。　**汁器**　「じうき」と読むなら什器が正しいか。一盃で多く飲める汁の椀か。　**衆儀**　底本ママ。衆議。衆僧たちとの決議。　**彼侍者**　貧乏籤を引いた男。　**いとぞこ**　糸底。底の部分。糸でろくろから切り取った底部。糸切り底。糸尻。糸床《いとどこ》、高台《こうだい》ともいう。　**兼日の法度のごとく**　「兼日」は兼ねての日。南葵文庫本には「けんぢつ」の振り仮名がある。「法度」は「衆儀」を指す。　**御ゆるし候やとて存知て**　底本の文末に「。」なし。

【鑑賞】　**びんぼうくじ**　貧乏籤とは物事を決めるときに、何本かの紙縒《こよ》りの下に黒や赤色をつけ、それを引き当てた人を当たりにする選出方法である。損することを貧乏の役回りとした。似たものに「阿弥陀籤」というものがある。何本かの棒線から一本を選び、棒線の下にある当たりを引き当てる。棒線と棒線の間には横線があり、横線にぶつかると横線に添って隣の棒線に移る。その移動を繰り返しながら下まで行って、当たりを引き当てる。もとは阿弥陀の光背の放射線状（後光を射す）の形とみられるが、起源などは明らかでない。これが直線に変化したのが、いまに伝わっている。「貧乏籤」「阿弥陀籤」は、一方的な人選に抵抗をもたれない公平なやり方とされる。貧乏籤は運の悪い人が当たり、運のよい人は外れる。極端な格差のない豊かな時代になっても、まだ言葉が残っているのがおもしろい。「貧乏ゆすり」「貧乏暇なし」も同じである。

143　大名の氣に入。あなたこなたと振舞《ふるまひ》はづれず。伴《とも》しありく者あり。人そなたは浦山《うらやま》しやなどいひければ。其事なり殿ゆへ(ゑ)に。活斗《くわつけい》はかたのごとくするが。されども上戸をきらひなるま(ま)ゝ。下戸のまねするにくたびれたと（551）

〈現代語訳〉　大名のお気に入りとなり、あちらこちらの馳走に、いつもお供して歩く者がいた。ある人が、「おまえは羨ましいなあ」などというと、「そのことである。殿であるからぜいたくな食事はいつものようにするが、しかしながら殿は上戸をお嫌いであるので、下戸の振りをするのに疲れた」といった。

〈語注〉

はづれず　もれない。いつも招待を受ける。　**活斗**　活計。申し分のない食事。　**かたのごとくする**　形の如くする。形式通りに。しきたりに従って。振舞の食事は、いつも十分な量と味わいである。　**下戸のまねするに**　酒が飲めない振りをする。　**くたびれた**　草臥れた。嫌になる。底本の文末に「。」なし。

【鑑賞】　**上戸ぎらい**　上戸を嫌う大名のために、下戸の振りをしていなくてはならない。飲める男が飲めない人を演じるのは大変である。いつも咽喉から手が出るほど飲みたいが、これも大名に仕えている身であるから飲めない。ここではそれを口に出すほどだから、よほど我慢も限界に達しているのだろう。お伴をしてぜいたくな食事ができるなら、好きな酒もあきらめるしかない。食事には酒がともなうから、工夫さえすれば飲めそうなものだが、飲めないことになっているのでは、酒が近くに置かれることもない。

144　師走《しはす》の十日比《ごろ》一条の辻《つじ》に。大酒にゑひ餘念《よねん》もなく。いねてゐる者あり。また其日《その》鳥羽《とば》より。用《よう》をとゝ《(と)》のへにのぼりたる男《お(を)とこ》あり。是もちくとゑふたるが。かれを見付《みつけ》。そちの在所《ざいしょ》はいづくととふに舌《した》まはらず。わけもなき聲《こゑ》つきにて。あまがさきといふなり。不便《ふびん》なるかなと。車《くるま》にのせ鳥羽《とば》につれてゆき。便舩《びんせん》をたづねてやりぬ。彼者《かのもの》を旅人《たび》の宿《やど》に舟よりあげてをく《(お)》。酔《え(ゑ)い(ひ)》さめ是《これ》は何事ぞ。われは京の六条《でう》にて。尼《あま》が崎《さき》屋といふ者にてこそ候へとあきれたゝ《(た)》ずむ。件《くだん》の意趣《いしゅ》をかたりきかするにぞ。肝《きも》をつぶし中〲《(中)》にてふなちん旅籠《りよこ》のいとなみに。だう《(ど)》ぶくを沽却《こきゃく》し。はづかしき様にて。宿《やと(ど)》にかへりつるも一笑《せう》（552）

〈現代語訳〉　十二月の十日ごろ、京都一条の辻に、大酒に酔ってひたすら寝つづけている者がいた。また、その同じ日に、鳥羽から必要なものを買いそろえるために、都へ上ってきた男がいた。この男も少し酔っていたが、寝ている男をみつけ、「おまえの住まいはどこだ」と尋ねると、その男は呂律《ろれつ》がまわらずに、わけもわからぬ言い方で、「尼が崎」といっているようである。このままの状態では可哀そうだなあと思い、荷車に乗せて鳥羽に連れて行って、尼が崎行きの船の便を探して乗せてやった。その男を旅の宿へ運ぶために、舟から上げて宿に預けた。その後、男は酔いから醒め、「これはどうしたことだ。おれは京都の六条で尼が崎屋という店を商っているものです」といって、あっけにとられて立ち尽くしている。これまでの経緯を話してあげると、とても驚き、承知した上で払うべき船賃と旅籠《はたご》代を用意するのに着ている羽織まで売り払って、恥ずかしい姿で家に帰ったというのも、お笑い草だ。

〈語注〉

一条の辻に 「一条」は現在の京都市の東西の通り。「辻」は四つ辻の交差点。 **餘念もなく** 他のことを考えずに、ずっと。 **舌まはらず** 呂律が回らない。はっきりしゃべれない。 **わけもなき** 筋が通らない。理解できない。 **聲つき** 声のようす。もののいいぶり。 **あまがさきといふなり** 「あまがさき」は現在の兵庫県尼が崎市。県南東端に位置する。本人は「尼が崎屋の者」といったつもりが、聞く者は土地名と勘違いする。「いふなり」はいっているようだ。 **車にのせ** 「車」は荷車。東洋文庫本は「牛車（京・鳥羽間の貨物の運送に使われた）」という。 **旅人の宿** 船着き場に近いところの旅人の泊まる宿。舟宿ではない。 **舟よりあげて** 「あげて」は舟から身体を持ち上げる。 **尼が崎屋といふ者** 「尼が崎屋」は店名。着ているものから店の主人だろう。 **あきれ** 途方にくれる。呆然とする。 **意趣** わけ。男がここにいる理由。 **かたりきかする** 預かった宿の主人が話す。 **旅籠** 振り仮名「りよこ」は誤りか。南葵文庫本、内閣文庫本は「はたご」の振り仮名。 **だうぶく** 胴服。丈の短い羽織。 **宿にかへりつるも一笑** 「宿」は自分が住む家。「一笑」は笑わざるを得ない。底本の文末に「。」なし。

【鑑賞】 **一笑** 「一笑」は評語である。策伝が好む言葉の一つである。もの笑いの種になることをいう。ここは酒を飲み過ぎての失態の責任を負って、大きな代償を支払うことになったのを笑う。着ているものまで売らなければ、お金が足りない。酔っ払った男は、飲み過ぎたことを後悔したであろう。その帰る姿に読み手も聞き手も腹をかかえて笑う。この笑いは冷笑となろう。

人はそだち

145　東《あつ(づ)ま》の奥《を(お)く》より。都《みやこ》にのぼりたる人あり。去古寺《さるふるて(で)ら》に立寄院主《たちよりゐんじゅ》に参會《さんくは(わ)い》し。物がたりなど時過《ときすぎ》けるまゝ《(ま)》。菓子《くは(わ)し》持出《もちい□》て小性《しやう》をよび。いかにもお茶《ちや》を。もみぢにたてよとありしを聞《きゝ(き)》。客《きやく》何たる子細《しさい》にやととふ。たゞ《(だ)》こうようにといふ事なりと。あなおもしろのことの葉《は》やとおぼえつゝ《(つ)》。本國《ほんごく》にかへり。態《わざと》ちかづきの友《とも》をよびふるまひ。かねてより小性にいひをしへ。お茶をもみぢにたて申せとあり。人〱《(人)》さすがに此度《たひ(び)》上洛《らく》のしるしありやとかんじ。事のをも《(お)》むきをうかゞ《(が)》ひたれば。こくよくたて申せといふ事だよと

あながちその人のとがにはあらす《(ず)》。ものごとにたゞ《(だ)》国のふうによる　(553)

〈現代語訳〉　東国の奥から都へ上ってきた人がいた。ある古寺に立ち寄って住職に会い、物語などして時を過ごすと、住職が菓子をもってきて、小姓を呼び、「ぜひお茶をもみじにたてよ」というのを聞き、客が、「どういう意味であるのか」と尋ねると、住職は、「単に濃うように、という意味である」という。「ああおもしろい言葉づかいだなあ」と思いながら、本国に帰った。その後、わざわざ親しい友を呼んで馳走し、前々から小姓にいい教えて、

「お茶をもみじにたてて差し上げよ」という。人々は、「やはりこのたび上洛した成果があるねえ」と感心し、その言葉の意味を聞いてみると、「濃く能くたてて差し上げよ、ということだよ」といった。

必ずしも言い方の間違いは、その人の罪ではない。どんなことをいうにも、こればかりは、とにかくその国の言い方に従うものである。

〈語注〉

人はそだち　「氏より育ち」「氏より育て柄」と同じ諺である。人の性格、容姿を見れば育ちがわかる。大人になってもいい性格になれないのは、育ちが悪いからである。ここには悪い育ちであるので学問も十分でなく、世事にも暗い、そのためにすぐに人真似をし、人に笑われるような過ちをする笑話を収める。　**東の奥より**　「東」は近畿からみた東の国々。遠江《とおとうみ》、信濃より東方を指すが、のちに足柄以東、東北まで指すようになる。　**古寺**　不詳。京都の由緒ある寺か。　**院主**　寺の主。住持。　**菓子持出て**　「菓子」は小姓が運ぶものだが、それを住職が出すのは、小姓にお茶を出させる言葉をいうためである。「出て」の振り仮名「い□」は「いで」の「で」が欠。　**小性**　底本ママ。小姓。　**もみぢにたてよ**　「もみぢ」は紅葉。「たてよ」は点てよ。抹茶をたてよ。　**こうように**　濃うように。「濃く能く」の音便化。「紅葉」の洒落。　**かねてより**　あらかじめ。　**小性にいひをしへ**　小姓に根回しをしておき。　**上洛のしるしありや**　「上洛」は都に上がること。「しるし」は験。　**こくよく**　濃く能く。これでは「こうよう」の洒落にならない。　**たて申せといふ事だよと**　底本の文末に「。」なし。　**その人のとがにはあらす**　以下、評語。「とが」は咎。罪。責任。

ものごと 物毎。どんなことでも。**国のふうによる** 「ふう」は風。風習、慣習。ここは真似などせずに東国で使う言い方でいいのだ。底本の文末に「。」なし。

【鑑賞】 **人はそだち** 人は生まれた環境によって性格がつくられ、育ち方は人そのものを形成する。「三つ子の魂百まで」というように、三歳時、幼児期につくられた性格は一生変わらないといわれる。躾《しつけ》を十分に教育されていないと、わがままな人となる。ところが人は人との出会いによって新たな環境をつくり、育ちながら変わっていく。どの道を歩いても正しい道はいくらでもあり、その道がそれぞれ楽しければ人生も楽しいのである。人は生まれた後の育ちが大事である。躾、行儀、行いは、その育ちにかかわってくる。諺の「氏は育ち」も将来、成功する人物は幼いころから優れていることをいい、「栴檀《せんだん》は双葉より芳《かんば》し」「栴檀の林に入る者は染めざるに衣自ずから芳し」も、白檀（栴檀）は発芽のときから香気を放つが、香気は白檀の香りが衣に染まったのではなく、もともと、その人がもつ香気なのである。いい環境に育てばそれが活かされ、大人になるうちに自然と表に出てくる。ところが「人はそだち」の章では育ちに必要な環境を持ち得ない人物が登場する。まさにそれは諺の「お里が知れる」といった結果の人物たちである。言葉づかい、対応などから、その人の素性も育ちもわかってしまう。それを隠し、ばれないようにすればするほど失態を招いて、「化けの皮が剝がれる」ことになる。すでに身についたものを拭い去ることはできないのである。

濃うよう　「濃うよう」は「とても濃くしたお茶」をいい、「紅葉」の洒落である。このことを知った東の国の者は、国元に帰って真似をするが、その洒落をいい損ねてしまう。東洋文庫本は「上方では、「濃う能う」というのが普通の言い方だが、東国では、う音便を使うことが少ない。紅葉（こうよう）のしゃれにならない」という。笑話では新しい言葉を仕入れても、それが通じないという不安は男にはなかったであろう。なぜこの洒落を帰国してつかおうとしたのか。ここは通じるという前提があったからである。それを言い慣れていないために失態してしまったとみるべきである。策伝が「ものごとにたゞ国のふう」というのは、「こくよく」が東国の言い方であるから、「こうよう」は言いにくい。聞く人も東国であるから洒落は通じないのではないかというが、この男は「こうよう」が「こくよく」の洒落であることを、「あなおもしろのことの葉」と理解し、国元でも通じると考えたのである。そうなると策伝の評語とは少しく異なってくる。「人〳〵さすがに此度上洛のしるしありやとかんじ」というのも。聞きなれない「お茶をもみぢにたて申せ」といった言葉が、おもしろい言葉に聞こえたからである。いいにくい言葉も、いってみようとする男が失敗しただけであり、東国では使わないほうがいいというのは、如何なものか。

きのふはけふの物語　同話が『きのふはけふの物語』（古活字八行本）上巻・8、（古活字十行本）上巻・9、（大英図書館古活字十行本）上巻・11にみられる。すべて「東の奥より都にのぼりたる人」という人物設定がない。古活字八行本でみてみる。

有人寺へ参る、長老御らんして、さてさてきとくの御さんけいとて、しやうし給ひて、先々御ちやしん上申せ、もみちにたてゝ参らせよと仰せらるゝ、此人聞てふしんして、いろ〳〵あんしても、かてんゆかす、いや〳〵問は一とのはちと思ひ、長らう様にとひ申せは、こうよふ立よと申て候と仰□□る、尤とかんして、帰るさに、しる人の所へ立より、此事云へしにて、小性《(ママ)》衆、御ちや一ふく給われ、もみちにたてゝ御意にかけられよ、と云、ていしゆも小しやうも、かてんゆかす、いかなるいはれそ、と尋けれは、こくよくといふ儀理ちや、といはれた、聞えてこそ。

□□は「せけ」か。「儀理」は義理。意味、わけの意。文末に「聞えてこそ」という評語をつける。これに対して、古活字十行本は評語もなく、小姓の登場もない。この『きのふはけふの物語』を踏まえて、策伝はつくり直したとみたい。

146　山中に殿《との》あり。國《くに》なかにて。さもと。らしき武家《ぶけ》より嫁《よめ》をよぶに。おつぼねの中居《なかゐ》のおはしたとの《(ど)》など。ある〳〵《(ある)》と供《とも》し。祝言《しうげん》事すめり。二日三日たてども。終《つゐ(ひ)》に行水《ぎやうずい》とも風呂《ふろ》とも沙汰《さた》せず。ものまかなへる。刑部《ぎやうぶ》左衛門といふをよび出し。つぼねちとお洗足《せんそく》をお出《いだ》しあれと申されしかば。刑部かしこまり候。そのよし申きけんとて。座をたち年寄衆《としよりしゆ》に皆《みな》よられよ。つぼねよりおほせられ分《ぶん》候とふれたり。何事ぞとあつまりたる座《ざ》にて。別《べち》の事になし。お洗足といふものを出せとなり。此返事いかゞ《(が)》せんと。だんかう《(が)(ふ)》さま〴〵《(ざま)》なりし。あげくに一のおとないひけるやう。一亂《らん》にうせたと申されよ。此儀《き(ぎ)》天下一の思案《しあん》といつて。つぼねへお洗足を出せと候へと《(ど)》も。一亂にうせて御座ないと。局《つほ(ぼ)ね》きゝ《(き)》もあへず。あゝ《(あ)》け《(きや)》うこつやと申されけり。刑部け《(きや)》うこつといふも聞《きゝ(き)》しらねば。またむつ《(づ)》かしき事やとおもひ。いやけ《(きや)》うこつも。お洗足と一度にうせておりなひ《(い)》と　(555)

〈現代語訳〉　田舎に住む殿様が、同国のしかるべき武家から嫁を迎えると、御局、中居、御半下の者などの多くがお供してきて、婚礼の儀が済んだ。それから二日、三日が過ぎたが、一度も「行水にしますか、風呂にしますか」という聞いてこない。世話係の刑部左衛門という者を呼び出し、お局が、「ちょっとお洗足を出しなされ」といわれると、刑部は、「慎んで承知いたしました。その事の次第をお聞き申し上げます」といって、その場を退き、年寄衆に、「皆お集まりになられよ。お局から命じられた事の次第がございます」と伝えた。皆が、「なにがあったのだ」といって集まった席で、「特別のことではない。お洗足というものを出されよといわれる。この返事をどうしたらいいだろう」といった。話し合い、いろいろな意見も出たが、最後に一番上の宿老がいうには、「先の一乱で失ったと申し上げられよ」という。「この答えが一番いいお考えである」といって、お局に、「お洗足を出されよとのお申しつけでございますが、先の一乱で失ってございません」といった。お局は聞き終える前に、「ああ、きょうこつや」といわれた。刑部は「きょうこつ」という言葉も聞いたことがないので、また煩わしいことだなあと思って、「いや、そのきょうこつも、お洗足と一緒に失ってございません」といった。

〈語注〉

山中に殿あり　「殿」は不詳。都から離れた山中に武士が住む。**おつぼねの中居のおはしたとの**　「おつぼね」は婦人の総称。「中居」は奥へ取り次ぐ係。「おはした」は召し使いの女。はした、端《はした》女《め》、端者《はしたもの》ともいう。「との」は殿。ここは嫁の家の者たちへの敬称。**あるくと供し**　「あるく」は「ありく」の誤刻。身の回りの世話をする多くの人々。**祝言事**　婚儀の祝宴ごと。**お洗行水**　水や湯で汗を流す。**ものまかなへる**　嫁の身の回りに必要なものを取り揃える係。**お洗足**　足を洗うのに使う湯水。**年寄衆**　宿老たち。**おほせられ分候**　仰せられたこと。「分」は状況。**別の事になし**　「別」の振り仮名「べち」は呉音。**だんかう**　談合。相談する。**一亂**　戦い。戦乱。先の戦。**天下一**　この国で一番。**けうこつ**　軽忽《きょうこつ》。軽骨。愚かしいこと。とんでもないこと。**むつかしき**　ふたたび年寄衆を集めて談合するのが面倒だ。**一度にうせておりなひと**　「一度に」はいっぺんに。「おりなひ」はございません。「ゐない」の丁寧語。「おいりない」の変化した語。底本の文末に「。」なし。

【鑑賞】　**山中に殿あり**　山中に住む殿様の家来たちは田舎暮らしをしている。同じ国から嫁を迎えても、他の家の慣習、風習などをまったく知らない。ことに女性のつかう言葉や道具などは見当がつかない。お局のいう「洗足」を家来たちが知らないのは、あまりにも知らな過ぎる。物を知らない、言葉を知らないとなれば、当然、その結末は失態、失敗にむすびつく展開となるが、ここではその言い訳を、「一乱にうせて御座ない」「お洗足と一度にうせておりなひ」という。面倒くさいので無くなってしまったというのがおかしい。

きのふはけふの物語　類話が『きのふはけふの物語』（古活字八行本）上巻・23と（古活字十行本）上巻・30、（大英図書館古活字十行本）上巻・26にみられる。これらには比丘尼が登場する。古活字八行本をみてみよう。

有ひくに御所、御ちきやう所へ御遊山に御こしなさるゝ、百性（ママ）とも、御ちそうに石ふろをたき、入申、しんさうす御出なされ、ちとてうすのこを参らせよ、と仰せらるゝ、山かのとにて、てうすのこと云物しらす、にはかによりあいおして、たれかれ事いへともしらぬといふ、とかくをそなはりては大事といふ、中にも年寄たるものの申様、きつと思ひ出したる事の候とてまかり出、てうすのこは先年の一らんに、皆たいてん仕たる、と申、しんさうす聞召、さてもうつゝない事や、と仰せけれは、其うつ々ないも、一度にうせたる、といふた。

「石ふろ」は蒸し風呂。「しんさうす」は新蔵主。比丘尼《びくに》のことである。「てうすのこ」は手水粉。洗粉、石鹸《せっけん》をいう。「をそなはり」は遅くなる。「たいてん」は退転。退失流転の略で、なくなること。「うつゝない事」はあきれたことをいう。古活字十行本の冒頭は、「あるひくににふろたけとおほせらるゝ、百しやう共あつまつて、たきいれ申云々」とある。『戯言養気集』上巻「知ざるをとはずしてめんぼくをうしなふ事」にも類話がみられ、「あゝきやうこつや」という言葉も出てくる。この『戯言養気集』と『きのふはけふの物語』をあわせて、『醒睡笑』は人物の登場、会話、筋をつくり直したとみられる。

147 とろゝ(ろ)の汁《しる》の出たるを。座《さ(ざ)》敷《しき》に古《こ》人ありて。けふのことづて汁は。いつにまさり一入出来《ひとしほでき》たるなどいひほむる。是《これ》はめづらしきことばやと。其子細をとふ。さればよ。此汁にては。いかほども飯《めし》がすゝ(す)むゆへ(ゑ)。よくいひやるとのえんに。ことつ(づ)てじるといふならん。きこえたる作意《さくい》やと感《かん》じ。やがてとろゝ(ろ)をとゝ(と)のへ客《きやく》をよぶに。ことづてをとはれ。おだひ(い)やるとぞ申ける　(559)

〈現代語訳〉 とろろ汁が出たのを、座敷にいた老人が、「今日のことづて汁は、いつもより優れて、いっそう出来上がりがよい」などといって褒める。「これはめずらしい言葉だなあ」と、その子細を老人に尋ねてみた。「それはね、この汁だと何杯でも飯をお代わりするから、『よく飯《いい》やる』の縁で、言伝《ことづて》汁というのであろう」というのを聞いて、「よくわかるひとひねりひねった趣向だなあ」と感心した。その後、とろろ汁を準備して客を呼び、言伝汁とは何かと尋ねられ、「おだいやる」といった。

〈語注〉

古人　老人。古いことを知る老人。　**ことづて汁**　言伝汁。とろろ汁の別称。「ことつて」ともいう。　**一入出来たる**　「一入」は一段と。「出来」は出来ぐあい。出来ばえ。　**いかほども**　いくらでも。何杯でも。　**いひやる**　言ひ遣る。言い伝える。「飯やる」を掛ける。　**作意**　工夫。　**おだひやるとぞ申ける**　「おだひ」は御台。御台盤をいう。女房詞で飯のこと。「いひ（飯）」を「おだひ」といっては洒落にならない。底本の文末に「。」なし。

【鑑賞】　**とろゝ**　とろろは、とろとろすることによる称である。ご飯をお代わりするほど食欲を進めるという。「よくいひやるとのえん」は、「よく飯が進む」とよく喋《しやべ》るということをいう。中国では千二百年の昔、ナガイモを薯蕷《しよよ》（「じょよ」ともいう）といった。唐時代の代宗皇帝の名が「預」であったので、薯薬に改められた。さらに宋時代の英宗皇帝の名が「署」であったので、ふたたび山薬と改めた。とろろ汁は山の芋《いも》、長芋の皮をむいてすり鉢でおろしたものである。

148和泉《いづみ》の堺車《さかひくるま》の町《て(ちや)う》に。商人《あきひ(び)と》禅門《ぜんもん》に成《なり》たるありしが。貴人《き》のさし給へる。代《た(だ)い》刀脇差《かたなわきさ(ざ)し》にても上臈《らう(ふ)》若衆《わかしう》の。小袖《こそて(で)》帯《おひ(び)》はかまにても。見るほどのものに。をさしねをつくる事。てんねんかれがすきなりき。時にあたりあさましかりしかは《(ぼ)》。つねに崇敬《そうぎやう》せし東堂《とうだう》あり。そちにをしへん大事ありきかんや。中〱《(中)》と申とき。自今以後《じこんいご》物のねをさすへ《(べ)》からずとあれば。手《て》を合《あは》せお《(を)》がみ〱《(おがみ)》。さてもかたじ《(ほ)》けなき御意《い》に候。唯今《たゞ(だ)いま》のおことばゝ《(は)》。百貫《くは(わ)ん》仕《つかまつ》らふ《(う)》と存《ぞん(ず)》する　くせはなをらぬ　(561)

〈現代語訳〉和泉国堺の車の町に、商人から禅門になった者がいたが、高貴な人がお差しになる刀、脇差でも上臈や若衆の小袖、帯、袴《はかま》でも、見るものごとに代金を示して値をつけるのが、うまれつき好きであった。時が経つにつれ、あまりにも見苦しくなってきたので、いつも尊敬している住職が、「おまえに教えたい大事なことがある。聞きなさい」というと、「いかにも」と申し上げる。住職が、「これから先、物ごとに値を示してはいけない」というと、手を合わせて拝謁し、「それはもったいないお心でございます。ただいまのお言葉は、百貫に値するだろうと思います」といった。癖は改められない。

〈語注〉
和泉の堺車の町に　「和泉」は国名。現在の大阪府南部。「車の町」は車之町。現在の堺市堺区車之町《ちょう》。町名は車之町中浜に住む具足屋の車屋道悦の名による。道悦は能役者でもあり、金春《こんぱる》流の車屋本を刊行した。**貴人**　身分の高い人。「きにん」と読む。**刀脇差**　「刀」は大刀《だいとう》。「脇差」は短刀、小刀。**上臈若衆**　「上臈」は身分の高い女性。女性の敬称。「若衆」は男色の相手としての少年。上臈も若衆も派手な衣装を着ているので相応の値をつけるのにふさわしい人物である。**時にあたり**　時間とともに。**東堂**　住職。**おがみ〳〵**　言葉をいただいたことのありがたさを表す。**百貫仕らふと存する**　百貫に値するであろう。底本の文末に「。」なし。**くせはなをらぬ**　評語である。底本の文末に「。」なし。

【鑑賞】　**商人禅門に成たる**　禅門に入る者は元商人であった。俗世間を捨てた身であっても、まだ何でも代金で譬えてしまう癖をもっていた。この主人公を堺車之町の商人と断るのは、実際に堺車之町にいた人物だったからであろう。熊倉功夫は、「堺の町衆は商売人である。利にさといし、金銀の価値を尊ぶ現実主義者である。つい道具の自慢になると金額の話が出る」といい、また『山上宗二記』に牡丹花肖柏の狂歌として、我仏　隣ノ宝　聟舅　天下ノ軍　人ノ善悪　を引用して、隣の宝つまり財産の話を茶会でするなといっているが、逆にいえば堺にも住んでいた肖柏の目からみて、堺の町衆が現実的な俗世間の話題になると、茶会であろうと、場所柄も考えず夢中になることへの皮肉をこめた歌なのだろう」ともいう（『茶の湯の歴史』）。肖柏と同時代に生きた策伝であるから、同じことを感じたとみると笑話の背景もみえてくる。「代をさしねをつくる事てんねんかれがすきなりき」というのは、禅門が堺の土地に生まれたからである。『戯言養気集』上巻「うたの事」に同話がみられ、「みめかたち、たちふるまひに至るまで、一きはすぐれてよく侍れ共、てんねん町じみて」という。さらに類話が『戯言養気集』上巻「うたの事」にもみられる。「下京辺にお宮と云わかしうあり（中略）人のひめをく道具などを見ては、ねをつけて（中略）百くはんにもかはれまひ事ぢや、とはやくはせた」とある。さらにこの類話が、『きのふはけふの物語』（古活字八行本）下巻・10、（大英図書館古活字十行本）下巻・9にもみられる。古活字八行本をみてみよう。

御わかしゆさま、御すかたと申、御こゝろつかひと申、まことに残るところも御座ない、され共、よそへ御出あつて、人の刀、わきさし、つゝみ、たいこによらす、よくねさしをなさるゝ、是一つかたまにきつぢや、よく〳〵きやうこうは御たしなみ候へ、といふ、若衆きこしめし、さて〳〵くはふんな御いけんちや、すいふんたしなみ申さう、まことに〳〵このやうなるかたしけない御いけんは、百くはんてもかはれまい、とはやくはせた。

「くはふんな」は過分な。身にあまるありがたい忠告をいう。ここでは僧が若衆となっている。大英図書館古活字十行本の文末は、「まことに〳〵此やうなるよきいけんは、千くはんてもかわれまい、とやかてくはせた」とある。こうした『戯言養気集』『きのふはけふの物語』を『醒睡笑』は踏まえたとみられる。

149　山の一院《ゐん》に児《ちご》三人あり。一人は公家《くげ》にておはせし。坊主《ばうず》年《とし》に二度《たび》物思ふといふ。題《だい》を出せり

春《はる》ははな秋《あき》は紅葉《もみち(ぢ)》のちるを見て
　としに二たびものおもふかな

一人は小児侍にてありし。よるは二度物思ふといふ題なり

宵《よひ》は待《まち》あかつき人のかへるさは
　よるは二たび物おもふかな

今《いま》の独《ひとり》の児《ちご》は中方《ちうは(ば)う》の子《こ》なり。月に二たひ《(び)》物思ふといふ題《だい》にて

大師《た(だ)いし》講《こ(か)う》地《ち(ぢ)》蔵《ざう》こうにもよばれねば
　月に二たひ《(び)》ものおもふかな　(562)

〈現代語訳〉比叡山にある寺の一つに児が三人いた。一人は公家の子でいらっしゃった。僧

が、「年に二《ふた》たび物思う」という題を出した。

春ははな秋は紅葉のちるを見て
　としに二たびものおもふかな

(春は桜、秋は紅葉の散るのをみて、一年に二度も物思いになるなあ)

と詠んだ。もう一人は小児で侍の子であった。「夜は二たび物思う」という題である。

宵は待あかつき人のかへるさは
　よるは二たび物おもふかな

(宵は来る人を待ち暁は来た人の帰るとき、夜は二度も物思いになるなあ)

と詠んだ。いま一人の児は中方の子であった。「月に二たび物思う」という題で、

大師講地蔵こうにもよばれねば
　月に二たびものおもふかな

(大師講にも地蔵講にも呼ばれないと、ひと月に二度も物思いになるなあ)

と詠んだ。

〈語注〉

山の一院に児三人あり　「山」は比叡山を指す。「院」は寺。坊。比叡山には多くの坊があった。「児」は寺であずかる少年。**坊主年に二度物思ふといふ題を出せり**　「坊主」は児をかかえる僧。師の坊。底本の文末に「。」なし。**春ははな**　「はな」は桜。**物おもふといふ題なり**　底本の文

末に「。」なし。**宵は待あかつき**　「宵」は午後八時ごろ。戌の刻。「あかつき」は午前四時ごろ。寅の刻。**中方**　中間《ちゅうげん》法師のこと。雑用に使われた身分の低い僧。中坊ともかく。**物思ふといふ題にて**　底本の文末に「。」なし。**大師講**　真言宗の開祖、弘法大師（空海）の忌日、三月二十一日に奉賛する講。毎月二十一日が縁日。講は信者が集まる法会。**地蔵こう**　地蔵講。地蔵菩薩の功徳を賛美する講。毎月二十四日が縁日。

【鑑賞】 **大児、小児、武士衆**　類話が『戯言養気集』上巻「うたの事」にある。「山寺の児たち」の大児と小児に、武士衆が会いにくるという設定である。大児は「春は花秋はもみぢを散さじと　としに二たび物思ふなり」と詠み、小児は「朝めしと又夕食にはづれじと　日々に二たび物をこそおもへ」。つづいて武士衆も「国を望み国を取ては乱さじと　さらに二たび物おもふかな」と詠む。そのあとに評語がつき、「評して云、かなしひかな、二たび物を思はざりしゆへに、うき事をのみ万人につたふ」という。「うき事」は憂き事。つらいことをいう。『きのふはけふの物語』（古活字八行本）上巻・34、（大英図書館古活字十行本）上巻・40は、この『戯言養気集』を踏まえている。大英図書館古活字十行本によると、「三井寺の法印、雨中の御つれ〴〵にとて云々」といって二人の児に詠ませる。歌は「大ちこ　春は花秋はもみちを云々」「小ちこ　あさめしと又夕めしに云々」とある。ここも『戯言養気集』『きのふはけふの物語』と『醒睡笑』はかかわってくる。

150 大和《やまと》の傍《かたはら》に十市《とをち》とて大名ありしが。世《よ》にを《(お)》ちふ《(ぶ)》れ吉野《よしの》の。にじつかうにおはせし時。あたりの者どもをふるまはんと觸《ふれ》らるゝ《(る)》やう。此いく〳〵《(いく)》かに。誰《たれ》〳〵《(誰)》女中《ぢよちう》ともに。わたり候へとなり。山がつの寄《より》あひ女中とは御器《ごき》の事なるへ《(べ)》し。牢人《らうにん》にてましませは《(ば)》。椀《わん》などもあるまじ。てんでにもちて。ゆけやといひつゝ《(つ)》。御器をわたしさ《(ざ)》まに。是《これ》は我等《われら》がはげ女中〳〵《(はげ女中)》と申てさし出した二人靜《ふたりしづか》ににし《(じ)》つかうといふ正字《しやうじ》を弁《べん》ぜず。色〳〵《いろ(色)》に書たるあり。彼滝《かのたき》の東《ひがし》に有《ある》村《むら》を。東川《ひか(が)しか(が)は》といひ。西《にし》にある在所《ざいしよ》を西川《にしか(が)は》といひ如此書《かくのこ(ご)とくかく》なり（569）

〈現代語訳〉大和国の近辺に十市という大名がいたが、零落して吉野の西河《にじつかう》に住まわれていたときに、近くの者たちを馳走しようという知らせを出されて、「このいついつの日に誰々、女中とともにおいで下され」という。山家の者たちが寄り集まって、「女中とは椀のことであるに違いない。牢人の身でいらっしゃると、椀などもないのだろう。それぞれが椀を手に持ってゆけよ」といいながら、牢人に椀を渡すときに、「これはわれらが剥げ女中」、他の者も、「剥げ女中」と申し上げて、差し出した。

謡曲の『二人静《ふたりしずか》』に、「にしつかう」という正しい字の読み方を記していない。さまざまに書いている。吉野の滝の東にある村を東川といい、西にある人の住むところを西川という。このように書くのである。

〈語注〉

大和の傍に十市とて大名　「大和」は国名。現在の奈良県。「傍」は都（山城国）または河内国に近いところか。「十市」は不詳。**世にをちふれ**　武士としての生活ができなくなって惨めな状態。**吉野のにじつかうに**　「吉野」は現在の奈良県吉野郡。「にじつかう」は現在の川上村西河《にしがわ》。**あたり**　辺り。**いくくかに誰く女中ともに**　「いくくか」は幾々日。何日かに。「誰く」は呼ぶ人々。「女中」は婦人に対する敬称。「ともに」は連れ添って。**山がつ**　山賤。山中で生活する人。**御器**　漆塗りの椀。**牢人**　十市を指す。**てんでに**　「手に手に」の音が変化したもの。それぞれが。**はげ女中くと申てさし出した**　「はげ女中く」を繰り返すのは、仲間たちが一緒に差し出すときの声を重ねたとみる。「はげ」は塗りが剝げていること。底本の文末に「。」なし。**二人靜ににしつかういふ正字を弁ぜず**　「二人静」は能の演目名。世阿弥作といわれる。『二人静』では西川、西河を「にじこお」と謡う。「正字」は正しい漢字の読み方。「弁ぜず」は用いていない。**彼滝の東**　「彼」は吉野。**西にある在所**　「在所」は人の住む所。**如此書なり**　「如此」はこんなふうに。連語。底本の文末に「。」なし。

【**鑑賞**】**吉野のにじつかう**　「西河」の読み方について述べる評語は、ほかの評語とは異なり、笑話に対するものではない。ここまで策伝が「西河」の読み方にこだわるのは、どうしても読み方の間違いが気になるのであろう。底本は「にじつかう」とあり、謡曲『二人静』は「にじこお」とある。また底本では東川を「ひかしかは」、西川を「にしかは」の振り仮名をみる。これでは普通の読み方で間違いである。東川を静嘉堂文庫本は「ひがしかう」、南葵文庫本は「うのがう」、内閣文庫本は「ひがし」、西川を静嘉堂文庫本は「にしかう」、南葵文庫本は「にじつかう」、内閣文庫本は「にしつかう」とする。それぞれが表記を異にするのはなぜであろうか。これらの写本の読み方の異なりが、策伝のいいたい評語の意なのであろう。

151　堂前《だうぜん》にふりたる松《まつ》一木あり。老僧少人《らうそうせうじん》にたはふ《(ぶ)》れ。あの松《まつ》は男松であらふ《(う)》か。妻松《めまつ》であらふ《(う)》かしれぬよ。哥《うた》よみの子息《しそく》出《いて(で)》。めにて有らん。月のさはりになるほどに。土民《どみん》の子いふ。いやをまつにすうだ。あれ程松ふぐりのある物を　(570)

〈現代語訳〉　本堂前に老いた松が一本あった。老僧が見たちに、からかって聞いてみた。「あの松は男松であろうか、女松であろうか、わからないなあ」というと、歌詠みの息子が前に出て、「妻松であろう。月の邪魔になるので」という。百姓の子は、「いや、男松でいいのだ。あんなに松ふぐりがついているのだから」といった。

〈語注〉

堂前にふりたる松　「堂」は寺の本堂。「ふりたる松」は老いた松。**少人にたはふれ**　「少人」は児のこと。「たはふれ」はふざける。**男松**　黒松。**妻松**　赤松。**哥よみ**　歌詠み。歌人。**土民**　その土地に住みつく住民。土着の住民。**月のさはりになるほどに**　「月のさはり」は月の障り。月経。月の邪魔になるのを「さはりになる」といった。**をまつにすうだ**　「すうだ」は考えた結果として、このように判断した。**松ふぐりのある物を**　「松ふぐり」は松陰嚢。松かさ、松ぼっくりともいう。「ふぐり」は睾丸《こうがん》。陰嚢《いんのう》の俗称。写本にはこのあとに狂歌がつく。「天のはしたてにて雄長老／橋立の松のふくりも入海の波もてぬらす文殊しりかな」。『雄長老百首』では題を「松」とする。底本の文末に「。」なし。

【鑑賞】　**男松とも我はえいはし**　類話が『曾呂利狂歌咄』巻三・15にある。比叡山の大児、小児が、男松、女松の返答をする。聞くのは老僧ではなく、「あざり（阿闍梨）」となっている。末尾には、「男松とも我はえいはし女松共さためぬかけを月にまかせて（男松ともわたしはいうことはできない。また影を月にまかせるから女松とも定めない）」と詠む。なぜ男松でないのかの根拠をあげていない。また女松は月が影をつくるが、月は時間とともに動くので影は邪魔にならないという。百姓の子の「松ふぐり」から男松を浮かべるとらえ方を、策伝はおもしろいとみたのである。

152　たそかれ時に。何のを《(お)》と《(と)》ゝもしれず。はた〳〵《(はた)》となる。哥《うた》よむ人の子息《しそく》。た《(た)》ゝく水鶏《くゐ(ひ)な》の聲《こゑ》にやあらん。侍《さふ(ぶ)らひ》のしそくたりしは。もの《(の)》ゝぐのを《(お)》とならん。農《のう》人《にん》の子《こ》は。麦《むき(ぎ)》かつを《(お)》とで。あらふ《(う)》ずと

　五月雨《さみだれ》にかたつき麦《むぎ》をほしかねて
　宇治《うぢ》の里《さと》人よひねをそ《(ぞ)》する　(572)

〈現代語訳〉　夕暮れ時に、何の音ともわからないが、はたはたと鳴る。歌詠み人の息子が、「水鶏のたたく音ではないだろうか」といい、侍の息子は、「具足の音であろう」という。農人の子は、「麦を打つ音であろう」といった。

　五月雨にかたつき麦をほしかねて
　　宇治の里人よひねをそする

（五月雨で片搗麦を乾すことができず、宇治の里人は宵のうちに寝る）

〈語注〉

たそかれ　誰そ彼。暗くて判断がつかない夕方の時刻。黄昏。　**たゝく水鶏の聲**　「水鶏」は水辺に住む小鳥でツル目クイナ科の鳥の総称。ここは夏鳥のヒクイナをいう。戸をたたく音に鳴き声が似るので、鳴くのを「たたく」という。　**ものゝぐ**　物の具。武具。鎧や兜。底本「ぐ」は「具」に「ご」。　**農人**　農夫。百姓。『日葡辞書』に「ノウニン」とある。　**麦かつをとであらふずと**　「かつ」は搗つ。穀物を臼でつくこと。底本の文末に「。」なし。　**五月雨にかたつき麦を**　「五月雨」は陰暦五月に降る長雨。「かたつき麦」は麦を水に浸して搗くこと。『藻塩草《もしおぐさ》』（永正一〇年ごろ。一五一三年ごろ）巻八・麦に後鳥羽院の「かたつき麦　しつのめがかたつきむきをほしかねてよひねやすらん五月雨の比」を踏まえる。　**宇治の里人よひねをそする**　「宇治」は現在の京都府宇治市。「よひね」は宵寝。夜がまだふけないうちから寝ること。早寝。

【鑑賞】　**はた〳〵となる**　「はた〳〵となる」音を、歌詠み人の子は「水鶏のたたく声」と譬える。水鶏の鳴き声は、『徒然草』十九段にも、「五月、あやめふく頃、早苗とる頃、水鶏のたたくなど心ぼそからぬかは（五月は五日の端午の節句に邪気をはらう菖蒲《しょうぶ》の葉を軒先に挿すころ、苗代から植えかえるころ、水鶏が叩くように鳴くなど、一つとして心細くないものはない）」とある。それぞれ子どもらしく、聞こえる音を、それらしいものに譬えて表現するのが微笑ましい。農人の子の麦を打つ音から宵寝する狂歌がつくられる。

153　山家《やまが》に入聟《むこ》が市《いち》に出《いて(で)》。用《よう》をとゝ(と)のへ。日のくれてより。しうとの許《もと》に立《たち》よる。舅《しうと》まづせんそくを参らせよとあれば。せんそくを夕《ゆふ》めしの事《こと》と合点《がてん》し。此方にてはやとくせんそくいたゐ(い)たと。さらばあんとう(ど)をまいら(ゐ)せよといふ。これもあんと(ど)うをしらねば。くひものゝ(の)事やと思ひ。これはかゝ(か)るお時宜《じぎ》。あんと(ど)うを給《たま》はる程ならば。せんそくをこそたべうずれ　(578)

〈現代語訳〉　山中に住む婿養子が、町中の市に出かけた。必要なものを取り揃えて、夕方になってから、舅のところに立ち寄った。舅が、「なにはともあれ、洗足を差し上げよ」というので、洗足を夕飯のことと理解して、「手前は、すでに洗足を済ませました」という。「それならば行灯を差し上げよ」という。この行灯も知らないので、喰い物のことかと思い、「これほどまでの気遣いはありがたい。行灯を下されるぐらいなら、洗足をいただこう」といった。

〈語注〉
入聟　妻の家に入って婿になる。　**市**　人が集まって物を売買する市。　**しうとの許に**　「しうと」

は舅。配偶者の父、義父。「許に」は舅の住む家に。**せんそく**　洗足。足を洗う盥《たらい》。**夕めし**　夕飯。夕餉《ゆうげ》。**いたゐた**　致いた。済ませた。**あんとう**　行灯。木や竹でつくった枠に紙を張り、なかに油皿を置いて火をともす器具。「あんど」「あんどん」ともいう。**これもあんとうを**　「これも」はこの言葉も同様に。「あんとう」は同格。**これはかゝるお時宜**　「これは」は「これは」と同じ。「時宜」は洗足や行灯という食事を用意するという対応。婿が食事と理解するのは誤りである。**たべうずれ**　写本はこのあとに「油つきあんどんげなる光哉　春可」の句がある。底本の文末に「。」なし。

【**鑑賞**】　**せんそくをこそたべうずれ**　婿は舅にいわれる「せんそく」も「あんとう」も知らない。「せんそく」を夕飯、「あんとう」も喰い物と考える。「あんとう」を菓子程度の喰い物と思い、しっかりとした「せんそく」の夕飯を食べたいと判断する。こうした頓珍漢なことをいうのは、山家に住む者だから言葉を知らないのだろう。底本146にも山中に住む殿の家来が「せんそく」も「けうこつ」も知らない笑話があるように、田舎では都会の日常の言葉を聞いたことも、どのようなものであるかも知らないのである。

154　飯後《はんご》の湯《ゆ》出《いて(で)》たるに。風味《ふうみ》ことにかうは《(ば)》しく。大にすぐるゝ《(る)》などほめけるを。女房《ばう》聞《きゝ(き)》つけ。うれしげに。のうれんのひまよりかほさし出《いだ》し。お湯《ゆ》のかうばしきもことは《(わ)》りや。たき物をくべた程にと。座《さ(ざ)》にゐたるみな〳〵《(みな)》も。耳《みゝ(み)》にしみてぞかんじける。中に一人うらやみ帰り。妻《つま》にかたれば。それしきの事をば。誰《たれ》もいふべきものをとあざわらひぬ。知《ち》音《いん》をよびならべ。飯《めし》の湯《ゆ》を以前《いぜん》のやうにとゝ《(と)》のへ出し。人〳〵《(人)》かうばしやとほむるとき。女はうは《(ぼ)》ゞ《(ぼ)》からず。御湯はかうは《(ぼ)》しからふ《(う)》。柴《しば》を三束《ぞく》くべた程に　(583)

〈現代語訳〉　飯を食べた後に、こげ飯に湯を注いだものが出てきたので、客人が、「風味がとりわけ香りよく、たいへんによい」などと褒めたのを女房は聞き及んで、いかにもうれしそうに暖簾《のれん》の隙間《すきま》から顔を差し出し、「飯後の湯が香ばしいのはいうまでもありません。香の薫物《たきもの》を火にくべたのですから」といった。座敷にいる人々も、その返答の言葉に感動した。そのなかの一人が羨ましく思い、家に帰って妻に話すと、「それぐらいのことは、誰でもいえるものを」と馬鹿にするように笑った。その後、知り合いたちを呼んで座敷に座ってもらい、飯後の湯を味わったときと同じように準備して出した。人々は、「いい匂いだなあ」と褒める。そのとき、妻は遠慮もせずに、「御湯は香ばしいであろう。柴を三束、火にくべたのですから」といった。

〈語注〉
すぐるゝ　香ばしい匂いと飯後の湯が合っていて秀でている。**のうれんのひまより**　「のうれん」は暖廉。「のんれん」の転。「のう」は唐音「のん」のウ音便。「ひま」はものの間のすいた所。**たき物をくべた**　「たき物」は薫物。種々の香木の粉を蜜で練り合わせてつくった練り香。**柴を三束くべた程に**　「柴」は雑木の小枝。焚き物につかう柴。「束」は束ねたもの。底本の文末に「。」なし。

【鑑賞】　柴を焚く　薫物のかわりに焚き物の柴を、三束も火にくべれば匂うに相違ないと真似た妻は思った。練り香の薫物の匂いと同じであるはずがない。ここは嘘でも「薫物を火にくべた」とでもいってほしいところである。しかしはっきりと柴の焚き物といってしまう妻には、主人だけではなく客人たちも呆れてしまったであろう。うまくやってくれると思った主人の失敗譚であり、また妻の失敗譚でもある。

155　しか〱《(しか)》人中へ出たる事もなき。十四五なる小性《しやう》給《きう(ふ)》仕《じ》をするに。金《こか(が)ね》作《づくり》の脇差《わきざし》さしたる人計《ばかり》へ。しげく茶《ちや》をはこびて。余《よ》の方へ目もみかけず。末座《ばつざ》の人か

れが心を推《すい》し。わがわきざしを一二寸ぬき。そこな若衆《わかしう》此　鎺《はゞ(ば)き》にもちと茶《ちや》をのませ
あれ　(585)

〈**現代語訳**〉　滅多に人前へは出たこともない十四、五歳の小姓が給仕することとなった。黄金で作った脇差を差している人だけに、しきりに茶を運び、他の人には目をも向けようとしない。末席の人が、小姓の心を読みとって、自分の脇差を一、二寸抜き、「そこにいる若衆、この鎺にも少し茶を飲ませてくれ」といった。

〈**語注**〉
しか〱人中へ出たる　「しか〱」は然然。そう簡単には。「人中へ」は人の多く集まるところへ。　**小性**　底本ママ。小姓。　**末座の人**　下の席にいる武士。「まつざ」ともいう。　**一二寸ぬき**　脇差の刃を一、二寸抜いて。三センチから六センチほどをみせる。　**若衆此鎺にもちと茶をのませあれ**　「若衆」は小姓。「鎺」は刀の鍔《つば》の上下にはめ、刀身が抜けないように締める金具。「はばきがね」ともいう。この鎺は黄金色である。「のませあれ」は脅《おど》すような口調で飲ませろといった。底本の文末に「。」なし。

【**鑑賞**】　**しか〱人中へ**　滅多に人前に出ない十四、五歳の小姓であるから、給仕の勝手が

わからない。おそらくはじめての接待なのであろう。緊張する余りにお茶を出す相手にすら目を向けることができない状態である。ことに上座に座る武士たちには、失礼をしてはいけないと思うから、余計に硬くなってしまう。ほかの人のことなど目に入るはずがない。上座だけ丁寧にお茶を運ぶのをみて、末座の者は気にくわない。上座、末座の順序を考えれば、あとになるのは仕方ないが、それでも「しげく茶をはこびて」では不満がたまってくる。小姓の「心を推し」て、「ひとつ脅してやろう」と考えた。「この刃が目に入らぬか」を「此鋤にもちと茶をのませあれ」といったのである。なんとも根性の小さい男である。このようなことをしてまで存在に気づいてもらおうとするのは情けない。怒らない武士でいたいと思う気持ちもあったのだろうが、末座にいる身分の言い方には上座の武士たちも失笑したことであろう。

醒睡笑巻之六目録

醒睡笑巻之六

児《ちご》の噂《うはさ》

156　振舞《ふるまひ》の菜《さい》に。茗荷《め（みや）うが》のさしみありしを。人ありて小児《こちご》にむかひ。是《これ》をばいにしへより今にいたり。物《もの》よみおぼえん《（む）》事をたしなむ程の人は。みなどんごん草《さう》と名《な》付《づけ》。ものわすれするとて。くはぬよし申されば。児《ちご》きいてあこはそれならくはふ《（う）》。くうてひだるさをわすれうと　(594)

〈現代語訳〉　馳走の菜に茗荷の刺身がでたのを、ある人が小児に対して、「これを、遠い昔から今にいたるまで、ものの本を読み、ものを覚えようとするのを嗜む人は、みな鈍根草と名付けて、もの忘れする草といって喰わなかったものだ」といわれると、児は、「わたしは、そうならば喰おう、喰って空腹を忘れよう」といった。

〈語注〉

児の噂　児が登場する笑い。児は寺で預かる子どもをいう。小姓、稚児、少人、若衆などとも呼ばれる。笑話には住職や兄弟子の大児たちとともに登場することが多い。ここには住職が児を可愛がるという好色、艶笑《えんしょう》の笑いはなく、ほとんどが児が食事の量の少なさに不満を覚え、腹を空かせた悩みを素直に口にする他愛ない、幼い笑いをみる。**振舞の菜に茗荷のさしみ**　「菜」は副食物。おかず。「茗荷」は「めが（芽香）」の音変化という。茗荷は当て字。ショウガ科の多年草。地下茎が横に伸び、地上茎は高さ五十センチ〜一メートル。茗荷の子と呼ぶ花穂や若芽を食用にした。**人ありて小児に**　「人あり」は特定の人を指すのではなく不特定な人をいう。「小児」は寺にかかえる児のなかで一番下。**どんごん草**　鈍根草。茗荷の異名。どんこん草ともいう。狂言の『鈍根草』にも、「憎いやつのいとゞ鈍なやつめが茗荷を食ひ、いよ〲鈍になつて」とある。**ものわすれするとてくはぬよし**　俗説。茗荷を食べ過ぎると物忘れが激しくなるという。**あこはそれならくはふ**　「あこ」は小児の自称。「それなら」は「それならば」の「ば」が略されたか。**ひだるさをわすれうと**　「ひだるさを」はひもじさを。児にとっての空腹は身に沁みて苦痛に近い。底本の文末に「。」なし。

【鑑賞】　**児**　天台宗、真言宗の寺院には、児と称する子どもを置いた。躾、学問などを知るために寺に頂けられた子どもも児といった。笑話には大児、児、中児、小児、少人、新発意《しんぼち》などの名で登場する。新発意は「しんぼつい」の転で剃髪《ていはつ》したばかりの小坊主をいう。「しぼち」ともいった。児たちの年齢は定かでない。写本の「児の噂」(615)には「年はくしがき」といい、「九四」から十三歳を指している。(624)にも「十三」、(627)には「みをづくし」といい、『源氏物語』の巻名「澪標」と巻数から「十四」とする。大児は「十八」とある。また（630）には「鶴千代」という名前をもつ児も登場する。笑話には小児の利発さを話題にしたものが多い。『戯言養気集』上巻には「大小のちご利どんの事」と題して、「小児をばりこんに、大ちごはおろか」という。これは信長公の逸話としてあげられる。みておこう。

天正八年の春、貞安、あづち山へ出仕申されしかば、信長公おねんごろ有て後、御ふしんなされけるは、世間おほく小児をばりこんに、大ちごはおろかに云ならはし候、大ちごも小児の成上りなり、ちいさき時さへ、りこんならば、大になる程、猶〳〵りはつにこそなるべけれ、いな事ぢやとのおほせなり、貞安御尤の御ふしんにて候、大ちごはぬるし、やうたうにちかうなるゆへにや、との返答なり、又嵯峨の策彦和尚へ御ふしんなされしかば、愚僧も、さやうに存候、大かたすいりやう申候に、小児の間は、いまだ里心御座候故、武家のりはつ、さいかく、身にも心にもつきそふて、おはしまし候ゆへならんか、ひたもの寺じみてのちには、長袖のぬるきたちふるまひを、みなれ聞なれ、をのづから心おとりし侍るか、とこたへ申されければ、事外御ゑつきにて、一段尤の返答ぢや、出家にもそれ〳〵のたちが有とて評して、（中略）とかく人は、かしこきになれずば、中々よきしなは出まじき物なり、又其国の風あり、その時の風あり、とのたまひし。

「やうたうにちかうなる」は陽道に近づくで、色気づくことをいう。小児は、「いまだ里心御座候故、武家のりはつ、さいかく、身にも心にもつきそふて、おはしまし候ゆへ」といい、生家での幼児への躾、教育があるから利発であるが、寺に入ると次第に「心おとりし侍る」という。このとらえ方に対して、信長公は「尤」だといっている。寺での躾と教育は表向きであったことがわかる。

『宇治拾遺物語』には、児が登場する二話の笑い話（興言利口譚）をみる。一つは巻一・12「児の掻餅するに空寝したる事」で、比叡山での話である。

　これも今は昔、比叡の山に児ありけり。僧たち宵のつれづれに、いざ掻餅《かいもちひ》せん、といひけるを、この児心寄せに聞きけり。さりとて、し出さんを待ちて、寝ざらんもわろかりなんと思ひて、片方《かたかた》に寄りて、寝たる由にて、出で来るを待ちけるに、すでにし出したるさまにて、ひしめき合ひたり。この児、定めて驚かさんずらんと待ち居たるに、僧の物申し候はん。驚かせ給へ、といふを、嬉しとは思へども、ただ一度にいらへんも、待ちけるかともぞ思ふとて、今一声呼ばれていらへんと、念じて寝たる程に、や、な起し奉りそ。幼き人は寝入り給ひにけり、といふ声のしければ、あな侘しと思ひて、今一度起せかしと、思ひ寝に聞けば、ひしひしとただ食ひに食ふ音のしければ、すべなくて、無期《むご》の後《のち》に、ゑい、といらへたりければ、僧たち笑ふ事限《かぎり》なし。

掻餅の読みは「かいもちひ」または「かいもち」である。「かいもちひ」は「かきもちひ」の音便でおはぎ、ぼた餅の類をいう。少年の細かい心遣いが、かえって失敗のもとになったという笑話である。起こされたときに飛び起きては体裁が悪い。ここは我慢して、もう一度起こされるのを待とうと決める。事態はおもわぬ方向に展開し、起きる機会を失ってしまう。とうとう我慢できずに起き上がった児を見て、僧たちは笑ったという。児のタイミングの悪さが笑いとなるのも、未熟な子であるために、大人たちを前にしては計算どおりにいかない。想定外ではあわててしまうことになる。

もう一つは巻一・13「田合の児桜の散るを見て泣く事」である。

これも今は昔、田舎の児の比叡の山へ登りたりけるが、桜のめでたく咲きたりけるに、風のはげしく吹きけるを見て、この児さめざめと泣きけるを見て、僧のやはら寄りて、などかうは泣かせ給ふぞ。この花の散るを惜しう覚えさせ給ふか。桜ははかなきものにて、かく程なくうつろひ候なり。されども、さのみぞ候、と慰めければ、桜の散らんは、あながちにいかがせん、苦しからず。我が父の作りたる麦の花の散りて、実の入らざらん思ふが侘しき、といひて、さくりあげて、よよと泣きければ、うたてしやな。

「泣かせ給ふぞ」以下について、小林智昭は、「僧の丁寧な敬語表現に注意。まじめな品のよい僧の人柄を示すとともに、それが後の子供の素朴で現実的な態度と対照して、ユーモアをかもし出す重要な基因となる」という（日本古典文学全集）。

また同時代の『徒然草』五十三段には仁和寺の児をみる。冒頭に、「これも仁和寺の法師。童の法師にならんとする名残とて、各々遊ぶことありけるに、酔ひて興に入る余り云々」とあり、童である児が法師（僧）になる「名残」の宴を開く。同書五十四段には仁和寺の「いみじき児」が登場する。とても可愛い児だから法師は目をつける。児に喜ばれると算段して、「風流の破籠《わりご》やうのもの、ねんごろに営み」というように、意匠を凝らした弁当箱を念入りにつくる。法師が児のために知恵をしぼるところがおもしろい。

児の笑話　写本の（593〜644）には、五十二話の児の笑話を収める。その他の巻にも、若衆、少人、小姓、新発意の名で登場する笑話が四十二話もあるから、『醒睡笑』の児の笑話の数は尋常ではない。なかには久松、梅千代、幸菊、千松などの名前をもつ児も登場する。児に対する策伝の思い入れを窺《うかが》うことができよう。仏教臭さをもつ僧の世界に、風穴をあけるような明るさをもたせる児たちの存在は、同時代の仮名草子集にみる男色を主題にした作品とは異なり、児に対するイメージを払拭《ふっしょく》する『醒睡笑』の児は、可愛い子どもたちであった。

物よみおぼえん事　「君子は惟だ諸を人に淑くせんことを欲し（君子は人や書物から重要な知識を学び、向上してゆくことだけを願う）」（劉祁『帰潜志』巻十三）といい、知ったことは自分だけが喜ぶのではなく、他人も知って喜ぶべきだという。お互いが知ることで、ともに知識が豊富になるからである。ある人が小児に物忘れをする度合いが肝心だという。写本（637）には、その逆がみられる。

ある時児、茗荷のあへ物をひた物食せらるゝ、中将見て、それは周梨盤特か塚より生じて、鈍根草といへは、学問なと心かくる人の、くふへき事にてはなしと、いましめける時、児、中〳〵のことや、是は鈍になり、物をわするゝ草よのふ、たたしうそであらふ、其子細は、三年跡にこのことく、あへたるみやうかをくふてあつたが、今にそのうまさをばわすれぬほどに、くふたかましよと。

「中将」は僧。「三年跡」は三年前をいう。この笑話を一緒に読めば、おもしろさが増すことになろう。

157 尾州《びしう》に笠寺《かさて(で)ら》の観音《くわんを(お)ん》とて。人普《あまね》くたうと《(ふ)》めり。昔《むかし》此寺に児《ちこ(ご)》のあり。宗《そう》長参詣《ちやうさんけい》の砌《みぎり》

児《ちご》みんとさしてきたれば笠寺の
べ《(へ)》やのすみにてひつすへ《(ゑ)》てを《(お)》く

児《ちこ(こ)》すだれのうちより
ひつすべ《(ゑ)》て昼《ひる》はを《(お)》けども瀟湘《しや(せ)う〳〵(しやう)》の
よるの雨《あめ》にはひらく笠寺 (596)

〈現代語訳〉尾張に笠寺観音という、多くの人が尊ぶ寺があった。昔、この寺によく知られる児がいた、この児を宗長が参詣の折に見にきて、

児みんとさしてきたれば笠寺の
べやのすみにてひつすへてをく

（児をみたいと目指してくると、笠寺の部屋の隅に櫃《ひつ》とともに置かれている）

と詠むと、児が簾《すだれ》の内から、

ひつすべて昼はをけども瀟湘の
　よるの雨にはひらく笠寺

（櫃の蓋《ふた》を昼は閉めたままであるが、瀟湘の夜雨には蓋を開くのが笠寺である）

と詠んだ。

〈語注〉

尾州に笠寺の観音　「尾州」は国名。尾張国。現在の愛知県。「笠寺の観音」は真言宗智山派の笠覆《りゅうふく》寺《じ》。山号天林山。現在、愛知県名古屋市南区笠寺町上新町にある。笠をかぶった観音。**たうとめり**　崇め重んじる。敬い大切にする。**此寺に児のあり**　この児は可愛いだけではなく歌を詠むのでも知られていた。**宗長参詣の砌**　「宗長」は連歌師。宗祇の高弟。一四四八〜一五三二。「砌」はその時。底本の文末に「。」なし。**さしてきたれば笠寺の**　「さして」は目指して。傘を「さす」を掛ける。傘に笠寺を掛ける。**べやのすみにて**　「べや」は「へや」の誤刻か。櫃を置く部屋。住職は児をみられないように部屋の奥に隠した。**ひつすへてをく**　「ひつ」は櫃。飯を入れる容器。かぶさる形の蓋がつく。「すへ」は据ゑ。尻を窄《すぼ》める意の「すぶ」を掛ける。昼間は男色の相手をしない。**児すだれのうちより**　児が部屋の簾のかかる内側から返歌する。『新撰狂歌集』巻下・雑148には「寺の住持返し」とある。底本の文末に「。」なし。**ひつすべて昼はをけども**　「すべて」は「すへて」の誤刻であるが、「据ゑて」が正しい表記。**瀟湘のよるの雨にはひらく笠寺**「瀟湘のよるの雨」は近江八景の「瀟湘夜雨」のこと。「ひらく」は櫃の蓋を開ける。男色の相手になることを掛ける。また「ひらく笠」に雨で開く傘、傘に笠寺を掛ける。

【鑑賞】 児みんと 笠寺の児は可愛く、歌が詠めるということで評判となった。その児を宗長はみたいと思って訪れる。「どこにいるのか」と探すと、児は部屋の隅にいて、櫃もみられた。腹を空かしている児だから櫃が置いてあるのだな、と詠んだところ、その返歌に夜になったら、その櫃の蓋を開け住職のお相手をするのだと詠む。『新撰狂歌集』巻下・雑147には、「尾張の国鳴海の笠寺によき児のありと聞て数寄の人行て見るにかくれければよめる」とあり、宗長が訪ねたという記述はない。『古今夷曲集』巻七・恋歌373は、「よみひとしらず」とする。また「べやのすみにてひつすへてをく」を『新撰狂歌集』は「めんさうのすみにひつすへてをく」とする。「めんさう」は眼蔵。住職の寝室をいう。『新撰狂歌集』雑148には、「ひつすへて昼はをけども瀟湘の夜の雨にはひらく傘《からかさ》」とある。

158 三伏《ふく》のあつき日に。坊主《ばうず》他《た》行《ぎやう》の事あり。夏《なつ》の夜《よ》はよひながら。明《あけ》やすき月のふけても。いまだもどらねば。児《ちご》みなくたびれ。帯《おひ(び)》もとくやとかずにいねたる処《ところ》へ。老僧《らうそう》かへり来《きた》りて。さて〳〵《(さて)》爰《こゝ(こ)》な子《こ》達《たち》がなりは。其まゝ《(ま)》すしを《(お)》したやうなはと申されける時。児のうちにかしこきがを《(お)》きあはせ。いかほどのすしも見たれど。是ほと《(ど)》腹《はら》にいひのなひ《(い)》。すしをばみた事がなひ《(い)》と（597）

〈**現代語訳**〉夏の庚《かのえ》の暑い日に、老僧が外の用事で出掛けた。夏の夜は宵といっても、すぐに夜が更け、また夜が明けやすい。月が傾いても、まだ老僧は戻ってこないので、児たちはみな待ちくたびれてしまい、帯を解いた者、解かない者たちが寝ているところに、やっと老僧が帰ってきて、「いやはや、この児たちの寝すがたは、そのまま押し鮨のような姿であるよ」といわれた。そのとき児のなかの賢しい者が起き出して、「たくさんの鮨をみてきたが、これほど腹に飯のない鮨をみたことがない」といった。

〈**語注**〉
三伏のあつき日に　「三伏」は陰陽道で夏の暑い期間。夏至後の第三の庚の日を初伏、第四の庚の日を中伏、立秋後の初の庚の日を末伏、後伏といった。さんぷく、さんぶく、みふくともいう。**坊主**　老僧。本文に「老僧かへり来りて」とある。**よひながら明やすき**　「よひ」は宵。午後八時前後。「明やすき」はすぐに夜が明ける時刻になる。**子達がなりは**　「なり」は恰好。**すしをした**

鮨押した。押し鮨のこと。押し鮨は四角形の押し箱にすし飯をつめて、その上に魚肉などをのせて押しぶたで形をつくる。箱ずしともいう。**をきあはせ**　起き上がり。寝ている身体を起こす。**腹にいひのなひ**　「腹」は魚の腹。魚の腸を出して飯を入れる。その飯が少ないこと。児の腹を掛ける。児の空腹状態をたとえる。**みた事がなひと**　底本の文末に「。」なし。

【鑑賞】　**沙石集**　生ものを食べてはいけない僧なのに鮨を知っていることになる。さらに児が、「いかほどのすしも見たれど。是ほと腹にいひのなひ。すしをばみた事がなひ」といったために、何度も鮨を食べていたことが明らかになる。同話が『沙石集』巻三・8「南都の児の利口の事」にみられる。

ある時、児共なみ居てから物語し、空腹の雑談《ざうたん》しける次《つい》でに、ある僧申しけるは、この院家の児は鮨にするほどは多し、と云へば、児、取りもあへず、児は鮨にするほどあれども、飯《いひ》がなきぞ、と云ひけるこそ、ゆゆしき利口と覚ゆれ

「ゆゆしき利口」は賢い子をいう。「空腹の雑談しける」は空腹の状態を忘れるのに雑談でもしたほうがいいという。この雑談を小島孝之は、「空腹をまぎらわせる雑談。もしくは、空腹を話題にした雑談」といい、「から物語」は、「不詳。「空物語」で、実質を伴わない冗談話のような意であろうか」という（新編日本古典文学全集）。『古今夷曲集』巻九・雑下付哀傷804にも、「貧しき人の子おほくもたるをみて　よみ人しらず」の詞書に続いて、「こどもをは鮨にする程持たれどいひがなければひぼしにぞする」とある。『沙石集』や『古今夷曲

集』を踏まえて、策伝が創作したとみる。

159　八月十五夜《や》の月にむかひ。坊主《ぼうず》あまた集《あつま》り。ちごもまじはり。詠《ながめ》ゐけるに。大児のあれほと《（ど）》の餅《もち》をかゝ《（か）》へて。そろ〳〵《（そろ）》とくはゞ《（ば）》。おもしろからふ《（う）》とさゝ《（さ）》やきけるとき。小児されば大きさはあれ程でもよひ《（い）》が。あつさをしらぬと　（599）

〈**現代語訳**〉八月十五夜の月見の日を迎え、たくさんの僧が集まった。児も一緒に眺めていたところ、大児が、「あれぐらいの餅をかかえて、ゆっくりと喰ったら楽しいだろうなあ」とささやくと、小児が、「そのことだが、大きさはあれぐらいでもよいが、厚さが分からないとね」といった。

〈**語注**〉
八月十五夜　月見。中秋の名月。月見団子、芋、豆、栗を三方《さんぼう》に盛り、ススキや秋の草花を飾って祝う。　**あれほとの餅を**　「餅」に望月《もち》（満月）の望を掛ける。　**あれ程でもよひが**　餅の大きさはあれぐらいでもよいが。「よひ」は「よし」のイ音便。　**あつさをしらぬと**　「あつさ」は厚さ。餅は厚さが肝心。写本はこの後に、「月を題にて、雄長老　円かりしなりもかくるや天人の夜毎にかふるもち月のはて」とある。下の句の「月のはて」を、『雄長老狂歌百首』は「月のくはし」とする。底本の文末に「。」なし。

【鑑賞】 **そろ〱**　児は餅を食べるときは、「そろ〱」と喰いたいという。滅多に手にすることがないから、ゆっくりと味わいたいのである。しかも「さゝやきける」とあるから小声で話す。もちろん住職や周りの者たちに聞こえないようにしているが、子どもの小声は聞こえないようで聞こえてくる。可愛い声を想像すると微笑ましい。「大きさはあれ程でもよひがあつさをしらぬ」は小児の本音である。欲張りで食いしんぼうの児にとって、餅の厚さは大問題である。子どもの発想はおもしろい。

160　今朝《けさ》とくから。北谷《きただに》へ大児のよばれておはしたるが。春《はる》の日のながきも。あそぶ時には。みじかくおぼゆるは。つねのならひ夢《ゆめ》は《(ば)》かりに事さり。夕陽《せきやう》にしに入《いり》あひのなるころ。わがすむ坊《ばう》に帰《かへ》り。を《(お)》きて見つ。ねてみつ。くるしさうに。いたはられけるを。小児みかね。そなたのわつ《(づ)》らひは。心地《こゝ(こ)ち》いかゝ《(が)》あると。とはれし。たゝ《だ》けふのもてなしの餅を。くひ過して。むねのやくるが。くるしいと。いはれしを。われもちと。その類火《るいくは(わ)》にあふ《(う)》てみたひ《(い)》よ　(600)

〈現代語訳〉朝早くから北谷へ、大児が呼ばれてお出かけになったが、春の日の長いのも遊ぶときはいつも時間が短く感じる。夢のように時は過ぎ去り、夕日が西に傾いて入相の鐘が鳴るころに、大児が住む坊に帰ってきて、起きてみたり寝てみたりしては苦しそうにしているのを小児が見かねて、「あなたの患いは、どのような気分であるのか」と尋ねた。大児が、「ひたすら今日の馳走に出た餅をたべ過ぎて、胸のやけるのが苦しい」といわれたのを小児は、「わたしも少しばかり、そのやける思いにあってみたいよ」といった。

〈語注〉**北谷へ**　「北谷」は比叡山西塔《さいとう》の五谷の一つ。他に南谷、南尾谷、北尾谷、東谷がある。朝から僧の相手をするのに呼ばれたか。**にしに入あひのなるころ**　「入あひ」は入相。日没のこと。「なるころ」は鐘が鳴る時間。入相の鐘。**いたはられける**　労はられける。自分の身を心配される。**類火にあふてみたひよ**　「類火」は他から燃え移って火事になること。貰い火。ここは同じ思い。火事で「棟が焼ける」と「胸が焼ける」を掛ける。写本は文末に評語がある。小文字で「余義もないのそみてすよ」とある。底本の文末に「。」なし。

【鑑賞】類火にあひなん物を　類話が『戯言養気集』上巻「うたの事」にみられる。

世中おもてうらなる事有、ざとうの坊の心よきと、大ちごの利はつなるがある、ひゑの山にての事なるに、小児をりんばうへ、しやうだいし、もちを出し候へば、事外物かずを遊ばし、かへり給ふて、なんぎなされ候声、いとおびたゝし、則大児参られ、なふ〳〵何と御座有と申されければ、無理な事にあひ、もちを過し、胸がやくるやうに御座あると仰候へば、あこも参、類火にあひなん物をとくやまれ、かまひて〳〵消食丸など、きこしめし給ふな、頓てけんに御つきあらんほどに。

「消食丸」は消化剤。これを飲まないようにという。類話が『きのふはけふの物語』（古活字十一行本）上巻・31、（大英図書館古活字十行本）上巻・34にもみられる。後半をみると「むねかやくる事、何共めいわくぢや、とおほせけれは、さて〳〵其るい火にあひたや、火もとはいつくやらん、と申された」。「ひもとはいつくやらん」とあるので、火元まで聞く落ちになっている。策伝が読んだとみられる『きのふはけふの物語』（古活字八行本）、（古活字十行本）には未収であることから、流布していた笑話によったものか。

161　坊主《ぼうず》餅を一つ持て出。二つにわり児三人の中にて。しうくをいふ《（う）》て。くはれよとあれは《(ば)》。小児此餅は三ケ月《みかつ(づ)き》て《(で)》。かたは《(わ)》れあるよといひやか《(が)》てとりけり。次《つき(ぎ)》のちこ《(ご)》はや月は山の端《は》に入よといひとりてけり。大児にむかひ。そなたは心何《なに》とあるや。其事《□と》よ月入て。あとなれは《(ば)》。わか《(が)》むねはやみのやうなと　(603)

〈現代語訳〉 坊主が餅を一つ持ってきて、それを二つに割って児が三人いるところに置いた。坊主が、「秀句をいって喰われよ」というと、小児が、「この餅は三日月で、ここに片われがあるよ」といって、すぐに半分を取った。つぎの児は、「はやくも月は山影に隠れるよ」といって、もう半分を取った。坊主は残った大児に対して、「おまえは、いまどういう気持ちでいるか」というと、「そのことですよ。すでに月が隠れてしまったあとなので、わが胸のうちは闇のようです」といった。

〈語注〉
坊主餅を一つ持て　「坊主」は住職。「餅」は丸餅。満月に見立てられる。**しうくをいふて**　「しうく」は秀句。洒落。ここは餅を題材に洒落をいう。**三ケ月**　三日月。丸餅を二つに割った半分の形。これは三日月ではなく片割れ月である。**かたはれ**　片割れ。片割れ月。半分に割れた月。丸餅の半分の形。**次のちこ**　小児または中児か。**其事よ**　「事」の振り仮名「こと」の「こ」が欠。**やみのやうなと**　真っ暗闇のようだと。「やみ」は闇。「わからない」の意を掛ける。底本の文末に「。」なし。

【鑑賞】 小児 すぐに秀句ができるはずの大児が、小児たちの巧みな秀句によって、餅をすべて取られてしまった。だが「月入てあとなれはわかむねはやみのやうな」と心の内を表現するところは、さすがに大児である。坊主と児たちの間では、いつも秀句や狂歌などの言葉遊びを行っていたようである。言葉遊びをしながら教養を身につけていったのであろう。食べる餅の秀句、狂歌を詠む夜は、児たちにとって楽しかったであろう。

162 貧々《ひんくひん》(ぎ)たる坊主の眼藏《めんさ(ざ)う》より。餅《もち》の半分有《はんふ(ぶ)んある》をもちて。ちごにさし出す。うけとりさまに

十五夜のかたはれ月はいまだ見ぬ

とありしに師《し》の坊《ばう》

雲《くも》にかくれてこればかりなり　(606)

〈現代語訳〉 いかにも貧しい坊主が、納戸から半分の餅をもってきて、児の前に出した。そ

れを児が受け取るときに、

十五夜のかたわれ月はいまだ見ぬ

（十五夜の半分の月はまだ見えない）

と詠んだので、師匠の坊主が、

雲にかくれてこればかりなり

（雲に隠れてこれだけである）

と付けた。

〈語注〉

貧々たる坊主の眼藏より　「貧々たる」はいかにも貧しい状態。「眼藏」は納戸。納戸は保存庫の役割を果たした。　**餅の半分**　丸餅を二つに割った半分。　**うけとりさまに**　底本の文末に「。」なし。　**十五夜のかたはれ月は**　「十五夜」は満月。望月。「かたはれ月」は片割れ月。満月の半分。丸餅の半分。　**いまだ見ぬ**　片割れ月がまだみえない。　**師の坊**　児の師匠。坊主。底本の文末に「。」なし。　**雲にかくれて**　満月が雲に隠れた状態。　**こればかりなり**　半分の片割れ月しかない。

【鑑賞】　**策伝好み**　「貧々たる坊主」が餅を保存し、児までかかえている。随分と余裕ある生活をする坊主が「貧々たる坊主」というのは、どういうことだろう。餅は月日が経っても保存できる食べ物である。水餅にすれば黴《かび》やひび割れを防げる。たとえ黴が生えても、表面を削れば食べることができる。底本161の「月は山の端に入よ」と同じように、「雲にかくれてこればかりなり」は秀句である。よい秀句をもとに策伝が笑話に仕立てたのであろう。ここでは半分の餅を持参したのは、餅で児を喜ばせて夜をともにしたいと考えたからか。残しておいた餅であるから、坊主は有効につかう手段を考えたとみられる。

163　ふと人の来りて。児《ちご》にむかひ。法印《ほう(ふ)ゐ(い)ん》はいづくにわたり候ぞとたづぬれば。護摩堂《こ(ご)まだう》にかきして御座るは。かきとは何事ぞ。経陀羅尼《きやうだらに》をよみてといふ事よ。それをは《(ば)》かんきんとこそいふものなれ。あこもそれほどの事をばしりたれども。ひもじさにかんともきんともはねられぬは　(607)

〈現代語訳〉　突然に人がやって来て、児に向かって、「法印はどちらにいらっしゃいますか」と問うと、「護摩堂でかきしてございます」といった。「かきとは何である」というと、「経陀羅尼を読んでいるということです」という。「それは看経《かんきん》というものだ」というと、「わたしもそれぐらいのことは知っていますが、空腹のあまりに看《かん》とも経《きん》とも、はねる音がいえないのです」といった。

〈語注〉

法印はいづくにわたり候ぞ　「法印」は住職。「いづく」は「いづこ」と同じ。「わたり」はいらっしゃる。**護摩堂にかきして**　「護摩堂」は護摩を焚く堂。「かき」は「かんきん」の「ん」を略した言葉。看経。経文を読誦《とくじゅ》すること。読経。**経陀羅尼**　陀羅尼経のこと。**あこ**　自称の人代名詞。**かんともきんとも**　看と経の発音がともに。**はねられぬは**　「ん」の撥《はっ》音便がいえない。撥音便は力を入れる言葉。写本は文末に評語がある。小文字で、「ひたるさと寒さと恋とくらふればはつかしなからひたるさそます」。底本の文末に「。」なし。

【鑑賞】**かきして御座る**　「かき」とはいままで聞いたことのない言葉である。「かんきん」の二つの「ん」の字が抜けた言葉で、児は食生活でひもじいおもいをしているから、力の入る「ん」がいえないという。児は「かき」だけいっても相手はわかると思ったのだろうか。ところが「かんきん」は「か」と「き」にアクセントがあり、そんなに「ん」を強くいわないので、「ん」の発音が力強くいえないというのはおかしい。これは児の悪戯であろう。「護摩堂にかきして御座るは」といって、相手に「まさかあの『かき』であろうか」と思わせるのが児の狙いである。「かき」とは「かく（掻く）」で自慰のことである。小高敏郎も、『きのふはけふの物語』の校注本で、この『醒睡笑』を類話として指摘し、「他に人の居ない持仏堂のことだから、「かき」に「手淫をかく」の連想があるのをきかせている」と記す(『江戸笑話集』)。

はらぢからがなふて　類話が『戯言養気集』上巻「うたの事」にみられる。

山寺にての事なるに宰相殿、お児さま、法印はるすにて御座候や、ととはれしかば、いや持仏堂にかきしておはしまし候、と答へられた、かきとは何事にておはしますぞ、と宰相殿申ければ、とにもかくにもはらぢからがなふて、あゝ、かんともきんとも、はねられぬ、と申された

訪ねてきたのは宰相殿である。「宰相」は太政官の官名である。児は「はらぢからがなふて」、つまり空腹で「腹力がない」といった。小高敏郎は、「語り口はくどく冗長である」といい、あまり笑話としてはおもしろくないと評する。それは、つぎにあげる『きのふはけふの物語』と比較しての評である。『きのふはけふの物語』(古活字八行本)下巻・24、(古活字十行本)下巻・23、(大英図書館古活字十行本)下巻・22の文章がすっきりしているからである。古活字八行本によると、「おちこさまへ申、法印さまは御るすか、いや、ちぶつたうに、かきして御さる、かきとはなに事そ、ひたるさにかんともきんとも、はねられはこそ」とある。「ひたるさ」は「ひだるさ」である。これらを踏まえたのが『醒睡笑』である。だが『醒睡笑』の笑話についても、小高敏郎は、「これもやや冗長。また編者の策伝好みか、或いは古い型をそのまま踏襲したか、終りに狂歌を付している」という。この古い型は、『きのふはけふの物語』(古活字八行本)を手直ししたことをいうのであろう。

164　比叡山北谷持法坊《ひえいさ(ざ)んきたゞ(だ)にぢほう(ふ)ばう》に児《ちご》あまたあり。冬《ふゆ》の夜《よ》豆腐《とうふ》一二丁を求《もと》め。田楽《でんがく》にする。老僧《らうそう》いひ出されけるは。を《(お)》の〲《(をの)》しうくをいふ《(う)》てくふべしと。大児やがてわれは仏《ほとけ》のつぶりと申さん。後《のち》に小児屏風《べ(びや)うぶ》のかげより出るをみれば。三《み》く《(ぐ)》しとりてのく。又ひとりは八日の仏とて。髪《かみ》をばつとみだし。たすきをかけ。左右《さう》の手《て》にて目《め》口《くち》をひろげ。我《われ》は鬼《おに》なりみなくはふ《(う)》と。ありたけ取《とり》たれば。せんかたなさに。坊主《ばうず》はふるき手《て》ぬぐい《(ひ)》をあたまにかふ《(ぶ)》り。手をさし出し乞食《こつじき》に参りた。壱つ宛《つ(づ)ゝ(つ)》おもらかしあれと。老僧のはたらき三國一《さんごくいち》（609）

〈現代語訳〉　比叡山北谷の持法坊に、たくさんの児がいた。冬の夜、豆腐を一、二丁求めて田楽にした。老僧がいい出されるに、「それぞれ秀句をいって喰うように」と。大児はすぐさま、「われは仏の頭《つぶり》といいましょう」といって、三串取って席に戻った。また一人は、「八日の仏」といって、八串取った。そのあとに、小児が屏風の陰から出る姿をみると、髪をばっと乱し、襷《たすき》をかけ、左右の手で目と口を広げ、「われは鬼である。みんな喰ってしまおう」といい、残りのすべてを取ったので、老僧はどうしようもなく、古い手拭《てぬぐい》を頭にかぶって手をさし出し、「乞食に参った。一串ずついただきたい」といった。老僧の秀句が一番いい。

〈語注〉

持法坊　平安後期の天台宗僧。源光。持宝房、持法房とも書く。法然の師。持法坊の寺とも呼んでいたのであろう。　**田楽**　豆腐を角形に切り、味付けした味噌をつけて、火にあぶった料理。　**仏のつぶり**　「つぶり」は「つむり」ともいう。　**三くしとりてのく**　「三くし」は御髪《みぐし》。貴人の髪をいう女房詞。髪の敬称。三串を掛ける。「のく」は退く。　**又ひとりは八日の仏とてやくし**　「又ひとり」は同じ大児または中児か。「八日の仏」は薬師如来をいう。「やくし」に薬師、八串を掛ける。　**ばつと**　勢いよく四方へ広がるさまを表す。　**たすき**　襷。袖や袂《たもと》をたくし上げて、鬼の力強さをみせようとした。　**左右の手**　両手。　**坊主はふるき手ぬぐい**　「坊主」は老僧。「ふるき手ぬぐい」は汚い手拭。乞食の見立て。　**手をさし出し**　物乞いを真似する。　**壱つ宛おもらかしあれ**　乞食の言葉。「壱つ宛」はすでに取った児たちから一つずつ。「もらかし」は「もらはかす」の転。貰う。いただく。　**老僧のはたらき三國一**　評語。写本は小文字。「はたらき」は取り戻すためにいった秀句。「三國一」はインド（天竺《てんじく》）、中国（震旦《しんたん》）、本朝（日本）を通じて第一位であること。ここは一番いいと褒める。底本の文末に「。」なし。

【鑑賞】　**仏の頭**　「仏の頭」とは頭部の粒状の髪の螺髪《らほつ》（「らはつ」ともいう）をいう。螺は巻き貝のことである。巻き貝は右巻きであるので、御髪も右巻きとなる。『沙石集』巻二・

7「弥勒の行者の事」に、「果仏の羅髪は出家の形なり」とある。羅髪は螺髪と同じで、小島孝之は、「頭髪が無数の巻貝が連なったような巻き毛で表現されること。仏の三十二相の一つ」という（新編日本古典文学全集）。

なぞ〳〵　類話が『戯言養気集』上巻「うたの事」にみられる。読みづらいので「　」をつける。

又ある時でんがくあり、「今度はしゆうくにて物せん」とて、「清盛むさうの長刀　大ちご」「なぞ〳〵」「いつくしまでたまはつた」、「仏のあたま　侍従」「何ぞ〳〵」「みくし」、「いしやの本尊　小児」「なぞ〳〵」「八くし」、侍従殿少腹立して、「とかく小ちごさまは物かずをすかせらるゝ」と申された。

「清盛むさうの長刀」は平清盛が厳島大明神から長刀《なぎなた》を授かった。「いしやの本尊」は医者を薬師というので薬師如来を指す。同話が『きのふはけふの物語』（古活字八行本）上巻・36、（古活字十行本）上巻・43、（大英図書館古活字十行本）上巻・42にもみられる。そこでは「大ちこ、しんほち、小ちこ」の三人となっている。

165　大児を誰《たれ》人の賞翫《しやうくは(わ)ん》しけるにや。けしからぬ活斗のありつると見え。ゐ《(い)》ねてゐながら。あらくるしや〳〵《(くるしや)》といふを。小児何とて色《いろ》もよく。無病《むびやう》さうにはあるが。さほどにくるしいかや。たゝ《(だ)》しよくすぎて身が熱《ねつ》するとい《(い)》へるにぞ。けなりやそのやうな煩《わっ(づ)らひ》ならば。われもちと。持病《ぢびやう》にもちたひよ　(617)

〈現代語訳〉　大児を誰が可愛がったのか、とんでもないぜいたくをさせたようで、寝ていながら、「ああ苦しい苦しい」というのを、小児が聞いて、「どう見ても顔色もいいし、病気もしていないようだが、なぜにそれほどに苦しいのか」というと、「とても食べ過ぎて、身体が熱い」という。「うらやましいなあ、そのような病なら、わたしも少し持病にもちたいよ」といった。

〈語注〉
賞翫　珍重する。好色相手として大事にする。**しよくすぎて**　「しよく」は食。漢音。**けなりや**　異なり。普通ではない意から、いいなあ。**持病にもちたひよ**　「持病」は治らぬ病。食べ過ぎる病になってみたい。底本の文末に「。」なし。

【鑑賞】　**けしからぬ活斗**　大児にとっての「とんでもないぜいたく」とは、あり得ないほど腹が膨れる食事をしたということである。児たちはひもじい食事の毎日だから、豪勢な食事をして食べ過ぎるほどの状態になるのは望むところである。ここは僧が好色の相手として満足できたので、褒美にたくさんの食事を出したとみられる。小児は、「持病を持ちたい」という素直な気持ちをいう。そこに「ちと」を添えて、少しでもいいからと願う小児の気持ちを伝えている。

166　大児の小児にむかひて。けふの腹《はら》はいかやうに候やと。とはれける返事に。はらは太鞁《たいこ》じ(ぢ)やと。さてもよき事や。うらやましやとありければ。いやどうにかわ(は)がつゐ(い)て候よ　(618)

〈現代語訳〉　大児が小児に向かって、「今日の腹の調子は、どのようでござるか」と尋ねた。その返事に、「腹は太鼓だ」という。「何ともまあ、よいことだなあ。うらやましいことであるよ」といったので、「いや、胴に皮がついているのだよ」といった。

〈語注〉

はらは太鞁じや　「太鞁」は太鼓腹のこと。太鼓腹は太鼓の胴のように、丸く張り出した腹をいう。

満腹の状態。 **どうにかわがつゐて候よ** 「どう」は胴。腹。太鼓、大鼓《おおかわ》の胴を掛ける。腹の皮が背につくほどの空腹状態。「かわがつゐて」は太鼓の皮と腹の皮を掛ける。底本の文末に「。」なし。

【鑑賞】 **太鞁** 太鼓というから、食べ過ぎて腹が膨れているとおもいきや、ここでは逆の何も食べていないから、腹の皮が背につくほど凹《へこ》んだ状態だという。腹がぺちゃんこ（ぺっしゃんこ・ぺしゃんこ）では飢餓状態に近い。なぜこんなにも腹が凹むのだろうか。食べざかりの小児にとって、寺での食事はあまりにも量が少ないのである。

167 児《ちこ(ご)》のとまりに来て。夜《よ》はやう〳〵《(やう)》ふけゆけど。菓子《くは(わ)し》をさへ出すよしもなければ。枕《まくら》を取あげ。口にあて〳〵《(あて)》しけるを。そばなるそれは何といふ事ぞや。態《わざと》いはふて。歯《は》にものをあてそむると　(621)

〈現代語訳〉 児が泊まりに来て、夜がだんだん更けていっても、菓子すら出す様子がないので、児は枕を手に取って、歯に当てて噛んでいる。それを傍にいる者がみて、「それは何をしているのか」というと、「わざと前祝いに歯に枕を当てて、その時の感触を味わっている」といった。

〈語注〉

出すよしも　「よし」は様子。気配。　**そばなる**　そばなる者の「者」が略されたとみる。　**態いはふて**　「態」は意図的に。振り仮名の「わざと」は底本ママ。「いはふ」は予祝。先に祝う。食べる喜びを前祝いする。　**あてそむる**　当て染むる。感触を味わっている状態。写本は文末に「平清盛公、大塔再興ありて参詣の時、つゝがなき歯を一つ、手つからぬき、奥院に籠給ひ　高野山おろす嵐のこはくとも　此はゝ残せ後の世のため」とある。底本の文末に「。」なし。

【鑑賞】**児のとまりに来て**　児が泊まることになったのは、僧の招待を受けたからであろう。招待する以上、それなりの対応があるはずなのに、まったく挨拶がわりの菓子すら出てこない。呼んでおきながらと少々不満がつのってきた。しかも枕を取りあげての行為から、枕のある部屋で待っていることがわかる。布団があり、枕がありながら、いつまでも僧のやってくるのを待っているのはつらい。いったい何をしているのだろうか。待ちぼうけをくらっている状態である。そうなると、「そばなる（者）」というのは、いったいどういう立場の者なのか、わからない。また「態いはふて歯にものをあてそむる」は、何の前祝いなのか、なぜ歯に枕をあてるのかも明らかではないが、これは僧の相手になっているときに、枕を嚙み締めて喜びを味わっておこうというのではないだろうか。物を嚙み締める行為は、声をあげるのを抑えるためといわれている。

168　山寺に児や法師《ほう(ふ)し》まじはり。色〳〵《いろ(色)》の物語《ものがたり》する次《つい(で)》てに。正月ある事は五月かならず有となれば。萬《よろづ》をいはひもつゝ《(つ)》しみもせんものぞと。語《かたる》人ありしに。児さては正月ある事は。五月もあるよなふ《(う)》。あこは左右《さう》はおもはぬ。正月はもちをさい〳〵《(さい)》みもしくひもしたが。五月のけふは廿八日になれと《(ど)》。餅《もち》とて壱つ見ぬほどに（622）

〈現代語訳〉　山寺で児や法師が一緒になって、いろいろな話をする。その折に、「正月にあることは、五月にも必ずあるので、すべての祝い事も慎み事も、しっかりやらなければならない」と話す法師がいた。児は、「それならば正月にあることは、五月にもあるということなのですね。でもわたしはそうは思いません。正月は餅を何度もみて喰いましたが、五月の今日は二十八日になっても、餅を一つもみないではないですか」といった。

〈語注〉

次てに　序《ついで》に。　**正月ある事は五月かならず有**　諺か成語か。必ず二度あるという意味とみられる。　**つゝしみ**　慎み。物忌み。　**見ぬほどに**　底本の文末に「。」なし。

【鑑賞】　**色〳〵の物語する**　児や法師が膝を突き合わせて、いろいろと話をすることは、寺での日課だったのだろう。法師をはじめとした僧たちにとって、集まる場はその日の夜の相手探しでもあった。つまり児の品定めの場であるから、児にとっては、うまく選ばれれば、翌日は十分な食事を得ることができるのである。

169　三位《み》が物相《もつさう》と。児のもつさうと。同し(じ)く飯臺《はんだい》にすへ(ゑ)ならべてを(お)きたれば。よく〳〵(よく)徒《と》然《ぜん》の餘《あま》りにや。三位《み》が飯《めし》をもとりてくはれけり。後三位来《きた》り。食《しよく》せんとするになし。是《これ》は不思儀《ふしぎ》なり。別《べち》にくふべき人はなきにと。せんさくしけるとき。ちごのいへるやう。汁《しる》かとおもふ(う)て。そへてくふたはと　(623)

〈現代語訳〉　三位の飯と児の飯とを、同じ飯台に並べて置いたところ、児はとてもとても空腹すぎて、三位の飯までも取って食べてしまった。その後、三位がやって来て、自分の飯を食べようとするがない。「これは驚いた。他に食べる人がいないのに」と疑問をもってさぐる。そのときに児が、「吸い物かと思って、おかずにして喰ったわ」といった。

〈語注〉
三位が物相と児のもつさうと　「三位」は寺の小僧の称。「物相」は物相飯の略。物相は飯を一人分ずつ盛って出す器。「相」は木形。曲げ物の木でつくった型に、飯を押し込んでつくる。**徒然の餘りに**　腹がすきすぎて。「徒然」は心が満たされないさまをいう。**せんさくしける**　詮索しける。誰がとったのかの犯人探しをする。ここには児しかいないから、犯人は児といえる。**ちごのいへるやう**　児はばれる前に白状しようと考えた。**そへてくふたはと**　「そへて」は自分の物相飯に加える。底本の文末に「。」なし。

【鑑賞】　**物相飯**　物相飯は物相型、押型という木枠、木型によってつくられる。檜《ひのき》、杉などの薄い皮などをまげて松、竹、梅、桜などの型をつくる。飯は型にはめるから、分量は少ないので児は満腹にならない。「汁かとおもふて」は、吸い物の練り物と思って食べたとでもいっているのだろうか。嘘を平然といい、白状すればいい、もう食べてしまったといえばいいと考えた、もし済んでしまったことに文句をいわれたら、謝ればいいとも考えているようである。堂々と話す児の顔を想像するとおもしろい。
おこゞ　類話が『戯言養気集』上巻「うたの事」にみられる。

ある時、ひえの山の小ぼうし、たきぎをこりに参るとて、お児さまの昼のおこゞは、ぜんだなにをきけるが、其下に我中食をもをひて出たり。つねよりはたきゞをしたゝかに持て見えしが、門の内へ入とひとしく、先ぜんだなへ来て、めしをたづね見れ共、なければ、いな事ぢやと思ひ、お児さま〳〵、わたくしのひるめしは御存なきかと申せば、うゝ、おこゞのそばに有たが、そちがめしか、しるかとおもふて、あこが食に打かけて物したる、と仰せられければ、中〳〵あきれもせぬ事ぢや、いやはや〳〵といひて立のひた。

小法師の「おこゞ」を児が食べてしまう。「おこゞ」は女房詞で昼飯をいう。「おくご（御供御）」の転だが、昼飯に限る言葉とされる。「ぜんだな」は膳棚である。さらにこの類話が『きのふはけふの物語』（古活字八行本）下巻・26、（古活字十行本）下巻・25、（大英図書館古活字十行本）下巻・23にもみられる。『戯言養気集』を踏まえたとみていいだろう。古活字八行本をみると、

ゑんりやくしの小ほうし、御ときすきて、やまへ木の葉かきに行とて、御ちこさまの中ちきを、せんたなにあけをき、その下に、小法師かひるめしもおひた。さて、山よりかへりて見るに、御ちご様の御せんもあかり、わかめしもなし。ふしきなる事とおもひ、御ちこ様にとへは、まことにおしるかと思ふて、あこかめしにうちかけて、くふた、とおほせられた

とある。随分と省略された一文になっている。これを元にしたのが『醒睡笑』であろう。

170　ある座敷《ざしき》にて。児のとろゝ《(ろ)》汁《し(じ)る》の再進《さいしん》を。ひたものうけらるゝ《(る)》時。三位目をしてにらみければ。ちごのあこにさのみ科《とか(が)》はないぞや。たゞ《(だ)》とろゝ《(ろ)》をにらめ（631）

〈現代語訳〉　ある座敷でのこと。児がとろろ汁のおかわりを、やたらに受けている。そのときに三位が怒ってにらむので、「児のわたしには、それほど罪はありませんよ。直接にとろろをにらんで下され」といった。

〈語注〉
とろゝ汁　薯蕷汁。山の芋などをすりおろして調味したもの。**再進**　おかわり。『日葡辞書』には、「人に供する飯や汁を、食卓〔膳〕で二度、あるいは、三度ついで出すこと」とある。**ちごの**この児は小児であろう。**科**　咎。悪いこと。**とろゝをにらめ**　罪をとろろに押っ被《かぶ》せる。底本の文末に「。」なし。

【鑑賞】　**とろゝ汁の再進**　児はおかわりをするために、慌てて飲み込むように食べている。

とろ汁は飯を一緒に流し込むのに都合のいい食材であるから、すぐにおかわりができる。がむしゃらに食べる児の姿をみた三位は、口には出さないが目でにらんで注意を促したのだが、そんなことにお構いなしの児は、「文句をいうなら直接に、とろ汁をにらんでくれ」という。責任転嫁する児が子どもっぽい顔をしながら、大人ぶった口調でいうところがおかしい。写本はこの前後に三位がにらむ展開の笑話を三つもつづける。(630)には、児の鶴千代を「三位にらめば」の言葉が三度も出てくる。よほどにらむ三位と児の姿はおかしかったのであろう。策伝好みの笑話である。

むす〳〵と　注意されても、なお食べ続ける展開をする笑話が、『きのふはけふの物語』（写本。学習院本）上巻・50にもみられる。

　大いひに、そのまゝしるをかけて、いくたひもまひる、後見かこれをみてにらむ、ちこおほせられ候やうは、三位、おれをにらまうより、とろゝのをつけをにらまいよ、といひなから、むす〳〵といかほともまいつた。

　ここでは児の食べる態度を「むす〳〵と」と記す。「むす〳〵と」とは副詞の「むずむずと」で遠慮なくの意である。「いくたひもまひる」「いかほともまいつた」とあるので、児は何杯もおかわりをする。その食べている姿を目に浮かべるだけでもおもしろい。

171 老僧《らうそう》小僧児若衆《わかしゆ》いひあはせて。随《ず》意《い》講《こ(か)う》のまはしはじまれり。ある席《せき》にてちご汁《しる》の椀《わん》に酒《さけ》をうけられたり。後見《こうけん》の法《ほう(ふ)》師《し》目をきつと見いだしければ。児顔《かほ》をおさへ。南無《なむ》三寶《ぼう》随意講はやぶれたよ　(632)

〈**現代語訳**〉 老僧、小僧、児、若衆が相談して、随意講を輪番で回すこととなった。ある日の席で、児が汁椀に酒を受けられていた。それを見た後見の法師が厳しくにらむと、児は顔をおさえて、「たいへんだ、随意講の輪番ができなくなったよ」といった。

〈**語注**〉
随意講のまはし 「随意」の振り仮名は正しくは「ずいい」か。「まはし」は順に係を回すこと。
後見の法師 児の後ろだての僧侶。指導係。 **顔をおさへ** 困った顔を示す。 **南無三寶** 驚いたときに発する言葉。 **随意講はやぶれたよ** 「やぶれたよ」は上下の身分を意識しない随意講ができなくなったよ。怒らない決まりに逆らうのでは随意講が成立しないと騒ぐ。底本の文末に「。」なし。

【鑑賞】 **随意講** 随意講では輪番で宴席を担当するのが決まりである。その順序を老僧、小僧、児、若衆らが決めたのである。当番になると酒の準備、料理の準備、後片づけなどをする。同じ仕事を皆が輪番ですることで、寺での共同生活と人間関係をつくっていく。随意講は無礼講であるから、上下関係を考えない言動も許される。だが児が酒を口にすることは問題である。それを法師は目で指摘した。それを「南無三寶随意講はやぶれたよ」といい、随意講で怒ってはいけない、飲むのを注意するのは法師が悪いのだといわんばかりの態度を示す。ずる賢い児である。

172　大児のいへるやう。あの三上《かみ》山か(が)飯ならは(ば)。何とあらふ(う)のとありしに。小児端的《たんてき》の返事に。水海《みづうみ》がとろゝ(ろ)ならば。ねらはれもせんやと　（633）

〈現代語訳〉　大児が、「あの三上山が飯であったら、どうであろうね」というと、小児のわかりやすい返答に、「湖がとろろだったら、ねらわれましょう」といった。

〈語注〉

三上山　「三上山」は現在の滋賀県野洲《やす》市にある山。御伽草子や昔噺で知られる『俵藤太』の物語では、蜈蚣《むかで》が住む山として知られる。　**水海がとろゝならば**　「水海」は湖。湖水。琵琶湖を指す。

し。

「とろゝ」はとろろ汁。児にとってとろろは大好物。**ねらはれもせんやと**　底本の文末に「。」なし。

【鑑賞】　**三上山と水海**　三上山は琵琶湖を囲む山の一つで、百足山《むかでやま》ともいう。仮名草子の『東海道名所記』（万治年間。一六五八〜六一）に、「その山のかたちは、うつくしうして少《ちい》き富士の山なり」と記される。底本170の「とろゝ汁」を児が再進する笑話に続いて、ここにも「とろろ」の笑話をあげる。すでに底本147で「とろゝ汁」を「ことづて汁」といい、また写本の巻八「かすり」（942）では「ところ（野老）」の別称をあげる。「ところ」はヤマノイモ科のつる草の名で根茎を食用とし、新年を祝う飾りものに用いられた。策伝は、「とろろ」の笑話を好んでいたようである。

ふじの山にゆき　同話が『きのふはけふの物語』（整版九行本）上巻・70にみられる。

大ちご小ちご、ふじの山にゆきの有を御覧し、大ちごの申さるゝは、いかに小ちご、これほとなるめしはなるまいか、と申されけれは、小ちご聞て、なにとあらふぞ、とろゝじるならば、ねらふてみう、と申された

「ふじの山」の雪を飯にたとえて、「とろゝじる」を導き出す。この笑話に、児が発想する三上山と湖という言葉の縁を加えてつくり直したのが『醒睡笑』であろう。

173　延暦寺《えんりやくじ》にて下法師《しもぼう(ふ)し》山へ行時児に云《いふ》。昼《ひる》の飯《めし》をば棚《たな》にを《(お)》きたり。九つなりてあらばまい《(ゐ)》れとをしへぬ。彼下《かのげ》僧案《そうあん》の外《ほか》。道《みち》よりはやくひる以前《いぜん》に。しまひてかへり見れば。児の飯なし。これは不審《ふしん》やととふ。とくはやくふた《(う)》と返事せらるゝ《(る)》。いまだ九つはならず。いか《(う)》でかと申せば。いやけさ五つさきに四つうちたれば。九つなつたほどにそれにくふたはと　(635)

〈現代語訳〉　延暦寺でのこと。下法師がある山へ行くとき、児にいうには、「昼の飯を棚に置いてある。九つになったら召しあがれ」と教えた。この下法師は意外にも早く仕事を終えて、出先から昼前に帰ってきて棚をみると児の飯がない。「これはおかしいではないか」と児に尋ねる。すると児は、「急いで、すでに喰った」と返事をする。下法師は、「まだ九つにはなっていないのに、どうして食べたのか」というと、「いや、けさ五つの鐘がなり、先ほど四つの鐘が打たれたので、あわせて九つになったから、それで喰ったのです」といった。

〈語注〉

延暦寺にて下法師山へ行　「延暦寺」は現在の滋賀県大津市坂本本町にある寺。天台宗総本山。開祖は最澄。京都の北東にあたる鬼門を守る寺とされた。山門、北嶺《ほくれい》ともいう。「下法師」は寺で雑役などに使われた身分の低い僧。中間《ちゆうげん》法師。「山」は近くのある山。名称は不詳。**棚** 膳棚。膳や椀などを置く棚。**九つなりて** 「九つ」は正午ごろ。**まいれ** 参れ。飯を食べなさい。**案の外道より** 「案の外」は予定とは異なり。「道より」は出掛けた山の道から。**しまひて** 仕舞ひて。済ませて。**けさ五つ** 「五つ」は午前八時ごろ。**さきに四つうち** 「さきに」はいまさっき。「四つ」は午前十時ごろ。**九つなつた** 五つと四つを足して九つ。**それにくふたはと** 底本の文末に「。」なし。

【鑑賞】 **御ひるか御さりまする** 『きのふはけふの物語』(古活字八行本)下巻・26では、「中ちきをせんたなにあけをき」という。「中ちき」は中食。もとは一日二食のときの朝食と夕食の間にとる軽い食事をいった。だが次第に昼食のことを指した。大英図書館古活字十行本下巻・23にも同表現がある。同話が『きのふはけふの物語』(古活字八行本)下巻・27、(大英図書館古活字十行本)下巻・24、(古活字十行本)下巻・26にもみられる。落ちの部分が異なっている。古活字八行本によると、「たゝいま四つをうちたるに、と申せは、されはこそ、けさ五つと今四つとは九つてないか、とおほせられた。扨〳〵、よきさん用やとて、あきれもせなんた」とある。「よきさん用や」はうまい計算だ。「あきれもせなんた」は呆れるを通り越した言葉。

174　児《ちご》の膳《ぜん》に。かうの物のあるを。脇《わき》にゐたる僧とりてくふ。児わが秘蔵《ひさ(ざ)う》におもふ《(う)》て。置《を(お)ひ(い)》たるをといはるゝ《(る)》時。彼坊主《かのばうず》壱つは御膳に候と存ずれば。何とやなつかしさに。又はつねのよりも。よくなるがおもしろさにと申たり。ちごはらを立《たて》なるがおもしろくは《(ば)》。鉄炮《てつほ(ぱ)う》をくはれよ　(644)

〈現代語訳〉　児の膳に漬物がある。それを脇に座っていた僧が取って喰った。児が、「われが大事に思って、残しておいたのを」といわれると、その僧が、「喰った理由の一つは、御膳にあると思うと、何となく心がひかれたからさ。もう一つはいつも喰う漬物にくらべて、噛む音がよく鳴るのが楽しかったからだ」といった。児は腹を立てて、「鳴る音が楽しければ、鉄砲を喰えばいいのに」といった。

〈語注〉
かうの物　香の物。漬物。野菜を塩、味噌、醤油、ぬかなどに漬けこんだ食べ物。児は最後に食べたいので、膳の皿に残していた。　**なつかしさ**　心がひかれる。昔よく食べた漬物なので心がひかれる。　**鉄炮をくはれよ**　「鉄炮」は鉄砲と同じ。底本の文末に「。」なし。

【鑑賞】 **わが秘蔵**　児が好きなもの、おいしいものを、「わが秘蔵」というところがおもしろい。秘蔵は大事にしまい、人には見せたくないものである。僧が自分の可愛いがっている大事な児を、秘蔵といっていたのであろう。噛む音からの連想で、鉄砲の音をあげているが、鉄砲には当たれば死ぬことから、河豚《ふぐ》の異名ともなっている。もしこの河豚のことであるなら、「鉄炮をくはれよ」は「河豚をくはれよ」の洒落ともいえる。児の怒る口調から、「河豚にあたって死ねばいい」を掛けた言葉となる。

若道不知

175　若道《にやくだう》にはうと〱《(うと)》しく。哥道《かだう》にはたど〱《(たど)》し。文章《ぶんしやう》にはくらし。かくてもよき若衆《わかしゆ》に千松《まつ》といへるあり。かれにうちほれ執心《しうしん》あり。いかゞ《(が)》たよりていひよらんや。むかしより。哥《うた》は鬼《き》神《し(じ)ん》のおそろしき心をも。やはらぐる道とあれば。是《これ》なんしるべにと思ひたち。其道《みち》しりたる人に。三十一字《じ》のさまをとふ。それ哥《うた》には六《りく》義《ぎ》あり風賦《ふうふ》比《ひ》興《け(きよ)う》雅《が》頌《せ(しよ)う》これなり。言葉《ことは(ば)》のえんは。梅《むめ》や櫻《さくら》の花によそへて。思ひの色をいひつらね。とまりには。らんのけりのかなのと。それ〱《(ぞれ)》にをく《(お)》ならひありとをしゆるに。造作《ざうさ》もなく。得心《とくしん》のふりにて。其暮《くれ》によみてつかはしたる

梅のはな櫻のはなに鶏頭花《けいとうくわ》
千松こひしなるらんけるかな　(648)

〈現代語訳〉　若衆道の知識は乏しく、歌道は勝手がわからず、文章はまったくわからない。このような人が、とてもよい若衆の千松という者に、心から惚れて思いつめていた。「どのような手段で近づいたらいいだろうか。昔から歌は、鬼神のおそろしい心も、和らげる道というからこれをどうにか手本にしよう」と思って、歌道を知っている人に、三十一文字の様

子を尋ねた。「それ、まず歌には六義あり、風賦比興雅頌という。言葉のつながりは、梅や桜の花に心をよせて、思っていることを言葉にし、句の末に置く留めの言葉には、らん、けり、かな、などを置くのが決まりである」と教えると、まったくつくる技巧もないのに、知ったかぶりして、その日の夕暮れに歌を詠んで、若衆の千松にお与えになった。

梅のはな櫻のはなに鶏頭花
　千松こひしなるらんけるかな

(梅の花桜の花に鶏頭花、千松を恋しているらんけるかな)

〈語注〉

若道不知　児、若衆を好む若道、男色の世界を知らない人の笑い。男女の関係を正常とする人には男と男の道がわからない。その矛盾から笑いが起こる。**若道にはうと〱しく**　「若道」は男色の道。「じゃくどう」ともいう。「うと〱しく」は男色に対する知識がない。理解できない。**鬼神のおそろしき心をもやはらぐる**　紀貫之による『古今和歌集』仮名序に、「力をも入れずして天地《あめつち》を動かし、目に見えぬ鬼神をもあはれと思はせ、男女《をとこをんな》の中をもやはらげ、たけき武士《もののふ》の心をも慰むるは歌なり(力も入れないで天地を動かし、目に見えない生き物や神を哀れと思い、男女の仲を和らげ、猛々《たけだけ》しい武士の心を慰めるのは歌である)」とある。**哥には六義あり風賦比興雅頌**　『古今和歌集』仮名序では、和歌を六種の風体にわけ、「そへ歌、かぞへ歌、なずらへ歌、たとへ歌、ただごと歌、いわひ歌」と記す。真名序には、「和歌有二六義一。一曰風。二曰賦。三曰比。四曰興。五曰雅。六日頌」とある。**とまりにはらんのけりのかなのと**　「とまり」は句切れ。切れ字。「らん」「けり」「かな」など。**其暮によみてつかはしたる**　「其暮によみて」はその日の夕暮れに一首をつくる。「つかはし」は「与ふ」「やる」の尊敬語。底本の文末に「。」なし。**梅のはな櫻のはなに鶏頭花**　花の名前を並べただけで歌意はない。**らんけるかな**　句切れを並べただけで意味はない。

【鑑賞】　**若道不知**　若道とは若衆道のことである。男色、児、若衆を好む世界であり、男が男に恋する、愛することである。すでに若道が世間でも知られていて常識となっている。その世界がわからないのは世間に疎く、物知らずとなる。これを常識がないというのはいい過ぎかもしれない。おそらく若道の世界が、どうしても理解できないのだろう。男色を批判的な眼でとらえ、女色のみが正しい考え方とするのもどうであろうか。なかなか男に女の気持ちがわからないのに対して、男は男の気持ちがわかるという前提で、古今東西に男色道は存在する。これを否定するならば、現代の男色道が理解できないことになる。このような考え方が当時にもあったからこそ、児の笑話、若衆の笑話が、中世から近世にかけて公然と扱われてきたのである。策伝も同じ立場でとらえている。

切れ字　和歌について語るとき、『古今和歌集』仮名序を講義するのは、当時の常識であったと策伝はみている。句切れには、初句切れ、二句切れ、三句切れ、四句切れがある。連歌、俳諧では切れ字といい、宗祇の時代は「切れ字十八字（十八の切れ字）」があり、紹巴《じょうは》の時代は「二十二の切れ字」があった。

176　若《わか》き僧《そう》一夜《や》の宿《やど》をかりけるに。十一二さいなる少人。同座敷《おなじざしき》にいねてげ《(け)》るが。何事やありけん。亥《い(ゐ)》の時ばかりに。かゝ《(か)》よ〳〵《(かゝよ)》尻《しり》に火《ひ》がついたはと。しきりによばゝ《(は)》る。あらかなしやと。いそぎふためき火をもち来り見て。大事もないぞ。お坊主様《ばうす(ず)さま》の。せいか《(が)》いつて。けしてたまはつたは

人はたゞ《(だ)》十二三より十五六
さかりすぐれは《(ば)》はなに山風《やまかせ(ぜ)》　(650)

〈現代語訳〉若い僧が一夜の宿をかりたところ、その家には、十一、二歳の児が同じ座敷に寝ていた。だが何ごとがあったのだろうか。亥の刻ごろに児が、「母《かか》よ、母よ、尻に火がついたわ」と何度も呼んでいる。母は、「ああ、可哀そうだねえ」と、慌てて騒ぎ、手燭《てしょく》の灯りを持って来て、「心配することはないぞ。お坊主様の精の力が尻のなかに入って、火を消して下さりましたよ」といった。

人はたゞ十二三より十五六
さかりすぐれははなに山風

（児はちょうど十二、三歳よりも十五、六歳のころがいい、盛んな年ごろを過ぎると山風で花が散ってしまうからね）

〈語注〉

一夜の宿　僧が修行の場を移動しながら、そのたびに一晩だけ借りて泊まる家。**少人同座敷にいねてげるが**　「少人」は児。泊まった家の息子。「同座敷」は同じ部屋。ここは寝間。**亥の刻**　午後十時から十一時ごろ。**せいかいつて**　精の力が入って。精は精液。ふるくから特別な力をもつといわれている。**けしてたまはつたは**　底本の文末に「。」なし。**十二三より十五六**　児としていい年齢をあげる。児の適齢期。**さかりすぐれは**　「さかり」は盛り。相手としていい年齢が過ぎてしまうと。

【鑑賞】　**若き僧**　若い僧は児あがりの修行僧であろうか。この若い僧は、美男子、色白の僧であったのであろう。それを承知で母親は児と同室に布団を敷いた。少人は中児の下にいる小児の年齢である。年齢が「十一、二歳」とあるが、すでに十三、十四、十五などをみるので、名称と年齢は一致しない。児が驚いたのは、はじめてのことであったからとみられる。児という以上、通過しなければならない道でもある。

177　治部《じ(ぢ)ぶ》卿《きやう》が児の手をとり色〳〵《(色)》様〳〵《(様)》に言葉《ことは(ば)》をつくせど。夢《ゆめ》ばかりも領掌《りやうじやう》せず。あげくに児の利口《りこう》こそお《(を)》かしけれ。われが尻《しり》は守護《しゆご》不入《ふにう(ふ)》なりと。時に治部卿にくさのま〻《(ま)》の返答《へんたう(ふ)》に。それほどけつこうさうにのたまひそ。守護不入の所から。さい〳〵《(さい)》夫のでたを。われがよくき〻《(き)》い《(ゐ)》らせたそ《(ぞ)》と　(651)

〈現代語訳〉　治部卿が児の手を取り、いろいろとさまざまに言葉をつくして口説くが、まったく承諾してくれない。そのあげくに、児の口達者な言葉には笑ってしまう。「わたしの尻は、守護不入です」という。そこで治部卿が口説けない憎さの返答に、「それほど立派そうなことをおっしゃるな。守護不入のところから、たびたび夫《ぶ》が出たのを、われはよくお聞き申し上げていますぞ」といった。

〈語注〉
治部卿　「卿」は官職。寺でも用いた。**守護不入なりと**　「守護不入」は社寺権門の領地で守護不入を許可された土地。守護の支配を受けず租税の徴収もないという。ここは「尻に入ることまかりならぬ」といっているのである。**夫のでたを**　「夫」は賦役《ぶやく》の人夫。屁の音を掛ける。「でた」は「いでた」の「い」が脱落したもの。**き〻まいらせたそと**　底本の文末に「。」なし。

【鑑賞】　みめかたちは天下一　同話が『戯言養気集』上巻「うたの事」にみられる。

ある人、よきわかしうを見て、扨もく有事ぢや、むかし信忠公の御小しやうに佐治新太と申者があつたが、其人によくにた事ぢやと云しを、かたへに侍る坊主たち聞て、仰のごとく、みめかたちは天下一、おいどはしゆご入《(ママ)》にて御入候、と云ければ、しんぼちい申やうは、一かうに、又しゆご不入でもおりなひ、時く ふびようが出るほどに。

「信忠」は織田信長の長男で岐阜城主。「みめかたち」は見目形。顔形、容姿のこと。「おいど」は「おゐど」。御居処。尻。女房詞。「しゆご入」の「入」は「不入」が正しい。「わかしう」が「時く ふびようが出る」と「しんぼちい」がばらしてしまう。「しんぼちい」は新発意。これでは天下一の美男子も形なしである。同話は『きのふはけふの物語』（古活字八行本）下巻・15、（古活字十行本）下巻・16、（大英図書館古活字十行本）下巻・14にもみられる。『戯言養気集』『きのふはけふの物語』につづいて『醒睡笑』にも収められるので、同時代の笑話としても傑作の一つとみていいだろう。

恋《こひ》の道《みち》

178 僧《そう》の落堕《らくだ》してゐけるを。よし見ある人なつかしく。見参《げんさ(ざ)ん》のためにたづねよる。こしかたをかたりつるが。でびたひに。むかふばたかくそり。鼻《はな》はひらめにて。頬《は(ほ)う(ほ)》先《さき》とぎりたる女房の。内外《ないげ》ありくあり。あれは下主《げす》にてぞあるらんと。くはしくとひければ。あれこそわが本妻《ほんさい》といふに驚《おと(ど)ろ》き。こは何の因果《いんく(ぐ)わ》にあれていのものにはそふ事やとわらひけれは《(ば)》。何事をいはるゝ《(る)》。を《(お)》ちくちには。目《め》が見えなんた《(だ)》 (653)

〈現代語訳〉僧が還俗《げんぞく》したのを、親しい人がなつかしがり、会いたくなってたずねてきた。過ぎた昔のことを互いに話し合っていると、おでこが出っ張って、上の前歯が出っ歯で、鼻はぺっちゃんこで、頬の突き出ている女が、家の内や外を歩きまわっている。あれは使用人であろうと思って、くわしく尋ねてみると、「あの女こそ、わたしの妻である」という。驚いて、「これは何の因果で、あのような者と一緒になったのか」と笑うと、「なにをいわれる。落ちはじめのときには、判断する目などないのだよ」といった。

〈語注〉
恋の道　「児の噂」「若道不知」の章に対して男女の間にみる笑い。悪戯が許されるのが恋の世界、悪戯が許されないのが愛の世界といわれる。策伝は恋と愛の区別をしていないが、愛から逃れたい主人公たちが登場する。**落堕**　僧から俗人に戻ること。**よし見ある人**　昔から親しく交わりのある人。**こしかた**　来し方。**たかくそり**　歯が高く反って。**鼻はひらめ**　鼻の高さがなく平ら。**とぎりたる**　「とぎり」は「尖《とが》り」の誤記。とんがった。**何の因果に**　なんでこんな妻をもつことになったのか、その原因は。**あれてい**　彼体。卑しみ下げすんだ気持ちを込めて、あんなふう。**をちくち**　「おちくち」。落口。落ちはじめ。落ちかかり。**目が見えなんた**　いいことも悪いことも分からなくなる。底本の文末に「。」なし。

【鑑賞】　**恋の道**　夫婦喧嘩や妻の精力の強さ、夫の夜這《よば》い、夫婦の営み、恋愛、老婆の嫁入りなどと多彩な男と女が登場する。ところが底本にみる所収話数はとても少ない。写本も十話しかなく、そこから四話を収めたに過ぎない。夫婦の笑いとなると夫婦のもめごと、夫の浮気といった、日常生活での姿をみることとなるが、夫婦喧嘩や夫の浮気は「悋気《りんき》」の章に収めているため、夫婦だけの笑話は限られる。さらに他章にも夫婦や妻夫《めおと》が登場する笑話はあり、ほとんどあげるものがなくなったのは仕方ない。「児の噂」「若道不知」につづく笑話を期待して読もうとすると期待はずれとなる。
僧の落堕　落堕は僧をやめて普通の生活に戻ることである。美女と駈落ちするといった女色に負ける例ならわかるが、よりによって美人ではない女と所帯をもつとはと友人も驚く。女の顔などどうでもよく、どんな相手でも傍にいてくれればいいのである。

をちくちには目が見えなんた　「をちくち」は落ちはじめの意であるが、この落ちはじめは、僧から俗人になりはじめのときをいう。落堕というと堕落したように聞こえるが、落堕と堕落は異なる。ここはあえて落口といって急に落ちぶれて、まったく戦意喪失のような、何もしたくない状態をいう譬えとして用いていよう。諺か成語にあった言葉を用いて、笑われたのを素直に受け入れて、言い訳をいったのではないだろうか。

179　亭主《ていしゅ》の心に女房はよくねいりたるやと思ひ。二階《かい》に候下主のもとへそとしのひ《(ひ)》たれば。妻《つま》はよく知《しり》て。火をとぼしあとよりあがる。男きるものをかぶり。座敷《ざしき》の角《すみ》にうつぶしになりかゝ《(が)》みけるを。あまりのお《(を)》かしさに。女房こゝ《(こ)》なりは。そのまゝ鶉《(ま)うつ(づ)ら》のやうにといひしを。男《お(を)とこ》ことばゝ《(は)》なくて。ちゝ《(ち)》くは《(わ)》ひ《(い)》とつ《(づ)》にはづれた。うづらであらふ《(う)》よ　(656)

〈現代語訳〉　亭主の心の内では、女房がよく寝入っているのだろうと思って、二階にいる使用人のところへ、そっと忍び込むと、妻は亭主の行動をよく知っていて、明かりを灯《とも》して、亭主のあとから二階に上がった。気づいた亭主は、脱いだ夜着を身体に覆い、座敷の角にうつ伏せになって屈んだ。その姿が余りにもおかしくみえたので、女房は、「その姿はそのまま鶉のようだ」といった。亭主は返す言葉もなく、「ちちくわい」と鶉の鳴き声を真似た。

ばかでかい鶉であったことだろうよ。

〈語注〉

下主　げす。使用人の女。**火をとぼし**　「とぼし」は灯し。点し。明かりをともして。**男きるものをかぶり**　裸のままではまずいので、夜着を覆って隠れようとした。「かぶり」の「ぶ」は原本「ぷ」。誤刻なので訂正する。**うつぶし**　俯し。顔を下にして伏して隠れる。**鶉**　キジ科の鳥。全長約二十センチ。体は丸く尾は短い。全体に茶色で黄白色の縦斑と黒斑とがある。ふるくは鳴き声を楽しむために飼育された。小花鳥《こばなどり》ともいう。**ちゝくはひと**　鶉の鳴き声。底本の文末に「。」なし。**つにはづれたうづらであらふよ**　評語。写本は小文字。「つ」は「づ」。図。程度が推測できない。「はづれた」は途方もない。ここは想像できないほどの大きい鶉だという。底本の文末に「。」はなし。

【鑑賞】　**ちゝくはひ**　鶉は草深いところ、古びたところ、さびしいところなどにいるので、ここでも暗い部屋の角にいるという場の設定は、生態を踏まえているだけにおもしろい。岩波文庫本には、「ウズラは草深い野に仮寝するものだから、いぶせきふしどを、鶉の床、鶉の床入りなどという。下女の床に忍びこんだ男がいるのを、この縁でウズラのようだと罵った」とある。仮寝から「いぶせきふしど」という。「いぶせき」は鬱悒しでけがらわしい。「ふしど」は寝床。つまり妻は亭主の夜這いを汚らわしい行為として軽蔑する言葉を投げたと解釈するが、ここは笑話であるから、そこまで考える必要はない。

180　東《あつ(づ)ま》にて都《みやこ》のわかき商人《あきびと》と。其宿《そのやど》なる中ゐの女房に相馴《あひなれ》。此ごろむつまし《(じ)》くたはふ《(ぶ)》れ。男《お(を)とこ》三美線《さみせん》をひき。おもしろく興《け(きよ)う》ぜしも。程なふ《(う)》帰《き》京《きやう》のころになりぬ。女やるかたなく名《な》残《こ(ご)り》を惜《お(を)し》むあはれさに。何をがなとて。一しゆのさみせんをつかはし。立《たち》わかれんとするに女

かたみとて緒《お(を)(づ)》つけの板《いた》をはさ《(ば)》つくれて
けさいくべいかあぢきなの身や　(660)

〈現代語訳〉　東国でのこと。都の若い商人と、その泊まる宿の中居とが親しくなった。近ごろは男女の関係にもなり、男は三味線を弾いては楽しく遊んでいたが、まもなく都に帰る時

期になった。女はどうにも別れたくない悲しさに、何か思い出のしるしにと思って、一棹《さお》の三味線を与えた。男が旅立とうとするときに、女が詠んだ歌、

かたみとて緒つけの板をはさつくれて
けさいくべいかあぢきなの身や

（形見として糸のついたままの三味線を与えて、今朝行かなければならないのか、わたしは苦しいがどうにもならないよ）

〈語注〉

東にて都のわかき商人と　「東」は東の国。特定の場所ではなく、漠然とした東国、関東を指す。**其宿なる中ゐ**　「其宿」は商人宿。商人たちの逗留しつづける常宿。「中ゐ」は中居。宿で働く女。**三美線**　三味線。三絃。三線。　**程なふ**　時間があまり経過していないこと。近いうち。**何をがなとて**　何か思い出の品に適当なものがあればと思って。　**一しゅのさみせんを**　「一しゅ」は一種。一つ。岩波文庫本は「一挂か。一さお」とする。「挂」は「ちゆ」とは読むが「しゅ」とは読まない。ここは三味線だから「一棹」。　**立わかれんとするに女**　底本の文末に「。」なし。**かたみとて緒つけの板をは**　「かたみ」は形見。過去を思い出させるもの。「緒つけ」は三味線の糸をつけたまま。「板」は不明。棹のことか胴のことか。　**さつくれて**　さつ呉れて。「呉れて」は与えてやる。「さつ呉れ」は「さくれ」の促音化。岩波文庫本には「呉れるの卑語」とある。　**いくべいか**　「べい」は関東で用いられた言葉。「べいべい言葉」「べいことば」「関東べい」ともいう。　**あぢき**

なの身や「あぢきな」は味気な。「あぢきなし」の語幹か。失望の気持ちをいう。

【鑑賞】馴染　宿屋の中居と馴染みになったのも、長逗留をしているからである。商い回りを済ませたら、すぐに宿に帰ってくる。三味線を弾くというのは休みの日なのであろう。仲良くなる男女の世界は、ともに楽しい時間である。中居は飯盛り女とも呼ばれる下働きの女であるが、ここでは歌も詠む女であった。商人との仲は恋人のようであったが、別れを惜しむ気持ちを「けさいくべいかあぢきなの身や」と詠む。東国の言葉を入れて、まったく色気のない田舎の中居の気持ちを、そのまま表現しているところがおかしい。

181　七十にちかきうばあり。にあひたるものの方へよめいりをする。孫《まご》なるわらは。牛《うし》にのせてゆく。道《みち》にさはる荷物《にもつ》のあるをみて。孫牛《うし》に聲《こゑ》をかけ。のひ《(い)》てとを《(ほ)》れといひけり。うば是を聞。そふ《(う)》てとを《(ほ)》れといはんこそ。本意《ほんい》ならめ。のいては不《ふ》吉《きつ》なり。いや〳〵《(いや)》けふはゆくまひ《(い)》と。よめ入をやめけるも　興《け(きよ)う》あり　(661)

〈現代語訳〉　七十歳に近い姥がいた。つりあいのとれたところに嫁入りすることになった。

孫の童が姥を牛に乗せて行く道に、邪魔な荷物があるのをみて、孫が牛に声をかけ、「のいて通れ」といった。これを聞いた姥は、「添って通れというのが正しい言い方で、のいては不吉な言い方である。いやいや、もう今日は行くのをやめる」といった。こんなことで嫁入りをしないというのも、おかしなことだ。

〈語注〉
にあひたるものの方へ　姥の年齢と身分に合った相手へ。**さはる**　障る。邪魔になる。**のひて**　退ひて。離れて。祝い事に「退く」は禁句。**そふて**　添ふて。そって。**本意**　「ほい」ともいう。もともとの意味。本来の意味。**よめ入をやめけるも興あり**　評語とみていいだろう。「やめけるも」は中止にしたのも。底本の文末に「。」なし。

【鑑賞】　**七十にちかきうば**　七十歳に近い姥の嫁入りの目出度い日に、童の言葉遣いがよくないから今日は嫁入りをやめるという。これを「興あり」といったのは、おもしろいというのではなく、「おかしなことである」というのである。それは今日だけでなくつぎの嫁入りする日などないからである。確かに「のく」は「そふ」というべきだが、孫のいった言葉遣いであり、正しい言葉遣いなど知らないと思えばいいものを、真剣に怒るのは如何《いかが》であろうか。聞かなかったことにすれば腹も立つまい。よほど縁起を担ぐ性分なのか。長寿を得て悟りの境地に近い人が、吉か不吉かにこだわることでもないだろう。

悋気《りんき》

182 夜半《やはん》のころ。となりにいさかふ聲《こゑ》しけり。何事にやと。めお《(を)》とながら起《おき》て聞《きゝ(き)》ゐたれば。男のいたづらなるにより。を《(お)》こりたるりんきいさかひの修羅《しゆら》をたつるなり。きゝ《(き)》ゐたる女房なにの理《り》も非《ひ》もなく。夫《お(を)っと》のあたまをつゞ《(づ)》けばりにはりけり。夫是はなんといふ。狂亂《きやうらん》そ《(ぞ)》といへば。此後もあのとなりのいたづら男の様《やう》に。身をもつなといふ事よ　(663)

〈現代語訳〉 夜中に隣で口論する声がした。何ごとであろうかと、夫婦ともに起きて聞いていると、男のふしだらによって起きた悋気の諍《いさか》いによる口論であった。これを聞いていた女房が、何の理由もなしに、亭主の頭をつづけざまになぐった。亭主が、「これはなんという狂った行為か」というと、女房は、「これから先も、あの隣のふしだらな男のような行為をするな、ということよ」といった。

〈語注〉
悋気 恋する、愛するにともなう嫉妬《しっと》、ねたみの笑い。永遠の愛を誓っても男は浮気して女を苦しめる。この苦しみを知らない男が、平然と浮気を続けると、女の悋気諍《いさか》いがはじまる。**いさかふ聲**　諍ふ声。言い争いの声。喧嘩する声。**いたづら**　徒ら。不義。浮気。**修羅**　修羅場。激しい怨《うら》みの感情をあらわすこと。**是は**　頭を叩く行為。**身をもつなといふ事よ**　写本は文末に小文字で「迷惑の」とある。評語である。底本の文末に「。」なし。

【鑑賞】　**悋気**　恋すること、愛することに嫉妬、ねたみはつきものである。夫婦になる以前のことが原因で嫉妬することもある。嫉妬は無駄な時間と労力をかけるから、まずは気にしないことがいいだろう。ここは人の悋気が笑いになるのがおもしろい。写本の六話のうち四話を底本は収める。

浮気が原因か　諺の「壁に耳あり」のとおりである。薄い壁の住まいでは隣の声は筒抜けで、喧嘩していると大きな声になっていく。ここでは一方的に攻撃する女の甲高い声が聞こえてくる。男の立場が弱いことから、どうも原因は男にあるようだ。喧嘩が、「夜半のころ」に起きたとなると、どのような状態からであったのか。違う女の名前でも寝言で口にしてしまったのか、それとも一儀の最中で他の女の名前でもいってしまったのか。または恋文をもっているのがばれたか。壁越しに会話を聞く女房が、亭主の頭を何回も叩くのがおかしい。亭主は、「ぶたれる筋合いなどない」と思っているのだろうが、女房は、「あんなだらしない男のような行為をするな」といって叩くのである。最初は興味をもって壁越しに聞いていたが、途中から隣の女の言葉に女房も納得したのであろう。亭主は隣の男のために被害をこうむるとは災難である。

183　おかたの方より。紅梅《こうばい》が使《つかひ》に参りたるよし云上《いひ》けるに。何事ぞいやちと物の講《こ(か)う》をむすび給ふが。こなたも人数《にんじゆ》に入たまはんかとの儀《ぎ》に候。け《(きや)》うこつや是ほどいそがはしく。色〳〵《いろ(色)》なるに。なにの講そ《(ぞ)》とあれば。別《べち》の子細《しさい》にあらす《(ず)》。悋気講《りんき》をおかたの大将《しやう》にてたれ〳〵《(たれ)》むすは《(ば)》ゝ《(る)》とかたるにこそ。りんきこ《(か)》うならば。われもふたまへまじらふ《(う)》ぞと　(664)

〈現代語訳〉「おかた様から、紅梅がお使いに参りました」と申し上げると、「どのようなことか」という。「いや、少し物の講をおつくりなさるが、こちらもその参加する人数に、お入りなさりませんか、というお使いでございます」という。「とんでもないことよ。こんなに忙しく、いろいろと用事があるのに、何の講なのか」というと、「特別なわけなどありません。悋気講を、おかた様が大将になって、だれだれとおつくりになるのです」と話すと、「悋気講なら、わたしも二人分、申し込みましょう」といわれた。

〈語注〉**おかたの方より紅梅が使に**　「おかた」は人の妻に対する敬称。使いの紅梅をかかえる奥様。「紅梅」は使いの者の名。**物の講**　あることを話す集まり。**けうこつや**　軽忽や。ばかげたことだ。**たれ〱**　誰と誰。あの方、この方。**りんきこう**　悋気講。悋気したことを話して鬱憤を晴らす集まり。**ふたまへまじらふぞと**　「ふたまへ」は二人分、二人前。「まじらふ」は参加しよう。底本の文末に「。」なし。

【鑑賞】　**ちと物の講**　「ある講をつくる」という言葉に興味が湧いてくる。あなた様も参加してほしいといえば、必ず乗ってくることがわかっているので、「物の講」とだけいった。「ふたまへまじらふぞ」という返事は、想定外の言葉であったからおもしろい。いったい女たちの悋気の話とは、どのような展開をするのであろうか。発端から現状までをつぶさにいい、同調されればよいが、逆に驚かれるような話だと、いい過ぎたことになる。「ふたまへ」というから、一度の悋気でないことがわかる。

184　貧《ひん》なる僧《そう》のうちほれて知音《ちいん》する若衆《わかしゅ》に。大名の執《しう(ふ)》心《しん》せられ。定家《ていか》の色紙《しきし》を出《いだ》されたれば。坊主《ばうず》もまけじとおもひ弘法《こうぼう(ふ)》大師《し》の筆《ふで》といふなる心経《しんぎやう》をやりぬ。重《かさね》て大名より。刀脇差《かたなわきざし》を金作《きんづく》りにして。送《を(お)く》られしをみて。坊主のよめる

何事も人にまけじとおもへと《(ど)》も
こか《(が)》ね刀《か(が)たな》に手《て》をそ《(ぞ)》つきける　(666)

〈現代語訳〉 貧乏な僧が惚れこんで情をかわしていた若衆に、大名がお気に入りなされ、藤原定家の色紙を贈られると、貧僧もまけまいと思って、弘法大師の真筆といわれる心経を与えた。ふたたび大名から黄金で作った刀脇差が贈られた。それをみた貧僧が、歌を詠んだ。

何事も人に負けじとおもへとも
こかね刀に手をそつきける

(どのようなことも人には負けまいと思ったが、黄金の刀には降参せざるをえない)

〈語注〉
知音する いい仲でいる。ここは男色関係の仲。 **定家** 藤原定家。俊成《しゆんぜい》の子。鎌倉初期の歌人。「さだいえ」ともいう。『新古今和歌集』の撰者の一人。家集に『拾遺愚草』、歌論書に『近代秀歌』『毎月抄』『詠歌之大概』、日記に『明月記』がある。一一六二～一二四一。 **坊主もまけじと** 「坊主」は貧なる僧。「まけじ」は大名に負けないように。負けては若衆をもっていかれる。 **弘法大師**

平安初期の僧。空海。真言宗の開祖。嵯峨《さが》天皇、橘逸勢《たちばなのはやなり》とともに三筆の一人。七七四〜八三五。**心経**　般若心経。『般若波羅蜜多心経』の略。**金作り**　黄金作り。黄金または金箔《きんぱく》で装飾したもの。**坊主のよめる**　底本の文末に「。」なし。**こかね刀**　黄金の刀。**手をそつきける**　両手を前について負けを認める。

【鑑賞】何事も人にまけじとおもへとも　どんなことも人には負けないと思っても、この手段を取られては、どうにもならない。はたして最初から貧僧は、勝負に勝てる採算があったのであろうか。大名の定家の色紙に対して、貧僧が弘法大師の心経を持っているとは驚かされる。高価なものを手放してでも、ともに若衆を得たいという発想がおかしい。同話が『きのふはけふの物語』（古活字十一行本）上巻・59、（大英図書館古活字十行本）上巻・61、（古活字八行本）上巻・53、（整版九行本）上巻・55にみられる。古活字八行本の冒頭に、「ある若衆にひん僧かうちこうて、文の通ひかすもしらす」とあり、数多くの恋文を出す関係とする。「うちこうて」は打ち込んで。惚れ込んでの意である。これを踏まえたのが『醒睡笑』であろう。

185　老人《らう》のもとへ。器《うつわ(は)もの》のふたに紙《かみ》をおして。若和布《わかめ》をやるぞ慰《なく(ぐ)さみ》にせよと

書《か》きたれは返事《へんじ》に
わかめえてふるめを内にをくならは
ふためぐるひと人やいはまし　(667)
と詠んだ。

〈現代語訳〉老人のところへ、器の蓋に紙を張り付けて、「若和布をやる、慰みとせよ」と書いたところ、その返事に、
わかめえてふるめを内にをくならは
ふためぐるひと人やいはまし
（若い妻を得て古い妻も家に置いたら、二人の妻を置く変わった人と人はいわないだろうか）
と詠んだ。

〈語注〉
器のふたに紙をおして　「器」は器物。容器。入れ物。ここは若和布を入れた器。「おし」は押し。器の蓋に紙を張り付けて。**若和布**　海藻のワカメである。**書たれは返事に**　底本の文末に「。」なし。**わかめえて**　「わかめ」は若和布。「若妻」を掛ける。**ふるめ**　古妻。長く連れそう妻。
ふためぐるひ　「ふため」は若い妻と古い妻の二妻《ふため》。「ぐるひ」は狂ひ。二人の妻をもつ異常さ。

【鑑賞】　若和布をやるぞ　「慰にせよ」はじっくり味わってくれ、というのである。「わかめ」から若い妻を想像するのは、「慰」の言葉からの連想であろう。「ふためぐるひと人やいはまし」と口ではいうのは、本人は気にしているのである。逸話集の『遠近草《おちこちぐさ》』（文禄ごろ。一五九二〜九六）上巻に、「わかめをきふるめをうちにおくならはふためくるひと人やいふらん」の類歌をみる。

詮《せん》なひ(い)秘《ひ》密《みつ》

186　田夫《でんぶ》畠《はた》をうつ。隣郷《りんご(が)う》の百性《しやう》とをりあはせ。是はなにをまくぞといふに。彼《かの》はたうち。こでまねきし。あ聲《こゑ》がたかひ(い)ひきう〳〵(ひきう)といふ。さては世にまれなるから物の。たねをもうゆるにやとおもひ。心《こゝ(こ)ろえ》得たりと近《ちか》くよりたれは(ば)。いかにもを(お)のれが調子《てうし》をひきく。大豆《まめ》をまく鳩《はと》がきく程に　(668)

〈現代語訳〉百姓が畠を耕している。そこへ隣村の百姓が通りかかった。「お主は何を蒔《ま》いているのだ」というと、畠を耕す百姓は手招きして、「あっ声が高い、低い声で低い声で」という。それでは世にも珍しい唐物の種でも植えているのだろうと思って、「分かった」といって近くによってみると、はなはだ自分の声を低くして、「大豆を蒔いている、鳩が聞くによって」といった。

〈語注〉
詮なひ秘密　どうでもいいことを大事そうに扱うこと。　**田夫**　農夫、百姓。　**隣郷の百性**　「百性」は底本ママ。百姓。　**是は**　おまえさん。　**こでまねきし**　小手招き。相手を呼ぶ行為。「で」

は手の濁音化。**から物のたね**　「から物」は唐物。舶来の品。中国にかぎらず諸外国からの輸入品を含む。「たね」は種。ここは大豆の種。**調子をひきく**　「調子」は声の大きさ。「ひきく」は低く。**鳩がきく程に**　鳩が聞いていたら困る。底本の文末に「。」なし。

【鑑賞】　**詮なひ秘密**　秘密にしなくてもいいものを秘密にし、これからいうことは黙っていてほしいといい、その話を聞いてみると隠すことでもないことであった。世の中に秘密をもたない人はいない。諺の「沈黙は金なり」のように黙っていれば、秘密が笑いになることはない。

隣郷の百性　隣村の百姓なら、この時期に何を植えるかぐらいの想像がつくはずだが、まったく見当がつかない。「あ聲がたかひひきう〳〵」から、口にすることのできない秘密の「から物のたね」を植えていると思い込む。このまま話が展開すると、ますます隣村の百姓は舵と思われるだろう。底本187にも似た人物が登場する。

187　二郎大夫といふ百性《しやう》夫婦《ふうふ》ともにつれ。河内《かはち》の國今田《くにいまた(だ)》の市《いち》にたつ。人おほくあつまりたる中にて。知人《しる》に行《ゆき》あ(う)ふたり。さても二郎大夫はといふに。其儘《そのまゝ(ま)》返《へん》答《たう(ふ)》にを《(お)》よばず走《はし》りより。そゝ《(そ)》ともものをいふ《(う)》てたまはれ。たそにかくるゝ《(る)》か。いやむすこを内にねさせてきたか《(が)》。もし聲《こゑ》のたかきに。目か《(が)》さめうずらふ《(う)》と　(669)

〈現代語訳〉　二郎大夫という百姓が、夫婦つれだって河内国の今田の市に出掛けた。人がたくさんあつまっている中で、偶然、知り合いに出くわした。「なんとまあ二郎大夫ではないか」というと、返事もしないままに走ってきて、「そっとものをいってくだされ」という。「誰かに見られないようにでもしているのか」というと、「いや、息子を家に寝かせてきたが、もし声が高いと目が覚めてしまうだろう」といった。

〈語注〉
河内の國今田の市にたつ　「河内の國」は国名。現在の大阪府。「今田」は誉田《こんだ》のことか。現在の羽《は》曳野《びきの》市誉田。「こんだ」を「今田」と間違って書き、「いまた」の振り仮名をつけたか。「市」は生活に必要な物を売る店が多く出る。この市は誉田八幡宮の縁日（一日、十五日）か。「たつ」は買いものに出掛ける。　**目かさめうずらふと**　「さめ」は覚め。「うず」は推量を表す。～だろう。底本の文末に「。」なし。

【鑑賞】　**目かさめうずらふ**　家まで声が届くはずがない。なにを馬鹿なことをいっているのかと聞いた男は思ったであろう。子どもを寝かせて出掛けて来るとは、随分と無責任な夫婦である。小さな声というから秘密があると思い、聞いてみると想像したことと違う。これが笑いになる。

188　僧俗《そうぞく》よびあはせ。ゐ《(い)》んぎんに斎《とき》をしてんげり。老僧《らうそう》だんなにむかつて。今朝《けさ》の追善《ついぜん》は。六親《しん》の内誰人《たれ》のため候やと問《とふ》とき。妹聟《いもとむこ》の舅《しうと》の日なり
唯《たゝ(だ)》親《おや》の日といはひ《(い)》て《(で)》　（672）

〈現代語訳〉　僧と俗人が、ともにあつまり、丁寧な法事を済ますことができた。老僧が施主に対して、「今朝の追善供養は、六親のうちのどなたのためでございますか」と尋ねると、「妹婿にとっての舅の命日である」といった。

ただ単に親の命日といえばいいのに。

〈語注〉

ゐんぎんに　慇懃《いんぎん》に。　**斎をしてんげり**　「斎」は法事。仏事。「てんげり」は「てけり」に撥音

「ん」が加わって「げ」が濁音化したもの。**老僧だんなに**　「老僧」は法事を執り行った僧。長老格の僧か。「だんな」は檀那。**追善は六親の内**　「六親」は六種の親族。父、母、兄、弟、妻、子の称。**妹聟の舅の日なり**　「聟」は婿。妹の夫。「舅の日」は舅の命日である。底本の文末に「。」なし。**唯親の日といはひて**　評語。写本は小文字。「親の日」は親の命日。底本の文末に「。」なし。

【鑑賞】　**妹聟の舅の日なり**　「六親の内誰人のため」と聞かれた檀那は、六親のわかる人である。「妹の婿の舅の命日だ」といういいかたのおかしさを笑う。評語は策伝の体験によった言葉であろうか。

189　吾身《わがみ》を講《いつも》なにはにつけ。卑下《ひげ》する人。有時馬《むま》の庭乗《にはのり》しけるに。ふとくたくましく足《あし》きいてなど人みなほめければ。いや　各《を(お)の〱(をの)》御覧《らん(ぜ)》せらるゝ《(る)》。かた腹《はら》は　肥《こへ(え)》て候へども。御目のまい《(ゐ)》らぬかけ《(げ)》の。かた腹は一圓《ゑん》やせて候曾我《そが》の十郎の馬なりと肩身《かたみ》さかふ《(う)》てはやせまひ《(い)》　(674)

〈現代語訳〉　いつも何ごとに対しても自分を卑下する人が、ある時、庭で馬の稽古をしていたところ、「太く、たくましく、丈夫な足」などと、人々がみな褒めるので、「いや、それぞれが御覧になられる片腹は、肉つきがようございますが、御目のとどかない陰になる片腹は、まったく痩《や》せてございます」といった。

　貧乏人といわれる曾我十郎の馬でさえ、体の半分を境に痩せているはずなどない。

〈語注〉

吾身を講なにはにつけ卑下する人　「講」は底本ママ、「いつも」の振り仮名がある。何時《いっ》も。「謙」の誤字か。「へりくだり」と読むならば、相手をうやまう気持ちで自分を卑下すること。「なにはにつけ」は何ごとに関して。何かにつけて。**足きいて**　足がよく動く。足の丈夫さをいう。**かた腹**　左右の腹の片一方。**かけ**　陰になる部分。**一圓やせて候**　底本の文末に「。」なし。**曾我の十郎の馬なりと**　評語。写本は小文字。「曾我の十郎」は貧乏の隠語。貧乏人。親の敵である工藤祐経《すけつね》を討つまでは貧乏生活であった。**肩身さかふてはやせまひ**　底本の文末に「。」なし。

【鑑賞】　**かた腹は一圓やせて候**　男は、「一圓やせて候」と卑下する。いわなくていいことをいうのがいつも卑下する人の対応なのだろう。ことさらに卑下すると、諺にある「卑下も自慢の内」となろう。「曾我の十郎の馬なり」は曾我兄弟の兄にあたる十郎祐成は貧乏でありながらも馬をもっていた。写本の巻一「落書」(77)にも、「曾我兄弟か乗し馬に、水より外、かふ物なしといひけるも、今身の上に覚ぬる」とあり、『曾我物語』（鎌倉後期成立か）巻四・65「母の勘当かうぶる事」にも、「十郎が有様を、うらやましくおもふか。一匹もちたる馬をだにも、けならかにかはづ、一人具したる下人にだにも」とある。「けならか」は毛がなだらか。毛並みは悪くなるかもしれないが、曾我十郎の馬でも、栄養がゆき渡らないからといって決して部分的な痩せ方などしていない。

190 一天《てん》に雲尽《くもつき》て星《ほし》まん〳〵《（まん）》とかゝ《（が）》やく夜《よ》。あたりの友《とも》をさそひ。端居《はしい（ゐ）》しなくさ《（ぐ）》む口すさみに。明星《め（みや）うじよ（や）う》ほど大なるほしは。はてしもなふ《（う）》あるはといふ。してもわれが。やねのうへのは。ちい《（ひ）》さいと　(675)

〈現代語訳〉空一面に雲もなく、星が果てしなく輝いている夜に、近くの友を誘って、縁先に座って楽しむ。そのときに友が口から出るままに、「明星ほど大きな星は、たくさんあるなあ」という。すると、「それにしても、わが家の屋根の上の星は小さい」といった。

〈語注〉

まんくと　漫漫と。広々と。　**端居しなくさむ**　「端居」は家の端近く、縁先に座ること。「なくさむ」は気を紛らわす。　**口すさみに**　口遊みに。口から出るままに。「口すさび」に同じ。「口ずさみ」ともいう。　**明星ほど大なるほしは**　「明星」は明るく輝く星。「大なる」は次の「ちいさい」に対する言葉。　**はてしもなふある**　果てしなくいくらでもある。褒めことばをいう。　**ちいさいと**　卑下することばをいう。底本の文末に「。」なし。

【鑑賞】　**一天に雲晝て**　空に出ていた雲がなくなると、いままでみえなかった星が「まんくとかゝやく」のに気づく。無数の星が果てしなくどこまでも続く。やはり地球は小さな星の一つに過ぎないのかと知らされる。宇宙の限りない広がりは雲の上を覗けば一目瞭然である。その美しさを雲が隠しているとなると、雲を憎むことになろう。明星ほどの大きな星に対して、わが家の上の星は小さいというが、見る星に大小はない。ここまで卑下するとは、卑下をいうにも程がある。類話が『きのふはけふの物語』（古活字十行本）上巻・24にみられる。

うつけたるもの々より相、そなたのやねには、ほしさへたくさんにあるか、我らかうへには、ほしもないといふ、何ほとあつても、みなぬかほして、やくにたゝぬ、といふた。

「より相」は寄り合い。「ぬかほし」は糠星。糠のように小さく散らばっていること。糠星とたとえる表現を味わうのも、笑話の楽しさである。

推《すい》はちがふ《(う)》た

191 洛陽《らくやう》に一噌《そう》とて。名を得《え》たる笛吹《ふえふき》あり。弟子《でし》の名《な》を秋風《しうふう》とぞつけゝ《(け)》る。秋風《しうふう》心に思ふ様《やう》。秋風《あきかせ(ぜ)》は物にあふと云縁《えん》あり。我《わか(が)》笛《ふえ》を褒美《ほうび》してつけられけるこそ忝《かたし(じ)けな》けれと。自慢《じまん》かぎりなき折《お(を)り》ふし。同学《どうがく》の者一噌にとふ。秋風とはなんの故につけ給ふそ《(ぞ)》や。別《べち》にわれは所存《しよぞん》なし。秋風はふく程あしきものなり。かれが笛《ふえ》もふくほと《(ど)》。わるひ《(い)》ほと《(ど)》に (676)

〈現代語訳〉 京に一噌という名高き笛吹きがいた。弟子の名を秋風《しゅうふう》とつけた。その秋風が思うには、「秋風は、ものに合うという意味があるから、私の笛のうまさを褒めて名をつけてくださったのだろう、ありがたいことだ」と自慢気でいた。そのときに同門の弟子が、一噌に尋ねて「秋風という名は、どのようなわけでおつけなされたのですか」というと、「特別にわたしは考えてはいない。秋風は吹くほどよくない。彼の吹く笛も吹くにつれ、ますます悪くなるから」といった。

〈語注〉

推はちがふた　想像や推理とは異なる結果になる。間違った思い込みによる笑い。**洛陽**　京都。**一噌**　笛吹き奏者。一噌流の流祖。**弟子の名を秋風**　「秋風」の振り仮名「しうふう」をあとの本文では「あきかせ」と読ませる。**秋風は物にあふ**　「秋風《あきかせ》」に「飽き」を掛ける。男女間の愛情が冷めるたとえに用いる。いい言葉ではない。「物にあふ」は笛を吹く音がうまく合う。よい笛の音を出すと弟子は理解する。**我笛を**　わたしの笛の吹き方を。**忝けれ**　分に過ぎた恩恵を受けてうれしい。**自慢かぎりなき**　自慢がはなはだしい。他の弟子たちに対して誇る態度を取る。**秋風はふく程あしきものなり**　秋風が吹くと冷えてきて身体によくない。秋冷え。夏の暑さがなくなり涼しさを越えて寒く感じる。**わるひほとに**　底本の文末に「。」なし。

【鑑賞】　**推はちがふた**　想像、予想、想定、推量したことが、はずれたりすると笑いが起こる。褒められたと思ったら、そうでなかったり、相手を信用したのが糠喜びであったり、さまざまな思い違いがみられる。それがわかったときは拍子抜けする。

無器用なるに　「弟子の名を秋風とぞつけゝる」が、写本には、「弟子の無器用なるに名を秋風とつくる」とある。無器用とあるのでは、笛がうまく吹けないのは明らかである。その「無器用」を底本は削除している。正解であろう。他の弟子たちが、「なぜ秋風というよい名前をつけたのか」と一噌に尋ねたのは、無器用だと知っていたからである。本人が「我笛を褒美してつけられける」と思い込むところがおかしい。この秋風と同じような自分の度量を知らない人物が、底本198にも登場する。策伝好みの人物である。

192　ばくらうのもとにて。馬をかう《(ふ)》。眼爪髪鞍下《まなこつめかみくらしも》其外《ほか》そろふ《(う)》たるとほむる時。川《かは》わたりはよきかととふ。中〱《(中)》の事河《かは》は鵜《う》じ《(ぢ)》や。めでたしとてわめき。もと《(ど)》りしが。十日計《は(ば)かり》過《すぎ》。荷《に》をつけ川《かは》をわたるに。中程にてどうど臥《ふし》たり。かひぬし氣《き》をそこなひ。ばくらうがもとに来り。存分《ぞんぶん》をいひけるに。さればこそ河は鵜じ《(ぢ)》やと申たは。鵜といふとりの。水を見ていらぬやあらん　(677)

〈現代語訳〉 博労のところで馬を買うと、博労が、「眼、爪、髪、鞍下、そのほか不足などない馬」と褒める。そのとき買い手が、「川渡りは大丈夫か」と尋ねると、「いかにも大丈夫。河といえば鵜である」という。「それは喜ばしいこと」とうれしい声をあげ、馬を買って帰ったが、十日ほど過ぎて、馬に荷をつけて川を渡ると、川の真ん中あたりで、どっと馬が倒れてしまった。飼い主は気分を害して、博労のところへやって来た。さんざんに不平をいうと博労は、「だから、河といえば鵜であると申したのだ。鵜という鳥は水をみて、入らないはずがないではないか」といった。

〈語注〉

ばくらう　博労。馬喰、伯楽とも書く。馬を売買する商人。「伯楽《はくらく》」の音変化。**鞍下**　馬の鞍の下の肉づきをいう。**河は鵜じや**　成語か。「鵜」はペリカン目ウ科の鳥の総称。くちばしは細長く鋭い。水中に潜って魚を捕らえる。海鵜、川鵜、姫鵜などをみる。**荷をつけ**　馬に荷持を負わせる。**どうど臥たり**　石を踏み外したか、水に足をとられたか。重たい荷物もあって一気に倒れる。**かひぬし氣をそこなひ**　「かひぬし」は馬を飼う主。馬を買った主。「そこなひ」は損なう。心を痛める。**存分**　ここは心の中で思う、すべての不平不満。**水を見ていらぬやあらん**　「や」は反語。～か、いや～ではない。ここは入るに決まっている。底本の文末に「。」なし。

【鑑賞】**馬で川を渡る**　人が歩いて川を渡るのを徒渡《かちわた》りという。浅い川であっても深い場所を知らないと転んでしまう。そこで川越人足《かわごしにんそく》が人を肩に乗せて川を渡る商売が生まれた。他に蓮台《れんだい》、駕籠、馬に乗るなどの方法で川向こうに行く。荷物だけ馬に載せて渡ることもあった。笑話は馬を買って荷物を運ぶことから、その商いをする人物ともみられる。そうなると人の荷物を川に落としたことになる。

193　一休伊勢《きうい せ》の浅間《あさま》に。しばらく住山《ぢうさん》ありし。常《つね》ならぬ人の様《やう》にさたしあへり。

山田《やまた(だ)》の宿老《しゆくらう》たる人。親《おや》の心ざしをつとむるとき。斎《とき》をまい《(ゐ)》らせけるに。白衣《びやくゑ(え)》にてわたらせ給ふ。みるから驚《おと(ど)ろ》き。これはいなものや。不思議《ふしぎ》の風情《ふぜい》なるかなと。さゝ《(さ)》やきぬるをきゝ《(き)》て。斎了に硯《すゝ(ず)り》と紙《かみ》を乞《こふ》

きたりとよ心の中のすみぞめを
世わたり衣《こ(ご)ろも》うへにこそきね　(679)

〈現代語訳〉　一休和尚が伊勢の金剛證寺に、しばらく住山したことがあった。一休は尋常ではない人のようだという噂が広がっていた。ある日、伊勢山田の宿老が、親の追善供養を執り行った。そのときに一休にも食事をさしあげる用意をすると、白衣の姿でお出でになった。その姿に驚き、「これは変わっているなあ、不思議な姿であるよ」とささやいているのを一休は聞いて、食事が済んだあとに、硯と紙をいただいて、

きたりとよ心の中のすみぞめを
世わたり衣うへにこそきね

（心の中が澄んでいる衣を着たのだよ、墨染の衣は上には着ないものなのだ）

と詠んだ。

〈語注〉

一休　一休宗純。臨済宗の僧。『醒睡笑』には松斎庵（「松栖庵《しょうさいあん》」が正しい。庵の名）、大徳寺、紫野、純蔵主《じゅんぞうす》と記されて登場する。一三九四〜一四八一。**伊勢の浅間に**　「伊勢」は国名。現在の三重県。「浅間」は朝熊《あさま》山《やま》金剛證寺《こんごうしょうじ》のこと。現在、三重県伊勢市朝熊町岳にある。臨済宗南禅寺派。山号勝峰山、院号兜率院《とそついん》。朝熊山と呼ぶ。伊勢西国三十三所観音霊場二番。振り仮名「あさまに」は底本ママ。**住山**　山に住み修行すること。山ずみ。**常ならぬ人**　変人。一休説話には風変わりな人物として登場する。**山田の宿老たる人**　「山田」は伊勢山田。現在の三重県伊勢市。「宿老」はものごとに経験豊かな老人。**心ざし**　追善供養。**不思儀**　「儀」は底本ママ。不思議。**硯と紙を乞**　底本の文末に「。」なし。**きたりとよ心の中のすみぞめを**　「きたり」は着たり。「すみぞめ」は墨染。僧が着る衣装。「心が澄み」を掛ける。『かさぬ草紙』（寛永二十一年。一六四四）には「きたりとよ」が「あるそとよ」とあり、「すみぞめを」が「すみそめの」とある。**世わたり衣うへにこそきね**　「世わたり衣」は墨染衣のこと。『かさぬ草紙』は「こそきね」が「きすとも」とある。

【**鑑賞**】　**一休伊勢の浅間**　「しばらく住山ありし」とあるが、『一休和尚年譜』に一休が伊勢に行ったという記録はみられない。ただ笑話集の『一休ばなし』（寛文八年。一六六八）巻一・6に「一休関の地蔵くやうし給ふ事」をみる。関の地蔵は現在の三重県亀山市関町新所の宝蔵寺の地蔵菩薩であるから伊勢国に出向いていることになる。ここでは一休が、「幸《さいはひ》関東しゆぎやうに出るなれば、たちより開眼してまいらせむ」といって立ち寄ったとある。その折に金剛證寺にも行ったのであろうか。関の地蔵の開眼供養をして帰る一休を追いかけて、「桑名の渡舟に乗給ふ所にてぞおひつきける」とある。一休の伊勢来訪はあったか。

放気咄　一休といえば滑稽、頓智の僧といわれて、多くの逸話、俗伝が伝えられている。『一休ばなし』の序にも、「一休和尚の放気咄《おどけばなし》」とある。岡雅彦は「放気」を「気を晴らす、楽にするの意」という（新編日本古典文学全集）。一休の逸話の典拠は、『狂雲集』（文明四年。一四七二）にみられるという。だが多くは一休の噂、奇行、評判をもとに、新しく創作したものとされる。『一休ばなし』の他にも、『一休関東咄』（寛文十二年。一六七二）、『一休諸国物語』（寛文十二年）、『一休可笑記』（宝永二年。一七〇五）、『続一休咄』（享保十六年。一七三一）などがつくられている。

心の中のすみぞめを　墨染の衣は心の中で着るもので白い衣はおかしくない、と一休はいう。頓智の一休なら洒落た言い方をしてもいいのに、まともに怒っているようである。この話は一休の衣の説話を踏まえたという。一休が二十九歳の応永二十九年（一四二二）に、如意庵での言外宗忠《ごんがいそうちゅう》三十三回忌に、普段着で出席した。『法華経鷲林拾葉鈔』に、「墨染ノ衣ヲ着タル色見レバ世渡リ人ノ厳《おご》リ成ケリ」とある。これが『一休ばなし』巻一・1「一休和尚いとけなき時旦那とたはむれ問答の事」である。類話が同書巻三・10「一休こつじきとなり旦那をたばかり給ふ事」にある。乞食に身なりを変えて門前に立つと「見ぐるし」といわれたので、翌日は身なりを変えて訪ねると喜ばれた。一休は衣で僧を区別する矛盾を指摘し、その場に衣を脱ぎ捨てて帰ったという。一休伝説のおもしろさが知られよう。

194 宗祇《そうぎ》有馬《ありま》の湯《ゆ》に入ておはしけるに。人〳〵《(人)》寄《より》あひ哥《うた》なと《(ど)》よみあそひ《(び)》しが。爰《こゝ(こ)》にゐらるゝ《(る)》旅《たひ(び)》の僧《そう》も。若《もし》おもひよりたる事あらば。いふ《(う)》てもみたまへと。傍《ばう》若《じやく》無《ぶ》人《じん》の作《さ》法《ほ(は)う(ふ)》なりし時

音《を(お)と》にきく有馬《ありま》の出湯《でゆ》は薬《くすり》にて
こしをれ哥《うた》のあつまりぞする　(681)

〈現代語訳〉 宗祇が有馬の湯に入っていらっしゃったとき、人々が寄りあつまって歌などを詠んで楽しんでいたが、その一人が、「ここにおられる旅の僧も、もし何か心に思っていることがあるならば、詠んでみたまえ」といった。あまりにも勝手気ままな作法で詠んでいたとき、宗祇は、

音にきく有馬の出湯は薬にて
こしをれ哥のあつまりぞする

（名高い有馬の湯は薬湯であるから、下手な歌詠み人があつまって来るのだ）

と詠んだ。

〈語注〉

宗祇　飯尾《いいお》宗祇。号は自然斎《じねんさい》、種玉庵《しゅぎょくあん》。室町期の連歌師。一四二一～一五〇二。**有馬の湯**　現在の兵庫県神戸市北区にある温泉。**人〳〵寄あひ**　湯治にきた人々。歌を詠み比べては騒ぐ仲間たち。**旅の僧**　宗祇を指す。**傍若無人の作法なりし時**　「傍若無人」は勝手気ままな振る舞い。「作法」は詠み方。ここは作法に則っていない詠み方。底本の文末に「。」なし。**音にきく有馬の出湯は**　「音にきく」はよく知れた。「出湯」は湧き出る湯。温泉。**こしをれ哥のあつまりぞする**　「こしをれ」は腰が曲がること。下手な歌の「こしをれ哥」を掛ける。

【鑑賞】**宗祇と温泉**　延徳三年（一四九一）十月二十日、宗祇七十一歳のときに、有馬の湯で肖柏、宗長とともに詠んだ『湯山三吟』がある。文亀元年（一五〇一）に宗長が越後の国府に、師の宗祇を訪ね、翌年七月三十日、宗長とともに京都へ帰る途中の箱根湯本で宗祇は亡くなる。その次第を宗長が記したのが、『宗祇終焉記』である。この箱根に行く前の四月二十五日に伊香保の湯で宗祇、宗碩《そうせき》、宗坡《そうは》の三人が『何衣百韻』を詠む。宗祇にとっての温泉は、湯治するとともに連歌を詠む場でもあった。

こしをれ哥　和歌で三句と四句とのつづきの悪いのを腰折歌、腰折といった。下手な歌詠みは自分の歌のどこが下手なのかがわからない。指導してよくなるものではない。下手な歌を詠むのは、そもそも歌のセンスがないのである。

195　坊主同宿《ばうずどうじゆく》をつれて。囉齋《ろさい》に出《いて(で)》し齋料《ときれう》に布施《ふせ》をつゝ《(つ)》み。童子《どうじ》にもたせ。坊主の前《まへ》にを《(お)》き。是は百文《もん》あり。後《のち》に亭主《ていしゆ》廿疋つゝみけるを持《もち》て出。同宿か《(が)》まへに置《を(お)く》。坊主あら不審《ふしん》や。前後失念《しつねん》にてこそあらめと。帰寺《きじ》の上に。同宿にむかひわがをそちへやり。手前のをば此方へとらんといふ。同宿難儀《なんぎ》なるふりをするに。いよ〳〵《(いよ)》ほしくおもひ。わが分《ぶん》をなげいだし。彼貳百文つつ《(づ)》みをとりあげてみたれば。蠟燭《らうそく》二丁ありけり　(682)

〈現代語訳〉　坊主が同宿をつれて囉斎に出かけた。坊主へ出す斎料の布施を包んで、子どもにもたせて坊主の前に置き、「この布施は百文である」といった。そのあとに亭主が二百文を包んだのを持って来て、同宿の前に置いた。坊主は、「あれ、おかしいではないか。順序が間違っていよう」と思った。寺に帰ると、すぐに同宿に向かって、「わしがいただいた布施をおまえにやり、おまえの布施をわしがもらおう」というと、同宿は困った顔をみせたので、坊主はますますほしくなり、自分の手にもつ布施を放り出して、同宿の二百文の包みを取り上げてみると、蠟燭二本が包んであった。

〈語注〉

同宿 寺内に寄宿して、師匠に仕える修行僧。 **囉齋** 托鉢。家々の門口で経を唱えて、銭や米などの布施をもらう。 **齋料** 僧への布施。 **廿疋** 十文が一疋《いっぴき》。十疋は百文なので廿疋は二百文。穴あき銭に紐を通した一本を緡《さし》という。一本は百文。 **あら不審や** なぜ同宿のほうが多くて、私のほうが少ないのか疑問をもつ。 **前後失念** 後先をかえりみない。坊主は布施の多いのが私、少ないのが同宿と思っている。 **わが分を** 自分の布施を。 **蠟燭二丁ありけり** 蠟燭二本が包まれていた。底本の文末に「。」なし。

【鑑賞】 **囉齋** 囉斎は「羅斎」の当て字という。囉斎を托鉢勧進坊という。勧進のために家々を廻る托鉢僧、勧化《かんげ》僧《そう》、鉢鉢《はちはち》、はっちはっちと同じとされた。僧の姿をして物乞いをする者は、行乞《ぎょうこつ》といって区別した。行乞は乞食の行人を略した言葉である。囉斎は写本の巻二「鮀」(193)にもみられる。この笑話のように同宿と一緒に出ても、自分の得た金額は自分のものにしていたから、こちらがもらうはずのものが同宿に渡ったことに不満をもって交換を提案した。金額の多寡《たか》を気にする坊主がおかしい。

196 情《なさけ》ふかき児《ちご》のもとへ。折《お(を)り》〱《(折)》かよふ僧ありし。暮《くれ》にをよび《(お)》そと来《きた》れり。児《ちご》にこやかに夏衣《なつごろも》よくこそとあれば。その言葉《ことば》を聞《きく》とひとしく。ふいと立て行。児《ちこ(ご)》の方《かた》より人をつかはし。まづかへれとよびもと《(ど)》すに。僧立かへりぬ。何とてものもいはず。いなれしや。夏衣と始《はじめ》ておほせられしまゝ罷《(ま)まかり》出《いて(で)》候き。いかなれは《(ば)》と。とはるされは《(ば)》新古今《しんこきん》に

素性《そせい》法師

お《(を)》しめどもとまらぬ春《はる》もある物を
よばぬにきたるなつ衣かな

とも候。此趣《おもむき》存知《ぞんじ》あはせてなりと。なく〱《(なく)》申されければ。児聞《きゝ(き)》て中〱《(中)》の事や

夏衣ひとへにわれはおもへと《(ど)》も
人のこゝ《(こ)》ろにうらやあるらん

といふ本哥にて。いひつるものをとあるにぞ。僧かたじけなしとも　(684)

〈現代語訳〉 情を深くかけている児のもとへ、たびたび通う僧があった。夕暮れになって、そっとやって来た。児はにこやかな顔で、「夏衣ようこそ」というと、僧はその言葉を聞くと同時に、ふいと帰ってしまった。児のほうから遣いをおやりになって、「まず帰られよ」

と呼び戻すと、僧は帰ってきた。「なぜ何もいわないで帰られたのか」というと、僧は、「夏衣と、はじめていわれたので出ていったのです」という。「どういうことですか」と尋ねると、僧は、「新古今和歌集の素性法師の歌に、

おしめどもとまらぬ春もある物を
よばぬにきたるなつ衣かな

（去っていくのを惜しんでもとまらない春もあるのに、夏よ来いといわないのに着る夏衣だなあ）

とあります。この歌意を知っているからです」と泣きながらいったので、それを聞いた児が、「まったくそのとおりですねえ。わたしは、

夏衣ひとへにわれはおもへとも
人のこゝろにうらやあるらん

（わたしは夏衣を一重と思うが、人の心に裏などあるはずがない）

という本歌をいったのですよ」というと、僧は、「本当にありがたいことだ」といって喜んだ。

〈語注〉

情ふかき 情愛が深い。 **夏衣** 「来なくていい人が来た」の意と考える。 **新古今に** 「新古今」は『新古今和歌集』。勅撰和歌集。藤原定家ほか撰。元久二年（一二〇五）。八代集の八番目の作

品。底本の文末に「。」なし。**素性法師**　平安前期の歌人。遍照（遍昭）の子。俗名、良岑玄利《よしみねのはるとし》。三十六歌仙の一人。生没年不詳。**おしめどもとまらぬ春もある物を**　『新古今和歌集』巻三・夏歌176の和歌。**よばぬにきたるなつ衣かな**　「きたる」に「来たる」と「着たる」を掛ける。『新古今和歌集』では「よばぬに」が「いはぬに」とある。**此趣**　「趣」は歌の内容。歌意。**中〳〵の事や**　底本の文末に「。」なし。**ひとへに**　「ひとへ」に「単衣《ひとえぎぬ》」と「一重」を掛ける。**人のこゝろにうらやあるらん**　「うら」は裏。「裏生地がついている」と「人は裏の心をもつ」を掛ける。「や」は反語。**本哥**　所収歌集は未詳。**かたじけなしとも**　底本の文末に「。」なし。

【鑑賞】　**僧かたじけなしとも**　僧は児が本歌をあげることで、自分の間違いに気づいた。自分を心から迎えにきてくれたことに感謝し、今後も児に会えることを喜んだ。児をおもう僧の気持ちは深く、ともに『新古今和歌集』をあげて、心を伝えるところは、読み手にも聞き手にもわかったのであろうか。策伝が好む和歌や狂歌をまじえた多くの笑話は、そう簡単には読めなかったと思われる。

197　物《もの》ごと心がけある人。山寺に行《ゆき》一夜《や》二夜《や》とまる事あり。少人《せうじん》の内みめざま世にすぐれしをこきんとよぶ。客聞《きやくきゝ(き)》是はめづらしや。此名のこゝ《(こ)》ろをあんずるに。いにしへいまも。若衆道《わかしうだう》にはあるまひ《(い)》といふ儀《ぎ》にや。色《いろ》〱《(色)》心をつけあんじけるが。師《し》の坊《ばう》にむかひ。こきんとは如何《いか》なる子細《しさい》ありて。つけ給へるととふ《(う)》たれば。しばらく其いはれをかくす。籬《まか(が)き》の内の梅《むめ》が香《か》は。つゝ《(つ)》むにいろもいやまさり。なを《(ほ)》おくふかく思ひなし。頻《しきり》に意趣《いしゅ》をたづねし時。院主《い(ゐ)んじゅ》の御坊《は(ぼ)う》がさゝ《(さ)》やきて。いはれけるこそうたてけれ。あの子が親《おや》は。けしからぬ大きんにてありつるが。あれは引《ひき》かへ。きんがいかにもちいさゝ《(さ)》に。こきんとつけて候と
師匠《しせ(しや)う》の知恵《ちゑ》ちやつよりあさや　(685)

〈現代語訳〉　教養ある人が山寺に行って、一、二夜、泊まることになった。少人のなかに、とても容貌《ようぼう》の美しいのがいて、名をこきんと呼んでいた。泊まった客が聞いてみた。「これは珍しい名であるなあ。この名をつけた理由を考えてみると、昔も今も若衆の道に二人といないということだろうか」といろいろと考えてみたがわからない。師の坊に向かって、「こきんとはどういう理由で、おつけになられましたか」と尋ねると、少しの間、その理由をいわなかった。その後、山寺の籬の内の庭を散策していると、梅の花の匂いは蕾《つぼみ》のときがよく、色もますます美しく、さらに奥深く思われる。それを感じながら、何とかこきんの名をつけた理由を知りたく、ふたたび聞いたとき、院主の御坊がひそひそと、「こきんといわれ

ることが可哀そうである。あの子の親は並々ならぬ大きんであったが、息子の方はそれに比べると、とてもきんが小さいので、こきんと名づけました」といわれた。

師匠の知恵が、楪子《ちゃつ》よりも浅いとは、とても驚くねえ。

〈語注〉

山寺に行一夜二夜とまる　「山寺」は不詳。「一夜二夜」は一晩、二晩の意。**少人の内みめざま世にすぐれし**　「少人」は児。「みめざま」は容姿。「世に」はたいそう。**こきん**　小金。可愛くて大事な子どもを想像させる名。**いにしへいまも若衆道には**　「いにしへいまも」は古今を通じて。策伝の好む表現。「若衆道」は児を愛する道。若道。**師の坊**　少人の師匠の僧。院主。御坊。**籬の内の**　「籬」は柴や竹などでつくった目の粗い垣根。「内」は内側。庭を指す。**梅が香はつゝむに**　「梅が香」は梅の花の匂い。「つゝむ」は蕾の状態。**うたてけれ**　気の毒だ。いうのも心が痛む。**けしからぬ**　普通ではない。とてつもない。**大きん**　大きな睾丸《こうがん》。**あれ**　息子。こきん。**こきんとつけて候と**　底本の文末に「。」なし。**師匠の知恵ちやつよりあさや**　評語。写本は小文字。「師匠」は師の坊。「ちやつ」は楪子。底に糸尻のある浅い朱塗りの椀。「ちやつう」ともいう。底本の文末に「。」なし。

【鑑賞】　**知恵ちやつよりあさや**　「ちやつよりあさや」は底の浅い椀よりも、もっと浅い考えをもつ師の坊を戒めた評語である。諺に「楪子より深い事もなし」といい、ものごとの浅いたとえがある。このような理由で名前をつけるとは、あまりにもひどい。こうしたどうにもならない僧がいては困るね、と策伝はいうのである。

198　月次《つきなみ》の会《くは(わ)い》あり。宗長《そうちやう》のおはしけるその席《せき》の末座《ばつさ(ざ)》に。弟子《でし》たる人句《く》を出しぬ。さしあひなくとまりたるを。さてはいまの句。よく〳〵《(よく)》出来《て(でき)》けるよと心得し。宗長にむかつて手をおさへ。何と聞《きこ》え参らせたかと申たるに。中〳〵《(中)》聞えたとあり。程へて又一句出し。其句もとまりたるま〵《(ま)》。ちと慢《まん》じ又手をつき。なにと聞え参らせたかといふときに。宗長きこえた。そこから爰《こ〵(こ)》まではきこえたと　(687)

〈現代語訳〉月次の連歌の会があった。宗長がいらっしゃる席の末座にいる弟子が、句を詠んだ。指合もなく執筆《しゆひつ》が書き留めたのをみて、「それでは、いま詠んだ句は、なかなか出来がいいのだなあ」と理解した。宗長に対して手をつき、「どのような句の評価をされたのですか」と申し上げると、「とてもよく聞こえた」といわれた。しばらく経ったあとに、また一句を詠みあげた。その句も書き留めたので、少し自慢顔になり、また手をついて、「どのような句の評価をされたのですか」というと、宗長は、「聞こえた。末座から、わたしの座るところまでは、声が聞こえた」といわれた。

〈語注〉

月次の会　月例会。　**宗長**　室町後期の連歌師。駿河の人。号、長阿、柴屋軒《さいおくけん》。和歌、連歌を宗祇に学んだ。『雨夜記《あまよのき》』『宗祇終焉記』がある。一四四八〜一五三二。　**末座**　末席。上座に対する下座。末席に座っている。　**さしあひなくとまりたるを**　「さしあひ」は指合。差合。同じ句法、材料が重なることをいう。それを連歌、俳諧では禁じた。「とまりたる」は書き留める。記録する。　**出来ける**　振り仮名「てき」は「いてき」が正しいか。　**そこから爰まではきこえたと**　「そこ」は末座。「爰」は宗長のいるところ。底本の文末に「。」なし。

【鑑賞】　**そこから爰まで**　「中〳〵聞えた」をよい出来の句であったと思い込んでいたが、宗長がいうのは、「末座からわたしの座る場所までは、そなたの声が聞こえた」の「聞えた」であった。弟子がやっと褒められたと思ったのは、はなはだしい勘違いであった。他の弟子たちは、この男の腕前を知っているだけに、褒められるのを不思議と思っていたから、宗長の一言で大笑いしたであろう。

199 文《ふみ》の上書《うはか(が)き》に平林《ひらはやし》とあり。とを《(ほ)》る出家によませたれは《(ば)》。平林《へ(ひや)うりん》か平林《へいりん》か。是ほ
平林《たい(ひ)らりん》か平林《ひらりん》か。一八十《いちはちじう(ふ)》に木々《ほ(ぼ)く(ほく)》か。それにてなくは《(ば)》。平林《へ(ひや)うはやし》かと。是ほ
と《(ど)》こまかによみてあれども。平林《ひらはやし》といふ。名字《め(みや)うじ》にはよみあたらず。とかく推《すい》に
は何もならぬものじや《(ぢ)》　(692)

〈現代語訳〉文の上包みに、平林と書いてある。通りがかった出家に読ませると、「ひょうりんか、へいりんか、たいらりんか、ひらりんか、一八十《いちはちじゅう》に木々《ぼくぼく》か、それでもないならば、ひょうはやしか」という。「これほどさまざまに読んでも、『ひらはやし』という読み方は出てこなかった。まったく推量というものは、当たらないものだ」といった。

〈語注〉
文の上書に平林とあり　「文の上書」は手紙の上包みのおもてに書く文字。**一八十に木々か**　「一八十」は「平」の字の書き順の覚え方。「木々」は林のこと。**こまかに**　さまざまに。**何もならぬものじや**　底本の文末に「。」なし。

【鑑賞】**ひらはやし**　平林は策伝の本名だといわれていた。関山和夫の策伝研究で金森姓が定着しているが、なぜ策伝は平林とみられたのか。それは、この笑話が存在するからである。

笑話ではいくつもの平林の読み方を推理し、「ひらはやし」と読み当てることはできず、「ひょうりんか、へいりんか、たいらりんか、ひらりんか、一八十に木々か」といった文字遊びが楽しめるところがおもしろい。ここまでこの名字にこだわることで、策伝が自らの本名を素材にした笑話とされたのである。この読み方のおもしろさをもとに、落語「平林《ひらばやし》」が江戸時代につくられた。この落語のなかで平林が策伝の本名として紹介されていたのかも知れない。そうなると落語家たちが話していくうちに、本名説が信じられてきたとみることができる。ところが同話が『きのふはけふの物語』（古活字八行本）下巻・67にもみられる。筋の展開や落ちなどが異なっている。

　上京に平林といふ人あり、此人の所へ、ゐ中より文をことつかる、このもの、ひらはやしといふなをわすれて、人によませけれは、たいらりんとよむ、そのやうなる名てはないとて、又よの人に見せけれは、是はひらりん殿とよみける、これてもないとて、又、さるものに見すれは、一八十ほく〳〵とよむ。此うちははつれしとて、のちには此文をさゝのはにむすひつけて、かつこをこしにつけて、たいらりんか、ひらりんか、一八十にほく〳〵、ひやうりや〳〵とはやし事をして、やかてたつねあふたと。

「さゝのはにむすひつけて」は尋ね人を探すときの方法であろう。「さゝのは」は笹の葉。大道芸人の鉢叩きが金鉢《かなばち》や瓢簞を叩いて、念仏を唱えながら回ったのと同じとみられる。「かつこ」は羯鼓。二本の撥《ばち》で両面の皮を打ち鳴らす鼓。「たいらりんか、ひらりんか、一八十にほく〳〵」は、鉢叩きが囃した言葉の抑揚を真似ていったのだろうか。「のちには此文を」以降が『醒睡笑』にはない。『きのふはけふの物語』（古活字十行本）下巻・64、（大英図書館古活字十行本）下巻・62、（整版九行本）下巻・61にも同話をみる。

策伝の名字は間違い　いままで『醒睡笑』だけにある笑話とみられてきたので、平林を策伝の名字とする説も信じられてきた。いまあげた『きのふはけふの物語』に同話がある指摘はあっても、ほとんど問題にしてこなかった。『きのふはけふの物語』とともに初期笑話のなかで評判のいい笑話の一つとみると、そのかかわりが気になってくる。『きのふはけふの物語』（古活字八行本）の「やかてたつねあふたと」の後を、大英図書館古活字十行本は、「とかくによみかきほと、ちようほうはない、わるうもようたるゆへにこそ、たつねあふたれ」と記している。これは評語であろう。もしこの大英図書館古活字十行本を策伝がみていたなら、どのような評語を書いたであろうか。なお平林の振り仮名は、「ひらばやし」とも読めるが、清音の「ひらはやし」にしておいた。さまざまな読み方があるのと同じように、「ひらばやし」とすると、「ひらはやし」ではないかとの意見も出てくる。ここでは読み手に、どちらにも読めるようにしておいたと考えておきたい。

200　備前《びぜん》の國《くに》岡山《お(を)かやま》に。そこにべといふ魚《うを》あり。餘《よ》国《こく》にまれなり。太守《たいしゆ》浮田《うきた》直《なを(ほ)》

家《いゑ(へ)》より。藝州小早川隆景《げいしうこばいかはたかかげ》。備中笠岡《びっちうかさお(を)か》の城《しろ》におはしけるとき。彼魚《かのうを》を送《を(お)く》らる〻《(る)》。隆景侍《さふ(ぶ)らひ》に仰《おほ》せ。夜中《やちう》に備前より。そこにべがきた程に。家老《からう》の衆《しゅ》に今朝《けさ》ふるまふべき由《よし》申せとあれば。かせものまはりて。備前より今夜《こよひ》そこにべ殿《と(ど)の》御越《こし》にて候。今朝振舞《ふるまひ》あり。出仕《しゅっし》あれとぞ申ける。を《(お)》の〳〵《(をの)》慇懃《いんぎん》に出立まい《(ゐ)》らる〻《(る)》に。客《きやく》とてはなし。出《いで》たる膳部《ぜんぶ》をみれば。そこにべの汁《しる》なり。右之様子《みぎやうす》を申されて。大笑《わらひ》ありし（693）

〈現代語訳〉　備前国岡山には、「そこにべ」という魚がいる。他国にはみられない珍しい魚である。国主の浮田直家から、まだ備中国笠岡の城に安芸国の小早川隆景がいらっしゃったとき、そこにべを送ってきた。隆景は家臣に命じて、「夜中に備前国からそこにべが来たので家老の衆に、今朝、馳走するつもりでいることを申し上げよ」というと、家臣の従者が、家老の家々に触れまわり、「備前国から昨夜、そこにべ殿がお越しでございます。今朝、馳走がありますので、ご登城するように」と申し上げた。家老の衆は、それぞれ礼装に身じたくして参上されたが、まったく客すら見当たらない。出されているお膳をみると、そこにべの汁があった。「従者が魚のそこにべを人の名と触れまわったこと」を、皆々はいいあって、大笑いとなった。

〈語注〉
備前の國　国名。現在の岡山県東南部。**そこにべ**　大きい鮸《にべ》。岡山の海で獲ることができる。**太守浮田直家**　国主の宇喜多直家。戦国時代の武将。主君浦上宗景《むねかげ》を放逐して備前を制圧。のち羽柴秀吉に帰順して、毛利軍と交戦中に病没。一五二九〜八一。**藝州小早川隆景**　「藝州」は安芸国、現在の広島県。「小早川隆景」は戦国、安土桃山時代の武将。毛利元就の三男。安芸の小早川家を継ぐ。一五三三〜九七。振り仮名の「こばいかは」は「こばやかは」の誤りか。**備中笠岡の城**　「備中」は国名。現在の岡山県西部。「笠岡の城」は現在の笠岡市にあった城。**かせもの**　悴者。加世者。ここは家臣の従者。**まはりて**　触れまわって。**出仕**　登城すること。**慇懃に**　礼儀正しい身なりをして。**客とてはなし**　客のそこにべ殿がいない。**膳部**　お膳。**右之様子を申されて大笑ありし**　「右之様子」は「そこにべ」に「殿」をつけて触れまわったこと。底本の文末に「。」なし。

【鑑賞】**そこにべ殿**　なぜ家老たちは、「そこにべ殿」という名の人物の存在を信じたのであろうか。浮田直家こと宇喜多直家は毛利家と結びながら、天正七年（一五七九）十月に毛利家と手を切って信長公の臣下となった。そのため毛利家にとっては信用できない人物と思われていた。小早川隆景は毛利家から小早川家の養子になった人だから、直家から人が来たとなると、ただ事ではないので急いで家老たちは登城したのである。

201
法《ほう(ふ)》談《だん》はすぎても。終《つい(ひ)》に座《さ(ざ)》をたゝ《(た)》ぬ男《お(を)とこ》ありき。道心者《だうしんしや》の老《らう》したるが。あながちにかんじおもふ。一句《く》の聴聞《ちやうもん》をのぞむ人さへ稀《まれ》なるに。ありがたき心ざしかな。よび入て茶《ちや》をもまい《(ゐ)》らせんや《(う)》と。かれにうかゞ《(が)》ひたれば。あまり長談義《ながだんぎ》に。しびりがきれて。たゝ《(た)》れぬはといふた　(696)

〈現代語訳〉　談義が終わっても、そのまま座から立たない男がいた。老いた道心者が、とても感激して思うに、「談義の大事な言葉を理解しようとする人さえ珍しいのに、ありがたい心掛けの人であるよ。こちらに呼び入れて茶でもさしあげようか」といい、その男にお尋ねすると、「あまりの長談義で足がしびれて、立つことができないのですよ」といった。

〈語注〉
道心者　仏法に帰依した人。　**あながちに**　やたらに。むやみに。　**心ざし**　志。誠意をもつ人。
うかゞひ　伺ひ。「問ふ」の謙譲語。　**しびりがきれて**　足が麻痺《まひ》して。　**たゝれぬはといふた**　底本の文末に「。」なし。

【鑑賞】 長談義　僧の長談義とは、談義に夢中となり、予定する時間が超過することである。『日葡辞書』に「ダンギ」はあるが、長談義という語彙はない。談義中に中座することはできないので、聞く方は座りつづけなくてはならない。写本の巻五「上戸」(528)の終わりのほうにも、「僧ハイツモノ長談義、在家ハ酒ノ諺ニ、足モ膝モ痺《シビリカ》キレ」とある。いつもの長談義では、足も膝もしびりが切れるといっている。こういう状態になってから立つのは難しい。無理に立とうとすれば足に力が入らないから倒れる。『きのふはけふの物語』(古活字八行本)下巻・52にも、長談義について、「みたによらいの御せいくはんに、女人じやうぶつのさたを申さう、たゝし、ねんころに申せは、たん儀かなかふなる、又、あらまし申せは、ちとみゝとをき事なり」とある。同話は大英図書館古活字十行本下巻・49にもみられる。丁寧にまた熱心に話せば、長談義になるのは当たり前で、短く話したら内容などつかめなくなるといっている。

202　継母《けいぼ》にそへる子あり。彼《かの》子をなつけて人のとふ。なにと今の母《はゝ(は)》は。いたいけにはごくむ事ありや《(る)》。七つ八つなる子が返事に。われをやしなへるは雀《すゞ(ず)め》の子をかふやうにせらるゝと。さて〳〵《(さて)》きどくや。まゝ《(ま)》子をは《(ば)》にくむ物なるに。ためしすくなしと感《かん》じければ。いや物をいかにも。ちとづゝ《(つ)》くれらるゝ《(る)》。おほくくふ《(う)》たらば。喉《のど》にろがて《(で)》きうかと思ふ《(う)》てやら

　まゝ《(ま)》母《はゝ(は)》のもりたる飯《めし》はふじの山
　　汁《しる》をかくればうき嶋《しま》がはら　(698)

〈現代語訳〉　継母に育てられる子がいた。この子を手なずけて、ある人が尋ねた。「どのように今の母は、かわいがって育ててくれるのか」というと、七つ八つになる子の返事に、「わたしの養い方は、雀の子を飼うようにする」という。「さてもさても不思議だねえ。継子を憎むというのが普通なのに、こんな例を聞いたことがない」と感心すると、「いいえ食べ物を、とても少しずつくだされる。たくさん食べたなら、喉に瘻《ろ》ができるのではないか、と思っているらしい」といった。

　まゝ母のもりたる飯はふじの山
　　汁をかくればうき嶋がはら
（継母の盛った飯は富士の山、汁をかけると浮島ヶ原）

〈語注〉
そへる子　継母のそばにいる子。　**なつけて**　懐けて。なれ親しませる。　**いたいけにはごくむ**

「いたいけ」は幼気。かわいがる。「はごくむ」は育む。「はくみ」の転。**七つ八つなる**　幼い子どもの年齢を指す。**きどく**　奇特。珍しいことだ。**ためし**　前例。**物をいかにも**　「物《は》」は食べ物。「いかにも」はきわめて。**ろがてきうかと思ふてやら**　「ろ」は瘻。首のあたりの腫れ物。瘰癧《るいれき》ともいう。「やら」は不確かさを表す副助詞。〜であろうか。底本の文末に「。」なし。**ふじの山**　富士山。山盛りのたとえ。**うき嶋がはら**　浮島ヶ原。現在の静岡市沼津市原と富士市鈴川との間にある帯状の海岸低地。点々とした浮き島がある。ご飯はわずかしかないことの譬え。

【鑑賞】　**継母**　『日葡辞書』には「ケイボ（継母）　Mamafaua（継母）に同じ」とある。Mamafauaは「ママハワ」。継母にいじめられるのが継子いじめである。底本81に天秤棒で叩く継母がいる。また写本の巻四「聞た批判」(377)、底本97にも継母が登場する。継母は性格が悪いとされていて、世の中で歓迎される身分ではない。ことに男親の親族が歓迎しないのは、後妻でありながら、母親の権限を主張して、財産を独り占めしてしまうからである。

うそつき

203　播州《は(ばん)しう》に風《かせ(ぜ)》の神《かみ》とて宮《みや》あり。くた《(だ)》り舟《ふ(ぶ)ね》の船頭《せんどう》。宿願《しゆくぐは(わ)ん》して順風《じゆんふ(ぷ)う》をこふ。五日六日過《すぐ》れと《(ど)》もふかず。其感應《そのかんおう》なき旨《むね》を社《しや》人にことは《(わ)》りければ。巫《かんなぎ》さればよさるかたより上り。風を所望《しよまう》あるまゝ《(ま)》。まづ其《その》風をふかせらる。此次《つぎ》にやか《(が)》て其方望《のぞみ》の風をふかすべしと　あたら正直《しやうじ(ぢ)き》の神《かみ》を見事のうそつきにしないた　(712)

〈現代語訳〉　播磨国に風の神という神社がある。下り船の船頭が祈願して、追い風を乞い願った。だが五、六日経っても風が吹かない。その願いがかなわないので船を出せないことを、神社の者に問いただすと、神主が出てきて、「そのことはだなあ、ある人から上り風の所望があったので、まずその風からお吹かせになられた。このつぎに、まもなくそのほうの望む風を吹かすにちがいない」といった。　もったいないことに正直の神を、まんまとうそつきにした。

〈語注〉
うそつき　嘘をつく、ほらを吹く人をいう。平気でうそぶくことを貫き、嘘をつくことを悪いとは思っていない。 **播州に風の神とて宮あり** 「播州」は国名。播磨国。現在の兵庫県。「風の神」は風を吹かせる神。「宮」は風の神を御神体とする神社。不詳。 **くたり舟の船頭宿願して順風をこふ** 「くたり舟」は下り船。ここは中国、九州方面へ行く船を指す。「宿願」は祈願。「順風」は船の進む方向に吹く風。追い風。 **感應なき** 信心しても風の神に通じない。 **旨を社人にことはりければ** 「旨」は風がないので航海に出られない。「社人」は神社に仕える神職。しやじん。しやにん。「ことはり」は事情を説明せよと要求する。 **巫** 神主。社司。 **風をふかすべしと** 底本は文末に「。」なし。 **あたら正直の神を見事のうそつきにしないた** 評語。写本は小文字。「あたら」は惜。可惜。おしいことに。「正直の神」は願いごとを叶える神。「見事」は立派な。ここはものの見事に。まんまと。「しないた」は「為成した」の転。底本の文末に「。」なし。

【鑑賞】 **うそつき** 『日葡辞書』には「ウソイ。またはウソツキ（嘘い。または嘘吐き）虚言者」とあり、「ウソイ」は、「（ウソイイ　嘘言ひ）とあるべきもの」とする。「ウソ（嘘）」は吐くこと、言うことをいい、「偽りごとを話す」という。嘘は「嘯」とも書く。虎明本狂言集の『柿山伏』に「貝をも持たぬ山伏が道々うそを吹こうよ」とあり、嘘を吹くという。『日葡辞書』にも「ウソ（嘯）口笛」とあり、「嘯を吹く」とある。口をとがらす顔の狂言面を「空吹《うそぶき》」、「嘯《うそぶき》」という。「うそぶき」は平気でとぼけ、知らない振りをする、偉そうに大きなことをいう意味である。嘘をつく人は嘘がばれたとき、嘘を承知でいっているのだ、嘘がわからないのかといった開き直る態度をとる。「嘘も方便」「可愛い嘘」という言葉は優しい言葉となる。

風の神　風の神は風をつかさどる神である。風神《ふうじん》ともいう。ただし風神というと疫病を運ぶ神を指すことが多く、航海に必要な風の神というのは稀である。また「風神雷神図」の風神は鬼の形相をして、風を入れた袋をもつ姿が描かれている。これも異なる風の神である。船の神というと香川県仲多度郡琴平町にある金毘羅《こんぴら》大権現、金刀比羅宮《ことひらぐう》が知られる。海上安全の守り神として信仰され、神社が出す紙札を船の柱などに貼り付けたり、「船霊神璽《しんじ》」と書いた木札を打ち付けたりして、航海の無事を祈願する。神主にとって風が吹かないのは、「神に聞いてくれ」といいたいところだが、ここで神主が嘘をいわないと、風の神の立場が悪くなる。「風の神は嘘つきではない」と、もっと強気な態度で神主が対応していれば、嘘つきにしなかったのにと策伝は評する。

204　人のものがたりをきいて。よく覚《おほ(ぼ)え》洛中洛外《らくちうらくぐは(わ)い》しらぬ所もなき由《よし》をいふものあり。扨《さて》そなたは嵯峨《さが》の法輪寺《ほう(ふ)りんじ》をみられたるか。中〳〵《(中)》いかひ《(い)》大ひげであつた(714)

〈現代語訳〉人の話すのを聞いてはよく覚え、洛中洛外のことなら知らない所はない、という者がいた。「ところでおまえは嵯峨の法輪寺をみられたか」というと、「いかにもいかめしく立派な大きな髭《ひげ》をもつ住職であった」といった。

〈語注〉
法輪寺 現在の京都市西京区嵐山虚空蔵山町《あらしやまこくうぞうやまちよう》にある。山号智福山。真言宗。行基の開創した葛井《かづの》寺を貞観年間（八五九～八七七）に道昌が中興。応仁の乱で罹災したが、百七代後陽成天皇により再建。通称は嵯峨虚空蔵。伊勢朝熊山の金剛證寺、会津柳津《やないづ》の円蔵寺とともに日本三大虚空蔵菩薩の一つ。**いかひ大ひげであつた** 「いかひ」は厳ひ。「大ひげであった」は法輪寺の法《ほふ》を「頬《ほほ》」と思い、頬から立派な大髭の住職を連想する。底本の文末に「。」なし。

【鑑賞】**法輪寺** 法輪寺は焼失後、後陽成天皇によって再建された。天皇の在位中の天正十四年（一五八六）から慶長十六年（一六一一）の間とみられている。「嵯峨の法輪寺をみられたるか」は「再建された寺をみたか」と聞いたのである。しかし何でも聞いて知っている男のはずだが、再建されたことを知らなかったとみられる。話題になっていたのにもかかわらず興味なかったのであろう。寺の名を聞いたことがないので、住職の立派な髭でもあげておけばいいだろう、と適当な嘘をいったのが仇《あだ》になった。

205　聟《むこ》あり舅《しうと》のかたへみまふとて。ある町《まち》をとを《(ほ)》りしが。新《あたら》しき鴈《がん》を棚《たな》に出し置《を(お)き》たり。貮百にてかい《(ひ)》。矢《や》をとを《(ほ)》しもたせ行《ゆく》。舅出あひ鴈《がん》を見て。是《これ》はととふに。我等《われら》の道《みち》にて仕たるとあれば。大に悦喜《えつき》し。一族皆《ぞくみな》よせて。披露《ひろう》し振舞《ふるまひ》わめきけり。聟かつにのり。今一度《ど》もたせまい《(ゐ)》らせんと。家の子に示合《しめしあはせ》われはさきへゆかん。跡《あと》より調《とゝ(と)のへ》来れといひすて。先舅にあふと同し《(じ)》く。いな仕合《しあはせ》にて。又鴈を仕て候といふ。舅いさみほこれり。彼内《かのうち》の者塩鯛《しほた(だ)い(ひ)》に矢《や》をつらぬき持《もち》きたれり。して今の矢はあたらなんだか。されば鴈にははづれて。塩鯛にあたりまい《(ゐ)》らせたと(715)

〈現代語訳〉　ある婿がいた。舅のところへ挨拶しようと思って出かけた。ある町を通ったところ、獲りたての雁を棚に出して売る店があった。それを二百文で買い、矢を通して召し使いに持たせて舅の家に行った。舅は婿に会い、その雁をみて、「これは」と尋ねると、「わたしらが来る道で仕とめた」というので、舅はとてもよろこんで、家族や親族ら皆を呼び寄せ、婿の腕のよさを披露して、馳走の宴は大騒ぎとなった。婿は調子にのって、「もう一度、仕とめて持ってまいりましょう」といった。婿は召し使いに計略を話して打ち合わせをし、「わしは先に帰るから、あとから雁を調達して来い」といって先に戻り、舅に会うやいなや、「とても幸せなことに、また雁を仕とめました」という。舅はますます婿を褒めたたえた。そこへ召し使いが、塩鯛に矢を通したのを持って帰ってきた。「それで、さきほど放った矢は、当たらなかったのか」というと、「さよう。雁にははずれて、塩鯛に当たりました」といった。

〈語注〉

舅のかたへ　妻の父のところに。婿の義理の父。**新しき鳫を棚に**　「新しき鳫」は捕獲したばかりの鳫。「鳫」は雁《がん》の異体字。カモ目カモ科の水鳥の総称。大きさはカモより大きく白鳥より小さい。「棚」は品を並べる棚。**矢をとをしもたせ行**　「とをし」は弓で射落としたように矢を突きさす。「もたせ」は召し使いに持たせ。**我等の道にて仕たる**　「我等」は婿と召し使いの二人。「道」は歩いてきた道。「仕たる」は仕とめた。**一族皆よせて**　「一族皆」は一族郎党。一家一族。家族を含めた親族一同であろう。**かつにのり**　勝つに乗り。調子に乗る。勝った勢いで何かをすること。**家の子**　婿の召し使い。「彼内の者」も同じ。**塩鯛**　塩漬けの鯛。腐らせないために塩漬けにする。**はづれて塩鯛にあたりまいらせたと**　「はづれて」は矢に当たらないで。買いそびれた、買いそこねたの「外れ」を掛ける。「あたりまいらせた」は矢が当たった。「仕とめた」を掛ける。底本の文末に「。」なし。

【鑑賞】　家の子　「もう一度、仕とめて持ってまいりましょう」と舅にいった婿は、雁を買った店で、ふたたび雁を買うようにと打ち合わせをしたが、召し使いは雁を手に入れることができなかった。そして塩鯛に矢を通したのを持ち帰ってくる。婿は召し使いと十分な打ち合わせをし、理解させたはずだが、召し使いは矢を通したものなら、何でもいいと思った。婿を自慢した舅は面目丸潰れである。

206　両の手《て》にわをなし。一尺《しやく》ばかりのまはりなるまねをし。これ程な大栗《く(ぐ)り》をみたといふ。そばからまつとへらせ〱《(へらせ)》といへば。ひたものちひさくしけるが。あげくにそのやうにちい《(ひ)》さうせば。いがで手をつかふ《(う)》物をと申ける

長《なが》からん角豆《さゝ(さ)げ》のはなはみじかくて
みじかき栗《くり》のはなのながさよ　(716)

〈現代語訳〉　両手を広げて輪をつくり、一尺ばかりの輪の大きさを象《かたど》って、「これぐらいの大栗をみた」という。傍の者が、「もう少し輪を小さくしろ、小さくしろ」というので、やたらに小さくしたが、とうとう、「そのように小さくしたら、いがで手を突っついてしま

う」といった。

長からん角豆のはなはみじかくて
　みじかき栗のはなのながさよ

（角豆の実をつつむ皮が長いから花も長いとおもうと短くて、短いとおもう栗の花は長いよ）

〈語注〉
両の手にわをなし　両手で丸い輪をつくる。　**一尺ばかりのまはりなる**　「一尺」は約三十センチ。　**まねをし**　手で同じような形を表現する。　**まつと**　もっと。「まちと」の転。　**あげくに**　挙句、揚句。結局。　**いがで手をつかふ物をと申ける**　「いが」は毬。栗を包む棘《とげ》のある外皮。実の表皮が変形したものという。「つかふ」は突っつく。底本の文末に「。」なし。　**角豆のはな**　「角豆」は大角豆、豇豆とも書く。マメ科の一年草で、葉は三枚の小葉からなる複葉である。夏に蝶形で淡紫色の花が咲く。莢《さや》は細長く弓なりに曲がる。種子や若い莢は食用とする。ここでは大きなことを言う者は内容がない譬えとしてあげる。

【鑑賞】　**大きな栗**　嘘をつく場合でも、見え見えの嘘というのがある。いわゆる最初からばれる嘘である。嘘をつくことは、一概に悪いとはいえない。嘘が必要なときもあるが、嘘ばかりいう虚言癖では困る。栗は毬《いが》で手や指などを刺すから、栗の大きさはかかわりない。

207　七字《じ》の口傳山門《くでんさんもん》には。あるにまかせよ。三井寺《みい(ゐ)て(で)ら》にはあるべきやうに。安《あ》居院《く(ぐ)ゐん》には。身の程をしれ。いづれも同し《(じ)》心なり
東坡《とうば》が三養《さんやう》
　安レ分《やすんずればぶんを》以養レ福《やしなふふくを》
　緩レ胃以《ゆるふ(う)してい(ゐ)をもつて》養レ氣《なふきを》
　省レ費《かへりみればつい(ひ)えを》　以養レ財《ざいを》（719）

〈現代語訳〉　七字の口伝を山門には、「ありのままにまかせよ」とあり、三井寺では、「ありのままにいよう」とあり、安居院では、「わきまえを知れ」とある。どれも同じ心をいっている。

蘇《そ》東坡の「三養」に、
「身分が安定すると福を養う」
「胃を休めると気を養う」
「無駄遣いを反省すると財を養う」

とある。

〈語注〉

七字の口傳 「七字の大事」ともいう。奥義を七字で説いたもの。 **山門** 比叡山延暦寺のこと。山号比叡山。叡山ともいう。 **三井寺** 園城寺の通称。山号長等《ながら》山。 **安居院** 「安居院」は山城国愛宕《おたぎ》郡にあった寺。鎌倉時代の比叡山の僧聖覚《しょうかく》の里坊。一説に比叡山東塔竹林院の里坊。あぐゐ。

同し心なり 底本の文末に「。」なし。 **東坡が三養** 「東坡」は北宋の詩人。蘇軾《そしょく》。蘇東坡。一〇三六〜一一〇一。「三養」は福、気、財を養うこと。底本は文末に「。」なし。 **安分以養福** 「分」は身分。現在の立場。「安」は安定。 **緩胃以養気** 「緩」は胃を休める。暴飲暴食をしない。岩波文庫本には「緩胃」は「寛胃」が正しいとある。 **省費以養財** 「費」は無駄遣い。「省」は反省。

【鑑賞】 **一条の笑話** この笑話を底本は一話とする。岩波文庫本は、南葵文庫本(718)の付属文とする。だが岩波文庫本の底本とする静嘉堂文庫本は、「七字の口伝」の上に「一」とあり、付属文ではない。その他の写本、版本のすべてはこれを一話としている。

醒睡笑巻之七目録

醒睡笑巻之七

思《おもひ》の色《いろ》を外《ほか》にいふ

208 一村《むら》の庄屋《しやうや》たる者《もの》。餘郷《よご(が)う》に聟《むこ》あり。かしこに惣領《そうりやう》をまうけたる祝言《しうげん》とて一在所《さ(ざ)いしよ》みなゆく。その中《なか》に若輩《じやくはい》あり。上座よりいたす多少《た(だ)せう》を見合《みあはせ》。我《われ》も時宜《じぎ》をせんと思ひ。うちより代二百つなひて《(い)(で)》。懐《くは(わ)い》中せしが。百はすくなし二百はおほしと思案《しあん》するまに。はや手前《てまへ》へきそひたれば。礼式《れいしき》を手《て》にもちいだしさ《(ざ)》まに。目出《めて(で)》たうとはいはず。御太儀《たいぎ》で御座れどもと　(726)

〈現代語訳〉ある村の庄屋には他村に住む娘婿がいる。そこに長男が生まれた祝いに、村中の者たちが呼ばれ、みな出掛けることになった。その中に勝手のわからない若者がいた。上座の者から出す祝儀の金額の多寡を見ながら、わしも順が来たら祝いの言葉をいおうと思った。家から持参した二百文の銭緡《ぜにさし》を懐に入れ、その金額が百文では少ない、二百文では多いと考えているうちに、とうとう順が回ってきたので、祝儀を手に持って、出そうとするときに、「お目出とう」とはいわないで、「やっかいなことでございますが」といってしまった。

〈語注〉

思の色を外にいふ　心の中で思っていることが、つい口に出てしまい、そのことから起こる笑い。**餘郷**　庄屋の娘が嫁いだ村。　**かしこ**　彼処。婿の住むところ。「ここ」の対。　**惣領**　惣領息子。長男。最初の子の誕生を村で祝う慣習があった。　**若輩あり**　祝いの仕来りも祝儀の金額も知らない未熟な若者。　**上座よりいたす多少を見合**　「上座」は主人の近くに座る年配者、または村でも古い家の者。「見合」は人の行動をじっとみる。　**代二百つなひて**　「代」はお金。「つなひて」は緡《さし》に銭を繋ぐこと。緡は穴あき銭を通す紐。緡一本で百文。ここは二百文を懐に入れてきた。　**手前へきそひたれば**　「手前」は自分のところに。「きそひ」は順がやってくる。　**礼式**　祝儀の金。　**御太儀で御座れどもと**　「御太儀」は底本ママ。「御大儀」が正しい。金額を考えるのが面倒だと思っていたので、「やっかいなことで」といってしまう。底本の文末に「。」なし。

【鑑賞】　**思の色を外にいふ**　いうべきこととは異なることを口にしてしまうことがある。それは別のことを考えているので、その考えていることが口に出てしまうのである。そのときに間違った言葉をいってしまうと笑われる。また言葉を勘違いして覚えたために、それをいって笑われることもある。思っていることをついいってしまうのが、「思の色を外にいふ」である。失言による笑いが多くみられるが、その失言は本音でもある。建前をいっておけばよかったのに、つい本音が口から出てしまった。諺の「口は災いのもと」を実践してしまった人たちが登場する。

惣領息子　孫は跡取り息子であるから、たいへん喜ばしいことである。一歳になれば丸い形の一升餅を背中に負わせて歩かせ、どんな重みにも耐える子になるようにと願う。五月の端午節句には武者人形を飾り、鯉のぼりを立てて子の成長と立身出世を願った。笑話のように、誕生を村中が祝う土地もあったのであろう。

209　惣領《そうりやう》の廿にあまれと《(ど)》。終《つゐ(ひ)》によめをむかふる噂《うはさ》もなき。ある年《とし》のくれに。親たる者。かのお《(を)》ち《(ぢ)》をよびて正月の小《こ》袖《そて(で)》去年《こそ(ぞ)》のもきにあはずしてきぬといふ。ことしのをば。よくぬしにこのませ染《そめ》。小《こ》袖《そて(で)》の紋《もん》に。なにをつけんと。とはせければ。返事をするやう。たゝ《(た)》造作《ざうさ》もなく家《いゑ(へ)》の端《はし》に。ひとりねする所を。つけたらよからふ《(う)》　(727)

〈**現代語訳**〉　惣領息子が二十歳を過ぎた年齢になったが、いまもって嫁を迎えるという噂もない。ある年の暮れに親が、この息子を呼んで、「去年の正月のために誂えた小袖も、気にあわないので着ないといったが、今年はしっかりとおまえの好きな色を選ばせて染める。小袖にはどんな紋をつけようか」と尋ねられると、息子が返事するには、「何も手間をかけずに、家の隅に独り寝できる場所をつくってくれたらいいだろう」といった。

〈語注〉

惣領の廿にあまれ　「惣領」は長男。「廿にあまれ」は二十歳を過ぎている。**おち**　小父。未婚の老年男子。息子をいう。**ぬしにこのませ染小袖の紋に**　「このませ染」は柄や色の好みに染める。「小袖の紋に」は染めた小袖につける紋。「紋」は紋所。**なにを**　家紋ではなく遊び紋。**ひとりねする所をつけたらよからふ**　「ひとりねする所」は大人扱いをしてくれて自分一人がいられる場所。「つけたら」は紋を「つけたら」と、寝る場所を「つくったら」を掛ける。底本の文末に「。」なし。

【鑑賞】　連鎖する笑話　底本208につづいて「惣領」を登場させる。類似した笑話をつづけて並べるのは、笑話本をつくる手法の一つである。底本208の惣領の祝いで失態した若輩と、二十歳を過ぎた惣領の失態を並べることで、連鎖による創作がわかる。ここでは嫁を迎え入れることもない息子という設定である。すでに底本101にも二十歳になる、まだならないという娘の笑話があった。ともに二十歳の大人扱い、子ども扱いが笑話になるのである。ここでは面倒臭がりの性格の惣領息子である。これは親の過保護によるものであろうか。

このませ染。小袖　「このませ染。小袖の紋に。」の句点に従い、ここは「染め」で切るのがふさわしい。写本、大本版は「このませ染小袖」とある。岩波文庫本も「染小袖」を一つの語とみている。染小袖は、「専ら重陽（九月九日菊の節句）に用ひて九日小袖ともいひ「そめつけ」小袖は藍にて染めたる小紋の小袖にて八朔に用ひし女服」という（『染織辞典』）。夏から秋に着る「染小袖」を、笑話のように正月の小袖として着るというと時期が合わなくなる。また藍染めであるものを別色に「このませ」て染めるというのも矛盾してくる。底本のように「このませ染」と「小袖」は切って読むのが正しいであろう。

210　當宗《たうしう》の寺《てら》へ。旦那《だんな》のもとより。此者を目しろにして。庫裏《くり》に置《を(お)き》つかはれ候へと。年《とし》五十計《ばかり》なる男《お(を)とこ》をあてがへり。理知義《りちぎ》に重寶《て(ちよ)うほう》なるが。朝暮《てうほ(ぼ)》高聲《かうじ(し)やう》に念佛《ねんぶつ》す。坊主《ばうず》うき事におもひ。教化《けうけ》すれども更《さら》に同心《どうしん》せず。しいてい《(ひ)》ふ汝《なんち(ぢ)》経《きやう》をいたゝ《(だ)》きたらば。信心《しん〴〵(じん)》ふかき者と披露《ひろう》し。給分《きう(ふ)ぶん》の外《ほか》に合力《かう(ふ)りよく》をえさせんとすゝ《(す)》むる時。あらかじめ領掌《りやうじやう》しけり。かくて十月十三日御影供《みえいく》に。諸旦那《しよた(だ)んな》みなあつまりぬる座敷へ。かれをよび出し。件《くだん》の趣《おもむき》を廣《ひろ》め受法《じゆほう(ふ)》さするに。彼男《かのお(を)とこ》其事也。いろ〳〵《(いろ)》いやといへと《(ど)》も。種々《しゆ〳〵(じゆ)》教訓《くん》の条《でう》。経を戴《いたゝ(だ)き》て候さりなか《(が)》ら。いたゝ《(だ)》きたる経を。へちまともおもふにこそと。

ありがたいといふ《(う)》ておらゐ《(を)》て《(い)(で)》。じやうのこわ《(は)》さは。どちもまけまい　(730)

〈現代語訳〉　日蓮宗の寺へ、檀家から、「この者をわたしの代理として、寺の台所に置いてお使い下され」と、五十歳ほどの男をよこした。律儀で役に立つ男だが、朝から晩まで、とても大きな声で、「南無阿弥陀仏」を唱える。坊主は不愉快に思い、題目を唱えるように指導するが、いっこうに同意しない。言葉を強くして、「そなたが法華経をいただくならば、信心深い者として、みなに披露し、給金とは別に余分の金をあげよう」と誘う。その約束を果たすならばと了承した。さて十月十三日の御影供に多くの檀家があつまる座敷へその男を呼び出し、法華宗徒になったことを披露し、受法の儀をすると、その男は、「そのことである。いろいろ嫌だといったのだが、さまざまな教えを受けて、経をいただきました。しかしいただいた経を唱えたところで、何の役にも立たない」といった。

ありがたいとも思わないで、情の強さはどちらも折れない。

〈語注〉

當宗の寺　日蓮宗の寺。当宗は法華宗。「南無妙法蓮華経」の題目を唱える。**目しろ**　目代。代理。「もくだい」ともいう。**庫裏**　寺院の台所。庫院《くいん》ともいう。**理知義に重寶なるが朝暮高聲に念佛す**　「理知義」は律儀。礼儀正しい。「重寶なる」は役に立つ便利な人物。「朝暮」は朝晩。一日中。「念佛」は「南無阿弥陀仏」。浄土宗、浄土真宗。**坊主**　使用人を預かった住職。**教化**　教導。題目を唱える指導。**汝経を**　「経」は南無妙法蓮華経。法華経。**合力**　余分の金。給金に上乗せされる金。**あらかじめ領掌しけり**　「あらかじめ」は予め。前もって。「領掌」は承知。ここは給金とは別の金をもらう約束をした。**十月十三日**　日蓮上人の忌日。**御影供**　日蓮宗で行う法会。十月十二日から十三日にかけて、信者は万灯を振り、太鼓を叩いて題目を唱える。おめいく、御命講《おめいこう》ともいう。**件の趣を廣め受法さするに**　「件の趣」は宗徒になった経緯。「廣め」は披露目。「受法」は師より法語を指導すること。**へちまともおもふ**　何の役にも立たず、つまらないものと思う。ありがたくもなんともない。**ありがたいといふておらゐて**　評語。写本は小文字。「おらゐて」の「おら」は「をら」。いる。思う。「ゐて」は「いで」。〜ないで。〜ずに。事実を打消して下につづける。**じやうのこわさはどちもまけまい**　「じやう」は強情。「こわさ」は強さ。「どちも」は浄土宗徒も法華宗徒も。「まけまい」は折れない。底本の文末に「。」なし。

【鑑賞】　**ありがたいといふておらゐて**　策伝は評語で、「ありがたいとも思わないで」という。これは法華経をいただいたのだから、感謝の気持ちは素直にもってほしいものである、その気持ちがないようでは、信仰する人としての心がないというのであろう。『醒睡笑』以後の笑話集にも、「じやうのこわさはどちもまけまい」という浄土宗徒と法華宗徒の言い合い、喧嘩などをみる。『当世はなしの本』（貞享ごろ。一六八四〜八八）13に、「法花寺浄土寺と犬をかふて口論する事」、『はなし大全』（貞享四年。一六八七）上巻・16に、「浄土法花の建立くらべ」、『軽口御前男』（元禄十六年。一七〇三）巻四・2に、「言ひがかりの法問」などがある。

211　雑《ざう(ふ)》談《た(だ)ん》に心《こゝ(こ)ろ》の奥《をく》のみゆるかな。言《こと》の葉《は》ごとに。氣をつかふへ《(べ)》し。ともあれは《(ば)》。なにはにつけ。常《つね》の心をいふなる事。このおもて八句にて。工夫《くふう》あるへ《(べ)》し（734）

しとやみやけらこか《(が)》嶽《た(だ)け》の木々《きゝ(ぎ)》の露《つゆ》　濟家《さいか》
いかなるかこれ秋の夜の月　曹洞《そ(さ)うと(ど)う》
行《ゆき》つくす江南《こ(か)うなん》数《す(ず)》日《じつ》かりなきて　儒者《し(じ)ゆしや》
西《にし》よりきたる風のすゞしさ　浄土《じやうと(ど)》
そこにこそくせもの仏《ぶつ》はある物を　當宗《たうしう》
何なまふ《(う)》だとなへざるらん　時宗《じしう》
金剛界胎藏界《こんがうかいたいざうかい》のはるのはな　真言《しんごん》
諸法實相《しよほうじつさう》へだてあらじな　天台《てんた(だ)い》

〈現代語訳〉「雑談をしていると人の心の奥がみえてくるよ。言葉をいうたびに気をつけなくてはならない」ともいうから、どんなときも平常の心でいることである。つぎの表八句で考えるのがよい。

しとやみやけらこか嶽の木々の露　濟家
（しとやみやけらこが嶽にある木々の露）
いかなるかこれ秋の夜の月　曹洞
（どうなるのであろうか、この秋の夜の月は）
行つくす江南数日かりなきて　儒者
（行きついた江南の数日、雁が鳴き）
西よりきたる風のすゞしさ　浄土
（西から吹いてくる風は涼しい）
そこにこそくせもの仏はある物を　當宗
（そういうところに奇特な仏はあるものだと）
何なまふだとなへざるらん　時宗
（なぜ南無阿弥陀仏と唱えないのだろう）
金剛界胎藏界のはるのはな　真言
（金剛界と胎蔵界の桜は）
諸法實相へだてあらじな　天台

（諸法実相の隔てがなく見事に咲くことだなあ）

〈語注〉

雑談に心の奥のみゆるかな　「雑談」はとりとめのない話。写本と内閣文庫本は一話とするが、岩波文庫本は(733)の付属文とする。**このおもて八句**　「おもて」は懐紙第一紙の表。ここに八句を記す。発句、脇、第三、第四と続ける。**工夫あるへし**　底本の文末に「。」なし。**しとやみや**　不詳。「しと」は「じど(自度)」のことか。自分勝手に僧になることか。「やみや」は不詳。「闇や」か。**けらこか嶽**　不詳。嶽の古字は岳。**濟家**　臨済宗。「さいけ」ともいう。禅宗の一派。黄竜派の法を受けた栄西が広めた。**曹洞**　禅宗の一派。道元が入宋して伝えた。現在の福井県の永平寺と神奈川県の総持寺が大本山。**江南数日かりなきて**　「江南」は中国の揚子江下流の南の地域。江は揚子江のこと。「かり」は雁。**儒者**　儒学を修めた人。儒学者。**浄土**　浄土宗と浄土真宗。浄土宗は法然上人源空が宗祖。京都の知恩院が総本山。浄土真宗は法然の弟子の親鸞が開祖。真宗。門徒宗。一向宗。**くせもの**　奇特な。**當宗**　日蓮宗。法華宗。底本210の冒頭に「當宗の寺へ」、写本の(733)に「みな当宗なり」、(737)の冒頭に「当宗のだんな」などをみる。**なまふだ**　南無阿弥陀仏。**時宗**　一遍智真が開祖。遊行宗。臨命終時宗。時衆とも記す。現在の神奈川県藤沢市の清浄光寺が総本山。**金剛界胎藏界**　「金剛界」は密教ですべての煩悩《ぼんのう》を打ち破る、強固な力を持つ大日如来の智徳の面を表した部門。「胎藏界」は密教で大日如来の理（真理）の面をいう。**真言**　空海が開祖。真言陀羅尼《だらに》宗。東密。**諸法實相**　あらゆる事物、現象がそのまま真実の姿であること。**天台**　智顗《ちぎ》が天台山にこもって大成。日本に唐僧鑑真《がんじん》が伝え、最澄が比叡山に延暦寺を建てて開宗。

【鑑賞】 **歌か一文か**　写本は冒頭の「雑談に心の奥のみゆるかな。言の葉ごとに気をつかふべし」を狂歌としている。「ともあれは」は、（733）の文末にある狂歌「たつね入人はさま〱かはれとも同し桜を見よし野のおく　にてあるものを」の他に、「雑談に云々」の狂歌を受ける。内閣文庫本、静嘉堂文庫本には「一」がないが、南葵文庫本は「雑談に云々」の頭に「一」とあり、一条の笑話とする。だが南葵文庫本の（733）の前半部を「にてあるものを」で終えるのは不自然である。その前半部をみると、

江州安土に、薄打《はくうち》十人計、みな当宗なり、いひあはせ、与兵衛といふなかの使を一人か〻へけり、これは浄土宗なり、とても奉公せむとおもは〻、日蓮の教門に入やと、頻にす〻むれども合点せず、有時十人の中より、金子一枚、与兵衛につかはし、手前ならすはかさねても合力せんずる、ぜひ受法せよかしと、与兵衛力をよはす、大乗妙典《めうでん》を頂戴せり、をの〱悦ひ、次てに女房をも宗旨になせやとす〻めの時、彼与兵衛申つる事のおかしさよ、私こそ貧宝故《びんぼうゆへ》地獄におち候とも、せめて女ともをは、たすけたう御さあると、

たつね入人はさま〱かはれとも　同し桜を見よし野のおく
にてあるものを

とある。この終わり方は、内閣文庫本は「にてあるものを」。静嘉堂文庫本も「にて有者

を」とある。自分は宗旨を変えて地獄に行ってもいいが、女房は助けたいという文末につく狂歌をあげて、「にてあるものを」と記す。策伝は、後半部の「しとやみやけらこか嶽の木々の露」以下の言葉のおもしろさをあげたいので、この「雑談に心の奥のみゆるかな言の葉ごとに気をつかふへし」の狂歌から始める別の笑話としたのであろう。

雑談　雑談は「ざつだん」とは読まない。『日葡辞書』に「ザウタン（雑談）」とあり、「（雑談する）さまざまな事を語る」とある。また「ハナシ（話・咄）うちとけた雑談」とあり、語ること話すことが雑談となる。『天正十七年本節用集』（一五八九）には「咄《ハナス》雑談」とある。咄、噺を佐竹昭広は、「肩のこらない雑談」「くつろいだおしゃべり」「おもしろく、珍しくなければならなかった」「耳あたらしく新鮮であることをもって生命とした」と述べる（『古語雑談』）。

212　所《ところ》の地頭《ち(ぢ)とう》と。中のよき坊主あり。ふるまひによは《(ば)》れ。種々食物《しよくもつ》の咄《はなし》ありしに。海月《くらげ》といふものは。精進《しやうじん》めきたる物なり。さるほどに出家《しゆつけ》にもまい《(ゐ)》らせたや。殿にいふ《(う)》て是をば。ゆるしにせんなと《(ど)》かたる。年たけたる弟子《でし》きいて。とのへおほせあげらるゝ《(る)》つゐ《(い)》でに。生鯛《なまた(だ)い(ひ)》の事をも。頼入《たのみいる》と申たり（735）

〈現代語訳〉 ある場所の小領主と仲のいい僧がいた。馳走に呼ばれて、いろいろと食物の話をしたおり、小領主が、「海月というものは、精進料理らしくみえる食べ物であるから、出家にもさしあげたいねえ。殿に申し上げて、海月を食べることを許していただこう」などと語る。それを僧の年長の弟子が聞いて、「殿へ申し上げられる折には、生鯛の許しをもお頼み下され」といった。

〈語注〉

地頭 知行地を給与された小領主。 **海月** 腔腸《こうちょう》動物。体は寒天質。傘のような形を伸縮させて泳ぐ。傘の中に消化循環系、生殖腺があるが骨はない。傘の周縁にある触手の刺胞《しほう》に強い毒がある。水母とも書く。 **まいらせたや** 食べさせてあげたい。 **年たけたる** 年長けたる。年長の弟子。 **生鯛の事をも頼入と申たり** 「生鯛」は生臭いから精進物にはならない。魚肉を用いず野菜、海藻類を用いるのが精進料理である。「頼入」は許可のついでに頼みたい。底本の文末に「。」なし。

【鑑賞】 **生もの** 海月が精進料理に見えるというのは、他の海の幸の魚とは異なる形をしているからであろう。また僧の弟子が「生鯛」の許可も得たいといっては、いつも生鯛を食しているこことがばれる。僧が生ものを食することは許されていない。精進料理では野菜、豆類など植物性の食材をあく抜きして水煮した調理法をとる。加工して長期保存できる目的から高野豆腐、豆乳、醤油、味噌、湯葉、油揚げ、納豆などが用いられた。また蒟蒻《こんにゃく》で烏賊《いか》や海老をつくり、椎茸などの茸で鮑《あわび》の吸い物に似せる擬《もど》きもみられる。

213　老《らう》人あり我《わ》か《(が)》年をかくして。いくつとゝへどつゐ《(ひ)》にいはず。ある時子《ね》の年《としの》人は。果報《くは(わ)ほう》があると。いくたりもゆびをお《(を)》りつゝ《(つ)》。そなたはなにのとしぞと。仕合《しあはせ》よき人数《にんし(じ)ゆ》に。入るか《(が)》うれしくや侍《はんべ》りけん。われも子のとしとかたるにそ《(ぞ)》。則《すなはち》くりてみ。其年をいくつとさす。彼《かの》人だまされ。やすからす《(ず)》思ひゐけり。又他席《たせき》になにの年ととふ時。狼《おふ(ほ)かめ》のとしとこたへけり　(739)

〈現代語訳〉　ある老人がいた。自分の年を隠し、人から「何歳か」と尋ねても、決していおうとしない。あるとき、「子年の人は幸せになる」といって、何度も指を折りながら数え、老人に、「そちは何の年の生まれだ」と聞くと、幸せある人数に加わるのがうれしいと思ったのだろうか。「わしも子の年である」といった。聞いた男は、すぐに指を折って数え、その年齢を何歳と当てる。老人は騙《だま》されたので平然ではいられない思いであった。また他の集まりの席でも老人に、「何の年」と尋ねる。そのとき、「狼の年」とこたえたとのことである。

〈語注〉

我か年をかくして 老人扱いされたくないので年齢を隠す。**子の年人は果報がある** 底本は「年」の振り仮名「としの」は底本ママ。「子」は十二支の第一。年、日、時、方角のすべてのはじまり。「果報」はいいこと。幸運。善の報い。**いくたり** 何度も。いくたび。写本もすべて「いくたり」。「いくたび」と同じ意としてつかわれていたとみられる。**ゆびをおりつゝ** 果報を得る子年は何歳と何歳であると、目の前で指を折って数える。**狼のとしとこたへけり** 底本の文末に「。」なし。

【鑑賞】 **十二支を知る** 年齢を隠すのは老人扱いされたくないからであり、また十二支で人の性格や行動を読まれるからでもある。子年は怒りやすく短気で、人の言葉に乗りやすい正直者で、無口、警戒心が強く、頑固者という。笑話でも騙されやすい、正直者という人物設定となっている。「子年の人には果報がある」というのは、そのような俗信でもあったのであろうか。他の十二支には、どんな俗信があったのか、興味が湧く。

214
せゝ《(せ)》り作事《さくじ》をする時。亭主大工《く》と物語《ものか(が)たり》する次《つい(で)》て大工のいへる。御亭はいくつに候や。四十八になるとあれば。大工のいふもはや二つこそたらね。五十までよとおちつけたり。亭大に腹立《ふくりう(ふ)》し。遺恨《い(ゐ)こん》に思ひゐけるか《(が)》。作料《さくりや(れ)う》をわたす時。米五斗《と》つかはすべきといひしを。四斗《と》八升《しや(よ)う》やりぬ。是《これ》は貳升たらぬとあらためけるに。いや四十八になるとしも。五十になれば。四斗八升も。五斗にしてすませといへり　(744)

〈現代語訳〉　わずかな修繕作業をするとき、亭主と大工とが話をする。その話のついでに、大工は、「亭主はいくつでございますか」という。「四十八になる」というと、大工は、「人間は五十からだよ。もうすでに二歳足らない」と二歳不足であることを非難した。亭主はとても腹を立てて根に持ったが、その後、手間賃を払うとき、米五斗渡すといったのを四斗八升だけ渡した。大工は、「これは二升たらない」と量り直した。すると亭主は、「いや四十八の歳も五十に近い歳だから、二升の不足など考えずに四斗八升も五斗と同じだと思え」といった。

〈語注〉
せゝり　拼り。いじること。わずかな修繕。月日が経つと木造家屋は朽ちるので、軒先や縁側などを修繕する。**物語する次て**「物語する」は休憩時間や作業中に雑談をする。「次て」は「次てに」の「に」が脱か。**もはや二つこそたらね**　五十歳にもうすでに二歳足りない。**遺恨に思ひゐける**　恨みに思う。心に遺恨をいだく。根に持つ。**作料**　修繕費用。賃金。米五斗を支払うと約束する。**あらためける**　調べた。ここは量り直した。**五斗にしてすませといへり**「すませ」は済ませ。了承せよ。底本の文末に「。」なし。

【鑑賞】　**もはや二つこそたらね**　亭主は、立派な人物は五十歳からであるといいながら、四十八歳では二歳不足しているので、まだ一人前ではないと非難し、つぎは賃金を払う段になって、二升の不足を四斗八升も五斗も同じだという。亭主のいいかげんな解釈に大工はさんざんな目にあう。

いひ損《そ(ぞ)ん》はなを《(ほ)》らぬ

215　松永霜臺《まつながさうた(だ)い》和州信貴《わしうしき(ぎ)》の城《しろ》におはせし時は。菓子《くわし》をすへ《(ゑ)》て出すに。染《そめ》付にても。南蠻《なんばん》ものにてもあれ。一廉《かと(ど)》の鉢《はち》なけれは《(ば)》。座敷《さ(ざ)しき》の興《け(きよ)う》すくなしと。もてはやすことあり。名ある侍のもとに。霜臺を請用《しやうよう》し。めづらしきはちを出せり。大に感《かん》じほめられけるが。なかば相伴《しやうは(ば)ん》の人。今日《けふ》の振舞《ふるまひ》は。たゝ《(だ)》亭主の鉢ひ《(び)》らきにて候と申けるを。何と哉《(や)》らん言葉のえんあしゝといふに。肝《きも》をつぶし。されは《(ば)》これの。鉢をおひらきあるて《(で)》候と　(745)

〈現代語訳〉　松永霜台が大和国信貴山《しぎさん》の城にいらっしゃったときは、「菓子を出すにも、染付でも南蛮物でも、すぐれた鉢でないと、座敷での接待の楽しみが少ない」といって、多くの人を歓待した。あるとき、名だたる侍が霜台を招いて、珍しい鉢をお出しになった。霜台は、たいへんいい鉢と思って褒められた。宴のなかばに、相伴の者が、「今日のご馳走は、まさに亭主の鉢開きでございます」と申したのを、霜台が、「何といおうか、言葉がふさわしくない」といわれたのに、相伴の者はとても驚き、「それでは、この鉢を片付けることにいたします」といった。

〈語注〉

いひ損はなをらぬ　失言をいい繕おうとして、さらにいい損なって失敗の上乗せをいう。目録題には「盤」に「は」の振り仮名がある。「盤」は波、者、八とともに「は」の仮名の元字。**松永霜臺**　松永久秀。道意、霜台ともいう。通称は松永弾正。戦国・織豊時代の武将。一五一〇～七七。**和州信貴の城に**　「和州」は国名。大和国。現在の奈良県。「信貴の城」は信貴山城。現在の生駒郡平《へ》群町《ぐりちょう》信貴山にあった。松永久秀の居城。**染付にても南蠻もの**　「染付」は絵や模様のある陶磁器の鉢。「南蠻もの」は南蛮渡来のもの。**相伴の人**　招待者の接待をする者。**亭主の鉢ひらきにて候**　「亭主の」はわざわざ亭主が霜台殿のために用意した品物をいう。「鉢ひらき」は鉢開き。鉢の初披露。鉢開きは門口に立って物を乞う托鉢僧の「鉢開き坊主」に通じるので、いい言葉とは思われない。**あしし**　悪しし。よくない。**おひらきあるて候と**　「おひらき」は終わること。鉢を下げること。底本の文末に「。」なし。

【鑑賞】　**いひ損はなをらぬ**　「いひ損」とは失言をいい繕うと、さらに悪化する事態になる。「いひ損」をする人は、失言癖をもち、つい口に出すと訂正もできないまま、悪い方向に向かってしまい、終始がつかないことになる。大本版には「損」に「そんし」の振り仮名がある。「そんじ」はし損なう、しあやまるの意である。

鉢ひらき　披露することの「ひらき」が物乞いの鉢坊主の鉢開きともきこえるので、「言葉のえんあしし」といった。鉢開きは、はっち坊主、鉢鉢ともいい、家々を回っては門口で経を唱えて米銭を乞う。相伴の者は「ひらき」に「お」をつけて「鉢をおひらき」といい直したが、すでに披露したものをしまうというのでは、なおさら失礼となる。

216　惣別茄子《そうべつなすび》のかるゝ《(る)》をば。百姓みなまふと云なり。和泉《いつ(づ)み》にての事なるに。みちのほとりに茄子をうふる《(う)》ものあり。へたらしき舞々《まい(ひ)〳〵(まい)》とをりあは《(ほ)》せみれば。大なる土工李《とくり》に盃《さかづき》をそへてあり。ちと是をなんのぞみにやおもひけん。畠《はたけ》へ立《たち》より。とかくさらば一ふしまはんといふ。百姓かどいて《(で)》あししと。大に腹立《ふくりう(ふ)》しけれど。とかくいひより酒《さけ》をのみのませけるが。立てゆきさ《(ざ)》まに。さきの腹立は。たがひにねもはもおりないと。はなぬりをした　(746)

〈現代語訳〉　一般に茄子の枯れるのを、百姓はみな、「まう」という。和泉国でのことである。道の傍の畑で茄子を植えている百姓がいる。そこへ見るからに下手らしい舞々が通りかかった。百姓の持ち物に、大きな徳利と盃が見えたので、少し酒を飲みたいと思ったのだろう、畠へ立ち寄って、「ところで、一曲、舞いましょう」といった。百姓は仕事はじめに縁起の悪いことを、とたいへん腹を立てたが、舞々はなんだかんだいっては近づき、酒を飲みかわすこととなった。舞々は帰りぎわに、「さきほどのお腹立ちは、お互いに根も葉もないことです」といって、さらに失態を重ねた。

〈語注〉

茄子 葉は大きな楕円形。夏から秋、紫色の花を開く。 **和泉** 国名。泉州ともいう。現在の大阪府南部。 **うふる** 植ふる。茄子の種を植えている。 **へたらしき舞々** 「へたらしき」は下手のようだ。いかにも舞うことが未熟、拙劣のようだ。みすぼらしい衣装からか、または歩き方から下手とわかったか。「舞々」は幸若舞の舞い手。 **土工李** とくり。徳利。酒を入れる容器。 **かどいてあしし** 「かどいて」は門出で。仕事はじめ、植えはじめ。「あしゝ」は茄子が枯れる忌み言葉の「まふ」と「まふ（舞う）」が重なって縁起が悪い。舞々の登場だけでもよくない。 **とかくいひより** まあまあと機嫌をとるために近づく。 **ねもはもおりない** 諺。茄子の根も葉もつかないは忌み言葉。 **はなぬりをした** 評語。写本は小文字。「はなぬり」は漆塗りの一つで、木地の接目、節などに紙を貼った上を、糊でかためて漆を塗る。底本の文末に「。」なし。

【鑑賞】 **舞々** 巻七には舞々の登場する「舞」がある。写本の（834〜855）、底本246〜252があり、幸若舞の笑話を二十二話も収めている。曲舞《くせまい》の衰退によって地方で演じられたのが舞々である。舞々を舞う者を舞大夫《まいだいふ》ともいう。写本の巻七「いひ損はなをらぬ」（755）には、「越中には舞々に瀾座《おほなみざ》漣座《こなみざ》とて二方あり」と越中国に舞々の一座が存在したことを記す。その他、各国にもみられ、越前国には幸若舞のはじまりとなる幸若太夫、近江国には小南太夫、舞々国一太夫、舞々鶴松太夫、加賀国には舞々三郎太夫、舞々武右衛門、能登国には舞々伊藤、三河国には舞々勘太夫、舞々與三、相模国には舞々鶴若太夫などがいた。

217　移徒《わたまし》の連哥《れんが》に

春《はる》の日は軒端《のきば》につきてまはるらん

といふ句を出せり。宗匠《そうせ(しや)う》けせ〳〵《(けせ)》といはるゝ《(る)》。執筆墨《しゆひつすみ》がくろふ《(う)》て。けされぬといふ時。右《みき(ぎ)》の作者何《さくしやなに》とやうにもけせ。またつけうほどに　(751)

〈現代語訳〉 引っ越し祝いの連歌に、

春の日は軒端につきてまはるらん

（新しい軒の端にも春の日がついてまわるだろう）

という句を出した。宗匠が、「消せ、消せ」といわれる。すると執筆が、「墨が黒くて消せません」という。そのとき右の連歌の作者が、「どうでもいいから消してくれ。ふたたび句を付けるつもりだから」といった。

〈語注〉

移徒の連哥に　「移徒」は引っ越し。「連哥」は引っ越し祝いに詠まれた連歌の会、祈禱連歌で詠まれた句に。底本の文末に「。」なし。**春の日は軒端につきてまはるらん**　「春の日」はようやく陽気が暖かくなる日。「日」は「火」に通じるので忌み言葉。「軒端」は屋根の軒。軒先。「つきて」は引っ越した先にも暖かい日差しがついてくる。「つき」は火が「付き」に通じるので忌み言葉。**宗匠けせ〳〵といはるゝ**　「宗匠」は連歌の師匠。「けせ」は削除せよ。火を「消せ」を掛ける。**執筆墨がくろふて**　「執筆」は連歌を書き留める係。「墨がくろふて」は墨で書き直すために黒くなり過ぎて。すでに火で真っ黒に焦げて炭になっているを掛ける。**右の作者何とやうにもけせ**　「右の作者」は「春の日は」の句を詠んだ人。「けせ」は書き留めた句を消せという。**またつけうほどに**　「また」は新たに。「つけう」は句を付ける。火を「付ける」を掛ける。失言を重ねることになる。底本の文末に「。」なし。

【鑑賞】　**墨がくろふてけされぬ**　執筆の「くろふてけされぬ」は焼けて炭になってしまったので、火を消すに及ばないというのと、墨で何度も書いては消すので、書く紙が真っ黒になってしまい、もう書く余白がなくなることをいう。類話が『きのふはけふの物語』（古活字十行本）上巻・19にみられる。句を出したあとの表現が異なっている。「そうしやうめいわくして、しゆひつ何となをるまいかといへは、はやまつくろにすみになりたるといふ、たひしか、またわきにつけうまてよといはれた」とある。「めいわくして」は忌み言葉で迷惑して。「なをるまいか」は書き直せないか。「たひし」は大事。「わき」は脇句。「つけうまてよ」は付け句を書いてもらうだけよ。策伝が用いたとみる古活字八行本にはみられない笑話である。策伝は『きのふはけふの物語』の別本、または流布した笑話によったものとみる。

218　禁中《きんちう》に御能《のう》あり。狸《たぬき》の腹鞁《はらつゝ(づ)み》を狂言《きやうげん》にする。狸か《(が)》出けるを。狩《かり》人なんぢなにものぞ。我は狸の王なりといふ。何と王じ《(ぢ)》や。王ならば。いころいてくれうずと　(753)

〈現代語訳〉　御所で御能があった。狂言の『狸の腹鼓』が演じられた。狸が登場すると、狩人が、「おまえは何者だ」という。「我は狸の王である」というと、「なんと狸の王だと、王ならば射殺してやろう」といった。

〈語注〉

狸の腹鞁　狂言の演目名。　**狸か出けるを**　狸面をつけて登場する。　**狸の王**　狸を支配する主。
いころいてくれうずと　「いころいて」は射殺いて。矢で射殺す。「くれうず」は呉れうず。底本の文末に「。」なし。写本は文末のあとに評語の小文字がつく。「あやまつて一字けがす、恐れてもいひなをさんやうなし」。

【鑑賞】　**狸の腹鼓**　狸が登場する狂言には、大蔵流の『彦根狸』、和泉流の『加賀狸』がみられる。笑話では「禁中に御能あり」とあるから、そこで『狸の腹鼓』の演目が演じられることに、問題はなかったのであろうか。詞《ことば》に「狸の王」とあるのを、「王ならばいころいてくれうず」という。王は天皇、帝にむすびつくから、この演目を御所で演じるのは、如何なものであろうか。笑話とはいえ、笑うに笑えない。だが笑話を読むときは詞まで深く考える必要はないだろう。

219　わたましの祝義《しうぎ》につかはす。使《つかひ》をよびしうのをしへけるは。かまへて常《つね》の所《ところ》に行《ゆく》とは違《ちが》ふそ《(ぞ)》。一言《こ(ご)ん》にても卒忽《そこつ》なる事。申べからす《(ず)》とあり。畏《かしこまり》て候とて行主人献々《こん〱(こん)》をくむ。されどもつゐ《(ひ)》に。瘖《を(お)し》のよりあひたるごとくなれば。あるじすまぬ事におもひ。貴所《きしよ》はいかな子細《しさい》により。無言《むごん》の仕合《しあはせ》ぞや。わめきさ(ざ)めくこそ。目出けれといふ時《とき》。さればとよ。さきから物がいひたふ(う)て。胸《むね》がやくるほどあつたれど　(754)

〈現代語訳〉　引っ越しの祝いに、代理を行かせることにした。その使いを呼んで、主人が注意するには、「決して、いつもの所へ行くのとは違うぞ。一言でも失礼な言葉は、いってはならない」という。使いは、「謹んで承知いたしました」といって出かけた。引っ越し先の主人は、何度も酒を飲みかわすが、まったく物をいわない人の集まりのようなので、気分を害し、「貴殿はどんな理由で、無言でおられるのか。大声を出して騒ぐからめでたいのだ」という。すると使いは、「そのことですよ。さっきから物がいいたくて、胸が焼けるほどの思いでありましたが」といってしまった。

〈語注〉
祝義につかはす　「祝義」は祝儀。「つかはす」はおやりになる。使いは祝いの言葉を託されるが、どのような言葉を託されたかは一言も文中に出てこない。**しう**　主。主人。「しゅ」の変化した語。**卒忽なる事**　思慮を欠いた軽はずみな言葉。「卒忽」は粗忽とも書く。**すまぬ事**　合点が行かない。気に入らない。**貴所**　使いの者を指す。**胸がやくるほどあつたれど**　「胸がやくる」は胸焼けする。ここは話したくていられない。「胸」に「棟」を掛ける。「棟がやくる」は引っ越しの祝い言葉としては忌み言葉。底本の文末に「。」なし。

【鑑賞】 わたましの言葉　わたましの言葉の例が、近世後期の、笑話集の『笑富林《わらふはやし》』（林屋正蔵作。天保四年。一八三三）の「牛の講釈」にみることができる。新築祝いの褒め言葉を教える。「それ〳〵東の叔父の所で、よう普請ができたさかい、今から行て賞て来や、まづ天井が薩摩のうづらもく、座敷の床の間の掛物は探幽の山水、その外あちこち庭廻り、目につきしだいほめまはり云々」。家の天井から床の間までを褒めるのは大変である。ここでは褒め言葉については触れていない。いってはいけない言葉をいってしまった落ちで終わる。

220　葉《は》を《(お)》とそよ〳〵荻《をぎ》の上風《うはかぜ》

といふ句に

神垣《かみか(が)き》のうちには人の米《こめ》かみて

と出したり。てどまりがさしあふ《(う)》たとあれば

神垣の内には人のかみて米

(757)

〈現代語訳〉　葉をとそよく〵荻の上風
（葉の音がそよそよと荻の上を吹きわたる）
という句に、
神垣のうちには人の米かみて
（神垣の内では人が米を噛んで）
と付けた。「脇句の、て留まりは指合だ」というので、
神垣の内には人のかみて米
（神垣の内では人が噛む米）
と付け直した。

〈語注〉
葉をとそよく〵荻の上風といふ句に　「葉をと」は葉音。葉が風で揺れる音。「そよく〵」は木の葉のそよぐ音。「上風」は下風《したかぜ》の対。底本の文末に「。」なし。**神垣**　神社の籬《まがき》。本殿や境内を囲む植え込み。**てどまりがさしあふたとあれば**　「てどまり」はて留まり。句の末尾に助詞の「て」を用いること。脇句は体言留め、文字留めでなくてはならない。「さしあふた」は指合である。底本の文末に「。」なし。**人のかみて米**　体言留めに直した。

【鑑賞】　前話につづく笑話か　この笑話は南葵文庫本の（756）の後半部にある笑話であるが、静嘉堂文庫本、内閣文庫本では一条の話ととらえる。写本の前半部には、屋わたりの祝とて、人あつまり並居《なみゐ》、酒宴興をつくせは、時うつり暮にをよぶまゝ、客の中より、しかも調子だかに、亭主、もはや火をだせ、火をだせといふ、なまゑひなる者聞つけ、肝をつぶし、いや〳〵、今のは自火《じくわ》で御ざるぞ、といやないひわけかなとある。岩波文庫本は「以下、別条と見てもよい。（刊本では独立とする）。ただし、一条の冒頭に句を出すことは本書では例外的である」といって付属文とする。

似合《にあふ(う)》たのぞみ

221　かりそめの事にても。物ごと作勢《さくせい》ある人の煩《わっ(づ)らひ》に。醫者《いしや》を請《しやう(じ)》し脉《みやく》をとらせ。病《やまひ》は何と申証《せ(しよ)う》にて候や。唯《たゝ(だ)》内損《ないそん》と見えたるよし。返答《へんたう(ふ)》せられければ。かの病者《びやうじや》さて〳〵《(さて)》口惜《くちほ(を)し》さ次第《しだい》や。外聞《ぐは(わ)いぶん》をうしなふ《(う)》たりと。くりこと《(ご)》の様《やう》にいひけるを。傍《そば》より生《しやう》をうけたる身に。上一人下万民《は(ば)んみん》誰《たれ》とても。のか《(が)》るゝ《(る)》あらん。きこえざるうらみやうやと。教訓《けうくん》しける時。いや病をのがれんとにはあらず。せめて煩になりと。癬《ぜにがさ》か腹病《ふくびやう》をもやまひて《(で)》。内損はなんぞや　(758)

〈現代語訳〉　わずかなことでもものごとに口をはさむ人が病気になり、医者を呼んで脈をとらせた。病人が、「病気はどういう病名でございますか」と医者に聞くと、「ただの内損とお見受けしました」といわれた。その病人は、「いやはや残念なことだなあ。体裁が悪い」と繰り言のようにいう。傍の者が、「世に生をうけた身として、天皇から万民まで誰一人として、病気から逃れることはできないだろう。それを理解できない、という怨《うら》みごとはいうものでない」といい聞かせると、「いや、病気から逃れたいというのではない。せっかく病気になったのだから、癬か腹病を病むならいいが、内損とはなんなんだ」といった。

〈語注〉

似合たのぞみ　人には分相応の望みがある。それを超えたり、無理したり、大げさにすることを望むことによる笑い。**作勢ある人**　自分の思うようにならないと気が済まないので、どんなことにも口をはさむ人。**内損**　胃腸をこわすこと。大酒による病。**上一人**　天皇。帝。**癬か腹病**「癬」は銭瘡《ぜにがさ》。たむしの古称。銭がかさむ（お金がかかる）病を掛ける。「腹病」は腹痛。**内損はなんぞや**　内損とはとても恥ずかしくて人にはいえない。この後に写本は「世中は徳して人にほめられて損して人にわらはれぞする」の狂歌をつける。底本の文末に「。」なし。

【鑑賞】　**似合たのぞみ**　「似合た」は自分にふさわしい、釣り合う、適合する、調和するなどの意である。人は分相応の望みを持ち、それ以上の望みを持つと、知らない世界に対応できない。それが分かっているなら望まないのが第一である。ここでは身分相応の望みを持つことが大事で、たとえその望みが他愛無く、くだらないものであっても、背伸びさえしなければいいのであるという。

せめて煩になりと　「せめて煩になりと」は病名として、人に病名をいって驚かれるならいいが、つまらない病名を口にすることはできない。それなりの病名なら自慢できると考えるのは、どうも低次元の考え方を持つ人のようである。

222 数《す》人あつまり居《い(ゐ)》。を《(お)》のがこゝ《(こ)》ろ〳〵《(こゝろ)》ののぞみをかたりつるに。ひとりがいふ吾《われ》は唯《たゞ(だ)》生《むま》れつきたる。両眼《がん》の外《ほか》に目を三つほしい。一つは背《せなか》につけ。だしぬきやみうちの用心《ようじん》かた〳〵《(がた)》跡《あと》の方《はう》を自由《じゆう》にみたい。一つは膝頭《ひざがしら》につけ。夜陰《やゐ(い)ん》の歩行《ほかう》にあやまちなからん。一つは手の。たけたかゆびの先《さき》につけ。能《のう》の時。又は風流何《ふうりうなに》にても見物《けんふ(ぶ)つ》の時。人のせいたけにかまはず。手をさしあげて見たいと

なに事も心のまゝ《(ま)》とねがふこそ
つくりやまひよまんぞくはせじ

天神《てんじん》廿五首《しゆ》の内に

賤《しづ》のめか《(が)》庭《には》の木《こ》の葉《は》にかきたえて
あすの薪《たきゞ(ぎ)》にあらしをぞ待《まつ》

(763)

〈現代語訳〉数人があつまっていて、それぞれが心に思う望みを話していると、一人がいうには、「おれは生まれもつ両眼のほかに、眼が三つほしい。一つは背中につけて予期せぬことや闇打ちの用心のあれこれに、後ろの方を自由にみたい。もう一つは膝頭につけて夜中の

歩きで怪我をしないようにしたい。いま一つは手の中指の先につけて、能を見るとき、また は祭礼など何でも見物するとき、人の背の高さを気にせずに、手をさしあげて見たい」と。

なに事も心のまゝとねがふこそ
つくりやまひよまんぞくはせじ

（どのようなことも思うままに願うから、つくり病では満足しない）

天神二十五首の中に、

賤のめか庭の木の葉にかきたえて
あすの薪にあらしをぞ待

（賤の女が庭の木の葉を掻き絶やし、あすの薪のために嵐を待つ）

〈語注〉

だしぬきやみうち　「だしぬき」は出し抜き。突然の出来事。「やみうち」は闇に紛れて不意を襲うこと。**たけたかゆび**　丈高指。中指。**風流**　祭礼のこと。華やかな衣装をつけて踊る芸能をいう。**せいたけに**　背丈に。**手をさしあげて見たいと**　底本の文末に「。」なし。**つくりやまひ**　作病。仮病。**天神廿五首の内に**　「天神廿五首」は不詳。天神は菅原道真。底本の文末に「。」なし。**賤のめ**　賤の女。身分の卑しい女。**木の葉**　焚木《たきぎ》のつけ火に用いる。**かきたえて**　掻き絶えて。掻き尽くしてしまって。

【鑑賞】　天神廿五首　道真の『天神二十五首』という作品は伝存しない。道真は漢詩文だけではなく私撰和歌集も残しているから、その一作品であったのか。道真は『醒睡笑』には写本の巻一、巻二、巻四などに北野天満宮に祀られる天神様として登場する。だがよく知られる歌の「東風吹かばにほひおこせよ梅の花主なしとて春を忘るな」を用いた笑話が一つもないのは不思議である。

223　若《わか》き侍《さふ(ぶ)らひ》一段《だん》の馬《むま》にのり。かけさせてとを《(ほ)》るを。鉢《はち》ひらきと《(ど)》もの見て。その中の宿老《しゆくらう》がいひける。今の馬はわがにしたひ《(い)》ぞ。なにゝ《(に)》せう。あれにのりさつ〳〵《(さっ)》とかけまはりて。はかゆきに鉢か《(が)》ひらきたひ《(い)》と　（765）

〈現代語訳〉　若侍の仲間たちが馬に乗って、駈けて通っていくのを、鉢開き坊主たちが見て、その中の年長者が、「いま駆けた馬は、おれのものにしたいものだ」という。「なににするのだ」と聞くと、「あれに乗って、さっさっと駈けまわり、はかどる鉢開きをしたい」といった。

〈語注〉

若き侍一段の馬にのり　「一段」は一団。**かけさせて**　「かけ」は駈け。馬に乗って走る。**鉢ひらき**　鉢開き坊主。銭や米を得る物乞い坊主。**さつ〳〵と**　颯々と。風がさっと吹くさま。**はかゆきに鉢かひらきたひと**　「はかゆき」は慣用句に「はかがゆく」をみる。底本の文末に「。」なし。

【鑑賞】　**宿老**　鉢開き坊主の年長者ともなれば親方に相当する人物であろう。鉢開きは年をとると歩くのも億劫《おっくう》で面倒となる。馬に乗っているなら、楽に鉢開きができると考えた。無理な望みではあるが、本音でもあるところがおもしろい。しかし馬上の高さからでは、銭や米を貰うのは大変である。

224　連歌仕《れんがし》のもとに。奉公《ほうこう》したりし小者《こもの》。今度《こんど》は町《まち》人のかたに居《い(ゐ)》けり。友《とも》たるものの尋《たづ》ぬる。今は夙《つと》におきず。宵《よひ》よりいねて。心安《やす》きかやといへば。そちがいふごとくなり。さりながら今の亭主《ていしゆ》も。時ならずうかと空《そら》を　詠《なか(が)め》〳〵《(詠)》するが。わるうしたらば。あれも連哥しに。ならふ《(う)》かとおもふ《(う)》て。あんずるよ　(769)

〈現代語訳〉 連歌師のところに奉公していた小者が、つぎは町人の家に奉公した。友達が聞いてみた。「いまは前に比べて朝早く起きることもなく、宵から寝ることもでき、気が楽かな」というと、「おまえのいうとおりである。だが今の主人も時々ぼんやりと空をながめるので、もしかしたら連歌師になるのではないかと思うと、余計な心配をするよ」といった。

〈語注〉
連歌仕 底本ママ。連歌師。連歌を詠む者。 **小者** 使用人の男。 **今は夙におきず宵よりいねて** 「今」は新しい奉公先。「夙に」は早朝に。「宵」は午後八時前後。「いねて」は寝て。早く床につく。 **今の亭主も時ならず** 「今の亭主」は新しく奉公した家の主人。「時ならず」は時にかかわらず。 **うかと空を詠〱するが** 「うかと」はぼうっと。「詠〱」は物思いにふけて見る。「眺〱」が正しいか。 **あれも連哥しに** 「あれも」は奉公先の主人。「連哥し」は底本ママ。 **あんずるよ** ふたたび朝早く起きることの心配と、つぎの奉公先をさがさなくてはならない心配。底本の文末に「。」なし。

【鑑賞】 **連哥しにならふかとおもふて** 連歌師の家では、朝から夜遅くまで吟詠したのであろうか。「時ならずうかと空を詠〱する」という連歌師の実態がわかっておもしろい。もし町人の主人も連歌師になったら、いままで奉公した連歌師の家と同じになってしまう。早起きと夜遅くまでの奉公が嫌で奉公先を代えたのだから、またつぎを考えなくてはならないのが心配だ。しかしどんな奉公でも楽な奉公など、どこにもない。

癡忘《はいは(ま)う》

225　善界坊《ぜがいばう》のおもてに。上臈面《らう(ふ)めん》をかけて出たり。はしか《(が)》ゝ《(か)》りへみゆるとおなし《(じ)》く。あれ〱《(あれ)》お《(を)》かしやと笑《わらふ》を。大夫聞《たゆ(い)ふきゝ(き)》ても。今更かへらん様《やう》なし。舞臺《ふ(ぶ)たい》にていひける事《こと》は。抑《そも〱(そも)》　是はぜがい坊の内方《ないはう》にて候と　(770)

〈現代語訳〉　善界坊の面《おもて》をつけるのに、上臈面をつけて楽屋から出た。善界坊が橋懸りに登場すると同時に、見物たちが、「あらあら、おかしいねえ」と笑うのを、善界坊も聞いたのだが、いまさら引き戻ることもできない。本舞台に出て、いった言葉は、「そもそもわたしは善界坊の妻でございます」。

〈語注〉
癡忘　うろたえたり、困ってあわてたりする対応のおかしさから起こる笑い。**善界坊のおもてに**　「善界坊」は謡曲『善界』のシテ方。『善界』は切能。竹田法印定盛作かとされる。謡曲以前の『今昔物語集』『是界坊絵詞』では「是界」と書く。「おもて」は面。能の演じる役に応じて面を被る。善界坊の面は天狗面。**上臈面をかけて出たり**　「上臈面」は身分の高い女性や、上品な若い女性を表す面。 **はしかゝり** 橋懸り。鏡の間と本舞台をつなぐ廊下。揚げ幕を上げて鏡の間から出て本舞台まで歩くところ。 **おなしく** 同じく。同時に。見物たちが見ると同時に。 **あれ〳〵** 驚きを表す声。あれえ。面が違うので声をあげる。 **大夫** シテ方。善界坊。 **かへらん** 返らん。楽屋に戻ること。 **内方にて候と** 「内方」は奥方。妻の尊称。底本の文末に「。」なし。

【鑑賞】 **癈忘** 目録題は「はいもう」、本文題は「はいはう」とある。『日葡辞書』に「ハイマゥ（廃忘）すなわち、（失念し騒ぐ）尊敬すべき人の前などで、どぎまぎして忘れてしまうこと」とある。想定外のことがらに狼狽《ろうばい》し、当惑することをいい、とんでもないことを口にしてしまうことになる。東洋文庫本は「ろうばい振りのおかしみ」といい、その対応のおかしみとするが、実はさほど本人は狼狽も当惑もせずに、むしろ図々しい態度を取るから、周囲の人々はあっけにとられてしまう。

善界坊 善界坊は唐の天狗の首領である。日本仏法の妨害をしようとするが、日本の高僧の仏力によって立ち去る。『今昔物語集』巻二十・本朝付仏法部「震旦天狗智羅永寿渡此朝語第二」の冒頭に、「今昔、震旦ニ強キ天宮《てんぐ》有ケリ。智羅《ちら》永寿《やうじゆ》ト云フ。此ノ国ニ渡ニケリ」とあり、名を智羅永寿という。のちに『是界坊絵詞』（「天狗草紙」）がつくられ、同書の曼殊院本『是害房絵巻』の奥書には、「是ハ宇治ノ大納言ノ物語ニ見ヘタリ」とある。この「宇治ノ大納言ノ物語」を「散佚『宇治大納言物語』に収録され、それが本話の出典となった公算がきわめて大きい」という（日本古典文学全集）。これらを踏まえたのが謡曲『善界』である。

226　小者にみめよきが奉公《ほうこう》せんとて来《きた》れり。坊主心をよせ。つねになれし若衆《わかしゅ》の。ねいるをうかゞ《(が)》ひ。忍《しの(び)》ひて起《おき》出る。少人《せうじん》聞《きゝ(き)》つけ。跡よりそと行。坊主足音《あしを(お)と》に肝《きも》をつぶし。壁《かへ(べ)》に大手《て(で)》をひろげ。足《あし》をまたけ《(げ)》ゐたり。若衆見て何事にやととふ。蜘《くも》のまねしてあそぶと　(773)

〈現代語訳〉　容貌のいい小者が、奉公しようとやって来た。坊主は、この男に心を寄せ、いつも馴れ親しんだ若衆が寝入るのを待って、静かに起き出した。若衆はその歩く音を聞いて、あとからこっそりとついて行った。坊主は足音にとても驚き、壁に大手を広げ、両足を広げてくっついた。若衆がそれを見て、「何をしているのか」と尋ねると、「蜘蛛《くも》の真似して遊んでいる」といった。

〈語注〉
小者にみめよきが　「小者」は奉公人。使用人。坊主にとっての小者は児、少人、若衆と同じく男色の相手。「みめ」は顔かたち。　**心をよせつねになれし若衆**　「心をよせ」は小者を気にいる。心が傾く。「つねになれし若衆」は坊主がいままで相手にしていた若衆。**少人** 若衆。**大手** 『日葡辞書』に「ヲゥデ（大手）」「両手、または、両腕」とある。**またけ** 跨げ。股を広げて。**蜘のまねしてあそぶと** 蜘蛛の姿を真似て壁にくっつく遊びだという。底本の文末に「。」なし。

【鑑賞】みめよき 綺麗な顔の小者をみてしまった坊主が、「心をよせ」とあるから、小者に一目惚れしたことになる。やはり児、若衆は好男子に限る。その日の晩に早速、小者のところに夜這いしようと企む。それは早いうちに手を付けなければ、自分のものにならないからである。ばれたときの「蜘のまねしてあそぶ」という言い訳がおもしろい。

227 亭主《ていしゆ》の留守《るす》となれば。常《つね》にかよひ馴《なれ》たる者あり。兼《かね》ての約束《やくそく》は。やねから忍《しの》びきたれ。はしをかけを《（お）》かん。亭主かへりたらば。やねをありくは猫《ねこ》であらふ《（う）》といふとき。ねこのなくまねをせよと。しめしあはせてを《（お）》きつるが。まことのお《（を）》りに。男聞《きゝ（き）》つけ。やねをありくは人の様な。女房いや此程大なる猫がありてといふに。彼方肝《かのはうきも》をけしにやうといふへ《（べ）》きをうちわすれ。ほそこ《（ご）》ゑになり。ねか《（こ）》うと申ける

（774）

〈現代語訳〉　亭主が留守になると、いつも通ってくる男がいた。女房と男との前々からの約束で、「屋根から忍んできてほしい。梯子《はしご》をかけておこう。もし亭主が帰ってきたならば、屋根を歩くは猫であろうというから、そのとき猫の鳴き声を真似してほしい」と示し合わせていた。実際に亭主のいるときのこととなり、亭主はその足音を聞きつけて、「屋根を歩くのは、人のようだなあ」という。女房は、「いや近ごろは大きな猫がいて」というと、屋根の上にいる男は、とてもおどろき、「にゃう」というところを、すっかり忘れて、細い声で「ねこう」といった。

〈語注〉
かよひ馴たる者　女房のところに頻繁に通う男。間男。**兼ての約束は**　「兼て」は予《かね》て。前もって。ここはだいぶ以前から。「約束」は女房と男とが決めた密会方法。**はし**　梯子。**ありくは人の様な**　人が歩いているようだ。**彼方**　屋根の上にいる男。**にやう**　猫の鳴き声。**ほそこゑになり**　細い声で猫の鳴き声を真似る。太い声ではおかしいから細声にしたか。**ねかうと申ける**　鳴き声を「ねかう」といった失態。「猫だ」を強調したいために、つい「ねかう」といってしまう。底本の文末に「。」なし。

【鑑賞】　**やねをありく**　女房は間男と密会するために、間男に屋根の上を歩かせ、梯子を用意して下で待つ。実に用意周到の密会方法を考える。間男も間男であるが、女房もたいしたものである。のちの小咄に、天井を鼠が歩く音を聞いて、「大きな鼠か、小さな鼠か」というと、天井裏で「ちゅう」というのがある。また狂言の『杭か人か』は、池に飛び込んだ泥棒を棒で探しながら、「これは杭か、人か」というと、泥棒が「くいくい」という。杭が声を出すはずがない。これと同じなのが「ねかう」の鳴き声であろう。古くから笑いの材料だけではなく、動物や鳥などの鳴き声を真似る例が古典作品のなかにもみられる。山口仲美は、『源氏物語』の若菜下にみる猫の「ねうねう」は、「寝む寝む（寝よう寝よう）」と聞こえるところから好まれたという（『犬は「びよ」と鳴いていた』）。同書には猫の鳴き声として、「にゃう」「にゃんにゃん」「にゃあん」「にゃあにゃあ」「にゃあ」「にゃあう」「にゃお」などをあげる。

228　若《わか》衆とふたりいねてありし法師《ほう(ふ)し》か《(が)》。暁雨《あかつきあめ》のふるをと《(お)》を聞。南無《なむ》三寶《ぼう》とめて朝食《あさめし》をふるまはずは《(ぼ)》なるまひ《(い)》。若衆そと起《おき》て行。おきて帰《かへ》るをしらぬふりにせんこそ。よからめと思案《しあん》しければ。そらね入し。もはや門のそとへも出ぬと思ひ。心もとなさに起てみければ。いまだ門の内に。やすらへるを見《み》付仰天《つけぎやうてん》し。立てゐなか《(が)》ら

目をふさき《(ぎ)》。たかいびきをかき事は　(775)

〈現代語訳〉　若衆と一緒に寝ていた法師が、明け方に雨降る音を聞いて、「しまった。昨夜、若衆を泊めたので、朝食を出さなくてはならない。面倒だから眠った振りをして、若衆が起きて帰るのを、見ぬ振りするのがいいだろう」と考えていると、ちょうど若衆はそっと起きて出て行った。もう門の外へ出たものと思った法師は、気になって起き、外を見たところ、まだ門の内で休息しているのを見て驚き、立ちながら目を閉じ、若衆に聞こえるような高いびきをかくとは。

〈語注〉
暁雨　夜明けに振る雨。**南無三寶**　驚きや失敗に気づいたときに発する言葉。**そらね**　空寝。寝た振り。**しらぬふり**　知らぬ振り。見ない振り。**たかいびきをかき事は**　立ちながら高いびきをかくなどありえない。底本の文末に「。」なし。

【鑑賞】　**たかいびき**　門の外に出たであろうと、ふと見たら、まだ門の内にいるのには法師も驚いた。しかし立ったまま高いびきをかく魂胆は、あまりにも幼な過ぎる。法師の咄嗟《とっさ》の行動がありえないことだから笑ってしまう。若衆の帰るのを確かめるという法師の行動は、若衆も熟知していたことと思われる。そこでわざと、もたもたした歩き方をしたのであろう。

229　ある僧《そう》新《あたらし》き小《こ》刀《か(が)たな》の大なるをもちて。鰹《かつほ(を)》をけづりゐける處《ところ》へ。知音《ちいん》の人おもひよらずきたれり。あまりに取《とり》みだし。小刀を鰹と思ひいそぎかくし。鰹をこか《(が)》たなとおもひさし出し。此比《こ(ご)ろ》関《せき》の小刀をもとめた。御覧《らん》ぜよとぞ申ける
　物のきれぬ小刀て《(で)》あらふ《(う)》の　(778)

〈現代語訳〉ある僧が新しい立派な小刀を手にして、鰹節を削っていたところへ、知人が急にやって来た。ひどく慌ててしまい、小刀を鰹節と間違えて急いで隠し、鰹節を小刀と思って知人の前に出した。僧は、「ちかごろ関の小刀を求めました。御覧下され」といった。
　ものの切れない小刀だろうね。

〈語注〉
おもひよらず　思ってもみなかった。人が訪ねてくるとは思っていない。まして鰹節を削って食べ

ようとしていたから、なおさらである。**関の小刀**　「関」は現在の岐阜県関市。刀の産地。**御覧ぜよとぞ申ける**　底本の文末に「。」なし。**物のきれぬ小刀てあらふの**　評語。写本は小文字。底本の文末に「。」なし。

【鑑賞】　**物のきれぬ小刀**　鰹節では物を切ることができない。鰹節はカツオの肉を蒸して干し固め、黴《かび》付《つ》けと日干しを繰り返してつくる。うまみ成分のイノシン酸を多量に含むものとされる。ここは一度だけ火入れした生干し状態の「なまり節（「なまぶし」ともいう）」、切れ味の鈍い刀の「なまくら（鈍）」、鰹節を食べる「生臭」坊主を掛けたとみられる。

230　我《わか(が)》秘《ひ》蔵《さ(ざ)う》の紫《むらさき》小袖《こそで》が見えぬ。しかとそちがぬすみたるといふ。いやとらぬ。さりとては證據《しや(よ)うこ》人《にん》ありとつよくいふ時。とりはせぬ人のみぬまにもらふ《(う)》た（779）

〈現代語訳〉「わしが大事にしている紫小袖が見あたらない。確かにおまえが盗んだ」というと、「いや、おれは取ってはいない」という。「そうだといっても見たという証人がいる」

と強い口調でいう。そのとき、「取ってはいない。人の見ていない間に貰った」といった。

〈語注〉

紫小袖 紫色に染めた小袖。**つよくいふ** きつくいう。詰問する。証人がいたので強い態度をとる。**人のみぬまにもらふた** 底本の文末に「。」なし。

【鑑賞】 **盗人** 平安時代の伝説上の盗賊に袴垂《はかまだれ》という人物がいた。『今昔物語集』巻二十五・本朝付世俗7「藤原保昌朝臣、盗人袴垂に値《あ》へる語《こと》」や同巻二十九・本朝付悪行19「袴垂、関山にして虚死《そらじ》にして人を殺す語」や、『宇治拾遺物語』巻二・10「袴垂、保昌にあふ事」に登場する。『醒睡笑』の写本には巻二「鵼」(211)、(213)、巻八「頓作」(893)、(897)、「しうく」(978)などに盗人咄がみられる。『醒睡笑』以後の笑話集の『当世手打笑』(延宝九年。一六八一)巻二に女の巾着切り、『当世はなしの本』に巾着切り、盗人をみるが、圧巻は、『みたれかみ』(元禄四年。一六九一)。改題本『噺かのこ』元禄五年)に二十一話もの盗人咄がみられる。盗人を「語、盗人、強盗、ちりやく、追はぎ、どろほう」などと書き分けている。「語(語り、騙り)」は巧みに語りかけて相手をだまし、「ちりやく(智略)」は欺いて策謀する。盗人の笑話が、のちに落語の「どろぼうばなし」を誕生させたとみていいだろう。

231　おどけもの縁《えん》をゆきちがふとて。小性《こしやう》の口をすふ。脇《わき》よりみたぞ〱《(みたぞ)》といふ時。あまり肝《きも》をつぶし。旅《たひ(び)》じ《(ぢ)》やにゆるせ〱《(ゆるせ)》と申ける　(784)

〈現代語訳〉　ふざけた者が縁側を歩いて、反対側から来る小姓とすれ違うとき、小姓の口を吸った。それを脇からみた者が、「みたぞみたぞ」という。そのときふざけた者は、ひどくおどろいて、「旅先だからゆるせゆるせ」といった。

〈語注〉

おどけもの縁をゆきちがふとて　「おどけもの」は戯《おど》け者。馬鹿げた行為をする者。滑稽者。「縁」は縁側。「ゆきちがふ」は行き違ふ。　**小性の口をすふ**　「小性」は底本ママ。小姓。「口をすふ」は相手の口を奪うこと。　**旅じやにゆるせ〱と申ける**　諺の「旅の恥は掻き捨て」を踏まえる。普段やらない恥ずかしいことを、旅先では平気ですること。ここは旅先でもなんでもない。底本の文末に「。」なし。

【鑑賞】　**小性の口をすふ**　「口をすふ」とは相手の唇に口をあてる。「おどけもの」は小姓と同じ男色だったのであろうか、それともたんにからかった行為であったのか。「おどけもの」が小姓に対する愛情表現を示したとみると、小姓はうれしいはずだが、はたして小姓はどうであったか。「おどけもの」の遊びなら、「みたぞ〳〵」という言葉などに動じることもなく、言い訳もいわないであろう。それを咄嗟に、「旅じやにゆるせ」といったのは、みられてしまったことを、みなかったことにしてくれといったのか。ここは悪戯《いたずら》とも男色の行為ともみることができる。

謡《うたひ》

232　あの月のゆく道《みち》は。何にのりてありかるれば。あれほと《(ど)》足《あし》がはやいぞよ。馬《むま》にのらるゝ《(る)》。なにゝ《(に)》書たるぞ。櫻《さくら》のこの馬にのる月の。しかもおもしろのはるびや。あら面白《おもしろ》のはるびや　(785)

〈現代語訳〉「あの月に行く道へは、何に乗って行くと、あれほどに足が早いのだろうか」というと、「馬に乗られるのがよい」という。「何に書いてあるのだ」というと、「『田村』に『桜のこの馬にのる月の。しかもおもしろのはるびや、あら面白のはるびや』とある」といった。

〈語注〉
謡　謡曲。近世初期には能を見る、謡うことが多くなり、詞章の解釈や詞の誤りなどによる笑いがみられるようになる。　**櫻のこの馬にのる月の**　「櫻のこの馬」は謡曲『田村』にある詞章。『田村』は二番目物。「桜の木の間に洩る月の雪もふる夜嵐の（桜の木の間から漏れてくる月の光、花の雪も降る夜の嵐）」とある。「櫻の」は桜の咲く時期に。「この馬にのる」はこの馬に乗って。「木の間に」を掛ける。「のる」に「漏《も》る」を掛ける。**おもしろのはるびやあら面白のはるびや**　同じく『田村』に「面白の春べやあら面白の春べや（なんともいい春の日差しだ、ああいい春の日差しであることよ）」とある。「おもしろの」はとても美しい。「はるび」は春日。春の日差し。これを「腹帯《はるび》」ととる。腹帯は鞍を固定するために馬の腹にかけた帯。底本の文末に「。」なし。

【鑑賞】謡　中世に誕生した能（能楽、謡曲）が普及して、武家の教養にまでなった。仕舞と謡曲に接する機会が多くなると、謡曲の詞の覚え違い、聞き間違いもはなはだしくなる。『醒睡笑』には写本に四十九話を収めている。底本には、「田村232、山姥233、二人静234、237、鵺《ぬえ》235、熊野《ゆや》236、240、242、実盛237、三輪238、244、誓願寺239、鸚鵡《おうむ》小町241、関寺小町241、245、鉄《かな》輪《わ》243」を収める。写本にはこの他に「高砂、清経、杜若《かきつばた》、通盛《みちもり》、楊貴妃、采女《うねめ》、松風、船弁慶、難波《なにわ》、紅葉狩、竹生島《ちくぶしま》、融《とおる》、野の宮、兼平、卒塔婆小町、千手《せんじゅ》、江口、当麻《たえま》、海士《あま》」などをみる。策伝の趣味的傾向が強く出ているため、こうした演目をどれほど読み手たちが知っていたか、また楽しく読めたのかどうかは、少しく疑問である。

この馬と木の間　同話が『寒川入道筆記』の「愚痴文盲者口状之事」にみられる。

桜の木の間にもる月の、雪のふる夜嵐を、桜のこの馬にのる月の、とうたふかよひと、両人色々にあらそふ。とかく爰にて問答して埒はあくまいほとに、都へ上りて実否を決せんとて、両人同道にてのほる。有人にゆき逢て、此うたひをいかにと尋候へは、答へて曰く、昔も今も桜の木の間にもる、とうたひ候は、皆文盲なる者の事、只桜のこの馬

にのる月のと、うたひ候かよく候、そのゆへは、おもしろのはるひや〱と、うたひ候程にと、京にもゐ中ありとは此やうなる事か

田舎での話に設定されている。「桜の木の間にもる月の」と謡うのと、「桜のこの馬にのる月の」と謡うのと、どちらがいいかを都で確かめると、「桜のこの馬にのる月の」がいいという。その理由を「おもしろのはるひや〱とうたひ候程に」といい、「腹帯」とあるからという。この笑話を策伝は踏まえたとみられる。

233　山姥《うば》は福分《ふくぶん》の人にてあると聞《きいた》が。耕作《こうさく》はせず。あきない《(ひ)》のを《(お)》ともなし。なにとしたる事に。有徳《うとく》なるぞと不審《ふしん》する。奇特《きどく》をいはるゝ《(る)》。言葉《ことば》にはいへと《(ど)》。目《め》に見る者なし。其上不《ふ》弁《べん》分《ふ(ぶ)ん》限《げん》をまて《(で)》。いかにとしてしられたるぞ。かくれもない。山姥につくりたるは。八木《はちぼく》たう〱《(たう)》としてと　(786)

〈現代語訳〉「山姥は富貴の人であると聞いているが、田畑は耕さない、商売をしている様子もない。何をして裕福になったのか」と疑問を持つ。「変わったことをいわれる。山姥の言葉はあるが、目で見たという者はいない。それを貧乏であるとか金持ちであるとかを、ど

のように知ることができたのか」というと、「それはわかっていること。『山姥』にみられるわ、『八木たう〳〵として』と」といった。

〈語注〉

福分の人　富貴、幸福になる運命をもつ人。　**聞**　振り仮名「きいた」は底本ママ。　**耕作**　野良仕事。　**有徳**　経済的に豊かなこと。　**不弁分限をまて**　「不弁」は宝物、家財などが不足している。「分限」は富貴。　**山姥につくりたるは八木たう〳〵としてと**　「山姥」は演目名。五番目物。世阿弥作。「伐木丁々《はつぼくたうたう》として山さらに幽《かす》かなり（木を伐る音は丁々と響いて、いっそう山中の閑寂は深まっている）」とある。「八木」は米の異名。「たう〳〵と」は水が勢いよく豊かに流れるさまをいう。ここは米がたくさんあること。底本の文末に「。」なし。

【鑑賞】　**八木たう〳〵と**　「伐木丁々」を「八木たう〳〵と」ととらえ、米を蔵いっぱいに持っていて裕福だと解釈する。謡曲の詞章をわからないままに聞いていた人の言葉となろう。詞章を理解している人のみの笑いとなり、あまり読み手や聞き手に歓迎されないだろう。

234
信《のふ(ぶ)》長公《ながこう》へ熊野《くまの》新宮《しんく(ぐ)う》方《かた》よりの使者《ししや》に。寂静坊《し(じ)やくし(じ)やうばう》と云《いふ》が参り。御咄《はなし》あるみき《(ぎ)》り。連《れん》一出仕しけり。此座に新宮の使あり。何にても。ものがたりをせよと御諚《で(ぢや)う》有に。追付《おつつけ》て連一さて熊野《の》に。一らと申在所の候や。いやなし。扨《さて》は寂静は。くまのゝ《(の)》人にては有まじ。熊野に居者《お(ゐ)るもの》のやか《(が)》て隣《となり》の在所一らをさへ。しり給はぬほどにとつむる。くまのゝ《(の)》事はを《(お)》きぬ。紀州《きしう》一國《こく》に一らといふ所なしと。色《いろ》をそこなひあらそふ時。二人静《ふたりしつ(づ)か》に一栄《えい》一らくまのあたりと候が。いな事やと申て。大笑《わらひ》になせり　(788)

〈現代語訳〉　信長公のところに、熊野新宮方からの使者で、寂静坊という者が参上した。話をしているときに、連一検校が現れた。信長公が、「ここに新宮の使者がいる。どんなことでも話をせよ」との仰せがあったので、すぐさま連一検校は、「ところで熊野に一らと申すところがございますか」というと、「いやございません」という。「それでは寂静坊は熊野の人ではないですね。熊野にいる者が、すぐに隣の村の一らさえもご存知ないとは」とからかった。寂静坊は、「熊野のことだけではなく、紀伊国全土に一らというところはない」と顔色をかえて怒る。そのとき連一検校は、「『二人静』に、『一栄一らくまのあたり』とありますが、妙ですね」と申して大笑いになった。

〈語注〉

熊野新宮　熊野速玉大社。現在の和歌山県新宮市にある。　**寂靜坊**　不詳。　**連一出仕しけり**　「連一」は杉原連一。底本7に「連《れん》一検校《けんげう》」とある。「出仕」は勤めに出る。　**何にても**　熊野のことなら何でも。　**紀州一國**　紀伊国。現在の和歌山県。　**二人靜に一栄一らくまのあたりと候が**　「二人靜」は演目名。三番目物。世阿弥作といわれる。「まことに一栄一落、まのあたりなる憂き世とて（まことに栄えるときがあれば衰えるときもあるということを、目前にみるような、憂き世のありさまであると）」とある。「一落まのあたり」に、「一らく」と「くまのあたり」を掛ける。　**いな事**　異な事。おかしいこと。　**大笑になせり**　底本の文末に「。」なし。

【鑑賞】　**色をそこなひあらそふ**　連一が相手を困らせるのは想定内で、それを信長公も知っている。ここは連一の洒落を聞きたかったのである。最初から、からかうのが目的で、相手が怒るかどうかを、信長公は楽しみにしていた。これぐらいのきつい洒落をいうのは日常的であり、これが信長公の人物査定であったのかも知れない。そのために信長公にとって連一は欠かせない存在だったとみられる。

一栄一らく　「一栄一らく」は、漢詩集の『菅家後集』（延喜三年〈九〇三〉以前の成立）明石駅亭口詩の「駅長莫レ驚時変改一栄一落是春秋（駅長驚クナカレ時ノ変改ヲ一栄一落コレ春秋）」によったものか。『日葡辞書』には「一栄一落目のあたり」「一度栄え、すぐそれが変化し衰えることは明白である」とあるから、すでに一般語としてつかわれていたことになる。

235　鵺《ぬえ》をうたはせ聞《きひ(い)》て。御殿《ごてん》の大床《ゆか》に伺公《しこう》してはあしさうな。宵《よひ》から行ていた《(ゐ)》ほどに。ひえてしとをしてがよからふ《(う)》。その子細《しさい》は鵺を射《い》たりし後《のち》。官《くは(わ)ん》を給ふ時。すて《(で)》に左少辨《させうべん》になされたるは　(792)

〈現代語訳〉『鵺』を謡わせ、それを聞いて、「『御殿の大床に伺公して』は言い方がよくないようだ。頼政は宵から行っていたのだから、『ひえてしとをして』がよいだろう」という。「そのわけは」というと、「鵺を射ったあとに官を与えられる。そのとき、もはや左少弁であられた」といった。

〈語注〉
鵺をうたはせ　「鵺」は演目名。五番目物。世阿弥作とされる。「鵺」は想像上の怪獣。　**御殿の大床に伺公して**　「御殿の大床に祗候して」とある。「祗候して」は謹んで控えて。　**ひえてしとをして**　冷えて尿《しと》をして。尿は小便。　**左少辨になされたるは**　「左少辨」は太政官の庶務をつかさどる。左中弁の次位。少弁を「小便」と思い、それなら「尿」がいいと判断した。底本の文末に「。」なし。

【鑑賞】ひえてしとをして　「御殿の大床に伺公して」を「ひえてしとをして」と勝手に直すのは、底本238の評語「作者めいわくの」にも通じる。同話が『寒川入道筆記』にみられる。

鵺に南殿の大床に伺公すと云事を、しとをすとかたるかよひと、両人僉議す。右の大名是を聞て、批判せられた。此平家の末に、頼政矢を二つたはさみける事は、源中納言雅頼卿其時はいまた左少辨とかたる程に、せうべんならは、しとがよからふ、と申された。文盲にてはあれ共よひ作の。

この笑話を踏まえて、策伝はつくり直したのであろう。

236　佛《ほとけ》には毛《け》があるかなきものか。いやない。むげくはうぶつとあり。いやある。けぶつぼさつといへり。互《たがひ》に論《ろん》じて堂《た(だ)うばうず》坊主に判談《はんだん》を請《うけ》ければあるにあらずなきにあらず。それは何事ぞ。ゆやの謡《うたひ》に末世《まつせ》一代けうすの如来《によらい》とつくりたほどに

〈現代語訳〉「仏には毛があるか、ないか」というと、一人は、「いやない。むげ光仏というから」といい、また一人は、「いやある。けぶつ菩薩というから」という。互いに主張しあって、堂の坊主に判断を乞うと、「あるのだがない、ないのだがある」という。「それはどういうことですか」というと、「『熊野《ゆや》』に、『末世一代、けうすの如来』と書いてあるから」といった。

〈語注〉
むげくはうぶつ　無礙（碍）光仏。阿弥陀仏の異名。「無毛」を掛ける。　**けぶつぼさつ**　化仏菩薩。衆生を済度するために現われる仏。「毛仏」を掛ける。　**判談**　判断。どちらが正しいかを決める。　**ゆやの謡に末世一代けうすの如来とつくりたほどに**　「ゆや」は演目名。三番目物。作者不詳。「末世一代教主の如来も（末世の衆生のため一代の間に法を説かれた釈迦如来も）」とある。「けうす」は教主。釈迦。仏。「毛薄」を掛ける。底本の文末に「。」なし。

【鑑賞】　**けうすの如来**　無礙光仏から無毛といい、化仏菩薩から毛仏という。ともに間違った解釈にもかかわらず、論争する始末である。それを堂の坊主が、教主の如来から毛薄といった。こうした「毛づくし」をあげていったら、いくらでもいえる。謡曲に「けうす」とあるのを元に、策伝が創作したとみられる。

237　蚤《のみ》といふものも。一廉《かど》のやつやら。謡《うたひ》につくつた。何にある。二人靜にあとをのみ見《(み)》よしのゝ《(の)》と。それならば虱《しらみ》をこそなを《(ほ)》ほめたは。なにゝ《(に)》。實盛《さねもり》にしらみあひたる池《いけ》の面《おも》とあるは　(796)

〈現代語訳〉「蚤というものも一人前《いちにんまえ》扱いされて、謡曲に書かれるようになった」という。「何にある」というと、「『二人静』に、『あとをのみみよしのの』とある」という。「それなら虱のほうを、もっと褒めた曲がある」という。「何に」というと、「『実盛』に、『しらみあひたる池の面』とある」といった。

〈語注〉

蚤　ノミ目の昆虫の総称。微小で雌は雄より大きい。体は左右に扁平。翅《はね》をもたず、後ろ脚は発達して跳躍する。口は管状で哺乳類のほか鳥類に寄生して血を吸う。　**一廉**　ひときわ目立つこと。

ここは謡曲に書かれるほどに認められた意。　**二人靜にあとをのみ見よしのゝと**　「あとをのみ」は『二人静』に、「跡をのみみ吉野の奥深く（うしろのほうばかり振りかえりつつ、吉野の山の奥深くへ）」とある。「あとをのみ」の「のみ」を蚤とする。　**虱**　シラミ目の昆虫の総称。体は微小で扁平。腹部は大きく、頭部、胸部は小さく翅はない。吸う口をもち、人や家畜の血を吸う。　**なにゝ**何の曲に褒めたとあるのか。　**實盛にしらみあひたる池の面とあるは**　「實盛」は演目名。二番目物。世阿弥作。「不思議やな白《しら》みあひたる池の面《おも》に（不思議に夜が白々と明け、白く見えてきた池の上に）」とある。「白み」は明るくなる。白くなる。底本の文末に「。」なし。

【鑑賞】　芭蕉の句　芭蕉の「蚤虱馬の尿する枕もと」は知られている（『奥の細道』尿前《しとまえ》の関）。蚤や虱に一晩中せめられる旅の仮の宿の佗しさを詠んだ句である。民家に泊まったので、家のなかで飼育している馬が枕元で小便をするのを聞きながら一夜を過ごした。『醒睡笑』は『奥の細道』以前であるが、もし芭蕉が『醒睡笑』を読んでいたら、ここに蚤と虱の組み合わせのヒントを求めていたのかも知れない。

238　三輪《わ》に。ある夜《よ》のむつごとに。御身いかなる故《ゆへ（ゑ）》によりとは。作意《さくい》もない作《つく》りやうかな。惣《そう》じて理《り》のすまぬ文章《ふ(ぶ)んしやう》や。たゞ《(だ)》ある夜《よ》の六つ時に。御身《み》いかなるうへにのりと。なを《(ほ)》したらばよからふ《(う)》と
作者《さくしや》めいわくの　(799)

〈現代語訳〉「『三輪』に、『ある夜の睦言《むつごと》に、御身《おんみ》いかなる故により』とあるのは、工夫のない書き方のようだなあ。すべてに理屈が通らない文章であるよ。『ただある夜の六つ時に、御身いかなる上《うえ》に乗り』と直したらいいのに」といった。

作者にとって迷惑なことだなあ。


〈語注〉

三輪にある夜のむつごとに御身いかなる故により　「三輪」は演目名。四番目物。世阿弥作とされる。「ある夜の睦言に御身いかなる故により（あの夜の睦言のとき、あなたはどういうわけがあって）」とある。「むつごと」は睦言。うちとけた話。男女の閨中《けいちゅう》での語らい。睦まし言。**ある夜の六つ時に御身いかなるうへにのり**　「ある夜」はある晩のこと。「六つ時」は暮六つ。午後六時前後。「六つ時」に「睦時」を掛ける。「うへにのり」は上に乗り。「故により」を「上に乗り」とする。**なをしたらばよからふと**　底本の文末に「。」なし。**作者めいわくの**　評語。写本は小文字。「作者」は謡曲の作者。「めいわくの」は改作するとは迷惑なこと。「の」は終助詞。底本の文末

に「。」なし。

【鑑賞】 **睦言**　睦言とは仲むつまじい閨中での語り合いをいう。「御身いかなるうへにのり」は閨中の行為ととれる。勝手な解釈だけならまだしも改作されては作者にとってははなはだ迷惑である。しかしここは言葉遊びであるから、そこまで作者の心を思う必要はないだろう。

239　高雄《たかお(を)》　神護《じんご》寺《し(じ)》　の文覚《もんがく》は。聲《こゑ》のたかひ《(い)》人であつたといふが。あら行《ぎやう》をせられた奇特《きどく》さよと。聲のたかひ《(い)》といふ事を今迄《いまゝ(ま)で》　はきかず。書物《しよもつ》にあるか。勿論《もちろん》誓《せい》願《ぐは(わ)ん》　寺《じ》に虚《こ》空《くう》にひゞ《(び)》くは。もんがくのこゑとつくつたは　(801)

〈現代語訳〉「高雄神護寺の文覚は、声の大きい人であったというが、それは荒行をされた霊験よ」というと、「声が大きいということを、いままで聞かないが、書物にでも書いてあるのか」という。「もちろんある。『誓願寺』に、『虚空にひびくはもんがくの声』と書いてある」といった。

〈語注〉

高雄神護寺　高野山真言宗遺跡《ゆいせき》本山。山号高雄山。本尊薬師如来。開基和気清麻呂。現在の京都市右京区梅ヶ畑高雄町にある。**文覚**　俗名遠藤盛遠。那智の滝で荒行をして不動明王の加護を得たのち衰微していた神護寺を復興する。**あら行**　荒行。激しい苦しみに耐えて行う修行。**奇特**　神仏の不思議な現れ、**誓願寺に虚空にひゞくはもんがくのこゑとつくつたは**　「誓願寺」は演目名。三番目物。世阿弥作とされる。「虚空に響くは音楽の声（空には音楽の声が響き渡り）」とある。「音楽」に「もんがく」を掛ける。底本の文末に「。」なし。

【鑑賞】　**あら行**　荒行の一つである滝の修行は、声がつぶれるほど、声を大にして経を唱える。そのために声も太く大声になるという。これを「聲のたかひ人」といったのである。荒行は肉体を苦しめることで現在の罪と穢《けが》れを祓《はら》う。この苦行をすることで神や仏に近づくことができる。荒行には他に断食、水行《すいぎょう》などがある。

240　田舎人《いなか》の上洛《し(じ)やうらく》し。宿主《やと(ど)ぬし》にむかひ某《それがし》が京のほ《(ぼ)》り一世《せ》の始《はし(じ)め》に候。いづくをありき何を見ても合点《がてん》ゆかす《(ず)》候ま《(ま)》ゝ。いそがしくとも。つれてありかれ。所〳〵《(所)》をしへてたべ。故郷《こきやう》に帰《かへ》りみやげにせんなど。懇《ねんこ(ご)ろ》にかたらひ出《いつ(づ)》る。まづ四条《て(でう)》の橋《はし》をとを《(ほ)》るに。是《これ》こそ謡《うたひ》にうたふ。四でうのはしの上候よ。さても嬉《うれ》し《(し)》ゝ。ゆやにある名所《めいしよ》をみたる事や。して〳〵《(して)》其老若男女《らうにやくなんによ》といふ処《ところ》は。やがてこのあたりにては候はぬか。京の案内者《あんないしや》も。一圓不文字《え(ゑ)んふもじ》にありければ。理《り》がすまひ《(い)》て《(で)》返事するやう。其老若男女は。三年あとの大洪水《こうずい》にみなながれたと

わたりえてうきよの橋《はし》をながむれは《(ば)》
さてもあやう《(ふ)》くすぎし物かな

(805)

〈現代語訳〉　田舎者が上京し、宿主に向かって、「わたしは京上《のぼ》りが、生涯ではじめてでございます。どこを歩いても何を見ても分かりませんので、たとえ忙しくても、わたしを連れて歩いて、あちらこちらを教えて下され。故郷に帰って土産話《ばなし》にしたいのです」などと、熱心に語るので、一緒に出かけることになった。まず四条の橋を通ると、「これこそ謡曲に謡う『四条の橋の上』ですよ」というと、「これは嬉しいことだ、『熊野《ゆや》』に謡う名所をみることができたよ。それでそれで、謡曲にある「老若男女」というところは、まもなくこの辺ではないのですか」と聞くと、京を案内する宿主も、まったく無学文盲であったので、何のことか分からないままに返事するには、「その老若男女は、三年前の大洪水でみな流れた」

と。

わたりえてうきよの橋をながむれは
さてもあやうくすぎし物かな
(いままで渡って来た浮世の橋を見ると、なんと危ない橋を渡って来たものであるなあ)

〈語注〉

京のほり一世の始　「京のほり」は京上り。都にくること。上洛。「一世」は一生涯。終生。「始」は生まれてはじめて。**懇に**　心底から。**四でうのはしの上候よ**　写本は「四条の橋あれに見ゆるは五条の橋の上候よ」。『熊野』に「四条五条の橋の上（四条五条の橋の上には）」とある。**して〳〵**「して〳〵」は「して」を重ねて強める。急いで問いただすときに用いる。「老若男女」は老人も若者も男も女も。『熊野』に「老若男女貴賤都鄙《とひ》」とある。「都鄙」は都の人、田舎の人。**京の案内者も**　「案内者」は土地のことをよく知る者。「あないしや」が正しいか。ここは一緒にでかけた宿主。**不文字**　無学文盲。謡曲を十分に知らないことをいう。「ふもんじ」と読むべきところ。**三年あとの大洪水にみなながれたと**　「あと」は以前。底本の文末に「。」なし。**うきよの橋**　浮世の橋。いままで生きて来た道をたとえる。

【鑑賞】　**大洪水にみなながれた**　宿主は『熊野』の詞章のすべてを知らない。答えることができないので、「其老若男女は。三年あとの大洪水にみなながれた」といった。流された、なくなったといって、事を済ます落ちは、底本146の洗足や軽忽《きようこつ》という言葉を知らずに、「一亂にうせた」「けうこつもお洗足と一度にうせておりなひ」というのと同じである。逃げ口上、口実に用いた方法は策伝好みの表現である。

241　いなものどもの寄合《よりあひ》小野《をの》の小町《こまち》は美人《びじん》にて。桃花《たうくは(わ)》雨《あめ》をおびたる風情《ふぜい》ともほめ。哥《うた》の道《みち》よにすぐれ。をうなのすがたになぞらへ。よは《(わ)》〳〵《(よは)》とよみたるとほめけるが。勿怪《もつけ》な事は。氣《き》か《(が)》短慮《たんりよ》に酒《さけ》にえ《(ゑ)》ふ《(う)》ては。人とからかひ。垣壁《かきかべ》をも打《うち》やぶりらつしがなかつた。大きずといふ。上戸《じやうご》とも下戸《げこ》とも短氣《たんき》ともしらざりし。そちに誰《たれ》がかたつてきかせたぞ。関寺《せきて(で)ら》小町《こまち》を聞《きゝ(き)》給へ。垣《かき》にけんくは《(わ)》をかけ。戸《と》には酔狂《すいきやう》をつらねつゝ《(つ)》と　（809）

〈現代語訳〉　変わった者たちが寄り集まって、「小野小町は美人で、桃花が雨を帯びた風情があるといっては褒め、歌の道は歌人のなかでも優れて、歌を若い女の姿にたとえ、弱々しく詠むのがいい、と褒めた。意外なことは気が短くて、酒に酔っては人とあらそい、垣や壁をも打ち壊して、常識を知らないのが大きな疵《きず》だ」という。「小町が上戸とも下戸とも短気とも知らなかった。おまえに誰がそれを話したのだ」というと、「『関寺小町』をお聞きなされ。『垣にけんくはをかけ、戸には酔狂をつらねつつ』とある」といった。

〈語注〉

いなものども　異な者ども。普通でない者たち。　**小野の小町**　伝不詳。仁明・文徳朝（八三三～八五八）ごろの人。六歌仙、三十六歌仙の一人。『小町集』がある。　**桃花雨をおび**　謡曲の『鸚鵡小町』に、「美人の形も世に勝れ余情の花と作られ桃花雨を帯び柳髪風にたをやかなり（顔かたちも美人として世に勝れ、ゆかしい花のようだと謡われ、たとえば桃の花が雨に濡れたようで、その髪は柳の枝が風に靡《なび》くようでございました）」とある。『鸚鵡小町』は演目名。三番目物。　**哥の道よにすぐれ**　「よ」は世。ここは歌人たちの世界。　**をうなのすがた**　「をうな」は女性。若い女性。「をみな」のウ音便。『古今和歌集』仮名序に、「あはれなるやうにて、強からず、いはば、よき女《をうな》のなやめる所あるに似たり、強からぬは、女の歌なればなるべし（歌はしみじみと身にしみるところがあるが強くない。いうなれば、美しい女性が病気に悩むのに似ている。強くないのは女性の歌だからであろう）」とある。　**らつしがなかつた**　「らつし」は﨟次。物事の順序。けじめ。　**関寺小町**　演目名。三番目物。世阿弥作とされる。　**垣にけんくはをかけ戸には酔狂をつらねつゝと**『関寺小町』に、「垣に金花《きんくわ》を懸け戸には水晶を連ねつつ（垣に金で作った美しい花を掛けならべ、戸には水晶をちりばめ）」とある。「きんくわ」を「けんくは（喧嘩）」、「水晶」を「酔狂」ととらえる。底本の文末に「。」なし。

【鑑賞】　いなものども　「いなものども」は変わった連中のことである。謡曲の言葉だけではなく、あらゆる言葉の意味もわからない人たちである。底本の巻三「文字知顔」「不文字」に登場する人物と同じとみていい。この「いなものども」の失態は、当然、笑いの対象となる。

242　何といふいはれに。昔《むかし》は花になく鶯《うく(ぐ)ひす》水《みつ(づ)》にすむ蛙《かはす(づ)》を始《はじめ》。馬《むま》などまで哥《うた》をは《(ば)》読《よみ》たるぞ。人倫《りん》たる身をうけながら。五もじ七もじのわかちさへしらぬはとなげく。やさしのこゝ《(こ)》ろばへや。去《さり》ながら馬のよみたる哥《うた》はいまだきかず

　世の中にさらぬ別《わかれ》のなくもがな
　　ちよもといのる人の子のため

是《これ》こそ馬のよみたる證哥《しや(よ)うか》ざう《(ふ)》よ。是は業平《なりひら》のにてはなきか。ねんもなひ《(い)》。ゆやにそも此哥《うた》と申は。長岡《なか(が)をか》に住《すみ》給ふ。老馬《らうば》のよめる哥なりとこそ　(810)

〈現代語訳〉「どういう理由であろうか。昔は花に鳴く鶯や、水にすむ蛙をはじめとして、馬などまでが歌を詠んだという。人として生をうけながら、五文字、七文字のつくり方さえ

も知らない」と嘆く。それを聞いた人が、「けなげな心をお持ちだなあ。だが馬が詠んだという歌は、いまだ聞いたことがない」というと、「『古今和歌集』に、

世の中にさらぬ別のなくもがな
ちよもといのる人の子のため

（この世の中にどうしても避けることのできない別れがなければよいのだがなあ、千年も長生きしてほしいと願う親のある子のために）

とある。この歌こそ馬が詠んだ証拠の歌でございますよ」という。「これは業平の歌ではないか」というと、「それは違う。『熊野』に、『そも此歌と申は、長岡に住給ふ老馬のよめる歌なり』とある」といった。

〈語注〉

昔は花になく鶯水にすむ蛙を　『古今和歌集』仮名序に、「花に鳴く鶯、水に住む蛙の声を聞けば（花に鳴く鶯や水に住む蛙の声を聞いてみると）」とある。　**人倫たる身を**　人として生まれた身でありながら。　**五もじ七もじ**　和歌のこと。　**哥はいまだきかず**　底本の文末に「。」なし。　**世の中にさらぬ別のなくもがな**　『古今和歌集』巻十七・雑歌上901、『伊勢物語』八十四段にみる歌。業平の母、伊都《いと》内親王が、「老いぬればさらぬ別れのありといへばいよいよ見まくほしき君かな（年をとってゆくと避けることのできない別れがあるということですから、いっそうあなたにお会いしたいと思うのです）」（『古今和歌集』同900）と詠む歌の返歌。「さらぬ」は避らぬ。底本の狂歌の上の

句末「もがな。」に「。」がつく。誤記なので削除する。**ちよもといのる**　『古今和歌集』は「千代もとなげく」。**証哥ざうよ**　「ざう」は「にさうらふ」が変化したもの。**業平**　在原業平。平安前期の歌人。六歌仙、三十六歌仙の一人。平城《へいぜい》天皇の皇子阿保《あぼ》親王の五男。在五中将、在中将と呼ばれる。八二五〜八八〇。**ゆやにそも此哥と申は長岡に住給ふ老馬のよめる哥なりとこそ**　「ゆや」は熊野。『熊野』に、「そもこの歌と申すは在原の業平のその身は朝に隙《ひま》なきを長岡に住み給ふ老母の詠める歌なり（そもそもこの「老いぬれば」の歌と申すのは、在原の業平が朝廷《てう》の勤めに忙しく、長岡に住んでおられる老母の詠んだ歌である）」とある。「老母」を「老馬」ととらえる。底本の文末に「。」なし。

【鑑賞】　**業平の歌**　「世の中にさらぬ別のなくもがな」の和歌は、写本の巻二「名津希親方」(169)にも「業平の哥」としてあげられている。『古今和歌集』900の詞書には、「業平朝臣の母の内親王《みこ》、長岡に住み侍りける時に、業平、宮仕へすとて、時々もえまかり訪《とぶら》はず侍りければ、師走ばかりに母の内親王のもとより、とみの事とて文《ふみ》をもてまうで来たり、開けて見れば、言葉はなくてありける歌（在原業平の母の伊都内親王が長岡に住んでおりましたときに、業平は宮仕えが忙しいといい、何度も訪ねることができないでおりましたので、十二月ごろに母の内親王のところから、急用のことといって手紙をもってきた。開けてみると、手紙の言葉はなくて書いてあった歌）」とある。歌一首だけが記されるところに母の想いを知る。それにしても老母を老馬と間違えるだけの笑話では、少しくおもしろさに欠ける。

243　奥州《お(あ)うしう》にみてく《(ぐ)》らといふ武家《ぶけ》あり。彼館《かのたち》にて能《のう》に鉄輪《かなわ》をしかゝ《(か)》り。おそろしやみてく《(ぐ)》らといふをゆきあたり。にはかになを《(ほ)》し。おそろしや　胯《またく(ぐ)ら》に三十番神《ばんじん》おはしますと　あさましき神《かみ》のゐと《(ど)》ころや　(818)

〈現代語訳〉　陸奥国にみてぐらという武士がいた。その館で、能の『鉄輪』を演じて、「恐ろしや、みてぐら」というところで行き詰まり、急にいいかえて、「恐ろしや、股ぐらに三十番神おわします」といった。　驚くばかりの神の居場所だ。

〈語注〉
奥州にみてくらといふ武家あり　「奥州」は陸奥国。現在の青森県。また勿来《なこそ》・白河の関以北。「みてくら」は幣、御幣または御手座か。武士の名。不詳。　**鉄輪をしかゝり**　「鉄輪」は演目名。四番目物。「しかゝり」は演じること。　**おそろしやみてくらといふを**　『鉄輪』には、「おそろしやみてぐらに（恐ろしいなあ、みてぐらにおかれては）」とある。　**にはかになをし**　「なをし」は改める。ここは詞章をいいかえる。　**胯に三十番神おはしますと**　「胯」は両ももの間。「みてくら」を「またくら」と言い換える。「三十番神」は「一か月三十日、毎日交替で、国家・人民を守護すると信じられていた三十の神。天神擁護・(略)・法華守護・(略)・加法経守護・(略)など、それぞれ三十番神がある」(『岩波古語辞典』)。『鉄輪』に、「三十番神ましまして(三十番神がお出でになって)」とある。底本の文末に「。」なし。　**あさましき神のゐところや**　評語。写本は小文字。「ゐところ」は居所。座る場所。底本の文末に「。」なし。

【鑑賞】　**おはします**　「みてくら」を「またくら」といい、「三十番神ましまして」を「三十番神おはします」と直す。大本版は「おはしさす」とある。「さす」としたのは「みてぐら」の幣から挿すとしたか。「神のゐところ」が「胯」であっては、評語でいうように「あさましき」ところとなる。

244　和泉《いづみ》の堺《さかひ》に山元雅楽《やまもとうた》とて小鞁《つゝ(づ)み》の上手《ず》あり。幽閑法印政所《ゆ(い)うかんほう(ふ)ゐ(い)んまんと(ど)ころ》なりしとき能《のう》あり。かの雅楽をまねき。そちは三輪《みわ》をうたれよ三輪の山もとゝ《(と)》あるなれば。言下《ごんか》にかたし《(じ)》けなや。ことによみて見ればうたなりと申せしは。しほ《(を)》らしや

(821)

〈現代語訳〉和泉国の堺に山元雅楽という小鼓の上手な者がいた。幽閑法師が政所の役職であったときに能があった。その雅楽を招いて、幽閑法師は、「そなたは『三輪』を打たれよ。『三輪の山もと』とあるから」というと、すぐに雅楽が、「ありがたいことです。その上、『打たれ』をよく読んでみると、同じ『うた』である」と申したのは、なかなか小賢しいねえ。

〈語注〉

和泉の堺に山元雅楽とて小鞁の上手あり　「和泉の国」は国名。現在の大阪府南部。「堺」は町名。現在の堺市。「山元雅楽」は小鼓の囃子方。伝未詳。「小鞁」は鼓の小型のもの。右肩にのせて左手で調べ緒を持ち右手で打つ。小胴《こどう》ともいう。演奏する者を小鼓方という。**幽閑法印政所なりしとき**　「幽閑法師」は松井友閑。戦国・安土桃山時代の武将。生没年不詳。もとは尾張清須の町人。信長公に仕えて和泉堺の政所。「政所」は所領の事務や家政などを取り扱うところ。**三輪をうたれよ三輪の山もとゝある**　「三輪」は演目名。四番目物。「三輪の山もと道もなし（三輪の山の麓には道もない）」とある。「山もと」は山の麓。「山元」を掛ける。**言下に**　言葉を終えるか終えないうちに。**うたなり**　「うた」は雅楽のこと。「打たれ」を掛ける。**ことに**　特に。とりわけ。**しほ**

らしや　要領いいねえ。底本の文末に「。」なし。

【鑑賞】しほらしや　「三輪をうたれよ」の「打たれ」と名前の「雅楽」が同じだと、本人がいうところを、「しほらしや」というのは、言葉巧みで、さすが抜け目ない、調子いい男だと、褒めるよりも皮肉を込めた言葉とみられる。「しほらしや」は作者の言葉が、末文につけられたものとみていいだろう。これは策伝の評語でもある。

245　吾《われ》は此程歯《は》がぬけたとてかなしめば。歯のぬくるは。命《いのち》の長《なか(が)》からんしるしにてあると書たるは。いかなる書物にあるそ《(ぞ)》。関寺《せきて(でら)》小町にはおちても残《のこ》りけるは露《つゆ》の命《いのち》なりけり　(830)

〈現代語訳〉「わたしはこのごろ歯がぬけた」といって悲しんでいると、「歯がぬけるとは長生きの印《しるし》である、と謡曲に書いてある」という。「どんな謡本にあるのか」というと、「『関寺小町』に、『はおちても残りけるは露の命なりけり』とある」といった。

〈語注〉

かなしめば　悲しく思うと。　**はおちても残りけるは露の命なりけり**　『関寺小町』に、「葉落ちても残りけるは露の命なりけるぞ（草花が散り、葉が落ちても残った露のように、はかなくも生きながらえている、わが命であることだ）」とある。「露の命」はわずかな命。底本の文末に「。」なし。

【鑑賞】　**はおちても**　「葉が落ちても」を「歯が落ちても」という地口を楽しんでいるだけではなく、それが「命の長からんしるし」であり、目出度いことという。

舞《まひ》

246　烏帽子《ゑ(え)ぼし》折《おり》をまふとて。山路《さんろ》殿《と(ど)の》がふく物の名《な》をば何といふやらん。名をはな《(ば)》にといふ哉《(や)》らんと。くり返《かへ》し〳〵《(くり返し)》まへと《(ど)》も。つゐ《(ひ)》に横笛《よこふ(ぶ)え》いでず。人皆笑止《みなせうし》におもひ。むかふ《(う)》より扇《あふき(ぎ)》をよこたへ。ゆびををし《(お)》つゝあげつ。笛吹《ふえふく》まねをしをしへければ《(ば)》。ちくうなつ《(づ)》き合点《がてん》したるかほにて。あげくにちやるららと申さう《(ふ)》と（835）

〈**現代語訳**〉　幸若舞の『烏帽子折』を舞うといって、「山路殿が吹く物の名をば何といふやらん、名をはなにといふ哉らん」と繰り返し繰り返し謡いながら舞うだけで、とうとう続く詞章の「横笛と申候」が出てこない。人はみな気の毒に思い、舞手の向正面から扇を横にもったり、指を押したり上げたり、笛を吹く真似をして教えたところ、少しうなずいて分かった顔で、結局は、「ちやるららと申候」といった。

〈**語注**〉
舞　戦における武者たちのこころを謡った幸若舞。その詞章の間違ったとらえ方などをみる。**烏帽子折**　演目名。判官物。**山路殿がふく物の名をば**　『烏帽子折』の詞章には、「山路殿が吹く物の名をば何と言ふやらん横笛と中候（山路殿が吹くものは何というものだろう。これは横笛と申すものです）」とある。「山路」の「さんろ」は音読み。**横笛いでず**　「横笛と中候」の詞章が出てこない。**ゆびををしつあげつ**　慣用句か。**ちくうなつき**　「ちく」は「ちくと」の略か。ちょっと。「うなつき」は了承、承諾の首を縦にふる動作。**ちやるららと申さうと**　「ちやるらら」は笛の譜の音。「横笛と中候」の「横笛」の詞を「ちやるらら」といってしまう。底本の文末に「。」なし。

【鑑賞】舞　中世から近世にかけて武家たちに愛された幸若舞を「舞」という。曲舞《くせまい》が地方に流れて舞々《まいまい》となった越前の幸若太夫が、都で演じたので幸若舞といったという説がある。初代幸若の子である弥次郎の弟子の山本四郎左衛門が、大頭《だいがしら》流をつくり、幸若流とともに二大流派となった。幸若舞は武士の華やかにして、かつ哀しい物語を主題にしていて、『平家物語』『曾我物語』などに多く題材をもとめた。そのため武士の舞となって、信長公、秀吉公などに好まれた。

舞々　舞う者を舞々または舞大夫《まひだいふ》という。諸国の舞々は、底本216は「和泉」、写本の巻七「いひ損はなをらぬ」(755)は「越中」、巻七「舞」(843)は「奥州」、底本250は「能登」にいたことを記す。地方を歩く芸能者、大道芸人であった。

舞の曲　幸若流に三十六番、大頭流に四十二番がある。『醒睡笑』には写本に二十二話を収め、「高館《たかだち》、敦盛、八島」が三話ずつあるのをはじめ、他に「堀河夜討、満仲《まんぢう》」が二話、「鳥帽子折、信田《しだ》、景清、大織冠《たいしょくかん》、夜討曾我、十番斬、和田酒盛」が一話ずつある。また演目名なしや、演目名だけの「満仲、百合若大臣、富樫」などもある。底本は七話を収める。
ちやるらら　やっと詞章を思い出したかにみえたが、口から出てきた詞が、笛の音の「ちやるらら」では笑われる。「扇をよこたへゆびをしつあげつ笛吹まねをし」と横笛を身振りで教える場面はおもしろい。写本には「ちやるゝら」とあり、似る音を表記している。神楽《かぐら》笛《ぶえ》、竜笛《りゅうてき》、高麗笛《こまぶえ》、能管《のうかん》、篠笛《しのぶえ》、明笛《みんてき》などの笛を真似たとみられる。

247　舞《まひ》はまひたし習《なら》ふ事はならず。なまし《(じ)》ひにかな書《か(が)き》をよむ者。ある席《せき》にて敦《あつ》盛《もり》をまふに。東國《とうごく》のけむしにはあはんといへる平家《へいけ》なしといふ。人みなふしんし。源氏《げんじ》とこそまふべけれ。毛虫《けむし》とは何《なに》の事ぞやととはれ。彼返答《かのへんたう(ふ)》に鑓《やり》のさやの事にてあら《(う)》ふまでよと　(836)

〈現代語訳〉　舞は舞いたいが習うことはできない。なまじっか仮名書きぐらいなら読めるという者が、ある席で『敦盛』を舞うときに、「東国の毛虫にはあはんといへる平家なし」と謡う。見ている人は、みなおかしいと思い、「源氏といって舞うはずだが、毛虫とはどういうことか」と尋ねられ、男が答えるに、「鑓の毛鞘《けざや》であるからだよ」といった。

〈語注〉
なましひに　生強ひ。余計なこと。ここはたまたま読めることが問題となる。なまじっか読めたために失敗する。「なまじ」ともいう。**敦盛をまふに**　「敦盛」は演目名。源平物。**東國のけむしにはあはんといへる平家なしと**　「東國」は関東、東北を指す。「けむし」は「げむじ」の清音。ただし源氏の表記は「げんじ」。「けむし」を毛虫ととらえる。『敦盛』の詞章には、「東国の源氏に会はんと言へる平家なし（東国に住む源氏に会おうという平家はいない）」とある。**鑓のさやの事にてあらふまでよと**　「さや」は鑓を納める筒。鞘には鳥の毛をつける。その「毛鞘」から「毛虫」でいいのだという。底本の文末に「。」なし。

【鑑賞】　**鑓のさやの事**　源氏を「けむし」でいいと咄嗟に答えるあたりは賢しい男のようである。舞を舞ってみたいといいながら、習うことができないというのは、近くに教える人がいないというのであろうか。または習い事が覚えられないという人なのか。しかし仮名しか読めない男であるから、これが習えないという本音なのであろうか。平仮名の清音で書かれた「けむし」を「げむじ」と読んだのも、清音、濁音の判断ができない不文字の男なのであろう。それを読み間違いではないといい、こじつけまでいうところは不文字の男ではないといいたいのだろう。

248　幸若《こうわか》の舞《まひ》をきゝ《(き)》。さて〳〵《(さて)》おもしろのふしや。くどきや。中にもせめがおもしろきと感《かん》ずる時。惣《そう》じて此舞といふ物は。たれが作《つく》りし事ぞ。こざかしきかほの人いふ。無《ふ(ぶ)》案内《あんない》や仁和寺《にんわじ》にてつくりたるなり。終《つゐ(ひ)》にきかぬ。庭訓《ていきん》ににんわじのまひつくりと書《かき》たるは　（841）

〈現代語訳〉　幸若舞の謡を聞いて、「いやまあ、おもしろい節回し、口説《くどき》である。なかでも責めがおもしろい」と感心する。そのとき、「だいたい、この舞というものは、誰がつくったのだ」というと、少しばかり知恵のある顔の者が、「分からないのか、仁和寺《にんなじ》でつくったものである」という。「いまだ聞いたことのない」というと、「『庭訓往来』に、『仁和寺のまひつくり』と書いてある」といった。

〈語注〉
せめ　終曲近くの高声の部分や急調子になる部分。「つめ」ともいう。　**仁和寺**　真言宗御室《おむろ》派の総本山。山号大内山。仁和四年（八八八）建立。本尊は阿弥陀如来。現在の京都市右京区御室大内にある。**庭訓ににんわじのまひつくりと書たるは**　「庭訓」は『庭訓往来』。往来物。初学者の書簡文範例の作品。「にんわじのまひつくり」は『庭訓往来』の卯《う》月に、「小柴黛。城殿扇子。仁和寺眉《まゆ》作」とある。仁和寺門前の家で作っていた。「まひつくり」は眉の「まゆ」と舞の「まひ」を掛ける。底本の文末に「。」なし。

【鑑賞】**まひつくり**　幸若舞の節回し（「フシ」という）、口説、責めの部分がおもしろいと褒める。幸若舞の作者は知られていない。作品を収める『舞の本』にも作者名を記したものがない。諸本には幸若流七本、大頭流七本が収められるが、詞章の異同をもつ本が少ないのは、ほぼ本文が固定していたからであろう。

249　和泉《いづみ》の堺《さかひ》北《きた》の庄《しやう》に御坊といふ《(う)》て本願寺《ほんぐわんじ》の末寺《まつし(じ)》あり。彼寺建立成就《かのてらこんりう(ふ)じやうし(じ)ゆ》し。平野《ひらの》といふ所《ところ》より大頭《だいがしら》のながれ舞大夫をよび。堂の祝《いはひ》にまはする。高舘《たかた(だ)ち》をはじめけるが。破《やふ(ぶ)れ》た堂《だう》といふまへにて。あつとおもひやふ《(ぶ)》れたた門《もん(が)》かめ。いはの洞《ほら》と　(846)

〈現代語訳〉　和泉国の堺の北の庄に、御坊という本願寺の末寺がある。この寺の建立成就のときに、平野という所から大頭の流れをくむ舞大夫を呼び、建立祝いに舞わせた。『高館』を舞いはじめたが、「破れた堂」という言葉の前で、あっと思い、「破れた門亀、岩の洞」といい直した。

〈語注〉

和泉の堺北の庄に御坊といふて　「和泉」は国名。現在の大阪府南部。「御坊」は本御門跡御坊信証院。本願寺の別院。現在の堺市堺区神明町東にある。　**大頭**　幸若舞の流派の一つ。　**堂の祝**　寺の建立祝い。　**高舘**　演目名。判官物。　**破た堂**　『高館』の詞章に、「人の宿を貸さざれば破れた堂寺岩の洞（人には宿を貸さないので破れた堂や寺、岩の洞）」とある。　**やふれたた門かめいはの洞と**　「やふれたた」は底本ママ。「た」は畳語か。また「る」の誤刻か。静嘉堂文庫本は「やぶれただうかめ」。内閣文庫本、南葵文庫本は「やぶれただうがめ」。「門かめ」は不詳。「いはの洞」は岩の洞。このあとに写本は小文字の評語「時にあたりての廃忘はなにの上にもあらん」がつく。底本の文末に「。」なし。

【鑑賞】　**破た堂**　「破た堂」は壊れた堂である。新築祝いの言葉としてふさわしくなく、忌み言葉となるので、「やふれた門」にいいかえた。すべて写本は「やぶれただうか(が)め」とあるが、「やぶれただうか(が)め」では「破た堂」と同じで、いい直したことにならない。

『高館』の「破れた堂寺」の「堂寺」を『醒睡笑』では、「だうかめ」「だうがめ」「た門かめ」といい直しても、すべて意味が通じない。この一文から何をいいたいのかがわからない。

250　玉石《たまいし》とて能登《のと》に舞《まい(ひ)》々あり。和田《わだ》ざかもり一番《は(ば)ん》ならではおぼえず。去程に新《しん》左衛門といふ侍の。もとにてまふに。あれなるは和田《わた(だ)》殿と計《は(ば)かり》い《(い)》ふ《(う)》て。是なるは新左衛門を残《のこ》したり。主人《しゆじん》とがめてなど舞にある名をば。おとひたるぞと申さるゝ《(る)》。いや其新左衛門は。とく死《し》なれて候と　(850)

〈現代語訳〉　玉石と名乗る能登の舞々がいた。『和田酒盛』の一曲のほかは覚えていない。ところで新左衛門という侍の家で舞ったとき、玉石は、「あれなるは和田殿」の詞ばかりいって、「是なるは新左衛門」の詞をいい忘れてしまった。主人は詞を忘れたのを叱り、「なぜ舞にある名前を忘れたのか」といわれると、玉石は、「いや、その新左衛門は、すでに死なれておりります」といった。

〈語注〉

玉石　舞々を演じる者。不詳。能登国にいた一派とみられる。舞々は太夫がつくので玉石太夫が正しいか。底本216の【鑑賞】参照。　**舞々**　振り仮名は「舞」のみにある。　**和田ざかもり**　和田酒盛。演目。曾我物。「ざかもり」は当時の読み方か。　**新左衛門といふ侍**　「新左衛門」は不詳。底本「問」。「門」の誤刻なので訂正する。　**あれなるは和田殿**　『和田酒盛』の詞章に、「あれなるは新左衛門」とあるが、「あれなるは和田殿」はない。幸若舞では新左衛門は義盛の嫡男常盛のことで和田合戦に敗れて自害する。　**是なるは新左衛門を残したり**　詞章には、「是なるは十郎殿」はあるが、「是なるは新左衛門」はない。「残したり」は忘れてしまった。　**とく死なれて候と**　底本の文末に「。」なし。

【鑑賞】　とく死なれて候　自分の名前が出てくる詞章であるから「新左衛門」をいい忘れたのが気になる。舞々は詞を忘れたとはいえないので、「とく死なれて候」といった。これでは呼ばれた家の新左衛門が亡くなったことになり、失礼に当たる。いい逃れの表現は策伝好みである。

251　磯邊《いそべ》の庄司《せ(しや)うし(じ)》といふ人の方にて。八嶋《やしま》をまふに。庄司にはなれて三とせに

なるを。行あたり　屏風《べ(びや)うぶ》にはなれてとまふ《(う)》たる　(851)

〈現代語訳〉 磯辺の庄司という人の家で、『八島』を舞ったところ、「庄司にはなれて三とせになる」というところで行き詰まり、「屏風にはなれて」といって舞った。

〈語注〉

磯邊の庄司　不詳。**八嶋をまふに**　「八嶋」は『八島』。演目名。判官物。**庄司にはなれて三とせになるを**　『八島』の詞章に、「庄司に離れて三年なり子共に別れ七年（庄司を離れて三年となり、子どもに別れて七年になる）」とある。**行あたり**　行きづまる。こまってしまう。ここはこのまま謡っていいかどうか迷う。**屏風にはなれてとまふたる**　「屏風」は庄司を「障子」ととらえて屏風にいいかえる。底本の文末に「。」なし。

【鑑賞】 **行《ゆき》あたり**　「庄司にはなれて」の詞では、磯部の庄司という人の前で失礼な言葉になると思っていい直す。しかし舞々が詞章に注意して演じていたならば、しっかりと舞う演目を選ぶはずである。この笑話のように詞をいい直すのを笑話のおもしろさとするのはどうか。

252　原殿《はら》といふ侍《さふ(ぶ)らひ》の前《まへ》にて。高舘《たかだち》をまふ。そこで腹《はら》きれ龜井《かめい》にゆきあたり。
そこでせこきれ亀井《かめ》（854）

〈現代語訳〉 原殿という侍の前で、『高舘』を舞った。「そこで腹切れ、亀井」というところで行き詰まり、「そこでせこ切れ、亀井」といい直して舞った。

〈語注〉
原殿といふ侍の前にて高舘をまふ 「原殿」は不詳。詞章の「腹切れ」をいうための架空の人名か。
そこで腹きれ龜井に 『高舘』の詞章に、「やそこで腹切れ亀井南無阿弥陀仏と諸共に（やい、そこで腹切れ亀井。南無阿弥陀仏とともに）」とある。「腹切れ」では原殿を切れとなる。**そこでせこきれ亀井** 「せこ」は背中。諺の「背に腹はかえられぬ（さし迫ったことのためには、ほかのことを犠牲にしても仕方ない）」を踏まえたものか。底本の文末に「。」なし。

【鑑賞】 **腹きれ** ここも「腹切れ」が「原切れ」となるので、詞をいい直した。詞のいい直しがおかしいと思う策伝であるが、同想の笑話を並べることのつまらなさには、何も思わなかったようである。

醒睡笑巻之八目録

醒睡笑巻之八

頓作《とんさく》

253 或《ある》大名《た(だ)いみやう》の前《まへ》にて。當時《たうじ》能《のう》の上手《じやうず》は誰《たれ》にてあらんやと。を《(お)》の〳〵《(をの)》讃嘆《さんだん》ある中に。今春《こんは(ば)る》をほむるあり。金剛《こんがう》をほむる有。人々心〳〵《(心)》なりし時。こざかしき者の申けるやう。私《わたくし》はたゞ《(だ)》春日大夫《しゆんにちた(だ)ゆふ(う)》を天下一と存《そ(ぞ)ん》ずると。いかなればさはいふぞ春日を上手とはわれら計《は(ば)かり》の中にては御座《さ(ざ)》ない。昔《むかし》から神達《かみたち》もほめさせられたもの。三社《じや》の託宣《たくせん》に。春日大明神《だいめいじん》とあり　(856)

〈現代語訳〉　ある大名の御前でのこと。「いまの能の名人は誰だろうか」というと、それぞれが褒め合うなかに今春を褒める者、金剛を褒める者がいる。おのおのが心中に思っているとき、少しばかり知恵のある者が、「わたしはとにかく春日太夫が天下一だと思います」といった。「どういうわけで、そういうのか」というと、「春日を名人というのは、わたしだけがいうのではありません。昔から神たちも褒められている。三社の託宣に『春日大明神』とある」といった。

〈語注〉

頓作　場面に応じて、即座に洒落たことなどをいう、機知を働かせた笑いを集める。**今春**　能の流派の一つ。大和猿楽《さるがく》四座《よざ》の円満井座《えんまいざ》より出る。**金剛**　能の流派の一つ。大和猿楽四座の坂戸座《さかと》より出る。**春日大夫**　太夫の名。金春の傍系。**天下一**　日本一。世の中で一番。**三社の託宣に春日大明神とあり**　「三社」は天照大神、八幡大菩薩、春日大明神。「三社の託宣」は三社の託ともいう。「託」は底本では「詫」。誤刻なので訂正する。「大明神」は「だいみやうじん」と読むが、ここは「大名人」を掛けるので「だいめいじん」の振り仮名をつける。底本の文末に「。」なし。

【鑑賞】　**頓作**　「頓作」は頓知ともいう。頭をつかった言葉遊びであり、すぐさま洒落をいって笑わす。当意即妙の受け答えをする「当話」も同じ意味である。すでに他の章にも頓作の笑いがみられ、ここに頓作のいいものが集められた、というわけではない。だが『醒睡笑』の頓作論を考えるための笑話が多く並んでいる。

大明神　「大名人」の洒落をいうために振り仮名をつけたのであろうが、そんな余計なことは笑いに無用である。「大明神」が「だいみやうじん」と読まれていたかどうかは別として、「だいめいじん」と読めることで笑うのである。底本254の「熱田大明神」の「明神」には「みやうじん」と振り仮名をつけている。読み方を読み手に委ねるのがいいのであり、あえて振り仮名をつけなくてもよかったであろう。

254　尾州熱田《びしうあつた》大明神《みやうじん》の祭礼《さいれい》に。貴賤参詣《きせんさんけい》の袖をつらぬる。かしこも伊勢《せ》両宮《く(ぐ)う》のごとく禰宜《ぎ》あつまり。袂《たもと》にむすぼれ。銭《せ(ぜ)に》をもろふことかまびすしき程なり。さるまゝ《(ま)》百姓餘多《あまた》つれだち下向《かう》するに。扨《さて》も熱田の禰宜とも《(ど)》は。人でないぞといひつゝ《(つ)》。急度《きつと》うしろをみれば。白張装束《しらはりしやうぞく》に。烏帽子《ゑ(え)ぼし》きて。金磨《きんすり》の扇《あふき(ぎ)》すゑひろかり《(が)》を持《もち》たるあり。大に驚《おと(ど)ろ》きそのまゝ《(ま)》たゞ《(だ)》。神半分《かみはんふ(ぶ)ん》の人よと　(857)

〈現代語訳〉　尾張国の熱田大明神の祭礼に、貴賤の参詣者が多く集まって賑わっている。どこそこにも伊勢神宮の内宮、外宮と同じように、多くの禰宜たちが集まり、参詣人の袂にまとわりついて、銭をもらおうとする様子は、やかましいほどであった。そのようなとき、多くの百姓たちが参詣を終えて、一緒に帰るときに、「さても熱田の禰宜たちは、人ではないな」といいながら、すぐ後ろをみると、白張装束に烏帽子を冠り、金磨の扇子の末広がりをもった禰宜がいた。それにとても驚いて、すぐに、「まるで神が半分、人が半分であるよ」といい直した。

〈語注〉
尾州熱田大明神の祭礼に　「尾州」は尾張国。現在の愛知県。「熱田大明神」は熱田神宮。現在の名古屋市熱田区神宮にある。**伊勢両宮**　伊勢神宮の内宮（皇大神宮）、外宮（豊受大神宮）。**むすぼれ**　結ぼれ。「むすぼほれ」の転。**かまびすしき**　騒々しい。**百姓餘多**　百姓一行。「餘多」は数多と同じ。**人でないぞ**　人としてあるまじき行為をする。ここは乞食みたいなことをする。**金磨の扇すゑひろかり**　「金磨」は金で磨かれた扇。「すゑひろかり」は末広がり。中啓《ちゆうけい》の異称。「親骨の上端を外へそらし、畳んでも半ば開いているように作った扇」（『岩波古語辞典』）。**神半分の人よと**　底本の文末に「。」なし。

【鑑賞】　**神半分の人**　なぜ禰宜たちが銭貫いをするのかの理由は明らかでない。それをみて「人でないぞ」と悪口をいったのを禰宜に聞かれてしまった。そこで「神半分の人よ」と訂正したところがおかしい。仮名草子の『浮世物語』（寛文五年ころ。一六六五）巻五・6「後言《かげごと》をいふべからざる事」に、「うしろ方《かた》を見ければ、御屋形殿うしろに立ちておはしけるを見つけて、人ではないといひ直して、仏ぢやと語りし。まことにをかしき事ながら、人の後言をばすべていふまじき事なり」をみる。「後言」は陰口のことである。

255 将軍《しやうぐん》天下をしろしめされし始《はじめ》。伏見《ふしみ》のある屋形《やかた》にて。霜《しも》月末《すゑ》つかた。来正月をは《(ぼ)》。東《ひか(が)し》にてやなされん。又都《みやこ》にて御越年《をつねん》やあらんなど。評定《ひやうち(ぢ)やう》ありしにある者の申様。いや御年をは《(ぼ)》。東にてあそは《(ぼ)》され候と。誰《たれ》に聞たるそ《(ぞ)》。我らよく存知て候。明年の暦《こよみ》に。大将軍《しやうぐん》東にあり。しかも此方にむかつて大小へ《(べ)》んせずと。たつとみ書てあり　（858）

〈現代語訳〉 家康公が天下をお治めになられたころ、伏見のある邸宅で、十一月末に、「家康公は来たる正月を、東国で過ごされるのであろうか、それとも都で御越年であろうか」などと話していると、ある者が、「いや、正月は東国でお過ごしになられます」といった。「誰から聞いたのだ」というと、「わたしはよく存じております。来年の暦に、『大将軍東にあり、しかも此方にむかって大小べんせず』と恭《うやうや》しく書いてあります」といった。

〈語注〉 **将軍天下をしろし** 「しろ」は「領《し》る」の尊敬語「領ろす」よりも強い敬意を表わす。お治めになられること。**伏見のある屋形にて** 「伏見」は現在の京都市南部。伏見区周辺。「屋形」は館。貴人の邸宅を指す。**来正月をは東にて** 「来」は来年。「東」は東国。関東。江戸。**評定** 多くの者が相談して決定すること。ここでは話し合う。**暦に大将軍東にあり** 「暦」はその年の塞《ふさ》がりの方角と吉方を記す。「大将軍」は陰陽道で方位の吉凶を司る八将軍の一つ。魔王天王とも呼ばれる大鬼神。**大小へんせず**　「大小」は暦の大の月、小の月。「へんせず」は弁ぜず。してはいけない。
たつとみ書てあり　底本の文末に「。」なし。

【鑑賞】**大将軍**　三年ごとに居を変えるのは、土を動かすことになるので良くないとされた。大将軍の方角は三年間変わらないので、その方角を「三年塞がり」といった。ただし大将軍の遊行日《ゆぎょうび》というのが定められ、その間は凶事がないとされる。のちに劉卜子による『暦日講訳《れきじつこうやく》』『暦略註』などが近世後期に刊行されているのをみる。同じような暦が、近世初期にもつくられていたとみられる。

256　大閤《たいかう》をば豊國《とよくに》大明神といはひ。吉田《よした(だ)》の神主《かんぬし》に。知行《ちぎやう》壱万石給ふ《(う)》たるよし人のかたりたれば。宮川《みやかわ(は)》殿中〳〵《(中)》の事や。大閤は神《かみ》におなりあり。吉田の神主は。人におなりあつたの　(859)

〈現代語訳〉　ある人が、「秀吉公を豊国大明神として祀り、吉田の神主には知行一万石をお与えになった」と語ると、宮川殿は、「驚かされますねえ。秀吉公が神になられ、吉田の神主は人になられたとはね」といった。

〈語注〉

大閤をば豊國大明神といはひ　「大閤」は豊臣秀吉。慶長三年（一五九八）没。翌四年四月、朝廷より豊国大明神の神号を賜る。「豊國」の振り仮名「とよくに」は「ほうこく」が正しいか。「いはひ」は斎ひ。神として祀る。尊崇する。　**吉田の神主**　吉田兼見《かねみ》。吉田家九代当主（卜部氏二十五代）神祇大副。左衛門督。細川幽斎の従兄弟。著に『兼見卿記《かねみきようき》』がある。一五三五〜一六一〇。

宮川殿　細川元常の女。幽斎の姉。武田信重（信高）に嫁ぎ雄長老を生む。底本128にも登場する。

人におなりあつたの　神主は神に仕える身分なのに、人に与えられる知行を賜ったという。底本の文末に「。」なし。

【鑑賞】　**太閤は神に、神主は人に**　秀吉公は武田信重（信高）の兄信豊の孫、元明が、明智光秀に通じるといい、武田家をお取り潰しにした。吉田兼見も光秀とかかわっているといわれ、秀吉公から疎まれたという。信重に嫁いだ宮川殿（宮川尼）は、このことから秀吉公に遺恨をもっていたので、「中〳〵の事や大閤は神になりあり」という。ここには実に聞いてあきれるという意味が含まれていよう。

257　釋《しやく》の頓阿《とんあ》桑門《さうもん》の風情《ふぜい》し。内裡《た(だ)いり》見物《けんぶつ》の折ふしある殿にて座敷《さ(ざ)しき》より。修行《しゆぎやう》の僧はいづくの人ぞ。東《あつ(づ)ま》の者にて候とあれば即《すなはち》

　なにかあづまのはてのおもひ出《で》

とあるに頓阿《とんあ》

　都《みやこ》にてまづかたるべきふじの雪《ゆき》

さらば座敷《ざしき》へと請《しやう》ぜらるゝ(る)に。礼《れい》もなく座上《さ(ざ)し(じ)やう》になを(ほ)られたりければ又

　いやしきものはうへを恐《おそ》れす(ず)

とあり頓阿言下《ごんか》に

　水鳥《みづとり》のうかべは(ば)月の影《かげ》ふみて　(864)

〈現代語訳〉　釈の頓阿が僧侶の姿をして内裏見物をしていた。そのときのある邸宅でのこと。座敷から出てきた修行僧が、「御僧はどちらから来た人か」というと、頓阿が、「東から来た者でございます」という。すぐさま修行僧が、

　なにかあづまのはてのおもひ出

（どうしてひどく遠い東を思い出させるのか）

というので、頓阿は、

都にてまづかたるべきふじの雪

（都ではまっさきに語らなければならないのは富士山の雪である）

という。「それでは座敷へ」と招かれると、挨拶もしないで座敷に着座したのをみて、また修行僧は、

いやしきものはうへを恐れす

（貧しい心をもつ人は上を恐れない）

という。頓阿はすぐさまに、

水鳥のうかべは月の影ふみて

（水鳥が水面に浮かぶと、そこに映る月の影を平気で踏んで）

といった。

〈語注〉

釋の頓阿　鎌倉末・南北朝時代の歌人。兼好、浄弁、慶運とともに和歌四天王の一人。「とんな」ともいう。著に『井蛙抄《せいあ》』『愚問賢註』、家集に『草庵集』などがある。一二八九〜一三七二。**桑門**　僧侶。沙門。**内裡**　内裏に同じ。禁裏。**東の者にて候とあれば即**　「東の者」は関東の者。東国の人。底本の文末に「。」なし。**とあるに頓阿**　底本の文末に「。」なし。**なをられたりければ**　**又**　「なをられ」は着座する。底本の文末に「。」なし。**うへを恐れす**　「うへ」は身分の高い人。

「飢え」を掛ける。ここは身分をわきまえない。**言下に**　前の言葉につづけて。いい終わるとすぐに。**水鳥のうかべは月の影ふみて**　「水鳥」は水上または水辺で生活する鳥の総称。水禽《すいきん》。底本の文末に「。」なし。

【鑑賞】　**東の者にて候**　歌人である頓阿を知らない修行僧は、普通の会話をしても、すぐに文句をいう。それに対して頓阿は、そういう言葉をいうのは、水面に映るきれいな月の姿を知らない水鳥と同じだ、と皮肉を述べる。会話すらもできない僧は、修行するに値しない人物とみてのことであろう。

258　天龍寺《てんりうじ》の開山《かいさん》夢窓國師《むそうこくし》は。超過《てうくは(わ)》福僧《ふくそう》にてまします。僧形《そうぎやう》いかにも肩《かた》うすくすぼみたり。人拝顔《はいがん》をとげ言《ごん》上する様《やう》。世間《せけん》に貧窮《ひ(び)んぐう》の輩《ともがら》をば。なべてかたのうすい者とも。又無力《ぶりよく》すれば肩《かた》がすばふ《(う)》たとこそ申つたへ候へ。夢窓の御肩　興《け(きよ)う(ざ)》さめてうすくすぼみたれど。福分《ふくぶん》におはしますはいかんと。さればよわれが肩あまりうすくすぼみて。びんぼう神《(ふ)か(が)み》のゐ所がなさによとのたまへり　(865)

〈現代語訳〉 天竜寺の開山夢窓国師は、稀にみる福僧でいらっしゃる。だが僧としての御姿は、それとなく肩身が薄く痩せていた。ある人がお顔を拝して申しあげるに、「世間では貧乏の人を、すべて肩身の薄い者とも、また無力になると肩がすぼむものとも申し伝えます。夢窓の御肩は、おどろくほど薄くすぼんでおられるが、なぜ福分でいらっしゃるのですか」といわれると、「それはだな、わたしの肩があまりにも薄くすぼんで、貧乏神の居場所がないからさ」とおっしゃった。

〈語注〉
天龍寺 臨済宗天竜寺派の大本山。天竜資聖禅寺。京都五山の一つ。山号霊亀山。現在の京都市右京区嵯峨天竜寺芒ノ馬場町にある。**夢窓國師** 夢窓疎石。正覚国師、心宗国師、普済国師。鎌倉後期・南北朝時代の臨済宗の僧。一山一寧《いっさんいちねい》、高峰顕日《こうほうけんにち》に師事し、天竜寺を開山。門派を夢窓派という。著に『夢中問答』『臨川寺家訓』『西山夜話』『夢窓国師語録』などがある。一二七五〜一三五一。**肩うすくすぼみたり** 「肩うすく」は肩身が薄くて肉がなく縮んでいるような状態。「すぼみ」は窄み。縮んだりしぼんだりして小さくなること。諺に「肩が窄む」がある。**貧窮** 貧乏。「びんぐ」「ひんきゅう」ともいう。**びんぼう神のゐ所がなさによとのたまへり** 「びんぼう神」は人の肩に乗って、人を貧乏にさせる神。底本の文末に「。」なし。

【鑑賞】 **びんぼう神** 福を得る福神とは逆に、貧乏神の存在は嫌われる。いかにも喜ばしい姿の福神に対して、貧乏神は貧乏を象徴する破れた着物を着て、手に団扇の骨しかない渋団扇を持つ。顔は無精髭を生やしている。『軽口御前男』巻五・2「貧報神開帳」の挿絵には雲に乗って現れる姿が描かれている。

259　伊勢《いせ》の桑名《くはな》に。古諌《こかん》とて醫者《いしや》あり。天然《てんねん》とかほくせあしし。濃州立《じや(の)うしうりう(ふ)》政寺《せい(しやう)じ》より。文叔《ふ(ぶ)んしゆく》といふ僧下向《そうけ(げ)かう》し。毎座対談《まいさ(ざ)たいだん》し。後本山に帰《かへ》る時。人とふ桑名にて古諌をば。何《なに》とか取沙汰《とりさ(ざ)た》する。されば桑名はつらのやすい所哉《(や)》らん。古諌を百顔《づら》といふ。美濃《みの》でならば。やす〳〵《(やす)》と三百はせんものを　(876)

〈現代語訳〉　伊勢の桑名に古諌という医者がいた。生まれつき、顔に感情を出す癖をもっていてよくない。美濃国の立政寺から、文叔という僧が桑名に出掛け、なんども古諌と対談して、その後、立政寺へと帰ってきたとき、ある人が尋ねて、「桑名での古諌は、どのような評判ですか」というと、「さよう、桑名は面《つら》の安いところのようだ。古諌を百顔《づら》といっている。美濃であったら、安くみても三百はしようものを」といった。

〈語注〉

伊勢の桑名に古諫とて醫者あり　「伊勢」は国名。現在の三重県。「桑名」は現在の桑名市。桑名藩の城下町。東海道の宿場町。「古諫」は不詳。**濃州立政寺**　「濃州」は国名。美濃国。現在の岐阜県南部。振り仮名「じやうしう」は「のうしう」の誤り。「立政寺」は浄土宗西山派の寺。文和三年（一三五四）、智通和尚開基。現在の岐阜市西荘にある。**文叔**　美濃浄音寺二十四世。文禄四年（一五九五）立政寺に入寺。慶長十四年（一六〇九）入滅。策伝の師。**下向し**　美濃から桑名に行くこと。**対談**　二人で語りあう。ここは問答であろうか。**本山**　立政寺。**百顔**　多くの顔癖があること。これを「百銭」「百文」の値ととらえる。**三百はせんものを**　「三百」は田舎だから三倍もの値となる。「せん」は為む。底本の文末に「。」なし。

【鑑賞】　**かほくせあしし**　顔癖は、口をへの字にしたり、曲げたり、眉間《みけん》に皺《しわ》をよせたり、眉を上げたり、下げたりする。人前ではみせてはいけないので悪い癖といわれる。「天然とかほくせあしし」は生まれつきの顔癖である。

260　青苔《あをのり》をいりまめにつけたる菓子《くは(わ)し》。大閤《かう(ふ)》の御前へ出したれば。幽齋公《ゆ(い)うさいこう》に

むかはせ給ひなにと〱《（なにと）》とありし時
君か《（が）》代は千代《ちよ》にや千世《ちよ》をさゞ《（ざ）》れ石《いし》の
いはほとなりてこけのむすまめ　（877）

〈現代語訳〉青海苔《あおのり》を煎り豆にまぶしつけた菓子を、秀吉公の御前にお出しすると、幽斎公に向かわれて、「どのようにどのように詠む」という。そのとき幽斎公は、

君が代は千代にや千世をさゞれ石の
いはほとなりてこけのむすまめ

（わが君の御代は千年も八千年も細かい石が、大きな岩となり苔が生《む》す豆）

と詠んだ。

〈語注〉

青苔をいりまめにつけたる菓子　「青苔」は青海苔。緑藻類アオサ科アオノリ属の海藻の総称。海岸や河口付近の岩などに生える。「いりまめ」は煎り豆。煎った大豆。「つけたる」は粉状のものを一面になすりつける。　**なにと〱とありし時**　「なにと〱」はどんな歌を詠むのかと秀吉公から催促される。底本の文末に「。」なし。　**や千世をさゞれ石の**　「や千世」は底本ママ。八千代。八千年。永い年数。「さゞれ石」は細れ石。細かい石。小石。　**いはほとなりてこけのむすまめ**　「いは

ほ」は巌。突き出た岩。大きな岩。下の句の「こけのむすまで」を「むすまめ」とする。「むす」は生す。生えて増えること。「蒸す」を掛ける。

【鑑賞】君か代は　『古今和歌集』巻七・賀歌343に、「我が君は千代に八千代にさざれ石の巌となりて苔のむすまで（あなたの寿命は、千代も八千代も小石が大きな岩になり苔が生えるようになるまで、いつまでも末長くつづいてほしい）」（よみ人知らず）がある。『和漢朗詠集』下巻には「君が代は」とある。「むすまで」を「むすまめ」としただけで、これを「頓作」というのはどうであろうか。

261　濃州鏡嶋《かゝ(が)みしま》にて。乙津寺《を(お)つしん》梅の寺といふ。彼寺にて
　香《か》か《(が)》しまは《(ば)》こと木も匂《にほ》へ梅《むめ》の花《はな》　宗祇《そうぎ》
此寺《てら》の一代に蘭叔和尚《らんしゆくお(を)しやう》とてあり。酒《さか》もりの座《さ(ざ)》にて。正雲《うん》といふ僧《そう》に一つのめとあり。禁酒《きんしゆ》とこたふ。何事に飲酒《を(お)んし(じ)ゆ》は是仏戒《これぶつかい》なりとして飯をもたつか。飯《いゝ(い)》をいましめのむねありや。中〳〵《(中)》いゝ《(い)》がひ。又はおだいがい《(ひ)》禁戒《きんかい》よ　和尚は酒茶論《しゆちやろん》の作者《さくしや》なり　(878)

〈現代語訳〉 美濃国の鏡嶋でのこと。乙津寺は梅の寺ともいう。この寺で、

香かしまはこと木も匂へ梅の花　　宗祇

（香りが染みるならば梅の木も匂ってほしい梅の花）

と詠まれた。この寺で一生を過ごした蘭叔和尚が、酒宴の席で正雲という僧に、「一つ飲め」というと、「禁酒している」と答えた。「どのようなことで」というと、「飲酒は仏戒である」という。「それでは飯も断つのか、飯を戒めるという教えがあるのか」というと、「そのとおりでございます。飯戒《いいがい》またはおだいがいは禁戒ですよ」といった。　和尚は酒茶論の作者である。

〈語注〉
濃州鏡嶋　「鏡嶋」は現在の岐阜市鏡島《かがしま》。　**乙津寺梅の寺といふ**　「乙津寺」は臨済宗妙心寺派。「梅の寺」は弘法大師が梅の花を地にさしたところ繁茂したという伝説がある。　**彼寺にて**　底本の文末に「。」なし。　**香かしまはこと木も匂へ梅の花**　「香かしま」は鏡島。「香が染《し》ま」を掛ける。「しまは」は染《し》まば。染みるならば。「こと木」は梅のこと。木偏に毎《こと》で梅。　**蘭叔和尚**　臨済宗妙心寺派の僧侶。　**正雲**　不詳。蘭叔和尚の弟子。　**一つ**　一杯。一献。　**飲酒**　五戒の一つ。禁じられている。　**いゝがひ**　飯匙。いひがひ。飯杓子。「飯戒」の洒落。　**おだいがい**　お台匙。お台は女房詞で飯。それを盛る貝杓子。　**禁戒よ**　禁じられた戒律よ。底本の文末に「。」なし。　**和尚**

は酒茶論の作者なり　評語。写本は小文字。「和尚」は蘭叔和尚。底本の文末に「。」なし。

【鑑賞】是仏戒なり　和尚が「一つのめ」とは、和尚を筆頭に酒を飲むことがあったことになる。それに対して弟子の正雲が禁戒だから飲めないというのは、正しい返答であるが、これに対して和尚は不満をもつ。和尚は『酒茶論』の作者である。和尚も策伝も禁戒でありながらも、酒を飲むのを否定していない。正雲のまじめさを褒めるのではなく、すすめた酒を飲まないことに苛立《いらだ》つのがおかしい。酔った勢いか、からかうつもりで、「飯も禁戒か」というのに対して、「飯匙」「お台匙」の「匙」を「戒」に掛けて禁戒だと答える。正雲に一本ありという落ちである。

262　甲州《かう(ふ)しう》と越前《ゑちせ(ぜ)ん》と取《とり》あひの時。越前の大守《しゆ》の前にて。朝粥《あさかい(ゆ)》すは《(わ)》りぬ。末座《ばつざ》より一段《た(だ)ん》の出来《でき》か《(が)》い《(ひ)》に候と申。其座《さ(ざ)》におはせし東堂《とうだう》中〲《(中)》國《くに》にはあるまひ《(い)》。かい《(ひ)》で候とありし。奇特《きどく》なる作勢《さくせい》とこそ　(879)

〈現代語訳〉　甲斐国と越前国とが争っているとき、越前国の太守の御前で、朝粥が出された。末座より、「とても出来た粥《かい》でございます」と申し上げると、その座にいらっしゃった前の住職が、「とてもとても国にはない粥《かい》でございます」といった。申し分ない頓作である。

〈語注〉

甲州と越前と取あひの時　「甲州」は国名。甲斐国。現在の山梨県。「越前」は国名。現在の福井県。「取あひの時」は甲州の斯波《しば》家の宿老甲斐八郎と越前の朝倉孝景の戦をいう。**大守**　太守。領主。国主。**出来かい**　「かい」に甲斐を掛ける。**かいで候**　「かいで」は粥で。「嗅いで」と「甲斐で」を掛ける。**奇特なる作勢とこそ**　類のない優れた洒落。底本の文末に「。」なし。

【鑑賞】　**奇特なる作勢**　「出来かい」と「かいで候」は、とてもうまい洒落だと褒め、「奇特なる作勢とこそ」という。だいぶ策伝はお気に入りのようである。「甲斐」の洒落は、作りやすいものの一つである。

263　山寺に人いたりて。さても〳〵《(さても)》おもしろき境地《きやうち》や候大略《りやく》八景《けい》も候はんと申けれは《(ば)》。住持《ぢうぢ》の返答《へんと(た)う(ふ)》に。当寺は十景の古《こ》所《しよ》なりとさ候へは《(ば)》。秦《しん》の始《し》皇《くは(わ)う》の地《ち》にもまさりたり。八景《けい》の外《ほか》には。いづれを用《もちひ》られ候ぞ。されば旦那《た(だ)んな》あり麓《ふもと》にくだり齋《とき》をたべて。こざけにも酔《え(ゑ)ふ》てかへれば。くは《(わ)》つけいあり。さもなく唯《た丶(だ)》二時《じ》糟《さう》糠汁《かうじう》の風情《ふぜい》なれば。ことにひんけいあるかな　(881)

〈**現代語訳**〉山寺に参詣した人がいた。「いやはや、とてもよい景観ですねえ。数えてみたら、だいたい八景にもなるでしょうか」というと、住職の返答に、「当寺は十景の古刹《こさつ》の名所でございます」という。「秦の始皇帝の阿房宮《あぼうきゅう》にもまさっているなら、八景のほかには、何があげられるのですか」というと、「それは麓に下って檀家の家で食事をいただき、直会《なおらい》で飲む、わずかな酒に酔って寺に帰ると、『くはつけい』となる。また、麓に下らないときは、いつも二食の糟糠汁ばかりであるので、とりわけ『ひんけい』であるよ」といった。

〈**語注**〉
さても〳〵　「さても」を繰り返して感動の意を強める。　**当寺は十景の古所なり**　「古所」は古刹の名所。　**秦の始皇**　秦の初代皇帝。始皇帝。中国を統一して絶対王政を敷いた。阿房宮（渭水《いすい》の南に建立した大宮殿）・陵墓の造営、万里の長城修築、貨幣の統一などを行う。前二五九～前二一〇。　**こざけ**　小酒。　**くはつけい**　活計。豊かな暮らしをいう。ここは十分な馳走を得たこと。「活景」に掛けて一景とする。　**さもなく唯二時糟糠汁**　「さもなく」はそうではない。ここは麓に下らない。「二時」は二食。「糟糠汁」は糠《ぬか》味噌汁。振り仮名「さうかうじう」は「さうかうじる」の誤刻か。**ひんけいあるかな**　「ひんけい」は貧計。貧しい生活をいう。これを「貧景」に掛けて一景とする。底本の文末に「。」なし。

【鑑賞】　二景が不足　十景に足りない二景を、活計（活景）、貧計（貧景）と洒落ていう。これは読む笑話としておもしろい。読みながら、「くはつけい」と「ひんけい」から活計と貧計を想像するのはむずかしい。山を下りて、檀家から斎に招かれたときの馳走は、山寺の住職にとって最大の喜びである。山寺では一汁一菜の生活をしているので、酒まで飲めるとなれば申し分ない一日である。

264　食《しよく》を過《すこ(ご)》す人にむかひ。餘飯《あまりめし》をおほく参るが笑止《せうし》なよ。臨時《りんじ》に米《こめ》の入事なれば第一損《そん》なり。さりとて薬なればよし。大毒《どく》にてかれこれわろしと。それは誰《たれ》人の指南《しなん》ぞ。老釈迦《らうしやか》の説《せつ》なり天上天下《てんじやうてんげ》いゝ(ひ)がどくそんと　（888）

〈現代語訳〉　飯を食べ過ぎる人に向かって、「あまり飯を多く召し上がるのはよくないよ。

急に米が入り用になると、何よりも損失が大きい。そうはいっても薬になるならよいが、大毒であるから、とにかくよくない」という。「それは誰の教えだ」というと、「釈迦の言葉である。天上天下飯《いい》が毒損」といった。

〈語注〉

笑止なよ　こまったことだ。**天上天下**　この世界に。**い丶がどくそんと**　「唯我独尊《ゆいがどくそん》」の洒落。「天上天下唯我独尊（我よりも尊いものはない）」。「い丶」は飯。「い丶が」に唯我を掛ける。「どくそん」は毒損。独尊を掛ける。底本の文末に「。」なし。

【鑑賞】薬なればよし　『醒睡笑』に出てくる米には白米、赤米、大唐米、雑炊、粥などがみられる。米が食べられない貧しい食生活では、粟《あわ》、稗《ひえ》、黍《きび》などを主食としていた。粟は腎臓の働きによく、稗は蛋白質《たんぱくしつ》、脂肪があり、黍は脾臓《ひぞう》、胃の働きにいいという。これらによって、身体づくりがしっかりとなされていた。

265　尾《び》州《しう》祐《ゆ(い)う》福寺《ふくじ》に沢良《たくりやう》といふ長老所談《らうしよだん》の砌《みき(ぎ)り》。こもぞう一人来り。庭《には》にてきく。澤良縁《えん》にあがりてとあれば。心得《こゝ(こ)ろえ》候と縁にあがる。菟《と》角《かく》しくべきものなしと。長老再普化僧《さいふけそう》とよぶ。やつとこたふ其こもをしけ　（891）

〈現代語訳〉　尾張国の祐福寺で、沢良という長老が法話をされていると、一人の薦僧《こもぞう》がやって来て、庭で聞いている。それを見た沢良が、「縁側に上がってくだされ」というので、薦僧は「わかりました」といって縁側に上がったが、まったく敷くものがない。それを見た沢良は、ふたたび声を掛け、「普化僧」と呼ぶ。「やっ」とこたえると、「その薦《こも》を敷いてくだされ」といった。

〈語注〉
尾州祐福寺に沢良といふ長老　「尾州」は国名。尾張国。現在の愛知県。「祐福寺」は浄土宗西山禅林寺派の寺。山号玉松山。院号般若院。現在の愛知郡東郷町春木。「沢良」は沢良教雲。祐福寺十二世。　**こもぞう**　薦僧。虚無僧。普化僧。禅宗の一派普化宗の僧。天蓋《てんがい》とよぶ深編み笠をかぶり、首から袈裟と食箱《げばこ》を掛け、尺八を吹いて米銭を乞うて歩いた。　**澤良縁にあがりて**　「澤良」は原文ママ。　**再普化僧とよぶ**　「再」はもう一度、薦僧に声を掛ける。ここでは別称で声をかける。　**其こもをしけ**　薦を持参しているので、その薦を敷いてほしいといった。底本の文末に「。」なし。

【鑑賞】再普化僧とよぶ　虚無僧は薦僧、普化僧の他に暮露《ぼろ》、梵論字《ぼろんじ》とも呼ばれた。暮露はぼろの衣を身にまとっていたことによる。笑話で普化僧といったのは虚無僧、薦僧では人前で蔑視しているような、いい呼称でないとみていたからである。それは薦僧が薦を持って行脚し、その薦を敷いて野宿していたことを想像させると思ったのだろう。東洋文庫本はなぜ沢良が普化僧といったのかをとらえていない。そして、「そこに現実に薦があるわけではない」という説明をする。ここは法話を聞いてくれる薦僧に対して、敷く物がないのを、「申し訳ないが、持っている薦を敷いてほしい」と洒落たのである。持参する薦を用いてほしいとは、うまい言い方だと策伝は思ったのだろう。

266

摂津《せつつ》(ご)國《のくに》布引《ぬのびき》の滝《たき》にて　宗祇《そうぎ》

このころはた〻(た)みをりつる布引を
けふおもひたちみにきつるかな　(898)

〈現代語訳〉　摂津国の布引の滝でのこと。宗祇が詠む。

このころはた〻みをりつる布引を

けふおもひたちみにきつるかな

（近ごろ畳んでおいた布を取り出し、今日おもいきって着ることになったのだなあ）

〈語注〉

摂津國布引の滝にて　「摂津國」は国名。現在の大阪府と兵庫県の一部。「布引の滝」は現在の神戸市中央区葺合町《ふきあいちょう》にある滝。滝から水の落ちる姿が白い布が長く引かれるように見えるところからの称。底本の文末に「。」なし。**たゝみをりつる布引を**　折り畳んでいた布を。流れる滝をたとえる。**おもひたちみにきつるかな**　「おもひたち」は何かしようと決心する。「みにきつる」は布を「身に着つる」と滝を「見に来つる」を掛ける。

【鑑賞】　**布引の滝**　布引の滝を見たお陰で、簞笥《たんす》にしまっていた布を思い出し、久しぶりに身につけることにした。滝から思い出したというのがおもしろい。布引の滝は六甲山の麓から流れる生田川の中流にある滝で、雄滝《おんたき》、夫婦滝《めおとだき》、雌滝《めんたき》、鼓滝《つつみがだき》の四つの滝をいう。布引という名称とその滝の姿から、畳んであった布をだれもが想像できるのを、うまく宗祇が詠んでいる。

267 宗祇《そうぎ》修行《しゆぎやう》の時。山中にて思ひよりなき人。三人行むかひ一人いふ

一つあるもの三つに見えけり

即《すなはち》祇公《ぎこう》

たく《(ぐ)》ひなき小袖《こそで》のえりのほころびて

又次《つぎ》の者いふ

二つあるもの四つに見えけり

又祇公

月と日と入江《いりえ》の水《みづ》に影《かけ(げ)》さして

又ひとりがいふ

五つあるものひとつ見えけり

又祇公

月にさすそのゆびばかりあらはれて

右三句ともに聞《きゝ(き)》て後。三人いづちとも見えずうせにけり　(908)

〈現代語訳〉宗祇が修行をしているとき、山中で思いがけなく三人の人に出会った。その一人がいった。

一つあるもの三つに見えけり
（一つのものが三つにみえた）
　ただちに、祇公が、
たくひなき小袖のえりのほころびて
（とてもよい小袖の襟がほころんで）
　また、もう一人の者がいった、
二つあるもの四つに見えけり
（二つのものが四つにみえた）
　ふたたび、祇公が、
月と日と入江の水に影さして
（月と日が入江の水に影を映して）
　さらに、もう一人がいった、
五つあるものひとつ見えけり
（五つのものが一つにみえた）
　また、祇公が、
月にさすそのゆびばかりあらはれて
（月を指さすその人差し指だけが顕われて）
といった。いま詠んだ宗祇の三句を聞いたあと、三人はどこにも見えずに消えてしまった。

〈語注〉
宗祇修行の時　修行の旅をつづけた宗祇は漂泊詩人といわれた。**一人いふ**　底本の文末に「。」なし。**一つあるもの三つに見えけり**　これは前句となる。**即祇公**　「即」はすぐに。「祇公」は宗祇。付句をあげる。底本の文末に「。」なし。**たくひなき小袖のえりのほころびて**　「たくひなき」は立派な。優れた。「ほころびて」は襟が綻びて二枚になった状態。綻びていない一枚を加えて三枚となる。**又次の者いふ**　底本の文末に「。」なし。**又祇公**　底本の文末に「。」なし。**月と日と入江の水に影さして**　月と日、さらに水面に映るそれぞれの影で四つになる。**又ひとりがいふ**　底本の文末に「。」なし。**又祇公**　底本の文末に「。」なし。**ゆびばかり**　「ゆび」は人差し指。五本のうち差す指は一つ。**三人いづちとも見えずうせにけり**　「三人」は神の化身。三柱《みはしら》の神。底本の文末に「。」なし。

【鑑賞】「前句に付句をつけろ」という難題を、すべて答えた宗祇の才を確認すると、三人の姿は忽然《こつぜん》と消えてしまった。宗祇説話の一つである。三人は山の神の化身といわれ、和歌を守護する三柱の神という。和歌と関連深い神や歌人を三柱あげる例がいくつかみられる。住吉明神、玉津島明神、柿本人麻呂の説、住吉明神、玉津島明神、天満天神の説、衣通《そとおり》姫《ひめ》、山部赤人、柿本人麻呂の説などがある。

268　誕《ゐん》一検校《けんけ(げ)う》ある座敷《ざしき》にて物語《ものか(が)たり》のついで。癪《しやく》にはとかく身をつかふよしと聞《きゝ(き)》。めのよき茶磨《ちやうす》がな癪《しやく》の薬《くすり》にひかばやと望《のぞ》めるを七尾《なゝ(な)お》検校《けんけ(げ)う》受記《し(じ)ゆき》一ゐあはせて

検校《けんげう》のめのよきちやうすもとむるは
手ひき《(び)》にせんとおもふなりけり　(909)

〈現代語訳〉　誕一検校が、ある座敷で話をしていたときに、「癪になったら、とにかく身体を動かすのがいいのだ」と聞いて、「よい刻み目のある茶磨が欲しいなあ。癪の薬をつくるために碾《ひ》きたい」と望むと、そこに七尾検校受記一がいて、

検校のめのよきちやうすもとむるは
手ひきにせんとおもふなりけり

と詠んだ。
（検校が刻み目のいい茶磨を欲するのは、手びきしてほしいと思うからだ）

〈語注〉

誕一検校ある座敷にて　「誕一」は不詳。岩波文庫本には、「総検校鏡一門下の逸足。家康・秀忠の前で平家を演じた。慶長十八年（一六一三）大久保長安事件で失脚」とある。「誕」の振り仮名「ゐん」は「たん」の誤刻だろう。　**癪**　底本は「積」。誤刻なので訂正する。癪は胸部または腹部に発作性の激痛を引き起こす病。さしこみ。　**めのよき茶磨がな**　「めのよき」は茶葉の芽を細かに刻み込むのにいい。碾く臼の刻み目と「女《め》がいい」を掛ける。美女がいい。底本の「よき」の「き」の字が破損。他本によって「き」を補う。「茶磨」は茶臼。葉茶を粉末に碾いて抹茶をつくる石臼。「茶磨」は性交渉をもいう。　**七尾検校受記一ゐあはせて**　「受記一」は受久一ともいう。岩波文庫本には、「寛永十一年（一六三四）二月まで十年間総検校を勤めた」とある。底本の文末に「。」なし。　**手ひき**　手碾き。目の不自由な人の手を引くの「手引き」を掛ける。

【鑑賞】　**目と女**　「めのよき」の「め」を女とすることで、茶磨（茶臼）の秘語がかかわってくる。検校は裕福であるので美女を抱えることが多かった。茶磨する女をもとめることを匂わせる。また「手ひき」には、そうなるような手引きがほしいという。写本には、つづく（910）の冒頭に、「大陰嚢《へのこ》もちたる侍の、馬にて渡りたれば」とあることから、ここには艶笑の笑話を並べているとみていいだろう。

269　西行《さいき(ぎ)やう》法師《ほう(ふ)し》修行《しゆぎやう》の時《とき》。津の国《くに》七瀬《なゝ(な)せ》の川《かは》にて。麦粉《むぎこ》をくふとて。しきりにむせられけるを。馬上《ばし(じ)やう》より侍のみつけ

此川はなゝ《(な)》せの河《かは》ときくものを
お僧《そう》をみればむせわたるかな

時に西行の返哥《へんか》

この川は七瀬《なゝ(な)せ》の川《かは》ときくものを
めしたる馬《むま》はやせわたるかな

（913・前半）

〈**現代語訳**〉西行法師が修行のとき、摂津国の七瀬の川でのこと。麦粉を喰って、とてもむせられたのを、馬上から侍がみて、

此川はなゝせの河ときくものを
お僧をみればむせわたるかな

（この川は七瀬の河と聞いているが、お僧をみると六瀬を渡っているのだなあ）

と詠む。その時の西行の返歌は、

この川は七瀬の川ときくものを
めしたる馬はやせわたるかな

（この川は七瀬の川と聞いているが、乗られる馬は八瀬を渡っているのだなあ）

〈語注〉

津の国七瀬の川にて　「津の国」は摂津国。「七瀬の川」は七瀬の祓《はらえ》を行う川のこと。木津川の下流か。　**麦粉**　麦をひいて粉にした菓子。練ったもの、固めたものなどがある。　**侍のみつけ**　底本の文末に「。」なし。　**なゝせの河**　「河」は底本ママ。ほかはすべて「川」。　**むせわたるかな**　麦粉で「噎《む》せる」。「六瀬を渡る」を掛ける。　**時に西行の返哥**　底本の文末に「。」なし。　**やせわたる**　馬が「痩せている」。「八瀬を渡る」を掛ける。このあとに、写本は（913）後半の「卅三所の札をうつ順礼、江州醒井の水のもとにのぞみ云々」を付属文としているが、底本は一条の笑話とする。

【鑑賞】　**六瀬か七瀬か八瀬か**　「むせわたる」から「六瀬」、「やせわたる」から「八瀬」という言葉遊びのおもしろさを策伝も楽しむ。『古今夷曲集』巻六離別付羇旅315に「題しらす西行上人」とあり、「七瀬川やせたる馬に水かへば九勢になるとてとをせとそいふ」とある。「九勢」は癖と九瀬を掛け、「とをせ」は通せと十瀬を掛ける。類話が『曾呂利狂歌咄』巻三・27にみられる。

　西行ある時、陸奥《みちのく》より中道《なかみち》にかゝりて、しなのゝ国にきこえし七瀬川につきて、懐《ふところ》より麦粉をとり出てくひけるに、むせたり、目をみいで、身をゆすり、水をすくひのみてやゝをこたりぬ、橋の上を馬にて渡る侍の見居《をり》て、人してかくぞいはせける

信濃川七瀬と聞にいかなれは　法師は独りむせわたるらん

西行返し、

信濃川なゝせ渡ると聞てしが　君か馬こそやせ渡りけれ

といひけるを、西行なりと聞て、されはこそとおどろき、いとゝゆかしく興《けう》じけり

とある。狂歌集や『醒睡笑』にも共有される好まれた狂歌であったことがわかる。

270　三十三所《しよ》の札《ふだ》をうつ順礼《し(じ)ゆんれい》。江州醒井《か(が)うしうさめか(が)い(ゐ)》の水《みつ(づ)》のもとにのぞみ。麦粉《むき(ぎ)こ》を食《しよく》せんと取《とり》いた《(だ)》しを《(お)》き。立まはるあひだに。暴風《ほ(ぼ)ふう》吹《ふき》おろし。あとなくちらしければ

たのみつる麦粉は風《かぜ》にさそはれて
けふさめが井の水をこそのめ　（913・後半）

〈**現代語訳**〉西国三十三所の札所を巡る順礼が、近江国の醒井《さめがい》の水のところで、麦粉をたべようと取り出したまま、動き回っている間に、強い風が吹いて、麦粉をあとかたもなく吹き散らしたので、

たのみつる麦粉は風にさそはれて
けふさめが井の水をこそのめ
（あてにしていた麦粉が風に飛ばされてしまい、今日は醒井の水だけを飲む）

と詠んだ。

〈語注〉

三十三所の札をうつ巡礼　「三十三所」は西国三十三所の観音霊場。一番は和歌山県那智の青岸渡寺。三十三番は岐阜県谷汲《たにぐみ》の華厳寺。「札をうつ」は観音のお札を得る。　**江州醒井の水**　「江州」は国名。近江国。現在の滋賀県。「醒井の水」は伊吹山の大蛇の毒気で高熱に苦しむ日本武尊が、身体を水で冷やすと熱が下った伝説がある。「居《い》醒《ざめ》の清水」ともいう。現在の米原市醒井にある。　**暴風吹おろし**　「暴風」の振り仮名「ほふう」は「ぼうふう」が正しいか。激しい風。　**あとなくちらしければ**　底本の文末に「。」なし。　**けふさめが井の水をこそのめ**　「けふ」は今日。「けふさめが井」は「興ざめ」と「醒井」を掛ける。

【鑑賞】　**一条の笑話か**　岩波文庫本には、「諸本は前条の付属文とするが、独立の一条と認める」とある。内閣文庫本、南葵文庫本と版本の大本版も付属文とする。底本だけが写本の(913)前半の「麦粉をくふ」と、後半の「麦粉を食せん」を分けていて、それぞれを一条の笑話としている。ここは底本のように別々の笑話とみるのが穏当であろう。『新撰狂歌集』

巻上・羇旅歌85、『新旧狂歌誹諧聞書』（近世初期ごろ）、『古今夷曲集』巻九・雑下付哀傷606にも同狂歌がみられる。

271　旅《たひ(び)》人在所《さ(ざ)いしよ》の者に。此河をは《(ば)》何とか云。愛染川《あいそ(ぞ)めか(が)は》とこたふ。さらばこれを染《そめ》てたべとて。手拭《てぬぐひ》をさし出す。即《すなはち》請取《うけとり》て水《みづ》に入ひろげわたす。なにともいろはないの。いや水色《みつ(づ)いろ》にそまりて候は　（916）

〈現代語訳〉　旅人が土地の者に、「この河は何という名か」というと、「愛染川」とこたえる。「それなら、これを染めてくだされ」といって、手拭をさし出した。ただちに手拭を受けとり、水に入れて広げて染めたのを渡すと、「何も色がついていないね」という。土地の者は、「いや水色に染まっています」といった。

〈語注〉
愛染川とこたふ　「愛染川」は藍染川を掛ける。**水に入ひろげ**　川の水に入れて、全体に染まるように手拭を広げる。**水色にそまりて候は**　「水色」は藍染め色と川の水の色。水色は無色透明。いつも質問されるので、いつものように頓作で答えた。底本の文末に「。」なし。

【鑑賞】 **いろはないの**　愛染川から藍染を浮かべた旅人は、藍色に染まると思ったが、まったく色が染まっていない。土地の者は、ここに来る旅人たちに、いつも同じことをいわれては、「水色にそまりて候は」という言葉遊びをいっていたのであろう。頓作好きな土地の者とみたい。

平家《へいけ》

272　小松《こまつ》の内《ない》大臣《じん》重盛公《しげもりこう》は釈迦《しやか》の弟《おとゝ(と)》にてありし事よ。ちともしらなんだとかたる。うそさうな時代《じだい》も二千余《よ》歳《さい》違《ちが》ひたるものを。しても醫師問答《いしもんだう》といふ平家《へいけ》に重盛《しげ(げ)もり》の。定業《ち(ぢ)やうごう(ふ)》もし醫療《いりや(れ)う》にかゝ《(か)》はるべう候はゞ《(ば)》。あに釈尊入滅《しやくそんにう(ふ)めつ》あらんやといはれた

人をとゞ《(ど)》めんことのははなし
佛《ほとけ》た《(だ)》にのがれぬ道《みち》は別《わかれ》きて　祇公

(934)

〈現代語訳〉「小松の内大臣重盛公は、釈迦の弟であったということよ。少しも知らなかった」と語ると、「嘘であろう。時代も二千年以上も違っているのに」という。「それでも、『平家物語』の『医師問答』に、『重盛の定業もし医療にかゝはるべう候はゞ。あに釈尊入滅あらんや』といっている」といった。

人をとゞめんことのははなし
佛たにのがれぬ道は別きて　祇公

（人を引きとどめようとする言葉が、まったくない。仏さえ逃れられない死の道への別れ

がきたのだから）

〈語注〉

平家　平家の栄枯盛衰を語り物にした平家語り。その平曲の詞章の覚え違いによる笑い。**小松の内大臣重盛公**　平重盛。清盛の長男。小松内府、灯籠大臣ともいう。出家して法名を浄蓮とつけた。子に維盛、資盛がいる。一一三八〜七九。**釈迦**　生没年不詳。紀元前四六三〜前三八三年説、前五六五〜前四八五年説などがある。**醫師問答**　『平家物語』巻三にある。**定業もし醫療にかゝはるべう候はゞ**　「定業」は受けるべきと決まっている業。また、その報い。宿命。「医師問答」に、「大覚世尊、滅度を抜提河の辺に唱ふ。是則ち定業の病いやさざる事をしめさんが為なり。定業猶医療にかかはるべう候はば（釈迦は抜提河のほとりで入滅した。これはつまり定業による病は治らないことを示すためである。定業の病が、それでもなお医療によって治るのであるならば）」とある。**あに釈尊入滅あらんやといはれた**　「あに」は豈。豈は反語。これを「兄」ととらえる。「釈尊入滅」は釈迦の入滅。「医師問答」に、「豈釈尊入滅あらんや。定業又治するに堪へざる旨あきらけし（どうして釈尊が入滅されようか、されるはずがない。定業は治療できないことは明らかである）」とある。底本の文末に「。」なし。

【鑑賞】　**平家**　平家語りは琵琶を奏でて語るので平家琵琶、平曲などともいった。この語りを収めた作品が『平家物語』である。語り手覚一《かくいち》の覚一本が知られている。平安末から鎌倉初期に僧生仏《しょうぶつ》がはじめた平曲は、その後、一方《いちかた》流と八坂《やさか》流に分かれ、覚一は一方流という。本章には平家語りの言葉の聞き誤りによる笑話が収められる。「謡」の章と同じく、詞章は耳で聞くために、言葉を正しく理解できないことが多い。同じく、『平家物語』が刊行されても、平仮名の本文から漢字が想像つかないことからの間違いもある。写本の五話がすべて底本にも収められる。章立てするにはややものたりない話数しか蒐集できなかったのは、すでに平家語りを語る法師たちが消えて、読み手の話題にもあがらなかったのであろう。

あに釈尊入滅　重盛は道理を弁《わきま》えた武将といわれ、鹿《しし》ヶ谷《たに》事件の処分として、後白河法皇を幽閉しようとする清盛に対し、「忠ならんとすれば孝ならず孝ならんとすれば忠ならず」といって諫止《かんし》した。そのために慈悲ある人物といわれている。これを釈迦の弟とみたのは、「あに釈尊入滅あらんや」の「あに」を兄とみたからである。詞の取り違いから、かなり大きな、ありえない笑話になってしまった。

273　一向不文《かうふもん》なる者。平家《へいけ》をきかんと行。なにとしてあの風情《ふぜい》の耳《みゝ(み)》に入事あらんやと。まことしからざりしが。かれ聞《きゝ(き)》て帰《かへ》りぬるまゝ《(ま)》。何と平家をきかれたか。されば木《き》平家は一段《だん》おもしろかりつるに。時々《とき〱(とき)》座頭《ざとう》の《(を)》おめくでくたびれた

(935)

〈現代語訳〉 まったく無学の者が、平家語りを聞きたいと出掛けた。「どうしてあのような者の耳に、平家が分かるものか」とみていたが、その無学の者が帰ってきたので、「どのように平家を聞かれたのか」と聞くと、「そのことだが、木平家は大変におもしろかったのだが、時々座頭のどなり声で疲れ果てた」といった。

〈語注〉
不文なる者　学問のない者。「不文」は不文字《ふもんじ》の略。　**なにとしてあの風情の耳に**　軽蔑する気持ちを含めた言葉。　**木平家**　木でつくられた楽器を抱えて、平家を語るととらえる。琵琶の名称がわからない。　**座頭のおめくでくたびれた**　「座頭」は平家語りをする琵琶法師。「おめく」はわめく。大声を出しているととらえる。底本の文末に「。」なし。

【鑑賞】 **おめくでくたびれた**　琵琶を奏でる語りを「木平家」というのも、「不文なる者」を象徴していよう。また「座頭のおめくで」といって、平家語りはどなっているというのはおもしろい。「おめく」は、合戦などの声を荒らげる場面をいったか。もし語った場面の名称を聞いたら、ふたたび間違いをいうだろう。

274　土肥《とい(ひ)》の次郎實平《さねひら》は大手《て(で)》の木戸口《きと(ど)く(ぐ)ち》に。主従《しうぐ(じう)》五騎《き》にてひかへたるとをしへければ。弟子《て(で)し》思ふ。ひかへ物こそあらめ。五きはいなものや。せめてはわんはまさりなんと。はれがましきところにて。主従わんにて。ひかへたりとかたれり（936）

〈現代語訳〉「土肥の次郎実平は、大手の木戸口に、主従五騎にてひかへたる」と語るのだと教えたところ、弟子は、「ひかへ物ならあるだろうが、五きというのはおかしい。せいぜい椀というのがいいだろう」と思い、ある改まった席で、「主従わんにて、控へたり」と語った。

〈語注〉
土肥の次郎實平は大手の木戸口に　『平家物語』巻九「一二之懸《いちにのかけ》」に、「土肥二郎実平、七千余騎でひかへたり、熊谷は浪うちぎはより、夜にまぎれて、そこをツッとうちとほり、一谷の西の木戸口にぞおし寄せたる（土肥二郎実平が七千余騎で控えていた。熊谷は波打ち際から夜の間にまぎれて、そこをつつっと馬で通り抜け、一谷の西の木戸口に押し寄せた）」とある。「大手」は大手門。

主従五騎にてひかへたる　「ひかへたる」は原文ママ。「二二之懸」に、「熊谷、平山、かれこれ五騎でひかへたり（熊谷、平山、かれこれあわせて五騎で控えていた）」とある。　**弟子**　平家語りを教えられる弟子。　**ひかへ物**　「ひかへたる」を「ひかへ物」というべきととらえる。「ひかへたる」は待機すること。　**五き**　五騎。「御器」ととる。御器は修行僧や乞食が食物を乞うために持つ椀。面桶。ここは御器ではみすぼらしい椀だから、せめて漆塗りの椀にするべきと考えた。　**ひかへたりとかたれり**　底本の文末に「。」なし。

【鑑賞】　**ききてとかたりてと似合たる事**　類話が『寒川入道筆記』にみられる。

ある大名の前にて、座頭、平家をかたる。くまかへかいち二のかけしや。くまかへ平山かれ是五崎にてひかへたりとかたれは、右の大名文盲にて、いかに座頭、平家は歴〱の前にて語物じやに、五崎にてひかへたるは、いかうむさひ程に、せめてわんにてひかゆるやうにかたれ、と申されたれは、尤と申た。さて〱ききてとかたりてと似合たる事の。

「五崎」は原文ママ。五騎の誤写。「尤と申た」は納得する語り手の言葉。聞き手は、「椀に変えるべきだ」という。それを「似合たる事の」ということで、ともに不文字であることがわかってしまう。

275　橋《はし》のゆきげたを。さら〳〵《(さら)(さら)》と走《はし》りわたるを。や〻《(や)》もすればわする〻《(る)》。そちは鈍《どん》。なり膳《せ(ぜ)ん》にすは《(わ)》る。皿《さら》にておほ《(ぼ)》えよといはれ。ある時又橋《はし》のゆきけ《(げ)》たを。ちやつ〳〵《(ちやつ)》とはしりわたるとかたりごとは　(937)

〈現代語訳〉「橋の行き桁《げた》を、さらさらさらさらと走り渡る」と語るところを、どうかすると忘れてしまう。「おまえは鈍である。膳に据えられる皿と覚えよ」といわれた。あるとき、また「橋の行き桁を、ちゃつちゃつと走り渡る」と語るとは、どうにも困ったものだ。

〈語注〉
橋のゆきげたをさら〳〵〳〵と走りわたるを　『平家物語』巻四「橋合戦」に、「橋のゆきげたをさら〳〵さらとはしり渡る（橋の行き桁をさらさらさらさらと走り渡った）」とある。「ゆきげた」は橋の掛けられた方向に沿って縦に渡した桁。桁は橋の横材の梁《はり》を支える水平材。「さら〳〵」は「さらさら」に「さら」を加えた強いいい方。　**膳**　食物を載せる台。　**ちやつ〳〵と**　「ちやつ」は楪子。底の浅い木の椀。　**かたりごとは**　底本の文末に「。」なし。

【鑑賞】　**さらとちやつ**　「さら〳〵」を膳にある「皿」と覚えれば忘れることはないと

いわれても、それすら覚えられない。本人は椀の楪子を浮かべてしまい、「ちやつ〱」を口にしてしまう。これではいくら教えても鈍は覚えられないことを、教える方もわかったであろう。

276　生食《いけずき》を佐々木《さゝ(さ)き》にたぶ。さゝ《(さ)》き畏《かしこまつ》て申けるはといふを。佐々木をいけずきにたぶ。いけずき畏て申けるはといふ《(う)》て。いはん事なし　(938)

〈現代語訳〉「生食を佐々木にたぶ、ささき畏て申けるは」と語るのを、「佐々木をいけずきにたぶ、いけずき畏て申けるは」と語っては、何もいうことができない。

〈語注〉
生食を佐々木にたぶ　『平家物語』巻九「生《いけ》ずきの沙汰」に、「いけずきを佐々木にたぶ。佐々木畏ッて申けるは（いけずきを佐々木四郎高綱にお与えになる。佐々木は畏まって申すには）」とある。「いけずき」は、「鎌倉殿にいけずき、する墨といふ名馬あり、いけずきをば梶原源太景季しきりに望み申けれども」とあるように馬の名である。　**畏て**　「かしこまり」に「て」がついた促音便。畏《おそ》れ敬って。恐縮して。　**いはん事なし**　底本の文末に「。」なし。

【鑑賞】　**いはん事なし**　「佐々木にいけずきを与えた」のに、「いけずきに佐々木を与えた」では逆である。「いけずき」が馬の名であることがわかっていないから、間違って覚える。詞章を知る者にとっては驚くと同時に呆れてしまう。これを笑うとなると冷笑、嘲笑となろう。

かすり

277　正月二日の朝西《あさにし》よりは針賣《はりうり》の来《きた》り。東《ひか(が)し》よりは烏帽子《えほ(ぼ)し》賣《うり》の行《ゆく》。途中《みち》にてはたと行あひ。えほ(ぼ)し商人《あきひ(び)と》より。はりの始《はじめ》の御悦《よろこひ(び)》と申たれば。針《はり》うりとりあへず。何事《なに》もえぼしめすまゝ《(ま)》にと　(939)

〈現代語訳〉　正月二日の朝、西からは針売りがやって来て、東からは烏帽子売りが来る。道でばったりとすれ違い、烏帽子売り商人から、「はりの始の御悦び」というと、針売りはとりあえず、「何事もえぼしめすままに」といった。

〈語注〉
かすり　「かすり」とは言葉と言葉がかすること。似た音の言葉遊び、同音異義の言葉遊びを楽しむ。**正月二日の朝**　新年の仕事は二日からはじまる。**針賣**　正月遊びの「針打ち」につかう針を売り歩く商人。**烏帽子賣**　烏帽子を売り歩く商人。烏帽子は上、中流の者は略服に用い、庶民は外出用に用いた。**はたと**　急に。「はつたと」と同じ。**はりの始の御悦**　「春のはじめの御喜び」の洒落。「はりの」に「春の」を掛ける。**えぼしめすまゝにと**　「思《おぼ》しめすままに」の洒落。

「思しめす」はお思いなる。「えぼし」に「思し」を掛ける。「まゝに」は〜とおりに。底本の文末に「。」なし。

【鑑賞】　かすり　「かすり」とは言葉と言葉が似ていて音が重なったり、かすったりすることをいう。底本278に、「生つきてかすりしうくをいふに上手也」とあるように秀句とともに洒落を指す。また狂言の『秀句傘《がらかさ》』に、「あれはしうくこせ言と申て、つゝとおもしろい物で御座る……扨某も其秀句こせ言が習ひ度い程に、をしへてくれい」とあり、同じく狂言の『今《いま》まいり』にも、「秀句こせ言を御存かと申事でおりやる」とある。秀句とともにいう「こせ言」も「かすり」と同じで、洒落、巧みな言い掛けをいう言葉である。

針賣　難波の針売りが伝承した話として知られるのが御伽草子の『一寸法師』である。一寸法師が親元を離れるとき、「刀なくてはいかがと思ひ、針を一つうばに請ひ給へば」という。姥は一寸法師に乞われるままに針を与えた。一寸法師にとって、針は刀の代用で、その針のもつ威力で鬼を退治する。渋川版の『一寸法師』の挿絵には、一寸法師の右手に針が描かれている。だが本文に針の記述はみられない。

278　江州《か(が)うしう》志賀《しが》の浦《うら》に姥《うば》あり。天然作意《てんねんさくい》生《む(う)まれ》つきてかすりしうくをいふに上手《じやうず》也。かすりを好《この》む盲者《まうし(じ)や》あり。若狭《わかさ》の小濱《をばま》よりはる〱《(ばる)》とかれがもとへあひに行。なにとなふ《(う)》宿《やと(ど)》をかりしが。飯《めし》の汁《しる》を一口すひ。此汁のみは何ぞととふ。うばそれはく〵《(く)》たちのしる候よ。人のくちきらふ《(う)》とて。いや去年《きよねん》八月からなまひ《(い)》てを《(お)》いた（944）

〈現代語訳〉近江国の志賀の浦に、ある姥がいた。生まれつき趣向に富み、かすりや秀句をいうのが上手であった。かたや、かすりを好む盲人がいた。若狭国の小浜から遠く離れた姥のところへ会いに来た。何も言わずに宿を借りたが、飯に出た汁を一口すって、「この汁の実は何か」と尋ねると、姥は、「それは、くくたちの汁ですよ」という。盲人が、「人の口を切ろうというのか」というと、姥は、「いや去年の八月から、なまいておいたのさ」といった。

〈語注〉
江州志賀の浦　「江州」は国名。近江国。現在の滋賀県。「志賀の浦」は琵琶湖の南岸。　**盲者**　底本の左に「めくら」の振り仮名がある。　**若狭の小濱より**　「若狭」は国名。現在の福井県。「小濱」は現在の小浜市。　**汁のみ**　味噌汁の実。　**く〵たちのしる**　茎立の汁。茎立は蕪《かぶ》や大根の新しい茎。口太刀《くちだち》に掛ける。底本71〈語注〉参看。　**人のくちきらふ**　人の口嫌ふ。「口を切る」の洒落。**なまひてをいた**　「なまひて」は鈍《なま》ひて。刀鍛治《かじ》が焼いた鉄を、水に入れては冷やして強度を高めること。「菜蒔《ま》いて」を掛ける。底本の文末に「。」なし。

【鑑賞】　かすりを好む盲者　「かすりしうくをいふに上手」な姥のところに、「かすりを好む盲者」が、姥に挑戦してみたいと、素人の顔をしてやってきた。姥は盲者の挑んできた「かすり」に、難なく対応した。かすり秀句の上手な姥のところには、いままでにも何人もの人が来ては挑んだであろう。盲人もそのうちの一人であると姥が感じていたならば、その心の準備はすでに出来ていたとみられる。

279　そなたは源氏《け(げ)んじ》の晩鐘《は(ば)んせ(しよ)う》をきかれた事はないか。いや貴所《きしよ》は平家《へいけ》の落鴈《らくがん》を見られたか　(948)

〈現代語訳〉「おまえは源氏の晩鐘を聴かれたことはないか」というと、「いや、そなたこそ平家の落雁をみられたことがあるか」といった。

〈語注〉

源氏の晩鐘 「煙寺晩鐘」の洒落。煙寺晩鐘は瀟湘《しょうしょう》八景の一つ。**平家の落鴈を見られたか** 「平沙落雁」の洒落。平沙落雁も瀟湘八景の一つ。底本の文末に「。」なし。

【鑑賞】**かすりとかすり** 相手が洒落をいうなら、こちらも洒落で対応する。瀟湘八景をあげたので、同じ瀟湘八景で対応した。瀟湘八景は、中国湖南省の瀟水と湘水の合流点付近にある八つの佳景。近江八景としての「瀟湘夜雨」は底本157でも用いられている。

280 護摩《ごま》堂《だう》の本尊《ほんぞん》不《ふ》動《と(ど)う》の前《まへ》にそなへ《(う)》の餅《もち》あり。人みてあの不動の餅《もち》を。二つ三つこんがらとやいてくふたらばよからふな。新發意《しんほち》出《いて(で)》てくい《(ひ)》たくは《(ば)》しませ。たれぞ無用《むよう》とせいたかや (949)

〈現代語訳〉 護摩堂の本尊不動明王の前に供えた餅があった。それをみた人が、「あの不動の餅を二つ、三つこんがらと焼いて喰ったなら、うまいだろうな」というと、新発意が出て来て、「喰いたいならば喰いなさい。誰が喰うなとせいたかや」といった。

〈語注〉
護摩堂の本尊不動の前にそなへの餅あり　「護摩堂」は護摩の修法を行う堂。「不動」は不動明王。五大明王、八大明王の主尊。右手に利剣、左手に縄をもって岩上に座して火炎に包まれた姿で怒りの形相を表す。不動尊、無動尊ともいう。　**こんがら**　こんがり。金伽羅《こんがら》（矜羯羅）童子の「こんがら」を掛ける。不動明王の左脇侍。　**新發意**　剃髪したばかりの小坊主。しんぼち、しんぽち、しんぼつい、しぼちともいう。　**せいたかや**　制したか。喰うなと止めたかの意。制吒迦《せいたか》童子の「せいたか」を掛ける。不動明王の右脇侍。底本の文末に「。」なし。

【鑑賞】　**新發意**　新発意は仏教語で、新たに発心出家して仏道に入った者をいう。『戯言養気集』に、「しんほちい、しんぽちい」、『きのふはけふの物語』に、「しんほち、しんぼち」などと出てくる。寺では雑務一切や住職の代理などを兼ねたが、一方では特別な寵愛を受ける子どももであった。

281
会下《ゑけ(げ)》僧《そう》に齋《とき》をすゆる。菜《さい》に蕨《わらび》あり終《つゐ(ひ)》に服《ふく》せず。施《せ》主《しゆ》如《い》何《か》なれば蕨をは《(ば)》食《しよく》

せられぬぞ。人のくちやかふ《う》とて。大事候まひ《い》。けしあへにしてさう《ふ》ほどに　(951)

〈現代語訳〉会下僧に食事を出した。おかずに蕨があったが、まったく手をつけなかった。食事を出した施主は、「どうして蕨を食べられないのか」というと、「人の口を焼こうとするので」という。施主は、「大丈夫です。けし和えにしてありますから」といった。

〈語注〉
会下僧　説教、説法の場（会《え》）の集いに来て教えを受ける僧。**蕨**　「藁火《わらび》」を掛ける。藁火から「人のくちやかふ」という。**大事候まひ**　心配しなくてもいいです。**けしあへにしてさうほどに**　「けし」は「芥子《けし》」。火を「消し」を掛ける。芥子はカラシナの種子。乾燥させ粉末にして香辛料のほか、薬用にする。「あへ」は和え。野菜や魚介などに酢、味噌、ごま、からしなどをまぜ合わせること。写本には文末に「花を折かと人の見るらん　躑躅咲木のした蕨手をあけて」がつく。底本の文末に「。」なし。

【鑑賞】　**けしあへ**　蕨が食べられない洒落をいったのに対して、施主も洒落で返答した。会下僧は施主が洒落好きであるのを知っていたので、洒落で答えたのである。「人のくちやかふとて」は底本278の「人のくちきらふとて」と同じいい方で落ちをいうのは、策伝好みの笑話とみられる。

282　座頭《ざとう》の琵琶《びは》おふ(う)て来《きた》るを見付《みつけ》。を(お)どけ物(者)がなつとの坊《ばう》はいづくよりいづくへの御通《とを(ほ)》りそ(ぞ)。わらの中にねて糸《いと》ひきにゆくと

みたところうまさうなりや此茶《ちや》のこ
名《な》はから糸《いと》といふ(う)てくれなゐ　(953)

〈現代語訳〉　座頭が琵琶を背負ってやってくるのをみて、おどけ者が、「なっとの坊は、どこからどこへおとおりになるのか」というと、座頭は、「藁の中に寝てから、糸ひきに行く」といった。

みたところうまさうなりや此茶のこ
名はから糸といふてくれなゐ

(みたところ美味そうだねえこの茶の子は、名は唐糸だから食べるなといってくれない)

〈語注〉

座頭の琵琶おふて来る 「座頭」は盲人の琵琶法師。検校、別当、勾当につぐ位。「琵琶おふて」は背中に琵琶を斜めに負って歩く。 **をどけ物** 戯《おど》け者。ふざけた者。滑稽者。 **なつとの坊** 納豆の坊。「座頭の坊」の洒落。なぜ「なっと（納豆）」といったのかは、背負う琵琶が藁苞《わらづと》の納豆のように細長かったからであろう。 **わらの中にねて** 藁の中に寝て。藁の中で納豆を発酵させること。発酵させるのを「寝かす」という。 **糸ひきにゆくと** 納豆の「糸を引く」。琵琶の「弦を弾く」を掛ける。底本の文末に「。」なし。 **茶のこ** 茶を飲むときに添えて食べる菓子。茶受《ちやうけ》ともいう。 **から糸といふてくれなゐ** 「から糸」は唐糸。納豆の異名。「辛い」を掛ける。「くれなゐ」は辛いといってくれない。唐糸から深紅の「唐紅《からくれない》」と「くれない」を掛ける。食べさせてくれない。

【鑑賞】 **茶のこ** 座頭につける名に坊、市がある。「なっとの坊」も納豆の坊の洒落である。納豆は糸を引き、琵琶も弦を弾く。本文につく狂歌に、「うまさう」「茶のこ」「から糸（辛い、唐糸）」と詠みこむ。

283 喝食《かつしき》あり東堂《とうだう》に膳《ぜん》をすゆる時。和尚《お(を)せ(しや)う》あつはれ《(ぱ)》月一輪《りん》かな。喝食ほしくも (957) ないのとて。膳《ぜん》をとりぬ

〈現代語訳〉　喝食がいた。東堂に膳を据える。そのとき東堂が、「あっぱれ月一輪かな」というので、喝食は、「ほしくもないのですね」といって膳を下げた。

〈語注〉

喝食あり東堂に　「喝食」は喝食行者《あんじゃ》の略。かつじき、かしきともいう。禅寺で大衆《だいしゅ》に食事を大声で知らせる役の僧。のちに小童がこの役を勤めた。「喝」は大声を出すこと。「食」は食事である。『日葡辞書』に、「寺院で養育されている子ども。頭髪は長くて、やがて剃髪するしるしとして、額に一種の乱れ髪を垂らしたままにしている」とある。「東堂」は前の住職。**和尚あつはれ月一輪かな**　「和尚」は東堂。「あつはれ」は見事だ。うまくできた一汁とほめる。『日葡辞書』は、「アッパレ（天晴）感嘆、または、驚愕の感動詞」とある。「月一輪」は椀の形を譬えた。**ほしくもない**　欲しくもない。食べたくもない。晴れた夜空の「星雲ない」ととらえる。**膳をとりぬ**　底本の文末に「。」なし。

【鑑賞】　**ほしくもない**　「あつはれ」の話が、次の底本284にもつづく。連鎖の笑話を並べる。和尚がいう「あつはれ月一輪」は一汁の椀をほめたものだが、喝食は、「ほしくもない」といって星一つもなく雲もない晴れた状態をいい、見事な満月の十五夜、望月ととらえる。喝食が「ほし（欲）くもないのですね」と理解して、さっさと膳を下げた。これは喝食の賢さからか、それとも意地悪なのか。

284　あつはれ《ば》まるい水かな
　　　すみきつたの　（960）

〈現代語訳〉立派なまるい水であるよ。
　　　すみきったね。

〈語注〉
まるい水かな　「まるい水」は円の形をした水。『なそたて』（永正十三年。一五一六）と『謎立』（近世初期）に「まろき物　すみとり」、『寒川入道筆記』の「謎詰之事」にも「まん丸　何　すみとり」をみる。底本の文末に「。」なし。**すみきつたの**　澄みきったね。「角《すみ》切ったね」を掛ける。四角の角《すみ》を切ると丸い形になる。「の」は終助詞。底本の文末に「。」なし。

【鑑賞】　**あつはれ**　「あつはれ」はアハレの促音化という。見事な真ん丸い水という謎掛けは、四角の角（隅）を切ると真ん丸になるという。よくできた謎である。「すみ」が角とわかれば、すぐわかる洒落でもある。

285

石上《せきし(じ)やう》の松《まつ》は座《ざ》禅《ぜん》の僧《そう》に似《に》たよ
ねいりもせずうごかぬ程に　（963）

〈現代語訳〉 石上に育った松は、座禅の僧に似ているよ。ねいりもしないで動かないから。

〈語注〉
石上の松　石の上に生えている松。　**似たよ**　松と座禅している僧とが似ているよ。底本の文末に「。」なし。　**ねいりもせず**　「ねいり」は寝入る。「根入る」の洒落。　**うごかぬ程に**　底本の文末に「。」なし。

【鑑賞】 **うごかぬ程に**　諺に「石の上にも三年」がある。我慢強くがんばれば報われるように、松も石の上に育つまで我慢したのである。この松を座（坐）禅の僧にたとえる。何年も座禅をすれば、世の中のつまらないことなどに心を動かさなくなる。座禅は目を閉じて寝ているようにみえるが、実は閉じているのではなく、半眼でいて簾を下ろしたような状態で鼻端に気持ちをおき、呼吸は自然に任せて心を調えるのである。

286　津《つ》の国《くに》に多田《たゞ(だ)》といふ在所《さ(ざ)いしよ》の候。同し《(じ)》く近《ちか》き里《さと》に役所《やくしよ》ありしに。人足《にんそく》ふたりとを《(ほ)》る。関守《せきもり》のとがむれば。先《さき》に行もの是はたゞ《(だ)》のぶにて候と。関守《せきもり》さあらば八嶋《やしま》軍《いくさ》をかたれ。それはつぎのぶに御たづねあれと
天然《てんねん》かたくみか　（966）

〈現代語訳〉摂津国に多田という村里がある。そこから近い村に役所があったが、人足が二人通ったので、関守が問いただした。すると前を歩く者が、「わたしはただの夫《ぶ》でございます」という。関守が、「そうならば『八島』の軍《いくさ》を語れ」というと、「それは次の夫に御たずね下され」といった。　自然の洒落か、技巧を施した洒落か。

〈語注〉

津の国に多田　「津の国」は国名。摂津国。「多田」は現在の川西市。　**人足**　働き人。夫。　**関守**　「関守」は関所の長。「とがむれ」は咎むれ。不審に思って問いただす。　**たゞのぶ**　ただの夫。佐藤「忠信《ただのぶ》」を掛ける。忠信は平安末期の武将。源義経の四天王の一人。継信《つぐのぶ》の弟。義経が吉野山で山僧に攻められたとき身代わりとなった。一一六一〜八六。　**八嶋軍をかたれ**　「八嶋軍」は幸若舞の演目名。『八島』のこと。判官物。「八嶋軍」ともいっていたか。写本はすべて「八嶋軍」。　**つぎのぶに御たづねあれと**　「つぎのぶ」は「次の夫」と佐藤「継信」を掛ける。継信は平安末期の武将。源義経の四天王の一人。屋島の合戦で義経の身代わりとなり、平教経《のりつね》に矢を射られて戦死。一一五八〜八五。底本の文末に「。」なし。　**天然かたくみか**　評語。写本は小文字。「天然」は自然。「たくみ」は巧み。底本の文末に「。」なし。

【鑑賞】　**天然かたくみか**　二人づれの人足が登場する。人足が「たゞのぶ」というので、関守が「さあらば八嶋軍をかたれ」という。これは佐藤忠信ととらえたからである。そして、「つぎのぶ」の継信につづける洒落となる。はたしてこのような洒落を人足がいえたのかどうか、はなはだ疑わしい。策伝が、「自然の洒落か、技巧を施した洒落をいおうとしたのか」というのは出来すぎた展開をしているからである。ここは自分の身分を夫といい、「八嶋軍をかたれ」といわれた意味がわからないので、次の夫に聞いてほしいといっただけであり、「天然」の洒落なのであろう。

287　有馬《ありま》の湯《ゆ》に三ケ月《みかっ(づ)き》のさし入たれば。月の湯治《たうぢ》はなんの病《やまひ》ぞ。道理《た(だ)うり》よ片輪《かたわ》なほどに十五満《まん》月の時は如何《いかん》片輪とかたわがよりあふ《(う)》たらば。重病《ぢうびやう》ではないか。一僧出《そういて(で)》ていや月に一度《と(ど)》の。やみをいやさんとて候よ　(967)

〈現代語訳〉　有馬の湯に三日月の光がさし込んだので、ある人が、「三日月の湯治は何の病だ」というと、「わかりきったことよ、片輪であるよ」という。「では十五夜の満月のときはどうだ」というと、「片輪と片輪とが重なったならば重病ではないか」という。すると一人の僧が出て来て、「いや月に一度の病みを癒すのがよいのだよ」といった。

〈語注〉
有馬の湯に三ケ月のさし入たれば　「有馬の湯」は有馬温泉。現在の兵庫県神戸市北区。畿内最古の温泉。「三ケ月」は陰暦の三日の夜に出る細い弓形の月。「さし入」は湯のなかに三日月の光が差し込む。　**月の湯治は**　月の光が湯のなかに差し込むのを湯治するとみる。「三ケ月」は満月の半分。体調が十分でないととらえる。　**片輪**　半分の月の輪。　**片輪とかたわ**　半分の月と不自由な身体。半分の月が二つで満月。　**重病**　片輪が二つで半分の五と五から十。その十から重病と洒落る。

一僧出て　ある僧侶。湯治している僧侶。**いや月に一度のやみをいやさんとて候よ**　「月に一度」は月に一度の湯治。「やみ」は病み。「闇」を掛ける。毎月一日前後は月の出がないので暗い。「いやさん」は癒すのがよい。底本の文末に「。」なし。

【鑑賞】　**やみをいやさん**　「月に一度のやみをいやさん」は、病みを癒すために月一度の湯治をすることをいう。その湯治も数日間の滞在で身体がいい状態になっていく。この湯治場を満月の明るさで照らし、人々のこころを癒す。言葉遊びのおもしろさがつづく心地いい笑話である。

288　或僧冬扇《ふゆあふき(ぎ)》を持《もち》ければ。雪中《せっちゅう》の扇になんの益《えき(が)》かあらん。僧暫《しばらく》ありて扇をつかひ(ふ)當話《たうわ》につまり。汗《あせ(が)》かひてさうよ　（969）

〈現代語訳〉　ある僧が、冬に扇子を持っていると、「雪が降る時期の扇子は、何の役があろうか」といわれる。僧はしばらくして、扇子を煽《あお》ぎながら、「即答につまったとき、このように汗が乾くのだよ」といった。

〈語注〉
冬扇 冬に扇子を用いること。**當話** すぐにうまく答えること。答話。**ひて** 干て。乾く。扇子があるから、冷や汗をかかない。底本の文末に「。」なし。

【鑑賞】 **汗かひてさうよ** 汗をかいたときに扇子があると便利である。ここは冷や汗をかき、それがばれないようにするには、扇子が役立つというのである。「当話につまり」で、いい答えがいえないとき、焦るために汗をかく。それを扇子で煽いで汗を乾かし、平然たる状態をつくる。それには扇子はありがたい小道具なのである。

しうく

289　もと同学《どうがく》たりし人のもとへ。廣韵《くは(わ)うゐん》をちとかし給へといひやりたれば。此方にもいるとてかさず。後にあふ《(う)》たるに。以前《いぜん》はいな物をかされなんだと恨《うらみ》ければ。光陰惜《くは(わ)うゐ(い)んお(を)しむ》べしとあり。かりぬし遺恨《い(ゐ)こん》をふくみ。かさねて先のお《(を)》しみての方へ。明朝齋《みやうてうとき》を申さんといひやりぬ。必《かならず》ゆかんよし返事《へんじ》なりき。亭曉《ていあかつき》より起《おき》て朝《あさ》めしをいそき《(ぎ)》用意《ようい》し。内の者にも早々《さうく(さう)》くらはせ。棚《たな》もと其外掃地《さうぢ》をきれいにして置《を(お)き》たり。件《くだん》の僧《そう》来りまてと《(ど)》もさらに。飯《めし》をくるゝ《(る)》を《(お)》とせず。なにとて膳《ぜん》は遅《を(お)そ》ひぞ。とき人をまたずとあれば。はやとく過《すき(ぎ)》たは（971）

〈現代語訳〉　かつて寺で修行した仲間の僧のもとに、亭主が、「広韵を、ちょっと貸してください」と使いを遣わすと、僧は、「こちらでもつかう」といって貸さなかった。後日、二人が会ったときに、亭主が、「この前は貸してもいい物を、貸してくれなかったな」と恨み言をいうと、僧は、「光陰惜しむべし」といった。亭主はこれに遺恨をもって、もう一度、僧に、「明朝、食事を差し上げましょう」と使いを遣わした。僧は、「きっと参ります」という返事をしてきた。亭主は暗いうちから起きて、朝飯を急いで用意し、内の者たちにもさっさと喰わせて、台所やそのほかを掃除し綺麗にしておいた。そこへ例の僧がやって来た。いつまで待っても、いっこうに飯を持ってくる気配がない。僧は、「どうして膳が遅いのか」というと、亭主は、「とき人を待たず、というから、すでに早く食事を済ませたよ」といった。

〈語注〉

しうく　秀句と書く。巧みな洒落。　**同学**　同じところで学んだ者。同窓。ここは僧の修行仲間。**広韵**　音韻訓詁の書。五巻。北宋の陳彭年《ちんほうねん》撰。　**いな物**　異な物。妙な物。ここでは貸してもいいもの。　**光陰惜べし**　禅語に、「生死事大《しょうじじだい》、光陰可惜《こういんおしむべし》、無常迅速《むじょうじんそく》、時不待人《ときひとをまたず》」とある。時間を大切にしなければならない。無駄にしてはいけないことをいう。「光陰」に「広韵」を掛ける。「惜」はもったいないと思う。物惜しみする。　**かりぬし**　借主。亭主。　**先のおしみての方**　「光陰惜べし」といった僧。　**暁より起て**　「暁」は夜が明ける午前四時前後。　**内の者**　家にいる人々。　**棚**　台所。流し。　**掃地**　掃除。　**飯をくるゝをとせず**　「くるゝ」は呉るる。出してくれる。「をと」は様子。　**とき人をまたず**　諺。時日は過ぎやすく、人を待ってくれない。「歳月人を待たず」も同じ。「時」に「斎」を掛けた。　**はやとく過たは**　底本の文末に「。」なし。

【鑑賞】　**しうく**　言葉の似た音をあげる言葉遊びである。巧みな洒落の笑話を収めるのも、秀句を楽しむ流行があったのだろうか。狂言の『秀句傘』では、秀句をいう傘張りの男に刀や扇、着ているものまで与えてしまい、男が去ったあとに震えながら、「秀句とは寒いものだ」という。

寸陰惜しむ　諺の「光陰惜しむべし」といわれたので、同じく諺の「とき人を待たず」でいいかえして、先の遺恨を晴らした。「光陰」とは時間のことである。時間は早く過ぎ去るから、わずかな時間でも大切にしなければならない。『徒然草』百八段にも、「寸陰惜しむ人なし、これよく知れるか、愚かなるか（少しの時間を惜しむ人はいない、これは少しの時間を惜しむ必要などないと、よくわかっている人なのか、それとも愚かな人なのか）」とある。『徒然草』に策伝はヒントを得たか。

290　信《のふ(ぶ)》長《なが》公《こう》東寺《とうじ》あたりを過《すき(ぎ)》させ給ふ事有。馬上《ばし(じ)やう》にてひた物御眠《ねふり》ありつるを。沼藤《ぬまとう》六　驚《おと(ど)ろ》かし申せば。こゝ《(こ)》はどこぞ。右《みき(ぎ)》は六条《でう》さきはたう《(と)》ふくし《(じ)》と申たりつるに。あのしらかへ《(べ)》かや　(975)

〈現代語訳〉　信長公が東寺の辺をお通りになることがあった。馬上で、ひたすら眠っておられる信長公を、沼の藤六が起こすと、「ここはどこか」といわれたので、藤六は、「右は六条、このさきは東福寺」と申し上げたところ、「あのしらかべか」といわれた。

〈語注〉

東寺あたりを 「東寺」は真言宗東寺派の総本山、教王護国寺《きょうおうごこくじ》の通称。現在の京都市南区九条町にある。**ひた物** 直物。むやみに。**沼藤六** 信長につかえて笑話などを話した御咄衆。野間藤六ともいう。**六条さきはたうふくしと** 「六条」は京都の五条大路より南、六条大路より北の区域。「さきは」はこの先は。「たうふくし」は東福寺。臨済宗東福寺派の大本山。山号慧日山《えにちさん》。京都五山の一つ。東大寺と興福寺の一字ずつをとった名称。現在の京都市東山区本町にある。「東福寺」と「豆腐食う寺」を掛ける。**しらかへかや** 「しらかへ」は白壁。女房詞で豆腐をいう。底本の文末に「。」なし。

【鑑賞】 **沼藤六** 藤六は写本では、巻二「鞚」(223)に「沼の藤六立寄」、巻四「聞た批判」(387)に「沼の藤六行あはせ」、巻六「うそつき」(723)に「沼の藤六尾州より唯今参りて候」、巻七「謡」(813)に「沼の藤六とをりあはせ」、巻八「頓作」(861)に「沼の藤六罷り出《いで》」などと、突然の出会い、来訪の設定が多い。同席している藤六はみられない。ここは珍しく同行している藤六となる。

291 百姓《しやう》の福力《ふくりき》なるあり。惣領《そうりやう》の子《こ》才覚《さいかく》あれは笛《(ば)ふえ》を稽古《けいこ》させけり。明暮謡《あけくれうたひ》の小《こ》鞁《つゝ(づ)み》の大鞁《たいこ》のとて出入《いて(で)》のたゆる事《こと》なし。祖父《おふ(う)ぢ》は隠居《いんきよ》の身ながら。こはそも何事ぞ。稼穡《かしよく》のかんなんをわすれ。紡績《は(ば)うせき》の辛苦《しんく》を無《む》になし。我家《わかいゑ(へ)》の諺《わざ》をばよそにみて。身躰《しんだい》のはてんずるをとかなしひ《(び)》ゐけり。かくて三年過《すく(ぐ)》る冬《ふゆ》十月藝者《げいしや》あまたあつめ。おびたゝ《(だ)》しき拍子《はやし》を興行《こうぎやう》する座敷《ざしき》へ頻《しきり》に祖父をよび出せば。辞退《じたい》もかなはず出ぬ。孫《まご》一番《ばん》ふいてとつ《(ど)》とほめ人皆聲《みなこゑ》をそろへ。さて祖父の歡喜《くは(わ)んき》さこそなととりはやしたるに。祖父されば人の耳《みゝ(み)》には笛《ふえ》のねの何と入候や。われが耳には田うらふ《(う)》〱《(うらふ)》とより外《ほか》。別《へ(べ)ち》の音《ね》はいらぬと（976）

〈現代語訳〉 裕福な百姓がいた。惣領息子は勘がいいので、笛の稽古をさせた。朝から晩まで、謡だの小鼓だの大鼓だのと、指導する人の出入りが絶えなかった。祖父は隠居の身でいたが、「これはいったい何事か。農作業の困難や苦労を忘れ、糸をつむぐ辛い苦しみを無駄にし、わが家の仕事をそっちのけにして、これでは身代が尽きてしまうだろう」といって悲しんでいた。それから三年の月日が過ぎた冬の十月、演奏する人々をたくさんあつめて、とても立派な囃子の会を開催した。その座敷へ何度も祖父を呼びにくるので、断ることもできずに聞きに出て来た。孫が最初に笛を吹くと、周りの人はわっと褒め合い、人はみな声をそろえて、「さてもご隠居のお喜びは、さぞかしであろう」と騒ぐ。祖父は、「そのことだが、人の耳には笛の音がどのように聞こえますのやら、わしの耳には、『田を売ろう、田を売ろう』といっているよりほかに、別の音は聞こえてこない」といった。

〈語注〉
百姓の福力なるあり　「福力」は多くの財産をもち勢力がある。金持ち。富裕。　**才覚あれは**　才能があるので。ここは音楽の才能。　**謡の小鞁の大鞁のとて**　「謡」は謡曲。「小鞁」は右肩に置いて叩く小さな鼓。「大鞁」は左膝の上に横たえて右手で打つ鼓。大皮。「おほつゞみ」「おほかは」ともいう。底本の振り仮名「たいこ」は誤りか、または通称か。　**祖父**　祖父。大父の意。振り仮名「おふぢ」は「おほぢ」が正しいか。　**こはそも**　「こは」は此は。「そも」はそれにしても。　**稼穡のかんなん**　「稼穡」は穀物の植え付けと取り入れ、種まき、収穫のこと。農作業をいう。「かんなん」は艱難。　**紡績の辛苦**　糸を紡ぐ大変さ。　**諺をばよそにみて**　「諺」の振り仮名の「わざ」から業。作業。「よそにみて」は自分には関係ないとする。　**身躰**　身代。財産。　**藝者**　芸をする人。ここは演奏する人たち。　**拍子を興行する**　「拍子」は囃子。「興行する」は開催する。披露する。　**田うらふ〳〵**　笛の音が「たうらふ」と聞こえる。祖父にとっては「田を売ろう」としか聞こえてこない。　**別の音はいらぬと**　底本の文末に「。」なし。

【鑑賞】　**田うらふ**　芸事を習うのは武士や町人などだが、百姓の家での習い事は珍しい。一生懸命に働いてきた祖父からみれば、「道楽ごとで家をつぶすのか」といいたくなる。心配しているだけに、吹く笛の音が、「ひぃひゃら」「ひゃらり」などのいい音色ではなく、「田うらふ〳〵」としか聞こえてこない。祖父は、惣領息子が演奏に長けていても、身分にあった生活をするべきと思う気持ちが強いだけに、どんなことも悪いように思ってしまう。

292　夏《なつ》の天《てん》に数《す》日雨《あめ》なうて。民家《みんか》旱《ひ》損《そん》を歎《なけ(げ)き》。氏神《うぢか(が)み》の社頭《しやとう》に。風流《ふうりう》をかけ雨《あめ》を乞《こふ》に。一滴《てき》もふらず。いつもふるが奇特《きどく》やなと《(ど)》沙汰《さた》しあへり。かたくなゝ《(な)》る宿老《しゆくらう》打《うち》うなつ《(づ)》き。今度《こんど》のをと《(ど)》りがうらは一向《かう》氣《き》にあはなんだ。なにが太鞁《たいこ》をは《(ば)》てれつけてれつけてつてれつけとうち。鐘《かね》をばてんき〳〵《(てんき)》やとたゝ《(た)》いて。笛《ふえ》をひよりやひよりとふいた物。何としてふらふ《(う)》に　(979)

〈現代語訳〉　夏の炎天が続いて、数日間も雨が降らない。百姓たちは日照りを嘆いて、氏神社の社殿の前で、雨乞い踊りを奉納したが、一滴も雨が降ってこない。「いつも雨乞い踊りをすれば降ってくるのに、不思議なことがあるのだなあ」などと話し合っていた。そのときに頑固そうな老人が、いかにも分かった顔で、「このたびの雨乞い踊りは、わしはまったく気に入らない。なにしろ太鼓を、『てれつけ、てれつけ、てつてれつけ』と打ち、鐘を、『てんき、てんきや』と叩き、笛を、『ひよりや、ひより』と吹いたのでは、どうしたって降るわけがない」といった。

〈語注〉

夏の天「夏の天」は晴れわたった夏の空。炎天。 **民家**「民家」は百姓の民。百姓たち。 **風流をかけ** 風流踊をする。ここは雨乞い踊り。きらびやかな衣装を着て、太鼓、鉦《かね》、笛などの楽器を奏して踊る。 **うら** おれ。わたし。 **てれつけてれつけてつてれつけ**「てれつけ」は太鼓の音。「照れつける」を掛ける。照りつける。「てつてれ」は「照ってれ」を掛ける。 **鐘をばてんき〳〵や**「鐘」は鉦が正しい。「てんき」は鉦の音。「天気」を掛ける。晴れろ。 **ひよりやひよりと**「ひより」は笛の音。「日和」を掛ける。いい天気。 **何としてふらふに**「何として」は反語を表す。どうして降ろうか、いや降るわけがない。底本の文末に「。」なし。

【鑑賞】 **雨乞い** 農作には雨の恵みがないと、稲の発育に影響するので雨乞いをする。いまも日本の各地に残る雨乞い行事や芸能は、太鼓や鉦を鳴らし、鳴らす音が天空に響くと、その音のうるささに竜神が怒って雨を降らすという。こうした行為を通して願いを叶えようとするのをジェームズ・フレイザーは感染呪術といった（『金枝篇』）。笑話のおもしろさは雨乞いに用いる楽器の音が、すべて雨乞いの言葉とは逆の言葉になっているところにある。太鼓は太陽が照ってくれ、鉦は晴れになれ、笛はいい天気が続くようにでは雨乞いにはならない。あまりにも楽器の音と日照りの言葉が合っているところがおかしい。底本291でも笛の音が「田うらふ〱」と聞こえてくる。策伝は擬声語を好んだことがわかる。

293　京にてさが《(か)》しき座《ざ》頭《とう》月《ぐは(わ)つ》忌《き》のざしきへ遅《おそ》く来《きたれ》り。内《うち》をは《(ば)》とく出《いて(で)》て候が。道《みち》にて鐘《かね》のを《(お)》と仕候まゝ《(ま)》立よりて候へは《(ば)》。酒《さか》もり談儀《だんぎ》にあふ《(う)》て。さてぞ遅参《ちさん》いたし候といへり。酒もり談義とは何事ぞや。さればもはやたゝ《(た)》んとはねつくろひせしに。こゝ《(こ)》をは《(ば)》法《ほう(ふ)》然《ねん》のしやくにて一つ申さんと　(981)

〈現代語訳〉　京でのこと。ある少しばかり知恵をもつ座頭が、法事の座敷に遅くやって来た。「家を早く出てまいりましたが、来る道で鐘の音がしましたので、立ち寄ってみますと、酒盛り談義に出会って遅刻しました」という。「酒盛り談義とは何か」と聞くと、「そのことです。もう発《た》とうと準備していたら、ここに法然上人が現れ、『わたしの酌で一献差し上げよう』といわれました」といった。

〈語注〉

さがしき座頭　「さがしき」は底本ママ。　**月忌**　祥月命日の法事。　**酒もり談儀**　酒を飲む集まり。「談儀」は談義に同じ。本文のあとに「談義」と記す。　**法然**　法然上人。平安末期の僧。美作《みまさか》の人。諱号は源空。安元元年（一一七五）、浄土宗を開いた。勅諡《ちよくし》号《ごう》は円光大師。著に『選択本願念仏集』。一一三三～一二一二。　**一つ申さんと**　底本の文末に「。」なし。写本は「申さんと」のあとに、「あり、又たたんとすれは、善導の尺にてま一つ申さんと」とある。

【鑑賞】　**法然上人のお酌**　写本の文末に、「善導の尺にてま一つ申さんと」とあり、「今度は善導大師のお酌にあったので帰ることができず、こんなに遅くなった」という。善導は中国の浄土宗僧で、諡号は終南大師、善導和尚、光明寺和尚ともいった（六一三～六八一）。遅刻した理由に法然上人や善導大師などの高名な僧をあげ、そのお酌では遠慮することができないと嘘をつく。こうした見え見えの嘘をいうのも、「さがしき座頭」なのであろうか。本当はどこかで酒を飲みすぎ、時間を忘れてしまって遅刻した原因なのであろう。下手な嘘をいうなら、いわないほうがいい。このような手で、いつも言い訳をいうのも「さがしき座頭」だったようである。

294　義政将軍《よしまさしやうぐん》の御前《まへ》に。同朋《と(ど)うほ(ぼ)う》万阿弥《まんあみ》罷出《まかりいて(で)》たる時。作意《さくい》を御覧《らん》ぜんとやおぼしめされけん。尺八をなげ出《いだ》しそれ〳〵《(それ)》車《くるま》がゆくと仰《おほせ》ければ。万阿弥いそぎ立《たち》ちやくとを《(お)》さへ《(ざ)》さまに。うしなふ《(う)》てはなるまひ《(い)》と。とりて懐《ふところ》にいれし　(984)

〈現代語訳〉　足利義政将軍の御前に、同朋衆の万阿弥が出られたとき、将軍は万阿弥の趣向をみてみたいと思われたのだろう。急に尺八を転がして、「ほらほら車が行く」といわれると、万阿弥は急いで立ち上がり、すぐさま尺八を押さえるときに、「うしなふてはなるまひ」といって取りあげ、懐に入れた。

〈語注〉
義政将軍の御前に　室町幕府八代将軍、足利義政。足利義教《よしのり》の子。銀閣寺（慈照寺）を建立。東山殿。一四三六〜九〇。**同朋万阿弥罷出たる時**　「同朋」は同朋衆。雑役に使われた僧形の小役人。一芸に秀でた者は阿弥号をつけた。「万阿弥」は伝不詳。同朋衆の一人。**作意**　工夫。趣向。**車がゆく**　尺八を車に見立てる。車は牛車。**うしなふてはなるまひ**　「牛車に牛がいなくて」と尺八を手にできない「失ふて」を掛ける。**懐にいれし**　底本の文末に「。」なし。

【鑑賞】　**うしなふてはなるまひ**　「それ〳〵車がゆく」に対して「うしなふてなるまひ」と秀句をいうのは、万阿弥にとってはまったく難題ではない。評判どおりの万阿弥の秀句を目の前で聞いて、将軍は満足したことであろう。

295　世中にいづくにいかなる物が。親類《しんるい》にあらんもしらぬなと《(ど)》かたる次《つい(で)》て。げにも鵄《しと丶(ど)》と鳥《からす》が親子《おやこ》にてある事を。此程しりたるはといふ。これは以《もつて》の外《ほか》なる僻《ひが》事であらふ《(う)》と。いやしかと實《まこと》也。よそまでもない。われが直《ぢき》にきいた。此十日計《は(ば)かり》さきに庭《には》へからすおりてあそびゐければ。鵄もきたり又堂鳩《た(だ)うは(ば)と》も飛来《とひ(び)きた》る。三鳥よりあひたるに。鵄鳥にむかひ父々《ち丶(ち)(父)》といふ鳥うれしげにて。子《こ》か子《こ》かとよぶ堂鳩證據《しや(よ)うこ》にたちて宇《う》う〳〵《(宇う)》とこたへたれば。まぎれもない親子ではないか

親當《ちかまさ》

世中の親《おや》に孝《こう》ある人はたゞ《(だ)》
なに丶《(に)》つけてもたのもしきかな　(985)

〈現代語訳〉「世の中には、どこにどんな親類がいるのかも分からない」などと話す。そのときに、「ほんとうに鵄と鳥が親子であることを、このたび知ることができたよ」という。「そんなことは、とんでもない嘘であろう」というと、「いや、たしかにほんとうである。ほ

かから聞いた話ではなく、おれが直接に耳にしたのだ。この十日ほど前に、庭へ烏が降りて来て遊んでいると、鵐も降りて来た。また堂鳩も飛んでやって来た。三羽の鳥が寄り合っているると、鵐が烏に向かって、『ちちち』という。烏はうれしくなって、『こかこか』と呼ぶ。そこに堂鳩が親子を証拠立てるように、『ううう』といったので、間違いなく親子ではないか」といった。親当が、

世中の親に孝ある人はたゞ
なにゝつけてもたのもしきかな

(世の中に親孝行をする人は、ただもう何事に対しても頼もしいなあ)

と詠んだ。

〈語注〉
鵐と烏が親子　「鵐」は小鳥の名。ホオジロ、アオジ、クロジの類。「烏」はスズメ目カラス科カラス属の鳥の総称。全体に黒色か黒に灰色や白色の部分をもつ。くちばしが大きく雑食性。鴉とも書く。**以の外なる僻言で**　「以の外」は常軌を逸してはなはだしい様子。「僻事」は事実と違ったこと。道理にあわないこと。**よそまでもない**　慣用句か、成語か。**さきに**　以前。**堂鳩**　寺や人家の屋根にいる鳩。「どばと」ともいう。**父々**　鵐の鳴き声。「チチチ」を掛ける。**子か子か**　烏の鳴き声。「コカコカ」を掛ける。**堂鳩證據にたちて**　「證據」は鵐と烏が親子であるのを明らかにする。**宇う〳〵**　堂鳩の鳴き声。「ウウウウ」を掛ける。承諾の意をあらわす。「そうだ

そうだ」の意。**親子ではないか** 底本の文末に「。」なし。**親當** 蜷川《にながわ》新右衛門親当。室町中期の連歌師。智蘊《ちうん》。和歌を正徹《しょうてつ》に学ぶ。宗砌《そうぜい》とともに連歌中興の祖。**親に孝ある人** 慣用句か。**なにゝつけても** どんなことに対しても。

【鑑賞】鳥の鳴き声 鵐は「チチチチ」、烏は「コカコカ」、鳩は「ウウウウ」という鳴き声で親子であることを判断する。山口仲美は狂言の『竹生島詣《ちくぶしまもうで》』で、雀が「父父《ちちちち》」というと、烏が「子《こ》かあ子かあ」というのをあげている。江戸中期以降に烏は「カアカア」「アアアア」と鳴く表記になったという（『ちんちん千鳥のなく声は』）。『醒睡笑』にはさまざまな動物や鳥の鳴き声がみられる。牝牛は「うんめ」、牡牛は「うんも」。鶏の「とつてかう」「かつけかう」。馬の「いひ〳〵」。鳶《とび》の「ひいりよりよ」「ひいるぬすひと」。これは「ひいよろよろ」の洒落である。狐の「こん」。うずらの「ちちくはい」。烏の「かうた〳〵」をみる。

296 旅《たび》人つるがにて一夜《や》の宿《やと(ど)》をかし給へ《(い)》といふ。亭《てい》のこたへに。春《はる》か秋冬《あきふゆ》ならば易《やすき》事なり。夏月《かげつ》にとまりごとはなるまひ《(い)》。いかなればととふ。爰《こゝ(こ)》はつるがとて霾程の蚊《か》ありてくらう《(ふ)》物を。旅人《たひ(び)》いふそれならは《(ば)》宿《やと(ど)》かし給へ毛頭《も(ま)うとう》くるしからず。生得《しやうとく》わが住《すむ》かた山がなれば。山程の蚊にくはれつけた身じ《(ぢ)》やと　(990)

〈現代語訳〉　ある旅人が越前国の敦賀で、「一夜の宿を貸してくだされ」というと、亭主が、「春か秋または冬なら貸すのは簡単である。夏に泊まることはできない」といった。旅人が、「どうしてですか」と尋ねると、亭主は、「ここは、つるがといって、鶴ほどの大きな蚊がいて、人を喰うのである」という。旅人は、「そうであるなら、宿を貸していただきたい。少しも心配しなくていいです。生まれながら、わたしが住むところは山家であるので、山ほど大きい蚊に喰われるのに馴れた身でありますから」といった。

〈語注〉
つるが　越前国の敦賀。現在の福井県敦賀市。**亭**　亭主。主人。**秋冬ならば**　「秋」は底本「烁」の異体字。**とまりごと**　人を家に泊めること。**つるがとて**　「つるが」の「つる」に鶴、「が」に蚊を掛ける。**くらう**　蚊が刺す。**山が**　山家。山に住む。**山程の蚊にくはれつけた身じやと**　「山程の」は山ほど大きい。底本の文末に「。」なし。

【鑑賞】　**鶴**　旅人と亭主が秀句で会話をする。「霾程の蚊」に対して「山程の蚊」という。

敦賀を鶴ほどの大きい蚊とし、山家を山ほど大きい蚊とする洒落は、策伝好みであろう。

茶之湯《ちやのゆ》

297

茶是釣《はこれつる》レ睡《ねふりを》鉤《つりは(ば)り》とあり。又食《しよく》を消《せう》するともいへり

わか《(が)》門《かど》に目《め》さ《(ざ)》まし草《く(ぐ)さ》のあるなへ《(べ)》に

こひ《(う)》しき人は夢《ゆめ》にだに見す《(ず)》

などいふて人〳〵《(人)》ほめそやしのむ末座《ばつざ》に百姓《しやう》の候て。それならば我〳〵《(我)》は一期茶《ごちや》をたち申さん。終日《ひねむす》ほねお《(を)》りても。ゆふへ《(べ)》とくと眠《ねむ(ふ)れ》ばぞ辛労《しんらう》をもわするれ。またたま〳〵《(たま)》とほ《(ぼ)》しくてくふ食《めし》の。きえてはなんのゑ《(え)》きあらん。あらいやの茶やと頭《かしら》をふりたりさ《(ざ)》れば

憂喜《ゆ(い)うき》依《よる》レ人《ひとに》と云題《だい》にて

ますらをが小田かへすとて待雨《まつあめ》を

大宮《みや》人やはなにいとはん

とよめる。さまこそかはれ心ばへひとしかるへ《(べ)》くや侍らん。世をおもしろくすむ人は。茶を愛《あい》し賤《しづ》の男《お(を)とこ》は茶をいなと狂言《きやうげん》せし一旦《たん》は理《り》あり

何となく人にことは《(ば)》をかけ茶わん

を《(お)》しぬく《(ぐ)》ひつゝ《(つ)》茶をものませよ
はなをのみまつらん人に山さ《(ざ)》との
雪《ゆき》まの草《くさ》の春《はる》をみせばや

利休《りきう》はわびの本意《ほんい》とて此哥《うた》を常《つね》に吟《ぎん》じ。心かく《(が)》る友《とも》にむかひてはかまへて忘失《ぼうしつ》せさせなん

契《ちぎ》りありやしらぬ深山《みやま》のふしくぬ木
友《とも》となりぬる閨《ねや》のうづみ火

是《これ》は夢菴《むあん》の哥《うた》にてあり。古田《ふるた》織《を(お)り》部《へ(べ)》 冬《ふゆ》の夜《よ》つれ〳〵《(づれ)》吟《ぎん》せ《(ぜ)》られし (992)

〈現代語訳〉「茶は眠りを覚ます釣り針である」という。また「茶は食べたものを消化させる」ともいう。

わか門に目さまし草のあるなへに
こひしき人は夢にだに見す

（わたしの家の門口にある目ざまし草が風に靡《なび》くのに、いまだ好きな人が夢にさえ出てこない）

などといって、人々はほめたてて茶を飲む。同席の末座に百姓がいて、「それなら我々は一生、茶を飲むのを断ちましょう。一日中がんばっても、夕方に早く眠れば、その疲れも忘

れます。またたまたま貧しくて喰う飯《めし》がないことがあるが、すぐに消化してしまうのではなんの益があろうか。ああ好ましくない茶だ」と頭を横に振った。そこで、「憂いも喜びも人の境遇による」という題で、

　ますらをが小田かへすとて待雨を
　　大宮人やはなにいとはん

（勇ましい男が小さな田を鋤《す》きかえして心配して待つ雨を、大宮人は花を散らすのでいやがる）

と詠んだ。姿かたちが変わっても、心づかいが等しいのがいいのだろう。世の中を楽しく思って住む人は茶を愛し、卑しい男は茶を好まないと冗談でいうのにも、一応はもっともな理由がある。

　何となく人にことはをかけ茶わん
　　をしぬくひつゝ茶をものませよ

（何とはなしに人に言葉をかけ、飲む茶碗を強く拭きながら茶を飲ませよ）

はなをのみまつらん人に山さとの
　　雪まの草の春をみせばや

（桜の花の咲くことだけを待っている人に、山里の雪間に咲く草の春をみせたい）

と詠んだ。利休は茶道の閑寂質素な風趣の本質があるといって、この歌をいつも吟じて、心にかける友に対しては、いつも心してお忘れにならなかった。

契りありやしらぬ深山のふしくぬ木
友となりぬる閨のうづみ火
（男女の交わりがあったかどうかは知らない、深山に生息する節のある橡《くぬぎ》が友となった閨を暖めるよ）

この歌は夢菴の歌である。古田織部は冬の夜の物さびしいときに、この歌を好んで吟じられた。

〈語注〉

茶之湯　茶道や茶にみる笑いを収める。　**茶是釣レ睡鉤**　諺。茶は眠気を覚ます効果をもつという。**食を消するともいへり**　茶は食べたものを消化させる効果をもつ。底本の文末に「。」なし。**目さまし草のあるなへに**　「目さまし草」は茶の異名。葉茶を煎じて飲むと目が覚めるという。「なへ」は靡べ。なびいている。　**ほめそやし**　「そやし」ははやしたて。ほめたてて。静嘉堂文庫、内閣文庫本は「ほめはやし」。　**終日**　振り仮名「ひねむす」。「ひねもす」ともいう。朝から晩まで。　**頭をふりたりされば**　底本の文末に「。」なし。　**憂喜依レ人と云題にて**　底本の文末に「。」なし。**大宮人**　宮中に仕える人。　**狂言せし一旦は理あり**　「狂言」は冗談。戯言。「興言」と同じ。底本の文末に「。」なし。　**ことはをかけ茶わん**　言葉を「掛け」と「欠け茶椀」を掛ける。　**利休**　千利休。安土桃山時代の茶人。宗易《そうえき》と号す。千家の開祖。一五二二～九一。　**忘失せさせなん**　底本の文末に「。」なし。　**契りありやしらぬ深山のふしくぬ木**　「しらぬ」は「契りがあるかないかを知らない」と「知らない深山」を掛ける。藤原家隆の和歌。『壬二集《みにしゅう》』『六百番歌合』にみられる。「ふしくぬ木」は節の多い椽。**閨のうづみ火**「うづみ火」は灰の中に埋めた炭火。その炭火で寝屋と身体を暖める。**夢菴**　牡丹花肖柏。**古田織部**　安土桃山時代の武将、茶人。美濃の人。名は重然《しげなり》。織部正《かみ》。利休に茶の湯を学び、その流れを織部流という。一五四四～一六一五。**つれ〴〵吟せられし**「つれ〴〵」は変わったことも、気のまぎれることもない状態。底本の文末に「。」なし。

【鑑賞】　茶之湯　千利休の登場によって茶道が成立して一気に流行した。近世初期では茶道の歴史も浅い。その茶の笑いを写本は十九話も収め、底本は八話を収める。策伝は古田織部に茶を習い、安楽庵で茶会を開き、その流儀は安楽庵流といわれた。茶の湯の作法を知らないことによる失態や、茶の湯の知識のなさの笑話がみられると想像すると、ほとんどみられない。茶は茶でも茶を売る茶屋、茶道具などの幅広い笑話をみる。

茶是釣レ睡鉤「茶是釣睡鉤」は、蘇軾の「洞庭春色」にある「応呼釣詩鉤」にならったものという。茶を好む人、好まない人がいるだろう。茶を好む人との付き合い、利休の好きな歌、夢菴のつくった歌、さらにその歌を好む織部などの茶人たちをあげ、「世をおもしろくすむ人」は茶を嗜むことができるという。

298　古田織部介《すけ》に数寄《すき》あり。こい茶《ちや》たちて出《いて(で)》けるに客《きやく》のいふ。此茶士《ちやし》は誰哉《たれ(や)》らんととふ。上林春松《かんはやししゆんせ(しよ)う》が雲切《くもきり》なるよし返答《へんたう(ふ)》あれば。かの客《きやく》今朝《こんてう》の御茶別《べつ》して忝《かたし(じ)けなき》かな春宵《しゆんせう》一ふ《(ぶ)》く直《あたひ》千金《きん》とあり　(996)

〈現代語訳〉　古田織部のところで茶会があった。濃茶を点てて出したところ、ある客が、「この茶を栽培したのは誰であろうか」と尋ねる。「上林春松のつくった雲切の茶である」と答えると、その客は、「今朝の御茶は、ことさらにありがたいことよ。春宵一服値千金」といった。

〈語注〉

茶士　茶師《ちやし》と同じ。茶を栽培する人。　**上林春松が雲切なるよし**　「上林春松」は宇治の茶師。岩波文庫本には、「上林氏は、久茂が秀吉から宇治郷代官を命ぜられ茶園を預かって以来、茶師として栄えた」とある。「雲切」は茶の銘。　**春宵一ふく直千金とあり**　「春宵一ふく」は春松一服。諺の「春宵一刻値千金」の洒落。諺は蘇軾の「春夜」にある「春宵一刻値千金、花有清香月有陰（おぼろ月夜に花が咲き乱れ、気候も温暖な春の宵は、そのひとときが千金にも値するほど快適である）」による。「直」は値のこと。底本の文末に「。」なし。

【鑑賞】　春宵一ふく　底本297にもみる古田織部が登場する。「春宵一ふく」が「春宵一刻」の洒落であることがわかり過ぎておもしろくない。また「春宵」に春松を掛けているが、上林春松が誰なのかを知るのは、茶人たちだけであるから、なかなか読み手にはわかりにくい笑話だろう。

299　ある寺《てら》の住持《ち(ぢ)うぢ》旦那《た(だ)んな》へ見まはれける。土産《とさん》の茶あり。主人ありか(が)たく思ひ。内に請《しやう》じまづ茶を進《しん》ぜよとたてゝ(て)出る。亭主《ていしゆ》一口のみ是は散々《さんく(ぐ)》の苦茗《くめい》やとしかる時。女房《ばう》それはお寺《てら》より。おもたせのお茶とことは(わ)るにぞ。亭主いはん事なく。今一口二口のみ。やんた(だ)くた(だ)さるゝ(る)ほどよいと　(997)

〈現代語訳〉　ある寺の住職が檀家のところへ、ご機嫌伺いに行かれた。手土産に茶を差し上げたのを、主人はありがたいと思い、家の内に案内して、「まず住持様にお茶を出しなさい」といった。点てた茶を主人は一口飲んで、「これはとんでもない、まずい茶ではないか」と叱った。そのとき女房が、「それは、お寺からいただいた土産のお茶です」と念を押すと、主人はなにもいえなくなり、いま一口、二口と飲み終えると、「茶はのどを流れて下っていくのがいい」といった。

〈語注〉
寺の住持　住職。**旦那へ見まはれける土産の茶あり**　「旦那」は檀家。「土産」の振り仮名「とさん」は「みやげ」の誤りか。または当時の慣用表現であったか。土産は挨拶の品物。**散々の苦茗や**　「散々」はとてもひどい。ここは飲むことができない。「苦茗」は苦い茶のこと。質のわるい茶。苦茶。**おもたせ**　御持たせ。「もたせ」の尊敬語。手土産。**くたさるゝほどよいと**　「くたさるゝ」に土産として「いただく」、咽喉を流れる「下る」を掛ける。流れては味わうことなど、どうでもいいことになる。底本は「ほど」の「ど」は虫食いで濁点かどうか判読不可だが、「ど」と読んでいいだろう。底本の文末に「。」なし。

【鑑賞】　**見まはれける**　住職が檀家のところに「見まはれける」というのは、檀家を一軒ずつ挨拶する「檀家回り」のことであろう。祥月命日や回忌の法事、施餓鬼《せがき》の話、世間話などをして、そのたびに寺に来させようとする。土産持参の挨拶も住職の魂胆と悪くみることもできるが、よいようにみるならば、古くからの檀家づきあいの挨拶の品といえる。

300　足利《あしかゞ(が)》の門前《もんぜん》に姥《うば》あり。往来《わうらい》の出家《しゆつけ》に茶をほどこす。されば学侶《か(が)くりよ》の知恵《ちゑ(ゑ)》をさつせんとたくみ。僧来《きた》つて茶を所望《しよも(ま)う》すれは《(ば)》。人のひいた茶はおりないといへり。時に僧風がひいたりとものまんといふ。姥大によろこんであたへたり　(998)

〈現代語訳〉ある姥が足利の門前にいて、道を往き来する出家に茶を出していた。それは姥の学僧の知恵を試してやろうという考えからであった。ある僧がやって来て、「茶をいただきたい」というと、姥は、「人が碾いた茶はありません」といった。そのときに僧が、「風をひいた茶でも飲みたい」というと、姥はたいへんよろこんで茶を出した。

〈語注〉**足利の門前に**　「足利」は地名。現在の栃木県足利市か。写本の巻一「ふはとのる」(92)にも「足利にての事なるに」がみられ、「こざかしき学侶」が登場する。**学侶の知恵をさつせん**　「学侶」は学僧。学業を専らにする僧。仏道を修めて師匠の資格をもつ僧。学匠。学生《がくしよう》。「さつせん」は察しよう。試そう。**おりない**　「お入りない」の約。**風がひいたり**　湿気を吸い、または乾燥しすぎて駄目になること。「風邪をひく」とも書く。**あたへたり**　底本の文末に「。」なし。

【鑑賞】 **風がひいたり**　姥が「人が碾いた茶はない」というと、僧は「風邪を引いた茶でも飲みたい」と洒落た答えをいう。これは知恵試しというよりも、柔軟な頭脳をもっているかどうかを確かめたのであろう。洒落がいえないようでは、僧の資格がないと姥は判断している。何人もの出家僧に出会うが、うまい答えをいう僧に出会えないままであった。ようやく出会えた嬉しさと、期待できる僧との出会いをよろこんで、姥は茶を出した。

301　いかにもまつたき福人《ふくじん》あり。茶の湯《ゆ》といふには何が入物ぞやと。数寄《すき》には第《だい》一の嗜《たしなみ》茶壺《ちやつぼ》候よ。さあらは《(ば)》一つもとめたい。伊勢《いせ》より尋《たつ(づ)ね》出しこれは藤《とう》四郎とて。よき壺といふを代《だい》八貫《くは(わ)ん》に買《かひ》とり。福人秘《ひ》蔵《さ(ざ)う》し名《な》を平家《へいけ》法花経《ほけきやう》伊勢《いせ》物語《ものか(が)たり》と付《つけ》たり。人其故事《そのこじ》をとへば。平家《へいけ》とは家《いゑ(へ)》がひらさに。法花経とは八貫にかふ。壺の出《で》處《と(ど)ころ》は伊勢なり。わざとさしたる家にてなければ。もちありくたびがたり〳〵となるほどに　(1001)

〈現代語訳〉　きわめて裕福な金持ちがいて、「茶の湯というものには、何が入用か」と尋ねる。ある人が、「茶の湯には、第一に心がけるのが茶壺でありますね」というと、「それならば一つもとめたい」という。「これは伊勢で探しもとめたもので、陶工の藤四郎がつくったよい壺である」というのを、代金八貫で買いとって、金持ちは秘蔵することになった。壺の名を「平家法花経伊勢物語」とつけた。ある人が、その由来を尋ねると、「平家とは家が平屋で、法花経とは代金八貫で買い、壺を手に入れたところが伊勢である。わたしの家は、格別に贅《ぜい》を尽くした邸宅ではないから、家で壺の箱を持ち歩くたびに、床が『がたり、がたり』と鳴るからである」といった。

〈語注〉
まつたき福人あり　「まつたき」は何不足ない。**第一の嗜**　一番の心がけ。**藤四郎**　尾張瀬戸の陶工。瀬戸焼の祖。**名を平家法花経伊勢物語と付たり**　「平家」は『平家物語』。鎌倉時代の軍記物語。十二巻。「法花経」は妙法蓮華経。法華経。「伊勢物語」は平安時代の歌物語。『在五が物語』『在五中将の日記』は別称という。主人公の元服からの一代記。**家がひらさに**　「ひらさ」は平さ。金持ちは二階造り、三階蔵《さんがいぐら》の家をもつ。三階蔵は金銀、宝物を入れる蔵。三階は客座敷に用いられた。**法花経とは八貫にかふ**　「法花経」は八巻二十八品《ほん》。「八巻」を値の八貫に掛ける。**がたりくとなるほどに**　「がたりく」は床が鳴る音。物語の「がたり」を掛ける。底本の文末に「。」なし。

【鑑賞】　**がたりく**　古い家であるために、廊下などの床を歩くと「きしきし」「がたんがたん」と音がする。板が反っているためであろう。ここでは「ものがたり」と命名した由来にむすびつけるため、「伊勢で探しもとめた」壺から伊勢物語を思い浮かべ、「ものがたり」から。「がたり〳〵」の擬声語の落ちにした。

302 東堂《とうだう》のもとに人来ってとふ。茶《さ》堂《た(だ)う》と申者候。又茶堂《ちやた(だ)う》と申者候。いづれが本《ほん》にて候や。いづれもくるしからず。されども茶《さ》堂《た(だ)う》は唐韻《たうい(ゐ)ん》にてこびたりとあれば。男合点《がてん》ゆきたる躰《てい》にて立さりぬ。一両月過《すき(ぎ)》今度《こんど》は惣領《そうりやう》の子十六七なるをつれ来り。此松千代《まつちよ》に何とぞ《(ぞ)》男《お(を)とこ》名《な》をつけたび候へと申せば。すなはち左近《さこん》の太郎と付らるゝ《(る)》。親《おや》あたまをふり感《かん》じて後《のち》。さは唐韻《たうい(ゐ)ん(で)》て御座あるの辞々《し(じ)ゝ(し)》われらごときの者のせがれにたうゐんは過て候。唯《たゞ(だ)》ちやこの太郎とおつけなされよと　(1005)

〈現代語訳〉東堂のところに、ある男がやって来て尋ねた。「茶《さ》堂と申す者がおります、また茶《ちや》堂と申す者もおります、どちらが本当のいい方でございますか」というと、「どちらも間違っていない。それでも茶《さ》堂は唐音で気取ったいい方となる」といわれ、男は納得した様子で帰っていった。それから一、二ヵ月過ぎて、今度は十六、七歳になる惣領息子を連れてやって来た。「この松千代に、どうか元服名をつけてくだされませ」というと、ただちに左近の太郎と付けられた。親は頭を縦に振って納得し、そのあとに、「左《さ》は唐音で御座いますね。いやいやわたしたちのような者の息子に唐音は立派過ぎます。ただ単にちゃこの太郎とおつけ下されよ」といった。

〈語注〉

茶堂　禅宗の寺内にある茶を点てる堂。**唐韻にてこびたりと**　「唐韻」は唐音。唐の時代の発音。宋音も同じ。呉音、漢音のつぎに伝来される。「こびたり」は洒落て気取ったいい方。**男名**　元服名。成人になると名を改める。**さは**　左近の「さ」の音は。**辞々**　なんとまあ。遠慮するときの感動詞か。**唯ちやこの太郎とおつけなされよと**　「左近」の「さ」よりも「ちや」でいい。底本の文末に「。」なし。

【鑑賞】　**男名**　左近の太郎は、十分に元服名となっている。茶堂の読み方で覚えた「さ」は唐韻であり、気取った読み方であるから身分に合わないので、「ちや」にしてほしいという。「ちやこん」の「ん」を省いた「ちやこ」と勝手に変えてしまう。まったく不文字の男の考えにはついていけない。

303

後《こ（ご）》陽成院《やうぜいゐん》の御時《とき》御口切《くちきり》とて御壺《つぼ》いて《（で）》たりつるを　雄長老《ゆうちやうらう》

御前《まへ》ではちや〳〵《（ちや）》と哥《うた》よむ壺なれど

口をはられて物もえいはず　（1008）

〈現代語訳〉 後陽成天皇の御代に、御口切のために御壺が出されたのを、雄長老が、

御前ではちや〳〵と哥よむ壺なれど

口をはられて物もえいはず

（御前では歌に茶々と詠まれる壺であるが、口を封じられては何もいえない）

と詠んだ。

〈語注〉

後陽成院　後陽成天皇。百七代。天正十四年（一五八六）即位、元和三年（一六一七）崩御。底本204には後陽成天皇が再建した嵯峨法輪寺の笑話がある。**御口切**　新茶を保存して、陰暦十月はじめに封を切る。**御壺いてたりつるを**　底本の文末に「。」なし。**口をはられて**　御口切まで口を封じられている。話す「口」を掛ける。

【鑑賞】口をはられて　「御口切」までは封をしたまま出され、目の前で封が切られる。いわゆる封切りである。封は閉じる意味で封筒にも封、〆などと書く。狂歌の下の句がおもしろい。

304　慈照院《じせうゐん》殿愛《あい》に思召《おほ(ぼ)しめさ》るゝ《(る)》壺《つぼ》あり。名《な》をなにとがなつけんと御工夫《くふう》あるころは寛正《くは(わ)んしやう》貳年《ねん》八月廿日《はつか》。たれかある今日は廿日《はつか》かとお尋《たづね》あれば。女房達聞《にようばうたちきゝ(き)》もあへす《(ず)》。中〳〵《(中)》けふ初鴈《はつかり》をきゝ《(き)》まい《(ゐ)》らせたと申上られたり。あらおもしろの返事《へんじ》やとて。能阿弥《のうあみ》にむかはせたまひ

誰《たれ》もきけ名《な》つ《(づ)》くる壺《つぼ》の口ひ《(び)》らき
けふはつかりの聲《こゑ》によそへて

とおほせあれば。能阿弥とりもあへず

初鴈を聞えあけ《(げ)》けることのはを
いやめつ《(づ)》らしき雲《くも》のうへまて《(で)》

此由来《ゆらい》により初鴈といふ壺ありとなん

〈現代語訳〉　慈照院殿が大事にされておられる壺があった。名を何とつけようか、と考えられていた。時は寛正二年の八月二十日であった。慈照院殿が、「誰かおらぬか。今日は二十日か」と仰せられると、女房たちは慈照院殿の御言葉を十分にお聞きにならないで、「そうですそうです。今日、初雁の声をお聴きいたしました」と申し上げられた。慈照院殿は、「ああ、おもしろい返事であるよ」とおっしゃって、能阿弥に向かわれて、

誰もきけ名つくる壺の口ひらき
けふはつかりの聲によそへて

（皆よ聞きなさい、名をつけた壺の口びらきであるぞ、今日初雁の声にあわせて）

とお詠みになられたので、能阿弥は、ただちに、

初鴈を聞えあげけることのはを
いやめつらしき雲のうへまて

（初雁の声をお聞きになられたお言葉を、ますますすばらしい雲の上まで）

と詠んだ。この由来によって、「初雁」という名の壺があるというのである。

〈語注〉

慈照院殿　室町幕府八代将軍、足利義政。**寛正貳年**　一四六一年。**女房達聞もあへす**　「女房達」は将軍に仕える女たち。「あへす」は敢へず。**初鴈**　秋にはじめて北方から渡ってくる雁。

「二十日」を掛ける。『古今和歌集』巻十一・恋歌481にある凡河内躬恒《おおしこうちのみつね》の「初雁のはつかに声を聞きしより中空にのみ物を思ふかな（初雁の声のようにかすかな声を聞いてから、上の空で物思いばかりすることだよ）」を踏まえたか。**能阿弥にむかはせたまひ**「能阿弥」は足利義教、義政に仕えた同朋衆。室町期の連歌師、画家。真能とも号した。一三九七〜一四七一。底本の文末に「。」なし。**壺の口ひらき**「口ひらき」は口切りに同じ。茶道で新茶を入れ、目張りした茶壺の封を切ること。「初鳴き」を掛ける。**能阿弥とりもあへず**底本の文末に「。」なし。**いや**弥。ますます。**初鴈といふ壺ありとなん**底本の文末に「。」なし。

【鑑賞】 **口ひらき**　底本303の「御口切」につづく茶壺の笑話である。「口ひらき」は、「口開《あ》け」「口明け」ともいう。「廿日」から初雁の言葉が出てきてもよさそうだが、慈照院殿はその言葉までは想像できなかった。「廿日」を聞き間違った女房たちがいった「初雁」が壺名になったというのはおもしろい。

祝《いわ(は)ひ》済多《すんた(だ)》

305 抑《そも〱(そも)》四十六代孝謙《こ(か)うげ(け)ん》天皇《わう》の御宇《う》。天平勝宝《てんへい(びやう)せ(しよ)うほ(は)う》元年己丑《つちのとのうし》の春《はる》始《はし(じ)め》て奥州《お(あ)うしう》より。黄金《わうごん》を献《けん》ず。重寶《て(ちよ)うほ(は)う》参りたりとて。大友家持《ともやかもち》にうためされけれは《(ば)》

皇《すべらき(ぎ)》の御代《よ》さかへ《(え)》んとあづまなる
みちのく山にこがね花さく

と祝《いは》ひすまして。是より元和《け(げ)んわ》九年迄《まて(で)》八百六十五歳《さい》なり。和朝《わてう》の山々黄金涌《わく》事弥《いよ〱(いよ)》増《まさ》れり　(1010)

〈現代語訳〉はじまりは四十六代の孝謙天皇の御代、天平勝宝元年己丑の春に、はじめて奥州より黄金が献上された。「貴重な宝物が参りました」というので、大伴家持に歌を詠ませられると、

皇の御代さかへんとあづまなる
みちのく山にこがね花さく

(天皇の御代が栄えるだろうと東国にある陸奥の山に黄金の花が咲いたよ)

と祝った。この年より元和九年までは八百六十五年である。その間に日本の山々に黄金が掘られて、ますます国は栄えた。

〈語注〉

祝済多　祝いの言葉による笑いを収める。読みは目録では「いはひすんた」、写本の目録は「祝済た」とある。底本305に「祝ひすまして」、311に「祝すまひた」をみる。「済」は終了する、しおおせる、やり終える意味をもつ。**四十六代孝謙天皇**　女帝。聖武天皇の第二皇女。聖武天皇の御世の天平勝宝元年（七四九）七月に即位。**大友家持**　大伴家持。万葉歌人。三十六歌仙の一人。大伴旅人《たびと》の子。**うためされけれは**　底本の文末に「。」なし。**皇の御代さかへんと**　「皇」は天皇。『万葉集』巻第十八・4097の歌。左注に、「天平感宝元年五月十二日に、越中国の守の館にして大伴宿禰家持作れり」とある。「天平感宝」は天平感宝・天平勝宝元年（七四九）のこと。歌は「陸奥国より金を出せる詔書を賀く歌一首」の反歌三首のなかの一首。**みちのく山**　陸奥山。「みちのく」は奥羽地方。奥州。**是より元和九年迄八百六十五歳なり**　「是より」は天平勝宝元年から。「元和九年」は一六二三年。『醒睡笑』の序文を記した年。「八百六十五歳」は元和九年までの期間。実数は八百七十五年となり、十年のずれがある。**弥増れり**　「弥」の振り仮名「いよ〳〵」は南葵文庫本では「いや」。底本の文末に「。」なし。

【鑑賞】　**祝済多**　最後の章題を「祝済多」とした。終わりを祝うよろこびの笑いを収めていると思いきや、正月を迎える祝いの目出度さの笑いを多く収める。写本十七話のうち、「祝いごと」の笑いが四話、「正月、元日」の笑いが十話、「よろこびごと」の笑いが三話となっている。底本の目録と本文題には「祝済多」の振り仮名が「いはひすんた」とあり、「いわひすんだ」と読ませる。「すんだ」は「すむ」の撥音便「すん」に「である」が転じた「だ」がついたものだが、また「すむ」のウ音便「すう」に「だ」がついた「すうだ」もみられ、底本101に「すふた」、写本の巻四「そてない合点」(443)、底本151に「すうだ」、写本の巻四「唯有」(485)に「すふだ」とある。東洋文庫本は「祝い済まいた」、岩波文庫本は「祝ひすました」と読む。

八百六十五歳 聖武天皇は、黄金の出土を東大寺大仏に感謝し、年号を天平感宝から天平勝宝に改元した。ここは黄金の出土という時事性をもつ話の目出度さから、策伝は笑話に加えている。天平勝宝元年から八百六十五年後は、慶長十四年または元和元年となる。元和元年は写本の奥書に板倉重宗が、「元和元年之比、安楽庵咄を所望いたし」と記した年号と一致する。元和元年を元和九年と書き誤ったのであろう。

306 正月は三ケ《か(が)》日のくひ物をも。むかしよりいはひて書《かき》たり。何にあるぞととふ。暦《こよみ》に候。何とある。元《ぐは(わ)ん》日はかん日。二日はもち日。三日はくへ日 (1011)

〈現代語訳〉「正月は三が日の喰い物を、昔から祝って書いたものだ」という。「何に書いてあるのか」と尋ねると、「暦にあります」という。「何と書いてある」というと、「元日は羹《かん》日、二日は餅《もち》日、三日は喰え日」。

〈語注〉
正月は三ケ日のくひ物をも　「三ケ日」は三箇日。三が日。元日から三日まで。「くひ物」は食べ物。**かん日**　坎日《かんにち》。万事に凶であるとする日。「羹日」を掛ける。羹は雑煮。**もち日**　没日《もつにち》。縁起の悪い日。「餅日」を掛ける。**くへ日**　凶会日《くえにち》。万事に凶であるとする日。「喰え日」を掛ける。底本の文末に「。」なし。

【鑑賞】**凶の日**　暦に書いてある凶の日を、吉の日と理解した人がいたのであろうか。目出度い言葉でないのを知らない人がいたというのを踏まえて、策伝が創作したのであろう。暦の笑話は底本255にもみられる。

307　古道三信長公《こだうさんのぶながこう》へ始《はし(じ)め》て御礼《れい》に出《いて(で)》らるゝ《(る)》進上《しん》に扇子《せんす》二本もたせられし。御前《まへ》に候人みなあら乏少《ぼくせう》のいたりやといふ氣色《きしよく》なりき。時の奏者《そうし(じ)や》に言《ごん》上あれ。これは目出《めで》たふ日本《(う)にほん》を御手《て》の内に。にぎらせ給ふやうにと(1014)

〈現代語訳〉 古道三が信長公に初めて御挨拶に出られた。そのとき献上物に扇子二本をお持ちになられた。御前に居並ぶ人々はみな、「ああ、たった扇子が二本とは、とても少な過ぎるねえ」という様子の顔をされた。古道三は、「このたびの取り次ぎの者に申し上げて下されるこれは信長公が目出度く、日本を御手の内に握ってくださるように、という献上物であります」といわれた。

〈語注〉
古道三 曲直瀬道三。初代。**日本を御手の内に** 「日本」に扇子「二本」を掛ける。「御手の内に」は信長公の天下取りをいう。**にぎらせ給ふやうにと** 底本の文末に「。」なし。

【鑑賞】 **扇子二本** 信長公への献上品が二本の扇子とは、失礼極まりないことである、と家臣たちは呆れ顔であったが、古道三の言葉に、みなは感動したという逸話である。『信長記』には、信長公が永禄十一年(一五六八)九月に初めて入洛して東福寺にいるときに、連歌師紹巴が末広二本を進上して、「二本手に入る今日のよろこび」といったのを信長公が、

「舞い遊ぶ千代万代の扇にて」の付句をしたとある。紹巴を古道三とし、末広を扇子と直したのが、この笑話である。

308　元日《く(ぐ)は(わ)ん》いまた《(だ)》夜《よ》ふかきに。うちによろづものをうりかふ人。えびすをもとめむかふる事は。聖徳太子《しやうとくたいし》よりさだまれり。さるにより是をもちて若《わか》えびす〱《(若えびす)》とよぶ。是を望《のぞ》むものうけてよろこぶ。彼《かの》えひ《(び)》すのはんぎをする者。色《いろ》〱《(色)》人のたう《(ふ)》とむほと《(ど)》の姿《すか(が)た》をおこして持《もち》たりしが。しはすのいそがはしきにや取紛《とりまき(ぎ)》れけん。えびすとおもひて持《もち》いでけるが。三《さ(しや)う》途《づ》川《がは》のうばをすりたるを。とりちがへうりありきぬ。明がたにうくる者の見《み》付《つけ》。是《これ》はいな姿《すがた》やといふを。うりぬしもみればうばなり。肝《きも》をつぶしながら。を《(お)》くれぬかほしていふやう。これこそえびすのおふくろにて。殊更《ことさら》めでたしと祝《いは》ひければ。實《け(げ)に》も〱《(實も)》わかえびす殿も。おふくろがなうてはいかであらん。福《ふく》のみなもと。是なりとよろこびて。戴《いたゞ(だ)》きお《(を)》さめけるとなん　(1015)

〈現代語訳〉元日となった、まだ夜更けのうちに、さまざまなものを売る人、買う人がいる。そのなかで夷《えびす》の札を求めるのは、聖徳太子のころから定まった慣わしである。それ以来、夷の札をもって、「若えびす、若えびす」と呼び歩くと、これを買い求める者は、札を手にして喜んだ。この夷の札の板木を摺《す》る者が、いろいろと人の尊ぶ姿の札を摺り上げては持ち歩いていた。師走の忙しさから間違えたのだろうか。夷のお札と思って持って出たのが、三途の川の姥を摺った札と取り違えて売り歩いていた。明け方になって手にした買い手が気づいて、「これは妙な御姿だなあ」というのを売る人もみると、三途の川の姥の札であった。売る人はとても驚きつつも、平気な顔で、「これこそ夷の御袋である。ことさらに目出度い」と祝ったので、買い手は、「いかにも、いかにも若夷殿も御袋がいなかったら、おかしいだろう。これこそ福の源である」と喜んで、手にした札を大事に懐に納めたという。

〈語注〉
えびすをもとめ　「えびす」は夷。恵比須。戎。大黒とともに商家などで厚く信仰される福の神。七福神の一。「もとめ」は夷の札を買いもとめる。**聖徳太子より**　聖徳太子のいる時代から。古くからの意。**是をもちて若えびす〳〵とよぶ**　底本には「是」に振り仮名のあった跡あり。不明。「若えびす〳〵」は売り言葉。**はんぎをする者**　「はんぎ」は板木。版木。絵や文字が彫られた板。「する者」は摺る者。**三途川のうば**　「三途川」は死者が初七日に渡ると信じられている川。「さんづのかは」ともいう。「うば」は三途川のほとりで亡者の衣を剝ぐ奪衣婆《だつえば》。**おふくろ**　御袋。母親の敬称。　**戴きおさめけるとなん**　「戴き」は尊いものを手にして。底本の文末に「。」なし。

【鑑賞】　**若えびす〳〵**　正月未明に売る夷札を「わかえびす（若夷）」という。「わか」は若水の「若」と同じで、新年最初のものを表す。三途の川の婆の摺物は、毎月六日、十六日、二十六日の脱衣婆詣の縁日に売られる札である。ここは取り違えて売った失態の笑いではなく、それを平気で「えびすのおふくろ」といって祝ったのを笑う。すべて縁起物と思えば、それはそれで喜ばしいのである。

309　若狭《わかさ》の太守《たいしゆ》武田《たけた》殿《と(ど)の》無縁《むえん》の出家《しゆつけ》を抱《か、(か)へ(お)》をかれ。寺《てら》などたて憐愍《れんみん》あさからず。されども其家《いゑ(へ)》の事を知《しる》人正路《しやうろ》ならず。何を《(お)》くらるゝも。あるひ《(い)》は半分《はんふ(ぶ)ん》あるひ《(い)》は三分《ふ(ぶ)□》一つかはし。中《ちう》にて残《のこ》す。かの会下僧《ゑ(え)げそう》もよくしりながら。さすが國主《こくしゆ》へ申あぐべきよしもなかりしに。ある年《とし》の暮《くれ》正月の菓子《くは(わ)し》に胡桃《くるみ》を千を《(お)》くれとあり。然《しかる》を五百八十やりたり。僧不審《そうふしん》に思ひ。一首《しゆ》の狂哥《きやうか》をまい《(ゐ)》らする

くださるゝ《(る)》くるみのかずも君か《(が)》代も
めでたかりけり五百八十

太守代官《たいしゅだ(だ)いくは(わ)ん》をめし出し。くはしく鑿穿《せんさく》あれば。あやまる所紛《まぎれ》なかりつれども。是は祝儀《しうぎ》の哥《うた》をよまれし。僧の心を感《かん》ずる条《でう》。今度《こんど》の科《とが》ばかりはゆるすとありし　(1016)

〈現代語訳〉　若狭国の太守武田殿は、縁も所縁《ゆかり》もない出家を抱え置き、寺までも建てるなどと、その可愛がりようはとても深かった。ところが太守に仕える代官は正直ではなく、何を送るにも数の半分または三分の一を送り、残りの数を着服していた。太守が抱えた出家も、この不正をよく知っていながら、いくらなんでも太守へ申し上げることはできなかった。ある年の暮れ、太守より代官に、「正月の菓子に胡桃を千個送るように」との仰せがあった。それを五百八十だけ送った。出家は疑問に思い、一首の狂歌を詠んで、太守に差し上げた。

くださるゝくるみのかずも君か代も
めでたかりけり五百八十

(送られる胡桃の数も太守の治める御代も、目出度いではないか五百八十は)

太守は代官を呼び出し、詳細を問いただすと、代官の間違いは明らかであったが、「ここは祝いの歌を詠んだ出家の心を嬉しく思うゆえに、このたびの咎だけは許す」ということになった。

〈語注〉
若狭の太守武田殿　「太守」は国守。守護、大名の称。「武田殿」は不詳。　**無縁の出家**　縁のない坊主。文中では会下僧とも記す。　**知人**　つかさどる人。代官。　**あるひは半分あるひは**　「あるひは」は「あるいは〜あるいは〜」の形を取る。　**三分一**　三分の一。「三分」の「分」の上部に振仮名「ふ」とある。「ん」があったか。「さんぶいち」の古語もある。　**中にて残す**　その中間を搾取する。　**五百八十**　末長い年を祝う語。十干《じっかん》、十二支の六十年の七廻りとなる四百二十年と、この五百八十年を加えると千年の目出度い数字となる。　**まいらする**　底本の文末に「。」なし。　**鑿穿**　底本ママ。穿鑿の誤記か。詮索。いろいろと調べる。　**条**　原因、理由を表す。　**ゆるすとありし**　底本の文末に「。」なし。

【鑑賞】　**五百八十**　出家の狂歌によって、代官は咎を受けることがなかった。出家が五百八十と詠んだのは、縁起のいい語の数字にするためである。代官が、「半分あるひは三分一」の搾取をしても、それを太守が許すのは仕える者に対する思いやりであろう。

310　桶結《おけゆひ》のありしが。元日の朝《あさ》ふとをき(お)く(をき)女房のいひけるやうは。元《ぐは(わ)ん》三から大晦《つこ(ご)もり》日まて《(で)》よりゆひ事をする人には。お身より外《ほか》又ふたりともあるまひ《(い)》ぞ。やがて 男《お(を)とこ》 そのゆひ事は。千あらふ《(う)》と万あらふ《(う)》と。みなわがわるひ《(い)》からよといはふたれば。其としそこ〳〵《(そこ)》のしあはせ。くれ〳〵《(ぐれ)》よかりき (1020)

〈現代語訳〉 ある桶結がいた。元日の朝に女房が急に起きて、「元日から大晦日まで、桶を結う人は、おまえさんよりほかに、また二人もいないね」というと、すぐに亭主は、「その結う仕事は、千あろうと万あろうと、みな我《わ》が悪いからよ」と目出度い洒落をいったので、その年もそれなりの幸せであったのは、かえすがえすもよかった。

〈語注〉 **桶結** 桶を結う職業。桶屋。 **をき〳〵** 起きたばかり。 **よりゆひ事** 縒《よ》り結《ゆ》ひ事。ここは桶作りをいう。 **お身より外** 「お身」はあなた。「外」は以外に。 **わがわるひからよ** 「わが」は「我が」。「輪が」を掛ける。輪は桶の箍《たが》。竹や金属でつくられる。その箍が緩むのを「わがわるひ」という。 **そこ〳〵のしあはせ** 「そこ〳〵」は十分ではないが一応の幸せでいる状態。「しあはせ」は仕合わせ。 **くれ〳〵よかりき** 底本の文末に「。」なし。

【鑑賞】 **わがわるいからよ** 中世から近世の歌謡集の『宗安小歌集』に、「身は破れ車、わが悪ければこそ捨てられ」、『隆達小歌集』に、「人はよいものとにかくに、破れ車よわが悪い」、『山家鳥虫歌』に、「人は悪《わる》ないわが身が悪ひ、破れ車でわが悪ひ」などと、みんな我が身が悪いからと歌う。こうした歌を踏まえて、桶の箍が緩まない仕事をする戒めとしたから、極端な貧乏にもならず、「そこ〳〵のしあはせ」を得たというのである。

311

古《こ》相國《しやうこく》駿河《するが》の御城出来《しろいでき》たるいはひに。三百韻《ゐん》の連歌《れんが》興行《こうぎやう》なされし時。板倉《いたくら》六右衛門入道《だう》正佐《さ》巻頭《くは(わ)んとう》の發句《ほつく》に

なみ木たゝ《(だ)》花はつき《(ぎ)》〳〵《(つき)》の盛《さかり》かな

とありければ。相國大に御感《かん》ありて。即《すなはち》其《その》懐紙《くは(わ)いし》をもたせのぼせ。玄旨《け(げ)んし》へみせまい《(ゐ)》らせられしにも。賞美《しやうび》不《す(ず)》斜《なのめなら》レさふ《(ぶ)》らひし。されば右の發句ことばの縁《えん》にたがはず。御子孫達繁栄《しそんたちはんえい》のめでたさ。尤《もつとも》祝《いはひ》すまひ《(い)》た（1026）

〈現代語訳〉　家康公の駿河の御城が落成した祝いに、三百韻の連歌興行が催された。そのとき板倉六右衛門入道正佐が詠まれた巻頭の発句に、

なみ木たゝ花はつき〳〵の盛かな

（木々は素直に育ち、花はつぎつぎに咲き誇るよ）

とあったので、家康公は大いに感じて、すぐに発句を書きつけた懐紙を京都に持たせて、玄旨法印におみせ申し上げたときに、玄旨は一通りでない賞め方をした。さてこの発句の言葉の縁に間違いはなく、徳川家の御子孫たちの繁栄の目出度さは、いかにも祝いとなった。

〈語注〉

古相國駿河の御城出来たる　「相國」は太政大臣の唐名。二代将軍秀忠も相国になったので、家康公を古相国といった。「御城」は駿府城。慶長十二年（一六〇七）七月の本丸落成とともに家康が入城。家康は駿府城を隠居城と定め、没するまでの十年間を過ごす。**三百韻の連歌興行なされし時**　「三百韻」は三百句の歌を詠む。「興行」は連歌会を催す。**板倉六右衛門入道正佐**　伝不詳。岩波文庫本は「三河国深溝の人」とする。**巻頭の發句に**　底本の文末に「。」なし。**なみ木たゝ花はつき〳〵の盛かな**　「なみ木」は並木。「たゝ」は真っ直ぐに育ち。「つき〳〵」は順に。「家を継ぐ」を掛ける。**玄旨**　細川幽斎の法号。**祝すまひた**　底本の文末に「。」なし。

【鑑賞】　**つき〳〵の盛りかな**　家康公は慶長十一年（一六〇六）から江戸城の改修工事をし、寛永年間（一六二四～四四）に外堀修築を終えて、江戸城を完成させた。駿府城の工事も慶長十二年にはじめ、十一月に完成したが、十二月二十二日に本丸を全焼。翌年八月に修繕を終えて完成させた。落成祝の三百韻の連歌興行は、火災にあうまでの十月から十二月末までの間にあったという。家康公は二年で秀忠に将軍職を譲り、徳川家を継承させたので、「花はつき〱の盛りかな」の句に感じ入ったのである。

［奥書］　右之本依誤多有之今改令開板者也
　　慶安元戊子歳初秋吉日

〈現代語訳〉右之本は誤りが多く有るに依って、之に今改めて開板令むる者也。
（『醒睡笑』には誤りが多くあるので、ここに改めて開板する者である）
　慶安元戊子歳初秋吉日
（慶安元戊子年初秋のよき日）

〈語注〉
右之本　『醒睡笑』。　**依誤多有之**　慶安元年版以前の本に誤りが多くあるというが、慶安元年以前に刊記をもつ版本は確認できない。　**今改令開板者也**　「令」は「乞」とも読めるが、他作品にみる奥書と同じように「令」であろう。「開板」は出版。　**慶安元戊子歳**　「慶安元」は慶安元年。一六四八年。「戊子」は「つちのえね」と読む。**初秋吉旦**「初秋」は陰暦七月。「吉旦」は吉日。

【鑑賞】 **右之本依誤多有** 『醒睡笑』の版本が慶安元年版(一六四八)以前に刊行された形跡はない。いままで寛永年間版(一六二四～四四)といわれる大本版があるとされてきたが、いまだ刊記をもつ大本版は現存しない。当時の書籍目録にも、慶安元年版以前に大本版が刊行された記録がない。その後、天和三年(一六八三)の『新増書籍目録』に「三 醒睡笑 三 同 大本」とあり、はじめて大本版の存在が判明する。かつて大本版を所蔵していた蔵書家の林若吉(林若樹)の言を、底本の旧蔵者黒川真道は、「此の慶安版の前に大本あり予林若吉ぬしの蔵書に見たり但出版の年月を記さす同氏云こは後摺にて年月を削りたる本なりと文字の体裁この本によく似たり」と記している。「慶安版の前に大本あり」というのは、林若吉が大本版は慶安版以前とみているため、所蔵した大本版に刊記がないのは後摺と判断したのである。つまり初摺に刊記があったのを削除したのが後摺という見解を示した。

この後摺が天和三年の『新増書籍目録』にみる「大本」となろうか。だがこの奥書の「右之本依誤多有」と似た表記は、『きのふはけふの物語』(寛永十三年整版本)にもみられる。「此はなしのほんは、せけんにおほく候へとも、事の外、あやまり御座候ゆへに、今又あらためて、令開板者也」とある。この奥書の形式を『醒睡笑』も倣ったのである。

今又あらためて令開板者也 水谷不倒が『新修/絵入浄瑠璃史』に、説経集の『さんせう太夫』の「右之説経世間多ト申セ共是者天下一與七郎口傳之處開者也」をあげている。不倒は、「之も年號が缺けてゐるので、何年頃か判らないが（中略）今一つは此正本の奥書「右之説経世間多ト申セ共」の文句に依りて、其れより以前『三莊太夫』の正本が、紛らはしい程刊行された證據にもなる。右の如く、寛永版の『三莊太夫』は、種々あつたやうだが、今傳存するものは稀である」という。この「今傳存するものは稀である」は伝存していないのではなく、最初からなかったととらえるのが穏当であろう。それは仮名草子の『塵滴問答』（正保二年。一六四五）に、「此ちんてき問答はせけんにおゝく候へとも事の外あやまり御座候故今又あらためて令開板者也」、浄瑠璃本の『ふきあげ』に、「右之本者江戸正本ニ而令板行者也」、浄瑠璃本の『よしうぢ』に、「右此本者太夫直之以正本書うつし令開板者也」などをみるように、すべて別本が存在するが如くにみせる表記と考えられるからである。文末の「令板行者也」「令開板者也」は、「令㆓板行㆒者也」「令㆓開板㆒者也」と読み、「令」は「する」の意味である。

解説

1　笑話集の誕生

〈口誦から記載へ〉　近世初期の『寒川入道筆記』『戯言養気集』『きのふはけふの物語』『醒睡笑』という作品によって、文学史上に一つの文学ジャンルを形成する笑話集が誕生した。笑話集は笑話を集めたもので、その多くは説話とともに中古、中世、近世へと話されてきた。笑話の話し手や話す場が多くなると、さまざまな笑話が生まれては消え、そして残ったものだけが伝承されてきたのである。笑話は口誦《こうしょう》によって伝承され、話す、聞くというスタイルのなかで楽しまれてきたが、これが記載されるようになったのは印刷が普及した近世初期のことである。すなわち木版摺《もくはんずり》技術の発達によって笑話集は誕生したことになる。『醒睡笑』は中世の笑話と近世初期の笑話を四十二項目に整理した作品である。

『醒睡笑』以前は、わずかな笑話集しか存在していない。『寒川入道筆記』（慶長十八年。一六一三）は、寒川入道という架空の人物の筆すさびとして、連歌や狂歌、落書、俳諧、謎々とともに、二十三話の笑話を収めている。刊行にはいたらなかったが、いち早く笑話集という形態と文体、内容などを示した。『戯言養気集』（古活字版。元和ごろ。一六一五～二四）は、戯言に気を養う集、または機嫌よき集と題して、七十二話の笑話を収めて刊行された。異なる版がみられるので、相当の数が出たはずであるが、伝存は一本（下巻のみ）しかみられない。いくつかの笑話には、文末に「評して云」の評語がつき、笑話に対する読み方と内容について記している。『きのふはけふの物語』（古活字版。慶長年間～寛永十三年以前。一五九六～一六三六）は、伝統的な書名にこだわるが、自由奔放な笑話の笑話集を意識し、伝承の笑話だけではなく艶笑性の笑話を多く収めている。これは当時の笑話の実態を示していよう。話数も諸本によって百二十六話、百三十四話、百四十二話、百五十一話、百五十三話などと異なっていることから、同じ書名をもっていても、笑話の出入りを自由にしたので、同じ笑話を収めた作品ではない。これらにつづくのが『醒睡笑』（慶安元年。一六四八）である。睡りを醒ます笑いという書名をつけて、笑話の作品集を明示し、いままでの作品にはない序文をつけ、三百十一話を収めた。作品としての水準を一気に高めた作品を目指したことから、初期笑話集を代表する作品となった。

2　背景と成立

〈話の伝承〉　上代の『日本霊異記』から中古の『今昔物語集』、中世の『宇治拾遺物語』『沙石集』『古今著聞集』『十訓抄《じっきんしょう》』などの説話集には、世俗説話、仏教説話とともに笑話、戯笑譚を収めてきた。この中世末期の説話集の流れをもつ『醒睡笑』は、編者、作者の安楽庵策伝が、近世初期までに残る千余話の笑話を蒐集し、時代に適応した笑話に仕立てあげている。浄土宗僧であった策伝は、若いころから説教僧として信徒を獲得するための説法、法話、講話をすることで話す術を磨き、さまざまな説話集の笑話を用いては説教の話法（話し方）を身につけてきた。説話集のなかでも、もっとも影響を受けたのが『宇治拾遺物語』である。『宇治拾遺物語』からは十八話（実質上は十七話）の笑話を選んでいる。巻一・3「鬼に瘤《こぶ》とらるる事」を前半部（「右の顔に大なる瘤ある翁」）と後半部（「隣にある翁、左の顔に大なる瘤ありける」）にわけ、底本の巻二「謂被謂物之由来」と巻六「推はちがふた」の二つの章立てに置くなどと、説話に対する策伝の読みは深い。『宇治拾遺物語』の笑話については、小林智昭が「笑い話（興言利口譚《きょうげんりこうたん》）」と分類して、二十八話を指摘しているが、そこには策伝の取り上げた十八話が一つもみられない（日本古典文学全集）。小林智昭は策伝の十八話を、つぎのように分類している。（　）は『醒睡笑』の写本の話番号。［　］は『宇治拾遺物語』の巻数・話番号である。

「世俗説話」の霊異譚（35）［巻十四・4］、（383）［巻十二・15］。倫理・礼節譚（365）［巻一・7］、（517）［巻十二・17］、（900）［巻十二・16］。和歌（歌徳）説話（514）［巻三・8］、（515）［巻十二・11］、（516）［巻十二・12］、（965）［巻十二・14］。童話・巷談の類（好色・長者・音曲・史実伝承など）（22）［巻一・3］、（709）［巻一・3］。「仏教説話」の霊異・異類譚（257）［巻十五・10］、（366）［巻九・2］、（703）［巻十二・3］。法験（験徳）説話（480）

［巻六・4］、(481)［巻五・1］。その他（往生・転生譚など）(367)［巻十二・1］。「混淆《こんこう》説話」の世俗・神祇・仏教混淆説話(764)［巻六・6］。

小林智昭のとらえた笑い話のうち、十数話が文末または文末近くに、「一度にはと笑ひたる」「笑ふ事限りなし」「一度にはつと笑ひける」「人々ほほゑみて」「いみじう笑はせ給ひけり」「笑はせおはしましてぞ」「人笑はする事」「後に聞きて笑ひけるとか」「一度にはつとよみ笑ひけりとか」「笑ひける」「はと笑ひけり」「ののしり笑ひければ」とある。内容的な笑いではなく、「笑ひ」の語彙があることによるものが半分もみられる。これでは、策伝の選ぶ笑話の基準とは大幅に異なる。策伝は内容的な笑い、笑いの解釈から選んでいるので、一致しないのは当然であろう。

『醒睡笑』には『宇治拾遺物語』のほかに、『古今著聞集』『古本説話集』『沙石集』『雑談《ぞうたん》集《しゅう》』『打聞集』などの説話集の笑話もみられる。これは同時代の『寒川入道筆記』『戯言養気集』『きのふはけふの物語』にも、『今昔物語集』『宇治拾遺物語』『十訓抄』『江談抄《ごうだんしょう》』の笑話がみられるのと同じ現象である。口誦による伝承の笑話が、笑話集に収められることで、いままで消えていった笑話を残すことができるようになったのである。

〈『醒睡笑』の成立〉　『醒睡笑』が成立した時期や経緯は、策伝が板倉周防守《いたくらすおうのかみ》重宗《しげむね》京都所司代へ献上した本に記される、重宗の奥書と策伝の跋文《ばつぶん》で明らかになる。編纂される経緯についても奥書、跋文、ならびに序文にみられる。以下、奥書、跋文、序文の順で、作品の成立周辺をみていく。

（奥書）　巻八の文末に策伝が跋文を書いた後に、重宗は奥書を記した。奥書は献上本のみに書かれたものであるから、伝存の写本は、すべて献上本の書写本となる。書写本が板倉家に保存されている献上本の書写であったのか、または板倉家から流出したものの書写であったのかは定かでない。奥書は、つぎのように記される。

元和元年之比安楽庵咄を所望いたし承候へは別而おもしろく存に付て御書集候て草子にいたし給候やうにと申候処一両年過八冊に調給候紛失可仕かと存奥に書付置也

（元和元年のころ、安楽庵咄を所望して伺うと、とてもおもしろく思われ、これらをお書き集められて、冊子にして下されるようにと申し上げたところ、一両年が過ぎて八冊に整えて下さった。紛失があってはならないと思い、ここに奥書を書き付けておくことにする）

寛永五年

三月十七日　　重宗

奥書は重宗の自筆または代筆者によったものとみていいだろう。「元和元年之比安楽庵咄を所望いたし承候へは」は策伝が六十二歳の元和元年（一六一五）ごろに、重宗が策伝の笑話（安楽庵咄）を初めて聞いたことをいう。重宗は三十歳である。重宗の父である伊賀守勝《いがのかみかつ》重《しげ》所司代のときに、策伝は板倉家に出入りした。小高敏郎は、策伝のほかにも本阿弥《ほんあみ》光悦《こうえつ》、松永貞徳《まつながていとく》らが出入りしたという（『近世初期文壇の研究』）。「安楽庵咄を所望」は策伝の笑話を伺う父勝重とともに重宗も伺うことをいう。「所望」は「筆を起こし」と関山和夫はみて、献上本の清書、草稿または草稿本のための整理を始めたとするが、奥書には本書をまとめるのに「一両年過」とあるから、寛永五年（一六二八）の一、二年前の寛永三年か四年（一六二六、一六二七）ということになる。策伝が序文に、「元和九癸亥の年天下泰平人民豊楽の折から某小僧の時より耳にふれておもしろくおかしかりつる事を反故の端にとめをきたり」と記しているので、元和九年（一六二三）に書き始めたことになる。関山和夫のいう元和元年の起筆では、時間的にも早過ぎよう。ここは聞き始めとみるのがいい。また策伝が記すように元和九年では五年もかかったことになる。献上本のための千余話を二年間でまとめたとすると一日に一・三話、五年では一日に〇・五話を書いたことになる。控え本の作成も同時に行ったとすると、元和九年から草稿本を整理して、「一両年過」に清書を終えたとみられる。関山和夫は重宗が、「浄土宗の帰依者」であったという（『醒睡笑』）。これによって勝重と策伝との出会いは、策伝が誓願寺《せいがんじ》住職になる慶長十八年（一六一三）前後であろうか。それ以前は慶長元年（一五九六）から慶長十八年まで、美濃浄音寺《みのうじょうおんじ》の住職であったので、勝重と接する機会はなかったであろう。勝重は慶長六年（一六〇一）八月から初代所司代となり、元和五年（一六一九）九月に辞して、同月には重宗に二代所司代を譲る。勝重、重宗の御前で、策伝が笑話を書いた紙もしくは冊子をみて話しているのをみた重宗が、「御書集候て草子にいたし給候やう」と仰せつけたとみる。その書き集めた笑話が、「八冊に調給候」という。八分冊になって届けられたので、「紛失可仕かと存奥に書付置也」は一冊でも紛失しないように、一冊ずつに同じ奥書を記したのである。「寛永五年三月十七日」の日付は策伝が献上本を書き終えた日、または届けた日であろう。重宗は届けられる日が待ち遠しく、その届けられた嬉しさを、その日のうちに記したとみられる。

（跋文） 策伝は写本の巻八の末に、本文につづいて跋文を記す。跋文は献上本だけではなく、策伝の控え本にも書いたであろうが、底本ではこの跋文を削除する。それは跋文にある「御父周防守殿の前」や「前誓願　安楽老」から、板倉周防守重宗のためにまとめた書物であることが判明するのを憚《はばか》ったのだろう。または編者、作者の名が判明するのを遠慮したのであろう。それは献上本と同じものが刊行されることは問題になるからである。そのために刊行では、同じ本ではない本づくりをし、底本の序文、順序、表記、小文字の評語などを変えることにしたとみられる。写本の跋文は、つぎのように記される。

此草紙はいまた桜のみとりこの年は十になり給ふといふ春御父周防守殿の前にて我かよむを如何にも神妙にきゝおはします風情栴檀は二葉よりの感に堪てさふらひきに又かこひにて茶をたてゝ給ふたるしほらしさいふはかりなけれは生たゝせたまひて目出たふさかへすゑはんゑいあるへきいろまても床しく見及ひ此書をかきてをくり侍るめり

（この作品は、まだ桜の若葉のような若い板倉周防守重宗の御子息が、十歳になられるという。その春に御父君である重宗周防守殿の御前で、わたしが話す笑話を、御子息らしく神妙にお聞きなされている様子は、諺の「栴檀は二葉より香ばし」のようであり、しっかりとお聞きになられる姿に感動し、また数寄屋で茶を点てて下さる可憐さは、言葉では言い表すことができないほどであったので、御子息が成長されて立派になられ、将来、繁栄する様子までを知りたくも見たくもあります。この作品を書いて周防守重宗殿に献上いたします）

寛永五年三月十七日　　　前誓願　安楽老

板倉侍従殿

参

策伝は若いころの所司代を思い出して記述する。ここにあげる跋文は、南葵文庫本の写本によるが、文末の「をくり侍るめり」を内閣文庫本は、「をくり侍にめり」、「いふはかりなけれは生たゝせたまひて」を静嘉堂文庫本は、「いふ斗なければ生たゝせ玉ひて」、「するゑはんゑいあるへきいろまても」を「するゑ繁栄あるへき色迄も」、「参」を「参ル」などと異なる表記をみる。同じ献上本系統の写本でありながら、「するゑ繁栄あるへき色迄も」の漢字交じりの表記をみると、これらは書写の段階で手が加えられたようである。「寛永五年三月十七日」は策伝が献上本を書き終えた日付である。「前誓願　安楽老」は前誓願寺住職の策伝を指す。安楽老は隠居後の名であろう。「板倉侍従殿　参」は重宗への謹呈をいう。

本文の後に記す跋文を関山和夫は「奥書」、鈴木棠三は「跋文」、『噺本大系』（第二巻）は「奥書」、『醒睡笑　静嘉堂文庫蔵　本文編』は「奥書」、『仮名草子集成』（第四十三巻）は「奥書」とする。「跋文」は本文とは別に記して、作品の終わりに記すので「あとがき」ともいう。「奥書」は巻末に作者名、年月日、来歴などを記すので「識語」ともいう。『醒睡笑』

も巻八の本文を書き終えた後につづくので、「跋文」「あとがき」とみるべきだが、年月日が入るので「奥書」「識語」とするのがふさわしい。だが本書では重宗の一文を「奥書」とみるので、策伝のものは「跋文」とする。

（序文） 写本と底本の序文に異なりがみられる。序文には日付も署名もない。写本の序文は、つぎのように記される。

ころはいつ元和九癸亥の年天下泰平人民豊楽の折から策伝某小僧の時より耳にふれておもしろくおかしかりつる事を反故の端にとめ置たり是年七十にて誓願寺乾のすみに隠居し安楽庵といふ柴の扉の明暮心をやすむるひま〳〵こしかたしるせし筆の跡をみれはをのつから睡をさましてわらふさるまゝにや是を醒睡笑と名付かたはらいたき草紙を八巻となして残すのみ。

「元和九癸亥の年」は笑話の整理を始めた年である。「策伝某小僧の時より」は策伝が小僧であった十代をいうか。「是年七十にて」は元和九年（一六二三）に策伝は七十歳であった。「誓願寺乾のすみに隠居し安楽庵といふ」は策伝が隠居後に住む茶室の安楽庵をいう。「八巻となして残すのみ」は四十二の章立てに収めた笑話を八巻にまとめたという。どのように蒐集した笑話を書いていたのかは、草稿本などが残されていないので明らかでない。

序文は『醒睡笑』以前の『寒川入道筆記』『戯言養気集』『きのふはけふの物語』にはみられない。なぜ策伝は序文を書こうとしたのか。策伝は千余話を蒐集し、厖大な話数を無差別に並べずに主題別の章立てに収め、伝承する笑話の集大成を目論んだ。すなわち他の笑話集にはない序文を記すことで、笑話集としての意識を明らかにしたのであった。ところが底本には序文に記す日付も名もない。さらに写本に書かれた一文までが削除されている。写本にある「策伝某小僧の時より」を「某小僧の時より」とし、「是年七十にて誓願寺乾のすみに隠居し安楽庵といふ柴の扉の明暮」を「是年七十にて柴の扉の明暮」とする。「策伝」「誓願寺乾のすみに隠居し安楽庵といふ」の削除は、明らかに策伝が抹消されているのである。もともと作者などいないのが笑話であるから、名など必要ないと考えたのであろうか。すでに策伝の控え本の存在は知られ、『醒睡笑』は知られていたとみる。編者、作者の名を明らかにすることで、所司代に迷惑がかかると考えたのであろうか。伝存する版本類に名はみられないが、最初は序文の末にでも名があったのであろう。序文に策伝の名がみられないのはおかしい。それは他の笑話集にもない序文を書いた意義と、編者、作者として名を残す意味を策伝は考えていたはずだからである。

ところで策伝が序文を書こうとした動機は、『宇治拾遺物語』の序文をみてのことと思われる。その序文はつぎのようにある（日本古典文学全集本による。訳引用者）。

（前略）髻《もとどり》を結ひわげて、〔をかしげなる姿にて〕、筵を板に敷きて、〔すずみ居侍りて〕、大《おほき》なる打輪《うちわ》を〔もてあふがせなどして、往来《ゆきき》の者〕、上下をいはず、〔呼び集め〕、昔物語をせさせて、我は内にそひ臥《ふ》して、語るにしたがひて、大《おほき》なる双紙《さうし》に書かれけり。（中略）〔をかしき事もあり、恐ろしき事もあり〕、哀《あはれ》なる事もあり、きたなき事もあり、少々は空《そら》物語もあり、利口なる事もあり、様々やうやうなり。（中略）さるほどに、今の世にまた物語書き入れたる出で来たれり。大納言の物語にもれたるを拾ひ集め、またその後の事など、書き集めたるなるべし。名を宇治拾遺物語といふ。宇治にのこれるを拾ふとつけたるにや。（以下略）

（髻を結び曲げて、だらしない姿をして、筵を板に敷いて涼んでいると、大きな団扇で煽がせるなどして、往来する人々の身分の上下を問わずに呼び集めては、昔の話をさせて、自分は家のなかで寝そべって、話すのに従って大きな草紙に書いていったのであった。〈中略〉おもしろいこともあり、恐ろしいこともあり、気の毒なこともあり、汚いこともあり、少々はいい加減な話もあり、よくできた話もあり、種々さまざまである。〈中略〉そうしているうちに、いまの世にまた物語を書き入れたものが出て来た。大納言の物語に漏れた話を拾い集めて、またその後のことなどを書き集めたものであろう。その名を宇治拾遺物語という。宇治に残っているのを拾うという意味で名づけたのであろうか）

原文の〔 〕は写本類では欠字の部分とされ、校注本の頭注に「〔 〕内は底本および諸本になく、万治本により補う」と記す。万治本は万治二年（一六五九）の整版本で、『醒睡笑』成立後の本であるが、策伝は万治版と同本の古活字版（寛永年間。一六二四〜四四）によったとみたい。『宇治拾遺物語』の序文にある「上下をいはず、〔呼び集め〕、昔物語をさせて、我は内にそひ臥して、語るにしたがひて、大なる双紙に書かれけり」を踏まえて、「某小僧の時より耳にふれておもしろくおかしかりつる事を反故の端にとめをきたり」とし、また、「大納言の物語にもれたるを拾ひ集め、またその後の事など、書き集めたるなるべし、名を宇治拾遺物語といふ」を踏まえて、「をのづから睡をさましてわらふさるまゝにや是を醒睡笑と名付」としたとみられる。

3　編者と作者

〈安楽庵策伝〉　策伝は僧侶として一生を過ごした人物として知られる。笑話を蒐集する土壌は、はやく小僧時代から培われたと序文にも記しているが、文学的活動は入寂までの十九年間に限られている。すでに関山和夫の『安楽庵策伝　咄の系譜』（これを増補して改題したものが『安楽庵策伝和尚の生涯』）と『説教の歴史的研究』、鈴木棠三の『安楽庵策伝ノート』に詳細な伝記考察がみられるので、ここには略伝を記しておく。

策伝は、天文二十三年（一五五四）に美濃国で生まれる。姓は金森、俗名は不詳。浄土宗西山派の僧。説教僧。策伝、日快、然空日快、然空策伝日快、日快策伝上人、安楽庵、前誓願安楽老などと名乗った。七歳（永禄三年。一五六〇）ごろに美濃国浄音寺で策堂文叔（教空）に師事して策伝と号した。十一歳（永禄七年。一五六四）ごろに山城国京都東山禅林寺の智空甫叔に学び、然空日快と号した。浄土変曼荼羅、観経曼荼羅事相教旨を覚える。二十五歳（天正六年。一五七八）ごろに山陰へ布教の旅に出て、備後、備中、安芸、備前国での十五年の布教活動をする。その後、四十一歳（文禄三年。一五九四）で和泉国堺正法寺十三世住職、四十三歳（慶長元年。一五九六）で美濃国浄音寺二十五世住職、六十歳（慶長十八年。一六一三）で山城国京都誓願寺五十五世住職となる。六十二歳（元和元年。一六一五）ごろから板倉重宗京都所司代に笑話を話しはじめる。六十三歳（元和二年。一六一六）で清涼殿で曼荼羅を進講する。六十六歳（元和五年。一六一九）で紫衣の勅許を得た。七十歳（元和九年。一六二三）で住職を退き、誓願寺境内の塔頭《たっちゅう》竹林院の茶室安楽庵に住まいを移す。同年に『醒睡笑』の序文を記す。七十五歳（寛永五年。一六二八）で『醒睡笑』八冊を板倉重宗京都所司代に献上する。七十七歳（寛永七年。一六三〇）で百種の椿の花の形状、名称、和歌など記す『百椿集《ひゃくちんしゅう》』をまとめる。七十八歳（寛永八年。一六三一）から四年をかけて諸家と贈答した狂歌、和歌、俳諧をまとめた「送答控」（「策伝和尚送答控」）を残す。八十一歳（寛永十一年。一六三四）で伊達政宗に『自撰家集』（「送答控」の抜粋）を献上する。八十九歳（寛永十九年正月八日。一六四二）入寂。

略伝によると策伝は三十代まで説教僧として活躍している。そのときに浄土変曼荼羅、観経曼荼羅事相教旨を話したという。その他の説教やその評判については明らかでないが、関山和夫は説教僧の実力は布教活動で鍛えあげられ、策伝のうまさは広く知れ渡っていたという。また『醒睡笑』は「説教本（仏書）の性格をもって成立した」ともいう（『醒睡笑』）。説教本という見解は、当時の書籍目録をみても「仏書」には分類されず、「和書幷仮名類」「狂歌集幷咄本」「咄本」「咄之本」「咄の類幷かる口咄シ」の項目に記載されている。作品の分類は「仏書」ではないことを明らかにする。誓願寺住職を退いた後は、烏丸光広《からすまるみつひろ》、木下《きのした》長嘯子《ちょうしょうし》、松永貞徳、松花堂昭乗《しょうかどうしょうじょう》、近衛信尋《このえのぶひろ》、小堀遠州《こぼりえんしゅう》、半井卜養《なからいぼくよう》などの文人たちと親交を深めているが、文人たちの手紙や日記などに、策伝の笑話の蒐集や板倉重宗京都所司代への『醒睡笑』の献上、『百椿集』をまとめたことに触れる記述はみられない。また、策伝は「送答控」や短冊、書簡などを残しているが、そうした隠居後の実態を知る史料はとても少ない。

〈書籍目録〉　写本には策伝の名をみるが、底本にまったくないことは既述した。ところが寛文十年（一六七〇）の『書籍目録』に「誓願寺策伝作」の名が作者として記されているのをはじめ、つづく寛文十一年（一六七一）の『増補書籍目録』、延宝・天和ごろ（一六七三～八四）の『増続書籍目録』、延宝三年（一六七五）の『増続古今本朝彫刻書籍題林大全』にも「誓願寺策伝作」とある。もし書籍目録の刊行がなかったら、『醒睡笑』の編者、作者の策伝の名は知られなかったことになる。いったいどのようにして、書籍目録は策伝の名を知ったのであろうか。誓願寺住職としての策伝の名と評判は知られており、誓願寺でも前住職の策伝が記す『醒睡笑』という作品があることを、つぎの住職が法話などで話していたのであろうか。もちろん策伝も隠居の身ではあったが、たまには法話の席に出たのかも知れない。そこで『醒睡笑』の話をしたとみることもできる。生前、策伝の控え本があることは知られ、それを元に底本が企てられたのを考えても、底本の制作以前に編者、作者の名は知られていた。刊行後、『醒睡笑』の存在が書籍目録によって知られたが、書籍目録は慶安元年、慶安二年版、万治元年版などの刊行後の情報であるから、ここは万治版以降の刊行の宣伝である。策伝の名が知られたのは、取りも直さず、この書籍目録のお陰であったことになる。

4 構成、配列

〈構成〉 写本には、冊数と所収話数の異なる本がみられる。版本（底本）は写本を元にした抄本である。底本については、「7 諸本」や「底本書誌」にも記述するが、ここには必要なことのみを記しておく。

（写本） 八巻八冊（東京大学図書館南葵文庫本・内閣文庫本）と八巻五冊（静嘉堂文庫本）の揃い本が三本、欠冊本の写本が四本ある。写本を広本というのは略本に対する称である。総数千余話を収める。写本によって話数が異なっている。これはそれぞれの笑話の後半部を付属文とみるか、独立の一話とみるかの数え方の相違による。なぜ、そのような事態が起こるのか。写本の各話にある「一」は一話を示しているが、後半部にある笑話が、その「一」を書き落としたとみるからである。南葵文庫本の話数によると巻一は百五話、巻二は百五十五話、巻三は百八話、巻四は百十七話、巻五は百七話、巻六は百三十三話、巻七は百三十話、巻八は百七十一話の全千二十六話となる。なお、静嘉堂文庫本の五冊本の内訳は（一）巻一・二、（二）巻三・四、（三）巻五、（四）巻六・七、（五）巻七（「癡忘」12・「京にていつれやらん云々」から）・八となる。奥書に重宗が「八冊に調給候」という分冊の厚さが南葵文庫本の八冊本と同じであるとすると、巻一は七十七丁、巻二は五十四丁、巻三は五十四丁、巻四は六十七丁、巻五は七十二丁、巻六は六十七丁、巻七は六十丁、巻八は六十九丁ということになる。一丁は現在の二頁に相当する。

〔版本〕 八巻三冊である。慶安元年版・慶安二年版・万治元年版の中本体裁本と、無刊記版の大本体裁本がある。すべて上中下巻の三冊本である。流布本《るふぼん》、狭本《きょうほん》、略本、整版本ともいう。写本の抜粋本であるが抜粋の基準及び選択数などは、編者、作者の策伝が決めたとみられる。版本では写本の巻一と巻二が入れ替わり、巻三の冒頭には写本にない一話が加えられる。策伝は刊行以前の寛永十九年（一六四二）に入寂したので版本の刊行はみていない。慶安版と万治版は同版であるが、大本版は表記などに異なりのある別版である。版本は九行本で一話ごとに冒頭に「▲」がつき、巻一は二十七話、巻二は三十九話、巻三は二十七話、巻四は三十三話、巻五は二十九話、巻六は五十二話、巻七は四十五話、巻八は五十九話の三百十一話を収めている。上巻の巻一・二・三に九十三話、中巻の巻四・五・六に百十四話、下巻の巻七・八に百四話を収める。万治元年版の後版には書肆名《しょし》の「二条通松屋町武村市兵衛板」がみられる。同本には別の書肆名をもつ本もある。大本版は十一行本で冒頭に「二」がつく。その他は中本体裁本と同じである。

〈配列〉 写本も版本も主題別に笑話を四十二の章立てに収める。目録ならびに本文題には、表記や振り仮名を異にする章もあるが、ここには目録にみる章題をあげる。版本の目録と異なる場合は（ ）内に記した。

上巻に巻一「名津希親方、貴人行跡（貴人之行跡）、鵼、吝太郎、賢達亭」。巻二「謂被謂物之由来、落書、ふはとのる、鈍副子、無智之僧、祝過るもいな物」。巻三「文字知顔、不文字、文之品々、自堕落、清僧」。中巻に巻四「聞多批判（聞た批判）、以屋那批判（いやな批判）、曾而那以合點（そてない合点）、唯有」。巻五「婲心、上戸、人はそだち」。巻六「児の噂、若道不知、恋之道（恋のみち）、悋気、詮ない秘密、推はちがふた、うそつき」。下巻に巻七「思の色を外にいふ、いひ損盤なをらぬ（いひ損はなをらぬ）、似合たのぞみ、癈忘、謡、舞」。巻八「頓作、平家、かすり、しうく、茶之湯（茶の湯）、祝済多（祝済た）」。

章立ては笑話を蒐集する過程で、笑話を主題ごとに置いたものである。この四十二の章立ては笑話を分類したものではない。笑話の蒐集の話数が多くなるにつれ、主題に添う章題を考えたものもあろう。巻一「鵼」と「賢達亭」、巻二「無智之僧」・巻三「自堕落」と「清僧」、巻四「聞多批判」と「以屋那批判」、巻六「児の噂」と「若道不知」、「恋之道」と「悋気」などは相反するものが立項され、巻三「文字知顔」「不文字」「文之品々」などは文字にかかわるもの、巻七「謡」「舞」と巻八「平家」「茶之湯」は芸能にかかわるもの、巻八「頓作」「かすり」「しうく」は笑いの要素にかかわるものなどをみる。これらの他に二十一の主題をあげる。

章立てによる構想は、おそらく中世説話集の『古今著聞集』にみる「和歌、好色、博奕《ばくえき》、偸盗《ちゅうとう》、祝言、興言利口、佐異《かいい》、飲食、草木、魚虫禽獣《ぎゅちゅうきんじゅう》」などの三十篇にわたる章立てに倣ったのであろう。しかし「偸盗」のような笑話の盗人話が集められても不思議ではないが、この章立てはみられない。また「飲食」のような笑話の食べ物話、飲み物話を集めた章立てもみられない。策伝の章立ては、「僧侶」「坊主」などの一語にまとめられるものを「無智之僧」「自堕落」「清僧」とし、僧の実態を具体的にあげ、また「児」「若衆」の一語でまとめられるものを「児の噂」「若道不知」とし、これも児の世界を具体的にあげている。笑話に俯瞰《ふかん》的、総合的な名称を用いるのではなく、そこに存在する人物たちの行為、言動などによって起こる笑いに焦点を置き、笑われる人物たちに共通するものが何かを考えての章題であった。もともと言葉としては日常的、一般的ではないので、すぐに内容を知ることはできない。実はこのような章題は策伝の一策でもあった。つまり難しい章題は本文を読ませるためのもので、各章に蒐集した類型の笑話を読ませながら、どのような章立てであるかを、読み手に知らせる手法だったとみる。また、巻一と巻三、四の十四項目は漢字だけによるのも同じであろう。写本の「聞た批判」を「聞多批判」、「いやな批判」を「以屋那批判」、「そてない合点」を「曾而那以合點」とする。漢字で統一しようとするところに策伝の遊び心をみる。

写本の話数の多い章立てに、巻八「頓作」の七十八話、巻六「児の噂」の五十二話、巻七「謡」の四十九話、巻三「不文字」の四十七話、巻四「曾而那以合點」の四十七話などがある。逆に話数の少ない章立ては、巻八「平家」の五話、巻六「悋気」の六話、巻二「無智之僧」と巻六「若道不知」の七話などである。これらをみると話数にバランスを考えての蒐集でないことがわかる。話数の少ない章も少ないままであるのは、物ごとに執着しない策伝の性格ではなかったか。同想や類似の笑話などの重複も蒐集する。蒐集段階では選択の是非などはしていない。蒐集したもののすべてを収めているとみると、写本は笑話を選択した話数が千余話だったのではなく、蒐集したすべての話数が千余話だったのだろう。

〈写本と底本〉 底本は策伝の控え本を書写したものとみるが、書写本（写本）と底本とには、大きな相違が三つみられる。

一つは、写本の巻一が底本の巻二に置かれることである。この順序を変えた理由を鈴木棠三は写本の巻一にある「謂被謂物之由来」が、「読者にとって取付きにくい内容のものであるためであろう。すなわち出版書肆の希望による変更かと思われる」という（角川文庫。解説）。ところが巻一の「謂被謂物之由来、落書、ふはとのる、鈍副子、無智之僧、祝過るもいな物」も、巻二の「名津希親方、貴人之行跡、䑳、吝太郎、賢達亭」の章題も、どちらもわかりやすいとはいえない。ともに難しい章題であるから、いくら巻一と巻二を逆にしても変わらない。策伝の控え本の他にも何本かの写本がつくられ、その写本によって作品の内容が知られていたので、その写本の一本が順序を変えているとして、別写本による底本であるのをみせるために、順序を変更したのではなかったかとみられる。

二つは、写本に並ぶ順を底本が順通りに抜き出していないことである。たとえば、底本66

の「これはとゝのかしらぞ。くらへといふに云々」は、写本では巻一（133〜155）にみられ、写本（150）が64に、（153）は65に順通りに並ぶが、つぎにくる底本66は（148）であり、写す順がだいぶ前の笑話に戻る。同じ例は底本55、56、81、91にもみられる。底本の版下づくりの段階で、写し落としたともみられるが、これは意図的に写本とは異なることを示すために、順を変えたとみる。

三つは、写本にはない一話を新たに底本67に加えていることである。上巻の巻三「文字知顔」の冒頭に置かれる（丁数は〈三十九オ〉にある）。底本の九行本一行目に「醒睡笑巻之三」の内題、二行目に「文字知顔」の章題、残りの七行に本文が書かれる。九行目末の「成まひと申された」には「。」がなく、つぎの丁数（三十九ウ）に本文がつづくようにみえるが、その一行目には68の本文の冒頭がある。したがって67の笑話は（三十九オ）で終わる半丁の笑い話となる。同じ版本の大本版は丁数（二オ）にあり、十一行本の九行目までが本文であるが、十、十一行目の二行が文字なしの空いたままになっている。大本版は笑話と笑話との間の行を空けることがないだけに、この二行の空きは不自然である。この一話を巻三の冒頭に加えたのも、いままで知る写本と異なる笑い話をもつ写本によったことを、印象づけるためとみられる。

ここにあげる三つの相違が、底本の上巻だけにみられることは注目していい。それは上巻だけの相違を読み手にみせることで、中巻も下巻も異なっていると思い込ませることができるからである。

5　本文を読むために

作品を読む上に、さまざまな決まりが底本にはみられる。本書では本文を底本のままにしたのは、策伝が記載文学として意図する表記を残しておきたいと考えたからである。読解の便宜のために改めるなどの本文作成では、策伝が作品に残そうとした意図がつかめなくなる。ことに本文の「。」の意味、文末表現の意識、小文字表現の意義は看過することができない。以下、これらについて述べる。

〈本文の「。」について〉　底本の本文には多くの「。」がある。句点の「。」ではなく、読むための間を取る、間を空けるためのしるしである。本文をつづけて読まないための、また声を出さないための記号といってもいいだろう。「。」のところでは、一旦、読むことを停止することで、その間が聞き手には聞きやすく、文章のつながりも明確になると考えたのであろう。策伝が「。」を意識的につけたところは、多くが場面展開や会話をはじめる前にある。

底本6の短い笑話をあげてみよう。「小性の名を。かけがねとつけて。よぶ人あり。なんのゆへぞやと。あるじにとひけれは。たゞの時は。わがまへに居るやうなるが。少なりとも。用のあるときなれは。はづすといふ心なりと。」とある。「小性の名を。かけがねとつけて。よぶ人あり」は、「小性の名をかけがねとつけてよぶ人あり」と一気に読まない。「。」ごとに文を切って読むことで、読点と句点の役割をも果たしている。もう一つ底本72をあげよう。冒頭に、「おなじやうなる者。三人ともなひて。貴人のもとへ行」とある。これは「おなじやうなる者三人ともなひて」と読むのではなく、「。」で読みを一旦止めて、間をあける。冒頭の「おなじやうなる者。」は72の一つ前にある71にみる「元日にかんをいはふ処へ。数ならぬもの礼に来る」の「数ならぬ者」を指している。「数ならぬ者」は取るに足らない人物である。東洋文庫本は「似たり寄ったりの者三人」と訳すが、ここは「どうにもならない者たち三人」と具体的な人物にした訳がいいだろう。写本でも(282)(283)と並んでいる。底本も71、72と並べて読むことを示したのである。

〈**文末表現**〉　笑話集の特徴の一つに文末表現がある。初期笑話集から「といはれた」「といふた」とある文末表現が固定化したといわれる。それ以前の説話集の各説話の文末は、「けるとなん」「けるとか」「ありとなん」「たりとか」「といはれけり」「といひける」「といふなり」などを『宇治拾遺物語』でも確かめられるが、それが『戯言養気集』になると、「といはれた」「といふた」「とこたへた」「と申た」「と申された」「とおほせられた」となり、さらに『きのふはけふの物語』では、「といはれた」「といふた」「と申された」「と申た」「とおほせられた」「とおもふた」となって、徐々に笑話の文末表現が定着してきたことがわかる。

これに対して、『醒睡笑』は巻一の二十七話に「……は」「といへり」「と」「と申事は」

「……よ」「とあるほどに」とある。なかでも「と」で終わるのが十一話もみられる。同じことは巻三の二十七話でも「と申された」「は」「と」「と申けり」「と申せし」「とおもふた」「に」「といひけり」「……よ」などとあり、「と」で終わるのが九話もある。明らかに『戯言養気集』『きのふはけふの物語』とは異なる。その後の「といふた」「とおほせられた」「とこたへた」の文末表現をもつ『当世軽口にがわらひ』（延宝七年。一六七九）をみると、すでに「と」で終わる例がみられなくなっている。

このように『醒睡笑』の文末表現は、笑話集の流れのなかで用いてきたもの、用いなくなったものが混在している。そのなかで「と」は特徴の一つといっていいだろう。

〈小文字表現〉 小文字表現は、策伝が文末に添えた評語のことである。写本には小文字表現の評語が百一例もみられる。評語は笑話に対する編者、作者の一文であり言葉でもある。なかには批評もあり、笑話に同調する言葉もあり、褒める言葉もある。笑話を読む上の手助けになるのが小文字表現である。ここに策伝の笑話のとらえ方がみえてくる。

『寒川入道筆記』には、(1)「先わらひのわハわかう様のわの字、らハとの様のらの字、びハかミさまのびのぢシヤト。いらぬ事ニ気をつけたの」。(2)「やかてあの木のほをついたトいふタ。さて〳〵をしい事の」。(3)「随分いそき御帰朝候へと申された。をかしさハかきりなし」。(4)「存知なから御見廻も申あけぬトいふタ。遠キ所ハあつまと心得タ。さて〳〵せうしの」。(5)「小風呂の口へは入さまにも、ちとよそへトいふ。さて〳〵気のどくの」。(6)「うたひ候程にト。京にもゐ中ありトハ此やうなる事か」。(7)「をれがゐ所をとうてようハトいふた。さて〳〵よくをりやうたる対の」。(8)「御用のときハ道ふん所まて仰られ候へと申タ。扨〳〵是もよくつゞいた事の」。(9)「ちやうちんにをよはぬ、ねふつて見たれハ、あかつちジヤトいふ。むさいねぶり事の」。(10)「せめてわんにてひかゆるやうにかたれト申されたれハ、尤ト申タ。さて〳〵きてとかたりてト似合たる事ノ」。(11)「せうべんならハ、しとがよからふト申された。文盲にてハあれ共よひ作ノ」などがみられ、「ト」「トいふタ」「ト申された」「トいふ」「トいふた」「ト申タ」などの後に評語をみる。『戯言養気集』には、文末に「評して云」と記すものが十七例、「或曰」が一例、「評して曰」が一例、「或云」が一例などをみるが、『きのふはけふの物語』は、「といはれた」「と申なり」「とおほせられた」「といふた」「とこたへた」で終わる形が多くあり、「評」の言葉や、それに代わる言葉はみられない。

こうした流れのなかで『醒睡笑』は、『寒川入道筆記』『戯言養気集』に倣って、文末に小文字表現で評語を記したのである。策伝が笑話を説明する言葉を補い、一瞬に口から出る言葉を記し、また話し手の結びの言葉を記したとすると、ここまでを読む、話すことを示しているとみられる。ところが写本に記すとき、また底本の版下をつくるときに、この評語の意味を理解しないで、小文字で書かないもの、底本で削除したものがみられる。たとえば、底本56では、「やねへあがれといはれたおでしはさも候へ。師匠の指南有がたし」とある。「といはれた」までが文末なのか、それとも「おでしはさも候へ。」が文末なのか読みにくい。

そして、「師匠の指南有がたし」が評語とみるのか、その区別も判断しにくい。南葵文庫本では、「やねへあかれと／お弟子はとも候へ師匠の指南ありかたし」と改行しているが、「いわれた」を省略し、以下を小文字としている。内閣文庫本は「やねへあかれとお弟子は指南ありかたし」とあり、「とも候へ師匠の」を省略する。版本の大本版は「やねへあかれと。」とあり、「いわれた」がない。静嘉堂文庫本は、「家根へ上れといはれた　お弟子はとも候へ師匠の指南有かたし」とあり、一文字空けて以下を小文字で書く。それぞれの文末と評語に異なりがあるのは、評語を理解していなかったためと思われる。ここは小文字表現までを笑話とみるものであったとみたい。なかには昔噺のように「めでたし、めでたし」や、「いやはや欲張ることはよくないこと」と言葉を添える伝承を生かしたものとみることもできなくはない。

6　特徴

〈**策伝好み**〉　策伝好みの笑話が多くみられる。その好む表現を読み取ると、策伝の笑話に対する感覚、感性がみえてくる。以下、写本での目録題ならびに話番号で記す。巻二「祝過るもいな物」(133)は、主人が与三郎という中間に、元日の朝に門を叩いて名を聞いたら、「福の神」と答えよと企てる。つぎの(135)でも、女房のかかえる福という下主《げす》に、元日の朝に門を叩いて名を聞いたら、「福」と答えよと同じく企てる。同じ内容が述べられ、ともに失態で終わる筋をもっている。これは策伝が話したときに、どちらも聞き手の反応がよかったのであろう。読み手には順通りに読んでもらい、どちらがおもしろいのかを問いかけている。いいかえると玄人好みと素人好みの笑話を二つ並べたとみてもいい。同じような例は、巻六「栓ない秘密」の(668)でも、高声を出せば鳩に大豆を撒くことが聞こえてしまうといい、(669)も高声を出せば子供が起きてしまうという。似た笑話を置く配列は、策伝の遊び心によったものと考えられる。

さまざまな策伝好みは他にもみられる。①注意を促す三位に逆らってがむしゃらに食べる児、平気で酒を飲もうとする児との掛け合いが、巻六「児の噂」(630)(631)(632)に、「にらむ」行為の笑話として並べられる。②擬声語（擬音語、擬態語）は、巻一「謂被謂物之由来」(32)、「祝過るもいな物」(140)、巻二「名津希親方」(162)、巻三「自堕落」(357)、巻四の「いやな批判」(407)、巻五「上戸」(535)、巻六「恋のみち」(656)、巻七「癡忘」(774)、「舞」(835)、巻八「かすり」(941)(952)、「しうく」(976)(978)(979)(985)、「茶の湯」(1001)などにみる。③昔から今のことに触れて時間、年数をあげて展開するものが、巻三「不文字」(307)、「清僧」(362)、巻四「聞た批判」(372)、巻五「人はそだち」(555)(561)、巻六「児の噂」(594)、「恋のみち」(653)、「推はちがふた」(685)、巻七「謡」(805)、「舞」(850)などにみる。④「謎々」の「何ぞ」「なに」「その心は」を踏まえたのが、巻一「謂被謂物之由来」(2)(18)(19)(27)、巻二「名津希親方」(174)、巻四「唯有」(465)、巻八「かすり」(957)(960)(962)(970)などにみる。⑤「片言」の笑いも、巻一「無智之僧」(132)、巻二「名津希親方」（158）、巻三「不文字」（283）（285）、巻四「聞た批判」（369）、「いやな批判」（397）（401）、「唯有」（468）（485）、巻八「かすり」（940）（955）などにある。

多くあげられるものから少ないものまでがある。各章が異なっていても読みすすめていくと、より策伝の好みがみえてくる。笑話を選ぶ基準に好みが反映されている。さらに似た人物や似た結末などの笑話を探し出して、それらをむすぶことができれば、また別の読み方もできるであろう。

〈艶笑の笑話〉 時好に合わない笑話は、笑話集に載せられることはないが、艶笑、卑猥《ひわい》、尾籠《びろう》、好色の笑話は、時代にかかわりなく好まれる。『醒睡笑』には少ないというのは、策伝が僧侶であるので、意識的に避けてきたとみられてきたからである。しかし何気なく目立たないように収められている。艶笑、卑猥の笑話をとらえる範囲が、どこまでかによって異なるが、該当するものをあげてみよう。写本の巻六「児の噂」には、（596）（598）（600）（605）（607）（608）（611）（617）（626）（639）（641）（643）などと多い。このうち底本に収められるものは、（596→157）（600→160）（607→163）（617→165）である。その他には、「若道不知」（645）（647）（649）（650→176）（651→177）、「恋のみち」（652）（654）（656→179）（658）（659）、「悋気」（662）（665）（667→185）、「推はちがふた」（685→197）（697）、「思の色を外にいふ」（732）（738）、「いひ損はならぬ」（752）、「似合たのぞみ」（759）、「癡忘」（773→226）（774→227）（775→228）（776）（780）（784→231）、「謡」（789）、「頓作」（868）（871）（882）（910）、「かすり」（958）（970）、「しうく」

(972)(973)などとなる。

小高敏郎が『きのふはけふの物語』の内容について、「自由奔放、呵々哄笑する明るい無遠慮な笑い（中略）時に無遠慮すぎて卑猥な作品」といっている（『江戸笑話集』）。これは一作品のうちの半分が艶笑、卑猥な笑話であることからの言辞であるが、『きのふはけふの物語』の話数に比べると『醒睡笑』はとても少ない。それでも写本にみる艶笑、卑猥の笑話は四十余話を数える。これは『きのふはけふの物語』に近い話数でもある。遠慮気味の笑話を収める『醒睡笑』の艶笑性は、無遠慮のものが初期笑話集を特徴づけているので、今後はもっと考察する必要がでてこよう。

〈露の五郎兵衛への影響〉『醒睡笑』には話す笑話が収められている。このことに注目したのが落語家露《つゆ》の五郎兵衛《ごろべえ》である。底本から二十八話を選んで『露がはなし』（元禄四年。一六九一）に収めている。五郎兵衛は延宝から元禄期にかけて京都の真葛原《まくずがはら》、北野天神、四《し》条《じょうが》河原《わら》などでの辻咄や座敷で落語を話し、その話した落語や創作した笑話を、いくつもの笑話集に収めている。以下は底本・章題・話番号。［　］は『露がはなし』巻数・話番号を記す。

巻四「以屋那批判」104［巻二・11］、「曾而那以合點」108［巻四・9］、114［巻四・10］、「唯有」119［巻一・9］、120［巻一・10］。巻五「上戸」137［巻一・20］、「人はそだち」147［巻一・14］、151［巻二・14］、154［巻四・4］。巻六「児の噂」156［巻三・15］、160

「巻一・18」、164「巻一・19」、168「巻二・8」、172「巻五・7」、「恋之道」181「巻一・11」、「悋気」182「巻四・14」、183「巻四・15」、「詮ない秘密」186「巻三・6」、187「巻三・7」、188「巻三・5」、「推はちがふた」192「巻五・18」、195「巻五・14」。巻七「思の色を外にいふ」212「巻二・16」、「いひ損盤なをらぬ」216「巻二・15」、219「巻三・9」、「癡忘」228「巻三・8」、230「巻三・11」。巻八「茶之湯」302「巻一・5」

巻六「児の噂」などは五話を連続的に選んでいる。五郎兵衛は『醒睡笑』を話す笑話を収める作品ととらえ、どれをとってもおもしろく、話し手として話すのにふさわしい笑話とみていた。

（落語の原作） このように落語家の笑話集は、話した落語を抄録し、話す落語の粗筋を書いている。落語家による笑話集は「近世落語原作集」となるのである。話す笑話は近世落語、古典落語であったが、演じられることがなくなると消えていくことになった。いま残る落語のなかに『醒睡笑』を原作とする演題がみられる。原作といっても他の笑話などを重ねて、一つの落語になったものでもある。ここには『醒睡笑』にかかわる演題をあげよう。

「青菜、池田の牛ほめ、犬の無筆、いびき車、いらちの愛宕《あたご》詣《まい》り、浮世《うきよ》根《ね》問《どい》、絵手紙、近江《おうみ》屋《や》丁稚《でっち》、貝野村、掛けのことわり、かつぎや、かぼちゃ屋、雁風呂《がんぶろ》、口入屋、首すじの虱《しらみ》、子ほめ、権兵衛種、猿後家、三人兄弟、沢庵風呂、たらちね、手水廻《ちょうずまわ》し、てれすこ、鳥屋坊主、二度の御馳走、野辺歌、八五郎坊主、初音の鼓、平林、貧乏神、みかん屋、寄合酒」などがみられる。

落語の原作にかかわる笑話が、近世笑話集には五百話もみられる。笑話から落語へ、落語から笑話への変遷をたどると近世落語学が定立する。他の笑話集からも、さらに原作となるものが発見されることになろう。今後の考察が必要になってくる。

7　諸本

〈系統について〉『醒睡笑』の諸本については、つぎの写本系統と版本系統の二系統がある。すでに「4　構成、配列」でも触れているが、そこでは述べていないことを中心に記しておく。

（写本系統）　八巻八冊（東京大学図書館南葵文庫本。全千二十六話。書写時期不明）（内閣文庫本。全千三十九話。書写時期不明）と八巻五冊（静嘉堂文庫本。全千十三話または千二十八話。文政十二、十三年書写。一八二九、一八三〇）の写本三本がある。他に欠冊をもつ写本四本もみられる。静嘉堂文庫本は、角川文庫、岩波文庫、『醒睡笑　静嘉堂文庫蔵　本文編』に収められ、角川文庫は全千二十八話、岩波文庫は全千十三話を数え、同本でありながらも総数を異にする。南葵文庫本は『噺本大系』、「醒睡笑　―本文校合―」（菅井時枝）、『仮名草子集成』に収められる。内閣文庫本は複製本があるが、全話の活字はみられない。ただし、『醒睡笑　静嘉堂文庫蔵　本文編』の頭注に内閣文庫本との異同を記している。なお旧大橋図書館の写本が『校訂落語全集』に収められ、はなはだしい異同のある写本だと鈴木棠三は指摘するが、原本は関東大震災で焼失している。

（版本系統） 八巻三冊。流布本。狭本。略本。整版本。上、中、下巻の冊子本。上巻に巻一〜三、中巻に巻四〜六、下巻に巻七、八を収める。九行本、十一行本があり、九行本は中本体裁。十一行本は大本体裁である。ともに全三百十一話を収める。九行本の慶安元年版が五本、慶安二年版が二本、万治元年版が十一本、刊年不明版が四本、大本版（無刊記本）の八本をみるが、他の所蔵本を精査すれば、諸本の数は増えるであろう。慶安二年版は再版であるが慶安元年版の被せ彫りとみられる。体裁は縦二〇・一糎《センチメートル》×横一四・一糎。慶安元年版の下巻（五十ウ）には、奥書「右之本依誤多有之今改令開板者也」と刊記「慶安元戊子歳初秋吉旦」がある。慶安二年版の刊記は「慶安二歳初秋吉旦」。慶安元年版の「元戊子」を削除して「二」を入木したものだが、「戊子」の「子」を残している。万治元年版の刊記は「万治元丁酉年正月吉日」。題簽《だいせん》が中央（岩崎文庫本、京都大学図書館本）、左肩（国会図書館本）にある二種をみる。書肆名は「二条通松屋町武村市兵衛板」（江戸川乱歩本、東京大学国語研究室本）、「勢州洞津書林／長野屋勘吉」（岩瀬文庫本）、「書林／京都　近江屋治助／大坂河内屋茂兵衛／名古屋　菱屋金兵衛／津　長野屋勘吉」（岩崎文庫本）をみる。中本体裁の板木を用いた『古今はなし揃』と『楽斎物語』の改題抜粋本があり、また版本から笑話を抜粋した『わらひくさ』（中本。二巻二冊。改題本『かる口へそおとり』）がある。

大本版の無刊記本の体裁は縦二八糎×横一八・一糎。寛永年間の刊行とみるのは憶測に過ぎない。延宝三年（一六七五）の『新増書籍目録』に「三　醒睡笑／三　同大本」、天和元年（一六八二）の『書籍目録大全』に「三　醒睡笑　弐匁五分／三　同大本　四匁」とあることから、これらが伝存する大本版とみられる。大本版は慶安元年版の表記との異同がはなはだしく、版本とはいえ底本と同本ではない。体裁は縦二八糎×横一八・一糎。

〈改題抄本〉　鈴木棠三は『醒睡笑』が、「版を重ねたのは、これが人気ある笑話集で、世間から迎えられたからであるが、時代の経過とともに読まれなくなった」という。その理由として、「難解な古典と化したためであろう。生活や言語の変化に加えて、文化の中心が江戸に移動したことも、ずれを大きくしたであろう」「社会の上層者を対象として書かれたために、全体の感じが庶民的でなかったことも与って因をなしているものと思われる」といい、さらに、「元禄四年に刊行された『軽口露がはなし』では、総話数八八話中、実に二八話が『醒睡笑』を種本としている。ただし、話し方や人物、設定などについては大幅に改作の手を加えている。こうしなければ当時の聴衆には通用しなかったのであろう。そこに時代のずれがはっきり示されている」という（角川文庫。解説）。二度にわたる時代の「ずれ」を指摘しているが、元禄六年に刊行された改題抄本によって、その「ずれ」の見解は覆される。

『古今はなし揃』（半紙本体裁。五巻五冊。元禄六年。一六九三。夕霧軒文庫蔵。福田文庫・只誠蔵・弄華園蔵・于水艸堂之印・苔香山房之印・素石園木村蔵・みやをげし〈宮尾しげを〉・小日向越由などの旧蔵印がある）と『楽斎物語』（中本体裁。巻四。刊年不詳。京都大学蔵本）は、『醒睡笑』の版本を用いた改題抄本である。巻五目録末に「元禄六年酉正月吉日」、巻五（二十四ウ）に「元禄六歳孟春日／日本橋万町角　万屋清兵衛／板行」とある。

序文（「古今はなし揃序」）は、つぎのようにある（私意に読点を加えた）。

今はむかし嵯峨野々辺《へん》に住人あり、常に問《とひ》とはれて、春は花のまへに酒樽を同くし、秋は紅葉の色深きまてむつみ侍るに、本より願《ねかふ》事なけれは、世を諂《へつら》へる心もなし、何事《こと》もあるにしたかひてなとゝて、愁《うれひ》きたるにも驚す　悦《よろこひ》有とて、さまてよろこふにもなし、たゝにこ〳〵と笑て機嫌よけれは、いわふ門《かと》正月なとには、とくこそみまほしき人にて、年《とし》は五十《いそし》にもあまり侍れと、心は廿《はたち》にもたらぬほと也、いつもかる口のおとけこと人の興《けう》を催し、苦なる事なけれは、世に楽斎坊《らくさいほう》とよへり、かれが口には空飛鳥《そらとふとり》も木《こ》するに鳴《なか》す、墨を白《しろし》とし朱《しゆ》を青《あをし》といへと、おかし語《かたる》に終日《ひめもす》いくたひかつきねは、睡《ねむり》の窓《まと》のとぎをせよとて、芝の扉《とほそ》の明暮《あけくれ》のはなしを書集《かきあつむる》に、誠のうそつきはき□□のおれにおほするならし

（今は昔のこと。嵯峨野の辺りに住む人がいる。常に問い問われて、春は桜の花の前で酒樽を楽しみ、同じく秋は紅葉の色深きまでを楽しむのは、最初から願っていることがないと、世に媚びる心もない。何事もあるに従ってなどといって、悲しくても驚くことはなく、悦びがあるといって、それほどまでに喜ぶこともない。ただにこにこと笑って機嫌がよいと、祝う門の正月などには、早く見たい人として、年は五十余歳となっても心は二十にも及ばないほどである。いつも軽口の戯けをいって宴を催し、苦なることがないので、世の中に楽斎坊と呼ぶ。彼が口には空を飛ぶ鳥も梢で鳴かし、墨色を白色と

し朱色を青色というが、おかしな話で一日が終り、何度もちょっとだまし、睡る前に伽をせよといわれては話した、芝の扉の明暮の話を、ここに書き集めて、誠のうそつきは、□□の愚かでいらっしゃるようだ）

「年は五十にもあまり侍れ」「芝の扉の明暮のはなしを書集」から『醒睡笑』の序文を踏まえたとみられる。巻一の「名津希親方、貴人行跡、鮀、吝太郎、賢達亭」のすべてが削除されている。その他は、巻二から三十話、巻三から十四話、巻四から三十話、巻五から十一話、巻六から二十六話、巻七から三十八話、巻八から四十八話と抜き出した全百九十七話を収める。『醒睡笑』の版本のままでも、それが元禄期に読まれたことになる。すなわち通用する作品といえるのである。改題抄本の挿絵には、『秋の夜の友』（笑話集。延宝五年。一六七七。寛文十年〈一六七〇〉以前刊行の『ひとり笑』の改題本）の模刻もみられる。時代を越えて、文章も、挿絵も通用する作品として刊行されているのは、おもしろい現象とみていいだろう。

8　『醒睡笑』の研究課題

すでに関山和夫、鈴木棠三の策伝研究ならびに作品研究があり、詳細にわたる調査と考察がされてきた。その後の伝記研究がないのは、関山和夫による基礎調査に対する疑問だけを、鈴木棠三が繰り返すことによって、他の研究者が伝記研究にかかわらなくなったためである。それとともに作品研究、写本と版本の書誌研究、本文研究も行われなくなり、さらに同時代の『寒川入道筆記』『戯言養気集』『きのふはけふの物語』との関連性、策伝の蒐集方法、献上本、控え本の写本追跡、諸本研究などもされなくなった。今後の『醒睡笑』の研究課題には、笑話集の研究からのアプローチを必要とするが、まずは基礎とするべき本文研究の整理が大事である。写本も版本も活字化は繰り返し行われている。本文の一部を欠く内閣文庫本の影印本はみられるが、いまだ全話を活字化したものはみられない。同じように活字本はあるが影印本のないのが静嘉堂文庫本と南葵文庫本である。版本の大本体裁の影印本は古典文庫、台湾大学国書資料集、笠間影印叢刊にみられるが、中本体裁の影印本はみられない。影印本が刊行されれば、影印本による確認もできよう。研究が史料の普及によってできるようになることは大事である。写本の冊数、版本の丁数を考えても、少ない頁数ではない。基礎史料となる影印本『醒睡笑』の公刊が望ましい。

また、同時代の近世初期の仮名草子、浮世草子には多くの語法に混乱がみられ、破格、慣用語法などの指摘がされる。『醒睡笑』も同様に確かめなくてはならない。本書でも基礎作業として、ほぼすべての文法、語法などを〈語注〉で記してきたが、すべてを文庫版に収めることができないので削除することになった。ふたたび写本を含めた古典注釈と評釈が必要となってこよう。

底本書誌

底本　夕霧軒文庫蔵（屋代弘賢・黒川真頼・宮尾しげを旧蔵）。
表紙　藍色表紙。紗綾形牡丹散文様。
版型　中本。袋綴。縦二〇・一糎×横一四・一糎。
冊数　八巻三冊。
題簽　欠。ただし、上巻は朱筆にて「醒睡笑　上」。右上に「物語」（朱文丸印）。「子　小説」「慶安板」。左下に「拾二」。中巻は朱筆にて「醒睡笑　中」。右上に「物語」（朱文丸印）。下巻は朱筆にて「醒睡笑　下」。右上に「物語」（朱文丸印）。
序題　「醒睡笑之序」。
目録題　「醒睡笑巻之（一）目録」。
内題　「醒睡笑巻之（一）」。
匡郭　四周単辺。縦一六糎×横一二・二糎。
柱刻　上巻は「醒睡上　序」「醒睡上　一目録」。本文「醒睡上　二（五十一）」。巻二目録のみ「醒睡上　」（丁数字なし）。中巻は巻四目録のみ「醒睡中　」（（一）の丁数字なし）。本文「醒睡中　二（六十八）」。下巻は巻七目録「醒睡下　一」。本文「醒睡下　二（五十）」。
丁数　序文一丁。目録各巻一丁（裏白）。本文、上巻五十一オ（裏白）、中巻七十丁オ（裏白）、下巻五十丁。全百七十丁。
行数　九行。
話数　三百十一話。
刊記　下巻（五十ウ）に「慶安元戊子歳初秋吉旦」。
奥書　下巻（五十ウ）に「右之本依誤多有之今改令開板者也」。

備考　蔵書印に「しげを」（宮尾しげを。朱文陽刻方印）「山旭堂図書」（朱文陽刻長方印）「不忍文庫」（屋代弘賢。朱文陽刻長方印）「黒川真頼蔵書」（朱文陽刻長方印）「黒川真道蔵書」（朱文陽刻長方印）「黒川真頼」（朱文陽刻丸印）「夕霧軒文庫」（朱文陽刻長方印）をみる。識語は黒川真道が、下巻裏表紙見返しに朱筆にて「此の慶安版の前に大本あり予林若吉ぬしの蔵書に見たり但出版の年月を記さす同氏云こは後摺にて年月を削りたる本なりと文字の躰裁この本によく似たり真道識」と記す。

あとがき

わたしの『醒睡笑』研究は、原本との出合いから始まる。昭和三十八年（一九六三）ごろ、父の書庫にある時代別にわけた笑話本の箱の一つに『醒睡笑』があり、慶安元年（一六四八）版、同二年版、万治元年（一六五八）版などの原本を初めて手にした。原本に触れる喜びは、あまり感じていなかったころであるが、その後、いかに貴重な経験であるかを覚えるようになった。笑話本研究の史料蒐集《しゅうしゅう》のために、天理大学、京都大学、東京大学、内閣文庫、東洋文庫、宮内庁書陵部、国会図書館、都立日比谷図書館、大阪府立図書館、花月文庫、岩瀬文庫、矢野玄道文庫などを訪ねては、調査を重ねてきた。昭和四十八年（一九七三）八月、國立臺灣大學研究圖書館にある霞亭《かてい》文庫、北田紫水《しすい》旧蔵の『醒睡笑』大本版をみる機会を得た。楊日然館長、曹永和教授、黄快治和刻本担当者との出会いと数度にわたる蔵書調査は忘れられない。この調査のことは、「日本古書通信」（復刊359、361号。一九七四）に執筆した。その後、大本版の複製と翻刻本（台湾大学国書資料集2。一九七六）を刊行した。また解題を書くために、愛知県犬山の横山重《しげる》氏所蔵の大本版をみたく、父の紹介状をもって朝早く御自宅を訪ねたが、先生は「売っちゃったよ」といわれ、所蔵本に接することはできなかった。その後、先生が伊豆に転居されてからも訪ねる機会を得て、多くの本にまつわる話を、松本隆信《りゅうしん》氏と酒宴をともにしながら夜遅くまで伺ったことを思い出す。このことは、「本との出会いは人との出会い」(「玉川大学図書館報」21。一九八九)に執筆した。いまも原本調査の旅はつづいている。多くの人たちに出会えたことは幸せなことであった。

本書がなるまでに、多くの人々から得た学恩、御指導ははかり知れない。故人となられた鈴木知太郎、岸上慎二、吉田精一、秋庭《あきば》太郎、暉峻康隆《てるおかこうしん》、野間光辰、中村幸彦、富永牧太《まきた》、横山重、水野稔《みのる》、大久保忠國、市古貞次、井本農一、萩谷朴、ジェイムズ・T・アラキ、松本隆信、橋本不美男、浅野晃、野田寿雄《ひさお》、鈴木勝忠、松田修、エドワード・G・サイデンステッカー、興津要、本田康雄、日野龍夫、谷脇理史《まさちか》、ヘルベルト・E・プルチョウ、関山和夫氏からは、多くの御助言をいただいた。また武藤禎夫、肥田皓三《ひだこうぞう》、濱田啓介、長谷川強《つよし》、森川昭、冨士昭雄、小池正胤《まさたね》、高田衛《まもる》、岡雅彦氏らの御教示も忘れられない。こころからの感謝を申し上げます。そして宮尾しげを、宮尾幸子の両親が研究の道に歩ませてくれたことに感謝したい。ここに御名前をあげられない多くの人との善縁にも御礼を申し上げます。

最後に、『醒睡笑』の底本を所蔵する宮尾しげを記念會、夕霧軒《せきむけん》文庫の故宮尾幸子、宮尾文榮、宮尾奈ミ加、宮尾慈良氏に使用許可をいただいた。御礼を申し上げます。また、前著の校注本刊行には故市古貞次氏、日本古典文学会、ほるぷ出版に御礼を申し上げます。本書刊行に際しては講談社学芸局局長の林辺光慶氏、学術図書第一出版部担当部長の岡本浩睦氏にお世話になりました。御礼を申し上げます。

本書は、近世初期に編纂され、当時の用いられていた語彙、表現などによる、読者に読まれることを前提に出版された古典作品である。現在では、当然、配慮を必要とする語彙、表現があるが、これらはその時代の言葉であり、それが今日の言葉の元になったものである。近代に入っても近代以前の古典作品を踏まえて、現代文学も生まれた。その歴史的事実を考えるとき、古典作品の存在も言葉も表現も大きな意味をもってくる。これからも次代の人々に古典作品が読まれていくためにも、本書での本文を原文のままで収めることを、ご了解いただければ幸いである。

参考文献

出典一覧

あ

『秋の夜の友』　延宝五年。一六七七。巻1～4　国会図書館本。巻5　夕霧軒文庫本
『伊勢物語』　新日本古典文学大系17。岩波書店
『一休和尚年譜』　東洋文庫641・642。平凡社
『一休ばなし』　寛文八年。一六六八。夕霧軒文庫本
『一寸法師』　日本古典文学全集36。小学館
『浮雲物語』　寛文元年。一六六一。国会図書館本
『浮世物語』　日本古典文学全集37。小学館
『宇治拾遺物語』　日本古典文学全集28。小学館
『雲玉和歌集』　永正十一年奥書。一五一四。内閣文庫本
『運歩色葉集』　天文十七年。一五四八。国会図書館本
『易経』　中国古典選1・2。朝日文庫。朝日新聞社
『エソポ物語』　角川文庫2632。角川書店
『絵本譬喩節』　寛政九年。一七九七。国会図書館本

か

『落話花之家抄』　安永七年。一七七八。夕霧軒文庫本

『かさぬ草紙』　寛永二十一年。一六四四。京都大学国語国文資料叢書3。臨川書店
『軽口あられ酒』　宝永二年。一七〇五。夕霧軒文庫本
『軽口大わらひ』　延宝八年。一六八〇。夕霧軒文庫本
『菅家後集』　延喜三年。九〇三以前の成立。日本古典文学大系72。岩波書店
『戯言養気集』　噺本大系1。東京堂出版。未刊随筆百種本4。天理図書館本
『きのふはけふの物語』　噺本大系1。東京堂出版。日本古典文学大系100。岩波書店。夕霧軒文庫本
『きのふはけふの物語』　勉誠社文庫81。大英図書館本
『月庵酔醒記』　天正ごろ成立。一五七三〜九二。古典文庫本
『源氏物語』　日本古典文学全集12〜17。小学館
『好色一代女』　貞享三年。一六八六。国会図書館本
『幸若舞』　東洋文庫355・417・426。平凡社
『古今和歌集』　旺文社文庫413。旺文社
『古今夷曲集』　寛文六年。一六六六。新日本古典文学大系61。岩波書店
『古今著聞集』　日本古典文学大系84。岩波書店
『古今はなし揃』　元禄六年。一六九三。夕霧軒文庫本
『後撰夷曲集』　寛文十二年。一六七二。狂歌大観1。明治書院
『古本説話集』　講談社学術文庫1489・1490。講談社
『今昔物語集』　日本古典文学全集23。小学館

さ

『実隆公記』　続群書類従完成会
『寒川入道筆記』　慶長十八年。一六一三。噺本大系1。東京堂出版

『更級日記』 新日本古典文学大系24。岩波書店
『山家鳥虫歌』 岩波文庫242。岩波書店
『私可多咄』 寛文十一年。一六七一。国会図書館本
『鹿の巻筆』 貞享三年。一六八六。夕霧軒文庫本
『実語教』 神宮文庫本
『沙石集』 新編日本古典文学全集52。小学館。
『拾遺和歌集』 新日本古典文学大系7。岩波書店
『酒茶論』 寛永ごろ。一六二四〜四四。室町時代物語大成7。角川書店
『酒飯論』 伝一条兼良詞書。室町時代物語大成7。角川書店
『続草庵集』 校註国歌大系14。国民図書株式会社
『新古今和歌集』 新編日本古典文学全集43。小学館
『新撰狂歌集』 新日本古典文学大系61。岩波書店。
『新増書籍目録』 江戸時代書林出版書籍目録集成2。慶應義塾大学附属研究所斯道文庫。井上書房
『新続古今和歌集』 永享十一年。一四三九。国会図書館本
『清俗紀聞』 寛政十一年。一七九九。東洋文庫62・70。平凡社
『信長記』 元和八年。一六二二。国会図書館本
『醒睡笑』 静嘉堂文庫本
『醒睡笑』 内閣文庫本。近世文芸資料8。古典文庫
『醒睡笑』 南葵文庫本。噺本大系1。東京堂出版。仮名草子集成43。東京堂出版
『醒睡笑』 慶安元年版。一六四八。夕霧軒文庫本
『醒睡笑』 慶安元年版。中巻。宮尾與男蔵本

『醒睡笑』　無刊記本。大本版。古典文庫153。台湾大学国書資料集2。自梼文庫。笠間影印叢刊72・73・74。笠間書院
『宗安小歌集』　新潮日本古典集成53。新潮社
『曾我物語』　日本古典文学大系88。岩波書店
『続狂言記』　新日本古典文学大系58。岩波書店
『曾呂利狂歌咄』　寛文十二年。一六七二。夕霧軒文庫本

た

『太平記』　日本古典文学大系34・35・36。岩波書店
『竹馬狂吟集』　新潮日本古典集成77。新潮社
『露がはなし』　元禄四年。一六九一。夕霧軒文庫本

な

『日葡辞書』　土井忠生、森田武、長南実編訳。岩波書店
『能狂言』　大蔵虎寛本。岩波文庫80。岩波書店

は

『俳諧類船集』　延宝五年序。一六七七。国会図書館本
『俳諧連歌抄』　天理図書館本
『ひとり笑』　寛文十年以前。一六七〇。巻1。東洋文庫本
『百椿集』　国会図書館本
『百物語』　万治二年。一六五九。国会図書館本
『文明本節用集』　国会図書館本
『平家物語』　新編日本古典文学全集45・46。小学館

『法華経鷲林拾葉鈔』　慶安三年。一六五〇。京都大学図書館本
『本朝文鑑』　享保二年序。一七一七。国会図書館本

ま

『舞の本』　新日本古典文学大系59。岩波書店
『万葉集』　新編日本古典文学全集6〜9。小学館
『尤之双紙』　慶安二年。一六四九。国会図書館本
『ものくさ太郎』　日本古典文学全集36。小学館

や

『謡曲集』　日本古典文学全集33・34。小学館
『謡曲大観』　明治書院

ら

『隆達小歌集』　日本古典文学大系44。岩波書店
『梁塵秘抄』　新潮日本古典集成31。新潮社
『類聚名義抄』　日本古典全集6。観智院本
『暦日講訳』　夕霧軒文庫本

わ

『和漢三才図会』　正徳二年。一七一二。日本随筆大成刊行会
『和漢朗詠集』　日本古典文学大系73。岩波書店
『和名類聚抄』　国会図書館本
『笑富林』　天保四年。一八三三。夕霧軒文庫本

著書

『安楽庵策伝　咄の系譜』　関山和夫。青蛙房。一九六一
『安楽庵策伝和尚の生涯』　関山和夫。法蔵館。一九九〇
『安楽庵策伝ノート』　鈴木棠三。東京堂出版。一九七三
『一休ばなし』　岡雅彦。新編日本古典文学全集64。小学館。一九九九
『犬は「びよ」と鳴いていた』　山口仲美。光文社新書56。二〇〇二
『岩波古語辞典』　大野晋ほか。補訂版。岩波書店。一九九〇
『江戸艶笑小咄集成』　宮尾與男。彩流社。二〇〇六
『江戸小咄集』　宮尾しげを。東洋文庫192・196。平凡社。一九七一
『江戸小説集』　小高敏郎。古典日本文学全集29。筑摩書房。一九六一
『江戸笑話集』　小高敏郎。日本古典文学大系100。岩波書店。一九六六
『江戸笑話集』　宮尾與男。日本の文学　古典編46。ほるぷ出版。一九八七
『江戸風流小咄』　宮尾しげを。秘籍江戸文学選8。日輪閣。一九七五
『昨日は今日の物語　近世笑話の祖』　武藤禎夫。東洋文庫102。平凡社。一九六七
『狂歌鑑賞辞典』　鈴木棠三。角川小辞典36。角川書店。一九八四
『近世初期文壇の研究』　小高敏郎。明治書院。一九六四
『元禄期笑話本集』　宮尾與男。話藝研究會。一九九五
『元禄舌耕文芸の研究』　宮尾與男。笠間書院。一九九二
『校訂落語全集』　石橋思案。続帝国文庫18。博文館。一八八九
『古語雑談』　佐竹昭広。岩波新書350。岩波書店。一九八六

『古語辞典』　松村明ほか。第十版。旺文社。二〇〇八
『故事・俗信　ことわざ大辞典』　小学館。一九八二
『策傳和尚送答控　策傳自筆本』　未刊文藝資料第三期6。古典文庫。一九五四
『新修　絵入浄瑠璃史』　水谷不倒。太洋社。一九三六
『新選　古語辞典』　中田祝夫。新版。小学館。一九七四
『新編　故事ことわざ辞典』　鈴木棠三。創拓社。一九九二
『醒睡笑　戦国の笑話』　鈴木棠三。東洋文庫31。平凡社。一九六四
『醒睡笑』　鈴木棠三。角川文庫2217・2218。角川書店。一九六四
『醒睡笑』　関山和夫。桜楓社。一九八一
『醒睡笑　静嘉堂文庫蔵　本文編』　岩淵匡ほか。笠間書院。一九八二
『醒睡笑　静嘉堂文庫蔵　索引編』　岩淵匡ほか。笠間書院。一九九八
『醒睡笑』　鈴木棠三。岩波文庫247。一九八六
『醒睡笑研究ノート』　鈴木棠三。笠間書院。一九八六
『説教と話芸』　関山和夫。青蛙房。一九六四
『説教の歴史　仏教と話芸』　関山和夫。岩波新書64。岩波書店。一九七八
『説教の歴史的研究』　関山和夫。法蔵館。一九七三
『染織辞典』　日本織物新聞社。一九三一
『大名と御伽衆』　桑田忠親。増補新版。有精堂出版。一九六九
『茶の湯の歴史』　熊倉功夫。朝日選書404。朝日新聞社。一九九〇
『ちんちん千鳥のなく声は』　山口仲美。大修館書店。一九八九
『日本古典文学大辞典』　岩波書店。一九八四

『日本小咄集成』　浜田義一郎、武藤禎夫。筑摩書房。一九七一
『日本の小咄三百題』　稲田浩二、前田東雄。三省堂ブックス45。三省堂。一九七四
『星取棹　我が国の笑話』　森銑三。積善館。一九四六
『落語事典』　今村信雄。青蛙房。一九五七
『落首辞典』　鈴木棠三。東京堂出版。一九八二
『俚諺辞典』　幸田露伴校閲、熊代彦太郎編。金港堂書籍。一九〇六

論文ほか

岡　雅彦「醒睡笑の編集意識　—広本と狭本の狂歌の扱い方を中心にして—」近世文学研究3号。一九六八
岡　雅彦「醒睡笑と宇治拾遺物語」玉藻5号。一九六九
岡　雅彦「安楽庵策伝」国文学18巻4号。一九七三
岡　雅彦「『醒睡笑』その説教臭と風流心」リポート笠間14号。一九七六
岡　雅彦「元禄期の咄本零本二種」国文学研究資料館紀要16号。一九九〇
小高敏郎「中世小説から近世小説へ　—醒睡笑をめぐって—」季刊文学・語学22号。一九六一
小高敏郎「『昨日は今日の物語』の諸本」学習院大学文学部研究年報12号。一九六六
菅井時枝「醒睡笑　—本文校合—」中央大学文学部紀要67・71・74号。一九七三〜七五
関山和夫「新資料による安楽庵策伝の考証」国語と国文学35巻3号。一九五八
関山和夫「『安楽庵策伝ノート』書評」文学42号巻1。一九七四
関山和夫「『醒睡笑』仏書考」東海学園国語国文25号。一九八四
関山和夫「『醒睡笑』の唱導性」佛教大学仏教文化研究所年報4号。一九八六

関山和夫「安楽庵策伝の出自について　―岩波文庫『醒睡笑』解説への異見―」東海学園国語国文31号。一九八七
高橋喜一「近世初期笑話について　―醒睡笑を中心として―」甲南大学文学会論集18号。一九六二
中村幸彦「安楽庵策伝とその周囲」国語国文196号。一九五〇
松浦　琢「『醒睡笑』広本と略本」日本近世文学会秋季大会。東洋大学。一九五九
宮尾しげを「近世笑話本の調べ」江戸文学新誌1～3号。一九五九～六一
宮尾與男「初期咄本の板木構成について　―「醒睡笑」とその改題本―」日本大学国文学会語文41輯。一九七六
宮尾與男「謡曲と醒睡笑」観世46巻1号。一九七九
宮尾與男「醒睡笑以後」日本近世文学会春季大会。大妻女子大学。一九八二
宮尾與男「『醒睡笑』の笑話形態　―小文字表現の註記を中心に―」古典論叢14号。一九八四
宮尾與男「露がはなし」『日本古典文学大辞典』所収。一九八四
宮尾與男「「かる口へそおとり」翻刻」玉川学園女子短期大学紀要13号。一九八八
宮尾與男「笑話本『噺かのこ』の考察」日本大学国文学会語文111輯。二〇〇一
宮尾與男「資料紹介　笑話本「みたれかみ」翻刻」日本大学国文学会語文112輯。二〇〇二
宮尾與男「西鶴と初期笑話本　―素材としての笑話を考える―」日本大学国文学会語文114輯。二〇〇二
宮尾與男「説話から話へ　―笑い話から笑話への変貌―」『仏教 文学 芸能　関山和夫博士喜寿記念論集』所収。二〇〇六

KODANSHA

安楽庵策伝（あんらくあん　さくでん）

1554（天文23）年－1642（寛永19）年。誓願寺住職。

宮尾與男（みやお　よしお）

1948年東京生まれ。日本大学大学院文学研究科博士課程単位取得満期退学。日本近世文学会委員を経て，夕霧軒文庫長，近世文学研究者。著書に『元禄舌耕文芸の研究』『上方舌耕文芸史の研究』『上方咄の会本集成』ほか。

講談社学術文庫

定価はカバーに表示してあります。

醒睡笑《せいすいしょう》 全訳注

安楽庵策伝《あんらくあんさくでん》

宮尾與男《みやおよしお》 訳注

2014年２月10日　第１刷発行
2022年５月11日　第６刷発行

発行者　鈴木章一
発行所　株式会社講談社
東京都文京区音羽 2-12-21 〒112-8001
電話　編集（03）5395-3512
販売（03）5395-4415
業務（03）5395-3615

装　幀　森 裕昌
印　刷　株式会社ＫＰＳプロダクツ
製　本　株式会社国宝社
本文データ制作　講談社デジタル製作

ISBN978-4-06-292217-3

「講談社学術文庫」の刊行に当たって

これは、学術をポケットに入れることをモットーとして生まれた文庫である。学術は少年の心を養い、成年の心を満たす。その学術がポケットにはいる形で、万人のものになることは、生涯教育をうたう現代の理想である。

こうした考え方は、学術を巨大な城のように見る世間の常識に反するかもしれない。また、一部の人たちからは、学術の権威をおとすものと非難されるかもしれない。しかし、それはいずれも学術の新しい在り方を解しないものといわざるをえない。

学術は、まず魔術への挑戦から始まった。やがて、いわゆる常識をつぎつぎに改めていった。学術の権威は、幾百年、幾千年にわたる、苦しい戦いの成果である。こうしてきずきあげられた城が、一見して近づきがたいものにうつるのは、そのためである。しかし、学術の権威を、その形の上だけで判断してはならない。その生成のあとをかえりみれば、その根は常に人々の生活の中にあった。学術が大きな力たりうるのはそのためであって、生活をはなれた学術は、どこにもない。

開かれた社会といわれる現代にとって、これはまったく自明である。生活と学術との間に、もし距離があるとすれば、何をおいてもこれを埋めねばならない。もしこの距離が形の上の迷信からきているとすれば、その迷信をうち破らねばならぬ。

学術文庫は、内外の迷信を打破し、学術のために新しい天地をひらく意図をもって生まれた。文庫という小さい形と、学術という壮大な城とが、完全に両立するためには、なおいくらかの時を必要とするであろう。しかし、学術をポケットにした社会が、人間の生活にとってより豊かな社会であることは、たしかである。そうした社会の実現のために、文庫の世界に新しいジャンルを加えることができれば幸いである。

一九七六年六月

野間省一

日本の古典

次田真幸全訳注
古事記（上）（中）（下）

本書の原典は、奈良時代初めに史書として成立した日本最古の古典である。これに現代語訳・解説等をつけ、素朴で明るい古代人の姿を平易に説き明かし、神話・伝説・文学・歴史への道案内をする。（全三巻）

207〜209

上坂《うえさか》信男全訳注
竹取物語

日本の物語文学の始祖として古来万人から深く愛された「かぐや姫」の物語。五人の貴公子の妻争いは風刺を盛った民俗調が豊かで、後世の説話・童話にも発展する。永遠に愛される素朴な小品である。

269

佐藤一斎著／川上正光全訳注
言志四録《げんししろく》（一）〜（四）

江戸時代後期の林家の儒者、佐藤一斎の語録集。変革期における人間の生き方に関する問題意識で貫かれた本書は、今日なお、精神修養の糧として、また処世の心得として得難き書と言えよう。（全四巻）

274〜277

川口久雄全訳注
和漢朗詠集《わかんろうえいしゅう》

王朝貴族の間に広く愛唱された、白楽天・菅原道真の詩、紀貫之の和歌など、珠玉の歌謡集。詩歌管絃に秀でた藤原公任の感覚で選びぬかれた佳句秀歌は、自然の美をあまねく歌い、男女の愛怨の情をつづる。

325

中田祝夫《のりお》全訳注
日本霊異記《りょういき》（上）（中）（下）

日本霊異記は、南都薬師寺僧景戒の著で、日本最初の仏教説話集。雄略天皇（五世紀）から奈良末期までの説話百二十篇ほどを収めて延暦六年（七八七）に成立。奇怪譚・霊異譚に満ちている。（全三巻）

335〜337

阿部俊子全訳注
伊勢物語（上）（下）

平安朝女流文学の花開く以前、貴公子が誇り高く、颯爽と行動してひたむきな愛の遍歴をした。その人間悲哀の相を、華麗な歌の調べと絢い合わせ纒め上げた珠玉の歌物語のたまゆらの命を読み取ってほしい。

414・415

三木紀人《すみと》全訳注
徒然草 (一)〜(四)

美と無常を、人間の生き方を透徹した目でながめ、価値あるものを求め続けた兼好の随想録。全二百四十四段を四冊に分け、詳細な注釈を施して、行間に秘められた作者の思索の跡をさぐる。(全四巻)

428〜431

吉田松陰《しょういん》著／近藤啓吾全訳注
講孟劄記《こうもうさつき》 (上)(下)

本書は、下田渡海の挙に失敗した松陰が、幽囚の生活の中にあって同囚らに講義した『孟子』各章に対する彼自身の批判感想の筆録で、その片言隻句のうちに、変革者松陰の激烈な熱情が畳み込まれている。

442・443

久富哲雄《ひさとみてつお》全訳注
おくのほそ道

芭蕉が到達した俳諧紀行文の典型が『おくのほそ道』である。全体的構想のもとに句文の照応を考え、現実の景観と故事・古歌の世界を二重写し的に把握する叙述法などに、その独創性の一端がうかがえる。

452

安良岡康作《やすらおかこうさく》全訳注
方丈記

「ゆく河の流れは絶えずして」の有名な序章に始まる鴨長明の随筆。鎌倉時代、人生のはかなさを詠嘆し、大火・大地震・飢饉・疫病流行・人事の転変にもまれる世を遁れて出家し、方丈の庵を結ぶ経緯を記す。

459

保坂弘司訳
大鏡 全現代語訳

藤原氏一門の栄華に活躍する男の生きざまを、表では讃美し裏では批判の視線を利かして人物の心理や性格を描写する。陰謀的事件を叙するにも核心を衝くなど、「鏡物」の祖たるに充分な歴史物語中の白眉。

491

桑原博史全訳注
西行物語

歌人西行の生涯を記した伝記物語。友人の急死を機に、妻娘との恩愛を断ち二十五歳で敢然出家した武士藤原義清の後半生は数奇と道心一途である。「願はくは花の下にて春死なむ」ほかの秀歌群が行間を彩る。

497

《講談社学術文庫　既刊より》

啓発録《けいはつろく》 付 書簡・意見書・漢詩

橋本左内《さない》著／伴 五十嗣郎全訳注

明治維新史を彩る橋本左内が、若くして著した『啓発録』は、自己規範・自己鞭撻の書であり、彼の思想や行動の根幹を成す。書簡・意見書は、世界の中の日本を自覚した気宇壮大な思想表白の雄篇である。

568

養生訓《ようじょうくん》 全現代語訳

貝原益軒著／伊藤友信訳

大儒益軒は八十三歳でまだ一本も歯が脱けていなかった。その全体験から、庶民のために日常の健康、飲食飲酒色欲洗浴用薬幼育養老鍼灸など、四百七十項に分けて、噛んで含めるように述べた養生の百科である。

577

百人一首

有吉 保全訳注

わが国の古典中、古来最も広く親しまれた作品百首に明快な訳注と深い鑑賞の手引を施す。一首一首の背景にある出典、詠歌の場や状況、作者の心情にふれ、さらに現存最古の諸古注を示した特色ある力作。

614

五輪書

宮本武蔵著／鎌田茂雄全訳注

一切の甘えを切り捨て、ひたすら剣に生きた二天一流の達人宮本武蔵。彼の遺した『五輪書』は、時代を超えて我々に真の生き方を教える。絶対不敗の武芸者武蔵の兵法の奥儀と人生観を原文をもとに平易に解説。

735

とはずがたり（上）（下）

次田香澄全訳注

後深草院の異常な寵愛をうけた作者は十四歳にして男女の道を体験。以来複数の男性との愛欲遍歴を中心に、宮廷内男女の異様な関係を生々しく綴る個性的な手記。鎌倉時代の宮廷内の愛欲を描いた異彩な古典。

795・796

日本書紀（上）（下）全現代語訳

宇治谷《うじたに》 孟《つとむ》訳

厖大な量と難解さの故に、これまで全訳が見送られてきた日本書紀。二十年の歳月を傾けた訳者の努力により全現代語訳が文庫版で登場。歴史への興味を倍加させる、現代文で読む古代史ファン待望の力作。

833・834

日本の古典

宇治谷　孟訳
続日本紀《しょくにほんぎ》（上）（中）（下）全現代語訳

日本書紀に次ぐ勅撰史書の待望の全現代語訳。上巻は全四十巻のうち文武元年から天平十四年までの十四巻を収録。中巻は聖武・孝謙・淳仁天皇の時代を、巻三十からの下巻は称徳・光仁・桓武天皇の時代を収録した。

1030〜1032

杉田玄白著／酒井シヅ現代語訳（解説・小川鼎三）
新装版**解体新書**

日本で初めて翻訳された解剖図譜の現代語訳。オランダの解剖図譜『ターヘル・アナトミア』を玄白らが翻訳。日本における蘭学興隆のきっかけをなし、また近代医学の足掛りとなった古典的名著。全図版を付す。

1341

三木紀人全訳注
今物語

埋もれた中世説話物語の傑作。全訳注を付す。和歌・連歌を話の主軸に据え、簡潔な和文で綴る。風流譚・遁世譚・恋愛譚・滑稽譚など豊かで魅力的な逸話を五十三編収載し、鳥羽院政期以降の貴族社会を活写する。

1348

荻原千鶴全訳注
出雲国風土記

現存する風土記のうち、唯一の完本。全訳注。古代出雲の土地の状況や人々の生活の様子はもとより、出雲の神の国引きや支佐加比売命の暗黒の岩窟での出産などの神話も詳細に語られる。興趣あふれる貴重な書。

1382

上坂信男・神作光一全訳注
枕草子（上）（中）（下）

「春は曙」に始まる名作古典『枕草子』。自然と人生に対する鋭い観察眼、そして愛着と批判。筆者・清少納言の独自の感性と文才とが結実した王朝文学を代表する名随筆に、詳細な語釈と丁寧な余説、現代語を施す。

1402〜1404

片桐一男全訳注
杉田玄白**蘭学事始**

一八一五年杉田玄白が蘭学発展を回顧した書。『解体新書』翻訳の苦心談を中心に、蘭学の揺籃期から隆盛期までを時代の様々な様相を書き込みつつ回想したもの。日蘭交流四百年記念の書。長崎家本を用いた新訳。

1413

日本の古典

懐風藻
江口孝夫全訳注
国家草創の情熱に溢れる日本最古の漢詩集。近江朝から奈良朝まで、大友皇子、大津皇子、遣唐留学生などの佳品百二十編を読み解く。新時代の賛美や気負に燃えた心、清新溌剌とした若き気漲る漢詩集の全訳注。
1452

常陸国風土記
秋本吉徳全訳注
古代東国の生活と習俗を活写する第一級資料。筑波山での歌垣、夜刀神をめぐる人と神との戦い、巨人伝説・白鳥伝説など、豊かな文学的世界が展開する。華麗な漢文で描く、古代東国の人々の生活と習俗とこころ。
1518

吉田松陰　留魂録
古川　薫全訳注
大文字版
死を覚悟して執筆した松陰の遺書を読み解く。志高く維新を先駆した思想家、吉田松陰。安政の大獄に連座し、牢獄で執筆された『留魂録』。松陰の愛弟子に対する最後の訓戒で、格調高い遺書文学の傑作の全訳注。
1565

古典落語
興津《おきつ》　要《かなめ》編（解説・青山忠一）
名人芸と伝統――至高の話芸を文庫で再現！　人情の機微、人生の種々相を笑いの中にとらえ、庶民の姿を描き出す言葉の文化遺産・古典落語。「目黒のさんま」「時そば」「寿限無」など、厳選した二十一編を収録。
1577

古典落語（続）
興津　要編（解説・青山忠一）
日本人の笑いの源泉を文庫で完全再現する！　大衆に支えられ、名人たちによって磨きぬかれた伝統話芸、古典落語。「まんじゅうこわい」「代脈」「妾馬」「酢豆腐」など代表的な十九編を厳選した、好評第二弾。
1643

日本後紀（上）（中）（下）全現代語訳
森田　悌《てい》訳
『日本書紀』『続日本紀』に続く六国史の三番目。延暦十一年から天長十年の四十年余、平安時代初期の律令体制再編成の過程が描かれていく貴重な歴史書。漢文編年体で書かれた勅撰の正史の初の現代語訳。
1787～1789

日本の古典

松尾芭蕉著／ドナルド・キーン訳
英文収録　おくのほそ道

元禄二年、曾良を伴い奥羽・北陸の歌枕を訪い綴った文学史上に輝く傑作。磨き抜かれた文章、鏤められた数々の名句、わび・さび・かるみの心を、いかに英語にうつせるか。名手キーン氏の訳で芭蕉の名作を読む。

1814

白石良夫全訳注
本居宣長「うひ山ぶみ」

「漢意《からごころ》」を排し「やまとたましい」を堅持して、真実の「いにしえの道」へと至る。古学の扱う範囲や目的と研究方法、学ぶ者の心構え、近世古学の歴史的意味等、国学の偉人が弟子に教えた学問の要諦とは？

1943

倉本一宏訳
藤原道長「御堂関白記」(上)(中)(下)全現代語訳

摂関政治の最盛期を築いた道長。豪放磊落な筆致と独自の文体で描かれる宮廷政治と日常生活。平安貴族が活動した世界とはどのようなものだったのか。自筆本・古写本・新写本などからの初めての現代語訳。

1947〜1949

糸賀きみ江全訳注
建礼門院右京大夫集

建礼門院徳子の女房として平家一門の栄華と崩壊を目の当たりにした女性・右京大夫が歌に託した涙の追憶。『平家物語』の叙事詩的世界を叙情詩で描き出した日記的家集の名品を情趣豊かな訳と注解で味わう。

1967

森田　悌訳
続日本後紀(上)(下)全現代語訳

『日本後紀』に続く正史「六国史」第四。仁明天皇の即位(八三三年)から崩御(八五〇年)まで、平安初期王朝社会における華やかな国風文化や摂関政治の発達を解明するための重要史料、初の現代語訳。原文も付載。

2014・2015

市村　宏全訳注
風姿花伝　全訳注

「幽玄」「物学(物真似)」「花」など、能楽の神髄を語り、美を理論化した日本文化史における不朽の能楽書を、精緻な校訂を施した原文、詳細な語釈と平易な現代語訳で読解。世阿弥能楽論の逸品『花鏡』を併録。

2072

日本の古典

醒睡笑 全訳注
安楽庵策伝著／宮尾與男訳注

うつけ・文字知顔・堕落僧・上戸・うそつきなど、庶民がつくる豊かな笑いの世界。のちの落語、近世笑話集や小咄集に大きな影響を与えた。慶安元年版三百十一話に、現代語訳、語注、鑑賞等を付した初めての書。

2217

天狗芸術論・猫の妙術 全訳注
佚斎樗山著／石井邦夫訳注（解説・内田 樹）

剣と人生の奥義を天狗と猫が指南する！ のろまな古猫は、いかにして大鼠を銜え取ったか。滑稽さの中に風刺をまじえて流行した江戸談義本の傑作。宮本武蔵の『五輪書』と並ぶ剣術の秘伝書にして「人生の書」。

2218

古典落語（選）
興津 要編

語り継がれてきた伝統の話芸、落語。日本の「笑いの文化遺産」ともいえる古典作品から珠玉の二十編を、明治～昭和期の速記本をもとに再現収録。学術文庫のロングセラー『古典落語』正編、続編に続く第三弾！

2292

四國徧禮道指南《しこくへんろみちしるべ》 全訳注
眞念／稲田道彦訳注

貞享四年（一六八七）刊の最古のお遍路ガイドが現代によみがえる！ 旅の準備、道順、宿、見所……。江戸期の大ロングセラーは情報満載。さらに現代語訳と詳細地図を付して時を超える巡礼へと、いざ旅立とう。

2316

夢酔独言
勝 小吉著／勝部真長編

「おれほどの馬鹿な者は世の中にもあんまり有るまい」「馬鹿者のいましめにするがいゝぜ」。坂口安吾も激賞した、勝海舟の父が語る放埒一途の自伝。幕末の江戸の裏社会を描く真率な文体が時を超えて心に迫る！

2330

新版 更級日記 全訳注
関根慶子訳注

「あづまぢの道のはてよりも、なほ奥つかた」に生まれた少女＝菅原孝標女はどう生きたか。物語への憧憬、宮仕え、参詣の旅、そして夫の急逝。仏への帰依を願う境地に至るまでを綴る中流貴族女性の自伝的回想記。

2332

日本の古典

武石彰夫訳
今昔物語集 本朝世俗篇（上）（下）全現代語訳
全三十一巻、千話以上を集めた日本最大の説話集。そのうち本朝（日本）の世俗説話（巻二十二～三十一）の読みやすい現代語訳を上下巻に収める。中世への転換期に新しい価値観で激動を生き抜いた人びとの姿。

2372・2373

筒井紘一訳
利休聞き書き「南方録 覚書」全訳注
千利休が確立、大成した茶法を伝える『南方録』は、高弟の南坊宗啓が師からの聞き書きをまとめたものとされる。「覚書」はその巻一であり、茶法の根本を述べる。茶禅一味の「わびの思想」を伝える基本の書。

2375

上田秋成著／青木正次訳注
新版 雨月物語 全訳注
崇徳院や殺生関白の無念あれば朋友の信義のために命を捨てる武士あり。不実な男への女の思い、現世への執着と愛欲を捨てきれぬ苦しみ。抑えがたい情念は幽冥を越える。鬼才・上田秋成による怪異譚。（全九篇）
2419

杉本圭三郎訳
新版 平家物語（一）～（四）全訳注
「おごれる人も久しからず」――。権力を握った平清盛の栄華も束の間、源氏の挙兵により平家一門は都落ち、ついには西海に滅亡する。古代から中世へ、日本史上最も鮮やかな転換期を語る一大叙事詩。（全四巻）
2420～2423

菅野覚明・栗原 剛・木澤 景《けい》・菅原令子訳・注・校訂
新校訂 全訳注 葉隠（上）（中）（下）
「武士道と云ハ死ヌ事と見付たり」――この言葉で知られる『葉隠』には、冒頭に「追って火中すべし」（燃やしてしまえ）と指示がある。本文の過激さと思想的深さを、懇切な訳・注とともに贈る決定版！（全3巻）
2448～2450

井原西鶴著／矢野公和・有働 裕・染谷智幸訳注
日本永代蔵 全訳注
貨幣経済が浸透した元禄期に井原西鶴が物した、分限者（かねもち）になりたい人々の人間模様。抜群の諧謔でつづられる致富・没落談、人生訓から、市井の活気と人間臭さが匂い立つ。町人物の大傑作を完全新訳。

2475

日本の古典

宇治拾遺物語（上）（下）全訳注
高橋　貢・増古和子訳

鎌倉時代前期に成立した代表的説話集。貴族・僧、下級官人、侍、庶民、子供など多様な人物が登場する、奇譚・情話・笑話など世の人の耳目をひく話を集める。古本系統『伊達本』を底本として全訳・解説。

2491・2492

往生要集　全現代語訳
源信著／川崎庸之・秋山　虔・土田直鎮訳

平安時代中期の僧・源信が末法の世に惑う人びとに往生の方法を説くため、念仏を唱えることの重要性と、「地獄」「極楽」の概念を平易に示した日本浄土教史上最重要の書。三人の碩学が現代語訳として甦らせた。

2523

靖献遺言《せいけんいげん》
浅見絅斎著／近藤啓吾訳注

江戸前期、山崎闇斎学派の朱子学者が発表した、中国の忠臣義士八人の遺文と評論。君命とあらば命も惜しまぬ強烈な在り方を伝え、吉田松陰、橋本景岳ら勤皇の志士たちの思想形成に重大な影響を与えた魂の書。

2535

古今和歌集全評釈（上）（中）（下）
片桐洋一著

平安期成立の、わが国初の勅撰和歌集。紀貫之に壬生忠岑ら撰者自身、在原業平ら六歌仙から名もなきよみ人たちまで、約千百首、二十巻の歌集を、詳細な通釈・語釈、校異と評論とともに深く鑑賞できる決定版。

2542～2544

平治物語　全訳注
谷口耕一・小番　達訳注

『平家物語』前夜、都を舞台にして源平が運命の大激突――。平治の乱を題材に、敗れゆく源氏の悲哀と再興の予兆を描いた物語世界を、流麗な原文、明快な現代語訳、詳細な注でくまなく楽しめる決定版！

2578

歌舞伎十八番集
河竹繁俊編・著（解説・児玉竜一）

七代目市川團十郎が、天保三（一八三二）年に選定した市川家代々の当り狂言十八番。『助六』『勧進帳』『暫』『景清』『毛抜』など江戸以来の脚本に詳細な註釈を付けた決定版！「外郎売」のつらねも収録。

2582